夜天子
七

山东文艺出版社

目录

第七卷 真正的加冕

第一章 不肖之子 — 003
第二章 福 将 — 007
第三章 自有妙计 — 011
第四章 无地自容 — 015
第五章 听天由命 — 019
第六章 一切皆有可能 — 023
第七章 荒唐喜剧 — 027
第八章 一牛定江山 — 031
第九章 几家欢喜几家愁 — 036
第十章 驴性发作 — 041
第十一章 难堪之日（上）— 046
第十二章 难堪之日（中）— 050
第十三章 难堪之日（下）— 054
第十四章 乍闻惊变 — 058

第十五章 江山美人 — 062
第十六章 忍到尽头 — 066
第十七章 如此柳下 — 070
第十八章 趁你病，要你命 — 074
第十九章 无须再忍 — 079
第二十章 狡兔三窟 — 083
第二十一章 孤男寡女 — 087
第二十二章 危机不断 — 091
第二十三章 妖 狐 — 095
第二十四章 圆桌会议 — 099
第二十五章 潜 伏 — 103
第二十六章 理当出兵 — 107
第二十七章 小叶与小鱼 — 111
第二十八章 南北呼应 — 115

第二十九章 中心开花 — 120
第三十章 兵败如山倒 — 124
第三十一章 千钧一发 — 128
第三十二章 黄雀在后 — 132
第三十三章 暗门 — 136
第三十四章 猝变 — 140
第三十五章 易势 — 144
第三十六章 此间主人 — 148
第三十七章 征服 — 152
第三十八章 分赃 — 157
第三十九章 外厅内室各不同 — 161
第四十章 千年方成一土司 — 165
第四十一章 辩才无碍 — 169
第四十二章 小书房里于姑娘 — 173

第四十三章 据德堂上杨天王 — 178
第四十四章 于家一双阴谋家 — 182
第四十五章 天子门生 — 186
第四十六章 都没闲着 — 190
第四十七章 梦想 — 194
第四十八章 狼遇上狈 — 198
第四十九章 棋从断处生 — 202
第五十章 摆谱 — 206
第五十一章 一家亲 — 210
第五十二章 纷纷算计 — 214
第五十三章 粗俗鄙夫 — 218
第五十四章 土豪 — 222
第五十五章 面君 — 226
第五十六章 我要上春晚 — 229

第五十七章 刷存在 — 232

第五十八章 让骂声来得更猛烈些吧 — 236

第五十九章 讨 封 — 241

第六十章 小气天子 — 245

第六十一章 绝户计第一环 — 249

第六十二章 绝户计第二环 — 254

第六十三章 快刀加颈 — 258

第六十四章 点 睛 — 262

第六十五章 临 危 — 266

第六十六章 意 外 — 270

第六十七章 陷 死 — 274

第六十八章 得意忘形 — 278

第六十九章 腹黑天子 — 283

第七十章 三座大山 — 288

第七十一章 顽强的小强 — 292

第七十二章 诱 惑 — 296

第七十三章 男人与酒 — 300

第七十四章 阴 谋 — 304

第七十五章 君归来兮 — 308

第七十六章 马首欲东 — 312

第七十七章 午夜相候 — 316

第七十八章 心花怒放 — 320

第七十九章 不约而同 — 324

第八十章 随机应变 — 328

第八十一章 以退为进 — 332

第八十二章 剑指石阡 — 336

第八十三章 展家有女 — 340

第八十四章 六大长老 — 344

第八十五章 我之所向 — 348
第八十六章 八老逼宫 — 352
第八十七章 功亏一篑 — 356
第八十八章 山中帝，笼中鸟 — 360
第八十九章 蠢蠢欲动 — 364
第九十章 蓄垫 — 368
第九十一章 三个皮匠 — 372
第九十二章 求计 — 376
第九十三章 让雷神收兵 — 380
第九十四章 雷公柱 — 384
第九十五章 雷神之赦 — 388
第九十六章 狗急跳墙 — 392
第九十七章 生死一线 — 396
第九十八章 微妙 — 400

第九十九章 只争朝夕 — 404
第一〇〇章 行尸走肉 — 408
第一〇一章 兵临城下 — 411
第一〇二章 天机火 — 415
第一〇三章 真正的加冕 — 419
第一〇四章 雷神之锤 — 423

第七卷

真正的加冕

第一章

不肖之子

一

张铎以为生苗生性野蛮，定然不会理会于俊亭的所谓调停。出兵之议被于俊亭强行压下之后，张铎便冷笑连连地等着叶小天灰头土脸地逃回来，说不定他还会被人割去两只耳朵。

到那时众土司将再没有别的选择，不管是为了大家共同的利益，还是为了维护铜仁众土司的脸面，都只能顺从他的意见，一同出兵讨伐。他能否压住于氏崛起，或许就取决于这次行动。

所以，张胖子暗中知会胞弟张绎加紧筹备钱粮，挑选精壮士兵备战。如果出兵，于家肯定是出工不出力的，主要战力他还得依靠自己的子弟兵，这一次无论如何都要打一场大胜仗，把生苗赶回山中，把于家打下去，把众土司重新争取到自己麾下，一举三得！

然而此时，文傲却代表铜仁于家和提溪于家，和格哚佬商议起了联盟之事。文傲一听格哚佬提出的条件，就明白叶小天并没有把铜仁据为己有的意思，否则挟新胜之威，正是他们大举出兵的机会。有了这个判断，文傲就可以放心地与生苗商议结盟事宜了。

文傲与格哚佬敲定联盟意向之后，趁热打铁马上下山，再次去了于家寨。掌印夫人一听要让她儿子上山会见格哚佬，不免顾虑重重。

她丈夫遗下的子女多是女儿，只有这么一个儿子，一旦这个儿子有个好歹，土司之位就得"花落旁家"，由丈夫的叔侄们来继承，所以哪怕只有百分之一的风险，她也不能冒。

文傲再三向她保证，格哚佬绝没有杀害或挟持小土司的意思，生苗出山入地两生，需要当地的强大势力策应、支持，才能站稳脚跟，而于家是他们的不二选择。

掌印夫人虽也相信文傲的分析，却还是不肯答应让儿子上山。文傲无奈之下只好又回到格家寨，提出：双方改在山下一处地方会面，各自只带百名侍卫随从。

叶小天对此并无异议，能够争取到铜仁第二大势力的支持，可以让格哝佬部以最小的代价在铜仁站稳脚跟，这正是他求之不得的事。于是，格哝佬答应了文傲的建议。文傲忙又下山，与掌印夫人开始筹备会面事宜。

文傲选择了羊角山作为双方会盟的地点。这座山不算高，但双峰夹峙，形如羊角，山上怪石嶙峋，陡峭壁立，兼之寸草不生，根本藏不住人，不用担心哪一方会在此设下埋伏。

同时，双方首领在谷口会面，双方随从则分别在谷内和谷外等候，无论哪一方突生歹意，另一方都可以及时脱离。掌印夫人亲自去了一趟羊角山，察看了地势，这才同意在此地会面。

于家寨和格哝佬部的频繁接触，自然瞒不过于家寨的近邻凉月谷。果基土司听探子报告于家寨和格哝佬部频频接触、已有议盟之意的消息之后，马上吩咐人把他儿子格龙唤来。

一见到格龙，果基土司便道："于家寨正和格哝佬部频频接触，看来格哝佬部留在提溪的事已经成定局了。"

果基格龙手中提着一把巨大的九环大砍刀，满头汗水。

前往中原寻访名师学艺的愿望泡汤之后，果基格龙重金聘请了两位武师回来，每日在武师的指点下勤练不辍。屡屡败于叶小天之手，已经成了他的心魔，若不从叶小天手里赢点什么回来，他实在是不甘心。

果基格龙正和师傅对练着，忽然被父亲唤了来，一见面就冒出这么一句没头没脑的话，听得果基格龙一愣，他愕然地看着父亲，愣愣地道："啊？他们留就留呗，关咱们什么事。"

果基土司气得一拍案几，骂道："混账！整天就知道练武，脑子都要练没了！你以后是要做土司的，要紧的是脑子！脑子！从古到今，坐江山掌天下的人哪个不是靠脑子？匹夫之勇有个屁用！"

果基格龙悻悻地不接话，果基土司拿这浑球儿子也没什么好办法，吐了一口浊气，耐着性子解释道："于家和张家一直在防着咱们果基家。现在好不容易于家和张家翻了脸，咱们果基家有了出山的机会，可又来了一个格哝佬。你想想，如果格哝佬和于家串通一气，咱们果基家不还得困在山里吗？"

果基格龙瞪着一双大眼，愣愣地看着父亲，道："那又如何？于家一口咬定他们的土司是被咱们用暗箭射死的，两家一直打得不可开交，难道双方还有可能结为盟友？"

果基土司嘿嘿一笑，道："不错！有点长进了。你记住，这世上没有永远的仇家，只有永远的利益。如果我们双方结盟，联手对付张家，能够瓜分到张家在提溪的领地，你以为于家不会放弃旧仇？当然，于土司刚死，尸骨未寒，现在和他们谈结盟为时尚早，不过我们可以先和格哚佬部联手啊！"

果基土司说到这里，重重地一拍扶手，恨恨地道："我们果基家从深山迁来已经一百多年了，结果一直被堵在这山口，再也走不出一步，凭什么山外的好田好地都被他们占着？凭什么大片的土地宁可荒芜着他们也不许我们耕种？哼！横的怕愣的，愣的怕不要命的。如今来了一个格哚佬，他们还不是捏着鼻子忍了？"

果基格龙理直气壮地道："我就说吧，咱们果基家当年就不该理会他们的威胁，一鼓作气冲下山去，说不定现在整个提溪都是咱们果基家的了。脑子？脑子有什么用，绝对的武力才是不可匹敌的！"

果基土司气得又拍起了桌子："简直是放屁！你抢着一把大刀就叫绝对的武力了？秦始皇要是不长脑子，他扫不平六国。你……你……你真是不成大器！"

果基格龙翻了个白眼，不服气地嘟囔道："生苗出山，张铎不就拿他们没办法吗？"

果基土司咆哮道："生苗背后有数不清的部落撑腰，你有吗？格哚佬背后有那么多的帮手，照样和于家寨眉来眼去勾勾搭搭，他有不管不顾，一头冲出山去直奔铜仁吗？"

果基格龙赔笑道："是，爹！我错了还不成吗？你吼那么大声做什么，我一向不喜欢那些弯弯绕绕的东西，你又不是不知道。"

果基土司一屁股坐回椅子上，以手抚额，喃喃自语道："作孽呀！真是作孽呀！我老果基聪明一世，怎么就生下你这么个不懂事的东西呢！幸好与展家联姻之事没有成功，听说那展家丫头也是个只会舞枪弄棒的野丫头，你们俩要是凑到一块，那还有好？不成，我得好好打听打听，看看谁家的姑娘机灵，要是没个贤惠的妻子帮你出主意，这份家业早晚被你败光。"

果基格龙根本没听他老子唠叨，他双手持刀，比比画画，心无旁骛地琢磨起师傅刚刚传授的刀法来。刀为"百兵之胆"，大开大阖、招式沉猛，比起枪、剑变化虽少，但威力丝毫不减，正是格龙的最爱。

果基土司痛苦地念叨了一阵，见儿子没有顶嘴，心中稍感安慰，可他抬头一看，差点又气疯了。老果基怒目瞪着格龙，瞪了半天，终于泄了气，无力地自我安慰道："儿孙自有儿孙福，莫为儿孙做马牛！儿孙自有儿孙福……"

格龙隐约听到一点，收刀问道："爹，你说什么牛？"

果基土司沮丧地道："你去收拾收拾，去一趟格家寨。"

格龙奇怪地问道:"让我去格家寨做什么?"

果基土司道:"锦上添花莫如雪中送炭,难道等格哚佬部在这里扎下根,咱们再去结交不成?要去就现在去。现在他们和于家寨联了手,如果再加上咱们果基家,定能从张胖子身上啃下一大块肉来,他们能不念咱们果基家的好?今日有了格哚佬部的例子,来日我们果基家想要出山,张胖子还有什么理由搪塞?再说,咱们今日帮了格哚佬部的忙,来日咱们需要帮手时,他们能袖手旁观吗?"

果基格龙迟疑地道:"父亲说得有道理,不过……这种事叫我去谈,实在有些难为人了。"

果基土司道:"你将来要坐我的位子,这种事你早晚要面对。这是对格哚佬部有好处的事,他们没理由不答应。这么容易,你还能谈崩了不成?你不懂,那就从现在开始学吧!"

果基格龙无可奈何,只好答应下来:"好吧!那……我这就动身。"

果基土司道:"不急,为父先让人准备一份礼物,你总不能空着手去吧。另外,还得为你挑选百名精壮的随从。"

果基格龙道:"这就不用了吧!咱们和格哚佬部从无冲突,而且咱们两家中间隔着张家和于家,以后也不可能有什么冲突,他们没理由得罪咱们,还能做对我不利的事吗?"

果基土司瞪了他一眼道:"你当我派人去,是为了保护你?想让人把你当成一个可尊重的盟友,就要让人明白你的实力。你一个人上山,让那些山民欣赏你'万人敌'的刀法吗?我派人去,是要让他格哚佬知道,我果基家兵强马壮,值得结交!"

果基格龙道:"那成,我先去换身衣服。"

果基格龙一走,一直站在一边看这对父子耍宝,全当自己不存在的大管家就凑到了土司老爷的面前,果基土司吩咐道:"你去准备一份礼物,再给我拿套寨丁的衣服来。"

大管家听了不禁奇怪地问道:"老爷要寨丁的衣服做什么?"

果基土司没好气地道:"你真以为我放心让那小子去折腾?不跟着他,我怎能放心得下!"

第二章

福　将

一

"格龙携礼上山了？"

叶小天一听大喜，自从格哚佬部来到提溪，凉月谷方面一直冷眼旁观，保持着中立。现如今果基格龙携礼上山，显然是经过一番观察，凉月谷已经做出了选择：由于格哚佬部的一连两次大胜，凉月谷已经下定决心站在格哚佬一方了。

叶小天几乎脱口就要说出"快请"两字，可话到嘴边又被他急急地咽了回去。他不想率先表态，而是要看看格哚佬想怎么办。格哚佬果然习惯性地向他看来，叶小天道："族长以为，是否应该见他？"

格哚佬见他询问自己，便道："咱们现如今和老张家不对付，想跟咱们亲近的正是和老张家有过节的。既然和老张家有过节，那就是咱们的朋友，当然应该见见。"

叶小天哈哈一笑，道："说得好！那么族长就见见他，探一探他的来意。我先回避一下。"

叶小天在场，格哚佬心里就安稳得很，反正说错了还有尊者女婿替他兜着。所以叶小天一说回避，他就有些着急了，忙道："尊者何必回避，他应该知道尊者在山上，何不一起见见呢？"

引勾佬也道："尊者既然在，还是该为我等拿个主意才好，这种大事，我们怎敢擅自做主？"

叶小天无奈，只好道："那……我也该先回避一下，和你们一起见他可不妥。你们先去迎客，问明他的来意，一会儿我再进来。该怎么做，你们自行判断，若无不妥之处，就摇头示意，若我没有表示，你们便只管应承下来便是。"

格哚佬和引勾佬欣然应诺。这大屋里面四壁空空，也没什么屏风立着，叶小天便避到了大屋外面。格哚佬和引勾佬站在院门口，迎接果基格龙。

果基格龙背着他的厚背阔刃九环大砍刀，百余名随从浩浩荡荡紧随其后，携带着他们部落馈赠给格哚佬的礼物。果基土司给格哚佬准备的礼物很实惠，既非金银珠宝，也非绫罗绸缎，而是粮食、牛羊、布匹、耕犁，甚至还有几架纺车，都是很实用的生产、生活物资。

一瞧人家携来的礼物，格哚佬和引勾佬两个老家伙就已眉开眼笑了，再加上对方表现出的明显的善意，两个老头对凉月谷顿生好感。

格哚佬哈哈大笑着迎上去，道："果基土司和格龙少爷真是太客气啦。你我两寨素无来往，今日格龙少爷却带了这么重的礼，叫我感激不尽！"

果基格龙虽然不擅心机，却也不至于连基本的人情往来都不懂，听对方这么一说，就晓得此人便是格哚佬，这种当家人的口吻，旁人可没资格用。

果基格龙见格哚佬虽然比他矮了一大截，可也极其魁梧，身材强壮，肩膀宽厚，脚下极稳健，仿佛扎根山崖间的一株苍松。

格龙素来对胸藏十万甲兵的大智之士也瞧不上眼，唯重个人武力，如今一见格哚佬便有惺惺相惜之感，忙抱拳道："这位想必就是格哚佬寨主了？小侄果基格龙，代家父向您老人家问好。"

果基土司牵着一头羊混在人群中，缠头布帕压在眉际，见儿子这番答对还挺得体，不禁老怀大慰。在当爹的看来，儿子再大也是孩子，何况格龙是个武痴，平时就知道打打杀杀，老果基对他的期望值实在是低得不能再低了，一点出色的表现，也能让他大为满足。

格哚佬笑眯眯地道："好！好！老夫初来乍到，还没站稳脚跟就和张家干上了，也没顾上去拜访邻居，如今还要劳烦贤侄前来探望，实在惭愧。"

格龙在土司家族的环境里长大，从小耳濡目染，就算不是那个性子，照猫画虎学两句客套话也容易，可真要谈事情，到底是直来直往的性子，就不知该如何委婉了。

不承想格哚佬竟然主动提起这个话题，格龙大喜，连忙接道："格龙代替家父前来，正想与老寨主谈谈这件事情。张家雄踞铜仁五百年，一向飞扬跋扈目中无人，受张氏欺压的何止老寨主一家，也许在这件事上，我们双方可以同进同退，相互照应。"

"当真？哈哈哈！那可求之不得了。来来来，格龙少爷，里边请！"格哚佬闻言大喜，亲热地挽起格龙的手臂就往大屋中走。对这种性情爽快的汉子，他也一见就心生好感了。

格龙瞄了引勾佬一眼，见他身穿一件黑乎乎的袍子，身材有些单薄，神情阴鸷，对他很没有眼缘，所以没搭理他。好在引勾佬已经习惯了被山中部落之外的人无视，虽然在叶小天的引诱下渐渐萌生了欲望，却还没有那么强烈，所以他对这种无视倒也毫不在意。

果基土司站在人群中，见儿子居然这么顺利就和格哚佬搭上了线，心中很是无奈：莫非这就叫傻人有傻福？格龙对格哚佬道："还请老寨主先收下小侄这份薄礼，一点小意思，不成敬意。"

格哚佬笑吟吟地吩咐围观的本寨百姓上前接下礼物。他们这山寨还近乎半原始的社会，不像山外人家公私分明，随便由谁接收下来都行，反正还要入公家库房，统一分配。

果基土司将所牵的羊交给寨中的一个女人，便低着头，尾随着果基格龙进入大屋。这百余名侍卫中，随行入内的不过十几个人，虽然果基土司已稍做伪装，又有其他随从掩护，但亲父子何等熟悉，若格龙认真看他一眼，他就得露馅。好在格龙正与格哚佬把臂入内，根本不曾向自己的随从打量。

双方进了大屋，格哚佬请格龙入座，便开门见山地说道："我的部落，奉神谕出山，谁料刚到此地，铜仁张知府便派大军前来围剿，被我们赶跑之后还不死心，又再三挑衅。今有山中友好部落前来助拳，我是定要向张知府讨个说法的。"

格龙道："张知府将整个铜仁都看成是他张家的私产，老寨主来到铜仁，自然被他视作眼中钉。实不相瞒，我果基家祖上也住在山中，百余年前开始逐渐迁出深山，至今未被张知府视为自己人，与贵寨可谓同病相怜。"

果基土司站在格龙身后，下意识地想去挠头，又急忙忍住。这个好武而不喜习文的儿子，居然还会文绉绉地说几句成语，实在出乎他的意料，看来他还真是有点小瞧了自己的宝贝儿子。

格哚佬和引勾佬听他这么一说，更是引为知己，三人你一言我一语地痛骂了张胖子一番。果基格龙趁着这股热乎劲，对格哚佬道："那么，老寨主如今有何打算呢？"

格哚佬道："我们也是大明子民，铜仁该有我们的一块立足之地才是。这铜仁府大片土地荒芜着，老夫下山时已亲眼见过了，凭什么任由他们空占着，却不准我们盖屋、耕种？如今提溪司的一众权贵尽在老夫掌握之中，老夫想用他们，向张知府赎一块土地，为我部落所有。"

格龙听了，开诚布公地道："老寨主若是向他要粮食要财宝，那都容易些。想要土地却等于是伤了张知府的命根子，恐怕他不会痛快答应。何况，提溪一地也不止一个张家……"

"不过，张家倒行逆施，大失民心。于家业已愿同格哚佬部合作了，所以，这不是问题。"

说话的是文傲，随着声音，叶小天、文傲在采妮姑娘的陪同下施施然地走了进来。

果基格龙也是福至心灵，想着把凉月谷变成格哚佬部最亲密的盟友，所以灵机一动，想挑拨格哆佬部和于家的关系。凉月谷和格哆佬部背景大致相同，都是山中部落走向山外，只是凉月谷先行一步。

地理上，两个部落一个在西北、一个在东南，正好呈掎角之势刺向提溪，如果联手，就可以对中间谷地平原地带的于家和张家形成夹攻之势。却不承想他刚要有所表现，文傲就跳出来搅局了。

说话的是文傲，果基格龙看的却是叶小天，对叶小天，他是情敌相见，分外眼红啊！他爱慕莹莹，莹莹被叶小天抢走了；他想娶凝儿，婚事又被意外搅黄了……长这么大，他几乎没吃过亏，屈指可数的败绩，全是在遇到叶小天之后。

格龙狠狠地瞪了叶小天一眼，目光又落在采妮身上，瞧这小丫头精灵明秀，离叶小天很近，显得极为亲昵。格龙便在心中暗骂："这个无耻的小白脸，花言巧语骗了莹莹，还在外面勾三搭四。他到格家寨才几天，居然又勾搭上了寨里的姑娘。"

妒心一起，格龙心中顿时萌生了"报仇雪恨"的念头，一个推官、一个土司少爷，能给格哆佬部的帮助显然是不可同日而语的，仔细想想，"横刀夺爱"的胜算似乎不小呢……

第三章

自有妙计

一

"叶大人,文先生,你们来啦,快快请坐。"格哚佬一见二人进来,马上离座,满面堆笑地迎上去。

果基土司冷眼旁观,见引勾佬也随之站起,神态极其恭谨,比起刚才礼节性地迎接自己儿子时更热情,不禁暗想:"看来他们还是更看重于家。也是,有铜仁第二大家族于家的支持,他们足以与张家抗衡了。"这样一想,果基土司更加坚定了与格哚佬部联盟的决心。

格龙寒着脸,冷冷地对叶小天道:"叶小天,好像有热闹的地儿总少不了你呀。"

叶小天笑嘻嘻地道:"格龙,你不也是一样。大概,这就叫不是冤家不聚头吧,哈哈。"

"咦?姐夫和这个大个子认识呢,听口气还是好朋友。"采妮好奇地想着,先朝着格哚佬甜甜地叫了声"伯父",随即便看向格龙,脑子里一直在琢磨他刚刚说的那句话。继"贼眉鼠眼"之后,这是她学到的另一句精彩的汉话。

采妮仔细地打量格龙,先是对他的身高暗自惊叹了一下,再看看他的模样,似乎和"贼眉鼠眼"太不搭界,不能卖弄自己刚刚学来的生动的汉语词汇,未免有些遗憾。

格龙听她唤格哚佬为伯父,心想:"原来她是格哚佬寨主的侄女。"口中却对叶小天道:"我此来是替家父拜会格寨主,商议双方联盟事宜的,你这位铜仁府的官此来是为何,下战书吗?"

叶小天打个哈哈道:"我虽然是铜仁府的官,却赞同于监州的意见。格哚佬部迁来提溪,我认为不应拒之门外,而应妥善安置。我的这番善意,格寨主很清楚。"

"善意?"格龙冷笑一声,对格哚佬道,"格寨主,此人最是诡计多端,最拿手的本领就是花言巧语、出尔反尔,你可不要相信他,否则必吃大亏!"

采妮轻轻啊了一声,心想:"原来不是姐夫的朋友。"

文傲微笑道:"格龙少爷,我们已经明确表态要支持格寨主了,你又何必枉做小人,试图挑拨离间呢。"

格龙微微扬起下巴,哂然道:"你们这种人,最是唯利是图,形势一旦有变,马上就能背信弃义,口头上的一句善意,能济得了什么事。我们凉月谷此番欲与格哚佬部结盟,不但馈赠了大量礼物,我本人还要向格寨主求亲,让双方从此成为一家人。这才是诚意,你们有吗?"

果基土司站在侍卫群中,听完不由得一呆:"这个浑蛋小子,就是不让老子省心。刚刚的表现还算可圈可点,怎么抽冷子就扯到求亲上去了,这种大事都不和老子商量一下吗?"

格哚佬听了这话也是一怔,忙道:"格龙少爷有所不知,老夫就只有一个女儿,如今……已经许了婆家了,所以格龙少爷的这番美意,老夫实在不能接受。"

格龙一指采妮,大声道:"格寨主莫要误会,格龙要娶的,是她。"

"啊?"采妮一双眼睛瞪得溜圆,"这个大家伙要向我求亲?人家只是闲得无聊,陪姐夫出来溜达一下下,怎么突然就被谈婚论嫁了?"

采妮马上对格龙评估起来:"唔……浓眉大眼的,倒还中看,不过……他好高啊……"

采妮身材娇小,踮起脚尖来,她的头顶大概勉强能够接近格龙的胸口位置,两人身高差距实在有点大,站在一起,就像云雀与鸵鸟并列。不过格龙出奇地高,想找个身量匹配的女子实属不易,就算是莹莹也不过比采妮高了半头。

格龙这一招才是乱拳打死老师傅,即便叶小天对他的到来和可能提及的话题做了许多猜测,也被他如此突如其来的一句话弄得有点发蒙:"格龙这是怎么了,莫非到了发情期,怎么整天就想着讨老婆?他要真娶了采妮,和自己算是什么关系了,唔……连襟!"

格龙见他一脸震惊,只当他果真对采妮动了色心,对自己的"神来之笔"有些不知所措,心中不免暗生快意:"这个好色的小白脸,果然打起了这位姑娘的主意,我一定要把她抢过来,让她变成我的女人!"

联盟对象突然要变成侄女婿,格哚佬一时也有点不适应,他看看格龙,再看看采妮,干笑道:"格龙少爷好眼光!啊,不是,格龙少爷抬爱了。不过,事关我侄女的终身,还需与他父母商议,不必急于一时,咱们还是先谈议盟吧。"

格龙道:"格寨主想要张家的地,那不亚于要张家的命了,张胖子是绝不会轻易答应的,即便加上于家的支持。可要再加上我们果基家,那就不同了,到时候就等于整个提溪,除了他张家,全都维护贵寨。如果你我两寨联姻,从此成了一家人,那么贵寨一旦有事,本寨更是责无旁贷,必然全力赴援。这种助力,他于家却未必做得到。"

文傲淡淡一笑,并不解释。于家作为铜仁第二大家族,他们的一个态度,对格家寨就是莫大的帮助,这是果基家根本比不了的。虽然格哚佬未必明白这个道理,但猴精猴精的叶小天却一定懂,他根本不担心格龙的挑拨。

不过,凉月谷如果真和格哚佬部联盟,对矢志掌握铜仁最高统治权的于家并不是好事,只是眼下他不能提出反对,只希望那位采妮姑娘不会喜欢这头大猩猩。

文傲想着,悄悄瞟了采妮一眼,却见采妮睁着一双水汪汪的大眼睛还在观察格龙,一脸若有所思的样子。文傲不禁暗道不妙,看样子,这位采妮姑娘貌似也动了春心呢。

在山中部落,表达爱情一向干脆直接,人们一旦对异性萌生好感,无论男女绝不忸怩,马上就会用山歌表达自己的爱慕之情。很多夫妻就是在几首山歌的应和中,订下了终身。

格龙虽然没有唱山歌,但这种直来直去的态度对采妮姑娘来说却也不算突兀失礼,而她也不像中原的女孩子一样,一听说议及自己的婚事,便羞红着脸逃开,一个人躲回闺房,用团扇遮着脸,浮想联翩。

采妮此时正在很认真地评估格龙成为她男人的一切硬件条件:身份、家世、长相,各个方面似乎都没什么好挑剔的,这是一个很男人的男人,个头虽然高了些,不过……问题不大……

格龙见文傲不以为然,不服气地道:"怎么,难道我说的没有道理?提溪的谷地平原,分别掌握在张家和你们于家手中。于家既然和格寨主走在一起,肯定是不希望自家的利益有所损害,难道会慷慨地划割自家土地给格寨主?如此一来,格寨主要想取得一块领地,就只能从张胖子身上割肉。张胖子明知你们于家和他不是一条心,他会不防着你们于家?会同意你们的建议?其实就算再加上我们果基家的支持,也难保证张胖子就一定会屈服。张家的实力固然大不如前,也不至于到了任人宰割的地步。"

采妮不服气地道:"大个子,你以为别人都像你一样直来直去吗?我们几家若联手,不怕他不肯割地。可要只从张家割地,他当然不肯答应。可谁规定一定要明明白白地告诉他,我们只要他张家的地?"

格龙对自己内定的未来老婆倒很客气,咧嘴笑道:"小姑娘,你以为你不说,他张知府就猜不到?虽然他胖得像猪,可没蠢得像猪,你不明确表示要哪一块地,难道他不会问?"

"谁是小姑娘,人家早长大了,我叫采妮,你叫我的名字好啦。"采妮气鼓鼓地白了他一眼,俏脸微微一红,赶紧又道,"当然不是这样子啦,如果我们开口要地,划定的范围却只限于张家，胖知府当然不肯答应。如果让胖知府来主持划地，他又一定会偏袒张家，多划于家的地，那时如果咱们不答应，就又成了咱们的不是，他就有理由拒绝了，是不是？"

格龙点头道："不错，必然如此。"

采妮得意地一笑，背起两只小手，挺起美丽的胸膛，悠然地踱了几步，鸟儿般灵动的眼神向果基格龙一睇，伸出一根细白的手指，向天上指了指，道："如果，叫上天来决定，胖知府会不会赌一赌？"

采妮手指上天、顽皮一笑的模样逗得格龙心痒痒的，他当初对莹莹一见钟情，就是爱极了她的天真烂漫。毕竟那样天真烂漫、澄澈如泉的女子，实在是太少见了。

世俗之中，大概也只有从小就在几十个叔叔伯伯、上百个堂兄堂弟小心翼翼保护下的莹莹，才能保持那样一份天然的纯真。而今，他从这个山里妹子身上，又找到了那种感觉。

文傲忍不住问道："听天由命？采妮姑娘究竟是什么意思？"

采妮道："选一头健壮的公牛，不用人扶，犁地而行，从日出至日落。无论该牛犁出多远，其范围之内尽归我山寨所有，胖知府总不会认为一头牛也会和人串通吧？"

文傲疑惑地道："你是想先带一头牛走出一条熟路来？可是如果张知府坚持由他来选一头牛，怎么办？不用人扶犁，你又如何保证这头牛会往张家的地盘上闯？万一一头冲进我于家，又该如何是好？"

采妮向他扮个鬼脸，笑而不语。格哚佬想了想，恍然大悟，兴奋地道："好闺女！好主意！哈哈哈……"

第四章

无地自容

一

　　格哚佬给叶小天、文傲和格龙解释了一番,他们在山里,主要的生存手段就是狩猎。长期的狩猎生活,使他们逐渐了解了动物的习性、声音、口味等,掌握了许多引诱、控制动物的方法。

　　采妮刚才一说,格哚佬就明白了她的意思。叶小天三人听了还是半信半疑,总觉得有点不靠谱。这可容不得差错,一旦那牛撒开四蹄直奔于家的领地,于监州只怕哭死的心都有了。

　　格哚佬见三人犹疑不定,便吩咐人去牵头牛来,采妮按照他们所掌握的方法在一片山坡上事先做了一番手脚,待那头牛牵来,放开缰绳任它走去,那牛果然按照采妮事先所示的路线奔跑起来。

　　采妮嘻嘻一笑,对叶小天等三人得意地道:"如何?"

　　文傲也算是见多识广了,却还是头一回见识到这等手段,这些山民当真掌握着许多山外人所不了解的知识。不过,他仔细想了想,还是有些担心:"姑娘的法子确实奇妙。但是牛犁地时,张知府若派人滋扰、惊吓,驱赶牛冲向于家的领地怎么办?不知那时牛是否还会依照你设定的路线行走?"

　　采妮歪着头想了想,道:"那可未必了。"

　　文傲眉头一皱,道:"也就是说,这个办法并不是十拿九稳?"

　　格龙瞟了他一眼,不屑地道:"不动刀兵不流血,这已是最好的办法。有六成把握就值得一赌,何况胜算不止六成。张胖子肯定不甘心,可他也不能明目张胆地作弊,难道当我们是死人吗?你想十拿九稳,那就只有把刀架在张胖子的脖子上,逼他点头了。"

　　文傲苦笑道:"并非老夫不敢冒险,只是此举成败关系到于家的利益,文某虽受于监州的委托而来,但这些事并不在文某可以决定的范围之内,还请格寨主见谅。"

格哚佬道："文先生只是于家的幕僚,并非主事人,有此顾虑也是人之常情,无妨,无妨。如此一来,这个办法究竟是否可行,还是要看你们那位于监州的意思了。"

文傲道："不错!不过文某觉得,此计大为可行。这样吧,你们这边先准备着,文某这就回铜仁,将详细情况禀报给监州大人,如果监州大人同意,便去说服知府,以此法为贵寨在提溪谋得一席之地。"

格龙听到这里,耳朵立即竖了起来,佯装左顾右盼,却悄悄注意着叶小天的举动:文傲要回铜仁,那叶小天走不走?

可怜的格龙,比武莫名其妙地输给叶小天,争女人又争不过他,对这个叶小天他实在是产生心理阴影了,如果叶小天继续赖在山上不走,他还真担心自己争不过他。汉人太会甜言蜜语,女孩子又大多不禁哄,偏吃这一套,像他这么实诚的汉子,岂能不吃亏……

叶小天笑道:"文先生的顾虑不无道理,这样吧,我和文先生一起回铜仁,你们这边先做准备,如果此法不可行,咱们再另商良策。我觉得,既然于家和果基家都已站在格寨主一方,相信张知府审时度势,必然会做出让步的。"

格龙听到这里,两条浓眉就像钻出茧的蚕,嗖的一下跳了起来,他赶紧抿住嘴巴,生怕叶小天看出他的用心,改变心意不走了。只是格龙实在不善掩饰喜怒,那副眉飞色舞的样子,别人一看便知。

采妮奇怪地瞟了他一眼,心想:"这个傻大个儿,自己偷偷乐啥?"

· ※ · ※ · ※ ·

叶小天和文傲日夜兼程地赶回铜仁,一到铜仁,便风尘仆仆地先去见于俊亭。

于俊亭在一处素雅幽静的书房里接见了他们。于俊亭坐在卷耳书案后面,一身丝罗素袍宛如初雪般洁白,她坐在案后,风姿绰约,仿佛那书案是一只阔口大腹的花瓮,里边插了一枝梨花。

听文傲详细汇报了此番前往提溪的经过,于俊亭点点头道:"此事容我再好好考虑一下,先生一路辛苦,先去歇息一下吧。"

文傲一走,于俊亭就放下了身架,背往椅上轻轻一靠,马上变得柔和起来,声音也带了几分温柔:"叶大人,你觉得这个法子可行吗?"

叶小天道:"山民的这种秘法可以让我们把握大增,不过张知府肯定会有所谋划,意外会不会发生,无法确定,所以……还是有风险的。此事涉及于家的根本利益,下官实在不好置喙,究竟如何取舍,还需监州大人决定。"

如果叶小天一味怂恿她接受,生性狐疑的于俊亭反而更要再三斟酌,但叶小天这么一说，反而促使于俊亭下定了决心。她认真地想了一想，轻轻一拍书案，挑起柳眉道："富贵险中求！这个险，值得冒！"

叶小天神色微微一动，虽然转瞬即逝，但于俊亭心细如发，马上有所察觉，忍不住问道："叶大人还有什么顾忌？"

叶小天摇摇头，道："没什么，下官只是觉得，果基家就在提溪，且一直被张家压制着，他们试图结交格哝佬，从此守望相助，倒也情有可原。但监州大人你……"

于俊亭微微眯起了眼睛，道："我怎么样？"

叶小天道："监州大人是想引生苗为己所用吧？这个想法固然是好的，可一个处理不慎，就要为此失去铜仁众多土司的支持，这个险值得冒吗？格哝佬部能给监州大人提供的帮助，难道还会多过铜仁众土司？"

于俊亭心想："若非知道你就是那条过了江的强龙，我又岂会对生苗如此上心？若不能把你掌握在手中，生苗也就不能对我有多大助力了。"

想到这里，于俊亭不免有些沮丧，她以前表现得太过强势了，尤其是刚和叶小天相识的时候，还曾强迫叶小天跪见，以致叶小天对她敬而远之，也就是前番出手搭救他之后，双方关系才有所改善。

其实她现在一系列的变化，都在向叶小天暗示：她是女人，一个很年轻、很漂亮的女人，而且只在他面前，才做女人。奈何，叶小天似乎成了盲人，一直视而不见。

以前于俊亭最恨别人把她当女人，她的一举一动、一言一行乃至装饰打扮，莫不仿效男子，甚至名字都改得男性化了，可是现在，她却开始痛恨叶小天怎么就看不出她是一个女人，而且是一个很动人的女人。

她想征服叶小天，但那只是为了达到她的目的，她从未想过真的要在一个男人面前做小女人。如今心态的悄然变化，已经是一个很危险的信号了，只是身在局中，她又如何意识得到呢？

"还好吧，毕竟我们两人的初识不太愉快，能像今天一般坐在这里密商大事，已经算是一个很好的开始，不能指望一下子就改变太多。"于俊亭自我安慰着，随口解释道，"格哝佬部若野心太大，自然就是铜仁公敌。若他们知进退、懂分寸，那就可以结为盟友。如果他们想要的仅仅是提溪的一块立足之地，并不涉及其他地方，又怎会引来其他土司的敌意？"

叶小天微微一笑，颔首道："监州大人说得有道理。不知大人准备何时去见知府？"

于俊亭思索了一下，道："明天吧，各地土司都在铜仁，这些时日一直在扯皮。我需要先去见见他们其中的几位，提前打声招呼。"

叶小天起身道："既然如此，那下官就先回府了，明日一早再与监州大人会合。"

于俊亭莞尔道:"叶大人在外多日,想必是思念家中美妾了。本来还想留你共进晚宴的,既然如此,我也就不做那棒打鸳鸯的恶人了。你回吧,明儿一早咱们衙门里见。"

于俊亭打趣着叶小天,可心里想到叶小天此番回府,必定会与他的爱妾恩爱缠绵一番,心里不禁有些泛酸。

如果说这番话的是戴同知或李经历,叶小天自然会说笑几句,可对方是个年轻的女人,叶小天就不好接话了,只好干笑两声,长揖一礼道:"下官告退!"

叶小天返身走到门口,身后突然传来于俊亭的声音:"叶大人,且慢!"

叶小天止步回身,问道:"监州大人,还有什么吩咐吗?"

于俊亭提起笔来,唰唰唰地写下几个大字,然后搁下笔,将那张纸提起,只见上边墨迹淋漓,赫然写着两个大字——珺婷。

于俊亭嫣然一笑,柔声道:"好教你知晓,其实这才是人家的本名!"

叶小天脸上涌起一抹古怪的神气,怔了一怔,才摸着鼻子道:"呃,多谢监州大人坦诚相告,下官……下官知道了。"

叶小天走到门口,忍不住又回头看了一眼。于俊亭看见他怪异的眼神,心中好生不忿:"我这名字怎么了,不好听吗,干吗如此古怪?"

她忽然想到,以中原人的习惯,貌似是女孩子的闺名,只有在谈婚论嫁的时候,才会说与婆家知道。好吧,她是土家少女,不必拘泥于汉人规矩,问题是……

她突然把自己的闺名告诉人家做什么,如此莫名其妙,会让人家怎么想,难怪叶小天的神情那般古怪。

想到这些,她忽然面红耳赤起来。一时间,于俊亭真有一种无地自容之感,她丢开那张纸,双手捂住了脸庞,从指缝间露出来的,都是玛瑙般剔透的红色。

第五章

听天由命

一

一箭之地，
一马之地，
一牛之地……

在测量工具用起来不是那么方便的年代，使用其他手段进行不需要太过精确的计量就成了很常见的事情。统兵大帅可以下令"放我一箭之地，埋锅造饭"；皇帝可以下旨任皇子策马一天，将所经之地划为他的封国；也曾有过大土司允许以牛拉犁，一天之内圈出多少地，就赠送给某位立下大功的头人多少土地。

所以这种划地的手段，并非采妮的发明。但是提溪的情况比以上的例子复杂。提溪的谷地平原，几乎被张家和于家共同占有了九成九，果基家仅拥有山脚下一小块地方。

如今于家和格家寨搭上了线，格哚佬势必不可能算计自己的盟友，那就只能算计张家了，而有权决定是否同意以这种方式分配土地给格哚佬部，从而结束战事的又是张家，这就成了难题。

知府二堂的大厅里一片静寂，每个人都感觉到一种很压抑的气氛，这种压力主要来自张铎和于珺婷，其他土司还好，听说格哚佬部只是要求在提溪以耕牛犁地的办法获取领土，可见野心并非很大，大家都松了一口气。

张铎沉着一张胖脸，冷冷地看了众人一眼，见大家眼观鼻、鼻观心，正襟危坐、沉默不语地扮泥菩萨。他只好主动开口道："那群山民步步紧逼，得寸进尺，你们就没有什么话说？"

大家继续眼观鼻、鼻观心地"参禅"，张铎又瞪向于珺婷，冷笑道："于监州，你说要化干戈为玉帛，结果跑了一趟提溪，就换来这么一个主意？割地？割谁的地，是你的还是我的？"

于珺婷向他娇媚地一笑，柔声道："知府大人息怒，人家这不是帮咱们出了主意吗？如果这头牛耕了我于家的地，那我于家绝不食言，如果它耕的是张家的地，那是知府大人你运气不好，听天由命呗！"

今日的于珺婷还是一身男装青袍，公子哥的打扮，不过却并不像以前一样素面朝天，她面上浅浅敷了些粉，唇腮微微点了点红，只是小小改变，便显得十分妩媚。

一大早叶小天和她一同赶向二堂的时候，因为官位不同尊卑有别，叶小天落后她一大步，跟在她后面时，忽然发现她腰身纤细，圆臀轻摇，女人味十足，这可不像于监州一贯的表现。

于珺婷笑得很妩媚，可在张胖子眼中，这个图谋他张家产业的女人，无异于一个蛇蝎美人，他又岂会受到迷惑。张胖子嘿的一声冷笑，道："是吗？只怕你于监州早就有了打算，最终要割地的是我张家吧？"

于珺婷无辜地道："知府大人这可真是冤枉人家了，使牛耕地，只驱不扶，任其行走，听天由命。到底谁会付出多些，谁说得清呢。不过呢，这个方法我很喜欢，就当小赌一回了。如果知府大人不同意，那我也没有意见，不过知府大人若想以武力救回提溪司一众权贵、赶走格哚佬部，恕我不能奉陪。"

张胖子怒气冲冲地看向其他土司，沉声道："你们呢，怎么说？"

众土司还是不搭腔，在听说山上有两万生苗兵士的时候，他们就已打起了退堂鼓。如今人家又明确表示，只让提溪司割让一块地，这和他们的利益毫无冲突，他们就更没有出兵的念头了。

张胖子提高嗓门，怒声道："怎么，一个个的都跟我装聋作哑，是吗？铜仁是你我大家的铜仁，还须你我同舟共济！如今山蛮子咄咄逼人，一旦得逞，必定得寸进尺，你等现在袖手旁观，来日他们欺到你等头上时，还指望谁去帮助你们？"

大万山司的洪东知县咳嗽一声，慢吞吞地道："知府大人，提溪一地，原属张氏、于氏和果基家。如今于监州已经同意了格哚佬部提出的条件，果基家又跟格哚佬部眉来眼去的，可见人心所向，这种情况下若是用兵，胜算几何？"

自从张胖子允许叶小天去大万山司查账，断了洪东知县的一条财路，洪东和张铎之间就有了嫌隙，只不过一开始洪东还不敢表现出来，后来于珺婷和张铎公开翻脸，而且隐隐压张铎一头，洪东知县就改抱了于监州的大腿，这时自然要跳出来唱反调。

乌罗司的阿加赤尔土司见有人开了口，马上也跟着哭起了穷，道："是啊，我们乌罗司人丁稀少，部落贫困。如果开战的话，满打满算也就凑得出一百名士卒，实在不济事啊。"

张铎一听鼻子差点没气歪了，乌罗司半耕半猎，无论男女，个个都是天生的战士，真要动员起来，乌罗司四万多人，怎么也能凑得出一万五千士卒吧？他居然说只能凑得出一百个人，当真无耻至极！

张铎额头的青筋又不受控制地绷了起来，叶小天见状赶紧劝道："知府大人息怒，莫要动气。依下官看来，各位土司并非怯战，只是老成持重。有什么事好商量，不要动怒。"

叶小天不劝还好，他这一劝，犹如火上浇油，张铎拍案大骂道："你个混账东西！他们老成持重，难道老夫就是轻举妄动？老夫召集众土司，是商议铜仁大事，你一介推官，主掌刑名之人，有什么资格参与其中，滚出去！"

叶小天倒不是存心气他，他是见张胖子气得额头青筋都绷了起来，生怕他又气晕过去，所以好心劝了一句，谁料倒起了反作用。眼见张胖子怒发冲冠，叶小天便道："好好好，知府大人莫要动怒，下官告退就是了。"

"你不用走！"于珺婷霍地站了起来，一双杏眼瞪着张铎，道，"知府大人今日聚集众土司，要商议的是朝廷之事还是铜仁之事？"

这句话若是放在中原就有点叫人难以理解了。普天之下莫非王土，什么地方的事不是朝廷的事？但贵州是个高度自治的地方，朝廷是通过大大小小百余位土司间接管理这片领土和百姓。某种程度上，这些土司老爷是把他们的领地视同个人私产的。

张铎道："咱们就打开天窗说亮话吧！如果说这是朝廷之事，那么格哚佬部迁居提溪还有什么问题？都是大明子民，岂有拒之门外的道理？你说这是朝廷之事还是我铜仁之事？"

于珺婷嫣然道："这么说，咱们议的是铜仁之事喽？"

张胖子斩钉截铁地道："没错！"

于珺婷道："这样的话，叶小天就不能走！"

张胖子黑着脸道："凭什么？在座的哪一位不是据有其地、治有其民的一方土司？如果这是在议朝廷之事，他或可不走。既然议的是铜仁之事，他一介流官，无一地之属，无一民之属，有什么资格留下？"

于珺婷道："因为……他是我的人！"

"嗯？"叶小天蓦然瞪大了眼睛：她的人？我什么时候成了她的人？我怎么不知道。

张胖子也有些愕然。于珺婷很从容地道："叶推官是本官挚友，我对他甚是信重。我于家的事，叶大人能当得了半个家！今日议的既然是铜仁之事，于家作为铜仁的一分子，他有没有资格留下？"

张胖子心中怒极，可是于珺婷如此维护，他终究不能再赶叶小天出去，便撇下叶小天不理，既不说留，也不说走，只管对其他土司们道："这么说，你们都赞成招安格哚佬部了？"

叶小天站在那儿,走也不是,留也不是,正为难时,于珺婷笑靥如花地向他招手,叶小天只好摸着鼻子走过去。于珺婷指了指叶小天原来的座位,又指了指坐在自己下首位置的那位土司。

那位土司马上很乖觉地站起来,换了位置。叶小天见状,便硬着头皮在她身边坐下来,这一坐下,便嗅到一抹淡淡的幽香,叶小天不由得心中一动:这位喜欢扮男人的监州大人,今天居然用了胭脂?

邑梅洞司的土司看了一眼于珺婷,轻咳一声道:"知府大人,我以为,辟出一方土地,安置格哒佬部,并不能算是招安,格哒佬部又不是反贼,这属于安置。格哒佬部不是也说,愿意造册登记,纳入铜仁管辖吗?所以,我以为,应该对格哒佬部进行安置。"

石耶洞司的土司马上跟了一句:"我赞成!"

张铎终于绝望地意识到,他根本无法号召这些各怀私心的土司们与他一起行动,要想动用武力驱逐格哒佬,只能和上次一样,动员张家的兵马独自进行。如果集结张家全部的兵马倾力一击,就算格哒佬部现在有两万精兵,他依旧有机会把他们赶回深山。可是如果那样,张家的精壮男丁将损失殆尽,那样的胜仗还有什么意义?

张铎咬紧牙关,腮肉突突乱颤,良久方道:"耕牛由本府负责挑选?"

叶小天道:"格哒佬寨主说,可以!但必须是健壮公牛,不能做假!"

张铎恶狠狠地道:"好!本府同意了!我倒要看看,老天究竟站在谁那边!"

第六章

一切皆有可能

一

今天的主角，是一头牛。

说到牛，巧得很，格哚佬部所驻扎的这座山，就叫牛头山。不过他们迁来时并不知道这座山的名字，只是看这里地形地势各项条件都很宜居，所以就选择了这里，后来从山下百姓口中才知道，这里是牛头山。

牛头山并不是什么有名的山，在官方地图以及地方府志上都没有记载，是附近村镇的百姓为它起了这么个名字，就这么流传并延续下来，这座山定名为"牛头山"至少也有几百年的历史了。

天刚蒙蒙亮，东方刚刚泛起鱼肚白，草原还笼罩在一团迷雾当中。张知府亲自选送的那头大公牛正懒洋洋地趴在湿漉漉的草地上，尾巴时不时地扬起来，在身上轻轻一拂，极其悠闲。嘴边就是青草，它却懒得食用，显见是已经吃饱了。旁边还有一架犁，犁铧锋利，闪闪发光，是用上好的钢铁专门打造的。

围绕着这头大公牛的，分别是张家、于家、果基家、格家寨的人马，以及作为见证人的几位土司老爷，他们各成阵营，泾渭分明。有些地方的旗帜已经插在那里，但只有几个随从、士兵侍立，正主还在路上。

张家来的是张胖子的胞弟张绎，还有他的宝贝儿子张雨桐，两人是一路护送那头健壮的公牛赶来的。

提溪司长官还在牛头山上"做客"，他的一位本家叔爷因为住在乡下，当日幸免于难，没有被捉上山，今天也特意赶了来。说是叔爷，也只是辈分高，其实年纪比张绎也就大了不到三十岁。

老爷子看看那头牛，又瞅瞅那架犁，不解地道："牛是健壮的公牛，这犁又用了这么好的钢，土舍，你这是啥意思？他们明摆着是想坑咱们老张家，咱还生怕这牛耕得不够快吗？"

张绎看了眼那头悠然而卧的大公牛,小声解释道:"老叔,人不扶犁的话,要么地犁歪了,要么犁铧跳出地面,只在地上划出一道痕迹。按照约定,只要被犁铧拖过的地方就算,无须深耕翻开泥土,你明白了吗?"

老爷子恍然大悟,抚着白胡子点头道:"原来如此,用锋利的好犁铧,那犁铧就不大容易跳出地面?"

张绎道:"不错,犁铧锋利,就容易深入土层,由于没有人扶,它就会歪在土里,那样的话更难拖动。"

老爷子先是神色一喜,赞道:"好!算计得够精细!"继而又埋怨道,"用好犁也就罢了,为何还要挑一头这么健壮的公牛?"

张雨桐插嘴道:"叔公,在牛身上咱们很难做手脚的。如果咱们不选一头健壮的公牛,格哝佬那边一定不答应,如果他们牵出一头牛来,那就容易脱离咱们的掌控了,很难说他们事先有没有牵着那牛走过几遍,让牛熟悉了道路。"

老爷子想了想,深以为然,抚着胡须唔唔地点了点头。于家的人此时还没赶到,格哝佬一方的人赶到后,一群人便走过来,开始检查那头公牛,以防张家在牛身上做手脚。

张绎冷笑一声,厌憎地走开,张雨桐也随即赶上。张绎踏着草地缓缓而行,悄声问道:"侄儿,你确定,牛最恨红色?"

张雨桐回头看了看,压低声音道:"前年替父亲进京朝贡时,侄儿曾经见过几个西洋和尚,其中有个西洋和尚说起他们家乡的事,曾经提到他们国家的武士喜欢以利剑逗杀斗牛。据那西洋和尚说,那些武士斗牛时,一手持剑,一手持红布,将红布挥舞几下,就会把斗牛气得发狂,不要命地冲过去。"

张雨桐笑了笑,道:"侄儿也怕这西洋和尚所言不实,又或者他们国家的牛和咱们这儿的牛喜好不同。所以选定公牛后,我曾试过一次,这头大公牛果然极为厌憎红色,侄儿只舞动了几下红布,它就向侄儿猛冲过来,险些将它锋利的牛角顶到侄儿身上。"

张绎欣然道:"好!这是你从西洋人那儿听来的消息,咱们这儿可没人知道,咱们既然掌握了这样的秘法,今日就能稳赢了。嘿嘿,到时候我倒要看看于家那个小贱人怎么哭!"

张雨桐微笑道:"众目睽睽之下,咱们如果用红布引逗公牛,必会引起格哝佬一方警觉。所以侄儿另想了办法,安排了十几路人马,分别扮作迎婚人和送亲人,穿着大红喜服等在前方,只要这牛往咱们张家犁去,就引逗它冲向于家的地盘。"

张绎狠狠地点头:"嗯!既然扮的是迎亲的,那么再准备些炮仗,用爆炸声惊吓它,驱赶它!"

张雨桐得意地道:"何止炮仗,锣钹唢呐,一应俱全。"

叔侄俩对望一眼,放声大笑起来。

· ※ · ※ · ※ ·

叶小天和文傲陪同格哝佬、引勾佬及几位山寨首领验视着那头公牛。山寨里本来就有会侍弄牛的人,文傲还特意从于家请了位老庄稼把式,两个人对耕牛和耕犁反复检查了几遍,确认未被做手脚。

这时,提溪于家的掌印夫人带着儿子赶来了。于家寨的小土司被侍卫抱下马,抬眼一看,正好看见格哝佬,马上欢呼一声"义父!"便欢喜地跑过来。

叶小天一呆,就见格哝佬弯下腰,一把接住于家的小土司,把他抱了起来,笑容可掬。

引勾佬笑着对叶小天解释道:"大人回铜仁时,我们山寨便和于家寨在羊角山会面了。双方谈得很好,于家寨的掌印夫人说格哝佬和她亡故的丈夫非常相像,所以就让儿子拜了格哝佬为义父。呵呵,这位小土司只比咪酒大几岁,上山时小咪酒很喜欢他呢。"

叶小天听了不由得翻了个白眼,于福顺于土司长什么样子他最清楚不过,和格哝佬哪儿相像了?他看了一眼站在一旁微笑着看格哝佬和小土司亲热的掌印夫人,恍然大悟:"小土司年纪太小,他母亲这是在给他找帮手呢。"

这样也好,两家的关系又近了一层。等小咪酒长大,是要继承其父的位子,成为格哝佬部首领的,而他的义弟则是于家寨的寨主,彼时两人彼此照应,叶小天也乐见其成。

由此,叶小天忽然想到了迄今依旧悬而未决,不曾彻底解决归属问题的水银山,围绕着水银山的,是果基家、杨家、展家、于家纠缠不清如一团乱麻的亲属关系。现在于家又和格哝佬部成了亲戚。

有时候,一个大家族,亲兄弟们争家产,都会闹得不可开交。不知道几百年后,提溪这地方会不会又因为什么事情,引致各方争吵不休,那时候除了展、杨、于、果基四家,只怕又要加上格哝佬的后人吧……

叶小天悠然神往的时候,果基格龙正亦步亦趋地跟着娇小玲珑的采妮姑娘。一路走来,格龙这儿采一枝、那儿摘一朵,不知何时居然编成了一只花环,他把那艳丽缤纷的花环递向采妮:"采妮姑娘,送给你。"

"送我花儿干吗?"采妮手指轻轻搭在花环上,睨着格龙,眼波盈盈欲流。

格龙咧开了嘴巴:"今天天气好,一会儿太阳出来,阳光一定很毒。你的肌肤这么娇嫩,比花儿还要美丽呢,若是晒伤了可不叫人心疼,戴上它可以挡挡阳光。"

采妮被他这番并不高明，但是在山中很难有机会听到的甜言蜜语哄得眉开眼笑，她接过花环，大大方方地戴在了头上。花瓣上还缀着晶莹的露珠，却掩不住她娇美的容颜，果然是人比花娇。

果基土司躲在几名侍卫中间，偷偷看着儿子的举动，心中大赞："我儿一身蛮力不喜动脑，眼光倒是不错。这个女娃生得漂亮，将来给我生下宝贝孙子一定也很好看。而且她这么精明，能弥补我儿的不足，这个儿媳妇，硬是要得！"

·※·※·※·

红日喷薄而出，天边的白云瞬间披上了亮丽的色彩！

比普通的牛足足高出一个头、大出半个身躯、强壮得仿佛一台钢铁战车的大公牛已经站起，挂上犁铧，就像一名勇士披上了盔甲。

它正值壮年，体形高大，骨骼强健，肌肉紧绷，通体黝黑，尤其是两只牛角，又长又弯又尖，非常锐利。

吆吼吼……

按照约定，无人扶犁，几名骑士策马跟在牛后面，身姿挺拔，手中的长鞭在空中狠狠一挥，啪啪啪地炸出几道清脆的爆炸声。

这头大公牛显然是耕田能手，也已习惯了耕耘，当轭头套上它强壮的身体时它就已经跃跃欲试了。"不用扬鞭自奋蹄"，当鞭花在空中炸响的时候，它已迈动有力的双腿，奋力向前冲去。

张家、于家、果基家、格哚佬、引勾佬等人，以及前来充当见证人的土司们，纷纷策马，跟在那头犍牛的后面，向前方冲去！

泥土欢快地翻滚着，闪亮的铁犁掀开了层层泥浪，草原上的迷雾在红日的照射下迅速地消退，前方的视野变得愈来愈清晰，大公牛拖着铁犁向着远方奔跑着……

第七章

荒唐喜剧

一

那牛拖着铁犁铧，只冲出一里多地，刚刚翻过一个缓坡，就见前方吹吹打打地迎过来一群人。这群人从新郎官到吹鼓手，人人一身大红，轿子是红彤彤的，就连马身上都裹了红绸。

一见那头大公牛拖着犁过来，这些早就得到张雨桐授意的"送亲人"便立即尖叫起来："疯牛哇！有一头疯牛冲过来了，快跑哇！"

"新郎官"骑着马掉头便走，众吹鼓手以及轿夫扔下花轿紧随其后，一起向西逃去。提溪地面是从南到北条状分割的领地，西侧属于于家，东侧属于张家，横向一走，用不了多久就能进入于家的领地。

此时太阳刚刚升起，要到日落西山才算结束，这头耕牛只要有足够的力气，就必将划走大片于家领地。如此一来，张家不但解了自己的围，还会让于家偷鸡不成反蚀把米。

不过，那头大公牛见前方一群人仓皇逃去，只停顿了一下，就低下头，继续拖着铁犁迈步向前走去，并未理会这些逃开的红衣人。

其实，牛是色盲，并不会对红色有什么特别的感觉。倒是人对红色感觉特殊，斗牛士用红布，是为了调动观众情绪，而非斗牛。斗牛本性好斗，出场之前又被长时间关在牛栏里，性情自然变得暴躁不安，富有攻击性。等它出场时，又有全场观众山呼海啸的声音刺激，因而斗牛士拎着块布在它前边挥来挥去，自然会激怒斗牛冲上来向斗牛士发起攻击。

张雨桐验证时所用的公牛是被人从山野乡村牵到张家的深宅大院的，本来就感觉陌生和不安，再见他不断挑衅，自然向他发起攻击。

张雨桐因此当了真，以为牛真的对红色极其反感，却不曾想到用其他的布来测试一下。那头大公牛套着轭，就以为人类又要它耕地了，而且前边那些人一见它就逃开了，没有在它面前贱兮兮地蹦来蹦去，挥舞布片挑衅，因而攻击的意愿就不强烈了。

况且格哚佬部的人已经将用他们的独门秘方配制的一种液体洒在了他们已经设计好的路线上。那是由一种植物汁液和动物体液混合而成的。那种植物散发的气味牛类很敏感，是它们很感兴趣的一种草木味道，而那动物体液则是从牝牛身上提取的，可以激发公牛的性欲。

这两样气味对公牛的吸引力要远远大于那些穿着红衣服，一路尖叫逃开的"百姓"，于是大公牛毫不犹豫地继续北上。

"糟糕！是不是我们逃得太快了！如果我们引不开这头公牛，一定会受少爷惩罚的。"那位扮新郎官的汉子见公牛没有被他们引开，急忙策马又冲了回来，一边冲一边喊，"快救我的娘子！快救我的娘子。"

可惜当他们冲回来时，那头公牛已经拖着铁犁从花轿旁边走了过去。叶小天、文傲、格哚佬等人正骑着马跟在公牛后面，他们怎好在众目睽睽之下截住公牛继续挑衅。

张绎紧张地道："怎么会这样？那头牛为什么不去追他们？"

张雨桐茫然道："不会啊，我试过的，莫非是他们逃得太快？"

张绎急道："这头牛一直往前走，这么下去，划走的将全是咱们张家的土地了。快让前边的人准备，无论如何，一定要接近了再激怒这头公牛，如果还是不成不妨动用炮仗吓走它！"

张雨桐赶紧唤过一名侍卫，匆匆吩咐几句后，那侍卫便纵马飞奔起来，他兜了一个大圈子，绕到了众人前面。那耕牛走得再快也不可能快过奔马，他有足够的时间去通知第二路人马做好准备。

那公牛拖着铁犁前行，时而犁尖入土，划开一道泥浪，时而因为无人扶犁，犁尖被土中一块石头一顶，弹出地面，在地上画出一道浅沟。几名骑士跟着公牛，鞭子不时炸响在空中，有时也会抽在牛背上。

叶小天、格哚佬等人尾随在那几名骑士后面，格哚佬回头看看正在耳语的张绎叔侄，冷笑道："这儿荒无人烟，哪来的迎亲队伍，定然是张家的人捣鬼。"

文傲道："不错！天地合而万物兴，人以婚姻订其礼。成亲拜堂之时，应定在黄昏之际，阴阳交替之时，哪有一大早就跑出来接新娘子的，他们定有什么阴谋诡计！"

于土司年纪虽小，马术却不错，他骑在一匹四岁半的枣红色小马身上，用清脆的童音道："可是吹吹打打、尖叫几声就能引开公牛吗？嘻嘻，他们真的好蠢！"

张雨桐的侍卫快马赶到前边，寻到一队正懒洋洋地等在路边的迎亲队伍，匆匆命令道："前边的人失败了，你们快迎上去，把炮仗准备好，如果不能引开它，就点炮仗把它吓走，若再失败，少爷必会严惩！"

那扮新娘子的村姑听他这么一说，慌忙钻进轿子，扮新郎官的男人披着红绸，胸前系一朵大红花，愣愣地问道："咱们往哪儿迎，那牛奔我们这儿来了吗？"

侍卫瞪眼道："我怎么知道？你们往南迎，去堵那头牛！"

一群人无奈，只好抬起轿子急急向南迎去，一路上也顾不得吹吹打打，仿佛抢亲似的，跑得那叫一个落花流水，整个队伍散乱得不成样子，花轿落在了最后面，"新郎官"却冲在最前面，手搭凉棚，东张西望。

"在那里！在那里！"远远看到一头大公牛拖着铁犁走来，后边还跟着好多骑马的人，"新郎官"大喜过望，知道找到了正主，马上兴高采烈地叫起来。

迎亲队伍向那头大公牛迎去，他们气喘吁吁地跑了一阵，忽然想起"新娘子"还落在后面，抛下"新娘子"去截公牛，这也未免太不合常理了，只好站住，大声招呼后边的轿夫。

那几个轿夫扛着轿子跑得汗流浃背，一个个拿出吃奶的劲拼命狂奔，颠得新娘子在轿子里边撞上摔下、左摇右摆，胃里头翻江倒海一般，脸色十分难看。

轿子终于追上，那头公牛也拖着犁走近了。牛的耐力虽强于马，但速度不快，何况它还拖着犁，所以速度已不像一开始那么快。

"快快快！快站好队形。吹鼓手，吹《迎亲曲》！炮仗！炮仗！准备点！""新郎官"手忙脚乱地指挥起来，这边唢呐声刚刚响起，营造出一种喜庆气氛，那头牛便已经到了跟前。

"这是谁家的耕牛，怎么跑到这儿来了，走开走开！""新郎官"主动迎上去，装模作样地呵斥起来，旁边几个唢呐手也摇摆着身子逼近，故意炫耀那一身红色的衣裳。

那头大公牛兴致勃勃地奔波许久，还没找到那最可口的青草和散发出迷人气味的母牛，脾气渐渐暴躁起来，再见这些人故意挑衅，不禁哞的一声吼，长有两只锋利牛角的巨大头颅微微低下，表现出了攻击迹象。

"滚开！你们想干什么！"格哚佬手下的人一见他们拦阻公牛，不禁勃然大怒，立即策马冲了上去。

引勾佬回身冲张绎和张雨桐交涉起来："姓张的，你们太下作了，如果你们要违背先前的约定，老子可不认账。"

张绎大喝道："你放屁！人家娶媳妇，关我们张家什么事？"

"快！快点火！"鞭炮一捆捆地藏在轿内，扮新娘的村姑像扶子弹带的机枪副手似的把炮仗迅速传出去，一个人借轿子隐住身形，急急晃动火折子，一连晃了几下，还没等他去吹，火折子已经嘭的一声燃烧起来，正好燎到火药捻子。

啪啪啪啪……

鞭炮还未完全传出轿子,就剧烈地炸响了,"新娘子"尖叫一声,逃出轿子,她一路上颠簸得厉害,又受了惊吓,刚刚逃出轿子,才抢出十几步远,就蹲在草地上哇哇大吐起来。

负责点火的那个人还不死心地想把鞭炮救出来,可那鞭炮燃得飞快,炸得纸屑横飞。迫不得已,他只好仓皇逃开,任那鞭炮烧进轿子,将堆在里边的炮仗全都点着……

就听轰的一声巨响,小轿被炸得四分五裂,鞭炮到处乱飞,那头公牛先是被一群大红穿着的人弄得心浮气躁,再被剧烈的鞭炮声一惊吓,登时发了疯,狂哞一声就向前冲去。

那鞭炮原本是打算点燃之后扔向公牛东侧,迫使它向西逃的,如今却在正前方爆炸了,那些本想引诱公牛冲向西面的鼓号手又都站在西侧,使得东侧空虚,那头公牛本能地就向东侧逃跑了。

张绎正老气横秋地教训引勾佬做人要有担当,接受了赌约就要认,忽见那头公牛奔着张家腹心之地去了,不由得目瞪口呆。引勾佬见他神情古怪,扭头一看,不由得哈哈大笑:"张土舍教训的是,老夫认账!哈哈,老夫认账!"

张雨桐见此情景,面孔一阵扭曲,格哚佬睨了他一眼,似笑非笑地对正在大吐特吐的那位"新娘子"揶揄地道:"姑娘今日刚刚出嫁,腹中就已有了胎儿,性子也是蛮急的!"

第八章

一牛定江山

一

那鞭炮一炸开来火星四溅,将整堆炮仗同时引燃了,一时间绷得碎屑漫天乱飞。一个爆竹的碎片突地崩到"新郎官"所骑白马的眼睛里,那马吃痛,嘶吼一声,便向前方猛地窜去。

那匹马所冲的方位正是采妮。采妮见状惊呼一声,欲策马逃开,却已来不及了,眼见那惊马向她直撞过来,正腻在她身边献殷勤的果基格龙大喜,可算逮到护花的机会了!

果基格龙长腿一抬,轻轻松松从马上跃下,抡起钵大的铁拳,一声大吼:"呔!"钵大的铁拳重重地击在白马的耳门上,随着一声沉闷的肉体撞击声,那奔马竟是悲鸣都来不及,便轰然一声倒在地上。

如此一幕实在威武,引得格哚佬等人大声喝彩:"好神力!"

采妮姑娘看在眼里,眸中不禁泛起奇异的光彩。

那白马一倒,将"新郎官"压在身下,痛得他惨叫连连,格龙也不理会,只是转身关切地问道:"采妮姑娘,你没事吧?"

"没……"采妮摇摇头,望向格龙的大眼睛水汪汪的。格哚佬看在眼里,不禁捋着胡须暗想:"看来这门亲还真有门儿!"

公牛拖着铁犁跑出二里多地,这才放慢速度,张绎和张雨桐不能明目张胆地轰那公牛改变方向,眼睁睁地看着它"义无反顾"地向前走,每犁开一寸地面,他们的心都像割肉一般地痛。

叶小天看那公牛越行越远,虽然随着体力消耗,它的速度越来越慢,可再这么走下去,只怕划走的将全部是张家的土地。叶小天忍不住对文傲小声道:"差不多了,再这么下去,只怕张家要悔约了。"

文傲是于家的人,若是依照他的心意,恨不得这头牛一整天都在张家的地头上转悠,不过他也清楚,各方面都希望不动刀兵圆满解决土地划分问题,不会遂了他的这份心愿,所以轻轻点点头。

叶小天见文傲同意,便双腿一挟马腹,赶到格哚佬身边,低声道:"这牛还是在咱们事先设好的路线上吗?"

格哚佬眉开眼笑地道:"没有,这牛被他们一惊,已经偏离原来的路径啦。"

叶小天眉头一皱,道:"这可不好办了。"

格哚佬道:"让他们张家多出点血,有何不好?"

叶小天道:"亏,张家是吃定了。不过,如果继续这么下去,我担心张家会不惜一切也要悔约,我们的目的,可不是和他们拼个两败俱伤,还是见好就收吧。"

格哚佬听他这么说,挠了挠头,扬声唤道:"采妮,采妮!"

采妮和格龙正辔而行,不知在说什么悄悄话。看她眉眼含春、娇羞妩媚的样子,格龙那一拳打死惊马的神威,显然已让他虏获了她的芳心。一听伯父招呼,采妮连忙策马赶过来。

格龙追了几步,识趣地站在两丈开外,向叶小天冷傲地一扫,虽然强作镇定,却是眉挑唇扬,一副扬眉吐气的模样,看得叶小天莫名其妙。

格哚佬对采妮低声吩咐几句,采妮点点头,招过一名山寨武士,趁人不备,从马鞍旁解下一个水囊交给他,又吩咐了几句。

张绎和张雨桐正亦步亦趋地跟在那几名驱赶公牛的武士后面,张绎脸色越来越黑,眼看就要化身包公,张雨桐则脸色越来越红,扛一口刀就成了关公,根本没注意到采妮的小动作。

经过一片小山包时,那个接了水囊的侍卫趁机从侧面绕开了,张绎叔侄还是全无察觉,他们两人已经攥了一手心的汗。

眼看那牛还在向张家的地盘前进,他们恨不得冲上去一口把那公牛咬死。可是在场的不只有于家、果基家和山寨的人,还有几位请来担当见证人的土司,怎能当众毁诺背信?

眼见那牛继续向张家的地盘挺进,前行再有二十里,就到了提溪司所在的小城,张绎双目赤红,快要暴发了。

他双腿一挟马腹,正要扑上前去,就见那公牛似乎走得累了,低下头嗅了嗅,嚼了几口青草,忽然扭转方向,向西面稳稳走去。

张绎双腿挟着马腹,臀部微微抬起,在马背上保持着僵硬的姿势大约有三秒的时间,忽然无力地软软地坐了下去,后背黏黏的,已然汗透重衣。

张雨桐见此一幕,险些痛哭失声。他们叔侄都已到了忍耐的极限,公牛一转向,忍了一肚子的焦虑和怒气陡然失去了发泄出来的最后一丝推动力,实在是说不出地难过。

采妮派出的那人绕到前面，就是从此处横向洒下了他们配制的那种液体，直到接上他们之前做过手脚的位置，所以那头公牛到此便转换了方向。

午时，他们停下来，就着山泉水在树下简单地吃了点食物，那头牛也用上好的精饲料喂养了一番，还在水里给它加了盐巴。

还有一下午的时间，日落之前，公牛须返回牛头山，那么按照约定公牛行走范围之内的领土便尽归山寨所有，包括这个范围之内的村庄和村庄中的百姓。所以现在还不是涸泽而渔的时候，必须要让这头公牛保持充足的体力。

众人歇了大半个时辰，格家寨的人便迫不及待地驱赶着公牛继续上路了。下午，公牛终于进入了于家的地盘，一过地界，张绎叔侄就像虚脱了似的瘫在马上，被他们的侍从扶下来，塞进了随行的一辆马车。叔侄二人挤坐在一起，掀起轿帘，阴沉地注视着外面。

进入于家领地之后，武士们驱赶公牛的热情明显降低了，在盟友的土地上，怎么可能毫无顾忌。再者，虽然刚到下午这头大公牛就进了于家的地盘，但它已持续犁了一上午的地，体力消耗极大，不可能再保持上午的速度。

武士们时不时地抬头看天，注意太阳西行的位置，他们必须得赶在太阳落山前，重新回到牛头山。张绎痛苦地闭上了眼睛，喃喃自语道："我张家雄踞铜仁五百年，难道气运真的到头了吗？"

张雨桐咬牙切齿地道："他们一定做了手脚！一定做了手脚！"

张绎黯然地摇了摇头，道："牛是我们找的，一路上只有我们的人出面制造事端，他们能动什么手脚？这是天意！天意呀！"

张绎掩面道："总算，老天没有做得太绝，终究还是让它折向了于家的地盘，否则，我真是无颜去见大哥了。"

张雨桐想了想，突然道："他们有巫师，会用蛊！会不会……他们给那头公牛下了蛊？"

张绎有气无力地道："蛊虽然有很多奇妙的效用，但还达不到那般神乎其神的地步，否则生苗早就一统天下了。千百年来，不知有多少部落先后脱离他们的控制，走出深山，他们还不是束手无策？"

两个人正悄悄议论的当口，引勾佬已悄悄取出一只蛊虫。他当然没本事控制公牛，却可以激发牛全部的潜力。

本来按照他们的计划，这头公牛应该能在日落前赶回牛头山，可是公牛受惊后跑得太远，如此一来，他们从张家拿的地，比他们本来打算得到的还要多，却也因此耽误了时间。

其实，如果他们早点决定返回，也还是来得及的。在确定不再继续前行的时候，他们可以控制公牛行走的方向，唯有在决定返回的时候，他们可以出面干涉。

在一些民间传说里，经常会有如下的情形：有人发现了宝藏，却因为贪得无厌，错过了离开的时间，结果和宝藏一起永埋地下。这种赌约也有类似的规定，如果他们太过贪婪，没能在规定的时间回归起点，那么同样将竹篮打水一场空。

可是人皆有私心，虽然于家是盟友，但于家有大片土地，格家寨却没有一亩良田，引勾佬还是想尽可能地为他的族人多争取些，所以虽然格哚佬再三提醒，他还是坚持让那牛多走几步路，多走一步，便是一垄地呀！这样一来，返程的时间在正常情况下便不够了，引勾佬只能倚靠他的蛊。

蛊炼制不易，虫子本身寿命不长，炼制成蛊也不会延长它的寿命，死了就需要重炼。蛊术师一般不会常备太多的蛊虫，但有一种蛊虫，几乎每一个蛊术师都会随身携带，那就是当初果基格龙向叶小天提出挑战，无计可施的叶小天向冬长老求助时，冬长老取出的那种可以增补元气、替垂死之人续命的蛊虫。

普通人服用此蛊，可以使体力、速度、反应，提高至少五倍。当然，透支的代价就是事后大病一场，甚至潜力催发得太多还有丧命的危险。如今就是用到这种蛊虫的时候了。

格哚佬看看天色，不安地对引勾佬道："长老，时辰差不多了，再走下去，只怕咱们不能及时赶回牛头山。"

引勾佬点点头，悄然放出了那只蛊虫，得到格哚佬示意的几个赶牛武士马上大声地吆喝起来，手中的皮鞭用力挥动。

张绎和张雨桐叔侄俩挤在车棚口，看一眼缓缓西坠的太阳，看一眼那头奋力扬蹄的公牛，两眼放出炽热的光：如果公牛不能及时赶回牛头山，那么格哚佬即将得到的一切都要化为泡影，他们也就从地狱返回了天堂。

正常情况下，这种事是不会发生的，虽然过程不可控制，但他们一定会算好返回的时间，可现在看来，好像他们真的来不及返回呢！兴奋之下，叔侄俩从车里钻出来，目光炯炯地瞪着那头公牛。如果它在日落之前没有赶回牛头山，张绎甘愿在自家的祖祠里为它立一个神位！

公牛在武士们的驱赶下使出最后一丝余力，稍稍加快了些速度，但还不够，以这样的速度，绝对无法在日落前赶回。张绎叔侄俩更加兴奋了。但是又过片刻，那头牛突然哞的一声狂嘶，那犁便像清晨时一样，翻开泥土似劈波斩浪。没有必要节省牛力，也不用考虑掉膘的问题，它的神圣使命就在今日。

公牛像疯了一样越走越快，红彤彤的太阳已经压在了山尖尖上，张绎叔侄俩的神情也有些如疯如魔了，他们看一眼太阳，看一眼公牛，笑声就憋在他们的胸臆间，只等太阳没下山巅，便纵声狂笑。

牛头山已在眼前，红日已有小半没下山巅，张绎叔侄俩像疯了似的喊叫起来："赶不到！赶不到！赶不到了！"

驾！驾！驾！啪啪啪……

武士们疯狂了，挥鞭如雨，疯狂地驱赶着公牛，叶小天紧随其后，压着胯下马的速度，却压不住他的心跳，他的心，跳得胸腔都有些痛了。

公牛，终于冲到了山脚下，拱背昂头，发出一声雄浑悠远的哞，随即就是一直候在山脚下的万千寨民和叶小天等人的纵声欢呼。张绎和张雨桐面如土灰，一屁股坐回车中。

那头公牛长哞未尽，便轰然一声倒在地上，它已耗尽全部的生命力。别的牛一生都在田垄间反复耕耘，而它，为一个部落赢得了一块永久的栖息地。虽然它没有名字，但它的故事将永远在这块土地上流传。

格哚佬的领地边界弯弯曲曲，在很长一段时间内，他们都没计算出精确的面积，但是他们曾经计量过这头公牛从日升到日落所走过的长度：七十二里！一牛之力，定下江山——夜天子的"龙兴之地"！

第九章

几家欢喜几家愁

一

张府后宅，张铎倚坐在罗汉榻上，听着胞弟和儿子吞吞吐吐地对他说出提溪圈地的经过后，久久不发一语。张绎羞愧地抹了把额头的汗水，抬头看看他，担心地道："大哥？"

张铎手撑着罗汉榻，吃力地下了地，趿上蒲草鞋子，颤巍巍地往外走，张雨桐担忧地站起来，唤道："爹？"

张铎仿佛没有听见他们说话，哆哆嗦嗦地出了门，迈着沉重的步子，艰难地往前走。一路行去，仆役、丫鬟，都已经知道张家在提溪的领地被人割走一大块，眼见家主沉着脸色走来，纷纷大礼参拜，连呼吸都不敢稍重一点。

就像在演一部默片，张铎缓缓地向前走着，张雨桐和张绎默默地跟在后面，一路行去，所遇之人尽皆一一拜倒。终于，张胖子来到了张家的祖祠。

张家的祖祠仿佛一座恢宏的宫殿，山门、正殿、侧殿、后殿、东西厢、钟鼓楼、碑廊……张铎沿着青条石的台阶步步而上，穿过洞开的山门，缓缓来到正殿。

照料祖祠的张府家人见张胖子神情悲怆地进来，纷纷跪倒、叩头，然后悄无声息地退下。张铎往蒲团上一跪，重重地磕了三个响头，突然号啕大哭起来。张绎和张雨桐一见他下跪，忙也跟着跪下，听着他悲痛的哭声，二人也不禁泪流不止。

张铎号啕地自责着，在祖宗灵位前叩首请罪，哭诉良久，他才泣不成声地道："不肖后辈张铎，不能保住祖先风光，不能开疆拓土，反而失地丧民，令祖宗蒙羞，实在无颜继续做张氏家主了。今日在祖宗面前请罪，愿将家主之位，传于我儿雨桐……"

张雨桐大惊失色，连忙叩头劝止道："万万不可！父亲大人，小小失意算得了什么，当年越王勾践受了何等奇耻大辱，可他十年生聚、十年教训，终究一雪前耻！儿愿与父亲一道重振张家，但凡对不起我张家的，早晚让他们付出血的代价！"

张胖子凄然道："为父无能，岂能厚颜继续担任张氏一门的家主，儿啊，这份重任，就由你担起来吧。"

张雨桐哪肯答应，他用力地磕着头，额头磕在青砖地上，已是血肉模糊一片。张绎也在一旁劝解，二人规劝好久，张胖子见儿子坚辞不受，他这一番折腾下来也已筋疲力尽，实在无力再说了，只好叹息作罢。

张绎和张雨桐扶着满面泪痕的张胖子缓缓走出祖祠。祖祠外面御龙早已候在那里，一见张胖子出来，御龙马上欠身道："知府大人，贵阳方面有重要消息传来。"

张铎疲惫地摆摆手道："回去再说。"

御龙亦步亦趋地跟着张铎，到了后宅卧房，张铎登榻，将累赘肥胖的身子挪到榻上，躺下喘息半晌，才道："什么事？"

御龙坐在榻前锦墩上，低声道："贵阳府下函，称朝廷知我贵州八山一水一分田，山路险峻、瘴毒浸淫，士子商贾便是由贵州去湖广武昌或是云南昆明，动辄也要三两个月，更遑论京畿，故有心逐步改善贵州道路。

"今年朝廷拨了一笔银子，准备用在州府之间的道路修建上，目前贵阳布政司属意于从石阡府和咱们铜仁府之中选择一处，拨款修路，所以特意发函咨询大人您的意见。"

所谓咨询，其实就是让当地知府上书陈情，详述该地急需改善交通的必要。铜仁府和石阡府与外界交通的主要干线都是水路，石阡的交通几乎九成九是靠水路，只有不携重物的百姓才会由险峻的山路出入。

铜仁也是一样，铜仁地处云贵高原向湘西丘陵地带过渡的斜坡区，境内河流纵横，水道交错，自古以来，长途联系与贩运就是依靠乌江、锦江、舞阳河、松桃河等能够通船的河流，陆地上的驿道、便道、大道等极少。绝大多数山路，车马极难通过，遇到非走山路不可的情况，大部分地区要靠脚夫肩挑背驮。

东汉时期五溪蛮造反，朝廷曾经发兵镇压，结果大军到了铜仁，因山深水急，舟船不渡，无法继续沿水路前行。想要走旱路，又因为山路崎岖，实在无法通过，以致困在原地，辎重耗光，最后被一网打尽。

自汉以后，历代朝廷和当地官府陆续修了许多路，可也只是相对于之前的险恶环境来说算是有所改善，还远远谈不上交通顺畅。

这一次朝廷拨款修路，如果铜仁府可以争取过来，对铜仁当然是极好的一件事，不但在道路修通之后，可以振兴当地经济，便是在修路过程中，也能极大地刺激当地的经济发展。

不过张铎听御龙一讲，忽地想到了之前长风道人给他下的判语："命犯太岁，不宜动土！"

张铎忽地一下子坐了起来，轻轻啊了一声，心中好不痛悔：难怪老天都不帮我，让我在公牛圈地时吃了大亏，原来是我违反天意动了土！

张铎痛悔地自语道："我怎么忘了！我怎么居然忘了！如此重要的大事，我竟然忘了！"

张雨桐和张绎面面相觑，不晓得他忘了什么事，御龙也是一脸茫然。

张胖子终于想通了，不是他太无能，而是他疏忽了长风道人的提示，逆天而行，这才遭到上天的惩罚。想通了这一点，张胖子心里顿时痛快了许多。

张铎马上斩钉截铁地道："石阡府出入路径皆为水道，比我铜仁更加不堪，此事我们就不要和石阡府争了。"

御龙一呆，忙道："大人，一旦修路，会需要大量石材、木材和劳工，可以振兴我铜仁经济啊！道路一旦修通，对我铜仁更是有莫大好处，尚未离开铜仁府的那些土司们听说此事，俱都欢欣鼓舞呢，我们岂可把这大好机会拱手让与他人！"

张铎摇头道："御龙，你不懂，这件事，我们铜仁不能相争，让给石阡府好了。"

御龙还待再说，张铎已经闭上眼睛，不耐烦地道："就这么决定了！老夫累了，你退下吧！"

御龙在榻前呆呆地站了许久，直到张雨桐悄悄递来一个眼色，这才恨恨地一跺脚，长叹而去。

铜仁府此时还有几位观望风色的土司没有离开，听说这个消息后大为不满，马上赶去见张铎。张铎恼恨他们先前明哲保身，对他们见都未见，只让张雨桐出去答对了一句："本府不舒服，不见！"

众土司只好愤然离开铜仁，一路上边走边把张铎争也不争，就把朝廷拨款修建官道的机会让给石阡府的消息散布了出去，一时间各地官绅、民众大为不忿。

张胖子是铜仁府的牧守官，理应为地方争取好处。而今他却把一桩大好事拱手让给石阡府，铜仁士绅百姓岂能满意，因此一事，铜仁士绅百姓对张胖子的不满发展到了极点。

但是张胖子对此却并未察觉，也许是因为他正沉浸于割让大片领土的悲愤之中，也许是因为以前的时候他即便偶尔做出这样的事，别人也是敢怒而不敢言。可他却忘了当几件事叠加在一起时，效果会大为不同。

只因长风道人一句"不宜动土"的判语，张胖子再次做出了一个错误的选择，让他的声望和权威降到了冰点！

· ※ · ※ · ※ ·

梯田处处，一座座吊脚楼藏在浓密的山林中。已经到了谷黄时节，田间风光旖旎，层层叠叠的梯田或黄或绿。远处是连绵起伏的崇山峻岭，而山脚下有一处红岩峡谷，一片赭红中夹着一条清亮的蓝色丝带般的河水飘遥远去，把人心中的浮躁也都一扫而空。

这儿是郭家岭，于氏家族麾下一位大头人的领地。

一身猎装勾勒出于珺婷姣好动人的身体曲线，以前她要么男装，要么柔美的女装，今天的猎装不仅让她透出几分英武之气，而且明媚的女性容颜、婀娜的身体曲线，更易叫人生出占有、征服的欲望。

至少，此时走在于珺婷后边的叶小天，眼神就正贼兮兮地流连在她的身上。山路狭窄，灌木丛中只有这么一条窄得不像路的路，叶小天不能和她并肩而行，就只能走在熟悉此山路的于珺婷后面。

于珺婷拨开花木，摇曳而行，叶小天的视线一直专注地定在她那浑圆丰盈处。那浑圆丰盈处连着一道浅细、摇摇欲折的小蛮腰，看起来特别有质感。叶小天曾止步不及，手背微微碰触了那里，那种弹跳丰盈的感觉，一直回荡在他心头。

"哎哟！"叶小天太过专注，于珺婷拨开的枝条反弹回来，险些抽在他的眼睛上，他急忙一躲，结果抽在了颊上。于珺婷回眸望了他一眼，似笑非笑："不看路吗？"

叶小天老脸一红，佯装不解。前方又拨开一丛灌木，视线豁然开朗，这里是一处断崖，由此望去，天地尽收眼底。叶小天走到于珺婷身边，也不禁被此处美丽的自然风光吸引了。

脚下白云朵朵，一只云中雀忽地擦着崖壁斜斜飞过，清爽的秋风过处，几片黄叶飘摇着向崖底轻飞，似乎是去追逐那只云雀。湛蓝的天空上，青天奋力撕开雪白的云朵，把它深海般的湛蓝呈现在他们面前。

"走吧，咱们去那儿坐坐！"于珺婷指着一块探出崖壁的怪石，那块怪石从崖顶突兀地探出一截，悬于空中，怪石缝里还生出一棵苍松，努力地把它的枝干伸得更远。风景很美，意境更美，可要爬到那上面去，也需要胆量和勇气。

叶小天看了看道路，只有贴着崖壁的一臂宽的一条窄道可以通行，人要扶着左侧的崖壁慢慢挪过去，一脚踏错就会跌下悬崖。好在前方有那块探出崖壁的怪石挡着，否则罡风强劲，还真不能冒险。

"我先来吧！"一见道路难行，叶小天主动抢在前面。于珺婷并没有反对，她轻轻侧了侧身子，让叶小天走在前面。如此一来，原本是叶小天在后面偷偷打量于珺婷，现在则变成了于珺婷可以毫无顾忌地偷窥叶小天。

格哚佬部已经在提溪站住脚，于珺婷和张知府已联名将此事呈报朝廷，奏章里自然是把格哚佬部出山作为朝廷王道远播、铜仁地方教化有力的一桩大功绩美化了的。

于珺婷不清楚叶小天打算什么时候公开他的真正身份、以什么样的方式公布，但她已经迫切地感觉到，必须在叶小天做这些事之前，让他们两人的关系更近一步。她已经付出许多，怎能让这个男人逃出她的手掌心？

她盯着叶小天，不似叶小天方才那种对美丽异性的欣赏。她的眼神，锐利得仿佛是一头苍鹰盯住了一只小白兔，马上就要把它攫为爪下的猎物！今天，她想做点什么……

第十章

驴性发作

一

叶小天登上岩石，返身探出手来，于珺婷香香软软的小手被叶小天用力一提，整个人就轻盈地跃上怪石。叶小天往里边挪了挪，轻轻坐下，双手抱膝，眺望青天白云下层染一般的大地梯田，一时心旷神怡。

于珺婷在他身边坐下，淡淡幽香迅速传入他的鼻端，叶小天探头看看令人心悸的高崖，笑道："监州大人！这块石头结实吗？可别轰的一声掉下去，我们可就死得太冤了！"

于珺婷忍俊不禁："叶大人如此惜命吗？这块石头在这儿也不知几千几万年了，哪那么容易就掉下去，如果偏偏我们来了它就掉下悬崖，那也是命中注定，我不怨的。"

叶小天笑道："要真是从这么高的地方摔下去，咱们肯定摔成一摊肉泥。我是无所谓的，监州大人这般美貌，也摔得不堪入目，如何是好？"

于珺婷道："死都死了，美不美又如何？都是一具皮囊罢了。"

叶小天道："皮囊固然可以不在乎，可是两个人全都摔个稀烂，也分不清哪一块是我哪一块是你，岂不是盛殓入棺时都要掺在一起？"

于珺婷微歪蟒首，睇了他一眼，脑海中不期然地浮现出了一段元曲："把一块泥，捻一个你，塑一个我，将咱两个，一齐打破，用水调和。再捏一个你，再塑一个我，我泥中有你，你泥中有我。与你生同一个衾，死同一个椁。"

叶小天忽然也想到了这首元曲，顿时觉得不妥，急忙扭头移开目光。于珺婷也正反向扭过头去，白玉般明净的颊上微微泛起两抹淡淡的晕红。

山风依旧激烈，两人之间却似荡漾着一抹温柔的暧昧。过了许久，于珺婷才轻轻叹了口气，仰面躺倒，头枕着手臂，幽幽地道："真希望就这样靠着地，望着天，听着山风呼啸，什么都不想，一辈子！"

叶小天坐在那里，一说话声音就会被风吹淡，必须得提高音量，所以他也干脆躺了下来，扭过头道："这话怎么说？我看监州大人平日里威风八面，一腔雄心壮志，只因这田原风光，便要烟消云散吗？"

于珺婷忽地面现悲戚之色，黯然一笑道："威风八面吗？"

叶小天顿时起疑，道："监州大人有心事？"

于珺婷欲言又止，叶小天看在眼里，不禁起了好奇心。他翻了个身，手托着腮，面朝于珺婷，默默地凝视她。于珺婷很不自在地扭过身去，侧身躺着，幽幽地道："你不要问了。"

叶小天没有听清，凑过去道："你说什么？"因为山风的影响，于珺婷只当声音忽然大了些是因为他提了声音，因而微愠地回头道："我……"

她本想说："我说，你不要问了！"结果头一转，恰好迎上叶小天的嘴巴，两人的嘴唇一擦，同时呆在那里。

轰——

叶小天只觉山风好像骤然强劲了十倍，马上就要吹得他随风而去了。于珺婷杏眼圆睁，愕然地望着叶小天。她是有心勾引叶小天，就连这欲言又止也是她欲擒故纵的手段，可她并未想过这样的开始。

过了半晌，叶小天才讪讪地道："误会！纯属误会！监州大人千万不要动怒！"

于珺婷瞪着他，目光缓缓移向他的手，见他五指箕张，牢牢抓着岩缝，忍不住问道："你这是干吗？"

叶小天干笑道："我怕监州大人一怒之下，会把我踹下悬崖！"

于珺婷忍不住扑哧一笑，冷哼一声道："我为了救你，不惜得罪了五位权贵，怎么舍得你这么容易就死了？"

她翻身坐起，嗔怪地看了叶小天一眼，道："不就是碰了下嘴唇吗，本姑娘是什么人，才不在乎呢！"说着狠狠地擦了擦嘴唇，只是嘴唇上不曾擦去什么，倒是腮上的两抹"胭脂"越擦越明显了。

叶小天赶紧大拍马屁道："监州大人女中豪杰，巾帼英雄，心胸气度自非我等凡人可以揣摩，自然不会效仿那等没见识的小女子一般忸忸怩怩……"

"好啦！别再聒噪了，不然我真把你踢下悬崖！"

叶小天马上闭嘴。

于珺婷憋着笑瞪了他一眼，屈膝，双手抱腿，把下巴搭在了膝上。叶小天虽见她眸波中又显忧伤，可是经过方才之事，哪里还敢再问。

于珺婷怅然良久，轻轻一叹，主动开了口："叶推官，你以为，我这个女土司，当真逍遥自在、八面威风吗？"

叶小天疑惑地道:"怎么,难道……不是这样?"

隐隐地,叶小天感觉似乎有什么狗血剧情要上演了,貌似大宅门里总少不了这样的戏码,如果没有,百姓们就会深以为憾,并主动热情地帮其臆想一些出来。

于珺婷轻轻点了点头,道:"我爹有三个亲兄弟,却只有我一个女儿,他因为是长兄,所以做了土司。依照规矩,我是第一顺位继承人,可一个女人继承大位,你觉得我那些叔父会服气吗?"

于珺婷长而翘的睫毛眨了眨,已是泫然欲泪。在她口中,那难为过她、刁难过她却屡屡被她整得灰头土脸的三位叔父变成了阴险狠辣的老狐狸,她在叔父们层出不穷的陷害下苦苦挣扎,饱受屈辱,屡遭暗算。

于珺婷所说的这些,前半段都是真的,后半段则是她即兴发挥,但听起来却很真实,只听得叶小天义愤填膺,忍不住怒声道:"骨肉至亲,尚且如此坑害算计,当真毫无人性,该杀!"

于珺婷眸波湿润,忧伤地道:"对张知府我可以毫不留情,可是对自家亲人,我又如何能下狠手?我从小就想做奢香夫人那样的女人,能深受族人爱戴,而不想做武则天,纵然权倾天下,依旧是孤家寡人,有什么意思呢……"

于珺婷轻轻地吸了吸鼻子,幽幽地道:"我希望,有朝一日能感化他们……"

叶小天道:"监州大人太善良了,他们已然利欲熏心,怎么可能受你感化呢?"

于珺婷叹道:"我这个侄女,能对自己的亲叔父怎样?他们不仁,我却不能不义。即便不能感化他们,但只要我能斗垮张知府,带领于家成为铜仁第一家族,在大势面前,想必他们也不敢太过分了!"

叶小天一时冲动,沉声说道:"叶某愿助监州大人一臂之力!"

于珺婷闻言大为欢喜,忘情地握住叶小天的手,感激地道:"叶大人,谢谢你!"

于珺婷心中好不得意,等的就是这句话呢!一个男人,对一个长得不算赖的女人生出保护欲的时候,就是沦陷的开始……

叶小天心想:"这位女土司表面风光,说来也是辛苦。不过,她大概以为我是要投到她的门下吧。站队?怎么可能,我要做的是建自己的队!到时候,顺手扶你一把便是了!"

·※·※·※·

在张铎召集众土司,商议对格哚佬部是出兵还是用牛圈地的办法来解决争端的时候,于珺婷就已公开表示:"叶小天是我的人!"之后,于珺婷又邀请叶小天同游郭家岭,更是坐实了此事。

从此,于监州麾下的文武二老在外人眼中就变成了四大护法:智囊是文傲,打手是于海龙，他们是于监州身边的人，而在官府里被她倚为左右手的，就是戴同知和叶推官。

四个人里面，众人公认实力最弱的就是叶小天，人们都相信，于监州之所以把叶小天引为心腹，是看中了他的胆识和谋略。当然，也有不乏恶意的人，猜测叶小天根本就是于监州的面首！那于监州都是老姑娘了，迄今没有婚配，也未定亲，她会不想男人？于是，众说纷纭。

这些谣言不会传进于珺婷的耳朵，叶小天也不知道，此时他正关心着自己投资兴建的文校和武会。文校和武会还在持续地建设当中，不过主体建筑已经完工，可以开始招收学子了。

由于叶小天之前就已委托黎教谕帮他物色教书先生，所以文校这边进度更快，已经开始满城张贴告示，宣布他们无偿招收学子的消息。

叶小天走在尚未进行平整的校场上，看着远处还在修建的屋舍，问道："现如今本校有先生多少人，学子多少人？"

负责文校的老先生是个落第秀才，叫秦祺。秦祺还是头一回见到叶小天，他毕恭毕敬地答道："回大人，目前校内已经聘有先生五人，学子嘛，有一百出头，教习们还忙得开！"

叶小天点头道："很快就会再有百十名学子入学，这些人都是提溪格哚佬部送来的，他们需要长住校内，饮食、住宿方面我会找人安排，教习上如果人手不够，你要尽快想办法。"

秦祺道："大人放心，教习先生还是有的，只是现在还没招收那么多学子，聘来先生也是吃闲饭，虽然咱们是义学，也不能胡乱开销。"

叶小天赞许地点了点头，这时候，正好有一队刚刚入学的学子抱着书本要进一处屋舍，走在头里的教习先生看见叶小天，连忙站住对学生们说了几句话，众学子便站住，一个个抱着书本，好奇地向这边打量。

叶小天刚走过去，那些学生便集体肃立，用清脆的嗓音喊道："校长好！"

叶小天只当他们是在向秦先生致意，微笑颔首，赞道："好！尊师重道，孺子可教，孺子可教呀！"

叶小天还未说完，就见那些学子齐刷刷向他鞠了一躬，叶小天不禁愕然道："秦先生，这是……"

秦祺笑道："他们敬的是大人您哪！若非大人，他们哪有今天，所以本校的先生一致决定，由叶大人任校长。"

"这个……"

秦祺道："虽然大人您公务繁忙，无暇到校授课，但您是本校的主心骨哇，有什么事，不还是要大人您操心嘛，所以大人就不要推辞了。"

叶小天略微一想，便也不再矫情，笑道："得了，那我就做个不管事的校长好了，教务上的事，还是要麻烦秦先生的，哈哈……"

二人正说着，忽听校门口传来一阵吵骂声，叶小天扭头一看，立即加快脚步走过去。站在校门口的一人穿着一身校监的冠服，肤色有些黧黑粗糙，此人正是叶小天安排的教蒙学的那八位长老的亲眷之一。

校门外站着一个泼皮模样的男人，满口污言秽语，气得那校监脸色涨红，他肤色本来就黑，这一下显得更黑了。在那泼皮身边还有一个七八岁的儿童，怯生生地不敢言语。

叶小天大步走过去，皱着眉道："出了什么事？"

那校监可是清楚叶小天的真正身份的，一见是他，登时手足无措起来，慌张地道："见过……见过……大人。"

叶小天摆了摆手，看了一眼那个泼皮，冷冷地问道："他在这里吵什么？"

那校监是深山里出来的人，被那泼皮骂了个狗血喷头，却不会还嘴，气得火冒三丈。若是换个地方，他早就扑上去抱以老拳了，可这儿是尊者所建，据说是教人读书识字、培养斯文人的地方，他哪敢撒野，所以只能隐忍。

这时叶小天一问，正在气头上的他吭哧瘪肚地说不清楚，那泼皮便指着叶小天嚣张地道："你就是开蒙学的那个大善人？你开蒙学还不收束脩，好事啊！可做好事也得你情我愿不是？怎么着，你们还要强拉我儿子入学？"

那小男孩怯怯地道："爹，是我自己来的，我不想乞讨，我想上学。"

泼皮拍了他一巴掌："上学有个屁用，听他们扯淡！"复又转向叶小天，冷笑道："你想让我儿子上学，也得老子同意不是？为了沽名钓誉，你们花言巧语地哄骗一个不懂事的娃娃，名声是这么赚的？"

碰上这么一个不懂好赖的王八蛋，直把叶小天气得火冒三丈。他一下子跳起来，戳着那泼皮的鼻子大骂起来："老子长这么大，还是头一回看见你这种不懂人事的混账爹！做好事还做出毛病来了，活该你家八辈子受穷！

"滚！马上滚！老子就是钱多烧得慌，也不会浪费在你这种人身上！你爱学不学，关我屁事啊！老子花钱供你儿子读书，还得低声下气地求你不成？你个混账……"

他那手指就在那泼皮的鼻梁上晃着，晃得那泼皮眼睛一挤一挤的，唾沫星子喷了那泼皮一脸，把个秦先生看得目瞪口呆："这位校长大人刚才儒雅得很，此刻怎么竟是这般模样？对了，他的绰号！真是……真是名不虚传！"

第十一章

难堪之日（上）

一

"郎在高山打一望啰喂，姐在哟河里哟。情郎妹妹哟，衣哟洗衣裳哟喂，洗衣棒棒槌地响啰喂，郎喊哟几声哟，情郎妹妹哟，衣哟姐来张哟喂，棠梨树，格格多，人家讲我的姊妹多，我的姊妹不算多……"

调子还是跑得不知所谓，声音还是嘶哑干涩，明明平时说话很清脆很悦耳，怎么一唱歌声带就像锣和钹蹭在一起用力摩擦，简直让人直起鸡皮疙瘩。

丫鬟们早已在凝儿大小姐唱第一句的时候，就找了种种理由逃之夭夭。落叶满园，池中的鱼沉得越来越深，高空中一行大雁振翅远去。古有西施沉鱼，昭君落雁，凝儿姑娘一开口，便起到了两大美人的作用。

安公子捂着耳朵走进花园，凝儿一见表哥，有些害羞地住了口。她也知道自己的歌声比较奇怪，可是想起要为叶小天练一首歌的承诺，就下意识地想以此稍慰相思。

安公子捂着耳朵走过来，笑嘻嘻地道："没事，你继续。哭痛快了就好了，这世上没什么过不去的坎！"

凝儿大怒，嗔起杏眼道："放屁！谁哭了！我……我在唱歌！"

安公子大惊小怪地道："啊！原来凝儿姑娘在唱歌，我还以为……哈！哈哈……"

凝儿白了他一眼，冷哼道："你不是要去铜仁府贺寿吗，怎么还赖在我家不走？"

展家意图借助播州杨家的力量扩充他们的实力，这件事瞒得过别人，却瞒不过安家。四大家虽然排名有先后，地位上却差不多，如果要说竞争，有资格同四大家中任何一家竞争的，也只能是其他三家。

所以，展家向杨家靠拢，令安家很不满，最近展、安两家走动已经不亲密了。不过，凝儿是安家的外甥女，和安大公子的私交也不错，所以安公子前往铜仁府为张知府贺寿的时候，特意经过展家的地盘，前来会会表妹。

安公子道："今儿就要走了，真不需要我替你给那叶小天捎个口信？"

凝儿不开心地道:"不要!他又不来看我,人家是女孩子,哪能那么不矜持,还要上赶着讨好他。"

安公子对叶小天近来的举动知道得不少,闻言笑笑,道:"他可没闲着,一直忙得很哪。男人嘛,比女人承担的要多得多,家族的责任、兄弟的责任、追随者的责任、养家糊口的责任……你不要怪他,他现在这么拼命,还不是为了来日有资格向你求亲,有资格娶你这位豪门贵女回去?"

凝儿嘟起嘴巴道:"人家又没怪他太忙,可……捎个信来总还容易吧?"

安公子敛了笑容,道:"最好不要!你不曾把他的真正身份告诉你大伯吧?"

凝儿白了他一眼道:"你当我是白痴?"

安公子颔首道:"这就好!叶小天胸怀大志,你只管看着好了。如果太早向人泄露他的身份,对他绝非好事。你大伯野心很大,如果被他知道了叶小天的真正身份,很难说他不会打什么主意。而以展家的实力,想控制一股比他强大得多的力量,一定会引火烧身,给展家带来不可预测的灾祸。"

凝儿轻轻嗯了一声,道:"可……老太公究竟想干什么呢?"

安公子若有深意地望了她一眼,道:"你放心,老太公并没有对他不利的打算,我们安家是最希望贵州稳定的。老太公所做的一切,对他只有好处,没有坏处。"

凝儿幽幽地道:"我知道,只是……唉!"

安公子叹了口气,道:"你呀,因为你大伯,你我都有些生分了,算了,我也不说那么多,总有一天,你会明白老太公的苦心。这一次,我去铜仁府,你真的不一起去?"

凝儿道:"母亲身子一直不见大好,我怎能离开?"

安公子皱了皱眉,道:"不如叫小姑回安家去歇养段日子?咱们家的郎中医术甚是高明,叫他给小姑好好调理一下。"

凝儿苦笑道:"展家的驻家郎中医术也不差,娘这是从小落下的病根,起先还好,如今年岁渐长,这病就找上身了,想要痊愈,难!"

一时间,表兄妹二人相顾无言,只有秋风卷着黄叶绕着他们的身子打转,甚显凄零。许久,安公子才长长地叹了口气,道:"既如此,那我这就上路了,保重!"

凝儿看着表哥远去的背影,忽地咬了咬下唇,道:"等一等!"

安公子讶然回头,就见凝儿飞快地跑过来:"我……我跟你去见他一面,然后就回!"

·※·※·※·

呼——呼——

戴同知趴在榻上，睡得香甜。忽然，戴同知醒了，一睁眼，就见李经历趴在旁边的榻上，只穿一条犊鼻裤，后背上银针闪烁，正望着他，脸上带着意味深长的狎笑。

"怎么，戴兄昨夜又操劳过度了吧？拔个火罐都能睡着，嘿嘿，人过中年了，还是悠着点吧。"

戴崇华背上全是竹筒火罐，就连肩上也是，他慢慢把双臂屈起，下巴垫在掌背上，惬意地吁了口气，懒洋洋地道："舒服哇！人生得意须尽欢，有花堪折莫放过嘛……"

李经历撇撇嘴，有些羡慕地道："昨日又摘了谁家的红杏呀？"

戴崇华看了他一眼，嘿嘿地笑了两声，摇头道："不可说，不可说！"

李经历翻了个白眼，道："放着欢场女子大把不要，偏爱别家妇人，也忒缺德。今日知府大人寿诞呢，你准备了什么寿礼？"

戴崇华的神气更显古怪："还是不可说，不可说……"

两人正你一言我一语地说笑，隔壁房中忽地响起一阵动静，听起来好像有两位客人刚刚进来，推拿师正为他们推拿。这两人嗓门大，话也多，自从进了屋就滔滔不绝。

二人东一句西一句拉扯半晌，其中一人笑道："北韦兄，今儿晚上去凤凰楼风流风流？"

被称为北韦兄的人懒洋洋地道："都玩腻了，瑞希兄就没有别的去处了吗？"

瑞希道："凤凰楼可是咱铜仁最好的青楼，你还不满意？有本事你也可以学人家戴同知，自有大把的良家妇人送上门来供你狎弄。没有那个本事，只好花银子快活喽！"

李经历听到这里，不禁向戴同知挤了挤眼睛，挑起大拇指，小声道："声名在外呀戴兄，嘿嘿！"

北韦道："戴同知？我要是学戴同知，就先去偷了你娘子。"

瑞希道："那也太不讲究了吧，须知朋友妻不可戏呀！"

北韦道："你不是要我效仿戴同知吗？那戴同知连他好友李经历的娘子都偷了，我要学他，自然先打你娘子的主意，哈哈……"

两人说到一半时，戴同知脸上就已微微变色，有些心虚。他万万没有想到，对方竟然知道自己与李经历娘子之间的私情，偏偏还在这个时候说了出来，顿时大骇。

李经历听到这里，霍地扭头望向戴同知，脸上一副难以置信的惊怒。

这时隔壁那人又道："昨日在大悲寺，我恰巧看见那对狗男女从里边出来，那妇人钗横鬓乱，满面春色，像只刚被喂饱的馋猫，到了众人面前两人还刻意分开，嘿嘿！殊不知他们的苟合早就落在有心人眼中，那伙头僧偷偷窥过……"

"昨日……"李经历蓦地想起昨日娘子的确去过大悲寺，自己当晚求欢还被她拒绝，说是身子不适。一时间此前妻子频频往大悲寺礼佛，时而他在附近撞见戴同知的事都想了起来。

李经历登时怒发冲冠，双目发红地瞪着戴崇华，大喝道："姓戴的，好狗贼！"

戴同知满头大汗，欲想狡辩，却又不知该如何说起，狼狈地道："误会！纯属误会！李兄息怒，我……我去跟他对质！我马上去隔壁房，找那人对质！"

"对你个头，你这个人面兽心的畜生！"李经历正做针灸，一时也顾不得背上插满长长的银针，大吼一声跳了起来。戴同知见状哪敢怠慢，噌地一下滑下床，这一活动，有些吸得不紧的罐子便噼里啪啦地掉下来，但大部分竹筒依旧牢牢吸附在他的身上。

戴同知光着脊梁，穿一条犊鼻裤，鞋子也顾不得穿，撒腿就跑。李经历满后背的银针，光着一双大脚丫子随后便追，二人一前一后飞也似的跑得不知去向了。

隔壁北韦、瑞希两位仁兄听见这屋大骂，不由得面面相觑，过了半晌，北韦怯怯地问道："不……不会这么巧吧？"

瑞希赶紧下地，披上一件袍子，趿着拖鞋悄悄闪出按摩房，先察看了一番四下动静，又磨蹭到隔壁房间，就见室内空空，墙壁上还挂着两套衣冠。瑞希情知不妙，赶紧逃回去道："不好了！正主就在隔壁！"

北韦大惊失色，惶然道："糟了！我揭破了戴同知的好事，若是被他抓到，岂能饶我，快走，快走！"

两人当即匆匆穿戴好，丢下一摞银钱，撒腿就跑，只丢下两个看不见的按摩师傅，摸摸索索地捡着扔了满榻的铜钱。

这时负责隔壁房的推拿师眼见时辰差不多了，便回到了隔壁房，一撩门帘，不禁诧然站住："咦？人呢？"

他抬头看了看眉楣，没错呀，就是甲字三号房嘛。推拿师挠了挠头皮，看看壁上挂着的衣冠，不禁自语道："莫非两位大人一起去了茅房？"

第十二章

难堪之日（中）

一

铜仁全府休沐三天！

知府老爷过生日，全府各行各业包括衙门就可以放大假，这也只有在土司当权的地方才能实现了。

不过，张胖子不休沐也不成，他的家就在知府后衙，而且这座知府衙门是原来的土司府改造的，出入的正门在前面，若不休沐，打官司告状的、各地赴知府衙门公干的，依旧进进出出，同时又有大批贺客出入，那成什么样子？

知府衙门的侧门和后门也都开了，后门从三天前就彻夜不关，不断有隶属于张家的土舍、大头人、二头人、小头人等有职司在身的人赶来送礼。粮食、布匹、鸡鸭、肉肘、蜂蜜、黄蜡、山珍、鲜鱼、美酒……

土司老爷过生日，自己是不用花销一文的，所有需要的一切都由手下供奉。百姓们把供奉交给自己的吏目或头人，再由他们汇总起来送到知府衙门。临时增加的厨子、仆佣、席面，也全部由张家的土民们负责，三天下来，张家的后院已经堆满了各种各样的财物。

由侧门出入的是铜仁府的官员及其家眷，他们由侧门进来，呈上礼物后，便男女分开，男宾被知客引到在二堂院落设下的宴客厅，女眷则被引到在三堂院落设立的宴客厅。

这里并没有中原那样的礼教大防，也不会严格分离男女宾客，时而就会有女宾到二堂走动，或男宾到三堂走动，之所以大略地进行分离，只是为了让大家少些拘束，更加尽兴。

正门专门用来迎接具备土司身份的大人物，也是目前看来最冷清的地方。门前有十六名披红挂彩的家丁昂首挺胸地站在那儿，旁边架着一架巨鼓，一旦有土司到来，就要鸣鼓示内，可是那架巨鼓从清晨到现在还未响过一次。

张绎在二堂逛了一圈了，含笑招呼了一些铜仁官绅，忽然发觉有些不对劲，四下一扫，心头咯噔一下，马上返身向前衙赶去。

张绎到了前衙，就见门廊下支着一张桌子，桌子上铺了红布，摆了文房四宝，一个负责登记礼品的账房先生正托着下巴，百无聊赖地打瞌睡。

咚咚咚！

桌子被用力叩了几下，那掌房一睁眼，见是本家二爷沉着脸站在面前，赶紧站起身来说道："二老爷！"

张绎沉声道："有几位土司老爷到了？"

账房先生低头看了看空无一记的礼簿，面有难色地道："这……二老爷，还不曾有人来……"

张绎听了不禁有些心头发慌："不会吧，无论怎么样，他们也不至于撕破脸皮，连我大哥的生日都不来吧？"

远远地，喜庆的锣鼓唢呐声传来，听得他更加心烦意乱，张绎一转身就要向后宅走去，目光一扫，忽见侄子张雨桐从外面走进来，张绎马上停住了脚步。

张雨桐一见他面色难看，就知道他在为何担心，忙快步迎上，小声说道："叔父不必担心，侄儿也发现有些不对，特遣使人出去探查了一番。各地的土司们已经到了的，分别住在驿馆和寺庙里，方才下人回报，他们已经陆续出门，乘马坐轿地奔这边来了。"

张绎听了不禁松了口气，如果张大老爷过生日，阖府土司竟无人到贺，那问题就严重了。平时张知府说了什么，哪怕没有一个人拥戴，还可以勉强说是意见相左，而若是张知府过生日，这种礼节拜会都不到，那完全就是先给了张知府一记大耳光，随即拢着嘴巴满天下地喊："老子从此不听你的摆布啦！"

张绎松了口气，随即冷冷一哼，道："你爹过大寿，他们居然慢慢腾腾，至今不到，摆明了是存心怠慢。"

张雨桐叹了口气，道："父亲笃信长风道人所言而偃旗息鼓，咱们今年是很难搞些什么动静出来了。忍一忍吧，等过了年，他们的戒心也放松了的时候，咱们再伺机反击，叫他们晓得咱们张家的厉害。"

张绎欣慰地道："嗯！好孩子，张家有你，希望就不绝，我和你爹都老了，和于珺婷斗，就靠你这后生了，长点志气！"

张雨桐用力点了点头，还微带稚气的脸上掠过一丝戾气。

叔侄俩并肩往后走，张绎道："他们慢慢腾腾的，吉时只怕还到不了，是等等他们，还是先开筵？"

张雨桐道："若是为了他们贻误开筵的吉时，岂非更长了他们的志气？他们故意怠慢，就是为了羞辱我们张家，不能叫他们如意，咱们准时开筵！"

·※·※·※·

二堂上，吴父和项父热情地聊了一阵，忽然察觉有些不对劲，院子里的人已经坐了个七七八八了，但大堂上摆设的四桌酒席却还只有小猫三两只就座。吴父不禁皱起眉头，对项父低声道："好像有点不对劲呀，你看！"

项父往堂上一看，也不禁紧张起来："这什么意思？连知府大人寿诞，他们都不来了！"

"小点声！"吴父赶紧叫他放低声音，又往四下一看，道，"戴同知也没来！"

项父道："抛开他的土司身份不谈，他还是本府的同知，知府大人的直属下官，他敢不来应酬一下？"

项父说着，游目四顾，忽地看见了叶小天。叶小天坐在廊下靠边的那桌酒席上，东张西望，十分悠闲。如今已经赶到的，都是亲近张家的一方，或者本身没有什么大能量，也不需要表态站队的中立者。而叶小天已经被列为于监州的四大护法之一，这些人为了避嫌，都离他远远的，所以那一桌就只有叶小天一人，特别显眼。

看见叶小天，项父便松了口气，道："你瞧，那个姓叶的在那儿坐着呢，如果他们是商量好了不来，姓叶的也断然不会露面。他既然来了，戴同知便不会不来。"

吴父这时也看见了，重重地哼了一声道："不管如何，他们迄今未到，就是对知府大人大不敬！"

吴父嗤了一声，道："得了吧，人家早就不恭敬了，我就不信，张家发展至今已五百年，说倒下就倒下了。你看着吧，张家此时越是没动作，将来就一定会有大动作，且让他们得意去吧，我等着看他们难看的时候！"

叶小天一个人坐在角落里，真是好生无聊。眼见有些女宾从二堂过来，陪着丈夫见些知交好友，尤其是七缠八绕的亲戚，也有一些男宾到三堂去拜见一些本家的女性长辈，叶小天干脆也站起来，向三堂走去。

张家今年在政坛上连连失利，有心借张知府寿诞振奋一下张家的威望和士气，所以特意提出众官员士绅要携带家眷。叶小天尚未娶妻，但在他心里，也真没把哚妮当成一个身份低贱的侍妾，所以今儿把她也带来了。

如今眼见自己在前边受到孤立，叶小天有些担心哚妮，便向三堂赶去，想去看看哚妮的处境。哚妮头一回陪着叶小天出席这种活动，受宠若惊，很是精心地打扮了一番。

她穿一件高领团花银绫对襟小袄，下着凤尾裙，发髻梳成桃心髻，除了耳下两粒明珠，再无饰物。一双柳眉似弯弯细月，脸上搽着若有若无的淡淡胭脂，温婉秀美，状极娇艳。

她这般气质容貌，在满堂女宾中出类拔萃，甚是引人注目。有人好奇，问起她的身份，得知她是叶推官姬妾室，便有人看她不顺眼了。

这些权贵夫人，即便当初很是貌美，如今毕竟大多过了中年，姿容已大不如前，结果今天偏偏蹦出个水灵娇嫩的小娘子，抢尽她们的风头，心里能是滋味吗？再者说，她是个妾，居然和她们这些夫人同席而坐，更可恶的是，她还是叶小天——张家的对头——的女人。

酒席还没开，一桌妇人正嗑着瓜子闲磨牙，其中一个妇人嗑着瓜子，似笑非笑地道："难怪呢，一个下贱的妾室，也能登得这大雅之堂，瞧这风骚的小模样，准有一肚子的狐媚手段，会哄男人开心！"

另一个妇人拿手帕在颊上左搽一下右蹭一下，懒洋洋地道："也不好说，没准人家男人更厉害呢，姐儿爱俏嘛，爱的什么俏，功夫嘛！要不然，能让于监州那么青睐？"

一席妇人吃吃笑了起来，哚妮挺着腰杆坐在那里，听出她们说的不是什么好话，却还是一副笑不露齿的模样，只是颊上浮起两抹难为情的红晕。这丫头其实刁蛮着呢，可现在偏偏乖巧得不得了，虽然心里又气愤又难过，可她不敢发作，生怕人家说她粗野，丢了小天哥的脸面。

坐在哚妮上首的一个妇人端着茶水，扭着满是赘肉的腰肢揶揄地道："回了家啊，可都得看紧喽，可千万别叫这种小浪蹄子接近你们家男人，要不然哪……哎哟！"

她一句话还没说完，就觉得手肘似乎被人撞了一下，脸上被泼了一杯茶水，登时尖叫一声。

叶小天怒气冲冲地出现在桌旁，哚妮一见，慌忙站起，怯怯地道："老……老爷……"

她晓得外面规矩大，不能像在家里一样叫他小天哥，否则又要给人提供话柄了。眼见叶小天怒容满面，她心里不自觉地有些难过："都是我不好，扮不出大家闺秀的模样，给小天哥丢脸了。"

叶小天一把攥起了她的小手，冷冷地扫了一眼满席妇人，呸了一声，不屑地骂道："一群傻老娘们！"

叶小天骂完便拉着哚妮扬长而去，丢下一群权贵夫人在风中凌乱……

第十三章

难堪之日（下）

一

叶小天牵着哚妮的手回到前厅，因为还有其他权贵携了妻眷来往，所以并未引起别人注意。叶小天把哚妮拉到那桌靠廊角的酒席旁，道："你坐下！"

哚妮不安地道："小天哥，是不是我哪儿做得不好，所以她们才都针对我。对不起，我……我不想给你丢脸的。"

叶小天余怒未息地道："你有什么做得不好？那些臭娘们只是见不得别人比她们好！不用理会她们，你就陪我坐这儿好了！"

展凝儿和表哥已经赶到，叶小天方才往三堂去时，她和表哥刚进府门，所以不曾遇上，此时见到叶小天，展凝儿顿时心中一喜。

不过一见叶小天拉着哚妮的手，两人那副亲昵的样子，展凝儿虽然早知哚妮是叶小天的女人，可毕竟未见过二人亲热的场面，心中登时泛起一抹酸意，噘起嘴扭过了头去。

她穿着一身男装坐在表哥身边，再加上院中酒席遍布，乱哄哄的，叶小天根本没有看到她。这时吉时已到，知客上前高声宣道："有请老寿星！"

立时，喜乐齐奏，锣鼓飞扬，刚刚众人正因堂上几桌酒席冷冷清清无人赴会而议论纷纷，这时忙也收声，纷纷站了起来。

张雨桐搀着穿了百寿图长袍的张胖子缓缓走出来，边走边贴着父亲的耳朵轻轻说着什么，张胖子脸上带着蒙娜丽莎一般神秘的微笑，轻轻点着头。

张雨桐向他说的正是众土司有意怠慢，所以迟至宴会快要开席，才姗姗来迟的消息。张胖子听得心中暗恨，面上却不动声色，只向众人含笑点头。

张胖子一向喜欢附庸风雅，这时候怎么能不弄得雅一点。于是，黎教谕双臂一举，早有准备的一班山歌手便伴随着欢快的曲调，为张知府唱起了《生日歌》："天保定尔，以莫不兴。如山如阜，如冈如陵，如川之方至，以莫不增。……"

这是黎教谕从《诗经·小雅》中选择的一首乐诗，原诗不止这几句，不过原诗是臣子们用来祝颂君主生日的，其中有些句子用在张胖子这位土皇帝的身上有些太犯忌讳，所以只选择了恭祝健康、长寿等的句子。

黎教谕抽筋似的把双臂又抬高了些，十八位山歌手的声音立即变得更加高亢起来："如月之恒，如日之升。如南山之寿，不骞不崩！如松柏之茂，无不尔或承……"

他们刚唱到"如南山之寿"，就觉得席间一阵骚乱。站在侧厢廊下的十八位山歌手肃然而立，用眼角余光看去，见一个清癯的中年人光着脊梁，穿一条犊鼻裤，披头散发，后背上还有许多竹筒火罐，一头冲进院子。

十八名训练有素的山歌手不约而同地"不——"，足足把这个音阶拉长了三倍，才唱出"骞不崩"来。紧跟着一口气吸到一半，就见又有一个赤足、裸背、穿犊鼻裤，后背上也不知道有多少枚银针闪烁的矮胖中年人冲进来。这些歌手一时惊讶不已。不过他们都知道张知府规矩大，如果寿诞之日让知府老爷不痛快，他们小命都难保，是以强自镇定，硬撑着把"松柏之茂，无不尔或承……"给唱了出来，虽然他们一个个面孔扭曲，难以形容。

张胖子正笑容可掬地听着《生日歌》，见此一幕，不由得愕然瞪大了眼睛，欲待发怒，突然发现那逃得极其狼狈的人竟是戴同知。

张胖子失声道："戴崇华，你做什么？"

戴崇华早就弃了张胖子改抱于珺婷的大腿，这时一见他也顾不得了，立即上前求救："知府大人，快快阻止他！李经历疯了！"

李经历二目暴突，怒声吼道："你才疯了！姓戴的，就算你戴家势大，我也不与你善罢甘休！你这个禽兽，竟敢勾引大嫂！来来来，你我大战三百回合，不是你死，就是我亡！"

李经历一边骂，一边追着戴崇华绕着张胖子转圈。张胖子被他们转得晕头转向，忍不住怒喝道："够了！今日是本府寿辰，你们两个混账东西到底胡闹什么？"

李经历体力不及戴同知，跑得气喘吁吁："恭……恭……祝……知府大人……福如……东海，寿……比南山。下官……无心冒犯，可……可是我跟姓戴的，不共……戴天……"

张雨桐见父亲大好寿诞被这两人搅了，气得脸色铁青，只恨父亲过大寿，他身上没有带刀。他伸出双臂，将二人用力一分，大喝道："两位大人，你们够了，如此模样，成何体统！"

李经历指着戴崇华，浑身哆嗦地道："你……你问他！你问他！"

戴崇华是打死也不会承认的，他矢口否认道："问我做什么？我冤枉得很！李兄，你我多年的朋友，难道你还信不过我？旁人胡乱嚼几句舌根子，你就信了！"

李经历恶狠狠地呸了一口,骂道:"废话!要不是和你相交多年,知道你的为人秉性,我还不信呢!戴崇华,你这个人面兽心的东西,我不杀你,誓不为人!"

一向好面子的张知府眼见贺客们交头接耳,面上都带着各种古怪的笑容,不由得勃然大怒,厉声道:"你们两个……你们两个真是气死老夫了!老夫大寿之日,你们两个竟然这般模样前来捣乱,真是岂有此理……"

李经历委屈地道:"知府大人……"

张胖子把手一挥,厉声道:"我不听你们那些狗皮倒灶的烂事!今儿是本府五十九岁寿诞,你们赤身露体,跑到这里大呼小叫,把本府的寿筵当成了杂耍的勾栏,是要叫本府难看吗?"

这时候,席中众宾客突然又交头接耳地议论起来,这一次他们议论的声浪非常大,一个个面色十分紧张,仿佛突然又听说了什么令人震惊的消息。张胖子正在气头上,瞧见他们惊疑不定的样子更加恼怒,厉声道:"都吵什么?"

张胖子目光往众人身上一扫,定在御龙身上,沉声道:"御龙,你说,因何事鼓噪?"

御龙脸色铁青地缓缓站起,他本想瞒着不说,可消息传来,已经在众宾客中迅速传开,根本瞒不住了。御龙沙哑着声音道:"方才……方才前头传来消息,说于监州和众土司乘马而来,经过府门……"

听到这里,张胖子已经觉得有点不对劲了,他疑声道:"经过府门?"

御龙额头冒出了冷汗,微微俯身道:"是!他们经过府门,往……东山去了。"

项父跳起来,怒不可遏地道:"今日知府大人过大寿,他们浑若无事,跑去游东山!游东山也就罢了,还特意乘马自府前经过,这不是打知府大人的脸吗?"

真是猪队友!张知府本来就已羞得无地自容了,他又补上这么一刀。张知府胸膛起伏,拼命地吸气,却只是张着嘴巴,一口气也吸不进去。张知府怒突着双目,嘴巴翕合几下,突然推金山、倒玉柱,轰隆一声倒了下去。

李经历光着膀子,赤着双脚,挺着个已经发福的肚子,眼见张知府轰隆一声倒在自己脚下,二目依旧圆睁,登时尖叫起来:"啊!知府老爷又晕倒啦……"

"我为什么要说'又'!"李经历心虚地四下看看,生怕别人意识到他刻意提起了张知府的上一次难堪,可这时哪还有人在乎他喊什么,张雨桐、张绎、御龙、项父、吴父等人,已经急急抢到张胖子身边去了。

叶小天也从长廊角落里站了起来,默默地看着围拢成一圈的那些人,再看看那些聚在一起窃窃私语的宾客,最后从窗口把目光投向了正厅内,那里边摆了四桌酒席,但空无一人。

"这脸打的,真是狠哪!"

叶小天暗暗叹了口气，他清楚，开弓没有回头箭，当于珺婷决心向张家的至尊宝座发起攻击的时候，就再也没有退路，只能义无反顾地走下去。只是……她似乎总能找到最恰当的时机，把她要做的事做到极致。

"爹！爹！你醒醒，爹呀……"这是张雨桐凄惶的声音。

"快掐人中！快掐人中！"这是御龙的声音。

叶小天的心中涌起一种不祥的预感："难道……"他的预感不幸成了事实，张胖子没有"又晕倒"，这次倒下后他就再也没有站起来，他的心脏已停止跳动。他的生日，从此成为他的忌日了。

有人呆若木鸡，有人仓皇离去，有人东奔西走，有人号啕大哭，自称与戴同知有不共戴天之仇的李经历实在做不到在这种情况下还继续和戴同知拼命，实际上等他清醒过来时，戴同知早已不知去向。

哀乐凄婉地响起。还是原班人马，只不过演奏曲目从《生日歌》变成了《安魂曲》……

第十四章

乍闻惊变

一

张家大乱，李经历站在人群中嗒然若丧，仿佛死了亲爹，不知道的还以为他才是张胖子的亲生儿子。

叶小天见状，不禁上前劝道："李兄，不要悲伤，也不必愤怒，戴同知所作所为，其实我早有耳闻。生性风流本也没有什么，只是……可李兄若是执意不肯与他罢休，对李兄也未必有什么好处。"

李经历黯然道："我知道！今日也只是撞了他一个出其不意，若是换一天，他有大批随从跟随，我甚至近不了他的身。他权大势大，又是于监州心腹，而今知府大人暴毙，张家少爷更加镇不住于监州，我又怎么可能跟他斗！"

叶小天正色道："李兄又错了！匹夫之怒，流血五步又如何？他本事再大，五步之内，匹夫一怒，一样可以取了他的性命。男儿大丈夫，有所为有所不为，生下来不是光为了喘气的，岂能凡事都只思量自己是不是对手？"

李经历被他数落得无地自容，握紧双拳，振奋道："你说得对！我这就去与他拼命！管他有多大的势力，铜仁府有他没我，有我没他，绝不生受他这腌臜气！"

叶小天冷笑一声道："李兄大错特错了！"

"啊？"李经历被叶小天说得有些不知所措了，茫然地看着他。

叶小天道："男儿大丈夫，做什么，不做什么，不能只凭利害思量，也不能只凭敌我谁势大来思量，而应该好好想一想，事情值不值得自己去做。要是嫂嫂对你忠贞不贰，是戴同知以势压人，强掳嫂嫂。小弟以为，无论他如何强大，李兄都该决死一战！可如今是你娘子不忠，与人勾搭成奸，为了此等妇人罔顾性命，值得吗？"

李经历张了张嘴巴，呃呃地道："那个……贤弟所言……似乎有些道理……"

叶小天沉声道："此等妇人，不值得你为她做任何事！更不要说为她付出性命！男儿大丈夫何患无妻，为此无耻妇人拼命，不值当的。黎师是我的座师，你家娘子算是我的师姐，照理说，我不该如此非议于她，可我实在为她不耻，为你不值！"

李经历豁然开朗："贤弟一语惊醒梦中人！你说得没错！那贱人不值得我为她拼命！老子要好好地活着，再找一个比她貌美百倍、贤淑百倍的好女子！这等贱人，就该休了她，让她被人唾骂、嫌弃，无地自容！"

李经历摩拳擦掌地道："我这就回家，写休书去！"

李经历光着膀子、腆着肚子、插着一后背的银针，甩开两只脚丫子，雄起起气昂昂地去了。叶小天长长地松了口气，身后忽然有人带着笑音道："叶大人很会劝人哪，三言两语就打消了此人的杀心！"

叶小天一回身，不禁矍然一惊："你……安……哪！"

展凝儿俏皮地白了他一眼，道："干吗像见了鬼似的？"

哚妮惊喜地冲上去，握住展凝儿的手，道："凝儿姐姐！"

展凝儿微笑着拍了拍她的手臂，叶小天笑道："不似见了鬼，只是乍见仙子谪凡，有些惊讶！"

展凝儿轻哼一声道："贫嘴！说得好听，这么久不见，也不见你捎个信给我。"

叶小天苦起脸道："忙，实在是忙！不是累身，而是累心哪，累了身子还好，睡一觉起来便解乏了，累了心却不是那么好解乏的，以致油瓶倒了都懒得去扶，知道你安好便放了心，提起笔来说些不咸不淡的废话又有何益？你看我离家数载，既知家中安宁，便也少有家书往来。"

展凝儿嗔道："你总有道理讲，不咸不淡的废话，女人家才喜欢听。"

叶小天道："我是实在人，你希望我像戴同知一样吗？"

话音刚落，背后一声轻咳，戴崇华也不知从哪儿弄来一件袍子穿上，又复人模狗样了："叶老弟，背后说人，不厚道啊！"

叶小天一惊，赶紧四顾寻找李经历。戴同知傲然道："你以为我怕他吗？只是终究觉得有愧，所以让他三分罢了。啊！两位姑娘，一位天真烂漫，一位英气勃勃，俱非庸脂俗粉哪！"

哚妮和展凝儿一起扭过头去，只用眼角余光鄙视了他一眼。

戴同知泰然自若，打个哈哈，对叶小天道："于监州正与众土司在东山游赏，我们一起过去吧。"

张家的人已经全都去了后宅，商议如何办理丧事，前面只有几个知客张罗着，客人们已经走得七七八八，有些与张家关系极亲近的，则站在那儿窃窃私语，不时叹气。

叶小天见状，也知道此时不宜再待在这里，便点点头，邀上安公子、展凝儿一同出了府衙。

戴同知听叶小天称旁边年轻人为安公子，不禁盛情相邀道："公子就是安家长公子？失敬失敬！如今张家的寿筵是办不成了，公子何不与在下同往东山寺一游？那儿风光好得很！"

安公子微笑道："多谢戴同知美意，只是安某不喜应酬，前来张府祝寿，也只是出于后生晚辈应尽之礼数，东山我就不去了，来日有机会，安某设宴，再与戴大人欢聚！"

安公子身份不同，他是长公子，来日是要继承门户，成为家主的。他的一举一动，代表着安家的倾向，所以戴同知极力邀请。如果他出现在东山，外人必定做出土司王安老爷子支持于监州的解读。

可也恰因如此，安公子不能轻率地接受邀请，此来铜仁府，是因为张胖子是铜仁知府，铜仁市的土司首领，出于礼数，安家应该派人来道贺。如今张胖子刚死，尸骨未寒，他就跟着于监州游东山算怎么回事？

安家地位超然，之所以能始终保持土司世家之首的地位，也是因为他们不轻易涉入其他土司之间的争端。戴同知见他晓得其中利害，便也不再相劝。

展凝儿见叶小天要去东山，不舍分离，便道："你不去，我去，我不是安家的人，不用顾忌那么多。"

安公子微笑道："成！既如此，我便替叶大人送这位美丽的姑娘回府吧！"

哚妮已做妇人打扮，却被他称作姑娘，且被大赞美丽，心中欢喜，不禁向他嫣然一笑。

待安公子护着哚妮的马车离开，戴同知开玩笑道："安公子一表人才，叶大人也真放心让他护美呀！"

展凝儿抢白道："当我表哥也像你呢！"

叶小天笑而不语。这位安公子喜好比较特别，他才不为哚妮担心，要担心还不如担心自己呢，若让他走在安公子前面，他心里会别扭得很。

眼看东山在望，叶小天忽地想起一事，心中一寒，凛然道："戴兄，今日之事，莫非早在于监州预料之中？"

如果于监州早算到今日的刺激可以置张知府于死地，那这个女人的心机和料事如神的本领也太恐怖了。叶小天想到这里，不禁有些恐惧。

戴同知一怔，失声笑道："怎么可能！于监州即便有天大本领，也不可能预算出张知府的死期呀，若于监州有这等神机妙算，四大天王也要俯首称臣了！"

江风一吹，戴同知的袍裾被风撩起，露出两条大白腿。

戴同知浑然不觉，一撩腿，从马上下来，风骚地打了个响指，道："走，上山！"

· ※ · ※ · ※ ·

"张铎死了?"

于珺婷愕然地看向前来报信的耳目。

再一次得到肯定的回答后,众土司顿时哗然,他们故意从张府门前招摇而过,就是为了进一步削张胖子的脸面、打压张家的威望,只是没想到张胖子这么不禁气,居然被活活气死。

张胖子痴肥无比,身体负担极重,一气之下,引发了脑出血而当场丧命。这一点他们当然不清楚,也不需要搞清楚,他们只知道:张胖子死了,他们原本的计划、步骤,一下子被打乱了!

众土司议论纷纷,梅耶洞土司兴奋地道:"监州大人,张胖子暴卒,张雨桐一个后生晚辈,济不得大事,是不是可以提前发动众土司,逼迫张家让位了?"

于珺婷沉吟半晌,难以决断,洪东知县忍不住道:"监州大人,天意如此,何必迟疑?"

于珺婷道:"逼张铎服软、让位,倒没什么。他这一死,反倒于我等不利了。贵州各府土司皆有首领,只怕我等咄咄逼人,他们兔死狐悲,会出面干涉,那时不免弄巧成拙了。"

众土司听了不禁议论纷纷,有人赞成"趁你病,要你命",不管不顾,先逼张雨桐上表朝廷,主动让知府位给于监州的,也有赞成不为所动,按部就班,从长计议的。

于监州听得心烦,吩咐道:"都不必说了,你们先各自回去,寿诞可以不去,葬礼却不可不去,先看看他们张家有什么打算。最好那张雨桐识趣,主动服软,他若执迷不悟,咱们再见机行事吧!"

众土司纷纷答应,东山游会也就散了,众土司纷纷下山。于珺婷立于山顶小亭之中,眺望远处知府衙门,心中思绪不定。这时候,戴同知、叶小天和展凝儿已经迎着土司们上山了。

第十五章

江山美人

一

叶小天和戴同知、展凝儿三人登上东山,一路上去,沿途看见许多土司三三两两地下山,一边走一边还低声议论着,从神情看有人眉飞色舞,有人摇头吁叹,神色各异。

戴同知与其中大部分土司都认识,但他急于见到于珺婷,所以顾不得与这些人多做寒暄,向遇到的头一拨人问明了于监州所在,沿途匆匆地打着招呼,便往山上赶去。

山上的酒席已经撤去,只有小亭中于珺婷面前的那张石台上还摆着一套茶具,另有一盘洗好的甜瓜。于珺婷手托着香腮,正若有所思。

今日她还是一副公子哥儿的打扮,青玉色的衣袍,头发束成一个马尾。山风一吹,她的长发与衣带轻轻飘扬起来,显得极为飘逸。

"大人,戴同知、叶推官来了,还有石阡展家的展姑娘。"一个侍卫上前轻轻禀报了一声,于珺婷闻声轻轻扭过头来,一缕青丝被风拂着自她额前轻轻飞扬,那种媚眼如丝的感觉只能用惊艳来形容。

"监州大人!"戴同知和叶小天同时向她施礼。

"你们来啦!"于珺婷淡然说着,轻轻起身,脸上漾起一抹甜美的微笑,"展姑娘,我们又见面了!"

展凝儿拱手道:"于姑娘好!"

展凝儿还记得于珺婷在水银山大摆威风,逼叶小天下跪的事,依旧耿耿于怀,又怎会给她好脸色看。于珺婷是铜仁府的监州,但也仅是铜仁府的监州,展凝儿才不在乎,她刻意不提于珺婷的官场身份,只以姑娘相称。

不过,她可没想到这正遂了于珺婷的心意,于珺婷明白她为何对自己抱有敌意,却也只是甜甜一笑,全盘接受了。如此一来,倒让展凝儿觉得自己不如人家大度。

叶小天见于琔州意兴索然，不禁有些奇怪，他一边步入亭中，一边说道："琔州大人想必已经听说知府大人暴毙之事了，为何郁郁不快？我还以为琔州大人会甚为欢喜呢。"

于琔婷看到叶小天，本来有些忐忑的心情忽然平静下来。逼死张铎，实非她的本意，她之所以巧妙安排，一次次打击张知府的威望，就是希望用比较温和的手段逼张知府妥协。

诸葛亮骂死王朗，那只是戏说，于琔婷怎会想到真有人会被活活气死，虽然她无心害张知府性命，可张知府毕竟是死了，此事传开后，可以预料必定会有极难听的传言，她夺权的经过、手段也会被描述得非常不堪。到时很难说会不会有其他州府的权贵心生不平，跳出来横生枝节。

但是，看到叶小天，她的心情一下子就平静了，有他呢！只要没把天捅个大窟窿，这位教主大人应该就能扛得住吧？

不过，仅靠他的一句承诺，做事素来小心的于琔婷心里又如何能够踏实？就像有些人做手术，不把红包塞到医生手里就觉得人家一定不会用心；有心投标一个工程的人，不把重礼送到人家手里，就觉得人家一定是和别人达成了秘密协议：于琔婷现在的心情有些患得患失也实属正常。

不和叶小天建立一种更亲密的关系，如何保证在紧要关头，叶小天不会弃她而去？换位思考，若叶小天遇到大危险，需要她做出重大牺牲去解救，她也绝不会点头的。

而今张知府暴卒，她的通盘计划都被打乱，把叶小天掌握在手的事也变得迫切起来了。可是……

于琔婷的目光不期然地落在展凝儿的身上，偏偏这个女人来了铜仁，这可是一个强劲的对手，有她在，岂不是少了许多接近叶小天的机会？

于琔婷心里琢磨着，涩然苦笑道："你错了，我虽有取代张铎之心，却并不想他死。搞得那般惨烈，实非我所愿。现如今张铎暴毙，倒令我有些不知所措了，不知该如何是好呢。"

叶小天三人都在石桌旁坐下来，展凝儿反客为主，主动为叶小天和戴同知斟上茶。叶小天宽慰道："琔州大人和张知府早就针锋相对了，不肯赴约为他庆生，也不算过分。他自己看不开，再加上身体虚弱，以致活活被气死，说来也是他的命，琔州大人何必想得太多。"

于琔婷幽幽叹道："话是这么说，只恐人言可畏呀……"

戴崇华皱起眉头道："琔州大人怎么优柔寡断起来了？我还以为，咱们可以趁张铎暴毙更进一步，立刻发动攻势，逼张家少爷逊让知府之位，难道琔州大人打算白白放过这个好机会？

"监州大人，张铎死了，不管他怎么死的，难听的流言是一定会有的，监州大人就算就此收手，也难堵众人之口。依我之见，不如趁热打铁，一举鼎定大局。

"如果不然，等到张雨桐继承了土知府的位子，那就晚了！那时候再想把他赶下来，岂不被人说逼死其父再逼其子，赶尽杀绝忒狠毒？要是和他耗下去，他年纪轻轻，只怕我等全入了土，他还活蹦乱跳呢。"

于珺婷也知道，从道理上来说她应该毫不留情地果断出手，可是以前她只是策划种种举动，属于纸上谈兵，现如今真个要面对可能发生的诸多乱局和种种残酷，难免有些忐忑。

然而这种软弱，她又不想让戴同知看出来，便点点头道："此事不急，张家要办丧事的，为人子者，不可能尚未料理父亲的丧事，便迫不及待地上书朝廷，请求敕封，我们有充足的时间权衡考虑！"

于珺婷说到这里，轻轻叹了口气，道："不管来日如何抉择，恐怕一场腥风血雨在所难免，两位大人是于某股肱心腹之人，今后依赖你们的地方甚多，还望两位大人竭诚扶助！"

她这话是对叶小天和戴崇华两个人说的，一双眸子却定在叶小天的脸上。展凝儿对于珺婷的眼神异常敏感，那是一种依赖的目光，她绝不会看错，那是非常依赖的目光。

一个女人，在最疲惫、最彷徨的时候，最本能地想要依赖的男人会是谁？更何况于珺婷本是一个很强势的女人，来的路上展凝儿还听表哥说过，叶小天现在是于珺婷麾下四大护法之一，而且是公认的实力最弱的一个，于珺婷凭什么会在此时对他表现得如此依赖？

这种情况下，她对叶小天如此依赖，不可能是因为他的实力了，很可能是她的真情流露。展凝儿马上又想到表哥说的关于她的另外一些情况：年近双十芳龄，尚未婚配，他们两个朝夕相处……

"这个妖女不会看上他了吧？"展凝儿心中顿时升起一股危机感。

戴同知端着茶，轻轻抿了一口，沉声道："我戴家，早就和于家绑在一起了，一荣俱荣，一损俱损！所以监州大人不必担心，戴某已是破釜沉舟，绝无犹疑！"

于珺婷向他嫣然一笑，复又把眸波盈盈一转，投注在叶小天身上。叶小天知道这是于珺婷要他也表个态。格咪佬部出山，立足提溪，只是他的第一步，而不管是之前还是之后，他依旧需要于家的鼎力支持，两家的利益诉求是一致的。

尽管张胖子被活活气死，令他有些不忍，可这时容不得半点妇人之仁，一旦让张家翻盘，他可能会有万千忠诚如仆的部下丧命。戴同知说一荣俱荣，一损俱损，对他来说，何尝不是这样？

想到这里，叶小天慨然说道："于监州放心，自从叶某斩了张氏门下五员得力干将的子侄，就再不可能和张氏并立，无论发生什么事，我都会坚定地站在监州大人一边！"

于珺婷欣喜地说道："好！你我同心，其利断金！"这个你我，可以理解成她和戴同知、叶小天三个人，但她柔柔的目光只凝注在叶小天一人身上，已然生起戒心的展凝儿看在眼中就不会那么想了。

于珺婷道："骤逢意外，本官有些乱了分寸，让两位大人见笑了。待我下了山，再好好思量一番接下来的举措！"说着从盘中拿起一个甜瓜递向叶小天，柔声道："叶大人，尝一尝，很甜的。"

叶小天刚伸出手去，旁边就迅速探出一只手，把那个瓜拿走了。叶小天转眼一看，就见展凝儿板着脸，硬邦邦地道："人常说瓜熟蒂落。我看这瓜蒂还是青的，怎么会好吃呢？于姑娘，强扭的瓜可不甜喔。"

于珺婷向展凝儿一睇，眸波流转，忽然吃吃地笑了，掩口道："强扭的瓜，放一放也就熟了，一样很甜的，你说是吗，叶大人？"

于珺婷飞了叶小天一眼，叶小天先是身子一轻，旋即便觉得如芒在背，气氛紧张。

于珺婷在笑，笑得很甜、很媚，但她那美丽的笑纹却像是一对锋利的吴钩。展凝儿正用有些狐疑的目光斜睨着他，那斜斜挑起的双眉，就像一对即将斩落的利剑。

"叶大人，何不先尝尝，真的很甜！"于珺婷又拿起一个甜瓜，眼也媚，声也甜，甜甜地笑着递向叶小天。

叶小天是接也不是，不接也不是，犹豫了一下，最终还是接了过来，可只一张嘴，展凝儿的一双杏眼就瞪了起来，吓得叶小天把甜瓜往袖里一塞，干笑道："呃……既然这样，那我再放放，让它更甜一些！"

戴同知忽然嗅到一股不同寻常的火药味，他看了看于珺婷，又看了看展凝儿，心中纳罕："我们不是正在商量如何争到铜仁土知府吗，怎么现在好像是两个女人争男人？"

第十六章

忍到尽头

一

张府后宅的正堂已经充作了灵堂，张胖子在八位力大无穷的勇士的服侍下换了衣服，被安放进棺材。这棺木纹若枊榔，味若檀麝，以手扣之，叮当如金玉，由最珍贵的金丝楠木制成。

这种木头本来只有帝王亲贵才能使用，但贵州地方的土司老爷们权柄不亚于一方王侯，再加上山高皇帝远，在这方面有所僭越就很正常了。时人重视丧葬，权贵人家大多在生前就开始挑选墓地、置办棺木，张铎这具棺木也是早就准备好的，是以丧事操办起来十分快捷。

张雨桐跪在棺木前，神情如痴如呆，一动不动，脸上挂着未干的泪痕。四下里家仆下人们都踮着脚尖，走动起来仿佛一具具不着地的幽灵，他们悄无声息地布置着灵堂，唯恐发出一点声音惊怒了少爷。

张绎匆匆从外面走进来，瞧见侄儿这副模样，忙擦擦脸上的泪水，走过去扶着他的肩膀道："雨桐，你爹已经过世了，从今以后你就是张氏之主，你要振作起来呀！"

张雨桐依旧跪在灵前，仿佛完全没有听见。

张绎又道："我刚刚送本族亲友们离开，御龙和吴、项等几位大人还在外面，你应该去见见，好好安抚一下，你爹走得太突然，现在外面人心惶惶的，这些人以后都是你的强大助力，可不能让他们乱了阵脚。"

张雨桐眼睛都不眨一下，张绎急了，蹲下来双手抓住他的肩膀，用力摇晃道："雨桐，你听没听到我的话！这个时候，谁都可以慌，谁都可以乱，唯独你不可以，你明不明白？"

张雨桐缓缓转向张绎，泪水突然如泉一般涌出，他浑身剧烈地颤抖着，对张绎嘶吼道："二叔！我忍！我忍！我一忍再忍！忍来忍去，最终我们张家得到了什么，二叔，我真的已经忍无可忍！于珺婷欺人太甚！欺人太甚哪！"

张绎也忍不住流下泪来，哽咽道："我知道！我知道！雨桐啊，二叔无能，今后张家就要指望你了，无论如何，你都要承担起这份重任！于珺婷不过比你年长了几岁，她一个女人家能做到的，你也一定做得到！"

张雨桐咬紧了牙关，眼中露出怨毒凶狠的光，这个未及十七的少年慢慢站起来，用令人心悸的声音道："二叔说得对！我们张家，岂会弱于他们于家！对不起我们的，终有后悔的一天！我去见见御龙他们！"

声音虽然低沉，却似恶虎低哮，张绎默默地转过头，看着他的侄儿一步步地向外走去，他那单薄的双肩上，似乎正承压着一座大山，压得他稚嫩的背都有些弯了。

· ※ · ※ · ※ ·

东山上，于珺婷抛开因张知府猝死而产生的慌乱心绪，叫人置下酒席，与叶小天、戴同知和展凝儿只叙其他。展凝儿对她已经暗生警惕，她似也要在展凝儿面前有意争风，二人先是斗嘴，继而斗酒，一瓯葡萄美酒很快就见了底。

这酒喝时醇美，并不觉酒力，后劲却大，不等下山，于姑娘就两颊飞红，在石凳上坐不住了，身子软绵绵的，直往石桌底下溜。展凝儿斗嘴斗不过她，如今终于把她灌醉，很是出了一口恶气，笑得好不开心，哪里还会去扶她，巴不得她出丑呢。

至于戴同知……

这位好色风流的大老爷虽然管不大住自己的小老弟，却很有"吕端大事不糊涂"的风范，什么人可以惹，什么人绝对不可以惹，他心里明镜似的。这位尚是闺中处子的于姑娘究竟什么脾性，他再清楚不过，这时他是绝不会出手的。

叶小天总不能坐视于珺婷摔个屁墩，又或者滑下石凳，额头撞上石桌，只好抢上一步将她扶住。这一搀她手臂，顿觉触处柔软似绵，却又极富弹性。

于珺婷头昏脑涨，坐立不稳，被他一扶，整个人都软在了他的怀中，柔若无骨，叶小天不由得心中一荡："看不出，她瘦瘦弱弱的身子，其实蛮有料的，这要拥在怀中、压在身下，该是什么滋味！"

展凝儿本来想看于珺婷的笑话，这时见叶小天去扶她，不禁生起醋意，只好过去将她扶住，板着脸道："放手！我来！"

戴同知见状，忙道："天色不早了，于监州又已大醉，不如咱们就此下山吧。"

叶小天正觉得情形不对，闻言急忙应和道："下山，下山！"

几人下山，于珺婷自然是由展凝儿扶着。刚从山上深一脚浅一脚地折腾下来，于珺婷便蹙着眉，按着胸，一副意欲作呕的样子，可扶着路边一棵树，干呕了半天，也没有呕出来。

戴同知见状，便道："于监州这副模样，乘不得马了。叶老弟的府邸不就在附近嘛，不如暂且安置了监州，待明日监州醒了酒，再送她回府。"

叶小天见于珺婷眸波散乱，两颊绯红，只好点头答应。展凝儿不好反对，气鼓鼓地扶着于珺婷去了叶府。戴同知望着他们转过山脚，目中迷醉之色顿时一扫而空，他翻身上马，神色冷峻地对侍卫们道："快走！"

一时马蹄急骤如同暴雨倾盆，顷刻间消失在暮色之中。

…………

叶小天回府之后，自有丫鬟搀过于珺婷送入客房，于珺婷的随从侍卫也都安置在这处院落里。叶小天吩咐人调了一碗醒酒汤，亲眼看着她们服侍于珺婷服下，这才吩咐她们替于珺婷宽去鞋袜外裳歇息，自己则避嫌离开了房间。

展凝儿正在花厅里坐着，她已漱了口、净了面，一见叶小天进来，便嘻嘻一笑，得意地道："斗嘴我斗不过她，想跟我斗酒，哼哼，瞧她喝成那副样子，实在开心。"

叶小天瞪了她一眼道："你呀！"转念想想，忍不住笑了，摇头道："说来奇怪，这位于监州胸有城府，喜怒不形于色，多少人都难撩拨她动起性情，怎么一见你就闹起性子来了，实也稀奇。"

展凝儿乜着他，板着脸道："装！你继续装！"

叶小天摸摸鼻子，诧异地说："我装什么？你是不是也喝醉了？我怎么听不懂？"

展凝儿冷笑一声，道："真的听不懂？听不懂你摸鼻子干什么？你要么无奈，要么心虚，否则是不会摸鼻子的，你这个小毛病，当我不知道？"

叶小天立即嬉皮笑脸地凑过去道："还是我的宝贝凝儿最了解我！"

展凝儿道："去去去，一嘴的酒气，臭死啦！"

叶小天用手扇了扇，一脸无辜地道："哪有？"

展凝儿推着他到了屋角脸盆旁，取过牙刷，抹上青盐，递给他，又为他倒了杯水。叶小天一边刷牙，一边含糊不清地道："凝儿，你和你表哥住在哪儿呀，今晚还回去住吗？"

展凝儿道："当然回去，人家一个未出嫁的姑娘，既有住处，又怎能赖在你这儿。"

叶小天漱了口，一边用毛巾擦嘴，一边道："喔！天色渐晚了，一会儿我派人送你回去。"

展凝儿气急，狠狠拧了他一把，道："你个没良心的，巴不得我走是不是？我在这儿碍着你和那个姓于的勾勾搭搭了是吗？"

叶小天把毛巾一扔，哈哈大笑着返身抱住了她："嘿嘿！我就知道你口是心非！哪儿舍得让你走，今晚，你就留在这里吧，你表哥那里，我派人去送个信就好。"

展凝儿睇着他道："我当然要留下，留在这儿看着你！不过，你别想好事，我跟哚妮一起睡。"

叶小天忙道："你放心好了，我也喝多了，还能想什么好事呢，我也跟哚妮一起睡。"

展凝儿抬脚一跺，早知她这小习惯的叶小天灵巧地一躲，又凑上来，笑嘻嘻地揽住了她的腰，柔声道："你也知道，创业维艰，尤其是在地盘各有归属的情况下，想占有一席之地格外难，我实在无暇顾及太多，可我没空过去，你怎么也没空过来？"

展凝儿神色一黯："家母自幼体弱，原先还好，身子虽弱，却也没有大碍，谁料上一次大病之后身子就垮了，如今时不时就要生病，娘亲只我一个女儿，我又怎能放心远离。"

叶小天轻轻环住她的身子，沉默片刻，低声道："苦了你！等咱们成了亲，把你娘也接过来吧，女儿女婿一起照料她老人家，谁叫咱们是她最亲的人呢。"

展凝儿听得心头一热，低低答应一声，再抬头时，就见叶小天正目光灼热地看着她，只是展凝儿个头太高，叶小天很难做到由上而下地俯视，未免少了些侵略攫有的霸道。凝儿微露羞意地轻轻仰起下巴，缓缓闭上了眼睛。

"反正我们早晚要成亲的，不如今晚……"

"不行！绝对不行！要等……洞房花烛夜！"

窗棂上，一双人影轻轻合成了一个……

第十七章

如此柳下

一

夜色朦胧，知府衙门里里外外的灯笼已经全部撕去红罩纱，换成了白纱，如此一来，灯光更加明亮，照得整个知府衙门白昼一般。

知府衙门里，悲伤的哀乐声始终不停，整个府邸依旧有人不断进进出出，因为张铎死得太突然，许多事都需连夜筹备，是以这时整个府邸里还是像蚂蚁搬家似的不得消停。

孝子要守夜，此时张雨桐就披麻戴孝，守在灵前。别看此时已是夜晚，有些才知道张知府过世的铜仁士绅，还是连夜赶来吊唁，以示恭敬。

张家在和于家的对抗中连连败北不假，可不管再怎么败，那也只是于家比弱了风头，对他们来说，张家依旧是动动小指就能把他们捏死的庞然大物，神仙打架，和他们这些小鬼不相干，礼数少不得。

张雨桐面色凄凉，一一还礼，能连夜来吊唁的大多是身份地位和张家比起来相差太远的，没资格跟张家少爷多寒暄，大多呈上礼物，拜了张知府的灵位，对张雨桐说一声"节哀顺变"，便也迅速溜出去了。

门口知客突然提高了嗓门："大万山司洪东土司，平头著可司扎西土司，吊唁！"

张绎有些意外地抬起头，从之前一系列的交锋来看，这两个人已经是于家的心腹，怎么会连夜吊唁，这般恭敬？

洪东和扎西一人腰间系条白带子，神情肃穆，进了灵堂向张铎的灵位拜了三拜，随即知客高呼："亲属答礼！"

张雨桐向二人叩头还礼，二人忙又还礼，礼毕，扎西土司道："事出意外，实在令人……哎！少爷不要过于悲痛，节哀顺变吧！"

"是！多谢两位叔父……"张雨桐一语未了，眼泪就唰地流了下来，哽咽着道，"路遥知马力，日久见人心！家父骤然西去，侄儿彷徨不知所措。扎西叔父、洪东叔父连夜赶来吊唁，令侄儿感激不尽。今后张家还需叔父们鼎力支持呀！"

一旁的张绎听了，一张脸登时黑了下来。洪东扫了张绎一眼，对张雨桐道："贤侄放心，铜仁，是咱们的铜仁，几百年来风风雨雨，始终稳如泰山，为什么？就是因为铜仁众土司相互扶持。"

扎西土司也道："是呀！我们和你父亲共事多年，虽然也有争执的时候，可毕竟是老朋友，如今令尊竟……想起来，我们就感伤。"

扎西撩起袖子擦了擦眼睛，拍了拍张雨桐的肩膀道："好好做！你是张家的未来，叔父们会支持你的！"

"谢谢扎西叔父，谢谢洪东叔父！"张雨桐激动得手足无措。扎西随意的一句话，真心假意且不论，竟让他激动得两颊飞红，连连道谢，满面惊喜。

洪东土司道："丧事要办，可你父亲既已过世，你就是张家的主人，也要照顾好自己的身子。我们先走了，等令尊出殡的时候，我们再来！"

张雨桐赶紧站起来，谦卑地道："小侄送两位叔父！"

张雨桐陪着洪东和扎西出去，背后就听张绎愤懑地一声怒哼。

扎西和洪东离开张府，翻身上马走出好远，扭头一看，还能看见张雨桐站在惨白的灯光下，微微欠着身，一副毕恭毕敬的模样。

洪东土司忍不住叹了口气："张家是一辈不如一辈，张胖子一死，算是彻底完了。"

扎西土司微微一笑，道："一个未及弱冠的小孩子，他能有什么主张？你我这么大年纪的时候，也未必比他强到哪儿去。"

洪东土司呵呵笑道："是呀！可笑戴同知还不放心，非要我们两个来探风声，张胖子一死，张家就倒了架，还有什么好担心的。于铜州就该汇集各路土司，直接逼张家少爷上书朝廷，让出世袭土知府的宝座！"

两个人说着，慢慢隐入了夜色……

· ※ · ※ · ※ ·

笃！笃笃……

敲门声持续了半响，房中传出叶小天的声音："谁呀？"

门外沉默了一下，传来于珺婷的声音："叶大人，是我！"

"啊？"叶小天一声惊呼，片刻后灯光亮起，叶小天向门口走来。

门扉吱呀一声打开了，叶小天穿着小衣，披着外袍，一手掌灯，惊讶地看着于珺婷，失声道："于铜州，你……你怎么？"

于珺婷妩媚地一笑，身子忽然一栽，叶小天赶紧把她扶住，于珺婷踉跄地进了屋，在桌旁坐下，口齿微微有些不清，却因之更显柔媚了："我……我找你，咱们继续喝。"

叶小天听了苦笑不已，碰上个女酒鬼，这可如何是好？叶小天把灯放下，紧了紧袍子，忽然觉得不对，从客房到这里，沿途可是既有闩锁的门户，也有巡夜的家丁，于珺婷摇摇晃晃地就过来了，居然如入无人之境？

叶小天奇怪地道："于大人，你……你在客房，怎么过来的？"

于珺婷嘻嘻一笑，妩媚地瞟了他一眼，道："你这座宅子，本来是我的别院，你不晓得吗？"

叶小天微微一惑，忽地想起后花园里的那条秘道，不禁恍然大悟："这府里另有机关？"

于珺婷嘻嘻一笑，摇摇晃晃地站了起来，点着叶小天的鼻子道："是呀，你没想到吧？哼哼！你……你要是敢背叛我，我就派人……利用机关暗道，于睡梦之中取你的项上人头，嘻嘻……"

叶小天一把扶住她，哭笑不得地道："监州大人，你喝醉了。"

"什……什么监州大人，你大还是我大？明明你比我大！"

于珺婷娇嗔地推搡他："还……还监州，要奸也是奸你……"

"我的个娘哎，女人喝醉了都这么可怕吗？"叶小天一脑门的白毛汗，"监州大人，我送你回去，你喝多了，别乱说话。来，我搀着你。"

"我不走！我今儿就睡这儿了！"于珺婷用力一挣肩膀，忽然伏在他怀里抽抽搭搭地哭了起来，"你以为我很风光，很惹不起？我……不干出点大事来，族里没人服我，要干出点……大事，以第二……世家的地位，挑战张家，你以为我容易？你以为，我愿意像个男人似的？我也想，找个男人依靠，唔唔……"

叶小天听她把"了不起"都说成了"惹不起"，舌头根都硬了，不禁叹了口气，道："监州大人，你的苦，我明白！我明白！这些事，咱们回头再说，我先送你……"

"不！"于珺婷仰起头，一双手臂柔柔地环住了他的脖子，含情脉脉地道，"你要了我吧，咱们……谁都不告诉，就当……就当是一场春……梦！人家……要尝尝做女人的滋味。"

"不可以！"叶小天一脸肃穆，正气凛然地道，"监州大人，你醉了，酒醉吐真言，你的苦、你的难，可以不再憋着，可以说出来，但有些事，却不能酒后放纵！今天如果让你留下，我就是乘人之危的小人，而监州明日醒来，也必然痛悔。你我本是最牢固的盟友，同时也已成为好友，如果今晚我们铸下大错，明日我如何相对？"

于珺婷愣愣地看着叶小天，一脸茫然。

叶小天柔声道："听话，我送你回去，乖！"

叶小天扶起于珺婷向外走去，巡夜的家丁见此一幕自然颇为惊诧，不过他们都很聪明地隐在暗处，没人不识趣地跳将出来，叶小天把于珺婷一直送回卧房。

桌上的灯还亮着，叶小天扶她上了榻，给她脱了靴子，盖好被子，道："乖乖睡觉，有什么话，明天随便你说，我一定好好听着，好不好？"

"喔——"于珺婷微微嘟着嘴，像个受了委屈的孩子。叶小天松了口气，转身退出房间，又为她掩好门。房门一关，于珺婷那娇憨委屈的模样就消失了。

"听话，我送你回去，乖！"于珺婷学着叶小天的语气说了一句，羞羞地吸了吸鼻子，又道，"乖乖睡觉喔……"

于珺婷扑哧一笑，揉了揉微微有些发烫的脸颊，喃喃自语道："不乘人之危？没想到你还是个坐怀不乱的君子呢，难不成……非得让人家清醒着自荐枕席？成心羞死人吗，天杀的……叶小天！"

叶小天匆匆回到自己的卧房，展凝儿正坐在灯下，一见他进来，便乜了他一眼，道："柳下兄，现在是不是很后悔硬拖我来你这里呀，要是我刚才不在屋里，你可就称心如意了，现在嘛……可惜呀！"

可惜？叶小天刚迈进门槛，就把可惜的嘴脸收敛得一干二净了，听展凝儿这么一说，正色道："怎么会呢，就是你不在，我也一样会赶她离开！非情而性，何异畜生！"

叶小天话音刚落，脸色登时又一变，变得极其谄媚："好凝儿，你看人家为了你如此洁身自爱，今晚你就从了我吧！"

"打住！"展凝儿一根手指抵在他的胸口，似笑非笑地道，"别想坏事！你可答应了我的，今晚我陪你，但是只说话，有些事……"

展凝儿微羞："有些事，要等到洞房花烛那天……才可以！"

叶小天一听，沮丧地一屁股坐在凳子上，展凝儿瞟了他一眼，道："不想说了是吧？那我走啦，明儿一早表哥会来接我，我再见见云飞、老毛和遥遥，就回家去了。"

叶小天忙拦阻道："干吗那么急，你有兄，我有弟，让他们好好攀交攀交嘛，你在我府里多住几天又何妨？"

展凝儿眸波一转，笑靥如花地道："好哇！"

叶小天眯眯笑道："真的好？"

"当然好！"

第十八章

趁你病，要你命

一

次日一早，公鸡啼喔的时候，张绎走进灵堂，见侄儿还跪在那里，便到近前，道："雨桐，停灵要七七四十九日，有得熬呢，你不能一直这么下去。二叔先守在这里，你去歇息一下。"

张雨桐摇了摇头，沙哑着嗓子道："二叔，今日来吊祭的人必然更多，侄儿年轻，还挺得住。"

张绎还想再劝，忽听得知客高声喊道："于监州吊唁！"

张绎霍地转过身，喷火的双眸瞪向厅门口，就见于珺婷一身白衣如雪，立着小高领，看上去极为俊挺精神。文傲和于海龙陪在左右，缓缓地走了进来。

张绎怒吼一声冲了上去，咆哮道："姓于的，你来做什么？"

于珺婷淡淡地看了他一眼，道："知府大人过世，同僚共事一场，于某特来吊唁！"

张绎喝道："猫哭耗子假慈悲！滚出去！我们张家不欢迎你！"

于海龙脸色一沉，喝道："张绎，你好大的胆子，竟敢对监州大人如此说话！"

张绎悲笑一声，挺起胸膛道："怎么？你这铜仁第一条好汉，要当堂打死张某不成？来！尽管动手，张家只有站着死的鬼，没有跪着生的人！"

于海龙大怒："不知好歹！"他一抬手就要冲上去，被于珺婷抬起象牙小扇制止了。

这时张雨桐走过来，微带惧意地瞟了于珺婷一眼，二人目光一碰，立即被蜇了似的避开，低声对张绎道："二叔，监州大人好心前来拜祭，莫要失了礼数。"

张绎回身怒道："你说什么？你爹是怎么死的？如果不是她不赴寿宴，还煽动其他土司不肯露面，你爹怎么会被活活气死。"

张雨桐涨红着脸，低声下气地解释道："二叔，人情往来，本来就没有强迫的道理。我爹过寿，人家来是情理，不来是正理，我爹是突发重疾而死，怎能怨得到人家于监州？"

张绎气得哆嗦，指着张雨桐道："你……你这没骨气的小子，死的是你爹，你真忍得下！我懒得理你！"张绎把袖子一甩，愤然离去。

张雨桐尴尬地看着叔父走开，艰涩地咽了口唾沫，对于珺婷谦卑地道："监州大人，请！"

于珺婷瞟了他一眼，轻轻点点头，道："你很好！"

于珺婷昂然走到棺椁前，望着张铎的灵位，神色渐渐变得肃穆。她把象牙小扇往腰间一插，微闭双目，向张铎的灵位拜了三拜，在心中默祷："宦海之争，险恶更甚于战场。今日你败了，至少还有风光大葬、孝子扶灵，于某只盼……他日若是败落，能如你一般落个善终，不致生而受辱，死而难葬！去吧，去吧，一路走好！"

于珺婷慢慢行了三个礼，直起腰来，喟然一叹，满面戚容。

张雨桐跪在蒲团上，向于珺婷还礼磕了三个响头，又赶紧爬起，殷勤地道："监州大人辛苦，请到侧厢吃茶。家父遽逝，铜仁一应事务还要劳烦监州大人多多费心。"

于珺婷淡淡地瞟了他一眼，道："你父亲去世了，你就是铜仁知府，本官会好好辅佐你的。"

张雨桐惶恐地说道："不不不，雨桐年少无知，哪能承担得起如此重任。铜仁一应政务，还要监州大人多费心。呃……小侄已经准备在后宅再开一道正门，出殡之后就封了与前衙的出入门户。"

堂上自有其他一些前来拜祭的士绅尚未离开，听到这番阿谀谄媚的话，不由得相顾无言，均在心中暗叹："张知府一死，张家……是真的完了！"

·※·※·※·

"我走了！"

"哦！"

"我这就走了。"

"哦！"

眼见叶小天有点心不在焉，展凝儿恨恨地踩了他一脚。

"哎哟！"

叶小天一声痛呼，引来众人侧目，安公子、老毛、华云飞等幸灾乐祸，叶府众侍卫对展凝儿怒目而视。竟敢对尊者无礼，这还得了，不过……还是把眼睛瞪得更大些吧，别的事，管不了！

叶小天压低声音，苦着脸埋怨道："干什么呀，昨夜就没睡好，一早还折腾人。"

展凝儿恨恨地道："你心不在焉的，想什么呢？"

叶小天道："我能想什么，于监州一大早就不告而别，说是要去府衙吊唁，我担心他们会打起来，一旦因之酿成大乱，铜仁便不得安宁了……"

展凝儿撇嘴道："我就知道，你在想那小妖精。后悔昨晚没留下她吧？"

叶小天苦笑，两个人耳鬓厮磨一晚，居然真个没有发生什么，他都觉得自己的形象瞬间伟大起来了。不过，虽没发生什么，可这一夜怀里抱个美人，又如何睡得好，早晨起来，火气特别旺，如今看来，火气旺的不只有他呀。

安公子咳嗽一声，上前解围了："表妹，咱们该上路了，你们两个，话都说完了吗？"

展凝儿是必须要走的，她母亲身体不好，近来病情常有反复，她不能离开太久。安公子本来是奉命来参加张胖子寿诞的，如今出了意外，他也需要回去禀报老太公。

如果时间紧急，他自可派人回去，自己则留下参加葬礼，不过张胖子是铜仁众土司之首，规矩大，七七为终局，需要停灵七七四十九天，等待贵阳各地百余位土司分别遣人前来参加葬礼，时间充沛得很，他便先行返回了。

展凝儿白了他一眼道："我跟这个家伙有什么好说的，咱们走吧！"说完当即扭头走去，安公子向叶小天笑笑，拱拱手道："瞧见了？这样的丫头，鬼迷了心窍的男人才喜欢呢，你可要慎重啊！"

展凝儿隐约听到一点，扭头大嗔："姓安的，你说什么？"

安公子急忙屁颠屁颠地追上去道："我说表妹人比花娇、贤良淑德，针织女红无所不精，调羹制膳美轮美奂，若能娶到表妹你，那是他叶家的福分！哈！哈哈哈……"

· ※ · ※ · ※ ·

于珺婷自张府里出来，府外恭立的侍卫便牵过马来。于珺婷走出几步，忽地停住，曼声道："文先生观那张雨桐如何？"

文傲道："鹰瞵狼顾，似有阴谋！"

于海龙不屑地道："一介少年罢了，想是畏惧监州，刻意讨好。"

张雨桐以前不大在人前露面，所以众土司包括于珺婷对他都不太熟悉。众土司的斗争目标一直是张铎，不曾想过张铎会暴毙，他们本想在张铎身上完成计划，大局定后，张家子嗣是贤是愚对大局也就全然没有影响了，故而不曾认真关注过此人。

于珺婷莞尔一笑，道："都有可能！若是后者无妨，若是前者，我还真得小心了，可别大江大浪都过来了，却在阴沟里翻了船呢！"说话间，她目光闪烁不定，不知在打着什么主意。

于珺婷回到于府,戴同知和扎西土司、洪东土司等人早已等在那里,一见于珺婷回来,众土司马上迎上来,于珺婷笑容可掬地道:"劳烦诸位久候了,坐坐坐,快请坐,都是自家人,别客气。"

众人纷纷落座,候于珺婷在上首坐下。待于珺婷坐定,戴同知笑道:"方才在此等候监州大人,闲极无聊,我等便对铜仁局面讨论了一番,大家都觉得,天予不取,必受其咎,时至不迎,反受其殃。监州大人应该顺应天命啊。"

于珺婷端起茶,向众人一扫,目光清亮,虽只一眼,每个人却都感觉被她盯了一眼似的。于珺婷缓缓啜了一口茶,道:"哦?你们觉得,这是咱们的好机会?"

扎西土司道:"是啊,监州大人,那个张家少爷,就是个尿包,他爹是饭桶,他比他爹更甚,相信咱们只要略加示意,他就会乖乖让出知府之位,大局一定,他们便再也翻不得身!"

于珺婷微微皱了皱眉,没有说话。

洪东土司道:"监州大人,咱们原本的计划,就是步步紧逼,迫使张铎屈服。如今张家少爷比张铎更加软蛋,岂不是天赐良机?"

于珺婷略一沉吟,刚要张口,门口管事禀报道:"叶推官到了。"

叶小天迈步而入,一进门便向众人行了个罗圈揖。于珺婷俏脸微微一热,赶紧移开目光,再扭回头时,已经恢复了平静模样,轻轻点点头,淡然道:"叶推官请坐。"

"是!"叶小天目光与她微微一碰,顿觉颊上微微一热,他忙敛了信念,正襟危坐。于珺婷轻咳一声,把戴同知和扎西土司等人的话对他说了一遍,问道:"叶推官对此有何见解?"

叶小天凝神思索片刻,抬起头道:"监州大人,下官与众土司老爷看法一致,当断不断,反受其乱。不能因为张知府猝死,便有所犹疑,错失良机!"

洪东土司、扎西土司等人一听大为兴奋,忽然觉得这小白脸顺眼了许多。于珺婷饶有兴致地看着叶小天,道:"哦?你且说说你的理由!"

叶小天道:"张铎猝死,我们再对其子步步紧逼,看起来确实有些残忍。然而比这更残忍的局面,监州大人决心问鼎知府宝座的时候也该预料过了。

"一时不忍,必后患无穷。时至今日就算监州你肯退让,你退得了吗?追随你的人该怎么办?来日张家恢复元气,会放过你吗?只有早日尘埃落定,铜仁府才能真正地安定下来!"

于珺婷犹豫道:"张铎年长于我,辈尊于我,与他斗,我毫无顾忌,他败了,是技不如人,怨不得别人!可张雨桐毕竟是后生晚辈,恐胜之不武,引起四方非议……"

叶小天道:"监州大人,如果不管什么阿猫阿狗嘟囔几声,你都放在心上,你不就成了一块兜裆布了吗？"

于珺婷诧然道："什么意思？"

叶小天道："人家放什么屁，你都得接着！"

于珺婷脸一红，嗔喝道："放肆！忒粗鲁！"

于珺婷气呼呼地横他一眼，忽又扑哧一笑，道："话虽粗，理倒不粗！"

第十九章

无须再忍

一

血流漂橹！

浓重的血腥气弥漫于铜仁城内。

张家杀了三百头牛、三百头羊、三百头猪，又准备了大量的酒。同一时间进行大量的宰杀，屠夫们又不太在意卫生，以致血腥遍地，一进城就能嗅到浓重的血腥气。

家中死了长辈老者，家族要宰杀牛羊以飨众人，这是当地的规矩。贫苦人家可能宰只鸡、宰只鹅就算是大操大办了，对土司人家来说则不然。

不要说死的是张铎这样举足轻重的大人物，有位地位远逊于他的土司老爷死了一个宠妾，还大操大办，一气宰了五十头牛呢。

越往府衙去，血腥味就越浓。张雨桐一脸憔悴地走进了书房，书房内燃着熏香，稍稍冲淡了外边的血腥气。张雨桐一屁股瘫在椅子上，刚刚喘了口粗气，张绎就神色慌张地冲了进来。

"雨桐，他们要下手了！"

张雨桐霍地站了起来，惊呼道："当真？"

张绎重重地点头："千真万确，于珺婷一早过府吊唁时，那些人就已齐聚于家等候。我当时就觉得有些不对劲，马上派人盯着。他们聚会之后便各自散去，进行种种准备。这么大的举动，就在我们眼皮子底下，想瞒过去，怎么可能！"

张雨桐脸色苍白地道："他们终究是要动手了？难道我扮得不像？"

张绎道："我看，就是因为你扮得太像，才助长了他们的野心！"

张雨桐苦笑一声，道："二叔，他们的目的就是夺取咱们张家的地位，会因为父亲的死便止步吗？如果我不示弱，只怕他们更加迫不及待。示弱，可能还有一线生机，容我们缓过气来，只是……我还是算错了她于珺婷，没想到这小贱人如此狠毒。"

张绎道："雨桐，现在说这些都没用了，咱们如今该怎么办？"

张雨桐急急踱了几步，忽地止步回身，道："他们打算何时逼宫？"

张绎道："目前尚不确定，他们既然要图穷匕见，总得做些准备吧？不过，可以确定的是，他们肯定会抢在出殡之前，万万不会当着百余位土司使者的面逼你让位！"

张雨桐缓缓点了点头，眸间闪过一抹疯狂的厉色："那么，我们就先下手为强！"

张绎急道："你打算怎么做？"

张雨桐发出一串冷冷的笑声……

…………

邑梅洞司的土司阿加赤尔老爷和石耶洞司的土司雍尼老爷并肩走向张府。阿加赤尔一边走一边大发牢骚："都准备收拾那小兔崽子了，何必还去张家装模作样？实在多余！"

雍尼阴笑道："阿加赤尔，你不懂！监州大人这是疑兵之计！张铎虽死，张家却是百足之虫，死而不僵，如果他们狗急跳墙，很难对付哇！"

阿加赤尔不屑一顾："就那个乳臭未干的小子？"

雍尼拍拍他的肩膀，道："咱们监州大人，年岁也不大呢。你可不要以貌取人。再说，张家少爷年纪小，可张家的势力却不小，如果这小子狗急跳墙，我们便要付出更大的代价。叫他以为我们别无想法，等到兵马调动完毕，对铜仁形成合围，我等再一起出面逼他逊让知府宝座，岂不轻而易举？"

二人说着，已经走进知府衙门。

"邑梅洞司阿加赤尔老爷、石耶洞司雍尼老爷前来吊唁！"

张绎忙迎上来，面带戚容地向他们拱了拱手。

雍尼和阿加赤尔还礼，雍尼目光一扫，道："雨桐少爷呢？"

张绎轻轻叹了口气，道："雨桐连日守灵，心力交瘁，病倒了。"

雍尼听了忙安慰一番，与阿加赤尔一起上前致祭，张绎作为家属答礼后，雍尼眼珠一转，道："带我们去看看雨桐少爷吧，这孩子，也真是苦了他了。"

张绎劝阻道："算了，他一个后生晚辈，哪里当得起两位土司探视。"

他越是阻挠，雍尼疑窦越深，阴阴一笑道："哪里哪里，张家少爷不日就是张氏家主，身份地位比我们都要高，有什么当得起当不起的，土舍大人你就不要客套了。"

张绎无奈，只好答应道："既如此……两位土司，请！"

张绎把二人领出灵堂，沿长廊而去，进了一处小花厅，道："二位请稍坐，我去唤雨桐来。"

雍尼道："少爷身子不舒服，不如我们直接去他寝处瞧瞧。"

张绎道:"使不得,使不得,你们是长辈,怎能如此纡尊降贵。他也只是疲惫过度,又不是下不了榻,不碍的,不碍的,两位稍坐,我去去就来。"

雍尼看着张绎出去,返身在椅上坐了,顺手捧过一杯茶,一边抹着茶叶,一边冷笑道:"病了?只怕没那么简单。"

阿加赤尔倾身过来,道:"你是说……"

雍尼道:"这小子,不知道在玩什么花样。你没看张绎推三阻四的,且等等吧。张家少爷才吃了几年干饭,是不是真的生了病,我一看就知道,见了他再说!"

二堂院内,雍尼和阿加赤尔的侍卫合计约十六人,肃然立在那里,等着他们的主人出来。秋阳尚有些毒,但是未得主人吩咐,他们中没有一人敢胡乱走动,避开乘凉。时下大明的军队以边军和士兵的战斗力最强,由此可见一斑。

突然,前后门口涌现大批人马,铿铿铿,一具具大盾迅速在前后门口组合成了两面盾墙,盾墙上刺出一杆杆锋利的长矛。

十几名侍卫大骇,一名首领立即拔刀,大喝:"散开!"可惜来不及了,两侧高墙上人影骤然一片闪动,数十具弓弩同时发射,箭发连珠,如狂风暴雨一般直取这十几具人靶子。

噗噗噗……

锋利的箭矢贯穿肉体的声音,犹如雨打残荷,十几名侍卫都是精锐敢战之士,反应不可谓不快,他们或直接扑倒在地,或翻滚逃向院角,试图避开利箭攒射的范围,但是院子里光秃秃的毫无遮蔽,反应再快,如何快得过那机栝之力。

暴风骤雨般的打击只持续了片刻,院中已经不见翻滚奔跑者,只有低沉的惨哼声传出来。前后门口的盾墙霍地离地而起,移动着向前方推进过来。盾墙后面,一个个刀斧手,已经化身为刽子手,利刃大斧高举于空,寒光映日。

土司衙门院落几进几出,发生在二堂院中的一幕,坐在小花厅中的雍尼和阿加赤尔全然不知,二人正啜着茶,你一言我一语地聊天,忽地门前人影一闪,走进三个人来,三人身材魁梧,肋下佩刀,神情冷厉。

雍尼一见,不觉一怔,缓缓站起身来,心中涌起不祥之感。

就听中间那位厉声喝道:"雍尼、阿加赤尔图谋不轨,奉我家少爷之令,杀无赦!"

阿加赤尔大惊跃起,简直不敢相信自己的耳朵。这种事,他想都不曾想过,无论土司之间再怎么争权夺利,使用如此诱而杀之的手段,却是千百年来也极为罕见的。张雨桐那小子怎么就敢杀人?他就不怕自己的部落倾巢报复?

雍尼已经来不及惊讶了,哪怕一千个不敢置信,哪怕有一万个理由认为张雨桐不该这么做。这世上最明白道理的就是人,有时候最不按道理做事的还是人,他立即扔出了手中的茶杯，拔刀就要冲出去。

迎面而立的那条大汉仿佛铁铸的身躯，一动没动，任由那茶杯砸在了脸上，手中的刀缓缓地出了鞘。与此同时，两排武士从他们左右像潮水一般涌进来，随即刀光剑影，惨叫连天！

张家的血腥气，更浓了……

· ※ · ※ · ※ ·

面对血泊，张雨桐的脸就像阎罗殿上的判官。

张绎这时竟比侄子还要紧张，他舔了舔嘴唇，道："雨桐，现在怎么办？"

张雨桐道："乱中取胜，死中求活！"

张雨桐对雍尼的尸体踢了一脚，恶狠狠地道："马上派人去邑梅洞司，阿加赤尔的三弟阿加罗尔与他素来不合，对他讲，阿加赤尔连同其二弟阿加达尔利令智昏，意图刺杀我谋取知府之位，已被我当场斩杀！我将奏请朝廷，废除阿加赤尔一脉和阿加达尔一脉的土司继承之权，只要他肯拥戴我，我保他登上土司之位！"

张绎紧张地道："他会答应吗？"

张雨桐道："人家已经把刀架在咱们脖子上了，还有得选吗？试一试，总有一线希望！"

张绎用力点了点头，道："好！"

张雨桐又道："石耶洞司也是一样，不过雍尼一门素来齐心，很难离间。去找他们的大总管，就说只要他肯站在我这边，我定废了雍尼一脉的土司之位，保他上位！"

张绎又答应下来，张雨桐眯起眼睛，一字一顿地道："擒贼先擒王！趁消息尚未泄露，必须立即杀了于珺婷！于珺婷一死，我们便成功了一半！"

张绎道："此女狡如狐，精似鬼，如何引她入彀？"

张雨桐冷冷一笑，道："她最想要什么，就下什么饵！"

第二十章

狡兔三窟

一

叶小天盯着于珺婷的眼睛，认真地问道："监州让于海龙回去调兵，莫非张雨桐不肯答应的话，还真的要和他兵戎相见？"

那晚的事，于珺婷再没提过，仿佛她酒醒之后一切都已忘记。叶小天乐得糊涂，既然于珺婷再不提起此事，他也不会再提。不过，人家毕竟曾向他投怀送抱，望着这么一个可人的姑娘，要说他心中没有一丝波澜，那未免自欺欺人了。

"调兵只是一个态度，同时也是向他施加更大的压力。动兵当然是不行的，上边有各路大土司，大土司上面还有朝廷，不会容许我们胡来的。"于珺婷刚开口时，还看着叶小天的眼睛，渐渐地，目光就垂了下去。哪怕她再大方，也终究是个姑娘，哪里做得到坦然自若。春梦可以无痕，可那并不是梦，而是实实在在的经历呀。

叶小天点了点头，道："如此最好，铜仁如果乱起来，实非地方之福。"

正说着，管事站在门口禀报道："土司，张府少爷遣人相邀。"

于珺婷微微一怔，道："张雨桐，他请我做什么？进来说。"

那管事持了一封书信进来，双手递给于珺婷，道："这是张府的人送来的。"

于珺婷拆开书信一看，柳眉便微微一挑，微笑着把信递给叶小天。叶小天接过来一看，上边只有寥寥几行字，转瞬看完，他不禁微微讶然，道："张雨桐要请你过去，商议知府一职归属？"

于珺婷微微一笑，道："他怕了！"

叶小天愕然道："难道众土司准备逼他让位的事，他已经知道了？"

话一说完，就见于珺婷微微露出得意之色，叶小天恍然道："监州有意透露了此事？"

于珺婷颔首道："不错，这么大的事，牵涉到这么多的人，还要调动各路兵马，想瞒天过海，自始至终不被张家察觉，根本办不到。所以，我有意泄露消息，如果能因此让张雨桐生怯，主动退让最好不过。如今果然……呵呵……"

叶小天皱了皱眉道："监州太冒险了，如果他并不退让，反而铤而走险，岂不被动？"

于珺婷莞尔道："有何被动？说实话，大家都在铜仁住着，哪家的根不是又深又广，想挖掉，办不到的。大家只是争着往上长，能让我家的树冠盖过他家的树冠，足矣。

"真要动刀动枪，其实很难成功，就算侥幸成功，自己也必然元气大伤。铜仁可不只有张家和于家，一个倒了，一个元气大伤，没有几十年工夫恢复不了。别人会等你恢复元气吗？

"因为这些顾忌，千百年来，土司人家不管关系闹到何等恶劣的地步，也不会斗个你死我活，就算一场恶仗打下来，生擒了对方的土司，也是索要赎金了事。不然你杀了他，他的家族再立一个土司，双方反而誓不两立了。"

叶小天苦笑道："好吧，监州大人是铜仁本地人，对此间情形甚是了解，下官只是关心则乱，是而……"

于珺婷听到这里，容颜一霁，眸波似春水清泉，微微潋滟着，柔声道："你真的担心我吗？"

叶小天干咳一声，后退一步，垂下目光，干巴巴地道："下官与监州大人休戚与共，一荣俱荣，一损俱损，自然……自然要关心大人了。"

于珺婷无趣地撇了撇嘴，起身道："不用担心，你当我喜欢冒险吗？大不了到张家之后，侍卫们绝不离身，也不叫他张雨桐离开你我片刻，有他在手，张家还有谁敢冒险犯难呢？走吧。"

叶小天讶然道："现在就去？"

于珺婷道："张雨桐信中约定的时间即是现在，还要等到什么时候？"

叶小天犹豫道："这……不怕一万，就怕万一！监州方才所言，固然是千余年来贵州地方形成的规矩。可一样米养百样人，未必每个人都肯循照规矩做事呀。不如等于头人回来，他有万夫不当之勇，有他在，更安全些……"

于珺婷睨着他道："你觉得张家少爷像个扮猪吃虎的大行家？"

叶小天道："可是……"

于珺婷乜着他道："我要去了，你陪不陪呢？"

· ※ · ※ · ※ ·

于珺婷翻身下马，把马鞭扬空一丢，马上有个随从赶上两步接了过去。于珺婷背起双手，抬头望着门楣上"铜仁府署"四个大字，眼睛轻轻地眯了起来，背在身后的双手也轻轻握紧，似乎……握住了什么。

叶小天走到她身旁，抬头看看那块牌匾，每天由此大门出入，每天都能见到这块牌匾，真不明白这女人此时仔细端详什么。

于珺婷吁了口气，道："走！"一马当先走在前面。

此时因为知府过世，正在治丧，休沐之期又延了几天，尚未开衙署理政务，所以衙门里非常冷清。于珺婷行于前，叶小天落后半步，另有十余侍卫紧随其后，过了前边的政务公署，刚迈进二堂院落没走两步，于珺婷突然被叶小天一把拉住。

于珺婷愕然，目光先是落在抓住自己手臂的叶小天的手上，随即移到他的脸上，微愠道："做什么？"

叶小天蹙紧眉头，道："有些不对劲？"

于珺婷疑惑地道："什么不对劲？"

叶小天道："一路下来，太过冷清。就算正值休沐，没有胥吏衙役，可张府总不至于无人值守吧？"

于珺婷失声笑道："我看叶大人你太草木皆兵了吧？张家少爷有胆对我不利？"

叶小天摇头道："小心驶得万年船，还是先探察一番妥当！"

于珺婷不以为然，却也不好拂他好意，便道："去，查探一下！"

前方那道门户后面，已经有无数甲兵埋藏，张雨桐自墙角一棵茂密的大树枝杈间悄悄探出头来，眼见他们的举动，不由得大急，当机立断地喝道："动手！"

两侧墙头立即跃出无数人影，劲弩攒射，直取于珺婷。于珺婷大惊，拉着叶小天的手臂急退，叶小天的六名侍卫也立即冲过来，将他紧紧护住。

于珺婷的侍卫浪一般涌上去，挡在他们之前，挥舞手中刀抵挡箭矢，只听噗噗噗，箭似密雨，哪里遮挡得住，最前边的三个人登时被射得刺猬一般。

奈何这些人都是于家死士，前仆后继，毫不畏惧，前方中箭的侍卫尚未倒下，后边的人就已再度补上。待三排九名侍卫倒地，于珺婷已经拉着叶小天退到院落大门处，随即返身出了二堂。

"追！给我追！决不能放走了于珺婷！"张雨桐从墙头翻过，疾步追了上去，此时众多甲兵也从内门涌了出来，和从两侧墙头跃出的箭士汇合在一起，快步向外追去。

啊！于珺婷跑得匆忙，脚下一歪，崴了足踝，疼得她哎哟一声，叶小天满头大汗，眼见于珺婷一瘸一拐，也顾不得许多，急忙抢上一步，一弯腰，喝道："上来！"

于珺婷见状也不忸怩，往他肩上一伏，叶小天背着她当下撒开双腿就跑。

于珺婷喝道："府外必有埋伏，去东院！"

此时他们已经逃到前衙公署，东院正是监州的院落，叶小天虽对于珺婷的话感到奇怪，却知道这女人心思缜密，又有急智，她既这么说，必有她的道理，当下毫不犹豫，便向东院闯去。

因府衙尚在休沐期，公署内空空如也，几个侍卫护着二人逃进东院，于珺婷指点着叶小天冲进她的签押房，急喝道："放我下来！"

叶小天把于珺婷放下，于珺婷立即宽衣解带，叶小天在一旁直看得目瞪口呆。于珺婷瞪了他一眼，娇斥道："还愣着干什么，快脱！"

这时守在门口的侍卫道："大人，他们追来了！"说着把大门砰的一声关上，下了闩。叶小天惊醒过来，慌忙脱衣，一边脱一边想："凭这么两个人，根本守不住，脱衣服做什么，难不成这位于监州也会请神上身？请什么神要脱衣服呢？"

叶小天糊里糊涂地想着，把外袍一脱，随即就去脱裤子，于珺婷尖叫一声，道："够了，外衣、帽子就好！"

"啊？喔喔！"

叶小天急忙又把褪下一半的裤子提了起来。于珺婷瞪了他一眼，挑了两个体型合适的侍卫，吩咐道："你们穿起来！"

于珺婷说罢，悬着一条腿，跳到她的座椅旁，这摸摸那碰碰，也不知扳动了什么机关，就听吱呀呀一阵响，青砖地面竟轰然裂开，现出一条台阶次第而下的地道。

叶小天再度目瞪口呆："这儿是知府衙门，是张家的地盘，怎么居然有条地道，而且于监州竟然知道？"

于珺婷对叶小天的侍卫喝道："前方开路，出口若有敌兵，杀出去！"

六侍卫看向叶小天，叶小天沉声道："听命行事！"

六人一想，坐以待毙确实比开路凶险更大，当下再不迟疑，马上拔刀冲下地道。这时外边撞门甚急，大门已摇摇欲坠，于珺婷又吩咐自己的手下道："你们都顺密道走，冲出去之后马上找文先生！"

于珺婷向来以军法驭下，那些侍卫们但知奉命，从不质疑，一听吩咐，马上毫不犹豫地冲进了密道。叶小天穿着小衣站在一旁，一见侍卫们跑个精光，不禁愕然问道："那咱们呢？"

于珺婷向他回眸一笑，调皮地道："咱们留下做一对同命鸳鸯，好不好？"

第二十一章

孤男寡女

一

"这里有一处密道!"

"什么?怎么可能?快追!"

一阵急促的脚步声从叶小天头顶响过,渐渐远去。又过了一阵,只听嚓的一声响,一团火光亮起,就见于珺婷背对叶小天,从墙边翻出个什么,用火折子点燃,微笑着转过身来。

她的手中举着一根红蜡烛,整个人都沐浴在朦胧的光晕里,四周漆黑一片,仿佛连光都被吸了进去,光晕中间一张肤色柔腻的笑脸,妩媚地看着叶小天,仿佛传说中的小狐仙。

叶小天吁了口气,将目光从那张美丽的面孔上挪开,回头看了看他们躲藏的地方。这里的门户就是通往密道的阶梯,这道阶梯是活动的,抬起来居然另有空间,叶小天和于珺婷此时就藏身其中。

当别人发现这处密道,沿着阶梯冲下来,急急地向前方密道追去的时候,又怎么会想到他们进入密道的阶梯其实就是反向的另一处密道的入口?密道之中藏密道,而且充分利用了人们容易忽略的位置,可谓匠心独具。

叶小天道:"此处之精巧,确实出人意料。只是……在张家,怎么会有这样一条张家人不知情的密道呢?"

于珺婷走到他面前,笑吟吟地道:"因为有一年雷击屋檐,致使房屋损毁,我便找了人来修缮。我既有心对付张家,当然要留退路。"

叶小天睨了她一眼,道:"这就是狡兔三窟吗?"

于珺婷向他嫣然一笑,她哪里是一只狡兔,眼儿媚,脸儿媚,分明就是一只成了精的狐狸。

叶小天又道:"为什么我们不跟侍卫一起突围?"

于珺婷踮着脚尖,轻轻坐下,道:"因为和他们一起走其实更危险。张雨桐既然决意对我下手,四周必已被他控制。况且,无论他刺杀我是否成功,接下来都一定会攻打我的府邸,他以有备算无备,就算我能成功地逃出此地,也未必就能躲开他的追杀。与其如此,不如躲在这里,张家的地盘,反而是最安全的所在。"

叶小天皱了皱眉,道:"原来你把侍卫派出去是做饵的,那我们呢,在这里困到什么时候是个头?"

于珺婷听出叶小天有些不快和担心,便安慰道:"你不用担心,你对张雨桐没有什么用处,更不要说你的家人了。对张雨桐来说,当务之急是找到我,他是不会分心对你家人不利的。"

叶小天想到自上次事件之后,自家业已加强了戒备,如果有异动,不等来人赶到山下就会有眼线把消息传回府去,再加上府中那条密道,就算张雨桐找上自家人,府里的人也可以安全逃走,这才稍安。但他仍冷哼道:"此番来府衙的时候,你也说不会有凶险的。"

于珺婷苦笑道:"不错,我是错估了他的胆量,但是,我不会错估他接下来的举动,就算他要清算,那也是大功告成之后的事!"

说到这里,于珺婷叹了口气,道:"我实未想到他敢这么做,这不是给早就垂涎铜仁的各方势力插手的借口吗?不动武力,张家就算败了,也不过是从第一退居第二,可是闹到如今这般地步,我于家陷入危机,他张家也有烟消云散的危险,何苦?"

叶小天乜了她一眼道:"监州大人,你只从利益计较,可曾想过人家与你有不共戴天之仇?"

于珺婷一脸无辜地道:"我做什么了?我不过是没去张家赴宴给张胖子拜寿。他气不过要死,关我什么事?"

叶小天道:"可惜张铎的儿子不这么想。"

于珺婷哼道:"那又如何?我既未死,就还有一搏的机会!"

于珺婷拿起蜡烛,一瘸一拐地走开,光晕移动,烛光下竟然显现出一张石床。床上居然有被有枕,叶小天忽然想起方才所见石桌上也是干干净净,看来这备用的洞窟,于珺婷经常派心腹打扫。

叶小天问道:"接下来我们该怎么办?"

于珺婷在石床上坐下,蜡烛往床前烛台上一插,微笑道:"等!等他们松懈下来,再寻脱身机会。"

叶小天默然。于珺婷嫣然一笑,道:"自从我决心对张家发难,必要的防范还是做了一些的,这里的食物和饮水都不缺,饿不死你。"

叶小天环顾四周，道："空间如此狭小，我睡哪儿？"

于珺婷吐了吐舌头，道："原先我可没想过会有人和我一起逃来这儿，要不……咱俩一人睡一半？"

叶小天一脸无奈。

·※·※·※·

府衙之外果然另有伏兵，于珺婷等人一进府衙，埋伏在暗处的伏兵就把府衙团团包围了。于珺婷所造的这条密道说是利用天雷击毁屋顶的机会所造，实际上所谓天雷击毁屋顶的事件，很可能也是她炮制出来的。

不过，这里毕竟是张胖子的地盘，密道不可能修太远，否则光是挖出的泥土就足以引起有心人的怀疑，是以密道出口就在府衙院墙处，于珺婷的侍卫从密道里突然冲出去，直接面对的围堵兵马并不多，再加上他们出其不意，竟然杀出了重围。

扮叶小天和于珺婷的两个人始终被他们护在中间，不与敌兵接触，一冲出包围圈，他们马上销毁了衣服，四散逃去，引得张家伏兵四出，满城缉索。

此时，御龙、吴家、巩家等张家的死忠派已集结了全部人马，配合张家本族的兵马直取于府，与此同时，戴家周围也出现了大量身份不明的人。

在张家，张雨桐端坐书房之中，桌上摆着一把出鞘的利剑，他像蛛网中间的那只蜘蛛，静静地听着一条条消息流水般送来。哪怕听到于珺婷逃出府衙的消息，他虽心中失望，却也没有神情遽变。当全部赌注上桌的时候，他要等的只是结果，反而没那么煎熬了。

张绎急急地走进来道："戴家的家将、家丁们发现异状，已经紧闭大门。他府中人手向外出击或显不足，但用来倚坚自守一时还是不易攻破，按你的吩咐，我叫人只管盯着，并未进逼。"

张雨桐点点头。戴同知的反应在他的预料之中。他清楚，戴崇华也清楚，只一个于家他张家都吃不下，更遑论更多于系土司了。所以他唯一能做的是擒王，对众多于系土司现在是防，将来则是抚，没办法用兵。

一旦他大功告功，重新奠定张家在铜仁的无上地位，戴同知的身份地位较之从前必然有所削弱，可也仅仅如此，既无灭门亡身之忧，也不会让家族陷入困境，因而，他不相信戴崇华敢悍然出击，观望等待是必然的选择。

然而，于珺婷竟然命大逃出了府衙，现在下落不明，但张雨桐依然不慌不忙，他的倚仗又是什么呢？

张雨桐沉默良久，缓缓地道："对于珺婷，我们要继续追索！铜仁城门紧闭，日夜巡城，不能让她逃出去。不过，这些事，交给别人去办就好。二叔必须亲自出城一趟,去于家老宅!"

张绎道:"会晤于珺婷的三位叔父?"

张雨桐默默地点了点头:"一桩合则两利的生意,希望他们做出明智选择!否则,玉石俱焚!"

· ※ · ※ · ※ ·

锦江中南门码头,一艘客船悄然驶离。仅仅一刻钟之后,张家的兵马就封锁了码头,未及离开的商贾们大感焦急,纷纷涌上去,或同官兵交涉,或塞钱贿赂,希望能够放行自家船只,一时乱作一团。

驶出城去的那艘客船上,哚妮和遥遥满面忧虑,桃四娘安慰道:"你们不必担心,回来的侍卫不是说了吗,是于监州支使他们离开的,那女人智计百出,连老爷都佩服,老爷和她在一起不会有事的。"

桃四娘说着,却难掩眉间忧色,因为她们虽然离开了,华云飞和毛问智却留在了铜仁城内,她又岂能不担心?

哚妮忧心忡忡地道:"小天哥独陷城内,叫人担心,和她在一起,同样叫人担心啊。"

遥遥诧异地道:"和姓于的那个女大官在一起有什么好担心的,难道她是吃人的妖精不成?"

哚妮哼道:"差不多。"

遥遥可不是当初那个天真的小孩子了,她歪着头想了想,忽然吃吃地笑起来,道:"哚妮姐姐诳我,就算她是女妖精,小天哥哥又不是唐僧肉,有什么好担心的。"

叶小娘子轻咳一声,道:"好啦,看你们还有闲心打趣,肯定都是相信老爷和于监州在一起是不会有性命之忧的。我也这么认为,当时情况危急,监州虽有心利用侍卫把追兵支开,却没有把所有侍卫全支走的道理,她这么做只有一个可能:她有自保的万全手段。既然如此,我们只要及时离开铜仁,别落到张家手里成为老爷的累赘就好了,何必担心那么多呢。"

遥遥天真地点头道:"是呀是呀,我还在想呢,那种情况下,他们究竟有什么办法可以脱险呢,可惜我想破头也想不出。"

这时大个子和福娃儿在船头实在耐不住寂寞,钻进了船舱,跑到遥遥面前,遥遥拍了拍福娃儿的脑袋,示意它们不要作声。两个畜生和人在一起久了,一些简单的沟通已不成问题。福娃儿识趣地趴下,大个子则蹲在一旁,憨态可掬。

一直没说话的耶佬见大家安静下来,这才阴沉着脸道:"就算尊者没有性命之忧,可总是身陷险境也不是办法!我们现在去格家寨,依我看,铜仁之局再这么乱下去,尊者一定有用到我们的时候!"

第二十二章

危机不断

一

晨风拂煦,旭日当空。清丽的松江水反射出潋滟的波光,氤氲在波光中慢慢消散,现出水上的石板桥,石板是一块块泛着岁月痕迹的青石,仿佛微微曲折的一行琴键,一个小童调皮地从这琴键上跳过,潺潺的流水就像音乐般传出。

这里是蓼皋,松江畔的一座偌大的宅院,宅院虽大,却没有城中高门大户的那种森严气氛,反而尽显农家纯朴之气。这里就是于家老宅。

老宅子里,于扑满和于家海神色紧张地看着他们的二哥于问舟。屡屡败给于珺婷后,于问舟似乎大彻大悟了,往昔的桀骜不驯全然不见了踪影,在族内事务上,也很少再给侄女添堵。

但张雨桐不相信,野心哪那么容易消除?何况他还清楚,虽然于扑满和于家海不太满意二哥对侄女的屈服,但他的威望还是在的,要和于家达成默契,需要这个人点头,所以,张绎还是同他取得了联系。张绎刚刚被带下去,于扑满和于家海就迫不及待地征求起二哥的意见来。

于扑满喜形于色道:"二哥!不用咱们出动一兵一卒,咱们只需按兵不动,不往铜仁赴援。事成之后,大哥这一脉就绝了,你就是土司呀,我们两兄弟也不用靠边站了。于家在咱三兄弟手里,一定能发扬光大。"

于问舟淡淡地瞟了他一眼,缓缓地道:"不管如何,珺婷总是大哥的骨肉,咱们不满她做土司,号令咱们这几个叔父,却也不必置她于死地吧?"

于家海嗤了一声道:"二哥,于家族人过千,死个女娃,有什么了不起?"

于问舟垂目不语,于扑满急道:"二哥,难不成你还要增援铜仁府,搭救那个丫头,让她出来继续踩在咱们头上?"

于问舟沉吟了一下,道:"从这几年看,珺婷这丫头做得挺好,是个合格的土司。咱们年纪大了,就算夺了这份家当,还能当几天家?她这么争气,你我也可以放心了。"

于家海道:"那么……大哥是要拒绝张绎,赴援铜仁!"

"不错!"于问舟缓缓站了起来,沉声道,"送张绎离开吧,告诉他,如果我于氏土司遇害,于家,决不罢休!"

于扑满大急,挺身就要反驳,被于家海一把拉住,道:"好!反正我们听二哥的,你既然这么决定,那就这么办吧!两国交兵,不斩来使,三哥,咱们去送张绎离开!"

于家海拉着于扑满出去,一到外面,于扑满立即不悦地道:"你拉我干什么?二哥真是越活越回去了,我还以为他对那妮子低声下气,是故意隐忍,没想到他是真怂了。你也甘愿受她驱使?"

于家海扭头望了一眼,低声道:"二哥的脾气你不是不知道。再说,就算你我反对,他要带人去铜仁,你能拦着?如果……让他留守根基,咱们两个去铜仁……"

于扑满双眼一亮,道:"你是说?"

于家海阴阴一笑,道:"将在外,君命有所不受!"

·※·※·※·

咳!叶小天咳嗽一声。

于珺婷盘腿坐在榻上,轻轻翻着一本书,真难为她了,在这密室中居然还藏了解闷的书,以致叶小天不禁有些恶意地猜测:"这位监州大人是不是在府衙里有个相好的,两人没事就藏到下边来胡天黑地一番?"

不过想想于监州的性格,她要真有个男人,只怕还真用不着藏起来。而且她是土司,一个土皇帝,就像武则天做了皇帝,普通女性需要承担的根本不能再约束她。

咳!咳咳!叶小天又用力咳嗽两声,于珺婷扬起眉梢,瞟向他。

叶小天道:"这里吃的喝的都有,马桶呢?有没有,不会……也要在这里解决吧?"

吃喝也就算了,如果拉撒都要在同一间屋里,哪怕同为男性叶小天都觉得不自在,何况对方是女人,而且不是他的女人。

于珺婷看了他一眼,指了指石床尾部,道:"那儿是道可以活动的门,推开。"

叶小天松了口气,于珺婷又低下头,津津有味地看书,看了一会儿见叶小天没有动作,不禁又抬起头,奇怪地道:"怎么不去?"

叶小天道:"我只是问问,现在并不想方便。"

于珺婷白了他一眼,继续看书。

叶小天道:"通风口在哪儿?这里边一点都不闷,可我怎么看不到通风口?"

于珺婷根本不理他，叶小天又道："你困在这儿，似乎一点都不担心？就不想想回头怎么出去，也不想想张家还有什么进一步的举动？"

于珺婷淡淡地道："有什么好担心的，他是狗急跳墙而已。只有杀了我，才能反败为胜。只要我不死，外有于家和其他各路土司，内有戴同知，文先生和于海龙也会发动反击，我只需在此坐等，不消三五日，就可以出去，到时候，我就可以理直气壮地夺了他的知府之位！"

于珺婷说话的时候，叶小天已无声无息地走到她的面前。于珺婷忽然察觉灯光变化，一抬头，就见叶小天正站在面前，她本能地瑟缩了一下，紧张地道："你干吗？"说着，她的手已经向后摸去。

叶小天有些忍俊不禁，道："你怕我干吗？如果怕，那晚做客我府的时候你又……"

于珺婷红了脸，瞪起眼睛道："我怎么样？"

叶小天一笑，忽然伸出双手，一下子把珺婷的双手抓了回来。于珺婷这回真的有点紧张了，叶小天抓着于珺婷的双手，道："你的手很凉。"

"嗯？"于珺婷疑惑地看着他，"你还是个大夫？"

叶小天道："就算你料定张雨桐一击不中，必会被你击败，也不应该全不惦记外边的变化。况且，你好像说过，你的三个叔父都不大服你，他们真会闻讯赶来搭救？"

于珺婷强笑道："怎么不会呢？再如何不和，终究是一家人。现在外人欺上门来，他们岂会坐视？"

叶小天摇摇头，道："可你也说过，这个外人，只是希望于家低头，他没有那么大的胃口吃下于家。既然他没有消灭于家的能力，那么与你不和的三个叔父，会不会借外人之手干掉你，自己当家？"

于珺婷佯怒道："你胡说什么，这怎么可能！"

叶小天叹了口气，道："监州大人，你在强作镇定！其实，你怕得很！你甚至害怕我知道真相后，立即也弃你而去，所以你不敢露出一丝紧张，是吗？"

"没有！你胡说，我才不怕……"于珺婷的眸中已经露出恐惧的神色，但仍矢口否认。

叶小天道："我方才一直在看你，你一共翻了十四页，每一页停顿的时间不一，但是你的眼神始终平视着书页，不曾移动过一次。我想，你方才到底看了些什么，你自己根本不知道！"

晶莹的泪光，在于珺婷的眸中迅速荡漾起来，于珺婷伪装的外壳被叶小天的这句话彻底击碎了，泪水扑簌簌地滚落下来。

叶小天轻蹙眉头，柔声道："我说对了？"

于珺婷掩面哭泣："我不知道外面已经什么样了，我不知道，真的不知道。"

叶小天道："你卖给我的那幢别院，有地道，有机关，你的签押房里，也有暗道机关，还有大悲寺，只要可以，你恨不得在你所有会去的地方，都留下可以让你藏身的暗道。这是为什么？

"以前在我京城老家所在的巷子里住着一位员外，很有钱，可他年轻的时候，曾经很穷很穷，常常吃不上饭。后来他发达了，可不管到哪儿，他都会叫下人带着一堆吃的，哪怕他根本用不上，因为他饿怕了，已经成了一种病，哪怕已经大富大贵，他还是要亲眼看到一堆吃的放在身边心里才安宁。你到处建密道，应该也是出于一样的心理吧？"

于珺婷嘤嘤地哭泣，她的坚强已经再也伪装不下去了。

叶小天又叹了口气，道："你如今生死未卜，那些地方土司们未必还靠得住，尚未离开铜仁的那几位，很可能不是被杀就是被抓了。你的三位叔父向来不满你占据土司之位，不落井下石就不错了，根本不可能出兵助你。至于戴同知，这种情况下只怕也会自留退路，不会为了你和张家拼死一搏。只凭文师爷和于海龙，根本无济于事。虽然于头人号称万人敌，可他毕竟不能真的做到万人敌，是不是？所以，你现在只能等，你什么都做不了，只能听天由命，是不是？"

"你不要再说了，求求你，不要再说了！"于珺婷一把扑到叶小天的怀里，紧紧抱着他的腰，苦苦央求起来。

叶小天轻轻抚摸着她柔滑如缎的头发，叹了口气道："何必硬撑，现如今只好由我来帮你了！"

第二十三章

妖　狐

一

"你？"于珺婷的嘴角微微抽动了一下，凄然地道，"我知道，叶推官是位义气君子，只是这件事发展到现在，连我都已控制不住，你又能有什么办法。你还是和我一起留在这里吧，如果文先生和于海龙能力挽狂澜，我自会重用叶大人，你我联手重建铜仁。如果事不可为……"

于珺婷轻轻叹了口气，珠泪盈睫："唯愿大人留此有用之身，至于我，恐怕是走投无路了。"

叶小天道："凭我推官的身份，当然帮不了你。可是，如果我能调动格哚佬的兵马，还有可能说服凉月谷出兵，算不算是奇兵突出？能不能够力挽狂澜？"

于珺婷眼神一亮，脱口道："若是能叫他们出兵，本就出人意料，算是一支奇兵，谁也算不到的，更何况这两个部落兵马精悍，能征善战，不过……"

于珺婷神色复又一黯，幽幽地道："你别安慰我了，我如今自身难保，谁会为我出动兵马。"

叶小天沉声道："我有十分的把握，可以调动格哚佬的兵马。不知你是否听说过，山中生苗素来信奉蛊教。"

于珺婷道："这是听说过的，怎么？"

叶小天微微挺直了腰杆，一字一句地道："叶某，就是这一代的蛊教教主！"

于珺婷瞪大眼睛，吃惊地看着他，小嘴张成O型，半晌才道："怎么可能？你不要骗我。"

叶小天失声笑道："这等大事，我岂能口出诳语？"

于珺婷慢慢地跪坐起来，惊喜地道："你说真的？"

叶小天道："如假包换！"

于珺婷惊喜地一把抱住了他，噙着眼泪，颤声说道："真好！真好！天不绝我！

我就知道,你是我命中的贵人!"

叶小天不好推开她,只好轻轻拍了拍她的后背,道:"只是你我如何离开此处,却是问题。困在这城里,我纵有雄兵百万,也是济不得事的。"

于珺婷跳下床榻,振奋道:"那我们就想办法逃出去。"

叶小天道:"你有办法?"

于珺婷破涕为笑,道:"你也说我这人总怕有人害我,所以处处留手,我又怎么会自困死地?这里另有出路的。"说到这里,于珺婷复又满面忧色,"只是,我们纵然能逃出此地,又如何出城呢?"

叶小天眸光闪烁了一下,道:"不必担心,只要你我能离开这里,我自有办法通知格咪佬出兵!"

…………

于珺婷持着蜡烛走到墙边,摸索着她从未启动过的那处机关,对叶小天道:"喏,你看到这处纹饰了吗,乍一看与别处一样,其实是有所不同的。我虽在许多地方设下密道,其实自己并未一一走过,只是知道它的大致所在。真要用时该如何寻找,便是靠这暗记了。"

说着,她的手一旋一按,一道暗门便无声无息地打开了。叶小天道:"监州大人把这样的秘密告诉我,似乎不妥。"

于珺婷回过身,凝视着他,柔声道:"你把那么大的秘密都告诉了我,我对你,还有什么好隐瞒的呢。"

烛光下,那双眸子熠熠放光,闪烁着一种异样的情愫,叶小天若有所觉,连忙垂下眼睛。于珺婷凝视着他,忽然忘情地张开双臂,往他颈上一环,柔软的唇便轻轻吻了上来。叶小天吃了一惊,下意识地一动,就觉自己的嘴唇被于珺婷柔软娇嫩的唇瓣吻了一记,随即传出于珺婷的一声痛呼。

叶小天急忙道:"你怎么了?"

于珺婷似嗔还喜地白了他一眼,道:"都怪你,烛泪滴到人家手上,烫着啦。"

叶小天忙道:"烫得厉害吗?我看看。"

于珺婷缩了缩手,烛光一阵摇曳,映得她娇羞的面孔忽明忽暗:"没事啦,人家又不是泥捏的。"

于珺婷说着,便转过身,举起蜡烛,对叶小天道:"走,咱们出去!"

· ※ · ※ · ※ ·

几天下来,铜仁已经有了翻天覆地的变化。于家已经被张雨桐彻底控制,戴家依旧大门紧闭,紧张戒备着。当时不在府中的文师爷像只成了精的狐狸,这边稍有风吹草动，他就消失得无影无踪。

现在，各地土司俱已听说了铜仁的惊天变化，虽然众土司惊讶于对张雨桐这个少年看走了眼，但是在这种局势未明的情况下，他们势必不可能贸然出兵。于是，各路土司一面加强戒备，一面互相遣派信使，沟通讯息。

当然，他们最在意的还是于家的态度。于家三兄弟不太服气于他们的侄女，这件事众土司都有所耳闻，将心比心，换作是他们的话，在这种情况下很可能会故意贻误战机，借张家的手除掉珺婷。

谁料于家居然毫不犹豫地派出救兵直趋铜仁，这令一些得到消息的土司大感意外，一些土司马上也做好了出兵的准备。此时，于海龙已回到自己的部落，他是于珺婷的心腹，人人都知道他不会袖手，于海龙回到部落后果然马上集结本寨精兵，甚至安排好了后事，便直扑铜仁。

从距离远近来看，于海龙会最先抵达铜仁，至于他是一到铜仁便立即发动攻击，还是等待于家三爷于扑满和四爷于家海率救兵赶到一起出兵，那就无从得知了。但是张家这边已经从本族抽调了精锐戍守铜仁城。

御家、项家、吴家等张家的死忠派也尽出精兵，或协助守城，或在铜仁附近险要地段驻扎，成犄角之势相互策应。与此同时，张家还密令提溪张家，严密戒备提溪于家，只要能牵制住他们，就是大功一件。

风声鹤唳，大战一触即发！

…………

府前街是铜仁城内比较繁华的一处所在，铜仁城内，除了清平、清浪一带的繁华闹市区，以及码头一带的商业区，就以这条街最为繁华，是以虽然近来形势紧张，府前街上仍是人满为患。

土司老爷们争老大的位子，这和流民入城、外族入侵不一样，不管谁当了老大，依旧需要他们这些子民，因此百姓们并不特别慌张。

府衙对面一棵老槐树下，摆着一个摊子，摊上卖些羊皮、兔毛一类的东西，现如今粮食最吃香，这类货物少有人问津，那货主戴着个斗笠无所事事，一双眼睛便左顾右盼，不时打量街上行人，尤为注意府衙方向的动静。

此人正是华云飞，但他已经抹黑了脸，还在右颊上粘了一颗长毛痣，纵然是极熟悉他的人，若非有意认真打量，也认不出他。

长街上还有一个穿着破衣烂衫的乞丐，穿着一条破裤子，随着他的走动，屁股蛋子若隐若现。他腰里系着草绳，左手端着一只镉过的破碗，右手提着根枣木的打狗棍，时不时地向沿街的商贾龇牙一笑，只是还未开口，一连串的"滚滚滚"便迎面而来。

这个乞丐正是毛问智，老毛扮乞丐可是本色演出，谁会注意到这么一个确实是乞丐的乞丐呢。老毛沿着长街转悠了几圈，闪进一条巷子，倚着柴火垛坐下来，叹了口气，从怀里摸出油纸包着的几个包子，大口啃了起来。

他已经在街上转悠两三天了，还没有叶小天的消息。没有叶小天的消息固然就是好消息，可也叫人心焦得不得了。毛问智真不晓得接下来会发生什么，他既希望最好一直都没有叶小天的消息，又希望自己第一时间找到叶小天，当然，这有些痴心妄想了。

地道尽头，于珺婷打开面前的箱子，把蜡烛放好，扭头看看叶小天，道："箱子里的衣服都是为我准备的，幸好你的身材也不是十分高大，挑一套换上吧。"

叶小天凑近了一看，箱子里满满的都是衣服，有男式的有女式的，有冬衣有夏衣，叶小天不禁叹道："你还真是准备周详。你扮什么？"

于珺婷叹道："我是女人，平素却喜做男子打扮，所以，不论我扮男人还是扮女人，总不免会引人注意。所以……我扮乞丐，他们应该想不到于家土司会去扮乞丐吧。"

叶小天挑了挑眉道："这里有乞丐的衣服？"

于珺婷拨开上面几套衣服，一套破烂衣衫赫然出现，叶小天道："既然如此，看来我也只能扮乞丐了，否则和你走在一起也太显眼。"

于珺婷为难地道："可惜乞丐衣裳只有一套。"

叶小天道："这倒容易，扮皇帝难，扮乞丐却再简单不过。"说着，叶小天便拿出一套衣服，刺啦撕开一道口子，又往地上蹭了蹭。于珺婷见状也不急慢，脱冠除帽，先打散了自己的发髻，又抓了一把灰土，往自己的秀发上揉去。

一刻钟后，两人停下来，相视一笑，在他们眼中，对方均是一个蓬头垢面的脏兮兮的小乞丐了。

毛问智吃了两个包子，刚刚拿起第三个，才咬了一大口，就见两个提着枣木打狗棍的小乞丐沿着胡同向他走来，老毛立即瞪起了眼睛：行有行规，做乞丐也要讲规矩的，府前街是老子讨饭的地盘，敢有不识相的来抢生意？

迅速融入角色的老毛像只护食的狗，把狗眼一瞪，就要向两个小乞丐发飙，但是他定睛一看，嘴巴立即张成了河马嘴，半个包子吧嗒一声掉在了地上……

第二十四章

圆桌会议

一

尚未完工的道观内殿中,三个乞丐,一个商贾,围拢在桌前,木料和油漆的气味萦绕在四周,整座道观目前还只是一个雏形。

他们并不是从大门走进来的。这里是于家捐资助建的,可想而知,于大小姐又在这里留了"后门"。

这位于姑娘就像后世的某些程序员,设计程序时习惯性地为自己留个"后门"。此时城中动荡,而道观又由于家负责建造,自然停工了,空空落落的,并不见人影。

于珺婷正认真地听华云飞向她解说目前的情形。解说这种事还得华云飞来,若换了老毛,只怕于姑娘要一句一句有针对性地询问才能明白。

"戴家周围一直有兵马驻守,不过戴家的粮仓在宅内,储存的粮食够他们吃三年,他们不出来,张家的兵马也不进攻,两下僵持在那里了。"

于珺婷点了点头,表示了解。

华云飞又道:"现在铜仁城已经完全在张家的控制之下,御家、吴家、项家等权贵全力支持,忠于于家的一些官绅都被控制了起来,不过并未杀害,也未抓捕他们的家人。"

华云飞说到这里顿了一下,又道:"听说于头人已经率领兵马到了铜仁近郊,因为尚未进攻,我在城里也不知道这消息是真是假。还有就是,有消息说,于家也派了兵马赶来铜仁了。"

于珺婷颜色一喜,道:"当真?"

华云飞道:"是的,这个消息反而比较确定,因为昨日有位大娘来买东西,我见她是从张府出来的,故意给了个低价,趁机和她多聊了几句。这消息是从张府传出来的,那针线婆子又没理由骗我一个小商贾,所以应该是真的。"

于珺婷大感欣慰,转身握住叶小天的手,雀跃道:"你听到了吗?我们于家派出兵马了，他们没有抛弃我，虽然平素有些不和，可终究是一家人！"

叶小天也为她高兴，道："是呀！这样一来，有于家的大军兵临城下，只要你能平安出现在城外，各路土司必闻风而动，到时候张雨桐唯有开城投降了。"

叶小天确实替于珺婷高兴，被亲人抛弃总是悲哀的。不过，却也小有遗憾，这样一来，格哚佬部大概就用不上了，叶小天本想以此为契机，进一步扩大格哚佬部在铜仁的话语权。

要知道站住脚和有影响力，那是两码事。他总不能时不时地就让格哚佬部喊打喊杀，一味地扮野蛮人，那样做只会距铜仁的政治圈子越来越远，不同的阶段要展示不同的形象。

利用赴援铜仁，干涉张、于两家争端，可以让格哚佬部顺利登上铜仁的政治舞台，还可以把他们美好的一面展示给全贵州的土司们。

收起獠牙，证明自己具备参政能力，这对格哚佬部目前的处境、未来的发展，对改善整个生苗给山外人的野蛮、愚昧印象都有重要意义，可惜了……

于珺婷喜滋滋地握住了叶小天的手，欢喜雀跃得像个孩子，叶小天一面笑着安慰她，一面想着心事，因而忘了及时放手。这一幕老毛和华云飞看在眼中，顿生异样。

老毛看了看华云飞，浓眉微微一挑："不好！咱们又要多一位大嫂了！"

华云飞眉头一压，眼神向下轻轻一扫："大哥自己都不愁，你担心什么！"

老毛嘴角一翘："这些位大嫂，哪个是省油的灯？真要聚到一块，叶家就热闹了，到时后宅天天起火，时时冒烟，咱们哥俩怎么办，管是不管？"

华云飞翻了翻眼睛："大哥现在是债多了不愁，蚤子多了不怕咬！没啥大不了的。"

老毛吁了口气："也是，谁家不生火，谁家不做饭，就算叶府成了万妖国，也有大哥的金箍棒顶着，咱不操那闲心。"

二人无声地用表情交流着，于珺婷欢喜地转过来，兴冲冲地对华云飞道："我二叔哪天带人出来的，他们哪天会到？"

华云飞道："这个我倒是没问出来，也不好问得太细，而且……那婆子只是张家后宅为夫人小姐们做针线活的，也未必知道得多清楚。对了，来的不是你二叔，是你三叔和四叔。"

"三叔和四叔？"于珺婷怔了怔，眼中跳跃的火苗渐渐熄灭了。

叶小天察觉异状，忙问道："怎么了？"

于珺婷迟疑道："几位叔父对我一向不善，但我这几年表现出色，二叔对我已不抱有敌意，反而是三叔和四叔，始终不把我放在眼里。他们屡屡设计难题对付我，我若不应招，就被他们认为是软弱无能，我若见招拆招，就又被他们视作不敬，双方越来越水火不容。如今我被困城中，生死不明，偏是他们带兵赴援……"

叶小天想了想道："不会有问题吧，也许是你二叔要留守根基？"

于珺婷道："老寨当然需要有人留守，可此时领兵在外的统帅才是最重要的人。为何是二叔留守？我担心，若是三叔和四叔主动请缨的话，他们未必抱着什么好心。"

叶小天觉得她真是有点狐性多疑了，可转念一想，在无法确定叶家老三、老四究竟意欲何为的情况下，这个险的确冒不得，万一冒着重重风险好不容易逃出铜仁，欢天喜地地跑进老三、老四的大营，却一头扎进罗网，那……

于珺婷道："要确定他们是否真心救我，只需等待一件事！"

毛问智道："什么？"

于珺婷道："他们赶到后，是否会对铜仁发动攻击，是佯动还是真的攻击！"

华云飞道："那么，还要再等几天？"

叶小天大喜，这样一来圈子又绕了回来，格咪佬部又有充足的理由出兵干涉了。

叶小天马上道："问题在于，他们诚心来赴援救你还好，如果他们果真怀有异心，那么他们到了，第一件事就是趁于海龙没有戒心，先行控制住他，之后与张雨桐合兵一处，到那时，铜仁稳如泰山，你将再也没有翻身的机会！"

于珺婷道："不错！所以……小天哥哥……"

四品广威将军、铜仁监州大人、于氏家族的女土司，一向的女强人、如今做小乞丐打扮的于珺婷于大小姐抓住叶小天的手，一双大眼睛泪汪汪的……

那声音，那表情，那一句"小天哥哥"，弄得华云飞和毛问智一身的鸡皮疙瘩，二人不约而同地向叶小天看去。叶小天很不自在地抽回手，尴尬地道："唔……我明白！那么，我们还是依原计划行事。"

老毛及时向华云飞递了个眼神："看吧，俺就说，道高一尺，魔高一丈。大哥被女妖精给迷住了！"

华云飞轻轻摇了摇头："不好说，不好说……"

在他看来，叶小天的表情甚是愉悦，这可不像是因为有机会取悦这位美人，如果说是因为这恰恰合了叶小天的心意，那还真不好说究竟是谁算计了谁。

· ※ · ※ · ※ ·

小径上，百余名剽悍的随从护着于海龙匆匆而行，前方山脚下，已经可以看见一座大营，旗幡招展。

大营内，于扑满和于家海站在高高的箭楼上，看到远处赶来的这一队人马，嘴角慢慢浮起一抹阴笑。

于扑满道："他来了！"

于扑满做了个手势，道："盛名之下无虚士，此人一身悍勇，确实难敌，要不要安排弓箭手，把他给……"

于家海摇了摇头，道："不妥！毕竟是咱们于家的一员大将，岂有百折羽翼的道理。他再如何了得，一旦进了咱们的大营，还能插翅飞出去？把他控制住，他麾下的兵马就只能乖乖听命。等咱们和张家里应外合，干掉那个小妮子，于海龙也只能面对现实，奉我等为主了！"

于扑满抚须微笑，频频点头。

于家海瞟了他一眼，嘿嘿笑道："二哥已经老了，勇气不复当年，人也老糊涂啦，咱们于家这份重担，我看他是承担不起来了，到时候，三哥你就是于氏家主，咱们于家必会在你手中发扬光大！"

于扑满眉开眼笑，拍拍于家海的肩膀道："到时候，你就是于家的'总理'，咱们两兄弟好好大干一场！"

二人相视大笑，于家海笑罢，向远处睨了一眼，道："人家好歹也是铜仁第一勇士，走吧，咱们下去迎他一迎！"

于扑满返身下箭楼，于家海走在他的后面，望着他的背影，复又阴阴一笑，眼神闪烁不定，不知在算计些什么。

…………

"劳驾！别别别，别动手，我不是坏人！"老毛从草丛里蹦出来，脸上堆着笑刚说了一句，五六杆锋利的竹枪就杵到了鼻子底下，吓得老毛高高举起双手，连声大叫。

"干什么的？"一个小头目模样的人按着刀，恶狠狠地瞪着毛问智，怎么看他都觉得不像好人。

后面见有异动，立即停止了前进，士兵们成环形布防，迅速把于海龙护在中间。

老毛搓搓手，满脸谄媚："这位大爷，俺只想向你们打听个道儿，俺……走迷糊了。"

那小头目没好气地问道："你要问什么路？"

毛问智道："听说有位于海龙于大头人，就屯扎在这旮旯，不知该咋找他呀？"

那小头目瞪着他，半晌说不出话来。

第二十五章

潜　伏

一

"打开寨门！"于家海盼咐，同时向自己的心腹递了个眼色，沉声道，"做好准备！"

那心腹答应一声，用力一挥手，数百名弓箭手立即向四下隐去。

简陋的寨门打开了，于扑满和于家海微笑着向寨门外看去，笑容顿时凝固在他们脸上，远处还是于海龙的那队人马，只是……他们没有走近，反而越来越远了。

于扑满和于家海互相看看，愕然道："这是怎么回事？"

于海龙一边策马而行，一边沉声问道："土司现今无恙吧？"

毛问智骑在另一匹马上，道："没事，她跟俺大哥在一块呢。不过她说，现如今不确定谁敌谁友，再加上你们老于家吧，都让人家老张家给盯死了，所以她也没去找你们老于家啥人。"

于海龙欣慰地点了点头，道："只要土司无恙就好！"

于海龙又回头看了一眼远处的山寨，道："想不到他们竟包藏祸心，我险些上当！"

毛问智道："这事儿吧，其实还不一定，俺那大嫂也就是有点疑心，他们到底是不是白眼狼，这得你们自个儿琢磨。"

于海龙对他的东北口音和时不时冒出来的方言词汇实在有点不适应，白眼狼啥意思指的是谁他一听就明白了，可这"大嫂"指的是什么他可真不懂了。

于海龙道："不用琢磨，我都到了山前，却又离开了，只要他们心中有鬼，就一定会追上来。我不明白的是……大嫂是谁？"

毛问智道："这有啥不明白的呢，俺管她叫大嫂，你得叫土司，其实就是一个人。"

于海龙猛地勒住了马缰，瞠目结舌道："土司？土司大人，怎么……怎么成了你的大嫂?"

毛问智笑道:"你说你这人,咋彪乎乎的呢?俺大哥的女人,你说,俺不叫大嫂叫啥?"

于海龙差点一头从马上栽下去,结结巴巴地道:"我……我们土司是你大哥的女人?"

毛问智惊奇地瞪大了眼睛:"咋的,你还不知道呢?哎呀,俺大哥挺神哪,神不知鬼不觉地就把事给办了,要不咋他是大哥呢,就是有本事!"

于海龙大喜:"土司终于肯找男人了?哈哈哈,我于氏土司,终于要有继承人了,哈哈哈……"

于海龙正想再问个仔细,突然有侍卫冲上来禀报:"大头人,山寨里出来人了!"

于海龙扭头一看,就见浩浩荡荡的大军从山寨中涌出来,潮水般向他们扑来,顿时一声冷笑。

如果于扑满、于家海只是带些亲兵出来,那就说明他们并无反意,眼下这情况还用说嘛,这两个人果然包藏祸心,意图对土司不利,如果不是毛问智误打误撞半路截住了他,此时他已束手就擒了。

于海龙沉声喝道:"全速赶回我们的大营,我倒要看看,他们敢不敢一路追下来!"

于海龙说着,从得胜钩上摘下那口沉重的大刀,往鞍上一横,故意放慢了马速,他要亲自在后面押阵。亲兵随从们素知头人神勇,是以也不犹豫,纷纷加快速度向前逃去。

于海龙冷冷地盯着远处扑来的敌军,大声道:"毛兄弟,你跟着我的人快走,老夫断后,管叫他们……"

于海龙说着回过头去,顿时一呆,身后哪还有毛问智的身影。于海龙向远处一望,就见一匹黑马冲在队伍最前面,扬鞭似雨,打马如飞,身子颠得仿佛挂在枝头的一块破布头,早已逃出两箭地了。

于海龙愣了愣,不禁由衷地赞美道:"这厮看似奇蠢如猪,稍有风吹草动竟逃得比兔子还快,当真人不可貌相!"

· ※ · ※ · ※ ·

"这儿……会不会太危险?"叶小天看看来来往往、商货云集的码头,有些不敢相信,于珺婷居然把他领到了这儿。

码头不可能长期处于封锁状态,所以现在宽进严出,只对离开的人严格查验,货物全部要打开认真检查。

于珺婷道："越危险的地方越安全，我们藏在这里，连你都不敢置信，张雨桐会想到吗？况且，文先生始终下落不明，应该已经逃出去了，只要他能出去，我的处境就会有所改善。"

　　叶小天敏锐地注意到，后一句她说的是"我"，而非"我们"，不由得眉头一挑，道："我？什么意思？"

　　于珺婷微笑道："很快，你就会知道了。不过……"

　　于珺婷轻轻捧起叶小天的手，柔声道："不过，我这种安排，只是因以前就危机重重，所以早就安排用以自保的一个小手段。要想力挽狂澜，还是要靠你，小天哥……"

　　"咳！你还是叫我叶推官吧，于大人！"叶小天好像浑身爬满了蚂蚁，在哚妮或凝儿、莹莹唤来叫人心里很甜的称呼，不知怎的，从于珺婷嘴里说出来，让他觉得浑身不自在。

　　"土司，你们的衣服！"一个身材圆成了球，衣服油得能拿去炒菜的胖子钻进房间，将两套衣服递给于珺婷。

　　叶小天打量着于珺婷苗条纤细的身材，忍不住又道："在码头上当力工，你行不行呀？"

　　胖子向叶小天瞪起了眼睛："土司大人怎么能去码头上扛活？"

　　也许这胖子炒的菜很美味，可是各种滋味混合在一起，再香的味道也被掩盖了过去。他一靠近，叶小天差点被熏个跟头，忙退后一步，道："在码头上却不扛活，那干什么？"

　　胖子道："择菜、洗菜……"

　　说到这里，胖子有些担心地回过身，对于珺婷道："土司大人，您看……这活行吗？您放心，你只需做做样子就成，小的可不敢真让土司大人您干活。"

　　于珺婷淡淡一笑："不要这样，既然扮小工，那就要扮得像，该干什么就干什么，出了这间屋子，就别拿我当土司。"

　　胖子点头哈腰，眼睛眯成了一条缝："是是是！"

　　叶小天松了口气，笑道："扮厨房小工？这倒容易，其实我连菜都会炒的。"

　　胖子又回过头，瞪起小眼睛道："扮小工？土司大人扮小工就行了，厨房哪能一下子增加太多人，岂不惹人生疑？"

　　胖子以为叶小天是土司大人的随从，两人出现时也确实是这么介绍的，是以对他毫不客气。叶小天吃吃地道："那我……"

　　胖子理直气壮地道："当然是做力工！"

于珺婷在一旁窃笑不已,叶小天目光转过去,她立即收敛笑容,很同情地看着叶小天,一脸无辜。

·※·※·※·

华云飞快马加鞭,直奔格家寨,经过提溪司地盘时,稍稍遇到了些麻烦。提溪孙家正提防着提溪于家,所以各处设了关卡,防止于家的人前来窥探底细。

华云飞为了避免麻烦,绕了个远道,从于家的地盘穿过去,从水银山方向抄山道赶到了格哚佬的山寨。

此时,耶佬已经带着哚妮和遥遥赶到了格家寨,华云飞赶到,马上对他们说明了现在的情况。

华云飞道:"大哥以为,我们在提溪站住了脚,这只是第一步,并不意味着在铜仁众土司中我们有讲话的权利。比如,凉月谷早在百十年前就已迁至提溪,可时至今日,也很少被铜仁众土司放在眼里,偶尔有些事情涉及提溪,果基土司才能去铜仁露一小脸,大部分时候,铜仁知府聚集众土司议事,根本就当他们不存在。

"如果正常发展,恐怕一百年后我们也不过就是今日的凉月谷。出兵铜仁,干涉张、于两家之争,虽然是为我们的盟友于氏解围,却也可以打开我们的局面,从此以后,铜仁府商议政务时,就少不了我们的一席之地了。

"所以,尊者希望你们能尽快提调兵马出山,而且还要联络凉月谷,最好联合出兵,相信凉月谷对于他们尴尬的处境也早就不满了,只是他们一直没有等到这样的机会。"

格哚佬摩拳擦掌地对引勾佬和耶佬道:"两位长老怎么说?"

引勾佬通过上次的战争,为格哚佬部争取到了山下一大块良田,被部落百姓奉为英雄,如今时常下山,向这块土地上的百姓传经授义。

在这块土地上生活的百姓,如今也归了格哚佬部。引勾佬亲授经义,展示神通,把他们变成蛊者的信徒,觉得特别有成就感。

再加上引勾佬是在上次竞争尊者之位,殁了两位长老之后补上来的长老,资历、地位较其他六位长老要低,年纪轻、地位低,令他更容易产生向上的动力。所以华云飞说出的这番话,深深地打动了他。

引勾佬立即点头,应和道:"若非于家庇护,我们当初绝不会这么容易就在铜仁站稳脚跟,还得到偌大一块领地。如今于家落了难,于情于理,我们都没有坐视的道理。再者,此次出兵,还可以进一步提高我们部落在铜仁的影响,于我部落大有好处!耶佬,你怎么看?"

第二十六章

理当出兵

一

耶佬一直住在铜仁城，耳濡目染之下，他比引勾佬更加希望自己的族人能从深山里搬出来在外边生活。

再加上安置在叶府周围的八大长老亲眷中有一家是他的亲戚，因为住得近，时常往来，让他不但可享天伦之乐，更从亲眷口中常常听到外界是何等精彩，所以对叶小天的决策尤其支持。

耶佬马上答道："我赞同！兵贵神速，此事已来不及通知神殿，不管是为了尊者的安危，还是本部落今后的发展，都应该立即出兵，赶赴铜仁！"

耶佬强调来不及通知神殿，是担心汇报神殿后，那些老长老们会从中作梗。从此时起，两位"年轻"的长老，已经渐渐和资历更老的长老们产生了分歧。

那些老长老们大多已经八旬左右，几年内就将陆续辞世，到时候他们两个就是资历最老、地位最高的长老，新晋补上来的长老无论资历还是岁数都比不过他们，可想而知，叶小天"腐蚀"了他们两个，就从根本上改变了蛊教的未来。

有朝一日，已然日薄西山的蛊教或许不再存在，但是他们却可以以一种新的形式生存下去。穷则变，变则通，通则久，一切正在按照叶小天的规划悄然进行着。

耶佬的话正中好战的格哚佬的下怀，格哚佬兴冲冲地道："既然如此，那我这就去点兵，咱们即刻下山！"

"寨主且慢！我家大哥还有吩咐！"华云飞急忙唤住格哚佬，举步上前，对他耳语了几句。格哚佬听后皱了皱眉，道："这样吗？好不麻烦！不过，既是尊者吩咐……"

格哚佬道："那你这就去吧，我这里立刻点兵！"

华云飞颔首道："此行打的就是出其不意，兵马宜精不宜多，在下这就告辞了。"

华云飞匆匆离开格家寨，沿山路赶向凉月谷。华云飞穿过于家的地盘，来到凉月谷，请求面见果基土司。

此时，果基格龙一身猎装，刚刚带着一位身穿蜡染石榴裙、对襟窄襦衣的俏丽小姑娘兴冲冲地从山里回来，肩上扛着一杆长矛，上边搭了些狐、兔等猎物。

伴在他旁边的姑娘正是格咔佬的侄女采妮，格龙是果基部落的少主，再加上他高大威猛，尤其是当日耕牛划地时，他一拳击倒奔马的神勇征服了格咔佬部的众多勇士，被奉为英雄，采妮的爹娘对他们的往来自然乐见其成。

伯父默许，父母支持，采妮姑娘便在几次矜持的拒绝之后，羞羞答答地接受了果基格龙的邀请，前往凉月谷做客。

几天接触下来，两个人已是你侬我侬，热情似火了。年轻人的爱情，本来就是一旦郎有情妾有意，顷刻间就能天雷勾动地火。

议事堂上，华云飞对果基土司道："土司大人，如今张家少爷暴起发难，于监州猝不及防，被迫逃隐，我家大人以为，张家与格咔佬部及贵寨关系都很疏远，如果于氏垮了，对我们双方都很不利。

"再者，贵寨纳入铜仁治下已有百年，却依旧游离于铜仁政坛之外，此事确实是一个良好契机，如果贵寨和格咔佬部能联手出兵，力挽狂澜，从此必可在铜仁官场占据一席之地！"

果基土司锐利的目光盯着华云飞，沉声道："于监州现今无恙？"

华云飞肯定地答复道："安然无恙！"

果基土司又道："素闻于氏三兄弟，对他们这个侄女不大服气，如今于监州被困城中，他们三兄弟恐怕不会全力营救吧？"

华云飞坦率地道："何止不会全力营救，实际上，他们很可能与张家少爷狼狈为奸，意图害死自家土司，以便取而代之。这也是我家大人希望能借助贵寨和格咔佬部的原因。"

果基土司慢慢地踱了一阵，沉吟有顷，回首问道："格咔佬部已同意出兵？"

华云飞点了点头，道："不错！格咔佬寨主已经亲口答应在下，立即集结兵力，只因还要等待土司大人您的决定，所以暂未行动。"

这时候，格龙带着采妮已经到了大厅门口。听说格咔佬部来了人，采妮甚是欢喜，雀跃地就要跑进大厅，到了门廊，恰好听见厅中华云飞的话，采妮一怔，急忙停下脚步。紧随其后的果基格龙见状，忙也停下脚步，二人贴着木制的厅墙，悄悄倾听起来。

果基土司微微眯起了眼睛，微笑着道："那么，如果我凉月谷决心置身事外呢？"

华云飞不卑不亢地道："在下之所以前来贵寨搬救兵，是因为这对改善贵寨处境也有极大好处。即便土司大人不肯出兵，我相信您也不会给张家通风报信。

"如果贵寨不肯出兵，那也无妨，格哚佬部还是会按照先前的计划，悄然集结兵马，沿山路潜入提溪于家和贵寨中间，由此北上，避开提溪张家的耳目，奇袭铜仁府！"

果基土司道："呵呵，格哚佬有这份魄力？他就不怕内部空虚，被提溪张家端了老巢。"

华云飞也微笑了一下，答道："这就是提溪于家按兵不动的原因了。一则，提溪于家始终按兵不动，张家绝不会想到于家自己的子弟兵没有动作，反而另有奇兵攻打铜仁，有出其不意之效。

"二则，提溪张家即便探知了格哚佬部的底细，有于家牵制着，他们也不敢出兵攻打山寨，且不说山高寨险，纵然内部空虚，也不是轻易就能打下来的，他们还得提防螳螂捕蝉，黄雀在后！"

果基土司唔了一声，继续踱起了步子。其实他是属意于出兵的，凉月谷从一百多年前就被纳入了铜仁治下，却一直游离于外，他对这种局面早生不满了。

另一方面，恰也因为凉月谷一直被铜仁众土司排挤，他和各方都没有政治、经济各方面太多的联系，真要出兵顾忌也少，万一失败也不用太担心。

土司们你争我打的事多了，闹到这样地步的却少，真要是张家得势，也不过是重点打压于氏，不可能搞株连，因为这不是皇朝更迭，他既没那个能力，也没那个必要。

失败的弊处只有这么多，而一旦成功呢？于家本就有意拉拢他们，凉月谷和格哚佬部又已建立同盟关系，一荣俱荣，到时凉月谷在铜仁必将拥有举足轻重的地位。

果基土司尚在犹豫，琢磨自己是否可以提出更多的条件，得到更多的好处，但华云飞只是叶小天的一个信使，即便提了条件，他显然也做不了主，要谈得和于监州谈，可如今于监州还藏在铜仁城内，怎么接触？

果基土司暗想："不管如何，出兵对我凉月谷总比不出兵要强，既然如此，还是先出兵吧，真要立下大功，于家上台之后，还能翻脸不认人？一些好处，还是要给的！"

果基土司刚想到这儿，格龙便已按捺不住，长腿一迈，就冲了进来，急吼吼地道："爹！你还考虑什么，儿子以为，咱们应该联手格哚佬部，立即出兵铜仁！"

果基土司闻言大喜，心道："我儿终于开窍了，原来他也看明白了其中利害。"

果基土司老怀大慰，欣然问道："哦？那你且说说，我们凉月谷为何要出兵？"

果基格龙一把拉过采妮，理直气壮地道："那还用说吗，儿子可是一定要娶采妮姑娘为妻的，我那老丈人就是格哚佬部的，我能眼看着老丈人去打仗，自己当缩头乌龟？"

果基土司笑容顿僵，一口老血差点喷在果基格龙的脸上。

果基土司看看雄赳赳气昂昂的儿子，再看看满面娇羞，捻着衣角，脚尖在地上画圈圈的采妮姑娘，有气无力地道："儿啊！"

"啊？"

"你去点兵吧，多带些精锐。"

"哈，爹，你同意了？"

"去！快去！你再不走，老子真想抽你！"

·※·※·※·

华云飞又风尘仆仆地回到了格家寨，在这段时间里，格哚佬已经动员了一支精锐，随时待命。华云飞看到队伍前方的两员虎将，顿时直了眼睛。

其中一员大将身材不高，敦实圆润，身上穿一件皮甲，护住肚腹要害，硕大的屁股坐在地上，在身后众多士兵披甲执锐，严阵以待的时候，"他"还在不断地啃着竹笋。

另一位大将身高丈八，膀大腰圆，站在众武士之前，如鹤立鸡群一般，其生有铜铃般一双大眼，硕大的鼻孔发出的气息就似孔洞里吹出的一阵疾风。

华云飞愕然道："这……大个子和福娃儿也去？"

遥遥认真地道："嗯！我们都是一家人，小天哥有难，它们当然不能坐视。"

华云飞挠了挠头，道："此行须得极为隐蔽，方有出其不意之效，要的是令行禁止，它们不通人言，万一惹出动静暴露咱们的行踪……"

遥遥眉开眼笑地道："所以，我也要去！它们最听我的话，好乖好乖的。"

福娃儿咔嚓咔嚓地嚼着竹笋，抬起头，睁大一双囧囧有神的大眼，似乎大表赞同。大个子则咧开猩红的嘴巴，露出一口锋利的獠牙，笑了一下。

华云飞大感不妥，还想再说，就见格哚佬身披皮甲，手执大刀，迈开大步走过来，豪气干云地道："不要婆婆妈妈了，咱们这就出发吧！"

在格哚佬身后，一位俏丽的姑娘，身穿猎装，肩挎猎弓，体态姣好，英姿飒爽，此人正是哚妮。华云飞顿时无语：这些山里人，怎么可能按照军队的标准要求他们呢？

第二十七章

小叶与小鱼

一

深夜，一支人马借着夜色的掩护，从山脊的另一侧悄然潜行，一直进入于家的地盘，才显露行踪。

于家早已接到华云飞的消息，派人暗中接应，提供饮食、屏蔽消息，将这支人马神不知鬼不觉地又送出自己的领地。

格咪佬率领人马与凉月谷果基家汇合后，由西行折向北行，此时因为和提溪张家之间有于家的隔断，已不必担心会有张家的探马查到。

两路大军会合到一起，便以最快的速度向铜仁进发，虽然这支人马主要是步卒，但是走惯了山路的人，脚力惊人，速度实也不慢。

红日高升，一个农夫推着小车，车上放着镰刀，吱吱扭扭地出了村子，向地里走去。今年收成不错，趁着今天天气好，他打算多卖把力气，尽快把那两亩地的庄稼都收了。

刚和一个同村的汉子打过招呼，农夫忽然发现远处有一队人马走来。村夫有些惊诧，不觉放慢了步子。队伍越走越近，整队人马披甲执锐，杀气腾腾，那农夫有些害怕，忙避到路旁。

这时他才惊愕地注意到，队伍最前方的那个大个子竟然不是人，而是一头金刚巨猿，巨猿体形硕大，微微哈着腰，用一种奇怪的姿势向前挪行，大屁股一扭，就是常人几步的距离。

巨猿旁边还有一只貔貅，圆圆的大脑袋上戴着一只竹笠，短短的脖子上挎着一口盛满竹笋的筐子，肚子上还绑着竹板和兽皮编织的也不知是该算作盔甲还是肚兜的东西。

农夫瞪大眼睛看着这支奇怪的队伍，脑海中突然出现了昨夜哄儿子睡觉时讲的武王伐纣的神话，莫非这头巨猿和这只貔貅也成了精？

"劳驾！前方这个村子叫什么，由此往铜仁去，还有多远哪？"一个年轻人忽然勒住马，弯下腰笑吟吟地向他询问，很和气。农夫忙回答了，壮起胆子又多问了一句："不知……你们……你们是谁的队伍，这是干什么去啊？"

华云飞笑了笑，道："我们是奉了铜仁张家大少爷的命令，从提溪赶往铜仁铲除叛逆的。"

"哦！原来是提溪张家的人马呀！"农夫露出憨厚的笑脸，忐忑的心情也放松下来，"这几天总听说铜仁那边出了大事，好像有人想对张家不利，这不是扯淡吗，老张家在铜仁做了五百年的土皇帝，谁能撼动老张家的地位！看！老张家的援军都来了，估摸着很快就太平了。"

农夫点头哈腰地目送这支"勤王之师"踏出漫天烟尘地经过，推着独轮小车继续向自家田里走去，今儿回去，他就有新的故事来哄他的宝贝儿子睡觉了。

·※·※·※·

中南门码头，铜仁最繁华的所在之一。

码头边上有一处大车店，店里有一处大伙房，伙房不仅供应自己店里住客的伙食，而且还向码头上的力工们出售午餐，所以这伙房比起一般店里的厨房要大了数倍。

不过，住大车店的虽然大多是商贾的随从下人，码头上的力工虽然都是苦哈哈，但其中总有些管事、二掌柜和码头上的工头、监工一类的人物，比起苦哈哈们要称点钱。

这些人的吃食就要比一般人的伙食好一些，而他们的饮食就是由那个圆润的胖子负责的。胖子姓轩，其实还没到三十，以前码头上的人都叫他小轩。

大概六年前，小轩患了一场怪病，病愈之后，身子就像气吹的似的开始膨胀起来，运动、节食全不管用，看郎中也没效果，挣扎了两年，灌了无数药汤下去，反而变得更胖了。

于是，小轩认了命，从那以后，小轩就成了胖小轩。

胖小轩只负责给工头、管事等人做菜，菜肴相对精致一些，他有自己的一处小厨房，水案是他婆娘，两个小工是本家侄子，倒是肥水不流外人田。

于珺婷摇身一变，化名小鱼姑娘，成了小厨房的第三个小工。很少有人会钻到厨房里来，小鱼姑娘又不大出去，很多人甚至不知道厨房里加了人。

几天下来，一开始有些手足无措的小鱼姑娘渐渐会做一些简单的帮厨事务了。至少她现在择芹菜不会留下叶子，扔掉菜茎，也不会频繁地打碎碗碟。

其实从小就被作为土司培养的于珺婷在十二岁那年，也曾一时好奇，想要到厨房里一展身手，结果厨房的大师傅跪着教她做菜，而且自始至终不敢抬头看她。

与此同时，大管事、内管家、婆子、丫鬟、随从、侍卫把个厨房挤得满满当当，她刚兴致勃勃地把油倒入锅，婆子们就急忙把土司大人给架开了，担心油热了溅到她的手上。

她刚抄起菜刀，开心地想切上一把青菜，内管事又满头大汗地扑上来，唯恐切了土司大人的青葱小手。最终于土司的厨房体验之旅无疾而终。

十指不沾阳春水的于大姑娘从那以后就再也没进过厨房，直到今天。此时，小鱼姑娘正拈着一把菜刀，对面前那条从锦江里捕捞到的大鲤鱼虎视眈眈。

大鲤鱼拍打着有力的尾巴，躺在砧板上，一双鱼眼很轻蔑地瞪着她，旁边胖小轩的两个侄子战战兢兢，一副随时扑上来救人的模样。

胖小轩站在灶台旁，麻利地炒着菜，眼角却也在睃着这边，脸上油汗滚滚。

"你们别过来，我一定行！我就不信了，我还治不了它！"小鱼姑娘抄着菜刀，瞪着面前那尾大鲤鱼，咬牙切齿地吩咐胖小轩的两个侄子。这时油渍麻花的门帘一掀，叶小天施施然地走了进来。

"哟嗬！好香的味道！"叶小天嗅了嗅香味，馋涎欲滴，转眼看见于珺婷半蹲弯腰、握刀瞪眼，冲着那尾大鲤鱼较劲的场面，不禁失声笑道，"行了，你快别耽误胖大哥的生意了，交给那两位小兄弟拾掇得了。"

胖小轩彬彬有礼地道："我姓轩！"

现在，他已经知道叶小天不是土司大人的随从了，他又不瞎，土司大人怎么可能对一个随从像对叶小天那般说话，一个随从又怎么会像叶小天一样对土司大人那么随意，虽然他还是不知道叶小天的真正身份，却已客气了许多。

叶小天哦了一声，道："对对对，是胖小轩大哥，你快起来吧，有你帮忙，只能越帮越忙。"

于珺婷悻悻地交出了手中的菜刀，一个小工慌忙接过，提到嗓子眼的那颗心也终于落了肚。于珺婷白了叶小天一眼，道："你怎么来了，货都卸完了？要是偷懒，小心工头收拾你。"

叶小天嘿嘿一笑，得意扬扬地道："我是什么人？会在码头上扛一辈子的活？小鱼姑娘，看清楚了，从今天起，在下就是码头上的四管事，专门负责计工、发酬！"

"你？这才几天，你就混上工头了？"于珺婷有些不敢置信，她哪里知道，叶小天从小混迹天牢，精于阿谀奉承之术的达官贵人也不知见过多少，再加上他识字认数，要想在码头上混得出息些自然容易。

叶小天一边卖弄着自己的本事，一边把于珺婷拉到了后院里。已是深秋时节，一出厨房，燥热之气顿去，清爽之风扑面而来。

于珺婷轻嗔道："吃几日苦又如何，去当什么工头，混在力工之中没人注意你，一旦当了工头，难说不会有个见过你的，认出你的身份。"

叶小天长长地吸了口气，脸上露出欣然之色："不太可能了！我正要跟你说，码头上负责临检的捕快和那些老妈子，全都撤走了。你我现在出城，也并非难事！"

于珺婷呆了一下，突然面露喜色，道："文先生那边有动作了！"

张家撤走搜检的人，只在两种情形下才有可能，一种是格咪佬和凉月谷的援军赶到，夺取了铜仁城，另一种就是张雨桐已经确认于珺婷逃出了铜仁，没必要在城中继续大肆搜捕。如果是援军到了，想占领铜仁，绝不可能无声无息，所以于珺婷马上想到了第二种可能。

叶小天微微露出钦佩之色，道："不错！据说文先生陪着你，已经出现在于海龙的大营里面，向城头骂阵。张雨桐亲自去城头看过，确认是你，这才撤了出城的检查。那位冒充你的姑娘是谁？难道是你的孪生姐妹？"

于珺婷苦笑一声，道："如果我真有一位孪生姐妹，这土司的担子或许就不必由我来承担了。"

于珺婷幽幽地道："这位姑娘是几年前我无意中发现的，至少有八分与我酷肖，如此这般，只消再故意打扮一下，模仿我的言行举止，就算是至亲之人，隔得远些也休想发现破绽。"

叶小天叹了口气，对她的怜悯之情油然而生。从到处设下的机关暗道，到这暗中安排的替身，可见于土司之前的处境恐怕比她自己说的还要不堪。旁人只看到她的嚣张跋扈、八面威风，怎会想到她竟要时时提防明枪暗箭，步步如临深渊如履薄冰！

第二十八章

南北呼应

一

叶小天压低了声音，柔声道："现在张雨桐派出临检的人已经全部撤回去了，我们要不要立即出城？"

于珺婷转动了一下眸子，向他嫣然笑道："既然我们已经没有危险，于海龙那边也已有了一位土司坐镇，咱们又何必出城呢？"

叶小天疑惑地道："你有什么打算？"

于珺婷笑得好不狡猾："咱们被他们撵得跟兔子似的东躲西藏，好不狼狈，现在机会来了，咱们不在他们的肚子里头大闹一场，如何出得了这口心头恶气？"

午时，绝不是一个适合偷袭的时间，通常偷袭都会选在月黑风高的深夜，又或者是大雪茫茫、暴雨倾盆、浓雾漫天的恶劣天气里，极少有人会选在风和日丽、秋高气爽的正午时分。

攻城掠寨、两军对垒也是这样，人们习惯于中午进食，因而很少有人会选择中午作战，可于珺婷偏偏就选择了正午这个时间发难。说起来，正午的确适合杀人呢，这是阳气最盛的时候，鬼魂难以在人间逗留。

厨房后院里摆着一张桌子，桌子上面放着一个盆，盆里盛满了沙土，沙土中间插着一根筷子。眼看那筷影的顶部一寸寸地向筷子根挪移着，终于不见筷影，于珺婷不禁轻轻吁了口长气，亮晶晶的眸子凝注在叶小天的脸上。

"时间到了！"叶小天情不自禁地道。

"时间到了！"于珺婷雀跃地说。

……

"张雨桐，你给我出来！你杀害雍尼和阿加赤尔两位土司，挑拨他们的族人自相残杀，不配继承令尊的土司之位，这件事，你必须要给铜仁众父老一个交代，否则我们就杀进城去！"

于海龙立于城下,手持大刀,冲着城头声如雷霆地大喝。

"于扑满、于家海,你们这两个吃里爬外的老东西,居然联合张家,坑害自己的家主,天地不容!兄弟们,你们的土舍背叛了于家,背叛了你们的土司,不要给他卖命啦!快过来吧,土司大人会宽恕你们的!"

于扑满和于家海的阵营前,于海龙特意挑选了几十个"大喇叭",大声蛊惑着他们的军心。

于扑满和于家海已经移动了阵营,目前和于海龙的阵营只隔三箭之地。两个人立在箭楼上,疑惑地看着于海龙方面的行动。

于扑满纳罕地道:"于海龙疯了?真当自己能以一当万,一面攻城,一面向我们挑衅?"

于家海看了看箭楼下严阵以待的士兵,低声道:"由他骂去,不要理会,让他们和张家拼个你死我活!"

自从"于珺婷"突然出现在于海龙的大营里,双方就处于僵持状态了,于氏两兄弟可以背后设计自己的侄女,也可以动用心腹死士去暗杀她,却没有能力指挥这么多族中勇士向土司所在的阵营发起进攻。

他们能够约束部属没有投向土司的阵营,号召力已足够惊人了,幸好,虽然主动进攻对族人们来说有心理障碍,但是被攻击时躲在寨墙后面抵抗倒还做得到,再加上于海龙那边稍有异动,张雨桐就会采取相应行动进行牵制,所以他们才能维持目前的局面。

眼下于海龙的人明显是在对铜仁城发动进攻,对他们这边则进行心理攻势,他们就只好高悬免战牌了,反正于海龙必须得防着他们,这样一来他们就能牵制于海龙的一部分兵马,间接减轻了张雨桐的压力。

再者,虽说铜仁的城墙不高,且并非完整环绕的整座城墙,大片水域地区都没有墙体掩护,但是因为水道纵横,此地并不利于攻城一方行动。

同时于海龙是一支孤军,分兵的话攻城兵力明显不足,所以只能集中于这一处,这样一来,不管于海龙移师哪里,他们都可以相应移动,始终保持牵制,从而使于海龙一方无法对城池进行有效突破,也不怕他们真的攻进城去。

于海龙这边甫一攻城,张雨桐就获悉了消息,于海龙像抽风似的,时不时就发动一下进攻,根本没有条理可循,张雨桐早已习惯了他的不按常理出牌。

听闻消息,张雨桐不慌不忙,立即登上城头亲自指挥守城,攻守双方围绕这段城墙展开了激烈的争夺。

此时,锦江上游无数的竹筏正顺流而下,几乎铺满了整个江面,每张竹筏上都站满了人,河上有一些驶出或正驶向中南门码头的商船、客船,见此情形无不目瞪口呆。

他们做出的唯一反应是就地抛锚，唯恐被这一眼望不到边的竹筏大军射个千疮百孔。实际上，竹筏把他们的船已经全围起来了，不要说放箭，就算跳帮夺船都轻而易举，谁还敢妄动。

但竹筏大军并未理会他们，他们这商船、货船都是靠纤夫和风力来运行的，动作迟缓，即便顺流而下时，也不如竹筏灵便，是以懒得抢他们的船。

几乎铺满江面的竹筏从他们的船舶旁边驶过，旁若无人地行向中南门。

当当当当……

急骤的铜锣声响起，张家在锦江上设的税卡和警哨亡命般划着小船逃向中南门，甫一登岸就鬼哭狼嚎地哭叫着报讯去了。

张家在南门处有守军，但很有限，码头上的守军更是少得可怜，一来是因为北面有于海龙的阵营，势必要抽调主力防范，二来也是因为他们并不认为南面会有危险。

南面要防的只有一个提溪于家，但是提溪于家有提溪张家牵制着，哪怕牵制不住，只要提溪于家有异动，提溪张家也会及时向他们报知消息。

至于格哚佬部和一向不大掺和铜仁事务的果基家，则被张雨桐忽略了。其实张雨桐也不算判断失误，如果不是叶小天在蛊教中是绝对权势人物，格哚佬部和凉月谷果基家的确不可能联合起来奇袭铜仁。

张雨桐不清楚叶小天的身份，自然吃了大亏。叶小天又授意格哚佬部借道于家寨，从于家寨和凉月谷之间的小道杀向铜仁，完全绕开了提溪于家，以致这边已兵临城下，于家还蒙在鼓里。

于家在码头上的守军一见整片江面已经完全看不到流水，那大军仿佛是踏地而来，大骇之下不战而退，弃了码头退守南城门，码头上的守军和南城守军合兵一处，紧闭城门，同时派人飞报张雨桐。

张雨桐一听消息，不由得大吃一惊，急忙对张绎道："二叔，你守在这里，我带人去那边看看。"

张绎也知情势紧张，无暇多说，只叮嘱了一句："千万小心！"

张雨桐立即抽调了一支人马，急匆匆地直奔南城。

叶小天和于珺婷立于码头，登岸的大军如潮水般自他们身旁涌过，直到格哚佬、果基格龙、采妮、哚妮和遥遥赶到。他们刚刚登岸，大个子和福娃儿就先冲了过来。

大个子把叶小天当成它的好兄弟，老远一见叶小天就咧开了大嘴，迈开大步冲到面前一把抱起了叶小天，开心地在他背上使劲拍了拍。

叶小天努力营造的英雄形象顿时化为泡影，被大个子拍得咳嗽不已，两人那样，就似老爸抱着宝贝儿子。

"放我下来！快放我下来！"叶小天好不容易从大个子怀里挣扎出来，刚刚站稳脚跟，福娃儿又撒着欢地扑了过来。

"站住！蹲下！别动！"叶小天一见福娃儿又要故技重施，想一头撞他个仰面朝天，马上大声下达指令。福娃儿一怔，以为是个新游戏，立即乖乖止步、坐下，睁着一双萌萌的囧眼看着他。

叶小天这才长舒了一口气，可随即遥遥又带着哭腔扑过来……苦也！叶小天只好满面堆笑，抱起这位亭亭玉立初长成、柳枝吐芽抽腰身的小姑娘，好言安慰起来。

码头上的力工、管事们在大军冲上岸的时候就已乖乖蹲在地上，双手抱头，如今忽见他们前几日的工友，近日刚刚提拔为四管事的小叶子竟然威风凛凛地站在那儿，那位明显是大军统帅的老家伙和那个只比那头大猩猩矮一些的大个子将军居然一副唯他马首是瞻的样子，不禁目瞪口呆。

叶小天和格哚佬、果基格龙叙谈了几句，果基格龙在他面前还是有些不自在，不过毕竟已经心有所属，对叶小天倒也没有往日一般仇视。

几人正说着话，前方追赶张氏兵马的战士回来禀报，说张家的人已经关了城门，自城上放箭，阻止大军靠近。

叶小天道："水路到此为止，再往前去是陆地了，我们要进城，只能强行打开城门！"

格哚佬一听，立即挥刀道："儿郎们，把筏子抬起来当盾牌，咱们攻下那座城门！"

遥遥跳着脚喊道："小天哥，小天哥，何不让大个子打头阵呢，那城墙并不高哇，我看大个子一跳就能上去！"

叶小天扭头一看，那城墙一共不到三丈高，大个子那身量，再加上他那双攀缘有力的利爪……叶小天双眼一亮，脱口道："好主意！大个子，过来！"

大个子一听他叫自己，马上颠儿颠儿地跑过来，把屁股一翘，只当他又要踢自己一脚，这可是他们两个玩熟了的游戏。

叶小天一见大个子这个动作，内心不觉触动了一下，他拍了拍大个子，比画道："喏！那儿，你冲上去，把坏人赶开，打开门！要小心！"

大个子力大无穷，勇不可当，身体更是强悍，横斩的兵器就算伤得了它，伤势也不会太重，但是对于利器的直向刺杀，它的肌肉和毛发却无法抵挡。

于珺婷见状，道："不必急于攻城，再等一等吧，城中必有变故！"

叶小天讶异地看了她一眼，忽地若有所悟，道："你是说……"

于珺婷向他顽皮地一笑，扮个鬼脸道："你的大军为我而来，我又岂能不出力气呢，你当我昨日叫胖小轩进城是干什么去啦？嘻嘻，山人自有安排！"
　　哚妮一见她这番神情姿态，心中登时警铃大作："这只狐狸精，已经对我小天哥下手了吗？"

第二十九章

中心开花

一

戴府的院墙上,兵丁依旧如往常一般巡弋警戒着,人数未增未减,步伐不紧不慢,但是院墙之下,却是丁壮云集,刀枪紧握,肃立如林,气氛紧张。

台阶上置有一只香炉,炉内香烟袅袅,眼看那香影渐渐缩入香的根部,日头已经升到他们的头顶,戴同知肃然转过身,面向阖府丁壮,沉声道:"是非成败,在此一举!戴家是否败落,尔等是否会沦为他人奴婢,永世不得翻身,只在今日!"

"战!战!战!"长枪顿地,利刃敲盾,杀气凛凛的呐喊声如海之啸。事已至此,再不需要任何掩饰,该是见真章的时候了。

戴崇华把长刀向前一指,厉喝道:"打开所有门户,冲出去!"

"杀呀!"

前门、后门、左右侧门,四处大门同时开放,戴家的兵马似出栅的猛虎,向围困在四周的项、吴、御等几家的人马猛冲过去,城外大战,城内开花,整个铜仁城顷刻间就乱成了一锅粥。

张雨桐带着援军刚刚离开北城,走出三条街,就见前方火光冲天,呐喊声不断,正惊疑间,便有几人仓皇跑来,一见张雨桐便喊:"少爷,少爷,戴同知反了!"

张雨桐顿足道:"悔不当初没有再狠一些,他们这是里应外合啊!"

张雨桐顾不得南城突然出现的外敌,马上带领兵马向戴家扑去。南城那边有城墙倚仗,外敌未必就能很快进城,如果不迅速扑灭戴家的叛乱,使内部被控制,城墙那层壳也就不堪一击了。

然而南城真的是靠戴同知去赴援吗?戴同知率人冲出府邸后,所去的方向实际上是府衙,他是想把张氏重要亲族一网打尽,打的是擒贼先擒王的主意,那么于珺婷等的是什么?

南城,守军紧张地在城头戒备,一员守将安排一番,匆匆跑下城楼。张家军队回撤时，许多懂得见机行事的商贾也都赶了马、推着车欲逃进城来，此时全都拥塞在城下。

而与此同时，又有想出城的商贾，包括因城中大乱想去城外避避风头的百姓也都拥塞到了这里，把个城门洞挤得满满当当。

那军官大怒，站在高处大声喝道："怎么搞的，齐老四，齐老四呢，马上把他们轰走，用条石抵住城门！"

晚了！

这军官话音未落，滚滚浓烟就冒了起来，城下挤在一块的车马之中有几辆满载货物的车子同时燃起了熊熊大火，火势迅速蔓延到其他车子上，城下顿时成了火焰山。

"走水啦，逃命啊！"

真正的商贾和百姓仓皇四逃，有些舍命不舍财的还想把自己的车马货物弄出去，可惜一辆辆车子犬牙交错，谁能移动分毫？

大火一起，顿时便封住了城门洞，守在城门洞下的不过十几个兵卒，正自大惊，忽见许多马夫、脚夫、丁夫从四处冒烟、八处喷火的车上抽出刀枪，恶狠狠地向他们扑了过来。

一时间"三夫压顶"，后边还有喷起数丈高的火苗子和滚滚浓烟为幕布，威势当真骇人，那十几个张家的士兵本就因为外面大军压境而有些魂不守舍，再经此突变，十成战力连七成都发挥不出。

这些扮马夫、脚夫、丁夫的是什么人？正是于珺婷暗中培训出来的那支死士队伍，不但武艺高强，而且个个悍不畏死，他们接到的命令只有一个："打开城门！"

他们只管冲向那扇城门，挡在路上的东西，烧掉！挡在路上的人，杀掉！他们对土司的忠诚，丝毫不亚于生苗对蛊教的虔诚。

轰隆隆……

城门被打开了，一个车夫打扮的人一手提着血淋淋的刀，一手扶着城门，肩头殷红一片，却咧开了嘴巴，笑得异常开心。

大个子像一头陆地坦克似的冲进了城门，只听轰的一声巨响，那些七扭八歪挤在一起，且正在燃烧的车子被它撞成了漫天飞舞的火苗，向四下弥漫开去。

浓浓的硝烟火气之中，大队人马呐喊着冲进城中……

· ※ · ※ · ※ ·

"南城失守了，格哚佬和凉月谷的人进城啦！"

惊慌的叫喊声迅速在全城蔓延开来。追上戴崇华，正在街巷中厮杀的张家人马闻讯，顿时军心大乱。

戴崇华意在张府，张雨桐则率人阻截，双方正混战在一起，陡听有人叫喊，张雨桐大惊失色，不过他还抱着一丝希望，希望这是于珺婷安排在城中的内奸在散布谣言，但他登上高处向南边一看，顿时面色如土。

"快！马上撤回大宅！"张雨桐已不能与戴崇华纠缠，当务之急是退守老宅，依托坚固的府墙固守。

戴崇华眼见张雨桐率领大队人马潮水般撤向自家老宅，不禁微微一笑，高声喝道："穷寇莫追，只管困住知府衙门就好！"

北城那边，张绎应付于海龙部的进攻还是游刃有余的，攻城一方不擅攻坚，使用的攻城器具也简单，再加上他们的主要任务就是营造混乱、吸引敌兵，给南城制造机会，本就没有动用全力，是以张绎并不觉紧迫。

当南城已破，张雨桐退守府衙的消息传来时，张绎立马傻了眼。他在城头上急急地跑到向南的城墙处，居高临下向远处眺望，就见长街之上一支滚滚的铁流正向这边缓慢逼近。

敌军不但人数众多，而且队伍井然有序，这只能说明一个问题：他们在城中，已经遇不到有效的抵抗，张家现在除了府衙，只有这处城墙还在掌握之中了。

"土舍大人，怎么办？"几个张家的头人惊慌地看着张绎。张绎怔怔地看着远处越走越近的人马，手一软，手中刀当啷坠地，绝望地闭上了眼睛，老泪滚滚而下："放弃抵抗吧，给老张家……多留点种子！"

叶小天和于珺婷并辔赶至府衙前，戴同知立即迎了上来，向于珺婷抱拳道："见过监州大人！"说完又向叶小天微微一笑，"听说说服格哚佬和凉月谷出兵的就是叶大人，此番叶大人居功甚伟，戴某佩服！"

叶小天在马上欠了欠身，就听于珺婷沉声道："现在不是叙话的时候，戴同知，好生安排一下，严防张雨桐突围逃走！"

戴崇华肃然道："下官遵命！"说罢向叶小天点点头，便急忙赶回去继续安排了。

叶小天此刻骑在马上，望着门楣上"铜仁府署"四个大字，别有一番感觉，明明是看熟了的东西，可是不同的情况下，感悟截然不同。

叶小天不禁想起他和于珺婷前往府衙，险些中计被杀之前，于珺婷在府衙前也曾负手仰望，看着这面牌匾悠然出神，那时……她又在想些什么呢？

这时，于珺婷已圈马贴近，对叶小天低声道："小天哥，你的尊者身份，要一直保密下去吗？如果需要公之于众，或许……这就是个契机呢。"

叶小天略一思索，摇摇头道："此事牵涉太多，我还没有想好。让我再考虑一下吧。"

"好！不管何时，只要你愿意公开身份，于家都会坚定地站在你一边，还有我……"于珺婷含情脉脉地道,"小天哥,你救了我,也救了我们于家,这份恩德,人家记得,永远也不会忘记。"

换作从前,叶小天很可能会嬉皮笑脸地跟上一句:"大恩难以为报,那你就以身相许算了。"

可如今叶小天已不是一介匹夫,一言一行、一举一动,都要考虑到自己的身份,虽然叶小天并不愿意被身份束缚,平素行事也不大拿腔作势,但是以他的身份,显然不宜这么开玩笑。

面前这妞儿已经是一副"只要你钩钩小指,我就宽衣解带"的模样,尚未摆平夏家和展家这副"跷跷板"的叶小天,哪敢再招惹是非。

所以,叶小天只是微微一笑,转首望向门楣,若有所思地道:"现在,张雨桐已经落到你的手中,你打算怎么办?"

听叶小天这样一问,于珺婷露出很认真的表情,思索着道:"张雨桐杀了阿加赤尔和雍尼,阿加赤尔的三弟阿加罗尔已经和张雨桐勾结,和他二哥阿加达尔对峙僵持着,得马上解决这件事!"

于珺婷又道:"接着,就是我那两位吃里爬外的叔父……"

于珺婷说到这里,不禁叹了口气,道:"等到这些事情解决了,就得召集铜仁众土司议事,这一回哪怕张雨桐不肯上书让位,凭他犯下的罪行,我们也可以联名弹劾了。"

叶小天露出赞赏之色,颔首道:"好得很!我还担心你一朝扭转局势,就会以牙还牙,杀害张雨桐呢。"

于珺婷俏巧地白了他一眼,道:"我有那么蠢吗?趁朝廷和各路大土司还来不及反应,我们得尽快稳定铜仁局势,那样他们才没有理由插手,否则可不都给人家做了嫁衣?"

叶小天笑道:"说的是,你既如此明智,我就放心啦!等你于大人成了铜仁之主,小弟这厢还要请你多多关照呀!"

于珺婷睨着他,娇嗔道:"少来啦,这种话你也好意思说!明明是人家今后要更加倚助教主大人你才是。"她咬了咬薄薄的下唇,垂下眼帘,柔柔地又补充了一句,"要是……要是这嫁衣是为你做的,人家便心甘情愿……"

第三十章

兵败如山倒

一

张雨桐和御家、项家、吴家等几家的人急急退入府衙，立即命人倚墙持弓进行坚守，但戴同知并未对府衙发起攻击，而是就近滚来石辗、磨盘，拖来桌椅板凳，架筑起简单的工事，把府衙围了个水泄不通。

眼见这边大局已定，叶小天对于珺婷道："接下来你打算怎么办？"

于珺婷道："自然是去南城，见见我的两位好叔父！"

这时，于海龙押着张绎走来，一见于珺婷立即抢上两步，激动地道："土司大人！"

于珺婷上前扶住于海龙，柔声道："大头人，辛苦你了。"

于海龙咧嘴笑道："身为于家的一分子，海龙做的都是分内的事。"

于珺婷微微一笑，道："大头人忠心耿耿，珺婷倚赖你之处实在是太多了。"

于海龙很不适应土司对他这般客气，憨憨一笑，侧身指着张绎道："这老家伙眼见大势已去就弃械投降了，土司，你看怎么处置他才好？"

于珺婷瞟了一眼垂头丧气的张绎，淡淡地道："先关起来吧！"

侍卫把张绎拖走，于珺婷和于海龙低语几句，转身走到叶小天身边道："叶大人，城中就拜托你了。"

叶小天有些意外地道："怎么，不用我陪你去城南？"

于珺婷的笑容有点苦，低声道："这是家事……"

叶小天恍然，道："我明白了！只是，仅凭于大头人一队人马，能制服于扑满和于家海吗？"

于珺婷轻轻摇摇头，黯然道："就算他们有万般对我不住，终究是我的至亲长辈，我不能伤害他们。可是，如果事已至此，他们还是不识时务，使我于家子弟自相残杀……"

于珺婷眼中射出愤怒的火苗,一字一句地道:"我纵受人诟病,背负骂名,也绝不饶他们!"

…………

身处于家大营的于扑满和于家海,虽然还不知道铜仁城内发生了什么,但是远处城门大开,于海龙的人马冲进城去,他们却是看得到的。

于扑满目瞪口呆,一迭声地道:"怎么回事?怎么可能?张家明明守得固若金汤,怎么忽然就被攻进去了?"

于家海站在箭楼上,踮起脚尖向城内观瞧,隐隐约约看见几处地方火起,城中街上似乎还有无数的人跑来跑去,于家海嗒然若丧地道:"城中发生变故了,张家……怕是完了!"

于扑满急了,道:"张家完了?那我们怎么办,我们怎么办?"

他们背叛土司的举动本就不得人心,虽然麾下的兵将大多都是直接隶属于他们的土民,积威之下,不至于反了他们,可当"于珺婷"在于海龙的大营中一露面,他们便根本无法主动发起攻击了。

如今张家兵败如山倒,他们就陷入两难处境了。这一次,他们是打着援救土司的幌子骗过二哥,兵发铜仁的。只要能成功杀死于珺婷,造成既成事实,他二哥即便知道上当,也无可奈何了。

然而于珺婷不但没死,反而绝地重生,打败了张家,控制了铜仁城,于家也从此必然成为铜仁第一家族。此时他们还能怎么办?

战?军无士气,根本不敢向土司发起挑战。逃?逃向哪里,回到家族二哥能饶了他们?等于珺婷回了家族他们更是再无反抗之力。

两兄弟茫然相顾,什么情况他们都估计过了,就是不曾想过会有这样的一天!

于海龙陪着于珺婷,在一队士兵的护送下向于扑满的阵营一步步逼近。寨墙后,于家子弟们犹犹豫豫,或窃窃私语,或仓皇相顾,根本不知该如何应对。

几个心腹将领满头大汗地赶到于扑满和于家海面前,焦灼地道:"大人,咱们没法打了呀!大家都知道铜仁城已破,张家已经完了,根本没人敢对土司动手,怎么办?咱们该怎么办?"

于扑满汗水涔涔而下,焦灼地看向于家海:"老四,你心眼多,你说,咱们怎么办?"

于家海牙根紧咬,颊肉高高绷起一块,一言不发。

于海龙护着于珺婷,在于扑满的大营外一箭之地处停下,于海龙提起一口丹田气,向营中大喝:"铜仁城已破,张雨桐被擒!我于家,已是铜仁第一家了!"

这是最值得于家骄傲和自豪的事,可是对面是勾结张家反抗自家土司的队伍,这样的好消息听在他们耳中,那心里究竟是一种什么滋味,可就难以形容了。

于海龙的身后,他的部属们发出山呼海啸般的呐喊声,呐喊声惊天动地,如浪涛一般一波未平一波又起,像这样连喊三遍后,于海龙突然把手中大刀往空中一举,呐喊声戛然而止。

高高举在空中的刀闪烁着凛冽的寒芒,缓缓向前指去,虽只一人、一刀,可心神已经失守的每一个寨内守军,却都感觉那刀似乎从空中劈下,一刀劈向自己的命门。

刀,笔直地停住了,刀尖直指阵前。于海龙厉声喝道:"可我于家,却有人利欲熏心、吃里爬外、勾结外人,谋害土司!如今,土司大人亲至,要严惩叛徒,尔等只是奉命行事,土司大人开恩,不予追究,现在还不退下?"

"退下!退下!退下!"钢刀敲击着盾牌,于海龙的兵士敲一记便进一步,"退下"的大喝声就像一记记的重锤当当地敲在砧板上,敲得寨中人心惶惶。

"放箭!快放箭!立即放箭!"于家海和于扑满还是不说话,一个头目沉不住气了,慌慌张张地跑到阵前大吼,本就拉开弓弦严阵以待的兵士们手指一颤,就见寨墙上飞出十余支箭矢。

十余支箭矢分散在整面寨墙上,显得极为稀落,而且这箭准头奇差,力道也不足,歪歪斜斜地飞上了半空。寨墙里面,更多的弓箭手随着"放箭"的命令,缓缓地放下了手中的弓,箭头冲下。

弓箭手们互相看看,见做出同样动作的兵士太多太多,不免勇气倍增,于是,弓箭、刀枪,叮叮当当地落了一地,他们弃械了。

"你们……你们干什么?你们找死!"那头目色厉内荏地吼着,一步步退却,忽然脚下一绊,摔了个跟头。他急忙爬起来,惶然地跑到于扑满和于家海面前,颤声叫道:"土舍大人,怎么办,怎么办呀?"

于家海慢慢闭上了眼睛,仰天长叹一声,道:"今卒困于此,乃天之亡我也,非战之罪!"

· ※ · ※ · ※ ·

一队披甲执锐的士兵冲进来,将于扑满和于家海包围在中间,那些心腹头目眼见对方未经抵抗便长驱直入,心知大势已去,顿时露出绝望的模样。

于海龙跟在于珺婷身后,缓步走了过来。于珺婷把玩着她的那柄象牙小扇,脸上露出一副似笑非笑的神情,向她的两位叔父一步步走近。

那些被围的心腹头目顿时跪倒了一地,以额触地,向土司请罪,想到可能要遭受的惩罚,一个个两股战战、惊恐欲死。于珺婷对他们看都不看一眼,径直从他们身边轻盈地走了过去。

于珺婷停住脚步，看了看于扑满和于家海，拱手道："三叔，四叔，久违了！"

于扑满冷笑一声，丢下他珍爱的那口户撒背刀，沉声喝道："既然落在你的手中，要杀要剐，随你！就不要假惺惺了！"

于珺婷轻轻叹了口气，道："三叔，你对侄女的误解太深了。无论如何，咱们都是一家人，打断骨头连着筋，侄女怎么会伤害你们？这么多年，不管怎么斗，侄女可曾对你们用过什么伤害的手段？"于珺婷不禁泪眼婆娑。

于海龙沉声道："土司大人秘密培训了一支死士人马，相信你们现在已经知道了，如果土司大人想伤害你们，你们还能活蹦乱跳到现在？哼！"

一个长跪的于扑满的心腹，一直体若筛糠。没错，土司大人不曾伤害她的至亲长辈，这么说来土司大人就是善男信女了？她不会伤害自己的叔父，可是对他们，却绝不会留情啊！

想到这里，此人牙根一咬，恶上心头。于扑满弃下的那口背刀就在他的手边，如果能暴起杀了土司，他就能扭转一切！他就能从一个阶下死囚变成大功臣，被赏一个大头人，拥有自己的寨子和土民，也并非没有可能。

"呀！"此人猛地跃起，锋利的刀芒一闪，雪亮的刀锋便从于珺婷的胯下反撩了上去！

这一刀狠辣凌厉，若是被他击实了，于珺婷那么一个纤纤细细、娇娇弱弱的身子，马上就得开膛破肚，被剖成两半！

于珺婷站在那儿，正痛心地看着她执迷不悟的两位叔父，毫无防范。利刃森寒，转瞬及体……

第三十一章

千钧一发

一

可于珺婷反应极快,随着刀尖划过,她猛地向前一个大弯腰,肚腹堪堪避过刀尖,可吹毛断发的锋刃却又触及她的胸部。

然而,于珺婷不仅仅是弯腰而已,她在缩腹弯腰的同时,双足已用力一踏,随即整个身子腾空而起,在空中做了个极矫健的腾空前滚翻,间不容发地避过了这一刀。

当于珺婷捷险如猱猴地凌空上翻至那人头顶时,闪烁着森森寒光的刀尖堪堪触及于珺婷的后背,可惜力道已尽,手臂业已伸至最长,再难递进半寸了。

腾空前滚翻的于珺婷并未就此翻落到那人背后,她在空中将小蛮腰用力一扭,借助扭转身躯的力度,使向前滚翻的身子又做了一个三百六十度的腾空旋转,腾空旋转的同时,她的纤纤五指已经张开,扣住了那人的脑袋。

咔嚓!一声脆响,那人的头颅已被于珺婷硬生生拧转了一圈。于珺婷稳稳地落在了那人背后。刚刚这出兔起鹘落、电光石火,不过就是刹那间事。

当!

原本攥在那头目手中的背刀落在地上,那头目双眼暴突,惊愕地看着于珺婷,目光中充满恐惧:土司大人怎么会武!他从没见过这位女土司舞枪弄棒,怎么也想不到如此娇俏的一个人,不但会武,而且武功如此高强!

于海龙见此惊险一幕,心都提到了嗓子眼,待见于珺婷安然无恙地落地,这才双手抱臂,面噙冷笑:"我与文先生切磋顶多撑上七招,可与土司大人比试却连五招都撑不过!知道什么叫青出于蓝吗?"

于珺婷冷冷地看一眼那个脑袋已完全被扭转的头目。仿佛是被她的目光一击,那头目绝望地仰面倒去,重重地落在地上。于珺婷脚尖一挑,那口号称南疆三大名刀之一的背刀便幻化成刀轮飞上了天空,呼啸着转动。越翻越高的刀轮力道渐尽,重新显现成一口锋利的宝刀，刀尖向下，笔直地落下来，嚓的一声，稳稳地贴着于珺婷的脚尖插进地面，刀面如一泓秋水，晶莹透彻。

于珺婷冷冷地道："此人意图谋杀自家土司，罪大恶极！他的家族中，但凡高过此刀的男丁，尽皆斩首！余者无论男女老幼，一概贬为家奴，分赐予有功将士！"

于海龙抱拳恭敬地答应一声，将那口刀提在了手中，这可是接下来处治这个弑主叛逆家人的"尺子"。于珺婷又复转向于扑满和于家海。于家海色厉内荏地瞪着她道："你……你想怎么样？"

于珺婷默然半晌，黯然道："无论怎样，我都不会伤害你们，但你们做错了事，却不能不罚。从即刻起，本土司将削去你们的土舍之位，你们的田地、子民尽数罚没，赐你们屋一间、田三亩，忏悔已过吧！"

于家海的眼睛陡地一亮，他本以为自己这一遭必死无疑，虽然于珺婷已经说过不会伤害他们，可是直到于珺婷的惩罚措施此刻真的宣布出来，他才真的放下了心。

于扑满却仍是一副仇恨、桀骜的样子，对侄女的宽大处理并不领情。他曾派遣心腹暗杀过侄女，还曾多次在她的饮食中下毒，可惜不知是有人暗中庇护还是老天保佑，每次都被她避了过去。屈指算来，光是由他个人实施的暗杀，就已不下三十次，但他从不觉得自己该死，对侄女剥夺了他的职权和财富更是感到由衷的愤怒……

于海龙对土司的这种宽容很是不以为然。如果是于珺婷的父亲在位，对此背叛之举，自然可以毫无心理负担地进行残酷的清洗和报复，可于珺婷却是晚辈。

然而，如果没有残酷的惩罚，背叛和谋反的成本就太低了，野心家就会层出不穷，那么一个已绵延数百年的庞大家族又如何保证它的统一和持续呢？

于珺婷又看了眼那些跪在地上的大小头目，沉声喝道："尔等身为头领，却随我三叔和四叔造反，谋害自家土司，统统不可饶过，先押到一旁，待事罢回去，再当众处死！亲族家眷尽皆贬为家奴，分赐予有功将士！"

于海龙厉喝道："统统抓走！"

众侍卫立即如狼似虎地扑了上去。

· ※ · ※ · ※ ·

于珺婷收服了于扑满和于家海部，将于扑满和于家海拘在城中一处房舍里，将收容的士兵交由于海龙统领，复又赶向府衙。

此时的铜仁城已经完全在格哚佬部和格龙部的掌握之中，他们已经控制了全城，尤其是西城张氏家族的驻地，更是五步一岗、十步一哨，戒备森严。

叶小天见于珺婷赶过来，忙迎上去道："都解决了？"

于海龙大笑道："土司人心所向，自然马到成功！"

于珺婷白了他一眼，对叶小天道："幸赖有你相助，铜仁已在掌握中。我三叔、四叔的部下见大势已去，便放弃了抵抗。"

叶小天笑道："如此甚好。眼下只有张家固守的这座府邸还不曾攻克，总不能一直就这么下去吧，府衙里有活水、有粮食，吃个一年半载不是问题。你打算如何办？"

于珺婷想了想，对于海龙道："张绎呢，把他带过来！"

于海龙答应一声，派人去提张绎。于珺婷对叶小天道："张家已经败了，希望张雨桐能识时务，放下武器，出来投降。只要他接受我们的条件，我也不会把他怎么样。如此一来，我们就可以在他人进行干涉之前，让铜仁安定下来。"

叶小天点点头，又道："如果张雨桐一意孤行呢？我看此人性情暴烈得很哪！"

于珺婷咬了咬嘴唇，咨询道："你说该怎么办？"

叶小天果断地道："不能给别人插手的机会，为了争取时间，我们只能打进去！"

于珺婷嗯了一声，柔柔一笑，道："我听你的！"

适时赶来的哚妮恰好听到最后两句，心中顿时老大不悦："明明她已决心要打，却偏要装出一副可怜样，好像一切都听我小天哥的，真是一只会装模作样的骚狐狸！"

华云飞看到她的表情，不禁轻轻笑道："你都看得出来，难道大哥他看不出来？大哥本就是这般打算，谁说出口也没什么了。她故作软弱，不也是因为想依靠咱们和凉月谷嘛。"

哚妮撅着小嘴，不快地道："我就怕她想依赖的，不是咱们寨子和凉月谷，而是……"

哚妮瞟了叶小天一眼，没有再说下去。女人在情感方面是有第六感的，对于感情的危机，她们比世上其他任何生物还要敏感几分，哪怕是天真单纯如哚妮，也不例外。

张绎被带到了叶小天和于珺婷的面前，他没有被绑上，还是比较受到优容的，但是他神情沮丧、无精打采，被带到叶小天二人面前时，依旧是一副垂头丧气的模样，头不抬、眼不睁。

于珺婷沉声道："张绎，区区一座府衙，根本不足为恃，张家若再不悔悟，势必要玉石俱焚。我希望你能去说服张雨桐，放弃抵抗！我可以保证，张家人的性命和财产都不会有失。"

张绎慢慢抬起头，睨着她冷笑道："你要我说服家主，向你于家拱手称臣？哈哈，简直是做梦！"

叶小天道："张土舍，你以为你不去，张家就能继续维持铜仁第一的地位？从张雨桐诱杀雍尼和阿加赤尔开始，就已注定你们张家成则一手遮天，败则一败涂地，难道你还不明白！"

于珺婷剔了剔指甲，悠然道："叶大人说得没错！如今只要本官召集铜仁众土司，把张雨桐的所作所为上奏朝廷，他不但要失去知府之位，世袭土司的身份也将不保，你最好考虑清楚！"

张绎放声大笑起来："哈哈哈，你们这对好公母，一唱一和的，不就是想骗我去说服家主投降吗？你们既然有本事直接上奏朝廷，夺我张家地位，又何必对我说这么多。"

于珺婷冷然道："我对你说这么多，是因为我不想造成无谓的伤亡！"

张绎冷笑道："真当我张绎是白痴吗？哼！你们不过是担心拖得久了，朝廷、播州杨家、思南田家，甚至那位土司王，纷纷各怀异心，插手干涉，当我不明白？"

于珺婷平静地道："你说得也没错，我的确有这个担心，这也是我想尽快平息铜仁乱局的一个理由。我是不会再给你们机会的，希望你能识时务！"

张绎挺起胸膛，大喝道："要杀就杀，少说废话！"

于珺婷叹了口气，向叶小天柔柔地一瞥，道："他不答应呢，你说怎么办？"

哚妮站在后边咬牙切齿："狐狸精！狐狸精！真是一个狐狸精！"眼见她手里的猎弓跃跃欲动了，华云飞赶紧踏前一步，拦在了她的前面。

叶小天摇头道："那没办法了！张雨桐自知罪孽深重，事败之后纵火烧了整座府邸，与他的党羽一起自焚于府中，实在可怜、可惜呀！"

于珺婷向他妩媚地一笑，道："我知道了！"

于珺婷转身就走，姗姗而行，步态美妙。

她刚走出三步，彻底崩溃的张绎便大叫起来："不要纵火！我去！我去！"

第三十二章

黄雀在后

一

张绎独自一人,踽踽地走向府衙大门。府衙墙上立刻闪出几个弓箭手,紧张地拉开长弓,将利箭对准了外面。

"是我!让我进去!"张绎仰起脸,没好气地冲着墙上喊了一声。

"是张土舍,真的是他!就他一个人!"墙里面一阵骚乱,过了一阵,一个系着绳子的大筐从墙里悠了出来。

张绎苦笑一声,自何时起,要回老张家,得用这种方式了?

他走过去,双脚踏入筐子,蹲下身,墙上的寨丁立即用力提起绳子,很快,张绎就被提上墙头,消失在墙内。墙外远处,叶小天看着张绎的身影消失,扭头对于珺婷道:"你觉得张绎能说服张雨桐吗?"

于珺婷道:"这种事,根本没有道理可讲,自然无从揣测。能否成功,全看张家少爷怎么想了,可惜我们对他的性格脾气了解有限,希望他会接受我们的条件吧。"

于珺婷说罢,唤过一个侍卫,吩咐道:"你去通知于头人和戴同知,叫他们准备好攻坚器械以及引火之物!时间紧迫,我们不能无限期地等下去。只给他们十二个时辰考虑,时辰一到,我们就打进去!如果六个时辰之内,依旧不能攻进府去,那就一把火把府衙夷为平地!无论如何,两天之内铜仁必须全面安定下来!"

府衙之内,张雨桐带着御龙、项父等人急急地迎了出来,而张绎正由本就守在墙头的张雨寒陪着往里走,双方在二进院落的门口碰头了。张雨桐欣然道:"二叔,你可无恙?"

张绎苦笑道:"二叔倒是无恙,只是我张家岌岌可危了!"

张雨桐恨恨地道:"大不了拼个鱼死网破罢了。再说,就算朝廷方面来不及反应,各位大土司那边也不会坐视铜仁内讧。"

张绎涩然道:"雨桐啊,你能想到的于珺婷自然也想得到,所以,她才要我来见你,她给咱们定了最后期限,若十二个时辰之内还不投降,他们就打进来!"

张雨桐脸色一变,道:"二叔,咱们到堂上慢慢说。"

张雨桐扶起张绎就走,其他人未得允许,只好留在院内等着,御龙和项父等人望着大厅方向二人的背影,俱都脸色沉重,神情迷茫。张雨桐扶着张绎进了大厅,也不叫人进来奉茶,而是迫不及待地问道:"二叔,那贱人究竟怎么说?"

张绎长长地吸了口气,沉声道:"十二个时辰!她给你半天的时间考虑,降,或者死!"

张雨桐目光一缩,道:"降,或者死?"

张绎道:"是的,如果你投降,她承诺可以保证张家人的性命与富贵,但知府之位你必须交出来。如果你在规定时辰之前还不肯开门投降,她就强行打进来!"

张雨桐冷笑道:"这府中兵精粮足,她想打就打?"

张绎道:"她说过,如果在六个时辰之内不能攻下府衙,她就纵火,把府衙夷为平地,把咱们统统烧死在里面,总之,两天之内,铜仁之乱必须尘埃落定!"

张雨桐拍案怒喝道:"她想得美!一把火烧了府衙,她就不怕朝廷降罪吗?"

张绎一脸悲哀地道:"雨桐,你怎么还不明白?从你杀了雍尼和阿加赤尔,却没能杀得了那个小贱人开始,就算没有站在于家一边的土司,业已兔死狐悲了。

"真要是烧了府衙,她就会推到你的身上,说你是负罪自焚。你说,朝廷是会相信你一具焦尸的话呢,还是相信铜仁众土司的话?即便那时朝廷知道真相,只怕也会顺水推舟吧。"

张雨桐一屁股坐回到椅子上,怔怔半晌,又猛地跳了起来,吼道:"不会的,我们还有希望!父亲过世时,我就给田家送了信,田家必然派人来吊丧,如今发生剧变,赶来吊丧的人一定把消息送了回去。田家只要知道了这里的情况,就不可能装聋作哑,我们再等等,一定会有转机的!"

张绎绝望地摇头道:"田家?田家早就成了空壳子,平时大家卖田家面子,是看在他是我们旧主的分上,如今大家已撕破脸皮,到了你死我活的地步,谁还会理会田家?"

张雨桐道:"不然!百足之虫,死而不僵!二叔,你真以为皇帝削了田家的权,田家就成了空壳子?确实,田家迫于永乐皇帝的威压,被迫让出两州之地划为八府,但他们只是表面上被削去了职权,暗中依旧控制着八府。

"虽经过近百年的发展,有土司逐渐羽翼丰满,脱离田家的掌控,可是迄今为止,仍有三府是完全受田家控制的,其他各府如我们铜仁一般,轻易也不会拂田家颜面。"

张雨桐所说的这番话令张绎大感惊讶,这些消息他竟一点也不知道,张绎脱口问道:"哪三府还完全听命于田家?"

张雨桐摇摇头，悲哀地道："父亲生前曾经和我说起过此事，但也仅仅是点到为止。究竟是哪三府，父亲没有说，也许他也不知道，也许他知道，但……已经来不及告诉我了。"

叔侄二人沉默下来，过了许久，张绎才道："不知道是谁才更危险，因为我们不知道谁可结盟，谁该防范。但是……如果田家在十二个时辰之内还是没有出现呢？"

张雨桐慢慢抬起头来，眼睛望向大厅外面，一脸茫然。他再如何了得，终究是个未及弱冠的少年。张家传承已五百年，现如今到了他手上，已是千疮百孔，积弊无穷。到了该发生变化的时候，即便没有家出头，也会有赵家、钱家出头，即便没有于珺婷发难，也会有周珺婷、吴珺婷发难，他又如何能独力回天？

· ※ · ※ · ※ ·

六龙山，七玄观。长风道人正悻悻地向王宁大发牢骚："我就说，好好骗咱们的钱不行吗？你们非让我掺和人家土司之争，现在好了，张家败了，于家胜了，咱们呢？跑去抱张家的大腿，捐资帮助张家出兵攻打格哚佬，结果大把的银子全都打了水漂，连个响都听不到！"

"闭嘴！"王宁不耐烦地训斥了他一句，转首看向洪百川，道，"大哥，铜仁局势真是瞬息万变哪，没想到于家居然会奇迹般地翻盘。这个女人，不简单哪！"

洪百川微微颔首道："看走眼了，我还真是看走眼了。本来我还想动用咱们的人救出她，只有让她活着，铜仁这场热闹才会继续下去，想不到她居然能够说服格哚佬部和凉月谷出兵。"

长风道人一心只想骗银子，这次投资在张家身上，白白扔出了大把的银子，真是心疼得要命，听他二人说这些有的没的，实在毫无兴趣，忍不住又插嘴道："现在怎么办？咱们保张家，已经得罪了于家。现在于家得势，咱们还是收拾收拾赶紧散伙了吧，现在骗到的银子分一分，也够大家逍遥一世了。"

洪百川瞪了他一眼，斥骂道："真是个没用的废物，就想着捞一把就走！"

长风道人不服气地道："你有什么高见哪，还想捞上几把？可别太贪心，把命搭进去！"

洪百川冷笑道："你不知窃钩者诛，窃国者诸侯的道理吗？"

长风道人瞪大眼睛道："什么意思？"

洪百川不耐烦地摆了摆手，道："你去面见于珺婷，向她示好！"

长风道人道："啊？我刚刚还站在张家一边，现在人家于家得了势，你就让我去捧于家？人家肯搭理咱吗？别拿热脸蛋去贴人家的冷屁股了好不好，我大元玄都灵霄上清广化宗教妙一飞玄大道金丹普济生灵万寿长风大真人可丢不起那人！"

王宁已然领会了洪百川的用意，冷哼道："你懂什么，于家现在正值需要各方人物为她摇旗呐喊的当口，你投过去，她只会认为你是识时务的俊杰，哪有不接纳的道理！"

长风道人半信半疑地道："当真？"

洪百川微笑道："骗人，你比较在行；对于人心的把握，我比较在行。呵呵，尽管去吧，于家那个小妖女，一定会对你倒屣相迎的！至于该怎么说，就不用我教你了吧？"

· ※ · ※ · ※ ·

当洪百川、王宁和长风道人这奇异的三人组合坐在道观后进院落中商议铜仁局势的时候，前观中正有一对既显眼又不显眼的年轻人也在就铜仁局势窃窃私语着。

说他们显眼，是因为男的玉树临风，女的千娇百媚，俩人站在一起，简直就是一对举世无双的璧人，谁看了都有眼前一亮的感觉；说他们不显眼，是因为七玄观香火鼎盛，香客众多，这双男女在此，也不过是众多香客中的一分子。

看他们两人的年纪、相貌，应该是一对情侣。他们上了香，便并肩走出大殿，徘徊在一片高大的女贞树下，因为容颜太过出众，许多来道观中上香的人都在偷偷打量他们。女的偷看美少年，男的偷看美少女，可惜却没有一人认出那位玉面朱唇的美少年就是田家少主田彬霏，而那位婉柔娇媚，只有传说中的妹喜、褒姒那等祸国妖女方可比拟的美少女，就是田家大小姐田妙雯！

第三十三章

暗　门

一

田氏兄妹缓缓踱步于女贞树下，田妙雯道："我们还是不出面吗？"

田彬霏微笑着道："急什么，我们本钱有限，所以……必须有绝对把握，才能下注，现在要多看少动！"

田妙雯轻轻吁了口气道："铜仁已经到了这般模样，我们田家还是没有丝毫动作，叫别人怎么看？"

田彬霏停住脚步，慢慢转过身，望着田妙雯，目光如针："我们为什么要在乎别人怎么想？有些人只会指手画脚，大放厥词，根本不需要放在心上！

"如果你被他们的看法左右，当你失败，他们不过是换一套说辞，继续显示他们是如何的高明，而你是如何的愚蠢，那时我们就是用自己的行动，向别人证明了我们的确愚蠢！

"勾践卧薪尝胆、诣媚夫差的时候，误解、鄙夷他的人，比我们只多不少，勾践如果急于向那些嘲讽、鄙视他的人证明自己，他还会有后来的成功吗？"

田彬霏轻轻叹了口气，用手拍拍田妙雯的削肩："忍是一把刀，先伤己，后伤人，若忍不住，你就败了！"

田妙雯微微一侧身，巧妙地避开了他的手。不知从什么时候开始，或许是从她发现兄长对她似乎有种异常的情愫时起，她就开始抗拒来自他的哪怕是很正常的肢体接触。

田彬霏微微有些失落，但旋即轻轻一笑，重现潇洒："可惜，杨应龙和宋家的纷争起的不是时候，他现在抽不出身，否则他直接插手铜仁之乱，该是他掌控铜仁的最好机会，也将是我们最好的机会。"

田妙雯细细长长、带有一种楚楚可怜意味的双眉轻轻蹙了起来："没有杨应龙的帮助，于珺婷居然还是成功了，实在令人惊讶！"

田彬霏道:"任谁也想不到,她能说服野蛮愚昧的生苗和食古不化的凉月谷出兵,奇兵突出,张雨桐大败便是意料中的事了。"

田妙雯睨了他一眼,道:"你记不记得,安老爷子曾经告诫过我们,不要干涉生苗出山?"

田彬霏道:"我已经想到了,难道……就是为了应在今日?莫非生苗已经在安老爷子掌握之中?"

田妙雯突然道:"你对蛊教的新任教主,了解多少?"

田彬霏苦笑道:"生苗千百年来一直隐居深山,不涉事务,对我们毫无意义,所以,我一直忽略了他们!"

田妙雯道:"也就是说,我们一直不了解,蛊教的新任教主是个什么样的人?"

田彬霏脸色突变,沉吟道:"不错!生苗出山,始于这位新任教主继位之后,此人是关键人物!他有什么打算?他是否是安老爷子扶持的傀儡?如此种种,必须要查个明白!"

田妙雯道:"我去摸摸这位教主的底!"

田彬霏知道小妹又在找借口离开他,无奈地笑了笑,道:"好!我在这里继续观察铜仁局势,看看有无插手的机会。你去调查蛊教,要小心一些,他们……有许多稀奇古怪的本事。"

田妙雯脸上慢慢绽起一个很奇怪、很妩媚的笑。她下巴尖尖,柳眉大眼,韵致之中天生就有一种撩人欲望的女人味,所以笑容妩媚并不稀奇,稀奇的是那种难言的古怪眼神。

田妙雯轻声道:"我有一个本事更大的兄长,有什么好担心的呢?"

田彬霏心中蓦地一惊,总觉得妹妹似乎话里有话,她是什么意思?她发现了什么?此时田妙雯已转身离去,那曼妙的身姿步态,走在树下,便是一道风景,行在风里,便是一截风流……那美丽的身姿,登时又迷失了他的心、他的眼,让他什么也无从去想了。

· ※ · ※ · ※ ·

叶小天陪着于家忙碌了一天,傍晚时分安排完全城防务,才返回自己的府邸。他刚刚下马,还没进府门,照壁下就嗖地蹿出一道黑影,向叶小天猛扑过来。

这府邸已在叶小天的人的控制之下,根本不可能有外人摸进来,叶小天只道是福娃儿又要给他来个"当头一拱",马上一侧身,右手捏剑诀,大喝道:"嘟!停住!蹲下!"

那黑影愣了愣,在他面前停下,傻傻地问道:"为什么要蹲下?"

叶小天一听他口吐人言，凑近了一看，失声道："循天？怎么是你，你不是跟着大亨去采买农具粮种了吗？"

苏循天哽咽地道："是呀！我这不是回来早了吗，结果正逢张家发难，铜仁大乱，我东躲西藏、担惊受怕、食不知味、夜不能寐……"

叶小天忍着笑道："好啦好啦，这不是没事嘛。你哪天回来的？大亨呢？"

苏循天陪着他往府里走，道："大亨少爷押着货比较慢，还没回来，估摸半道上听说铜仁大乱，也要先停下观望观望的。我是三天前回来的，进了城才知道出了事。幸亏我知道得早，要是一头扎到府里，只怕正落进张家人的……"

苏循天唠唠叨叨对他大讲自己这几日是如何颠沛流离、劳苦功高，叶小天忍俊不禁，道："如今于监州当了铜仁的家，势必要一朝天子一朝臣，到时候，我帮你讨个合适的职位，补偿你的辛苦就是了。"

苏循天大喜，连忙道："税课大使怎么样？我算账还是很在行的。"

叶小天白了他一眼，道："你想损公肥私？不怕我大义灭亲吗？不成！你这一说倒是给我提了醒，我得给你找个不沾钱的差使。"

苏循天一听又哭丧起了脸："大人，你看我辛辛苦苦、本本分分……"

叶小天不理他，唤过一个侍卫，问道："李先生呢？"

那侍卫道："李先生正在安排人马的饮食和住宿，还没回来。"

叶小天道："好！先生回来以后，请他来见我一趟！"

叶小天扬长而去，苏循天在后边高喊："大人，循天为了你，没有功劳也有苦劳，税课大使若是为难的话，税吏也是可以的啊！我只负责太平、清平、清浪三条街的税赋怎么样？要不然只负责中南门码头的税赋也成啊！大人……"

·※·※·※·

翌日一早，叶小天用过早饭，同格哚佬、格龙、李秋池、苏循天等人碰了个头，简单安排了一下手头的事情，便立即起身前往于府。

今天下午申时两刻，就是于珺婷给张雨桐的最后期限。和平解决和一把火烧平知府衙门，所引起的一系列后续反应是截然不同的，虽然叶小天没有公开自己的真正身份，目前对外宣扬的都是于监州得到格哚佬部和凉月谷的支持，以多助伐无道，可他毕竟不能真的置身事外。

叶小天来到于府，就见门前停着几辆车子，还有一些人持着拜帖等候在府前，不由得会心一笑，想必这是见风使舵的铜仁官绅登门求见，紧急投向于氏门下了。

虽然于家许多人并不知道叶小天对他们的土司帮助有多大，但他们却清楚知道叶推官自始至终是站在自家土司一边的，是自己人，是以一见他到了，马上把他殷勤地请进府去。

在那些等候拜望的官绅羡慕的目光中,叶小天进了于府。那小管事点头哈腰地道:"推官老爷请先到小书房稍坐,我们土司大人正在会客。"

那小管事把叶小天引进第三重院落,直接请进了小书房,这可是一般拜望者绝对没有的礼遇。普通的来宾在前院接见,身份贵重的在二进院落客厅接见,能被领到第三进院落的小书房,那可就是自己人了。

叶小天到了书房坐下,马上有小丫鬟上了茶,叶小天见那小管事和小丫鬟恭立一旁,不禁笑道:"你们忙你们的,不用侍候我,只是要和监州大人说一声,就说叶某在这里等她!"

那小管事连忙答应一声,领着那小丫鬟点头哈腰地退了出去。今天府里实在太忙,一方面前两天于家被张家控制,府内甚是混乱,需要重新布置和收拾;另一方面今日来宾不断,他确也没工夫一直陪在这儿。

叶小天喝了几口茶,起身背着双手欣赏于珺婷书房中的字画、古董和兰花。于珺婷这书房营造得固然有书香韵致,却绝无一点女人味,和一些男性官绅的书房大致相仿。

叶小天对字画和古董一向不甚明白,只随意地浏览着,忽然他看见博古架旁的那面墙壁,不由得微微一怔。看着墙壁和博古架相连的装饰性纹饰,叶小天忽然想起了当日藏身监州签押房地下密道时于珺婷对他说过的那番话:"喏,你看到这处纹饰了吗,乍一看与别处的一样,其实是有所不同的。我虽在许多地方设下密道,却并未一一走过,只是知道它的大致所在。真要用时该如何寻找,便是靠这暗记了。"

叶小天顿时来了兴致。这里有一处暗门,却不知这暗门通向哪里呢?是通向府外,还是通向于监州的闺房?叶小天好奇地伸出手去,学着当日于珺婷的模样在那纹饰处一旋一按,一道暗门便无声无息地打开了……

第三十四章

猝　变

一

客厅内，之前当众宣布支持张知府、捐献巨资帮助张知府对付格哝佬的长风道人，此刻面对于珺婷却是侃侃而谈，毫无羞窘。要知道，于家是支持格哝佬的，长风道人支持张知府就等于是和于家唱反调。

长风道人朗声笑道："监州大人真以为贫道支持张家？错啦！大错特错矣！贫道夜观天象，早已窥破天机，知道铜仁将要易主，然易主必生刀兵之祸，因此贫道决定以进为退，促使张家做出更多倒行逆施之举，从而早日垮台。"

于珺婷浅浅一笑，道："这么说，真人一番苦心，于某倒要心生感激了。"

长风道人微微一笑，恬淡地道："出家人慈悲为怀，只希望铜仁地方少生动荡，黎民百姓多享太平，谢不谢的倒不算什么。如今，主客之星易位，于家已为铜仁之主，但是还有一些愚夫愚妇，身在局中，不知大势所向，意图以卵击石。

"以监州大人的本领，自然可以平息动荡，可是不免又要多生血腥。贫道在铜仁颇有威名，有些官绅百姓很是信服贫道，贫道愿意出面多方呼吁，希望此举能对监州大人有所帮助！"

于珺婷妙目一闪，微笑着拱手道："真人用心良苦，于某感激不尽。若能得真人相助，相信铜仁可以更快地稳定下来。"

长风道人欣然起身，道："既如此，贫道马上召集信众弟子们，向他们布道授经，晓以大义！"

于珺婷随之起身，稽首道："有劳道长！道长高义，于某谨记！"

长风道人知道这是于土司接纳了他，欢喜地道："监州大人请留步，贫道去也！"长风道人把拂尘一拂，潇潇洒洒地走了出去。于珺婷望着他的背影，微微一笑。

旁边陪坐的是戴崇华和文傲，文傲对此只是摇头一笑，戴崇华却有些不忿，道："大人，这个道士分明是见风使舵，眼见大人得势，便来巴结，何必给他好脸色？"

于珺婷莞尔道:"若是人人都不知见风使舵,我们要控制铜仁府谈何容易?此人虽然有些首鼠两端,但他在铜仁确实深乎人望,有他出面为我们摇旗呐喊,总是好的。"

文傲放下茶杯,笑道:"戴同知,不必愤愤不平了。不要觉得我们已经占领铜仁,张雨桐被困府衙,便是尘埃落定了。现在我们需要争取一切能为我们所用的力量。土司睿智,胸怀韬略,这么做是有深远考虑的。"

戴崇华对文傲很客气,一听这话,笑道:"文先生说的是,我也只是发发牢骚。监州大人智略无双,既然接纳此人,就自然有大人的道理。"

文傲听了,不禁感慨地道:"是呀!至少换作老夫,是绝不敢将自己置之死地而后生的,可是细细想来,若非如此行险,又岂能引出所有敌人,一举铲除以绝后患。"

戴崇华深以为然,颔首道:"是呀!张雨桐那点小小伎俩,岂能瞒得过监州大人的一双慧眼。任他怎么也想不到大人会随机应变,故意上当,自陷死地,引叶小天出手!"

文傲抚须道:"不仅如此,若非大人自陷死地,于扑满和于家海也不敢跳出来公然反叛,他们是长辈,只要捉不到他们的把柄,大人也不好对他们太过分,留着又是心腹之患,如今借此一计,连他们也一并铲除,可谓一石二鸟哇!"

戴崇华凑趣道:"生苗和凉月谷,因此为大人所用,该说一石三鸟才对!哈哈哈哈……"

戴崇华微微眯起眼睛,继续道:"不过,大人还该再用些手段,只要能把这位蛊教教主彻底掌握手中,我想……大人将不只是铜仁第一人,就连毗邻的石阡府、思州府、思南府,也得唯大人马首是瞻了!"

于珺婷虽知他们是有意奉迎,可好话人人爱听,不觉也小有得意,遂故意嗔道:"好啦!文先生、戴同知,你们两位再这么奉承下去,我可就有些找不着北啦!"

于珺婷端起茶,轻轻呷了一口,道:"若叶小天是杨应龙那样的老狐狸,我也是不敢轻易冒险的。不过……一个自以为是的毛头小子,哼!本官略施小计,就能把他戏弄于股掌之上!"

于珺婷嘴角一翘,好不傲娇。

被两个得力属下一唱一和地捧着,于大姑娘不禁小小虚荣了一把,只可惜,这句傲娇的大话,本来只是在两个心腹面前卖弄,偏偏却让第三个人听到了。

叶小天并不知道小书房的那条暗道通向哪里,他见书房中有火石和蜡烛,便顺手点燃一支举在手中,沿着暗道悄悄摸索下去,却未想到竟然摸到了客厅。

墙上挂着十余幅挂屏,诸如黑漆嵌象牙挂屏、粉彩山水人物翎毛走兽挂屏一类,叶小天立身之处,前边是八扇红木镶瓷板青花八仙纹挂屏。

挂屏之后有隐蔽的通气口，叶小天站在那里，手按在开启暗道的机关上，把厅中三人所说的话听了个清清楚楚。

一位管事送了长风道人出去，马上回转厅中，对正和文傲及戴崇华聊天的于珺婷道："土司，叶推官到了，已经在小书房候您多时了。"

"哦？"于珺婷放下茶盏，对文傲和戴崇华点点头，道，"你们去忙吧，我去见他！"

于珺婷走到门口，抬头望了望天，又回过头，对文傲和戴崇华道："如果张雨桐不降，申时二刻，准时进攻！"

· ※ · ※ · ※ ·

于珺婷走到书房门口，下意识地停住脚步，转身对管事摆了摆手，那管事连忙哈腰离开了。于珺婷轻轻吁了口气，整理了一下冠带，这才轻咳一声，微笑着推开房门，柔声道："叶大人，劳你久候啦！"

叶小天跷着二郎腿正在喝茶，听见寒暄便抬起头来，微笑起身，顺手把茶杯放下，笑道："大人本就公务繁忙，又有众客盈门，抽不开身，小小等候片刻，没什么的。"

于珺婷把门一关，俏媚地白了他一眼，道："叶兄，这里又没有外人，你我何必还这般客套？"

叶小天似笑非笑地道："哦？那……我该怎么做，才是不客套呢？"

于珺婷头一次见他回应自己的调情，不禁又惊又喜地看他一眼，复又垂下头去，羞答答地道："坏人，你是男人，难道还要我来说吗？"

她一身男儿装扮，却青葱玉指捻着衣带，做出一副娇羞模样，倒也有种另类的可人。叶小天哈哈一笑，道："监州大人已胜券在握，马上就是铜仁第一人，对下官还是如此礼遇，实在令下官受宠若惊啊。"

叶小天话锋一转，又道："要让大人成为铜仁第一人，眼下还有最后一步，就是攻取府衙！直到此刻，张雨桐依旧不肯投降，恐怕最后只能诉诸武力了，下官此来是代格哚佬部和凉月谷向大人请示，届时他们需要做些什么？"

虽然对叶小天的"再次逃避"有些失望，但是听叶小天谈起正事，于珺婷也不禁严肃起来，她思索了一下，道："格哚佬部和凉月谷还是负责全城治安吧，攻打府衙的事交给海龙头人和我接收的于家兵马就好。"

叶小天道："成败在此一举，岂能不狮子搏兔，全力以赴。下官以为，格哚佬部和凉月谷骁勇善战，此战也应出力！"

于珺婷想了想，道："好吧，那么后门和西门，就交给格哚佬部和凉月谷负责，先攻进府衙者,重赏!"

叶小天爽快地道:"好!下官这就去亲自安排!"

于珺婷点点头,眼见叶小天大步向外走去,忽又唤住了他:"叶兄留步!"

叶小天转身道:"大人还有什么吩咐?"

于珺婷低声道:"叶兄之所长并非个人武力,战阵之上刀枪无眼,你可不要亲身涉险,本官倚重你处甚多呢,要爱惜自己。"

叶小天感激地拱手道:"多谢大人爱护,下官记住了!"叶小天嘴上感谢着,心中却暗暗冷笑,"不错!一个死教主,对你有什么用处,你当然需要我活着了!"

叶小天离开叶府一个时辰之后,格喋佬的兵马和凉月谷的兵马便集结到了府衙后门和西门,格喋佬和格龙分别接手了后门和西门的防务。

外边的动作自然被张家的人注意到了,张雨桐站在府中假山凉亭上向远处眺望,眼见又有两支生力军加入进来,聚在府衙周围的兵马越来越多,面色不由得更显沉重。

张绎涩然道:"雨桐,形势如此,不要硬抗了!留此有用之身,来日我张家未必不能东山再起,咱们……开门投降吧!"

张雨桐紧紧咬着牙关,眼泪在眼眶中打着转,却始终点不了这个头。

这时候,后门方向突然有一枝利箭射入府衙。外面围困的兵马一直处于严阵以待的状态,骤然有人发箭,顿时在府衙中引起一阵骚乱。

但是,箭矢只发了一支,此后便再无动静,张雨桐只道是外面有士卒由于紧张失手射了一箭,刚刚松了口气,就见府中一名家将手中高举一枝利箭,飞也似的从后院向自己奔来。

第三十五章

易　势

一

时当正午，府衙内外都在造饭，杀猪宰羊，肉香四溢，每个人都知道午后将有一场血战，成败在此一举，是以所有的好东西都拿了出来，希望能让将士们保持最充沛的体力。

就在这时候，由格咪佬负责的后门处，一个青衫年轻人独自走向被堵得严严实实的大门，举步踏进用绳索系着的一只筐子，被提上了墙头。

后宅花园内，张雨桐、张绎、张雨寒、御龙、项父、吴父等人一脸紧张地看着那个迎面走来的青衫年轻人，对方明明只有一个人，他们却像是看到了万马千军。

叶小天走到他们面前，启齿一笑，拱手道："张少爷，御州判，各位大人，久违了。"

张绎色厉内荏地喝道："你怎么敢来！单枪匹马入我府衙，你还想活着离开吗？"

叶小天笑了笑，淡淡地道："时间紧迫得很，一个时辰之后，你们的覆亡之期就到了，咱们还是不要扯那些有的没的，说点更实际的岂不更好？"

"你……"

张雨桐制止了叔父，对叶小天道："大战一触即发，足下却在此时入我府邸，意欲何为？"

叶小天笑道："少爷虽然未及弱冠，却比你二叔沉稳多了。怎么，客人来了，你们连一张椅子、一杯茶都欠奉吗？这可不是待客之道啊！"

张雨桐虽然急于知道他的来意，却也不好表现得太急迫，对方突然冒险来访，显然是有所图谋，这时谁表现得更沉不住气，也就更加被动。

叶小天被请进了竹亭，一杯香茗送了上来，淡淡的雾气笼罩着叶小天微笑的脸庞，茶香四溢。

张雨桐心里恨不得一拳把那张笑脸砸成烂柿子，但他说出来的话却没有什么火气:"叶大人,你我双方现在是敌非友,顷刻间就要斗个你死我活,我不明白,你为何而来?你就不怕有来无回吗?"

叶小天吹了吹茶水,慢条斯理地道:"张家现在是个什么处境,不用我多说,即便你决心死战,你也该明白等待你们的结局最终是什么。

"而我,是唯一能够改变你们结局的人,就凭这一点,你们会杀了我?我想,聪明如你,唯一会做的事,就是不惜一切代价也要维护我的安全!"

张雨桐和张绎、御龙等人互相望望,终于沉不住气了,他微微倾身,紧张地盯着叶小天,道:"你这句话是什么意思?"

叶小天悠然道:"我是来帮你解围的!我能保全你们的性命和家族,保证你们的富贵,保证你依旧可以继承知府之位!这……值不值得你们放弃旧怨,与我合作呢?"

张雨桐脸颊上的肌肉蓦然抽紧了,心怦怦乱跳,不敢置信地问道:"怎么可能?你……你为什么要帮我,你能怎么帮我?"

叶小天道:"有什么不可能呢?我为什么要临阵倒戈,这与你们无关,你们也不需要了解!你们只需要知道,格咪佬部和凉月谷出兵不是因为于监州,而是因为我叶小天,这就够了!"

张雨桐目光一缩,道:"你是说,格咪佬部和凉月谷是受你驱策的?"

叶小天笑道:"差不多是这个意思吧!现在,格咪佬部和凉月谷负责后门和西门的防务以及接下来的进攻,而城中防务也大半由他们负责,如果他们此时站在你这一边,你说结果会怎样?"

张绎的呼吸突然变得急促起来,所有仇怨都已被他抛到了爪哇国,看着叶小天,他就像一个溺水待毙的人突然发现了一截救命的木头。

但是,叶小天为什么要帮他们,需要他们付出什么样的代价?张绎心中忐忑,马上迫不及待地问道:"你想怎么做?你想要什么?你要我们怎么做?"

叶小天就像一个老奸巨猾的商人,笑容可掬地道:"看!这就是我们真正要谈的问题了。各位少安毋躁,坐下来,我们平心静气地好好谈谈。我想要的,比于家想要的只少不多,所以我相信,你们一定会答应的!"

· ※ · ※ · ※ ·

申时,于珺婷站在正门外,身前是那道简陋的工事。眼看约定的时间将至,府衙里还是没有消息,于珺婷情知这一战不可避免,心里不由得紧张起来。

她抿了抿嘴唇,沉声吩咐道:"还有两刻钟,大家做好准备,准时发动进攻!"手下兵将轰然应诺。

时间一点点地过去，一旁负责计时的文傲眼见时间到了申时二刻，立即抬起头来，沉声道："土司大人，时辰到了！"

于珺婷长长地吸了口气，将手向前用力一挥，喝道："进攻！"

啪！

一枝灿烂的焰火爆炸于空中，呐喊声轰然响起，士兵们蜂拥上前，一架架梯子搭在墙头，一辆辆撞车推出小巷。更远处，一车车柴草也开始向这里云集，一旦进攻受挫，他们就要把府衙付之一炬。

然而，战斗进行得异常顺利，前衙的防御虚弱到了极点，几乎是转瞬之间就被他们撕开了好几道口子，紧跟着整道防线彻底崩溃，守军开始仓皇后退。

于珺婷先是有些意外，随即恍然大悟，脱口道："他们是要龟缩到内宅去集中防御，追上去，不要给他们喘息之机！"说罢大步向前赶去。

土司府和皇宫前殿后宫的格局差不多，前边是公务署办区，后边是自己的生活区，而且土司人家的银库、粮库全都在后宅，所以后宅的门户和墙体比前边还要坚固。

于珺婷一见防守极弱，马上认定张雨桐是要收缩兵力，全力防守后宅，她也只能这么想，否则还能有什么可能呢？里边这么多人还能插翅而飞？

府衙的大门被迅速打开了，于珺婷握紧象牙小扇大步而入，面对衙内尚未完全结束的混战局面毫无惧色。

以前知道土司大人会武而且武艺高明的人微乎其微，现在也是极少数。当日在于扑满大营中见识过她闪避刺杀的高明身法和一击杀人的狠辣手段者，也不敢胡乱对外宣扬。

城中，尚未完工的长生观前面，长风道人率领众弟子正登坛授法，大讲天象变化，气运转移，口若悬河，滔滔不绝。

他正说着，忽见大队人马披甲执锐，从观前狂奔而过，长风道人心想："于监州又调动了兵马，铜仁马上就要变天了！"

长风道人定了定神，更加卖力地向骚动的信徒弟子们讲起了于家取代张家是如何的上应天意、下合民心，听得信众如痴如醉。

府衙里面，于珺婷急匆匆地赶到二进院落与三进院落相连的那道门户，一见大门洞开，不禁冷笑道："想玩空城计吗？可惜你不是诸葛亮，我也不是司马懿！杀进去！"

"杀！"于海龙手持大刀，率领一队士卒率先冲了进去。

没有阻挡，没有埋伏，于珺婷见状愣在那里，难道张雨桐要束手就擒？

时至此刻，她终于意识到情形有些不对，可是……能出什么问题？能有什么问题？于珺婷脸色微变，刚要喝令全军撤出，就听后方传出山呼海啸般的呐喊声。

张雨桐红着眼睛，披头散发，手执宝剑，率领士卒冲锋陷阵，迅速截断了于珺婷的后路，那些推着小车向前方运送柴木稻草的人也都被他的人马迅速截获。

"怎么回事？"于珺婷满脸惶惑地四顾。于海龙提着刀，飞也似的冲到她的面前，又惊又怒地道："后宅里空无一人，我追到后门，却被格哚佬部的乱箭射了回来！"

于海龙话音刚落，文傲也冲过来，着急道："土司，咱们的后路被人截断了，领兵的居然是张雨桐，他利用咱们原先设下的障碍物，把咱们堵在府衙里了！"

于珺婷的心刹那间就沉到了谷底，她不明白为什么会有这样的变化，但她很清楚，出现这一幕可能是因为格哚佬部和凉月谷与张家沆瀣一气了。

换言之，叶小天……站到了张雨桐一边，否则原本插翅难飞的张雨桐等人不会神不知鬼不觉地消失。唯一的解释，只能是张雨桐和叶小天达成了某种协议，张雨桐等人通过叶小天负责的防线悄无声息地跳出了包围圈。

于珺婷脸色苍白，她紧紧咬着下唇，突然疾步向西门赶去，西门和后门是由格哚佬部和凉月谷负责的，叶小天作为始作俑者，此时应该就在那边。

西门开着，外面是扇形的防御工事，可以看见工事后面凉月谷的人马正持箭执弓，冷冷戒备着。于海龙急急拦住于珺婷道："土司，不可冒险！"

于珺婷轻轻推开了他，沉声道："不用担心，事已至此，他不会让我不明不白地死！"

于珺婷坦然走出西门，向前走出约两三丈的距离，工事后面的士卒就齐刷刷地站了起来，张弓搭箭瞄准了她。只要这些人一松弓弦，于珺婷就算武功再高强，也会立刻被射成刺猬。

于珺婷夷然不惧，稳稳地站在那里，沉声喝道："叶小天呢，我要见他！"

对方阵营中人头攒动，忽地弓箭手左右一分，让出了一条道路，就见两个身材魁梧的佩刀大汉大摇大摆地走了出来。

于珺婷一见这两人，登时手脚冰凉。那两个大汉停住脚步，向她高声大笑道："好侄女，叶大人正忙着，你有什么事，不妨先和叔父说说？"

第三十六章

此间主人

一

秋风乍起,丹桂飘香,吹落黄花满地。于珺婷容颜憔悴,静静地站在园中,被满地的黄花簇拥着,但她依旧努力挺直了身子,不愿展现自己的狼狈。这满园黄花是她种下的,而后就随着这处宅子一并换了主人。

文傲和于海龙等人都反对于珺婷来见叶小天,但是守在府衙中只有死路一条,就连可以把他们和整座府衙付之一炬的引火之物都是他们自己准备好的。

于珺婷绝不怀疑,如果他们一味死守,张雨桐会毫不犹豫地把柴草丢进院子,并亲手点燃,得意地看着他们和自己的家被烧成灰烬。

于珺婷想不通,叶小天为什么突然站到了张雨桐一边?难道他本就是张胖子安排的内间?

根本说不通,没有叶小天的帮助,她不可能把张家逼入死地。况且,在她对付张家的时候,叶小天也切切实实地从中获取了好处,格哚佬部所拥有的领地就是从张家的领地中划割出来的,张家对此不可能没有芥蒂。

更重要的是,如果没有格哚佬部和凉月谷出兵,她纵有戴同知和死士为内应,也未必就能如此容易地制服张雨桐,为什么叶小天会突然转换阵营呢?

于珺婷百思不得其解,所以她必须要弄个明白,如果这一切都是出于叶小天的谋划,正如她将自己置于死地,从而引诱叶小天出兵,那么此人心机之深沉,行事之狠辣,真要令她不寒而栗了。

"于监州!"李秋池很烧包地向她走过来,笑吟吟地摇着扇子。一个在深秋季节的夜晚,依旧轻摇折扇故作风流的人,可不就是很烧包吗?

李秋池一副很欠揍的表情,笑着对于珺婷道:"我家大人正在等你,请吧!"

李秋池可不知道眼前这位看起来娇娇怯怯的姑娘,其实一身好本领,想要置他于死地不过是举手之劳,他把于珺婷当成一只小猫,于是眼看着一头雌虎走向小屋。

那是一间浴室，李秋池促狭地笑笑，转身离开了。于珺婷知道那是一间浴室，当她还是此处主人时，这里是她的专属浴室，她清楚，叶小天之所以要在浴室里见她，根本就是存心羞辱她。

于珺婷终究不是普通人，想到这一点时，她本已绝望的心忽然动了一下，羞辱？叶小天为何要羞辱她？叶小天是胜利者，是那个把她轻易戏弄于股掌之上的胜利者，羞辱她，这不像是一个胜利者所为，倒像是泄愤。

于珺婷情知事已至此，几无反转的可能，她执意要来见叶小天，只是想弄明白这一切是否出自叶小天本来的策划，如果真的已别无选择，那她只有死，但在临死之前，一定会拉上叶小天同归于尽。

叶小天是蛊教教主，想必拥有一身出神入化的蛊术，可他未必精通武艺。一个神通广大的魔法师被一个武士近了身，那也只有束手就擒的份，于珺婷自信在叶小天毫无防范之下，一定能拉上叶小天一起死。

然而，叶小天"浴房相见"的举动，却令已萌死志的于珺婷忽然又产生了一丝希望，她忽然觉得，叶小天这不可思议的变化，是有原因的，弄明白这个原因，或许还有一线生机。

门开了，于珺婷站在门口，一股热气扑面而来，很浓郁的药香味，并非叶小天在疗伤，这只是药浴，水里加了追风藤、半边枫、九龙盘、血藤、狗舌藤、鸭儿芹、节节草、何首乌等。

于珺婷也喜欢药浴，而且沐浴之后她还会做精心的保养，所以她的肌肤如雪之白，如月之皎，如缎之滑，吹弹得破，娇嫩异常，只是始终"藏在深闺无人识"罢了。

房间里传出叶小天懒洋洋的声音："你不知道现在已经是深秋了吗？门开着，冷！"

听到这个声音，于珺婷的双腿突然绷紧了一下，如果不是理智还在控制着她，她已一个箭步扑过去，将那个男人可恶的脑袋从脖子上拧了下来。

于珺婷慢慢走进房间，把门关上。房中亮着灯，屏风后面是一个原木的大浴桶，叶小天躺在浴桶里，头枕在桶沿的大毛巾上，右手一只水晶杯，盛着猩红的葡萄酒，炫耀似的看着她。

"你为什么……要这么做？"于珺婷强作镇定，想让自己显得更坚强，可是这句话问出口，还是很没出息地哽咽起来。她一直以为自己很坚强，坚强到百毒不侵的地步，可是叶小天这种毒，还是伤了她。

直到这句哽咽、颤抖的话说出口，泪水迅速溢满她的眼眸，她才知道原来自己也可以如此无助，她的武功、她的地位、她的权势、她的军队，所有的一切，此刻都已无济于事，她从不曾像现在这样软弱……

叶小天蓦地坐直了身子，水花向前一涌，雾气更浓了，他的面孔在雾气中若隐若现，却掩饰不住眼神中的愤怒："你问我为什么？我也正想知道，略施小技就把我戏弄于股掌之上的你，接下来还想利用我、利用那些纯朴的山民，为你做些什么？"

于珺婷娇躯一震，骇然道："你说什么？"

叶小天冷笑道："你还记得曾经告诉过我，如何识别你建造的密道机关以及如何使用它们吧，不巧得很，今天早上我去见你，在你书房中就发现了一处，想不到竟然听到了不该听到的话……"

于珺婷的脸色蓦然变得一片苍白，她这才知道问题究竟出在哪里，原来……竟是她自己一时得意忘形，口出狂言，却恰巧被叶小天听到了，而他……竟马上就还以颜色。

"不是这样的，我只是……"于珺婷急了，有些难堪地解释道，"难道你就没有在自己的亲信面前吹牛的时候？我只是……我不是真的有那个意思，我对你并没有恶意……"

一向镇定自若的于大姑娘手足无措，软弱地向叶小天解释着，但是被她的诡计骗得团团转的叶小天此时正在气头上，又如何听得下去。

叶小天冷笑道："于大人，你就不要再演戏了。你的软弱、可怜，全都是装的，我想，当初我在水银山第一次见到的你，才是真正的你吧？嚣张、跋扈、狡狯、恶毒……"

于珺婷怔怔地望着他，已经一句话也说不出来。叶小天冷笑一声，忽然又紧盯着她的眼睛，有些疑惑地道："你是怎么知道我的身份的？"

于珺婷心里一沉，便垂下头，幽幽地道："一开始我也不知道的。我见你杀了五位权贵子弟，虽然觉得你有些莽撞，却也打心眼里欣赏。想要引你为心腹，自然要了解你的底细，是以派人查你……"

时至此刻，她依旧没有说出杨应龙来，若是被叶小天知道她还有所隐瞒，恐怕又是一波无名火。但……每个人都有自己的秘密和苦衷，她是一族领袖，这是高于一切的，不能说的终究还是不能说。

叶小天皱了皱眉道："我的履历有什么问题？你怎么能查到这个？"

于珺婷低声道："你的身份当然没有问题。可是我的人发现你身边有十几名忠心耿耿的死士，从他们的貌相、言语来看，分明都是山里人。照理说，你一个中原来的流官，没道理能收纳到这些人为己所用，而且对你忠心耿耿……"

叶小天呷一口酒，冷笑道："你倒真是心细如发。"

于珺婷顿了顿，才继续道："再加上你后来去格哝佬部调停，我发现他们对你太过顺从，照理说这些桀骜不驯的山蛮不该对你如此顺从。太多的不合理，我再用心一查，就……"

叶小天听她述说着发现自己真实身份的经过，心中暗自凛然："我处处小心，看来还是露出了许多破绽，幸好我的身份已经不必再隐瞒下去，否则行事还真该更加谨慎才是。"

于珺婷说到这里，声音微微一顿，又道："得知你的真实身份，我才动了借你势力的念头，但是……"

于珺婷抬起头，悲愤地道："我是利用了你，可我并没有害你之心，我所做的一切固然是为了于氏，但是对你也没有丝毫害处！你为什么……为什么这么狠心，夺走我的一切！"

叶小天冷笑道："好像你还有理了？我就活该被你戏弄？如果不是我发现了你的秘密，你敢保证今后需要有大量牺牲的时候，你不会因为爱惜于家子弟，便设计我的人去为你挡灾？

"没错，你迄今为止所做的一切正是我所需要的，但这不是我活该被你欺骗利用的理由！既然知道是被你利用，我就有权选择不再被利用！我既然知道你别有居心，当然要马上拉拢张家为我所有，否则我可镇不住你这条成了精的地头蛇！"

于珺婷终于明白，正如她机缘巧合间获悉了叶小天的秘密，叶小天也于偶然间知道了她的秘密。没有人喜欢被别人利用，哪怕对自己无害，而像他这样一个少年得志的人，获悉真相后自然更加恼火。

想通这个道理，于珺婷真有一种欲哭无泪的感觉。她在想，如果她在获悉叶小天的秘密身份后，开诚布公地与他谈一谈，双方携手合作，会不会比现在要好太多？

可惜，世上没有后悔药，于珺婷只能硬着头皮，讷讷地道："那……那你现在想对我怎么样？"

叶小天冷冷地道："我想要的一切，张雨桐都会乖乖向我奉上，我又何必继续傻乎乎地被你于大将军利用呢？我并不想把你怎么样，现在决定你生死的，是张雨桐。"

于珺婷透过水上的雾气凝视着叶小天，神色更加无助、凄凉。她刚刚走进这间屋子的时候，因为心如死灰，眸子是黯淡无光的，而此刻，那双眸子已经渐渐重新焕发了神采。

叶小天说得很冷酷、很绝情，可他方才那番话里，却已经透露出太多含义，别人感觉不出，聪慧如于大将军，又怎么可能感觉不到？

只可惜，正闭着眼睛装腔作势的叶大老爷并没有看见这一幕，他正小心眼地想："求我呀！求我呀！快跪下求我呀！当初在水银山你逼我下跪，没想到报应来得如此之快吧？"

第三十七章

征　服

一

叶小天先是听到一阵粗重的呼吸声，不禁暗自得意，于珺婷果然被他激怒了，但是……怒有何用，现在能救于家的只有他，这个女人能不屈服？

粗重的呼吸只持续了片刻，于珺婷的呼吸就重新变得清细如猫了，她的自控力，的确非常强。

然后，叶小天就听到一阵细碎的脚步声，他的眉毛动了动，轻忍着没有睁开眼睛，反而放松了身体，更加慵懒地靠在桶沿上，随即，一双柔荑轻轻搭在了他赤裸的肩头。

叶小天的身子下意识地一紧，随即便继续保持泰然姿势，依旧闭着双眼，大剌剌地躺在水里。药浴的水不是太清，但依旧可以看清他的身体。

于珺婷向荡漾的水面飞快地瞟了一眼，似乎看清了，又似乎没看清，于珺婷晕着脸急急挪开目光，心慌慌的，她再大胆，本能的羞涩终究还是难免。

于珺婷鼓起勇气，一双柔滑娇嫩的小手轻轻抚上了叶小天的脸庞，然后慢慢滑下去，在触及他颈部的时候，双手下意识地做出一种扣紧的动作，随即一块毛巾便搭在了叶小天肩上，轻轻擦拭起来。

于珺婷伏在叶小天耳边，低声下气地道："教主大人，你真舍得把我交给张雨桐处置吗？你明知道只要把我交给他，我就唯有一死，你就这么狠心？"

叶小天做郎心似铁状，冷冷地哼了一声。他根本不知道，此时正软绵绵地搭在他肩上的这双素手，随时都可以变成阎王的一张索命帖子。这个看起来弱不禁风的娇滴滴的小女子，想要杀他实在不比捏死一只臭虫困难。

不过，就算于珺婷并不顾忌他的蛊术，此时也绝对不会杀他了。心如死灰的时候，于珺婷只想与这个在她即将到达人生巅峰时，坏了她一生梦想的大恶人同归于尽，可现在有了希望，她又怎会不竭力争取？

叶小天虽然扮出一副很冷酷、很无情的模样，殊不知他的这番表现看在于珺婷眼中，却只是一个恼羞成怒的傲娇大男孩在发脾气，令她又好气又好笑。一个真心憎恶某个人，有心要置其于死地的人，是绝对不会像叶小天这样在浴室中接见她以示羞辱，手持水晶杯故作雍容，还和她啰唆这么多废话的。

如果不是于珺婷唾手可得的一切终究还是化为了泡影，令她心情沮丧至极，对于叶小天这么拙劣的表演，她真会忍不住笑出声来。

于珺婷很清楚，从叶小天偷听到她的谈话时起，她们两人就已不可能再恢复到以前的那种默契，但是叶小天既然没有杀她的心思，她就至少可以竭力争取，让自己的损失减至最低。

眼看叶小天一副"不为所动"的模样，于珺婷恨得牙根痒痒，她强忍扭断叶小天脖子的冲动，继续诱惑他："我知道，我做错了事，可人家只是一时糊涂嘛。再说，人家想利用你的时候，彼此又没有什么交情。再再说，人家虽然利用了你，可所作所为对你也是有利的呀。再再说，人家……"

叶小天冷哼道："如果你不能好好说话，现在就出去！"

"喔！"于珺婷马上乖巧地答应一声，继续道，"是，人家活该受罚！可你要知道，张家纵然迫于形势答应你的种种条件，但并不代表他们就不恨你。你说，于家由我三叔和四叔把持着和掌握在我手中，哪个对你更有利？"

于珺婷说着，一双手已经向他胸前滑去。

"还别说，蛮结实的呀，看着精瘦的一个人，还挺有肉的！"抚着那两块结实的胸肌，于珺婷情不自禁地想，随即便觉面红耳赤，悄悄啐了自己一口，"胡思乱想什么！你现在可是在为你，为你的家族争取一线生机呀！"

话是这么说没错，可在她已经明白叶小天虽然动怒，却并没有置她于死地的想法之后，危机感消失，她的心情放松下来，又怎么可能不胡思乱想？

她一贯的直接和大胆，只是缘于她一向的强势和习惯以男人风格行事，她终究是个未经人事的处子，如今和一个赤裸裸的男人做出如此亲密的接触，心中岂能不生波澜。

叶小天被她在耳边柔声呢喃着，妙手撩拨着，早已一柱擎天了，这让叶小天很窘，可是在水中偏偏无所遮掩。他忽然有些后悔选择在这里接见于珺婷了。

叶小天的脸红了，已经扮不出冷酷的模样，只好用冷酷的声音道："你还想甜言蜜语地来骗我？我再也不会上你的当了！你以为没有你，于家就会和张家沆瀣一气？你三叔、四叔的野心丝毫不比你小，他们一样可以为我起到制衡张家的作用。"

于珺婷昵声道："你觉得，以他们的智慧，有本事制衡张雨桐吗？张雨桐未及弱冠，就已如此果断、狠辣、有心机，假以时日，让他多些历练，必是一方人杰。那时候，以我三叔、四叔的本事，能和他抗衡吗？如此一来，可不成了养虎为患？而我则不然，纵不能胜他，和他也是半斤八两啊！"

叶小天冷笑道："你为了自保，倒是挺抬举他呀！"

于珺婷讨好地道："这可都是人家的肺腑之言！君王能威服天下，靠的从来就不是忠心。任何一个身居庙堂之上，手中大权在握的臣子，心思都不可能再单纯如赤子。帝王心术，只在一个平衡。所以，你需要我，需要用张家来制衡我，也需要用我来制衡张家，你说是不是，我的王？"

于珺婷说着，手已滑到叶小天的腹部，毛巾早已不知沉到了哪里，于珺婷壮着胆子调戏到这里，再也不敢向下探了，虽然她一直觉得自己很冷静，其实脸已经热得可以煎鸡蛋。

她自以为很有技巧地抚摸着叶小天，而实际上手法很拙劣，却也刺激得叶小天绷紧了身子，身上起了一阵阵的战栗。叶小天突然伸出手，攥住了于珺婷的小手，制止了她的蠢动。

叶小天道："你是说，在我被你欺骗、利用之后，你软语央求一番，我就应该放过你？"

于珺婷楚楚可怜地望着他，道："那你还想怎么样呢？我的成功本已唾手可得，现在都被你毁了，这个惩罚还不够吗？"

叶小天冷冷地道："当然不够！这一切本就是我给你的，我拿回来，天经地义。你欠我的，可还没有还上！"

叶小天并不想要于珺婷死，张家和于扑满、于家海迫于形势屈服于他，来日只要有机会，就一定会扑上来狠狠咬他一口，相较而言，反而是于珺婷更可信任。但是，他必须要给她足够的教训，她对自己或许没有张雨桐或于扑满、于家海那样狠毒，可她狡黠如狐，太难掌握。

于珺婷凝视着他，眸中忽然露出掩饰不住的羞意："那，再搭上我，够了吗？"

叶小天有些吃惊地道："你？"

"不错！"于珺婷勇敢地挺起了胸膛，厚着脸皮道，"我把自己交给你，做你的女奴！当然，只能……只能是私下的，在公开的时候，你……你还要给我留几分面子，我毕竟是一方土司。"

叶小天没想到她竟会提出这样的条件，其实他只是想再逼迫一下，让她跪地求饶、虔诚忏悔、痛哭流涕、追悔莫及……现在怎么会变成这样子呢？

于珺婷看到了他眼中的一丝犹豫，善于捕捉机会的她，又怎会放过这个转瞬即逝的好机会，她嫣然一笑，缓缓站起身子，风情万种地绕到叶小天的正面，拔下了簪发的玉簪。

秀发马上泼墨般倾泻而下，一张精致、秀美的小脸掩映在秀发之间，眉梢眼角顿时流露出柔媚的味道，那双动人的大眼睛有些羞涩与紧张，反而更加撩起了男人征服的欲望。

"美丽的女人，你唾手可得。美丽的处子，你一样招之即来！但是，四品广威将军、一府通判、一族土司，同时还是一个美丽的处子，你找遍天下，也只有这一个了！"于珺婷的眸子像黑宝石似的熠熠地放着光，用最诱惑的声音呢喃道，"这样的我，值不值得让你消气呢，我的主人？"

从我的王到我的主人，于珺婷的身份从一个乞降的敌酋变成了一个小女奴，这样的温言软语，这样的可怜兮兮，这样令人想入非非的暗示，让叶小天有点醉了。

"也许……把她变成我的女奴，真是个不赖的主意吧……"叶小天有些意动了，在没有约束的环境下，人的欲望总是会比较放纵的，叶小天舔了舔发干的嘴唇，像个恶棍似的发号施令，"女奴吗？那么一个女奴，现在该怎么侍奉她的主人呢？"

于珺婷轻轻咬了咬花瓣般鲜艳性感的唇，手指轻轻搭在了自己的腰带上，用微微有些颤抖的手指解开腰带，双臂一张，袍子便贴着削肩滑落下去。

内里是一身银白色的丝制内衣，柔滑贴身，所以外袍滑落毫无挂碍。于珺婷穿着一身雪白的小衣，披散着长发，可神情明显有些不知所措。

方才她一直在撩拨叶小天，更早之前她还曾伴醉而主动献身，但是胆量和勇气并不等于经验，她现在已不知道该如何继续下去。

叶小天觉得自己忽然变成了一个万恶的土司老爷，可这种感觉真的令人迷醉呀！就放纵一回吧，他觉得，这是自己被利用所应得的补偿，于是，叶大老爷用有些沙哑的声音道："侍浴！"

于珺婷一双星眸有些迷离地望着他，鼓足勇气抬起手，轻轻捏住了小衣的衣带，微微侧过身……于是，一具完美、迷人、令人目眩神驰的晶莹玉体便呈现在他面前。

虽只一个侧面，可那跌宕起伏的曲线因之显得更加曼妙清晰，双乳耸挺，蛮腰纤细，浑圆紧凑翘挺滑润的臀球被灯光映出媚惑的光晕，粉嫩柔滑的大腿紧并着，仿佛一双雪玉铸就的柱子……

叶小天举起了水晶杯，慢慢倾倒，可惜没有对准他的嘴，一杯用冰鱼镇凉的葡萄美酒都洒在了他的胸上，但他没有感觉到丝毫的凉意。他的体温此刻比浴桶里的水还要热，兽血沸腾……

两粒红葚濯于清涟之中，顽皮地起伏着，仿若蜻蜓点水；一双鸳鸯交颈于小池之内，波翻浪涌，恰有中流砥柱；娇花终究难禁蜂蝶之狂，到最后只得柔若无骨，随波逐流，宛如一枝出水芙蓉。

这厢里小叶教主急水撑篙使尽解数，那厢里小于将军挣扎未果，只好来一个野渡无人舟自横。禁不住一管竹通了窍，便成了一管玉箫，只能呜呜咽咽地随人吟哦，奏出一曲房中天籁。

　　想当初于珺婷曾想利用叶小天做两件事，一是利用他的势力对付张家，二是利用他为自己的土司之位留一个继承人。现如今虽然第一件事功败垂成，却是失之东隅，收之桑榆，如此说来，他们之间的这场较量，还指不定谁输谁赢呢……

第三十八章

分　赃

一

知府衙门是张家的，现在住的却是于家人，所以张家的人只好住到于府去了。而东山叶府，现在则取代了府衙，成为铜仁政治中心的中心，这两天来，叶府车水马龙，络绎不绝。

直到此时，人们才惊讶地发现，主导铜仁政局进行着戏剧性变化的，不是狡智如狐的于监州，也不是隐忍如狼的张家少爷，而是被人笑称为"黔之驴"的叶推官。

人们不知道这样一个无根无底的流官，有什么本事左右铜仁政局的发展，但是不争的事实却是：格哚佬部和凉月谷，都唯叶推官马首是瞻。

同时，人们还注意到，张家和于家现在都在看叶推官的脸色行事，于是叶府立即成了铜仁士绅们的朝圣胜地，各方宾客纷至沓来，一向清幽的东山脚下热闹非凡。

"哈哈哈！我大哥是什么人？上天他比天要高，下海他比海更浪！就算当初落魄金陵，我大哥照样搅风搅雨，弄得六部尚书、国公国舅，一个个束手无策！"老毛坐在门房里，眉飞色舞地向客人吹嘘着他大哥的英雄事迹。自告奋勇充当门房的苏循天则运笔如飞，埋头苦记客人的名字、身份以及送来的礼物。

叶府的家人如若晓生等人腿都快跑细了，他们从门房往后宅搬运、细分、储放礼物的速度，竟然赶不上客人送礼的速度。

那位客人赔着笑听老毛胡吹，反正叶推官是见不到了，跟叶推官的这位结拜兄弟拉拉关系也算不虚此行了。只是，这胡子拉碴的家伙明明比叶推官岁数大，为什么称叶推官为大哥呢？

客人只是好奇地问了一句，却引来老毛滔滔不绝的一通述说，苏循天不耐烦地白了他一眼，道："去去去，你们一边说去，下一位，请过来！"

那位客人连忙起身，赔笑让位，意犹未尽的老毛拉着他到一边继续。苏循天见四下无人注意，赶紧把一条五百年的老山参揣进了自己的大袖。

"你这两天光野山参都收了大半车了,我顺一根没问题吧。"苏循天得意地想着,提起笔来,面前又出现一堆各种形状的盒子,还有一张谄媚的笑脸……

叶小天倒不是故意摆架子,他是真没时间会客,这两天他到张府见于家的人,到于府见张家的人,腿跑细了,嘴说干了,当真忙得不可开交。在他百般调停斡旋之下,终于促成了今日之会。

叶府客厅内,上首主位坐的就是叶小天叶推官,在他身边站着李秋池李大状。下面右首上位坐的是于珺婷,次位是戴同知,再接下来是于扑满、于家海、于海龙等于氏派系的人。

对面上首坐的是张雨桐,接着是张绎、御龙、张雨寒、项父、吴父等人。于珺婷一袭雪白的公子袍,头戴公子巾,唇红齿白,肤似润玉,男装女相,异常明媚。

戴崇华坐在她下首,眼神不断地往这位于土司脸上瞟,甚显狐疑。这位女土司肤质本就是极好的,吹弹得破、美白如玉,一丝瑕疵都没,但是这两天是出奇的好,一眼望去,那肤色润泽得仿佛半透明的果冻。

以戴老爷御女无数的经验推断,那分明是初经雨露灌溉,身心舒畅、气血充盈的情况下才有的现象,也就是所谓的艳光。通常只有房事极和谐的新婚妇人,才会出现这样的模样,而于土司……

为什么于家已陷入绝地,叶小天却无视张家的强力反对和央求,一定要他们双方各让一步,从而保全了于家?为什么于珺婷孤身入叶府求见叶小天,一夜未归,次日格哚佬部和凉月谷便撤走了围困府衙的兵马?

戴大老爷心中已经有了一个既大胆也合理的推测,只是……这个猜测他是绝对不会说出来的,他可不想被恼羞成怒的于监州一脚踢成太监。

之前,叶小天已经和双方进行了频繁的接触,一些基本的东西已经确定下来,这也是今日和谈的基础,如果那些触及各方底线的事情不能达成共识,也就没必要召开今天的三方会谈了。

叶小天咳嗽一声,道:"基本情况,就如我之前与你们所说的,双方就此罢战,张家少爷上书朝廷,继承令尊的世袭知府官职,于监州则继续担任本府监州。

"只是于监州从此要全面履行监州职责,本府一切政令、军令、税赋、徭役等重大决策,必须由知府大人与监州大人共同商议、联名签署,缺少任何一方署名,便无效!"

这句话,基本就为铜仁府今后的政局设定了一个基调:"共治!"双方的权力一般大,所有重要政令必须由他们双方联合签署,这样即可使他们相互制衡,又能使双方在一定程度上妥协合作,而不至于像现在一样水火不容。

叶小天看了看于珺婷和张雨桐,道:"对这一点,两位没有异议吧?"

张雨桐原本不明白叶小天明明站在于珺婷一边，已经把他打进了十八层地狱，为什么又突然背叛于珺婷，转而把他从地狱里拉出来。

不过，他现在已经知道了叶小天的另一层身份：蛊教教主。于是，这一切就被他解读为全然是叶小天早就开始实施的一个险恶计划了：叶小天利用于家打击张家，在张家陷入死地，不得不向他屈服的时候，又出面挽救张家，反击于家，导致张家和于家两败俱伤，不得不依赖于他。

这令张雨桐对叶小天高深莫测的城府和谋略深感畏惧，听叶小天这么一说，马上点头道："我明白，一切依叶大人的意见便是！"

叶小天又看向于珺婷，于珺婷板着俏脸道："我基本上没有意见！"

叶小天皱了皱眉，沉下脸道："'基本上'是什么意思？"

于珺婷道："雍尼和阿加赤尔被杀，还没有一个交代呢，这两位土司的族人，会善罢甘休吗？"

叶小天不悦地道："于监州，这件事本就是接下来要谈的，只是你们双方总要先把基本的合作基础定下来吧，否则一切岂非沙上筑城、空中楼阁？"

于珺婷道："倒要请教，叶大人准备如何解决此事呢？"

叶小天道："人死不能复生，如果非要以命抵命，那就只有叫张家少爷来偿命了！可是那样的话，各方还能坐下来谈判？只怕要杀得血流成河了！

"不管是你们和张家继续打下去，还是雍尼和阿加赤尔的族人起兵复仇，其结果只有一个，大家各有损伤，而意图染指铜仁的外界势力则有了干涉的借口。所以……我和张家少爷详细磋商了一番，张家少爷同意割让土地、子民给雍尼和阿加赤尔的族人，以金代罪！"

张雨桐露出一丝苦涩的笑容，如果说上次被格哝佬部割走提溪的一块领地，仅仅是让张家感到肉痛的话，那么这一次割让领地和子民，可真的是伤筋动骨了。此次分割之后，于家所拥有的土地将超过张家。

他保住了知府之位，可张家已不再是当初的张家，在实力不济的情况下，他只能和于家妥协并严重依赖叶小天，形势比人强，现在已是生死存亡之际，他还能考虑更多吗？

"以金代罪？"于珺婷冷笑道，"叶大人，我还记得你当初怒斩五位权贵子弟，为民妇伸张正义来着，现在轮到自己头上，却也是妥协求全了。"

叶小天怒道："于监州，你不要无理取闹！这两件事完全不同！一个是孤苦无依的民女被人凌辱清白，当权者视草民如草芥，予取予求肆无忌惮，根本不把平民百姓当人看，不严惩何以平民愤？不严惩何以训诫权贵子弟们知法畏法？

"洛姑娘屈死，不相干的百姓听了个个义愤填膺！如果张家少爷当日诱你入府成功击杀，大败于系势力，一统铜仁，会有万千百姓像对待屈死的洛姑娘一样为雍尼和阿加赤尔打抱不平？这两位土司，是死于权力之争！从他们跟随你于家，和张氏为敌开始，就该考虑到一切可能的后果！"

于珺婷见叶小天真的有点恼了，心里微微生起些怯意，她哼了一声，负气似的扭过头去，大声道："你想得如意，就怕雍尼和阿加赤尔的族人未必肯答应！"

叶小天冲着她的后脑勺狠狠地瞪了一眼，却也无法用更恶劣的态度对她，谁让自己没管住下半身呢，提起裤子就不认人的事，他真的干不出来啊。叶小天稍稍有些后悔，可是一想起闺阁之中那个风情万种、百媚千娇的小女奴，嗯……叶小天赶紧换了个坐姿，跷起二郎腿。

叶小天咳嗽一声，道："不错！我也考虑到雍尼和阿加赤尔的族人未必肯答应，所以，这件事还要劳烦你出面帮助调停、说服他们！"

于珺婷慢慢转过头来，似笑非笑地道："让我帮忙？好啊，那……我有什么好处？"

第三十九章

外厅内室各不同

一

叶小天脸色一沉,道:"放过你,就已是给你的最大好处了!你不要忘记,如果谈判不成,本官和张家少爷,还有你的三叔、四叔联手,照样可以再度把你置于死地!"

于珺婷瞪着一双大眼睛瞅他,一言不发。虽然一句话都没说,可她那双会说话的大眼睛,却似说了好多好多,只是旁人谁也读不出她对叶小天究竟说了什么。

叶小天当然读懂了,于是他不断地告诫自己:"不能心软!不能让步!这个女人,你让一步她就进十步,她的可怜都是装的,不能被小狐狸给骗了!"

叶小天振作精神,继续做不怒而威状,沉声问道:"怎么,于监州有意见吗?"

于珺婷固执地道:"若要我出面,就要给我好处!"

张雨桐忍不住怒道:"你想要什么?"

于珺婷微微扬起下巴:"你张家既然可以分割领地给雍尼和阿加赤尔的族人,以平息事端,那么也要划割一块领地给我于家。"

张雨桐勃然大怒,跳起来道:"你做梦!想都别想!"

张雨桐转向叶小天,求助道:"叶大人,你看看,我张家为了息事宁人,已经答应割让领地给雍尼和阿加赤尔的族人,可她还想来分一杯羹,如果这样的话,张某宁可不再和谈,大不了拼个鱼死网破!"

于珺婷也跳起来,冷笑道:"好哇!我正求之不得!等到雍尼和阿加赤尔的族人杀上铜仁,为自家土司找你报仇的时候,我会坐在一旁看好戏的,只是不知被你当成大腿抱的那位叶大人,到时肯不肯动用自己的子弟兵,为了保住你,而和他们大战一场!"

"好了好了,你们两个不要吵啦!"叶小天大感头痛,平衡的确是驾驭别人的最好办法,可你也得是一个称职的调停人才行。

叶小天无奈地道:"于监州,张家已元气大伤,绝不可能再划割领地给你了,否则张家少爷对自己的族人实在难以交代,这件事,你应该明白!"

于珺婷道:"既然如此,那么这个说客,我不做也罢!"

在叶小天向她瞪眼发怒之前,于珺婷已经理直气壮地说道:"雍尼和阿加赤尔本来和我是盟友,他们被诱杀,我不能为他们报仇也就罢了,还要说服他们的亲族放弃复仇,岂不招致其他土司们鄙视,人望的损失,是金钱都难衡量的,难道我不该索要补偿?"

于珺婷气愤地瞪着叶小天,她当然是说服雍尼和阿加赤尔族人的最佳人选,却不是唯一的人选。那两个家族固然气愤于家主被杀,却也很难做到为了复仇而不惜葬送整个家族。

本来他们联手也未必是张家的对手,如今张家背后还有山苗这个庞然大物做靠山,可想而知,只要叶小天出面,这两大家族十有八九是会理智下来,接受割让土地这架下墙梯,体面地罢手。

可是叶小天偏偏要她出面游说,为什么?因为现在铜仁各地的土司们几乎全与于家关系密切,只要她答应去做说客,必定招致其中一些土司的反感和鄙视,叶小天这是在削她的根基。

于珺婷瞪着叶小天,恨得牙根痒痒:以前怎么就没发现他是一个如此没良心的家伙呢!晚上榨人家,白天还要榨人家,非要把人家榨光了他才甘心是不是?

叶小天沉吟了一下,转向张雨桐道:"张家少爷,于监州所言,也未尝没有道理,你看……能否略做补偿?"

张雨桐断然道:"要我割地让民,绝对不行!"他顿了一顿,又忍痛道,"罢了!我给你赤金一千两,白银一万两,彩缎一千匹,牛一千五百头!再多一毫,我也不干!"

叶小天又看向于珺婷,加重语气道:"于——监——州!你看如何?"

本来气势汹汹的于珺婷像敛裙子似的搂了搂袍袂,轻轻巧巧地坐下,若无其事地道:"那好吧!随后本官就派人前去接收,上述东西收齐后,我就去说服他们的掌事人!"

叶小天松了口气,这桩大事解决,铜仁基本上就算是安定下来了,外界那些蠢蠢欲动的大势力也便失去了插手的理由。叶小天道:"好了!那么接下来,就该谈谈本官想要的条件了……"

· ※ · ※ · ※ ·

艰难的谈判在不断的争吵、锱铢必较的较量中终于结束了,一些具体化的东西还没有谈到，但是主要部分已经达成共识，各方已经可以同步开始善后行动了。

张雨桐带着张绎等人匆匆离开了，昔日的铜仁之主，现在却要仰叶小天鼻息过活，他们心里还没适应这种变化，待在这儿甚是不舒服。

于珺婷却没有走，而是从大客厅追着叶小天到了小客厅。丫鬟奉了茶刚刚退下去，坐在主位上笑容可掬的叶小天和坐在客位上温文尔雅的于珺婷便把茶盏一顿，同时跳了起来。

"臭丫头，昨儿我是怎么跟你说的，你明明答应得好好的，今天又临场变卦提条件！"

"姓叶的，你究竟是什么意思！昨儿你可没说要让我去做说客！还有，我三叔、四叔如今也堂而皇之地坐在那里，你让我以后如何服众？"

两人同时抢白了一句，各自一怔。

叶小天马上抢着辩白道："叫你去做说客，不也是为了尽快平息纷争吗？这还用我提前说给你听？你和雍尼家族以及阿加赤尔家族关系那么密切，你不去谈谁去谈？"

于珺婷愤愤道："我去谈，难道不会让其他土司对我心生鄙夷？你就是不想看我好！没良心的，这么欺负自己的女人，你还是个男人吗？还有哇，你不要避而不谈哪！我三叔、四叔是怎么回事？我已经贬他们为庶民了，他们不再是土舍，你把他们找来做什么？你这不是存心拆我的台吗？"

叶小天冷冷一笑，直截了当地道："没错！我就是要他们拽着你，绊着你，盯着你！你不是说王者之道在于制衡嘛，你太狡猾，我信不过你，用他们牵制着你，你才不会乱动脑筋！"

于珺婷大怒道："好哇你，姓叶的，你这根本是提上裤子就不认人哪！我……本姑娘我跟你拼了！"

于珺婷挥手就打，被叶小天一把攥住她的手腕，道："你还敢跟我动手？你的心机智谋都到哪儿去了？现在处治他们你觉得合适吗？要尽快平息风波，还是需要他们的，等到尘埃落定的时候，你想慢慢整治他们，我不会干涉！"

于珺婷气恼地道："你不要以为我不知道你在打什么鬼主意！你利用张家牵制我，逼我当说客，以离间我和其他土司，这些我都忍了，于家内部绝不可以再任由这两条毒蛇窥伺在侧！"

叶小天道："成了成了成了，眼下不宜节外生枝，等我的身份得到朝廷确认以后，我帮你对付那两个老家伙成了吧？"

"不行！我明明都已处置了他们，是你把他们放出来的，你惹的祸，你现在就去给我解决！"

"眼下安定第一，等我确认身份再说！"

"不行！你必须现在……"

叶小天攥着她手腕的手一提一拧，就把她的手臂背到了她的身后，向下一压，于珺婷就俯在了桌子上，叶小天抬起左手，在她结实翘挺的臀部上啪啪啪地打了几巴掌，打得那叫一个瓷实。

于珺婷愤怒地叫道："你干吗打我？"

叶小天板着脸道："谁让你跟我说话这么不客气的？私下场合，你的身份是女奴，忘记了？一个小小女奴，竟敢和她的主人如此说话，没规矩！还反了你不成！"

于珺婷气结道："你怎么这么不讲理……"

叶小天挥手又打："你自己答应的，现在还跟我讲道理？我就打，我就打！反正只要没有别人在旁边，你就得乖乖做女奴，你敢反抗试试……"

于珺婷的屁股被他打得火辣辣、麻酥酥的，她用力挣开，面红耳赤地逃到一边，捂着臀部气急败坏地道："你不能这么欺负人，我现在是以于家土司的身份和你说话……"

叶小天摇着巴掌走过去，嘿笑道："你要和我谈公事是吧？要谈公事咱们就到大庭广众之下去谈。叶某对于公事无不可对人言，何必要在内室会晤呢？你跑什么？"

于珺婷捂着臀部步步后退，面红耳赤地道："你要干什么？"

叶小天道："本老爷想打小女奴的屁股哇，哈哈，手感真好，本老爷喜欢！来来来，不许躲，你可要遵守诺言，赶紧给我过来！"

"你猥琐，龌龊，下流，无耻，恶心……我……我还有事……"

于珺婷撒腿就逃，叶小天哈哈大笑起来。于珺婷逃到廊下，见叶小天没有追出来，只听见客厅里犹自传出的笑声，这才又气又羞地跺了跺脚，愤愤然道："混蛋！混蛋！真是一个大混蛋！"

李秋池和苏循天并肩走来，瞧见她一副娇羞难抑的女儿姿态，不禁好奇地看向她。

"看什么看！挖了你们的眼睛！"于珺婷凶巴巴的，像只炸了毛的波斯猫，向他们张牙舞爪。见此一幕，苏循天茫然而立，李秋池则若有所思。于珺婷顿时生出一种无地自容的羞惭，马上把袖子一拂，匆匆逃去。

于珺婷一边逃，一边在心中愤愤发誓："姓叶的，你这般欺我辱我，来日我必千百倍地报复在你儿子身上，不打得他屁股开花，我跟你儿姓！"

第四十章

千年方成一土司

一

　　六龙山，七玄观。
　　大元玄都灵霄上清广化宗教妙一飞玄大道金丹普济生灵万寿长风大真人长风道人黯然道："王老爷子，铜仁我是真的没法再混下去了，我必须得走。"
　　王宁没理他，只管与洪百川窃窃私语着。铜仁的一系列变化，把他们两个也弄得有点不知所措了，他们需要弄清楚究竟发生了什么，这对他们今后的行动至关重要。
　　长风道人沮丧地道："我前番刚说要帮助张家剿匪，于家就劈面给了我一耳光；如今我听你的，刚刚召集徒众，说于家当为铜仁之主，张家马上又给了我一耳光，我纵舌灿莲花，也是骗不下去了。"
　　王宁和洪百川秘议一阵，回过头来对长风道人道："这一切的关键，都在格哝佬部和凉月谷的立场！而格哝佬部和凉月谷对叶小天言听计从，所以这关键人物就是他！"
　　洪百川道："老夫会留在铜仁盯着他，看看他究竟是个什么人，想要干什么。至于你，就去贵阳吧，目前看来，铜仁你是真的待不下去了。好在铜仁巨变连连，并没太多人注意到你，你去贵阳还可再有一番作为。"
　　长风道人大喜，洪百川要留在铜仁，放他去贵阳，莫非要从此解绑，天高任鸟飞啊？
　　长风道人的小翅膀还没扑棱起来，王宁就跟了一句："我和清风明月会陪你去贵阳，你要多多吸收贵阳权贵为信徒，扩大你的影响，将来必有大用！"
　　长风道人两条刚刚扬起的眉毛顿时耷拉成了倒八字，他满腹幽怨，却又不敢明说。
　　…………
　　一个惊人的消息在铜仁府迅速传开，这个消息马上解开了叶推官何以有能力左右张、于两家之争的谜团。

据说，叶推官一直大力扶持、引导格哚佬部和陆续将向山外迁徙的另外四个部落，这五个部落的山民受其感召，决定奉其为共主，编为二十八旗。

土司制度是军政合一的，在土司辖内，各大小土官既是地方上的最高行政长官，也是最高军事长官，各自拥有数量不等的军队，俗称为"土兵"，其编制包括营和旗两种。

营是土司正规部队的编制，依土司势力大小，每个营的人数多少不等。换句话说，一个土司通常下辖前、后、中、左、右五个营的兵马，可每个营的人数，不同的土司是有天壤之别的。

像第一等的大土司，一个营的人马至少上万，而最末等的土司，一个营的人马不过百余，实在不可同日而语。旗则并非常备兵，而是寓兵于农的编制。

旗的多少以地域来划分，所以每个土司下辖的旗是不等的，而旗的多少并不代表实力的大小，有的土司对治下的土民划分得细，或者所辖地区地广人稀，村落之间的距离较远，那么他可能拥有五六十个旗，其实不过就是五六十个村子。

而有些土司下辖几座大城大镇，就以城镇为单位计量，他可能只拥有十几个旗，可每一个旗能抽调的兵力至少有数千人。因此从目前传出的消息，还无法确定拥叶小天为主的一共有多少人。

但是无论如何，如此一来，叶小天有民、有地，已经具备了成为土司的条件。而新皇登基，生苗出山，这对朝廷来说是教化有成、新帝贤德的吉兆，可以预见，朝廷是乐见其成的。

尤其是叶小天本是来自京城的底细，这时也被挖了出来。试想，在新帝德昭边远、野蛮望风而归的大旗帜下，这位生苗领袖居然有京城百姓的身份，这是不是会让皇帝和朝廷更觉得亲近一些，觉得他会比其他土司更心向朝廷？

消息传出的同时，就已得到了官方确认，因为张家少爷为他的父亲办完盛大的葬礼后，随即就上书朝廷，请求确认他的土司身份，以接受敕封，继任铜仁知府。

与此同时，张家少爷还联名监州于珺婷以及铜仁众多土司，上书向朝廷阐明生苗出山，奉叶推官为主的经过，一致赞成敕封叶小天为土司，使其成为铜仁土司俱乐部的新成员。

寄宿于大悲寺的田彬霏听到这个消息后愕然半晌，还没等他回过神来，小妹田妙雯业已出现在他的面前。田彬霏更加愕然，道："你不是前往山中调查蛊教教主的底细去了吗，怎么这么快就回来了？"

田妙雯有些疲惫地在椅子上坐下，田彬霏一见十分心疼，赶紧斟了杯热茶递过去。

田妙雯接茶在手，轻轻呷了一口，往椅背上一靠，有气无力地道："我是连夜赶回来的。还去山里做什么呢，现如今还用查？蛊教教主是谁，已经呼之欲出了。"

田彬霏在获悉铜仁巨变之后的新格局后，思虑太多，反而不比田妙雯看得明白，她此去是往山里探察蛊教教主身份的，所以马上想到了叶小天的真正身份，此时听妹子一说，田彬霏才恍然大悟。

田彬霏失声道："是了！叶小天就是那位新任教主！"

田妙雯道："谁是教主，本来并不重要，但是他现在带着生苗出山了，所以……"

田彬霏的眉头马上蹙了起来："五部二十八旗？那一共是多少人马？他们在提溪获得的封地够不够用？如果不够，他们还要往哪里去抢地盘？贵州已经沉寂了上千年，任凭中原天下巨浪滔天，始终静若死水，难道如今要被这条泥鳅搅个天昏地暗？"

田妙雯强调道："现在他还是一条小泥鳅，若放任下去，用不了多久，他就会长成一头恶蛟，来日化龙也不是没有可能！"

说到这里，田妙雯忽然想起当初她微服前往葫县时与叶小天的一番交集，顿时屁股上那种久违的麻酥酥的感觉又涌上来，那可是她生平头一次被一个男人如此羞辱。那时候只当他是个痞赖无行的臭小子，谁能想到，他现在竟拥有令自己也眼热不已的力量。

但她虽眼热叶小天所掌握的力量，却还没有把他看得如何重要，至少目前没有。因为生苗要出山的话，外界是没有土地让他们去占有的，所有的土地都已有主。那么，生苗怎么办？强取豪夺？那不现实，现在他们只是出山一个部落，在提溪争取一块栖息之地，只要能顶住张家的反击就可以了，可是如果生苗大举出山，他们需要的领地就太庞大了，势必会引起所有土司的集体戒备。最终必将引发众土司做出联手把生苗再赶回深山的举动，生苗擅于丛林作战，一旦到了陆地，未必就比各位土司的精锐军队更强悍，而且土司还占了地利、人和。

其实土司对下辖的军队训练是很严格的，每个土司在其辖境内都建有校场和博射坪，还常常利用"赶仗"（打猎）的机会，进行军伍训练。

比如猎虎，要一人主攻，二十人助之，必须击毙猛虎，致使猛虎逃走者要受重罚。猎取其他猛兽时也是这样，如此一来，自然可以练出一支实战素养很强的军队。

田妙雯不用想就知道，如果叶小天这位蛊教教主在铜仁稍有得意便狂妄自大，那么很可能会遭受当头一棒，铩羽而归，龟缩回山里，不休养个几十年难再出来。

所以，现在直系人马非常有限的田家，虽然对叶小天所掌握的力量有些眼热，却也没有站出来拉拢或者结盟的意思，因为田家本钱有限，积蓄百年，只为一朝复出。

如今田家的势力和影响已经大不如前，他们只有一次机会，一旦失败，本钱耗光，威望丧尽，就永远都不可能再有翻身的机会，所以这一注是绝对不会轻易押下去的。

不过……叶小天并不公开他的真正身份，而是找了个受五部落拥戴的借口，意图改头换面，以一方土司的身份融入山外世界，显然他也清楚可能会遭受的阻力。

然而，这能瞒得住一些小土司，瞒得住朝廷，却不可能瞒得住那些天王、金刚级的大土司，他们会不会未雨绸缪，主动出手，把这个危险扼杀于萌芽之中呢？

田妙雯脑海中一瞬间考虑了许多，缓缓说道："哥，此人无论是敌是友，他的一举一动都会影响我们田家复出的计划！所以，我觉得该找个合适的机会接近他！"

田彬霏眉头一皱，道："你一个未出阁的女儿家，怎么好随便去接近一个男子？接触他，了解他，确实有必要，不过这件事就交给我来办吧！"

田妙雯睇着田彬霏，模样俏生生的，声音脆生生的微含讥诮："这个叶小天和凝儿、莹莹都有些牵扯不清的关系，而我和莹莹、凝儿是金兰姐妹，你确定你比我更适合出面吗？"

谁料田彬霏一听这话，心中反而更加忌惮了……

第四十一章

辩才无碍

一

田彬霏心里紧张,语气便强硬起来:"我说由我来处理!你没听到吗?"

田妙雯夷然不惧,淡定地道:"情报归我管理,这也算是搜集情报的一方面!你不能干涉!"

"胡扯!"田彬霏忽然克制不住,用力一拍桌子,"你一个大家闺秀,如何接近他?难道要卖弄自己的姿色?我田家再如何没落,也未没落到出卖自家女儿牟取利益的地步!"

田妙雯闻言也是勃然大怒,只可惜她天生媚骨,无论喜怒哀乐,都是那样的楚楚可怜,叫男人见了又怜又爱,所以虽然柳眉竖起,声音也冷下来,却没有丝毫威势。

"你说的什么混账话!我和莹莹、凝儿是义结金兰的姐妹,通过她们,自然可以不引人注意地接近叶小天,怎么被你说得如此不堪!我执掌田家内务以来,哪一桩哪一件不是靠着我的谋略智慧,什么时候出卖过自己?"田妙雯已经气得发抖了。田彬霏见状暗生怜意,忙缓和了语气,道:"我不是诚心与你争吵,只是你是女儿家,或许一开始容易接近他,可终究不便时常往来,这件事不如交给我来办吧。"

田妙雯冷笑道:"大哥真是这么想的吗?别是因为他是蛊教教主,你担心他的道行尤胜于你,你奈何不了他吧!"

田彬霏脸色一变,寒声道:"你说什么?"

田妙雯冷冷地道:"你心里明白!"

田彬霏心中愈发紧张,冷哼道:"我明白什么?你不要以为结交了蛊教教主,就有能力摆脱我!你痴心妄想!"

这句话一出口田彬霏心中就大恐,他何尝不知道自己的感情有些畸形,但是他什么都能控制,唯独控制不了自己的感情。

因为无法控制,所以他把妹子视为禁脔,谁敢试图染指她,他都会毫不犹豫地除掉；因为知道自己的这种感情是不正常的，所以他竭力地隐藏，生怕被人看出端倪，然而现在，他竟说破了。

田妙雯紧紧咬着自己的下唇，脸颊苍白如纸："你……终于承认了！"

田彬霏大恐，失措地解释道："不！不是的！小妹，你听我说，我……我不是畜生，我没想过要害你，我对你也没有什么不轨的打算，我只是……我只是……"

田彬霏痛苦地揪住了自己的头发，低声嘶吼道："我受不了！我受不了男人对你好！我受不了你对男人好！你向他们笑一笑，我都会发疯！我真的受不了，我控制不了哇……"

啪！

一记响亮的耳光重重地扇在他的脸上，田彬霏白玉似的脸庞上登时映出五道指痕，嘴角噙着一丝殷红的鲜血，他愕然地看着田妙雯。

田妙雯一字一句地道："禽兽！"

"韧针……"田彬霏颤声唤着她的小字追上一步，他伸出手去，却没敢拉住她，眼看着田妙雯毅然、决然地走了出去……

※·※·※

叶小天向安公子身后看看，没人，不死心地再往远处看看，还是没人。安大公子揶揄道："行啦，你不用看啦，就我一个人，表妹没来。你若有暇，不妨去看看她。"

叶小天苦笑一声，道："难！我现在实在抽不开身。"

安公子深以为然："也是，你现在摇身一变，成了拥有二十八旗的一方霸主，新官上任，自然忙一些。"

叶小天笑了笑，意味深长地道："是二十八旗还是八旗，现在还很难说呢。"

安公子愣了愣，惊奇道："怎么会，我听说……啊！"

安公子恍然大悟，安公子毕竟是安氏土司的第三代继承人，从小接受各种培养，自然不是一个愚者，只听话音就明白了叶小天的意思。

所谓五个部落二十八旗人马，包括那含糊不清的人数，这都是叶小天放出的风声，他要试探外界的反应，看看会遭受到多么大的阻力。

格咪佬部出山已经是既定的事实，也得到了各界的承认，现在就看他追加的那四个部落究竟会引起各界多大的反应了，如果反应过度强烈，那么五个部落可能就会变成三个、两个！

反正铜仁府上奏朝廷的奏章里只是有这么一桩事，并没有太详细的数据，只有朝廷认可，才会进行更细致的调查。而朝廷要决定这么大的事，当然不可能独断专行。

纵然朝廷对此乐见其成，但为了保证地方上的稳定，也一定会征询贵州地方举足轻重的几位大土司的意见，那么在朝廷与贵州大土司们博弈的过程中，叶小天就可以根据时势的变化，随时调整此次出山的部落人马数量，直至达到各位大土司可以接受的底线。

叶小天把安公子让进客厅，等人上了茶，这才问道："公子此番来，是来参加张知府葬礼的？"

安公子摆了摆手，道："你明知故问了，老张都已经入了土，我还参加什么葬礼！"安公子说着，从袖中掏出一封书信，递与叶小天，原本时常玩世不恭的笑脸严肃了些："这是家祖给你的书信！"

叶小天吃了一惊，道："安老爷子给我的书信？"常言道县官不如现管，安老爷子在贵州尊贵不亚于万历天子，接到他的亲笔书信，和接到一道圣旨也差不多了。

安公子点了点头。叶小天没有再说话，而是取过开信刀，轻轻启开信封，取出内中的信纸徐徐展开，遒劲有力的字体缓缓呈现于眼前："叶君小天青览：王朝霸业，百年烟云；土司世家，千年久远；君既醉心仕途，若能成为一方土司，则福祉尤胜于天子矣。然则前程坎坷，恐未必一蹴而就……"

叶小天读得很慢，一字一句都细细地咀嚼着、品味着。安老爷子的这封信写得很长，前边对他选择成为一方土司大加赞许，接下来却提醒他，成为一方土司，绝不仅是迎合了圣意，给皇帝戴一顶"威加海内、四方来仪"的大帽子就能顺利实现的。

朝廷曾在贵州楔下一颗钉子——葫县，这是一颗带有试探性的钉子，结果这颗钉子烂在了那里，几乎未起任何作用，完全起不到以此为桥头堡，进而向整个贵州渗透的作用。

叶小天是京城人氏，这一点贵州土司们并不在乎，因为他们这些大土司，祖上同样不是土生土长的贵州人，都是大汉、大唐乃至大宋时期由朝廷委任于此的封疆大吏，在中原王朝发生动荡，失去对地方的控制的时候，他们据地自守，从而世世代代传承下来。

不管叶小天是哪儿的人，只要他成为生苗的土司，生苗的利益就是他的利益，他的利益就是生苗的利益，两者是一体的，安老爷子根本不相信他会为了老朱子孙的天下而放弃自己的利益和立场。

然而，贵州众土司不会因此把他视为异类，并不代表就会轻易接受再增加一位土司，因为这位土司在山外的地盘少得可怜，谁知道他接下来打算干什么？行止稍有莽撞，就可能引起大动荡。

安老爷子可谓是直言不讳了，其中有些诛心之语若是放在朝堂上，那简直就是大逆不道，但是字字直指人心，叫人反驳不得。

安老爷子为他列举了一系列的困难之后，又详述了山苗现在的难题。在这农耕为主的时代，任哪一个地方不靠农业也没能力一下子接收出山的数十万部众。

安老爷子希望叶小天能耐心一些，不要期望毕全功于一役，出山可以缓步进行，效仿凉月谷果基家从深山迁居山外的方法，给外界一个接受、容纳的过程。

虽然如此一来，叶小天在有生之年，都不可能做到让所有部落全部出山，但是这是唯一可行的办法。

缓步出山，可以最大限度地减少来自外界的阻力，避免四面受敌最终被逼回深山，由原本的自闭于深山变成被禁于深山，这是应付眼下切实困难、获得各方土司信任的基础。

因为叶小天毕竟年轻，安老爷子担心他急功近利、不计利害，所以安老爷子在很详细地阐述了这么做的好处之外，又强调这样做并不影响叶小天去获取想要取得的权力。

安老爷子说，在以上前提下，叶小天的身份将非常超然，从而在贵州获得举足轻重的地位。从叶小天的部众长期发展的利弊来看，众山夹峰错峙，既是他们的门户，也是他们的天堑。

到时候，生苗背倚高山，俯瞰谷地，进可攻、退可守，有利时出山，外向发展，不利时退守，以雄关险隘自保，进退有据，伸屈自如，影响可达黔东南乃至粤、桂、滇、黔四省，前途不可限量。

叶小天虽然对于未来已经有了考虑，但是外界的变化时时影响到他的规划，所以他也是走一步看一步，对他的政策时时进行调整。而且他一个年轻后生，不可能像在权力场中浸淫了一辈子的安老爷子一样目光老辣，分析得如此鞭辟入里。

安老爷子的这封信，就仿佛雾霾中的一盏明灯，一下子为他照亮了前行的路。只是，老爷子如此苦心栽培，难道就没有企图？叶小天可不相信天上掉馅饼的好事。

于是，叶小天抬头看向安公子，他相信，安公子必有解释！

第四十二章

小书房里于姑娘

一

安公子微笑道:"当初你继任教主的时候,我在场,所以家祖很早就知道你,但是因为生苗不会出山,所以家祖也无意打扰。如今不同了,原本有些话是不能和你谈的,现在却必须和你说。"

叶小天莞尔起身,道:"请公子到小书房里叙话!"

叶小天成为蛊教教主时安公子在场,他一定会如实禀报安家长辈,可安家却一直没有什么动静,叶小天明白盘踞在贵州的这条安氏巨龙,对他有放任、观察的意思,至少说明,并未把当时的他看在眼里。

包括现在,他在铜仁府,已经是呼风唤雨的大人物,可是依旧不会入贵州四大天王、八大金刚级别的大土司们的眼。

你说东海之水能淹了贵州,可你也得有本事把东海搬过来才行,要知道,让一部分生苗出山容易,让生苗全部出山却极难,对于这一点,处在大山北麓余脉的铜仁众土司可以忽略,叶小天本人和其他地方的那些土司,尤其是大土司们却看得很清楚。在安老爷子眼中,现在的他也不过是一个可以一用的人!

叶小天取过蜡烛,用火石打着,把安老爷子的亲笔书信当着安公子的面付之一炬。安公子眼中露出赞许的目光:"此人甚是明白进退,老爷子的眼光果然不赖!"

文傲和于海龙一左一右陪在于珺婷身边,进了叶府。于海龙有些悻悻地道:"大人,叶小天纵然了得,也不需要大人你如此折节下交吧?大人去做说客,他不来钱行,还得大人前来告辞。"

文傲微微一笑,道:"海龙,话不能这么说。铜仁府的官职是一个萝卜一个坑,已经没有空闲的了,叶小天和果基土司就算此番受到朝廷敕封,顶多也就是封个招讨司或者长官司,地位是要逊于咱们大人的,可咱们如今遭人算计,只能韬光养晦。"

土司需要敕封,但它只是部落内部的官职,朝廷对重要的土司,一般还要委任一个朝廷命官的职位，此次叶小天和果基土司就由张雨桐、于珺婷及其他众土司保举了官职。

而土司的朝官身份有两种，文职和武职。文职有土知府、土知县、土同知、土吏目、土巡检等。武职主要是宣慰司、宣抚司、安抚司、招讨司、长官司等。

像安老爷子这等身份，那就是最高一级的宣慰司了，其他三大天王也是，八大金刚中则宣抚司、安抚司均有，安抚司低于宣抚司，但有些安抚司实力并不逊于宣抚司。

叶小天若直接暴露全部实力有害无益，暴露部分实力的结果最多就是被委任为招讨司，最大的可能是成为长官司，地位当然要逊于他们的于大人了。

于珺婷走在前面，听了他们二人的言语，脸上不禁露出一抹无奈的苦笑，还稍稍有些晕红。天可怜见！她带了文先生和于海龙来向叶小天辞行，根本就不是为了表示对叶小天的敬重！

她只是怕极了叶小天对她的"欺辱"。公事宣诸公堂？这话只能拿去唬弄鬼，公堂上的一场场戏，哪一场不是背后沟通、讨价还价、妥协让步、达成共识后的结果？

桃四娘前方导引着，赔笑道："监州大人见谅，我家老爷正在会客，您是贵客，奴家可不敢怠慢让您在前边门房等着，先请花厅就座吧。"

于珺婷淡淡一笑，并未接话。

小书房内，叶小天神情凝重，书信之中，句句诛心，已经令他极为震撼了，而安公子方才对他所说的话，更是令他心中大起波澜。

一条在泥沟里逍遥自在的小泥鳅，机缘巧合下化作了蛟龙，搅风搅浪好不得意，却不想忽然被一阵龙卷风卷上了天空，见到了神龙行云布雨的大场面，这才意识到人外有人，天外有天。这，大抵就是叶小天此时的心情了。

当他还在铜仁为了一城一地之得失而绞尽脑汁的时候，有个不显山不露水的老人正藏于九天之上，悄悄俯瞰着大地，着眼点却是气运、江山和天下！

安公子知道叶小天消化这些事需要时间，所以只是微笑着品茶等候。过了半晌，叶小天才长长地吁了口气，道："我明白了，老人家……觉得我可以在此事中发挥作用？"

安公子道："实不相瞒，家祖下的棋，可不仅在铜仁一处。足下其实是属于意外的变数，家祖如今并不能向你保证什么，之后还要看你会发展到什么程度。"

叶小天笑了笑，道："我明白，师傅领进门，修行在个人，我本来也没想事事依赖安老爷子。"

安公子微微一笑，道："这就是了！如果家祖真要事事代劳，恐怕足下反而要心生戒意了。我观足下志向，可不是坐拥数十万部属，而甘为他人附庸或者傀儡的人!"

叶小天忽然盯着安公子道:"老人家把这么重要的事,这样秘密的计划告诉我,就不怕我转头就出卖了安家,反而去与那个人合作吗?"

安公子呷了口茶,慢条斯理地道:"还是那句话,我观足下志向,可不是坐拥数十万部属,而甘为他人附庸或者傀儡的人!与虎谋皮的蠢事,足下会做吗?"

叶小天哈哈一笑,起身道:"好!请你回复安老爷子,晚辈求封土司一事,还请老爷子多多帮忙!叶某会力争成为黔东之龙,否则也不配为土司王所用了!"

安公子也随之站起,含笑拱手道:"言重了,家祖可是很看好你的,若非器重于你,也不会派我前来和你说这番话。实际上,作为安氏长孙,眼看家祖对你如此青睐,我都眼热得很呢!"

两个人哈哈大笑,把臂而出。小书房就在花厅里面,用屏风隔断,两人这一出来,正好看见于珺婷、文傲和于海龙三人坐在厅中,桃四娘在一旁陪着说话。

一见两人出来,几人都向他们望来,于珺婷目光一垂,落在他们把扶的手臂上。叶小天讶然道:"于监州、文先生、于头人,你们什么时候来的?"

桃四娘上前道:"老爷,于大人到了有一阵,老爷正会晤贵客,奴家不敢打扰。"

叶小天颔首道:"知道了。"

安公子微笑着侧退了一步,拱手道:"叶大人既有贵客,便不劳远送了。安某告辞!"

叶小天忙道:"恕罪恕罪,安公子慢走!"

叶小天把他送到门口,叫桃四娘引他离开,复又返回花厅,扫了一眼文傲和于海龙,对于珺婷彬彬有礼地道:"监州大人,请小书房叙话!"

"我……"于珺婷"不"字还没出口,叶小天已经当先向小书房走去,把个于珺婷气得牙根痒痒,偏又发作不得。

于海龙大为不悦,道:"小人得志,也忒无礼!"

文傲也甚是不悦,却理智地道:"大人,大智大福之人,能忍人所不能忍,行人所不能行,容人所不能容,处人所不能处。"

于珺婷的酥胸急剧地起伏了几下,她强忍着怒气站起来,大步向小书房走去。

小书房里面,叶小天跷着二郎腿正在喝茶,看见于珺婷进来了,叶小天也不说话,只用拨弄茶叶的茶盖向下点了点。

于珺婷咬了咬牙,气鼓鼓地走过去,在他面前蹲下,一双手攥成小拳头,在他大腿上轻轻捶了起来。

叶小天惬意地闭上了眼睛,仰靠在椅子上。于珺婷伸出食、中二指,做剪刀状,在他大腿根处狠狠地剪了两下。叶小天一睁眼,于珺婷的两根手指迅速变成了抹眼泪的动作。

叶小天忍不住道:"你干什么?"

于珺婷委屈地道:"人家有事情要跟你商量,且是绝对不可让外人知道的,可偏偏一见面,你就知道欺负人家,人家不想违诺,实在左右为难……"

说着说着,泪花就在她的眸里荡漾起来,饶是叶小天素来知道此女千变万化,最擅伪装,此举有八成是在做戏,还是心肠一软,叹了口气道:"成!那你说吧!"

于珺婷马上破涕为笑,喜滋滋地给他捶着大腿,道:"人家就要去雍尼和阿加赤尔的部落了。"

叶小天揶揄道:"张家的金银和绫罗耕牛,都收齐了?没少个牛头什么的吧?"

于珺婷佯装没听见,只顾说自己的:"可人家出门在外,实在放心不下三叔和四叔,他们这么多年,一直在处心积虑地对付我,这次好不容易抓到了他们的把柄,如果就此放过,真不知他们还会干出什么来,你真放心把两匹恶狼放在我的身边……"

叶小天目光一冷,阴鸷地道:"罢了!那……我就给他们下蛊,干掉他们算了!"

"别!"于珺婷急忙道,"不能杀!好歹……他们也是我的至亲长辈!"

叶小天笑起来:"那你说,要我怎么做?"

于珺婷这才意识到他是故意拿话试自己,不禁恨恨地瞪了他一眼。眼前这个男人不是一个枭雄,从他对兄弟、对朋友的态度就能看出来,所以……好对付的!古有勾践卧薪尝胆,今有珺婷卧床怀子,等有了他的骨肉,不信还被他如此拿捏着。

想到这里,于珺婷便咽下一口恶气,柔柔地道:"你不许我处罚他们,那就让他们离开,我和他们……已经撕破了面皮,实在不放心他们留在部落里。"

于珺婷所说也是实情,叶小天想了想,便颔首道:"成!我答应你了,这两个人,我另有安排,不再留在你的部落里就是!"

"你真好!"于珺婷大喜,站起身来,喜滋滋地给了叶小天一个香吻。

叶大老爷飘飘然起来:"你看,谁说谈公事,就非得一本正经,非得保持你土司的身份,这么谈,不是很愉快吗,一样谈成了。"

叶小天说着,便伸出手去,揽向于珺婷的小蛮腰。于珺婷小腰一扭,灵巧地避了过去,她一努嘴,双手合十地祈求道:"老爷饶过奴家吧,今儿实在不合适……"

叶小天就是受不了她卖乖弄巧的小模样,哪怕明知有做作的成分,他捏了捏于珺婷俏美的小脸蛋,道:"好!你就放心去吧,我立即把你三叔、四叔调走,不让你后院起火就是!"

说到这里,叶小天语气一顿,忽又追了一句:"虽说此去是做说客,但……他们毕竟死了人,难说悲痛之下不会做出什么失去理智的事来,你……千万小心。"

"我……我知道！"于珺婷听了好不欢喜，心里仿佛灌了一坛子蜜，她晕乎乎地走出书房，方才醒悟过来，"啐！真是没用！人家一句话就哄得你找不着北了，好贱！"

第四十三章

据德堂上杨天王

一

遵义乃播州之中心，北依大娄山，南临乌江，是由黔入川的咽喉之地、黔北第一重镇，也是杨应龙的根基之地。

因为播州距川蜀更近一些，所以杨应龙这位坐拥超过贵州五分之一土地的播州王，与四川方面的大员们关系更亲密些，反倒是和贵州方面的朝廷大员有些老死不相往来的模样。

此时，在尤胜于一般藩王府邸的土司府里，那处最为壮观、富丽堂皇得仿佛一座宫殿的大厅里面，杨应龙身着一袭月白道袍，斜卧在一张龙床般的罗汉榻上。

杨应龙微闭双目，正倾听下属向他禀报着事情，旁边有两个蝉鬓蛾眉、俏靥如花的小丫鬟为他轻轻捶着腿。

这里说是大厅，其实就是一座宫殿，举架极高，大柱藻井，只是为了避嫌，门楣上没有挂上某某宫、某某殿，而是在一块黑漆金字的牌匾上写了"据德堂"三个字。

一位青衫文士模样打扮的人正向他禀报着："叶小天怒斩五位权贵子弟的举动激怒了张铎，是以五位权贵率私兵围攻刑院的时候，张铎袖手不理，不想于监州出面阻止了他们。"

杨应龙的眼皮颤动了一下，但身子依旧没有动。那青衫文士又继续说道："之后不久，于监州便陈兵于铜仁一侧，携叶小天出现在府署，声称叶小天受她庇护。张铎投鼠忌器，不敢再下毒手。

"恰逢此时格哚佬部出山，张铎素闻山苗野蛮，嗜杀成性，便想借刀杀人，命叶小天前往提溪处理。谁知叶小天到了提溪，居然说服了格哚佬，秘密勾连果基土司，和于监州合谋，坑了张铎一道，将提溪张家的领地划走了一大块……"

那青衫文士模样的人，是杨应龙手下的一位土司，名叫陈萧，原本担任家政一职。赵文远的父亲死后，他顺位晋升，成了播州宣慰司杨应龙的"总理"，即大阿牧。

坐在他下首的那位年轻人，就是赵文远了。赵文远伪造父亲遗命，返回播州争夺家产。以杨应龙的精明，未必就真的相信他所伪造的遗嘱。

不过，支持赵文远获得家族中富庶的领地，弱化赵氏家主的力量，有利于他更好地控制赵家，杨应龙当然认可了这道"遗嘱"。

在他的支持下，赵氏长子不敢反对，赵文远成功分得了一大份家产，也就此成了杨应龙的忠实追随者。

不过，以赵文远的身份，轻易可见不到杨应龙，这一次杨应龙突然把他唤来，赵文远真是受宠若惊，只盼能给杨大人留下一个深刻印象，是以竖着耳朵，一边认真听，一边揣摩着杨应龙的心意。

陈萧说了好半晌，才把到目前为止发生在铜仁的一切对杨应龙说完，说得他口干舌燥。陈萧端起茶水润了润喉咙，大阿牧就像天子身边的首辅，举止还是比较自由的。赵文远就不成了，摆在他面前的那杯茶，他自始至终都没碰过。

杨应龙托着腮躺在罗汉榻上，轻闭双目，一动不动，不明就里的人会以为他正在打盹。陈萧当然不会这么想，他喝了两口茶，便把茶杯放下，看着杨应龙，等他垂询。

过了半晌，杨应龙依旧闭着眼睛，悠悠问道："叶小天斩杀五位权贵子弟，具体是在什么时候？我曾写过一封密信给于监州，你查一查簿簿，看看又是什么时候。"

陈萧不知杨应龙何以有此一问，但还是依言唤过一个侍候在数丈开外的小吏。陈萧对他低低嘱咐了几句，那小吏立即轻手轻脚地出了大殿，飞也似的去了。

不消一炷香的工夫，那小吏就回到大殿，屏着呼吸凑近大阿牧陈萧，对他耳语了几句。陈萧摆摆手，等那小吏退开，便欠身对杨应龙说出了查到的时间。

杨应龙轻轻睁开眼睛，呵呵地笑了起来："我就说嘛！这么说来，于监州仗义出面，为叶小天解围的时候，我的那封密信还没有送到铜仁？"

陈萧心算了一下，道："是，从脚程上看，当时信应该还没有送到。"

杨应龙懒洋洋地坐了起来，两个小丫鬟连忙跪下，拿过两只蒲草质地的软底鞋，给他穿上，叩了个头，悄悄退到罗汉榻两端侍立。

杨应龙道："嗯，当时于监州已兼摄知府职务，她又一直想刁难张绎，于公于私，都该为叶小天解围的。不过，如果我没猜错的话，她当时应该只是想救出叶小天令张绎难看，并不想大包大揽，为叶小天撑腰，保住他的官职。

"这一点，从她救出叶小天后，不惜烧掉大悲寺，来制造叶小天离奇失踪的事情就能看出来，她若不是想让叶小天真的消失，大可不必玩失踪的把戏，只要派人护住他性命，等于家兵马赶到，便可带他重返府衙了。

"从时间上来看，我的那封书信，就是在叶小天'失踪'之后送到的，而于珺婷正是看了我的那封信，知道了叶小天的真正身份，觉得奇货可居，这才改变了主意！嘿！也背叛了我！"

陈萧作为大阿牧，心机智慧自然不凡，杨应龙说到一半，他就明白了。于珺婷和杨应龙间虽然没有正式婚约，但他两人是什么身份，密唔时的一个口头约定，其效力并不亚于官方承认的婚书。虽说他们的婚约，说是一份结盟协议更为恰当，可也毕竟是一份婚约，如今显而易见，这位准新娘在获悉叶小天的真实身份之后，果断得像擤大鼻涕一样把可怜的杨土司给甩了，杨天王头上此刻正稳稳当当地戴着一顶湛清碧绿的王冠……

这种情况下陈萧不傻也得装傻了。赵文远当然也明白了这段话的意思，所以他也很聪明地装起了智力障碍者。陈阿牧扭头瞧瞧一脸茫然的赵文远，心中暗赞："此子悟性极高，可堪造就！"

"哈哈哈哈……"爽朗的大笑声在大殿中回荡起来。杨应龙负着双手，愉快地踱起了步子："想当初，我就觉得这个女子拿得起，放得下，巾帼不让须眉，不似寻常女子般忸忸怩怩惹人憎厌，果然没有看错人哪！此等佳妇奇女，唯有我杨应龙才配拥有哇，哈哈……"

陈萧和赵文远相顾愕然。不管于珺婷是以准新娘的身份背叛了他，还是以盟友的身份背叛了他，咱们土司大人都该羞愤交加吧，可是看他的神情语气，貌似对于珺州还甚是推崇呢！

杨应龙站定身子，笑容可掬地道："生苗出山，和于家秘密缔结盟约，叶小天隐藏尊者身份，意图成为一方土司，哈哈……好！好哇！这些事，我本想让格德瓦去做的，可惜那个废物死得太早，枉费了我的一番苦心。没想到如今不用本官操心，叶小天就替我做了，而且还做得很好……"

杨应龙回身在罗汉榻上坐定，兴致勃勃地道："他想做土司，好哇！这件事，我得帮帮忙。陈萧，你动用咱们的关系，在朝廷方面帮他敲敲边鼓，一定要促成他成为土司……"

杨应龙刚说到这里，一个青袍小吏忽然快步走进殿内，杨应龙见了，眉头不由得一皱，不过他没说话。不经他允许，手下人是不敢随便踏进大殿的，除非是有非常重要的事情，需要马上让他知道。

那青袍小吏走到杨应龙面前长揖一礼，恭声道："土司大人，水西有消息。"

"讲！"

"是！近日，水西权贵们有一聚会，安家老爷子亦有出席，席间曾谈及铜仁局势，安老爷子放话说……他赞成铜仁推官叶小天成为土司。"

"哦？"杨应龙眉头微微一蹙，抚着胡须想了想，沉声道，"这个死老头子居然也看上叶小天了？他也赞成叶小天成为土司？嘿！嘿嘿！"

杨应龙冷笑两声，对陈萧道："计划有变，动用咱们的关系，给叶小天唱唱反调，扯扯后腿吧！不过，和安老爷子叫板嘛，许败不许胜！"

陈萧试探地道："土司大人的意思是……"

杨应龙笑吟吟地道："老人家嘛，还是要给他点面子的。"

陈萧也算一条老狐狸了，却也猜度不透杨应龙究竟在打什么主意，陈萧唯唯答应下来。杨应龙又转向赵文远，道："你在葫县与叶小天共事经年，双方关系如何？"

赵文远赶紧站起来，期期地道："属下与叶小天，原本……原本关系是极好的，只是后来家父和潜姑娘都在叶家所住的山上出事，属下心里不太舒服，再加上属下回播州任事了，所以……所以就不大往来了。"

杨应龙知道他的话有些不尽不实，不过也不揭破，只是微微一笑，道："无妨，你和他关系是远是近都不重要。重要的是，你和他来往那么久，对他的脾气秉性应该很了解吧？"

赵文远松了口气，道："是！属下对他的脾气秉性，还是相当了解的。"

杨应龙微笑着道："好得很，你这两天就留在宣慰司吧，把你对他的了解，详细说与本官知道！"

竟然有机会和杨天王做如此亲密之接触？赵文远骨头都轻了三分，连忙一揖到地，欢喜不禁地道："属下遵命！"

第四十四章

于家一双阴谋家

一

于家海和于扑满满脸气愤地走进叶府大厅，见叶小天不在厅内，于扑满对桃四娘道："叶大人怎么不在？"

桃四娘很客气地道："我家老爷正在会客，两位大人请先坐一下。"二人无奈，只好一屁股在椅子上坐了。桃四娘微微一笑，唤过丫鬟一旁侍候，自己退了出去。

于扑满愤愤地道："珺婷那丫头离开铜仁，这是多好的机会，咱们正可趁此良机招揽旧部，倚仗叶大人之助与她抗衡，可叶大人偏偏把咱们两个调出部落，这是什么意思？"

于家海眼珠转了转，阴沉沉地道："我总觉得有点不对劲，珺婷那小丫头，别是用她的美色给叶大人灌了迷汤吧。"

于扑满瞪大眼睛道："你是说……不可能吧！那只小狐狸，向来醉心于权力，不肯甘作女子，叶大人亦有雄心，会为一个野心勃勃的女人所惑？他又不缺女人。"

于家海阴阴一笑，道："你觉得是周幽王缺女人还是唐明皇缺女人？他们结果如何？"

于扑满瞪着眼睛道："周幽王是谁？唐明皇又是谁？这名字起得挺霸气！"

于家海无奈地翻了翻眼睛。这时候，苏循天和李秋池从外边走了进来，这两人气味相投，现在俨然是好友了。

一见于家海和于扑满坐在那儿，苏循天立即阴阳怪气地道："哟！夜猫子进宅呀……"

于扑满瞪起眼睛道："你这说的什么屁话，老夫哪里招惹了你！"

苏循天撇撇嘴道："你是没招惹我，只是我看不惯你罢了。哼！自己侄女的位子都要抢，真不明白，大哥为啥还这么器重你们，像你们这等人物，对自己的亲人晚辈都说反就反，怎么靠得住！"

于扑满大怒，刚要反驳回去，就见李秋池阴阴一笑，道："循天，你多虑了，东翁是什么人，那是蛊教至尊！他们敢反抗？嘿嘿，只消肚里下一只蛊……"

于扑满一听这话陡然色变，他之前还真没想过这一点，李秋池这么一说他才猛地反应过来，叶小天是什么人，那是蛊教教主哇，他会不会已经对自己下了蛊？

蛊术被传得神乎其神，既不用水也不用酒，据说弹指之间就能令人悄无声息地中蛊，所以于扑满实在无法确定自己有没有"中招"。于家海听了也不禁疑神疑鬼起来，两兄弟对视一眼，暗生惧意。

疑心一起，他们就觉得心里头不太舒服了，仿佛有只虫子正在里边爬，那不逊的神情也收敛了许多。

随着门外一声咳嗽，叶小天走了进来，一见于家海和于扑满，便满面春风地道："啊，两位大人到了，叶某刚刚见了一位客人，失礼失礼，咱们到小书房里坐。"

于扑满和于家海对视一眼，乖乖站了起来，性情一向阴鸷的于家海就不用说了，就是于扑满也大为乖顺，不复之前那般随意。

眼见二人跟着叶小天乖乖进了书房，苏循天呵呵一笑，道："这一招还真管用，他们一下就听话多了，轻易也不敢背叛。"

厅外廊角处，毛问智和华云飞陪着耶佬，眼见于家海和于扑满上当，毛问智憋着笑声，但嘴巴已经咧开，大牙都露了出来。等他们进了书房，毛问智方道："耶长老，何必吓他们呢，真给他们喂只虫子下去不就行了？"

耶佬翻个白眼道："无知！你以为蛊虫是那么好练的？再者说，虫子的寿命较之人类大多要短，蛊虫也不例外，喂进人体，若不发作，短的三五月，长的三五年，也就寿终正寝了，哪能永远控制一个人。"

"啊？不能？我……"毛问智还没说完，就被华云飞用力踩住脚尖，到了嘴边的话便也咽了回去。

华云飞道："咳！我以前曾听冬天长老向大哥传授蛊术，说有一种蛊毒，可以喂进人体，每年不服解药便会发作，唯有年年服用解药方可镇压蛊虫，与耶长老所言似乎不符啊。"

耶佬呵呵笑道："你只知其一，不知其二。不错，你说的这种蛊虫，是有的，不过，那虫子最多也就活一年有余，若无蛊术师诱它发作，便会胎死腹中，于人无害。

"不过，中术者对此是不知道的，他们每年拿到的解药，其实就是新的蛊虫。不然你想，那种蛊虫由蛊术师来引它发作尚可理解，要它在进入人体满一年后自动发作，如何做得到？

"它要么进入人体马上发作，要么由蛊术师动用某种药物从其体外激发。它又没有计时之物，如何能从进入人体开始计时，满一年时准时发作？"

毛问智瞪大眼睛，啊啊半晌，这才明白自己每年吃下的所谓解药竟然是新的虫子，真他奶奶的……

耶佬说到这里，忽然意识到失言，忙慎重提醒道："这是本教秘密，你们万万不可对人说起。"

华云飞忙道："耶长老放心，我们二人自然不会对外人说的。"

耶佬并不知道那几位长老当初给华云飞和毛问智下蛊的事，而他们和尊者有过命的交情，加上出了深山浸淫红尘后警惕心也有所下降，这才失言说出秘密。

此时他也有些后悔，毕竟保持蛊教的神秘和可怕才能更好地维持蛊教的威严，幸好华云飞和毛问智不是外人，是以耶佬叮嘱了一句，也就没再多说。

等他一走，毛问智马上道："真是可恶哇！原来那几个老家伙，年年骗我们吃虫子……"

"闭嘴！"华云飞低斥一句，飞快地向四下一扫，嘿嘿地笑了起来，"既然知道，下一次他们再送来药丸，你我不再服用便是了。这件事可万万不能说出去。"

· ※ · ※ · ※ ·

"大人让我们去格家寨？"于扑满和于家海茫然地看着叶小天。

叶小天道："不错！我的真实身份，你们已经知道了。格家寨，是我将生苗带出大山的关键所在，山寨发展不好，我就只能退回大山，再等下次机会就不知要何年何月了。所以……"

叶小天一脸殷切地看着他们，慨然道："所以，这份重任，我就交给你们啦。你们两位虽然只是土舍，可是你们的能力毋庸置疑，于珺婷的气度格局怎么能和你们两位相比，如果于家在你们手中早就发扬光大了，还轮得到张家耀武扬威？"

于老三、于老四深以为然，频频点头。

叶小天叹了口气，道："可是，于土司现如今已经臣服于叶某，叶某也不好逼之过甚。你们两位呢，留在于氏部落中，处境也尴尬得很，不但不会被重用，还要被她提防戒备着，我担心她会对你们暗下毒手哇！"

叶小天一副用心良苦的模样，道："格哝佬部的战斗力很是不错，可是这些山里人，论起权谋智慧哪里比得了山外人。我想请你们两位去格家寨，帮助他们尽力扩张地盘，还得巧算妙用，不能落人口实。来日叶某若能成为四大天王那样的人物，你们两位有功之臣……"

于扑满和于家海面面相觑，打心眼里说，他们不愿意离开自己的部落，不过只要叶小天不支持他们铲除于珺婷，他们除了时不时搞点小动作恶心于珺婷，留在部落里也确实不会再有什么作为了。

另一方面，他们现在开始正视叶小天的蛊教教主身份了。之前他们注意到的是叶小天可以控制数十万山民的权力，现在则是注意到了叶小天用蛊的能力。

自己究竟有没有被下蛊？摆在他们旁边的茶他们现在已经不敢碰了，如果叶小天真的给他们下了蛊，就随时可以取他们性命，对叶小天他们自然不敢违拗。

另一方面，叶小天为他们描绘的美好蓝图，也真的打动了他们。山外的人对山里人确实抱着一种很极端的态度，一方面他们觉得山里人悍不畏死、野蛮难缠，另一方面又觉得山里人愚昧单纯，很容易被人耍得团团转。

如果真的去格哚佬部并且发挥大作用，来日叶小天成为天王级的土司，他们作为替叶小天打江山的急先锋，就算不能成为八大金刚级的人物，做一个小土司总可以的吧？

宁为鸡首，不为牛后哇！

"好！我们去！"于扑满是拳头，于家海才是头脑，一番深思熟虑之后，于家海站起来，代表他三哥发了话！

叶小天亲自把他二人送到府门口。眼见二人上马而去，李秋池站在叶小天身后轻笑道："这两人有野心，人又卑鄙，让他们去帮格哚佬的忙正是用得其所，东翁高明！不过，这两只老鬼会不会打山寨的主意？"

叶小天微笑着道："我若把你派去张家，你有本事让张家的人奉你为主吗？"

李秋池皱眉道："土司人家都是家族统治，外人怎么可能插得进去？除非我如东翁一般，也混个尊者当当，而且他们张家还得对蛊教深信不疑！"

叶小天笑道："这就是了！所以他们唯一的出路，只能是全心全意帮我打江山，离了我，他们什么都不是！"

第四十五章

天子门生

一

于珺婷离开了铜仁府，随即于老三和于老四被叶小天打发到了格哚佬部，张雨桐这位新官还没正式上任，要等朝廷的敕书下达才能理政，铜仁因此进入了难得的平静期。

在建的道观已经进入收尾阶段，由于曾经在铜仁风光一时的长风道人已经灰溜溜地逃走，这座道观便成了铜仁市的道士们热望的焦点。

虽然于珺婷不在铜仁，于家还是不断有道士登门造访，都想成为这座宏大道观的拥有者，不过，所有道士都吃了闭门羹。

与此同时，本来已经进入收尾阶段，只需进行一番粉刷装饰就可完工的道观，又对一些地方开始了拆拆补补，有细心人发现，被拆毁重建的部分都是具有明显道观风格的地方，这座庞大的道观很可能要改作他用了。

叶小天并未理会这些事情，他的文校和武会在一连串的风雨之中也未停止建造，此时已经开始正式运作，从格哚佬部选择的适龄儿童以及铜仁城内自愿入学的孩子已经按照他们的意愿分别进入文校和武院。

兼任文校校长和武会会长的叶大老爷这两天频频出现在文校和武会，学校刚起步，总会遇到一些事先不曾考虑到的问题，有他在，不管是财力还是物力上的困难，都可以最快地予以解决。

武会，关帝庙内，仰望着手抚长髯、单手持刀，威风凛凛立于神坛之上的关二爷，叶小天道："老毛，云飞，文校和武会你们都看过了，觉得怎么样？"

毛问智抢着答道："很好哇，气派得很哪！那些娃娃们也很听话。"

叶小天笑了笑，道："我打算让你和云飞分别到文校和武会里做事，你们看怎么样？"

华云飞微微一怔，没说话，倒是毛问智忍不住道："啊？让俺们去学校做事？

这……俺既不识字又不会武，文校、武会都不妥当，能做什么？"

叶小天笑道："文校里面自有先生为人师，言行教化，使诚明者达，昏愚者励，顽傲者革。武会里面，也自有武师传授武艺，你要做的只是学监而已！"

毛问智呆呆地问道："学奸？学奸……是干什么的？"

叶小天道："学监嘛，吃喝拉撒，逃学斗殴，什么事你都可以管。"

毛问智一听就苦起脸来，道："那有什么意思！原先大哥不是说要在衙门里给俺谋个差事吗？俺跟叶小娘子都说过了，她也高兴得很，这忽然又调去学什么奸……"

叶小天摇头道："你这个夯货，我要你去文校，固然是因为信任你，可也是因为这是个绝顶美差呀！肥水不流外人田，所以才给你，你若不要，回头叶小娘子恼你不知好歹的时候，你可不要回来求我！"

华云飞想起叶小天已经下令要求山中各部从明年起都要效仿格咪佬部，择选族酋部领的子弟出山，入文校、武会学习，再想到叶小天正在逐步推动生苗出山，立即明白了这其中蕴含的重大意义。

华云飞马上欣然道："我去！"

毛问智睨了华云飞一眼，见他面庞都泛起了激动的红晕，马上福至心灵般道："那俺也去！还是大哥惦记着俺！管他什么奸，俺干就是了！俺虽有点不着调，却最听话不过，大哥你怎么说，俺就怎么做！"

叶小天笑道："好！那么从今天起，你们就分别到文校和武会去任学监吧，老毛你留在文校，云飞去武会，如此一来你们也可安定下来，等到年底成了亲，先腾出工夫生个宝贝儿子。哈哈……"

叶小天说完，又看向华云飞道："你的箭术出神入化，只做学监可惜了，同时担任箭术教习吧，不只在武会任教，文校那边你也要教，射御之术，学文的孩子也得学！"

华云飞道："大哥放心！云飞一定尽力！"

叶小天点点头，取过三炷香引燃，向关二爷的神像拜了三拜，将香插进香炉，便走了出去。

叶小天前脚刚出关帝庙的庙门，毛问智便凑过去，急吼吼地对华云飞道："云飞，你快跟俺说说，到学校里带一群小屁孩，究竟有什么好处？"

华云飞笑了笑道："老毛，你还记得我们刚才去文校时，大哥带咱们拜的那座东江祠吗？"

毛问智道："记得呀，俺还以为是因为咱们门前有条东江，所以建座祠祭奠江龙王，可是听大哥说的那意思，好像是为了纪念一个啥先生？"

华云飞笑道："是东江先生！东江先生是一个人的号，名为陆秀夫，乃宋朝时候有名的大忠臣。你再看看，这座武校里建的是什么庙？"

毛问智道："关帝庙啊，关二爷嘛，这俺知道！"

华云飞道："古来勇将，武勇不逊于关二爷的着实不少，为何只为关二爷建庙，因为他的忠义之名天下皆知。而那东江先生，也是以忠义闻名的！"

毛问智眨巴眨巴眼睛，茫然道："那又如何？"

华云飞故作神秘地道："不管是从铜仁招的学生，还是从山中部落选派来的族酋部领子弟，在这文校、武会中学本事还在其次，最重要的是要他们学忠义！

"对谁忠？对谁义？从这里走出去的学子，将来都是些什么人？咱们在这儿做学监，那就是他们的老师，贵州虽然尚武抑文，可不管文武，都讲尊师重道，到时候……嘿嘿！"

毛问智又眨巴眨巴眼睛，茫然道："那又如何？"

华云飞张了张嘴，无力地道："老毛哇，你也老大不小了，年底成亲后勤快一些，早些生个胖儿子，还来得及……"

毛问智道："这个不用你操心，说不定不等成亲，我就先抱上大胖儿子了，哈哈……你别东拉西扯的，快跟俺说说，到学校里带一群小屁孩，究竟有啥好处？"

华云飞一脸无奈。

· ※ · ※ · ※ ·

叶小天在铜仁城里优哉游哉地巡游文校、武会，培养自己的"天子门生"时，紫禁城中的那位大明天子正在金銮殿上处理国家大事。

今天的消息基本上都是好的。年初的时候，四川建武所的士兵骄纵狂妄，不听节制，并要求预发月粮，总兵官沉思学大怒，用强硬手段弹压，结果酿成兵变。

乱军烧毁了总兵官署，沉思学负伤逃走，四川巡抚雒遵平叛不利，急告朝廷，万历皇帝无奈，只好抽调精锐入川镇压。叛乱的兵卒虽然不多，却因山川险峻难以剿灭，直至此时事态方才平息。

万历闻言神色稍霁，下旨道："总兵官沉思学尚在京待参吧？把他除名为民！所捕叛军之首范泰龙、李德等十二人全部斩首，传首所部以儆效尤，其余叛军全部发配北疆戍边，永不许返！"

申时行趁机又报一桩喜事，道："是！臣还有本奏，前有朵颜三卫泰宁部首领把都儿率兵掳掠沈阳等地，在攻打开原、铁岭的时候被李成梁部击败。继而又有西部以儿邓掳掠辽沈地区，也被李成梁部大败而归！"

这又是一桩大喜事，万历皇帝的脸色更好看了，马上传旨嘉奖。申时行见皇帝心情甚好，马上取出了压箱底的那本奏章，道："陛下，臣这里还有一本，贵州山中自古便有山民栖居，千百年来，不管世间怎样变化，一直不叛不顺，自生自灭。

"而今，却有山民陆续出山，愿服王道教化，入册造籍，受制于官府。铜仁知府张铎曾派推官叶小天前往安抚，叶推官善待山民，颇受爱戴，是以出山的五部山民推其为五部共主。

"陛下亲政，山民归附，是为大喜。铜仁本为土司治下，多土官少流官，这叶小天乃京城人氏，铜仁流官，竟尔受山民拥戴，愿奉其为土司。以叶员之出身，若为土司，必心向朝廷，感念陛下。"

"哦？"万历皇帝想了想，问道，"众卿以为如何？"

陕西道巡按御史李博贤出班奏道："臣以为，沿边官宜谨慎选用，而土司一旦敕封，便世袭罔替，万年不易，尤其应该慎重。这叶小天究竟品性如何、能力如何，尚不得而知，不宜贸然敕封。"

浙江道御史龚懋贤出班反驳道："此言大谬！今天下所少者有五：陛下可倚为心腹之人少、中外兵少、民间财少、士论公道少、天下任事之人少。

"贵州现有之土官，皆沿袭自汉唐边陲重臣，传承至今少则数百年，多则上千年，虽附庸称臣，却实难言忠心。而叶员不同，他是京城人氏，原本又是流官，今既有山民愿奉其为主，陛下若顺应民心，该员必感激皇恩，忠于陛下！"

李博贤冷然道："你之所言，俱是猜测，何足为凭！岂能不加考察，便为一方百姓指定千年之主！"

申时行咳嗽一声，道："该员曾任葫县典史、县丞，在葫县任上，曾解决大旱，剿灭盘踞该地多年的山贼，接连破获官员贩私、贪腐等案件，堪称干吏。

"该员任铜仁推官后，又与当地贤良士绅一起，开文校、设武会，教导学子报效国家。修文与讲武，貌若两重，实皆属文治，乃教化之道也。是以，臣以为，应予敕封，免伤忠臣之心！"

申首辅地位高，话说得又具有说服力，而李博行只是出来配合地唱唱反调，所以听到这里微微一笑，再不反驳，退回了班内。

万历扫了众臣一眼，见其他官员再无异议，便道："既如此，召该员赴京面君吧，奏对之后，敕封土司！"

第四十六章

都没闲着

一

初冬时节，又是午后申时，路上行人极少，只听得蹄声得得，百十匹雄骏的快马自北而南，一路轻驰着进了铜仁城。

骏马鞍鞯齐备，马上剽悍的骑士们也都是弓刀在腰，投枪在背，马鞍旁还挂了小骑盾，看服色必是哪位土司老爷精心打造的私兵精锐。

于珺婷于监州回来了。看她风尘仆仆的样子，显然是一路奔波，走得并不从容，但她气色却又极好，因而此行的任务应该完成得非常顺利。

在不可更改的事实、强大武力的震慑以及足以令人动心的补偿面前，外加于姑娘的巧舌说服，雍尼部和阿加赤尔部终于选择了和平。

于府大门洞开，于珺婷大踏步地走进去，顺手把马鞭扔给了门子，手下们解卸行装包裹、遛马饮马、上料喂料，于珺婷则一边走，一边对迎上来的大管事道："我不在的这些日子，铜仁这边情况如何？"

那管事迈着小碎步，亦步亦趋地跟在于珺婷后面，近来有多少道人登门哪，于家海和于扑满去了提溪格哚佬部哇，张雨桐召集项父、御龙等人举办家宴了呀，听说御龙和项父等人建议张家少爷尽快选择一位实力强大的土司联姻，以弥补张家因割地让民所蒙受的重大损失呀……

于珺婷听着听着，心情没来由地一阵烦躁，打断他的话道："这般啰唆，拣重要的说！"

那大管事侍候于土司多年，素知于姑娘的脾气，之前她是要求事无巨细，都要一一禀报的，因为她常说一件不起眼的小事，背后很可能蕴藏着一个大秘密，不容忽略。怎么今儿只想听大事了？

再者说，张雨桐有所异动，想要以联姻的方式争取某位势力雄厚的土司，这还不是大事那什么才是大事？被于珺婷一呵斥，那大管事讷讷地不知该怎么说了。

于珺婷见状，也知自己脾气发得不对，便缓和了颜色，道："成了，你觉得该说的，都一一禀来吧！"

那大管事松了口气，先想了想，略去了一些他认为的小事，继续道："大亨杂货铺的罗少爷进购了大批农具、耕牛、粮种、药物、布匹，运去提溪了，说是要在格咪佬部那儿大赚一笔。"

于珺婷冷哼一声，心里道："要不是我已知道你是蛊教教主，还真信了！罗大亨是你兄弟，他去提溪赚个屁，分明是你在扶持自己的部落！狡猾！"心里骂着，忽然就舒坦了许多。

大管事道："另外，由叶推官扶持的文校和武会已经相继开学，招纳了大批学子，很多都是山中部落子弟……"

于珺婷眼珠转了转，没说话，却更加心平气和了。看来，她心中那无名火就是因叶小天而起，现在消息涉及叶小天，犹如甘霖普降，她心里的烦躁登时一扫而空。

大管事接着说道："还有就是，朝廷下了圣旨，召叶推官入京见驾，叶推官已于昨日赴京了，呵呵，等他回来，应该就是一方土司了吧！"

于珺婷蓦然站住脚步，回首瞪向大管事："叶小天进京了？这样的大事，你怎么不早说？"

大管事期期地道："这个……属下以为……之前是土司和张家少爷联名保举叶推官为土司，如今只是有了结果，这本就在土司预料之中，不算……意外之事呀！"

于珺婷眸光更冷，淡淡地道："流沙，你在土府当差多少年了？"

大管事感慨地道："属下自幼就在土府做事，到今天已经六十一年了。"

于珺婷点点头，道："是啊！这么多年了，你的岁数也着实不小了，就不要这么辛苦，收拾一下回家去吧，叫你儿子来接你的班，先从小管事做起！"

大管事愣在那里，眼见于珺婷衣袂飘飞步入廊下，仿佛一只青玉蝴蝶，他的一颗玻璃心碎了一地。

没走几步，于珺婷突然停住脚步，回头看了看白发苍苍的大管事，缓和了语气："本官方才只是心情不好，所以……没事了，吩咐人准备，本官要沐浴！"

大管事那颗破碎的玻璃心登时合拢如初，连忙躬身应道："是！"

· ※ · ※ · ※ ·

帘幕疏疏，药香阵阵，浴室之内雾气氤氲，一具凹凸有致的曼妙女体，静静地躺在清波之中，柔腻粉嫩的肌肤，透出十足的女人味。

粉靥如花，朱颜真真，楚楚动人的眼波流转着，闪烁着动人的神采。于珺婷抬手撩起一注水流洒在自己的香肩上，任那水流顺着圆润光滑的肩头滑落，一对白嫩硕挺的玉梨因之而无声跌宕，煞是诱人。

女子初破瓜时与男儿初尝禁果时大不相同，对男人来说，很难从生理上看出什么不同，甚至心理上，他们也不会因此一下子变得成熟起来，而女子则不然。

于珺婷自幼秘密习武，锻筋炼骨，加上刻意模仿男人，所以虽然天生丽质，容颜气质上，却总是给人一种隐隐的霸道强硬的感觉。

可是如今却不同了，雨露甘霖之后，血脉通达，神采焕发于脸上，泛出美丽的光泽，充满了生命活力，眸光也比以前多了几分柔润，这是无法掩饰的，也难怪戴同知会有所察觉。

于珺婷有一下没一下地撩拨着水花，不断反思自己：为什么你要星夜兼程返回铜仁？为什么听流沙禀报久久不提起他，你就烦躁不安？为什么……听说他去了京城，你会大为不悦？

于珺婷叹了口气，轻轻滑下水去，将整个身子埋在荡漾的花瓣之下，过了半晌，哗啦一下破水而出，雾气氤氲，一瓣红花贴在雪嫩的颊上，透出惊艳的美。

"不要忘了，你是于家的土司，维持于家、壮大于家，是你的责任！你不可以为人附庸，更不可以牺牲于家的利益为人作嫁！

"叶小天是一个甚有野心的人物，他是真的喜欢你，还是把你当成一个招之即来、挥之即去的女奴？你要当心啊，万万不可迷失了自己。明明人家对你撒下天罗地网，你还错以为宠幸在怀！

"莫忘初衷，你献身于他，是为了拯救于家，是为了借种留后！万万不可效仿寻常小儿女，失身于他便失去自我，你是于俊亭，不做于珺婷！"

水面静止着，雾气渐渐变得稀薄，那美丽的容颜变得愈发清晰，眸光清冷……

· ※ · ※ · ※ ·

播州，遵义。

杨应龙慵懒地卧在罗汉榻上，恰似一条蟠龙："行了，就这些，有些事交代得太细，反而让你缚手束脚，不得施展，你只抱定宗旨，见机行事吧！"

赵文远欢喜地躬身道："是！属下记得了，此去定竭尽所能，不负土司大人所命！"

杨应龙微微一笑，懒洋洋地道："好！陈萧年纪大了，这大阿牧的位子早晚是要让出来的。你好好做，来日继你父之后再任大阿牧，也未尝不是一件美事！"

赵文远一听，欢喜的心都要炸了，连忙撩袍跪倒，叩谢隆恩："誓为大人效死！"

也不知杨应龙听赵文远对他讲了几天的叶小天，最终策划了些什么，但赵文远回府，安排妥当一应事务，便立即启程，前往石阡府去了。

提溪这边，于家海和于扑满这对阴谋家一到牛头山，便自我感觉良好地把自己当成了格哚佬的智囊、军师、宰相、仲父、太上皇……

两个人工作热情极其高涨，没有一件事他们不想插手。还别说，他们毕竟是一方土舍，曾经拥有自己的土民和领地，治理经验还真是相当丰富。而格哚佬部原本住在深山里，出山后不是拥有一块土地就能适应山外生活的，生产、生活方式的改变，要有一系列相应的改变相配合，包括权力架构、统治方式、管理方式、生产方式、族群关系……原本极简单的族酋统治制度根本无法适应这一切，而他们又没有相应的经验和常识来改变。

不要说足智多谋的于家海了，就是一向只懂得秀肌肉的于扑满，在这方面的知识也甩格哚佬八条街，有这两个人相助，格哚佬部的建设和重组迅速开展起来。

但阴谋家终究是阴谋家，整日里只管专心从事建设，对精力充沛且不惹事不舒服的于家海和于扑满来说，简直是生无可恋，所以两人一有空就撺掇格哚佬。

这不，刚刚为下山务农的族人分配完土地、耕牛，按照农耕特点为他们划建村庄、建立好比较合理的村级管理制度，于家海和于扑满就兴致勃勃地找到了优哉游哉的格大爷，热血沸腾地继续煽动起来。

"寨主，我打听过了，沿山脊往西，水银山以南那片峡谷，可是无主之地呀！因为山谷里不宜居，也不宜耕种，所以一直没有明确指定过它归谁，咱们得去占呀！"

"什么？中间隔着别人家，没听说过到达自己的领地，还要越过别人的领地的。那怕什么啊，谁让它是无主之地呢，什么事不是从无到有哇，咱就做第一个！管它有用没用，先占着！"

"是呀，寨主，这么一来，咱们距水银山就更近了，听说那水银山里出矿产，挖出来就是钱，咱们要是和于家、果基家联手，把杨家赶走，应该也能分润两成吧？嘿……嘿嘿……"

第四十七章

梦　想

一

铜仁府现在就像一座花果山，姓叶的那只猴子被招安去天宫了，顿时就群魔乱舞起来，少了猴王的群猴不安分，外面的山精水怪也不消停，铜仁正在酝酿着一场大风波。

此时，叶小天正行在路上，四十辆大车，百十名随从，美服壮马，华车似锦，那威风派头，较之封疆大吏回京也不遑多让。

苏循天揉着鼻子，不以为然地道："大人，你为人一向低调，这一回大包小裹的，会不会显得太招摇了？"

李秋池睨了苏循天一眼，心想："这马屁精！东翁低调？他要是低调，那怎么才算高调？在葫县做个小小典史，就敢盖出一座全县第一的豪宅，比一些地方的小土司还要夸张，这也叫低调？"

叶小天一身锦衣，仰靠在华盖曲辕、式样奇古，仿佛春秋战国时候的敞篷马车上，得意扬扬地道："招摇？就是要招摇，衣锦还乡你懂不懂？你要是低调，那些老街坊只会认为你在外面混得不好！我要在街坊们面前显摆显摆，他们见了不大吃一惊才怪，哈哈哈哈……"

叶小天笑得好不小人得志，李秋池看在眼里，也忍不住笑了。他扶持的这个人和那些高高在上的传统官吏的确大不相同，有些时候他会做出很俗气的事来，可是……特别的真，并不叫人烦厌，反而心生喜爱。

苏循天揉着鼻子，又道："可是……大人您这谱，摆得也未免太大了些，打尖时我听说广西布政大人前天刚刚回京，走的就是这条路，轻车简从，只有十余随从，咱们这么张扬，会不会太令人侧目了？"

叶小天懒洋洋地摆摆手，道："我要是一方布政使，也得低调。可我现在不是流官，而是土官！土官，在朝廷眼里，就是一些没什么见识的乡下暴发户，你若不是这副模样，他们才真的担心呢。"

李秋池悠然道："大人说的是，不过，大亨少爷送你的这辆古式曲辕车固然抢眼，可现在都十月份了，等咱们到京也就快过年了，听说北京城雪大如席，朔月寒风刮骨如刀，到了京里还坐这车？"

"啊！啊……"叶小天张口结舌，忽地一拍大腿，懊恼地道，"幸亏有你提醒，哎哟，这可糟了。不成不成，前边到了大城，一定得再找一辆好车！"

哚妮坐在叶小天身旁，穿着彩衣短裙，浑身银饰，俏媚明丽得不可方物。她低头看看自己裸露在外、浑圆曼妙、充满青春活力的一双大腿，担心地对叶小天道："小天哥，北方那么冷啊，我这身衣服是不是也不能穿了？"

叶小天特意让哚妮这么打扮的，寻常汉人装扮的女子家里人见多了，而这种苗家女儿的装束新鲜，看在眼里尤觉俏媚，他想借此让哚妮给公婆留下个深刻好印象呢，尤其是要和自己的大嫂比比。

大嫂在整条胡同的媳妇里是数一数二的俏，叶家为娶这个俏媳妇付出的代价也极大，即拿出全部积蓄，给叶小安置办了一座油坊。街坊们常说小二吃了亏，只因比大哥晚生小半个时辰，就失去了继承遗产的资格，将来说个媳妇也难。

大嫂那么傲，时常欺负大哥，甩脸子给公婆看，也是觉得自己金凤凰落进了鸡窝，委屈了。叶小天如今有了机会，自然想替爹娘和大哥用委婉的方法镇一镇嫂子。

叶小天看看哚妮俏媚的模样，实在舍不得把这美丽的春光藏进一套肥大臃肿的冬服中。

叶小天发狠地道："你不晓得咱北方人御寒的手段，冬天在北方比在南方还舒坦呢。哪怕外面滴水成冰，你待的地方依旧温暖如春，就这身衣裳，咱不换，该显摆时要显摆！"

叶小天捏了捏哚妮的粉腮，得意扬扬地道："咱的漂亮媳妇，必须一出场就把他们都给镇喽！"

·※·※·※·

每个人都有梦想，徐伯夷现在的梦想，是做一个"大"太监！

不是每个阉人都叫太监，太监是混到宦官最顶层的一小撮人，阉人从火者、手巾、听事、典簿、长随、奉御、管理、经理、监丞、少监，过五关斩六将地杀出去，才是闻名遐迩的太监。然而要成为太监中的一员，哪怕是太监阶层的最下层人员，也是难如登天。

失势的官员，大多卷铺盖回家，虽不及在朝堂上威风，倒也依旧享有官员待遇，在地方上照样是说一不二的人物。除非你在任的时候太不给别人活路，得罪的人太多、太狠。

但内廷则不同，内廷的权力之争，可谓血雨腥风，一招不慎就有可能死无葬身之地。可徐伯夷不怕，他是个有志向的人，他以前最大的志向是做官，而现在的志向则是成为一个大太监。

要做大太监，先要抱大腿，没有主子的宦官不是好宦官，不想抱大腿的阉人不是好阉人。要出头就要抱大腿，大腿只有四条："皇帝、太子、皇后、妃子！"

跟着皇帝，毋庸置疑，眼下你就是最炙手可热的公公，很多时候妃子们都要巴结你、讨好你、贿赂你，争取通过你得到皇帝更多的关注和宠爱。

跟着太子，那就是最大的潜力股，一旦太子登基称帝，你马上就瘸子穿大衫——抖起来了。跟着皇后也不错，她母仪天下、统摄六宫，你也能狐假虎威，笑傲群阉。

跟着妃子，那就得指望这个妃子得宠，妃子以色怡人，比不得皇后，大多会有失宠的一天。即便这样，你也能有几年好日子过，能攒下一笔私财，将来主子失了宠，你的日子也不会太难过。

可惜，这几条进阶之路都不适合徐伯夷，因为不管是服侍皇帝、皇后、还是太子、妃子，都需要先经过掌权的老太监们的提拔，才有机会靠近目标。

可是，老太监们提拔后辈，也是在为自己寻找继承人，就像朝廷取士，你是不是进士是你飞黄腾达的第一道门槛，在宫里头，年纪就是你能否成为大太监的第一道门槛。

能成为大太监的人，都不会七老八十了才受宠，一般正当壮年就开始受宠了，并开始有意识地选择后进的小太监做干儿子，重点栽培。

这"父子"感情，是从娃娃七八岁开始培养更深，还是等他成年培养更好，答案不言而喻。徐伯夷已经三十出头，基本已经失去了培养价值。

所以，入宫这么久，徐伯夷还没见过皇帝、皇后、太子及任何一个妃子，因为他是直殿监的宦官。

二十四监衙门，从掌管批阅奏章权势最大的司礼监，到负责蔬菜瓜果以及园艺的司苑局，吃喝玩乐衣食住行，每一项都有专门的太监管理。最好的有机会接触皇室成员，次一等的有油水可捞，最倒霉的就是直殿监，这是公认的二十四监中最苦逼的一监，徐伯夷现在就是直殿监的一员。

徐伯夷慢腾腾地扫着地，时而弯腰拔下砖缝里的青草，时而抬头望望黄色宫墙之上一方湛蓝的天空，轻轻叹一口气，入宫这么久，曾经的他，已经仿佛一个梦了。

他负责打扫的这处宫室已经闲置了太久太久，连鬼都嫌冷清。但是，万一哪天有位妃子触怒皇帝被打进冷宫，恰巧安排在这里呢？万一被打入冷宫的这位妃子有机会重新获得皇帝的宠幸呢？

虽然这只是万一乘以万一的一丝希望，比看到砖缝里的小蚂蚁还要渺茫，但，终归还是有希望，所以他并不绝望。

对了，他现在已不叫徐伯夷，因为徐伯夷还是朝廷通缉的逃官要犯，他现在的名字叫：余白弓！

小白在宫墙下"很认真"地扫着地，"心无旁骛"，因为前边突然经过两个经理，他跟他们之间差了整整八级。两个太监一边走，一边说："听说此番进京受封的土司原本是个流官？"

"可不，不只是流官，还是咱京城人氏呢，叫叶什么来着，对了，叶小天，啧啧啧，祖坟冒了青烟哪，一眨眼，就成了世袭罔替的土司老爷！"

吧嗒！小白手中的扫帚失手落地，他茫然地站在那儿，喃喃自语起来："叶小天？叶小天！"忽然之间，他脸色铁青，仇恨令他的脸扭曲得无比狰狞。

他有今天，一切的一切，都要归咎于那个叶小天。曾经，他是一个前程远大的生员，他有贤淑温良的妻子，而这一切，被叶小天毁了；后来，借助田氏的力量，他又成为葫县县丞，是一个年轻有为的朝廷命官，而这一切，又被叶小天毁了！

他成了逃犯！他被山贼强暴！他被当作山贼阉了送进宫中成了一名火者，睡在昏暗拥挤的通铺房，吃师傅的残羹剩饭，挨打受骂，干着苦力活，失去一个男人的尊严和能力，这一切，统统拜叶小天所赐。而叶小天，却成了土司，居然成了土皇帝！

"你让我失去了一切，你却富贵荣华世袭罔替？我要报仇！我要夺走你的一切！"小白在心中怒吼，一激动，胯下失禁，顿时就湿了……

第四十八章

狼遇上狈

一

"混账东西，一会儿不看着你就偷懒！"一个值事宦官抽冷子冒了出来，徐伯夷一看，慌忙施礼道："师傅！"

每个阉人入了宫都要有师傅带着，宫里规矩大，没个师傅带着，很难弄懂那么多的规矩。通常一个师傅要带十几个徒弟，做师傅的会从中挑那些眉清目秀、口齿伶俐、年纪又小的收作干儿子，全力栽培，一旦干儿子有了出息，自己也就出头了。

但凡出了头的小太监，不管真心还是假意，对干爹是必须要孝敬的，不只生前孝敬，死了也得风光大葬，忌日清明一类的时候，还得准备些香烛祭奠。

徐伯夷已经三十多了，他的师傅也不过三十出头，收个年纪小的从小培养感情当然比找个同龄的干儿子更合适，所以徐伯夷在他面前一向不受待见。

"师傅，不是的，徒儿方才……"

"还敢犟嘴！"师傅冷笑着训斥道，"给我跪下，掌嘴！"

徐伯夷咬了咬牙，只得跪在他的面前，掌起了自己的嘴巴。

师傅乜着眼瞅他："有气无力的，怎么着，我不管你饭吃吗？给我用力！"

徐伯夷把心一横，加大了力气，用力扇着自己耳光。

"人可以没卵子，不能没志气！咱们做公公的，得眼明手快，才能熬出头，才能有出息，想当初……"

师傅正要把他已经说了无数遍的当初如何乖巧懂事，把师傅侍候得舒舒坦坦，从而被收为干儿子的光荣历史再说一遍，旁边忽然有个淡淡的声音道："你好大的威风，不知道的还以为这宫里是你当家！"

师傅勃然大怒，眉梢一挑，刚要看看是谁挑衅他的权威，抬眼一瞧，吓了一跳，虽然他的职事不高，但眼前这位他还真见过几次，认得身份。

眼前这人一袭青衫，剑眉星目、面如冠玉，风流倜傥，正是当朝三国舅，太后娘娘最宠爱的幼弟。那师傅双膝一软，马上跪了下去，谦卑地道："哎哟！国舅爷，奴婢在这儿教徒弟，可没想到会惊扰您老人家，奴婢有罪，有罪！"

李玄成看他像轰苍蝇似的不痛不痒地扇着自己耳光，厌恶地道："滚！看见就烦！"

"是是是……"那个师傅如释重负，赶紧赔笑起身，一路点头哈腰地逃开了。

徐伯夷一见李玄成，早就吓得心惊胆战，急急低下了头，一见师傅逃开，忙也低着头站起来，想要跟着逃走，就听李玄成道："慢着！"

徐伯夷心头一惊，忙停住脚步，垂首道："不知国舅爷还有什么吩咐？"

李玄成从袖中摸出一方雪白的手帕，递过去，温和地道："擦擦吧！"

徐伯夷方才用力掌掴自己，嘴角已有鲜血渗出，他垂着头接过手帕，对李玄成道了声谢，轻轻擦起肿胀的嘴角。

李玄成看他谨小慎微的样子，心中不由得升起一抹怜惜之意。

其实李玄成身份贵重，哪会在乎一个阉人的死活。可是，他当初去了一趟葫县，回来之后，就患了一种怪病，下体奇痒无比，折磨得他夜不能寐，日不安生，找了不少郎中，包括专看疑难杂症的江湖野郎中，正方、偏方也不知用了多少，却始终不见效果。

再到后来，被挠破的地方开始溃烂，这时李玄成便不敢再找人看了，只自己敷些能减轻瘙痒的药物，对外则做出一副已经痊愈的样子。

一年左右的时间，他的下体已经彻底烂光，现在下面比太监的还干净。他的"病"好了，治好的办法竟然是用以讽刺庸医的"头痛去头，脚痛砍脚"的法子。

虽然他依旧是高高在上的国舅爷，可他已经是一个他从前所不齿的阉人，心态也就有了些变化。今日见这个低阶宦官如此受欺，李玄成竟然起了怜悯之意，是以出面解围。

徐伯夷擦掉嘴角鲜血，头也不敢抬，只向李玄成长长一揖，恭声道："多谢国舅爷，奴婢这就退下！"

"嗯？站住！"见徐伯夷一再躲闪，不肯用正脸面对他，李玄成心中起疑，立即唤住了他，用手中竹骨小扇轻轻挑起徐伯夷光滑得不见一根汗毛的下颌。

"是你？"

曾经在葫县受过徐伯夷接待的李玄成认出了他，徐伯夷大恐，扑通一下跪到了地上，哀求道："国舅爷饶命！国舅爷饶命啊！伯夷今已成了一个废人，曾经的举子、命官，如今这般凄惨，只求苟延性命而已，国舅爷开恩……"

徐伯夷吓坏了,他并不知道当初是李玄成刻意调开侍卫,给他制造了逃走的机会,以纵容他去刺杀叶小天,他只知道国舅爷认出了他,也就知道他是钦犯罪臣了,是以叩头乞饶不止。

李玄成见这位曾经的葫县县丞,现在居然在宫里做了宦官,也是大吃一惊,他实在想不出这位徐县丞到底遭遇了什么离奇的状况,才会出现在这里。

不过,徐伯夷是如何仇恨叶小天,他是清楚的。

李玄成自从变成了阉人,就彻底绝了占有莹莹的念头,但这种绝望,只因生理上的重大变化而来,在心理上他那种偏执的占有欲望却并不稍减,反而变得更加疯狂,而且因为他与叶小天之间的过节,这种偏执变得尤其强烈。

现在叶小天越过越好,马上就要成为一方土司,这可比他这位国舅爷的人生还要精彩,当他成为权重一方的土司,也就迎来了他和莹莹琴瑟和鸣的好日子,面对这些,李玄成是一种什么心情可想而知。

方才是太后唤他进宫叙话,李玄成实在没什么兴趣,草草应付一番,便立即告辞。如今见到徐伯夷,李玄成心头的仇恨陡然变得更加强烈起来,眼见徐伯夷叩头如捣蒜,李玄成直勾勾地看着他,脱口问道:"你是不是恨极了叶小天?"

徐伯夷一呆,双手扶地,愕然地抬头看向他。

李玄成盯着他,继续道:"你可知道,那叶小天因缘际会,居然从一个流官,受到五部生番爱戴,马上就要被天子敕封为一方土司,从此富贵永享,福缘之厚,甚至超过本国舅!"

徐伯夷眼中闪过一抹无比嫉恨的神色,顿首道:"奴婢……知道!"

李玄成微微一笑,道:"宦官想有点出息,都要从小侍候师傅,把师傅侍候开心了,就有机会被荐入内书房读书。而司礼监,是所有宦官衙门里面最高贵的衙门,人称'无宰相之名而有宰相之实',司礼监的人,则几乎全部出自内书房。

"我不想知道你是怎么从一个负案在逃的犯官,变成了一个宦官。我只知道,你满腹诗书,才学较之内书房里出来的人丝毫不差。这些低阶宦官,大多大字不识,你混在他们中间,实在是糟蹋了。"

徐伯夷可不是白痴,听话听音,他已经从李玄成的话里听出了什么,再联想到之前问的那句"你是不是恨极了叶小天",徐伯夷福至心灵,一个头重重地叩在地上,颤声道:"还请国舅爷成全,奴婢……愿为国舅爷效死,矢志无悔!"

李玄成微微一笑,道:"叶小天这个人,我不喜欢!你帮我设计他,我把你荐入司礼监,虽然只能做个端茶递水的小太监,可是你有机会接触司礼监里通着天的所有大太监,接下来你有多大造化,就看你自己的运气了,你看如何?"

徐伯夷一听惊喜交集,就算不给他任何好处,他也愿意为搞死叶小天而竭尽所能，何况李玄成又给他画了这么大一张饼。徐伯夷欢喜得连连叩头，额头磕在青砖地上已经瘀青一片，他也毫无所觉。

…………

叶小天回京的事在上层已经传开了，但普通百姓对此还一无所知。很招摇地一路赶来的叶小天想给家里人一个惊喜，所以并未派人把自己衣锦还乡的消息告诉家里人。

但是通过先前的书信往来，叶家已经知道了儿子在贵州做官的事，这对叶家来说，是一件光宗耀祖的大事，街坊邻居乃至天牢的旧同僚，全都听叶小天父亲眉飞色舞地说起过。

天子脚下的人打心里会有一种天然的优越感，贵州这么遥远的地方，在他们心目中是边荒之地，因而叶家小二在那儿做了官，对他们的震撼并不大。

不过天牢里的老同事，还是清楚不管在哪儿做官，官就是官，永远比老百姓过得风光自在，尤其是地方官，越是远离京城，过得越是逍遥，所以都力劝老叶去投奔儿子，安享晚年。

听得久了，叶小天父亲也有些意动，这一天又和老伴说起这个打算，却不知此时二儿子已经踏着漫天鹅毛大雪，回到了京城！

第四十九章

棋从断处生

一

"嚆！好大一场雪！"一走出醉春阁，严世维就笑着说了一声。

严世维三十出头，骨骼魁伟，身材高大，国字脸，赤红脸庞，虽然高大威猛，但他微微含笑的样子却是一团和气。他是一个商人，身材再雄伟，不是行伍出身，自然也就没有肃杀之气。

一阵风来，吹得雪散如琼玉。严世维竖起了皮氅的毛狐领子，扭头一看，见雪花吹落在旁边那人脖梗之中，那人缩了缩脖子，显然是不耐其寒，严世维不禁大笑："小安兄弟，你比我还小着几岁，这身子骨却差了些，这就禁不住寒了？"

旁边那人身材适中，眉目清秀，年纪二十三四的样子，竟与叶小天生得一模一样。叶小安紧了紧羊皮袄，讪笑道："严大哥取笑了，你那样强壮的身子，我怎比得了！"

严世维大笑，伸手摘下自己头上的白熊皮帽子，往叶小安头上一扣，爽快地道："戴着吧，一路回去，可别着了风寒，伤了身子。"

叶小安忙道："别别别，这帽子太贵重，我可不敢戴，污了蹭了……"

严世维爽快地道："担心那许多做甚，送你了！"

叶小安吃惊地道："这可使不得，这样一顶帽子，可不得百十两银子？"

严世维按住了他摘帽子的手，道："嗳！你我自己兄弟，那么见外干什么！"

严世维伸出长臂，往叶小安肩上一揽，两个人踏着齐膝深的大雪往外走。身后白茫茫一片，但见巷中许多门户，门口都挂着红灯，这里可是京城有名的焰火之地。

严世维浪笑道："小安兄弟，方才那位初音姑娘怎么样啊？"

叶小安咂巴了一下嘴，边回味边说："嗯！好！好啊！我活到这么大，自跟你严大哥结识以来，才算真正尝到了女人的温柔滋味。尤其是这位初音姑娘，是我给她开的苞呢……"

叶小安陶醉地笑起来，严世维则直摇头："嗳，初啼雏音破瓜时，确是美妙。不过，你又不是娶她回家做老婆，是不是处子有什么打紧，要紧的是能把男人侍候得飘飘欲仙。

"老哥跟你讲，这女人哪，其实都一样，要说区别，只体现在那儿，嘿嘿嘿！这位初音姑娘，不止看起来甜美可爱、纤柔娇嫩，更是身怀八大名器之一'朝露花雨'的喔。"

叶小安惊奇地睁大眼睛，道："这话怎么讲？"

严世维诡笑道："你与她交合之际，难道没有注意到她玉门窄小，回廊曲折，有如羊肠小径吗？嘿嘿，情浓之时，更有婴儿吸乳之感，花径处如下丝雨，露珠晶莹……"

叶小安一边听一边频频点头，严世维忽地佯怒道："老鸨子可是这么跟我说的，我才花了大价钱，怎么着，难道是她唬人？不成，咱可不吃这个亏，走，咱们回去找她算账！"

叶小安连忙拉住他，道："别别别，是这样，是这样，只是小弟不懂这些，听大哥一说，才觉得确实是这么回事。"

严世维转怒为喜，笑道："当真？哈哈，他们没骗人就好。难怪老弟你这么虚了，这样的名器，轻易可是消受不得的。下一回老哥再带你去红绡苑，那儿有位雨辰姑娘，同样身怀名器，'碧玉老虎'，你没听过吧？"

叶小安听得两眼放光，却又不好追问究竟什么叫碧玉老虎，只是佯做推辞道："这恐怕花销也小不了，总是占大哥的便宜，小弟怎过意得去，算了算了，还是算了吧。"

严世维嗔怪地道："又说见外的话了不是？我那本家哥哥在天牢时，可是多承你照顾，才没受活罪，你是我们严家的大恩人哪。现如今咱们两个义结金兰，成了自家兄弟，就更加不用见外了。哥哥我呢，做着生意，别的没有，就是有俩闲钱。这钱就是用来花的嘛，和自己兄弟一起花，有什么问题！"

叶小安听了，不禁有些感动。他也知道，自己花人家的钱花得实在是太多了，可是已经尝到了诸般美妙滋味，他又如何轻易割舍得下？是以心中虽然觉得过意不去，听严世维这么一说，也就心安理得地接受了。

严世维瞟了他一眼，眼神中倏地闪过一丝诡谲阴险的神色："其实今天之所以如此招待兄弟你，还特意挑了初音姑娘那样的头牌清倌，为兄是有原因的。"

严世维轻轻叹了口气，有些伤感地道："兄弟，人生无不散之筵席，老哥我呀，过了年就要去南方经商了，这一去，什么时候再回来就不好说了，所以想着临走和兄弟你再好好聚聚。"

叶小安一听简直如五雷轰顶，自从认识了严世维，他才知道原来他以前喝的酒其实就是马尿，他才知道鸡鸭鱼肉其实是上不得台盘的东西，他才知道和这世间真正的尤物比起来，他曾经视若天仙的美貌娘子不过就是个庸脂俗粉，然而，严世维居然要走了……

如果他从不曾见识这样的生活，或许他还很满足于以前隔三岔五一顿酒肉，非常自豪于自己有一位远胜于街坊邻居家媳妇的俊俏娘子。见识了不一样的世界，却又要失去它，那痛苦真是难以言说。

叶小安急忙道："严大哥，怎么忽然要去南方做生意了？"

严世维叹口气道："天子脚下做生意，没靠山不行啊！当初我在这儿做生意，其实是靠了我那位本家哥哥撑腰，谁料他进去了，还被砍了头。一开始，我那本家哥哥的旧同僚还给我点面子，可现在已经懒得照料了，所以我想到南方去试试。"

叶小安好生不舍，可他又不能硬拦着人家，只好依依不舍地道："大哥准备去什么地方，还会回来吗？"

严世维道："我准备去贵州，在铜仁府有我一位远房表弟，也是做生意的。我现在呢，本钱还是有的，可是留在京城有出无进，只能坐吃山空，不如去他那儿，看看有无财路。"

"铜仁？"叶小安听了轻拍额头，恍然大悟道，"我说这么耳熟呢，我那二弟如今就在铜仁做官。"

严世维道："你二弟？远方亲戚吗？"

叶小安道："是亲二弟，和我是孪生兄弟，一模一样的。"

严世维有些狐疑地道："不会吧，你二弟……你是接了你爹的班做的狱卒，你家就算不再操执此业，也得三代之后才可科考吧？怎么能做官？"

叶小安道："嘿！这世上有多少事是不按照规矩来的，我那二弟虽与我一母同胞，又是孪生，可性情相异。他比我要聪明许多，不过我也没想到，他当初本是去靖州送一封信，怎么就一路吉星高照，居然做了官。可他做官是不假的，我家收到过驿卒捎带来的家书，听说他现在的官还着实不小，是个……对了，是推官！"

严世维目瞪口呆，半响才怪叫道："推官？那官可是不小哇！我说贤弟，你自己的亲兄弟做了大官，你还在这儿做狱卒？怎么不投靠他去？"

叶小安摇头笑道："我和爹也商量过此事，一开始呢，爹是担心，他本没资格做官，如果我们去了，被人知道了底细，对他的前程大大不利。后来听他说官越做越大，我们去了也会妥善安置，不会对他有什么影响，我爹也动过心，不过……"

严世维道："不过怎样？"

叶小安道："我家的亲戚朋友都在京城，这一去贵州，天高路远，怕是再也不能回来，爹娘不太舍得呀。再者说，听说那种地方都是边荒不毛之地，那儿的衙门还没京城的一座土地庙气派，在那儿做官的也是常常不发薪俸，吃了上顿没下顿的，说是官，听着气派，其实穷困潦倒得很，所以就拿不定主意。"

严世维叹笑道："你这是听谁说的？嗨！有些人哪，道听途说一番，再添油加醋一番，尽说些井底之蛙的话，哈哈哈，他们不会还说当地人无比野蛮，是吃人的野人吧？"

叶小安脸一红，讪讪地道："还真说过……咳！说是家里的孩子，都得小心看着，不小心被人偷了去，就会剁吧剁吧煮了吃……"

严世维摇头道："老哥我做生意，天南地北地到处走，见识比老弟你多些。那铜仁，十多年前我也是去过的，比起京城自然远远不如，比通州也要逊色一些，可是比起其他地方的州府，实也不差多少。

"要说区别，也就是当地人性情直爽刚毅，冲突斗殴之事确实较这儿多一些，可令弟是一府推官，谁敢欺你？就说那府衙吧，宏大华丽得如王府一般，比咱们顺天府衙都大，那叫还不如一座土地庙气派，真是天大的笑话！"

叶小安不觉意动，道："严大哥说的，我自然信得过，照你这么说，我该劝说爹娘去投奔二弟？"

严世维道："对呀！你在天牢不过做个狱卒，可到了铜仁，你就是叶府的大老爷，出入谁不敬着？你和你那做推官的兄弟是亲兄弟，他也不能不管你，到时你该何等风光？我也是要去铜仁的，到时候咱们兄弟依旧能够常聚，说不定我做生意还要仰仗你家兄长，到时候分你些干股，你坐在家里就能收钱呢！"

叶小安听得悠然神往，全然没注意到严世维嘴角噙着的微笑是何等阴险。

第五十章

摆　谱

一

明天就是小年了，京城居然下起了鹅毛大雪，而且越下越大，本该日上三竿的时间，天空灰蒙蒙一片，仿佛已经到了傍晚时分，街上行迹越来越少，偶尔的几道足迹、车辙也被大雪掩埋。

熊伟敞着衣衫，露出胸口一篷黑扎扎的胸毛，在棚下迎着漫天大雪，用一口锋利的解骨刀轻而易举地就把一头肥猪肢解了，后丘、肘子、猪头、下水分得干净利落。仵作世家嘛，人体都搞得一清二楚，何况一头猪。

儿子和婆娘抬了猪下水去后面清洗了，熊伟呼了口长气，把解骨刀往血淋淋油渍渍的案板上一掼，走出棚子，迎着漫天大雪叉腰向天一望，便走出了院门。

他有世袭的身份——仵作，同时自己家里还开着肉铺，因为要开门做生意，所以天不黑大门是不会关的。如今年关将至，买肉的人更多，只是今日大雪，所以稀少了些，不过天气冷，猪宰了一会儿就冻得硬邦邦的了，不怕坏掉。

熊伟站在门口左右一望，见街上行人寥寥，正想转身回院，忽又站住，眯起眼睛往远处瞅着，就见巷口白茫茫中，忽地出现一大片人影，看服色，都是些杂役力工。

熊伟瞅着不像是自己家的生意上门，可这巷子里一向安静，何以来了这么多人，他又着实好奇，是以又站住了。

那些人走得很慢，熊伟仔细看了一阵，才发现他们居然是扫雪的。他们拿着木铲推锹，奋力地向道路两边推着雪，后边又有人用长柄扫帚不断地清理着余雪。

随着走近，更可以看到每隔五六步，路边就会相对站定两人，这两人都系着披风，腰胯长刀，熊伟不禁有些吃惊。天子脚下，世面见得多，熊伟想起一位皇妃回府省亲时貌似就是这般排场，有侍卫武士关防戒备。

不过皇妃省亲，是工部并五城兵马司派员清扫街道、撵逐闲人，看眼下情形却又不像。再说这巷子里都是老邻居，谁家什么情况大家都清楚，哪有谁家祖坟冒了青烟，出过皇妃娘娘？没有哇！

可要不是皇亲，谁能这样？这可是天子脚下，就是大学士也不可能这么摆谱。"

好奇心一起，熊伟更不舍得回去了，就站在门口看着，片刻工夫，双肩就积满了厚厚的白雪。

苏循天督促着那些扫雪的杂役，他穿着一袭皮裘，跺着脚吆喝："快着点，都勤快些，爷不差银子，少不了你们的好处，赶紧干完活领了银子回家过年啦。"

熊伟眼看着大批杂役拿出吃奶的劲，奋力推扫着积雪，把街道清理出来，不禁有些好笑："推雪也就算了，大概是方便车子出入，可是这天上还在下雪，扫个什么劲，你刚扫净又下上一层了，这不是闲的吗？"

正想着，一排大车驶进了巷子，两旁有高头大马的武士护拥，前方还有劲装佩刃的武士导引，那一辆辆大车华丽阔绰，一片珠光宝气。熊伟正瞅着，就见一辆车子掀起了帘，探出一张面孔来。

熊伟看见一个女娃，穿着奇异的服饰，颈上、头上都是银光闪闪的饰品，要说银饰远不如金钗耳珠项链华丽显得尊荣，可也不知这位姑娘是怎么搭配的，清一色的银饰，却衬得那张面孔娇媚俏美，不可方物。

如此一张宜喜宜嗔的俏美面孔乍现于漫天大雪之中，把个见多识广的熊伟也给镇住了："仙妃！仙妃呀！这样俊俏的闺女，除了皇爷，还有谁有资格享受！我的老天，莫非咱们这巷子里真有谁成了皇亲？"

熊伟瞪大一双眼，正无比艳羡地想着，眼神直勾勾地追着那位姑娘俏美的模样，面前忽地又行过一辆车子，熊伟一瞅，一对眼珠子差点掉出来。

"俺滴个娘哎！小安子？他这是发了什么财，不是捡到了沈万三的聚宝盆吧，怎么就……老叶家发达了？"

熊伟一时没想到已经消失数年的叶小天，把叶小天当成了叶小安，只管吃惊地看着他。

车子在熊伟家的院墙边停住了，因为旁边就是叶家。院门前都已清扫完毕，雇来的杂役力工们已经退到一边领工钱，十几个魁梧有力的大汉按着刀，顶着鹅毛大雪站在四周。

一个眉目如画的小丫鬟掀开轿帘，那个浑身银饰、俏美无双的姑娘就轻轻巧巧地从车子里跃出来，根本没要人扶。小丫鬟马上转身取过一身白色狐裘为她披上，仙妃般的美人扭过头，快活地叫："小天哥，这就是咱家？"

"小天哥？叶小天？原来是叶小二捡到了聚宝盆！"熊伟的一张嘴张成了河马嘴，惊愕地看着叶小天从车里探出来。

一个按刀大汉走上两步，双膝跪地，双手撑雪，极其虔诚恭敬，叶小天足尖在他背上稳稳地一踏，便走到了地上，旁边马上有个师爷模样的人凑上去，将一袭银光闪闪的皮袍披在他的肩上。

叶小天肩上搭着皮袍,目光一转,看到熊伟,马上笑着打了声招呼:"熊大爷,好久不见哪!"

"啊!啊!啊……"熊伟发出的声音就像叶小天的回音似的。以前的熊伟不管是杀猪宰羊还是验看何等恐怖的尸体,从不曾如此手足无措过,如今却被叶小天这派头给镇住了。

叶小天亲热地叫着熊大爷,他却有种双膝发软,跪下冲叶小天叫大爷的冲动。叶小天笑嘻嘻地向他走过来,一把握住了他尚未洗净,还带着血腥的粗糙大手:"熊大爷,我是小天哪,我回京了!"

"啊……啊!你……你回来了呀!"

叶小天笑道:"是啊!熊大爷康健如昔呀,几年不见,一点都没老。哈哈哈……先不多说了,小侄才回来,急着去拜见爹娘,回头再去熊大爷家拜年!"

熊伟机械地点头:"喔,好!好好好,回头聊,回头聊!"

叶小天转身向那娉娉婷婷、俏立雪中的小美人走去,熊伟这才发现,叶小天披的一袭皮裘是黑色的,黑得发亮。可刚刚看明明是白的……熊伟突然明白过来,人家穿的就是传说中的"海龙银针"哪!

海龙皮做的皮袍本就价值连城了,海龙银针质料更是海龙皮中的上上品,从不同的角度看,这种皮袍可以在银白色、银黑色和银灰色之间不断变幻,老天爷,光这一件袍子,就得多少钱?

看着叶小天挽住那仙妃般的小美人走进了胡同,熊伟如梦如醒,跌跌撞撞地往院子里跑:"老婆!老婆!快出来看小天!快出来呀!"

熊大娘拎着一截晃晃悠悠的猪大肠从后边跑了出来,纳罕地道:"老头子,你说啥?"

熊伟指着院子外头,吭哧半天,激动得话都说不出来了。

…………

叶家的房子不在路边,稍往后一些。两户人家的院墙间夹着一道仄长的过道,叶小天和哚妮要是并肩走刚好擦到墙壁,披了裘皮的话就不方便了。所以叶小天在前,哚妮在后,叶小天拉着哚妮温热的小手,一推院门,踏进了院子。

院里,叶窦氏到了西屋门口,冲里边喊了一声:"拴柱他娘,吃饭啦!"

里边懒洋洋地答应一声,过了片刻,叶大嫂从屋里走了出来,一瞧堂屋桌子上的饭菜,登时就拉下了脸,不高兴地道:"都要过年了,还吃这样的饭菜,就不能多点荤腥吗?"

叶老爹有些不悦地瞅了她一眼,不过毕竟是儿媳妇,做公公的不好说话。叶窦氏对这个好吃懒做的儿媳妇早就看不惯了，不满地道："明儿就是小年，有好东西不得攒着明儿吃？现在就靠小安那点薪水，还能天天胡吃海塞不成？"

叶大嫂冷嗤一声，道："说得好像靠他养家似的，他整天在外面花天酒地，一点都不学好，赚了钱都不知花在哪个粉头身上了。我听说二叔在贵州那边做了大官，投奔他去多好，偏要守着这个破家，有什么意思！"

叶老爹把饭碗重重地一顿，扭头气鼓鼓地回屋，赌气不吃了。

叶窦氏气不过，道："你胡说些什么，小安那么老实的孩子，能在外面花天酒地？你当一个狱卒能有多少薪水，你一天天的什么都不做，偏是嫌这嫌那的，还有完没完？"

叶大嫂不服气地道："当狱卒不赚钱？小叔子当初才多大，就混到牢头了，那钱挣得少吗？是小安没那本事，可不是没机会挣！挣钱的本事没有，偏有本事在外面鬼混，他怎么样，我这个枕边人不清楚？你是他亲娘，当然看自己儿子什么都好，可他瞒得了你却瞒不过我！"

小栓柱虽然年纪不大，可是奶奶和娘拌嘴的事却已是见多不怪了，只管埋头吃自己的饭。虎头虎脑的小家伙正吃着，忽一抬头，见院门一开，呼啦啦进来一大帮人。小家伙马上扯开嗓子叫起来："奶奶，娘，你们俩别吵啦，咱家来客人啦！"

叶窦氏和叶大嫂扭头一瞧，就见院中站着五六个汉子，中间一双璧人，男的华裘罩体，气度雍容，女的足蹬鹿皮小靴，身披雪狐皮裘，头戴秋板貂的昭君暖套，肌肤润玉，俏美无双。

婆媳俩的第一反应就是，小安发了大财了？莫不是被万历皇爷认作干儿子了吧，怎么一下子就发达到这种地步了？可再细一瞧，一个让人难以置信的念头登时涌上她们心头。

叶窦氏颤抖着嘴唇向前走了两步，没等她说出话来，院中那个华裘罩体的青年已经大步迎了上去，眼含热泪，扑通一声跪倒在地，颤声叫道："娘！不孝儿小天，回来啦！"

第五十一章

一家亲

一

大雪纷纷扬扬，一家人坐在堂屋里亲热地聊天，各种礼物堆满了屋子，院子里众侍卫肃然而立，不一会儿就成了一个个雪人。

叶老爹抬头看见，颇为不安，赶紧起身道："哎呀！院子里还站了这么多人，这房子小，可怎么招待得下，可是这么大的雪……"

叶小天笑着拉他坐下，道："爹，你别过意不去了，我的人可不只院子里这一点，外边还有一百多号人呢，房子再大个十倍，也未必招待得下，一会儿我自会安排安顿之处。"

叶窦氏不高兴了："儿啊，你走这几年，可知娘有多想念你，你这才刚回来，就不在家住了？虽然家里穷破了些，可……"

叶小天赶紧道："嗳！娘，你这么说，儿子心里可不安了，不是儿子不想在家住，实在是人口多，你看，就东西两屋，爹、娘、大哥、大嫂刚好住得下，我以前是在堂屋用板凳支个床，你看你这娇滴滴的儿媳妇，你舍得让她和我一块打地铺？"

叶小天这样一说，哚妮的俏脸顿时红了，羞答答地低下头不说话。叶窦氏可是稀罕极了这位天仙一般的儿媳妇，越看越爱，登时就眉开眼笑起来："说的也是，我倒是想让到堂屋来住，你这孩子定是不肯的，这么娇滴滴的儿媳妇，我哪舍得她遭罪。成啊成啊，你去客栈住，可不能走太早了，明儿一早，还得回来！"

叶大嫂端了茶水过来，殷勤地递给叶小天，道："二叔喝茶，不是啥好茶叶，你可别嫌弃！"

叶小天双手接过来，笑道："大嫂，见外了不是，我可是打小就生活在这儿。子不嫌母丑，狗不嫌家贫，我这么摆气派，那还不是替咱叶家长脸嘛，回了自己家还摆谱，那算什么东西。"

叶小天这么一说，一家人都笑起来。

叶大嫂凑到哚妮身边坐下，羡慕地看着她娇美无俦的模样，道："哚妮呀，你生得可真俊，瞧这小模样，多招人疼。以后啊，咱们就是妯娌，得好好亲近亲近。"

哚妮飞快地瞟了叶小天一眼，羞涩地道："大嫂，您可别这么说，人家……人家只是小天哥哥的妾室，不敢跟您称妯娌呢。"

叶大嫂大吃一惊，道："什么？你……"

叶窦氏对儿子嗔道："你小子，真长本事了呀，这么俊的闺女，你还只当妾，看把你能的，人家还不配做你媳妇咋的？"

叶小天还没说话，哚妮已抢着道："婆婆，不怪小天哥的，人家……人家心甘情愿跟着小天哥，什么名分都无所谓。再说，小天哥已经有妻子人选了，不但身份高贵，而且模样比我要美上十倍呢。"

叶窦氏听得目瞪口呆："比你还美十倍？你这孩子可别诳我，别说比你美多少，能跟你一样俊俏，那都罕见得很。"

哚妮急道："真的，真的，婆婆，我哪敢骗你，人家真的比我俊俏好多好多。"

叶老爹一旁听着，有些好奇地问叶小天："儿子呀，你已经找媳妇了？"

叶小天赶紧道："爹，儿子只是喜欢她，还没定亲呢，这事，当然得经过您二老……"

叶老爹摆摆手道："哎！我不是怪你这个，你这孩子，出息了，真叫爹出面，爹又能帮你什么，爹是想问，那闺女是谁家的孩子呀？莫非是哪个大官家的姑娘？咱们叶家，能配得上人家吗？可别……"

叶老爹也是因为叶大嫂的事，实在有些怕了。一听哚妮说小天要娶的媳妇出身高贵，不禁忐忑起来。

叶小天还没说话，一旁的苏循天就开口了："老爷子，您别担心，您那儿媳妇，天仙一般的人物，俊着呢，而且温柔贤淑，特别听叶大人的话！至于出身，嘿嘿，本来呢，咱叶大人就算是一府推官，那也是配不上人家的，可是咱叶大人，现在是土司老爷，不是官了！"

叶窦氏哪知道土司是方是圆，是能吃还是能用，所以登时急了："这话怎么说？我家小二被朝廷免了官了？"

叶小天哭笑不得，道："娘，不是免了官。我是做了另一种官，一种更大的官……"

叶老爹听得两眼放光，他在京城天牢做了一辈子狱卒，可谓见多识广，但是对土司这个称呼，同样陌生得很，忙道："有多大？不会有知府那么大吧？"

苏循天把嘴一撇，道："知府？比不了！"

叶老爹放了心，笑道："我就说嘛，小二再有本事，还能蹿上天去？这要是比知府老爷官还大，简直是不像话！"

哚妮扑哧一声笑了，赶紧掩住口，灵动的眼神朝公婆一瞅，瞧他们没生气，这才解释道："公公，婆婆，苏先生说的'比不了'，是说知府老爷比不了小天哥。"

她这么一说，就连叶大嫂都呆住了，总觉得要起身肃立一边心里才踏实。她瞪圆了杏眼，惊讶地道："比知府老爷还厉害？"

叶小天离开京城的时候，他的小侄子还太小，所以现在对他已经全无印象，他和家里人聊天，拴柱只管偎在母亲怀里，既有些怯怯，又有些欢喜地看着他，并不大敢说话。

他见此人和自己父亲生得一模一样，就是爷爷奶奶和他说过的那位二叔，本来就有些亲近，再加上这位二叔又带来这么多好吃的、漂亮的礼物，他就更欢喜了。只是叶小天久居高位，气度自然养成，虽然在自己家人面前他没有摆架子的意思，可是有些习惯是自然而然的，小孩子直觉强烈，就有些敬畏。现在听到这里，好奇心起，终于忍不住问道："叔……叔父，那你究竟是多大的官哪，比八府巡按还厉害吗？"

叶小天听他把官职里没有，只在戏曲中出现过的八府巡按也搬了出来，不禁失声笑了，亲昵地捏了捏他的脸蛋，说道："那哪儿比得了，人家可是有尚方宝剑的钦差大臣呢。"

苏循天道："小家伙，你这叔父，可是比八府巡按还要厉害！我就这么说吧，就是当朝首辅宰相老爷，皇上的亲兄亲弟那些王爷，都比不了你叔父！"

此言一出，叶老爹和叶窦氏，还有叶大嫂全都惊呆了。叶老爹讷讷地道："不……不会吧？苏先生，你可别哄我，这个……我们家小天，怎么可能当这么大的官，不可能，不可能啊……"

叶小天笑着摆手，想要谦逊几句，苏循天已抢着道："老爷子，您有所不知。要说呢，这首辅大臣他的确厉害，帮皇上管着整个天下，这方面，叶大人是比不得。那些王爷，皇亲贵戚，论起身份之贵重，叶大人也的确比不了。可我为什么说叶大人比他们都要厉害呢？"

苏循天说得兴起，把板凳搬近了些，道："咱叶大人管的人不及首辅大学士多、管的地盘不及首辅大学士大，可咱叶大人当了土司，那就能世袭罔替，父传子、子传孙，代代传承，千秋万载，大学士比得了？

"再说那亲王，王爷就藩，有封国，有子民，可他管得了吗？他们连自己居住的城池都不敢踏出一步，唯恐被人说有谋反之意。地方上的大臣们对他们也是敬而远之，要避嫌嘛。天天困在自己王府里的王爷，有多大的权力？

"可是咱叶大人，跟他们一样世袭罔替，却能在自己的领地之内，为所欲为呀，要人生就生，要人死就死！哪个王爷敢这么霸道？出点小错，都得防着有人到皇帝那儿弹劾。可土司老爷，那是皇帝都允许的特权，你说比王爷厉害不？"

苏循天往外瞅瞅，压低嗓门道："这里没外人，我再说句大逆不道的话。贵州那儿的土司老爷，一个个都是传承了五六百年上千年的，最久远的土司是汉朝时候的。明白了吧？皇帝可以换人，天下可以换人，可土司人家，千百年也难得一换，比当皇帝坐江山还要稳当呢！"

苏循天说到这里，叶老爹和叶窦氏已经惊得张口结舌，一句话都说不出来了。叶大嫂惊羡地望着自己的小叔子，同样无言以对。自从嫁到叶家，她一直觉得委屈了自己，可是成亲那么久，孩子都有了，也只能认命。

现在，她忽然觉得自己前世也不知积了多少福才能嫁到叶家。虽然看着叶小天那副与自己男人一模一样的面孔，她心中不无遗憾：人家再有本事，终究是自己的小叔子，比不得是自己男人。可她的男人肩不能挑，手不能提，啥本事没有，这两年还又添了一身恶习。在愁这个家该如何维持的当口，小叔子有偌大的出息，终究是一桩大喜事。

第五十二章

纷纷算计

一

叶小安回到自家巷口,先停住脚步,看看上下衣衫,搓搓脸颊和脖子,其实他脸上根本没有唇印和胭脂,可他总怕留下一点女儿香,被娘子看出端倪。仔细检查一番,确认没有问题后,他才迈步进了小巷。

"咦?谁这么勤快,把雪都扫了,难怪走着轻松。"叶小安正想着,忽又发现左右路边每隔五步便站一人,肋下按刀,肃立如山,身上蒙了厚厚一层雪却一动不动,不禁把他吓了一跳。

叶小安缩了缩脖子,小心翼翼地往前走,越走越害怕,等他走到自家门前时,看见门口一下子增加了八个按刀侍立的高大魁伟的武士,神情肃穆,剽悍威猛,吓得都不敢迈步了。

其实那些武士早就认出他了,一瞧他的模样就知道这人就是主人说过的兄长,只是叶小安并不认识他们,不便贸然上前见礼。这时见他迟疑不前,连自己的家都不敢回,几名侍卫不禁有些想笑。

其中一人正想上前见礼,对他说明一下情况,旁边院门里忽然探出一颗光头,只见熊伟冲着叶小安兴高采烈地招起手来:"小安,小安,你回来了呀?"

叶小安一见熊伟,赶紧跑过去,忐忑不安地道:"熊大爷,我家……我家这是出什么事啦?"

熊伟道:"甭怕!哈哈,是你二弟回来了,你知道吗,你家小二现在可是混大发啦,那派头,那威风!哎哟嘿,我都形容不出来!你看见那些人了吗?全是你二弟的手下,还有旁边那么多车,看见没,大包小裹的,全是你家的东西,你们叶家这下子可抖起来啦!"

"我兄弟回来了?"叶小安大喜,赶紧对熊伟道,"大爷,咱们回头再聊,我先回去看看我兄弟!"

叶小安喜不自禁地冲向自家，虽然知道那些身形雄壮、虎目晶亮，看着有些吓人的武士是二弟的属下，可还是有些害怕，叶小安冲着他们客气地点点头，便一溜烟地闪了进去。

·※·※·※·

李玄成府上，李玄成拥着波斯国的金丝绒毯，懒洋洋地坐在红泥小焙炉旁，从热水中提起一只永乐年间的青花小酒壶，微微一倾，酒液沥下，洒进面前的酒杯中，然后放下酒壶，向前边做了一个请饮的姿势。

欠着屁股坐在椅子上的徐伯夷赶紧抢上一步，将酒杯捧在手中，殷勤地道："多谢国舅爷赐酒！"

徐伯夷小小地抿了一口，便聚精会神地看向李玄成。

李玄成慢条斯理地道："叶小天已经回京了！"

徐伯夷身子一震，矍然看向李玄成。李玄成盯着泥炉中红红的炭火，冷冷一笑，道："衣锦还乡啊，我都没有他那样气派、威风！"

李玄成轻轻吁了口气，微微抬起双眼，冷冷地盯向徐伯夷："你说，咱们该怎么对付他？"

徐伯夷努力想了想，忽地双眼一亮，问道："国舅在礼部，可有熟识的朋友？"

李玄成冷冷地道："怎么？"

徐伯夷道："他回了京，先要到礼部三天，在那里接受觐见陛下的礼仪培训，如果国舅在礼部有人，就可以趁机做些手脚，让他御前失仪……"

李玄成不耐烦地摆了摆手，道："小家子气！就算御前失仪，难道皇帝会杀了他？轻了，不过是圣心不悦，重了，也不过贬上两级，不会置他于死地。何况他此番进京要接受敕封的是土司之位，相对于地方上的稳定，小小失仪，陛下怎么会放在心上！"

"这……"

"不是置他于死地的主意，就不用说了！"

徐伯夷惊了一下，忍不住看了李玄成一眼，心想："这位国舅爷竟比我还仇视叶小天！"

不过，李玄成有心杀了叶小天，倒正合乎他的心意，徐伯夷想了想，又振作精神道："国舅手下，可有忠心耿耿又武艺高强的部属？"

"嗯？"

"咱们伺机刺杀，一了百了！"

李玄成叹了口气，慢慢垂下眼皮，慢吞吞地道："你回去吧，回去扫你的地去吧！"

徐伯夷慌了，忙道："国舅何故不喜？"

李玄成怒道："且不说叶小天身边侍卫重重，就算有机会下手，他如今不亚于一方封疆大吏，而且是要千秋万载，世世代代为朝廷戍边守民的，这样一个人，在天子脚下遇刺身亡，将要惹出多大的风波？但凡露出一点马脚，本国舅除了一死，何以谢天下？我是要他死，不是陪他死！"

徐伯夷擦着额头上的冷汗，赔笑道："是是是，奴婢再想想，再想想……"

徐伯夷垂首想了许久，慢慢抬起头来，脸上露出一副诡谲的令人心寒的笑容："国舅，我有一计，不仅可令叶小天死，而且可以让他满门抄斩，一个不留！"

· ※ · ※ · ※ ·

严世维半路与叶小安分了手，登车返回自己的住处。

这个严世维其实根本不是一个商人，而是播州杨应龙的手下。当日，杨应龙试图利用格德瓦控制蛊教的计划失败，就打起了叶小天的主意。只是当时他支持格德瓦登位的意图太明显，叶小天又与展氏和安氏来往密切，杨应龙不好与他做太多的接触。

把遥遥留在叶小天身边，只是他的一招暗棋，就算将来不能利用这个便宜女儿控制叶小天，凭着血缘关系，也能通过遥遥掌握不少叶小天的机密情况。

那时候，杨应龙就开始打探叶小天的底细了，很快他就查到，叶小天是京城人氏，而且有个孪生兄长。

杨应龙打心里，还是希望能直接控制叶小天为他所用的，但是从叶小天的一贯表现来看，叶小天显然对播州杨家颇有戒意，于是杨应龙就想到了一个备用方案——李代桃僵，而李代桃僵的关键，就是叶小安。

要做到这一点，就需要先把叶小安牢牢控制在手中，严世维刻意接近叶小安并拉拢诱惑，所执行的就是这个任务。

严世维为了接近叶小安，着实费了番功夫，他先找到一个犯官家属主动攀亲，主动大包大揽地替他们出面去贿赂狱卒，那户人家自然乐得有这么一个热心肠的好亲戚。

通过这种关系，严世维结识了叶小安，并很快成了腻友。叶小天没有想到杨应龙图谋深远，居然早早布局京城，而叶小安同样没有想到，他当作大哥的严世维，竟包藏了如此祸心。

严世维回到家，家中管事立即凑上来说了几句，严世维矍然一惊，马上举步向书房走去。

书房里面，一个身着皮袍的中年人正坐在炉旁烤着火，听见房门响，只撩起眼皮看了一眼，并未起身。

严世维欢喜地走过去，道："大哥，你来了，天王那边有什么吩咐吗？"

坐在椅子上烤火的这位，正是他的胞兄，同样是杨应龙的心腹，名叫严仕星。严仕星道："你这边的事办得怎么样了？"

严世维在一旁椅子上坐了，道："那小子，现在是酒、色、财、气，无所不沾，已经被我控制住了。"

严仕星呵呵一笑，赞许地道："干得好！叶小天已经回京了，这小子，在山里做一世山大王嫌不过瘾，竟打起了出山做世袭土司的主意，结果还真被他得到了。"

"他娘的，这小子还真是气运加身哪！难怪天王看重他！"严世维羡慕地嘟囔了一句，又道，"既如此，咱们要不要马上把他干掉，让叶小安取代他？"

严仕星淡淡地道："叶小天率生苗出山，步步为营，该大胆时大胆，该谨慎时谨慎，若是换了叶小安，他有没有本事做到他兄弟接下来想做的事？"

严世维想了想，摇头道："此人……怕是没那个本事。"

严仕星又道："如果生苗不能出山，甚而失去控制，又回到深山龟缩不出了，对天王又有什么用处！再一个，叶小天在铜仁对张、于两边拉一个打一个，打疼了换过来，继续又拉又打，直到把两边都打得乖乖依附于他，顺利把铜仁掌握在手，这等本事，换了叶小安行不行？他能否继续维持并扩张局面？"

严世维想了想，又为难地摇了摇头。

严仕星道："此外，叶小安现在固然是酒、色、财、气什么都沾，可他已经天良泯灭了吗？肯为了自家富贵谋害胞弟吗？"

严世维又犹豫起来，严仕星道："你呀！太莽撞！既然你不能保证，那么现在就不是图穷匕见的时候。叶小天做了几年官，光是举止言谈间的气度威严就不是叶小安装得来的，必须让他在叶小天身边多待些时间，好好地揣摩学习一下。另一个，你接下来任务的重点就是，离间这两兄弟之间的感情，让叶小安对叶小天怀恨在心，直至杀了他也不会眨眼！"

严世维微笑起来，道："明白！还是大哥高明！这段时间，正好让叶小天继续扩张势力，继续把生苗搬出山来，到时候咱们利用叶小安全盘接收过来，为天王所用！"

严仕星道："敢将十指夸针巧，不把双眉斗画长。苦恨年年压金线，为他人作嫁衣裳。哈哈哈哈……"

第五十三章

粗俗鄙夫

一

叶小天直至傍晚时分才离开曲子胡同，冬日天黑得早，他离开的时候时辰上并不算太晚，但外面已是漆黑一片。百余人灯笼火把，护着车队长龙招摇过市，那场面当真是壮观、震撼。

京城有执金吾巡城，他们老远看见这等嚣张的场面，只当是哪位极尊贵的王公出行，虽说既未见到官幡，也未见灯笼上标明姓氏，可时辰本就未到宵禁，因而也不敢上前拦住询问自找没趣，竟容他一路张扬地到了客栈。

李秋池一直没在叶家露面，就是忙着为叶小天安顿去了，他包下了距叶家极近的一整座高档大客栈，又亲自去礼部递帖子确定东翁前往报到的时间，一切安顿妥当后，叶小天一行人正好赶到。

"大人，这可是天子脚下，咱们如此张扬，会不会太过了？"饶是苏循天对叶小天如今的权势地位极为推崇，见叶小天这般招摇，也不免有些忐忑起来。

叶小天微微一笑，低声道："你以为我作为一方封疆大吏，进了京，陛下就只会等我觐见？锦衣卫的密探、东厂的番子，只怕早就盯上我了，一举一动都要报到陛下面前的。"

苏循天一惊，道："那咱们不是更应该……"

叶小天摇摇头，道："我所做的，正是陛下希望看到的呢。"

他意味深长地拍了拍苏循天的肩膀，便揽着哚妮的小蛮腰，很张狂地向楼上走去。一路行去，哚妮的腰铃、足铃叮叮当当响个不停，还真是比暴发户还暴发户。

…………

叶小天走后，叶家人聚在油灯下，就开始了一番热切的讨论。

叶小安兴冲冲地道："爹，你一直担心老二在外面混得不如意，只是捡好听的话回来叫你安心，现在你相信了吧？老二在铜仁，那可是一方土皇帝呢。"

虎头虎脑的拴柱忍不住插嘴道："爹，你还不是说我二叔那儿穷山恶水，衙门口比土地庙还要小吗？"

叶小安瞪着眼道："去去去，小屁孩子懂什么！"

叶小安把板凳往老爹身边凑了凑，继续道："老二这么出息了，咱们干吗不过去？所谓一人得道，鸡犬升天嘛！再说了，老二现在可是土司老爷，有自己的江山了，咱们作为亲人，不得过去帮他看着？谁敢保证外人不打他主意，打仗亲兄弟，上阵父子兵嘛！"

"小安说的是呢，公公，您就别犹豫了，咱们就跟二叔去铜仁吧！"抚着绫罗两眼放光，抚着珠玉眼珠子和珠玉一齐放光的叶大嫂恋恋不舍地回身走过来，亲热地对叶老爹道，说完又瞪了丈夫一眼，道，"什么老二老二的，他是你亲弟弟不假，可人家现在是土司老爷，要懂点规矩！"

叶窦氏连连点头，道："小二自然是不会怪你什么的，这孩子淳厚，知道疼家里人。可是有了官身，家里人就得帮他维护着。要是做了皇帝，就是亲兄弟在外面遇到了，也得跪下行臣礼，就是为了给外人立规矩，所以啊，以后光自己人在没关系，但凡有一个外人在，你对兄弟说话就得注意些。"

叶小安唯唯称是的同时，又迫不及待地道："那……咱们跟不跟二弟回铜仁哪？"

叶窦氏看向叶老爹，道："当家的，你看……"

以前一家人都是有些犹豫的：叶老爹担心儿子其实混得没那么好，只是为了让家里人放心；叶小安是听信了别人的谣言，真以为铜仁是穷乡僻壤、不毛之地；至于叶大嫂，不晓得二叔那里究竟情况如何，又舍不得离娘家太远，所以也不大同意。

如此一来，一家人才迟迟未做决定，如今见了叶小天的气派威风，还有什么好说的。叶老爹想了想，重重地一点头，道："二子也说过不止一回了，方才又跟我提起来，既然如此，那咱们就去铜仁。"

叶老爹抬头对儿媳妇道："你捡些娘家好用的礼物，明儿就和小安回去一趟，跟你爹娘说说咱们一家人的意思。"

叶大嫂一听，欢欢喜喜地答应下来。

叶老爹微笑着，满脸的皱纹像一朵盛开的花，欣然道："祖宗保佑，咱老叶家出了头了呀！小安哪，等你回来，和二子一起陪爹去上个坟，咱们给老祖宗上炷香！"

·※·※·※·

礼部主客清吏司主事陶希熙走进国舅府的时候，天色已经全黑了。一个家仆前方打着灯笼，引着陶主事进了花厅。

李玄成一袭月白色的道袍，发髻盘成道髻，正盘膝打坐。陶希熙进了花厅，悄然在旁边站立，未敢发出一语。

文官集团和国戚集团其实是对立的，但是同在一个屋檐下，相互之间又有着很密切的联系，而且总有一些人有着对方的背景。比如这位陶主事就是李玄成保荐的。

过了许久，李玄成长长吁出一口气，睁开了眼睛，一见陶主事恭立一旁，李玄成露出满意的神色，下榻趿鞋，微笑起身道："陶主事来啦，不要见外，自己坐嘛。"

陶主事赔笑道："对国舅理应敬重！"

直等李玄成大袖一挥，在一张椅子上坐了，陶主事才退了两步，在下首对面的椅子上端端正正地坐下，轻咳一声道："国舅召见，下官不敢怠慢，一放了衙就匆匆赶来了，不知国舅可有什么吩咐？"

李玄成不慌不忙地拿起茶杯呷了一口，道："明日有铜仁府推官叶小天前往你部报到，学习见驾之礼，你可知晓此事？"

陶主事身为礼部下辖四司中的主客清吏司主事，管的就是宾礼及接待外宾事务，自然知道此事，下午李秋池的拜帖就是送到他手上的。陶主事有些艳羡地道："下官知道，这位叶推官，当真好运气，不日就要受封为土司，子孙永享福荫，实在令人羡慕。"

李玄成呵呵笑道："这个叶小天福薄呀，福薄的人撞上大气运，那是会折寿的。"

陶主事听他话里有话，不由得神色一紧，微微倾身道："国舅的意思是……"

李玄成神色一冷，沉声道："我希望他死！"

陶主事惊道："国舅打算干什么？他是朝廷命官，马上又要成为永镇一方的封疆大吏，他……"

陶主事说到一半，就被李玄成冷冷的目光给压住了。

李玄成道："只要你帮本国舅办成此事，我会在太后面前替你美言，一个员外郎肯定是跑不了的，便是给你一个郎中做做，也未必就不可以。你熬资历要等多少年哪，十年还是二十年？"

陶主事面有苦色地道："可……下官手无缚鸡之力，实在杀不了人哪！"

李玄成哈哈一笑，道："谁要你杀人了，我只是要你亲近叶小天，和他做朋友！"

陶主事一呆，奇怪地道："国舅的意思是……"

李玄成招了招手，陶主事忙凑过去，李玄成对他窃窃私语一番，又拍拍他的肩膀，语重心长地道："简单吧？你只小出一把力，便能少奋斗二十年，难道还不值得？"

陶主事目光飘忽，弓着身子翘着屁股，不肯答话，李玄成神色一冷，又道："本国舅虽是国戚，不该干涉政务，但是要撤掉一个小小主事，还是容易的，尤其是……你本就是本国舅保举的！"

陶主事挣扎半晌，终于俯首，软弱地道："下官知道了，遵照国舅吩咐便是了！"

李玄成仰天大笑起来…………

·※·※·※·

一身飞鱼锦袍的宇无过在小太监的引领下穿过繁复、曲折、幽深的皇庭大内，来到一处幽静的宫室。雪已扫净，堆在墙边，庭院中几树梅花在灯光下现出鲜丽的红色。

宇无过无心欣赏美景，匆匆走到廊下，那引领的小太监对守门的太监低声说了两句，便躬身退下。

"宇大人，陛下等你多时了，请跟奴婢来。"那守门的小太监对宇无过客气地道。

这宇无过是如今的锦衣卫指挥使，乃天子近臣，那小太监对他自然客气几分。宇无过跟着小太监进了宫闱，转入一处静室，就见帷幕低垂，檀香阵阵，一身明黄便袍的万历皇帝正伏案批阅着奏章。

初履帝权时的欢喜新鲜已荡然无存，两三年下来，万历天子已经有些厌恶这种生活。万历又批阅了两份奏章，看看依旧摞得高高的奏章，叹了口气，这才抬起头来。宇无过马上上前见礼："臣宇无过叩见陛下！"

万历懒洋洋地摆了摆手，等他垂手站定，才道："叶小天到京了？"

宇无过赶紧道："是！臣自通州，就派人盯着他，这个叶小天……"

宇无过把叶小天一路如何招摇的事对万历皇帝详细述说了一遍，正批阅奏章批得心烦意乱的万历天子全当是笑话听了，不时露出忍俊不禁的表情。等到宇无过说罢，万历撇了撇嘴角，一副不屑的模样，道："在你看来，此人志向如何？"

宇无过笑了笑，道："封妻荫子，永享富贵，足矣！"

万历天子已经召见过东厂的人，了解的情况与宇无过的说法大体相同。万历皇帝不禁呵呵地笑了起来："想要这些？那朕自然可以给他，只要安分些，别给朕添乱就好。"

万历天子想了想，含笑道："叫他去礼部学学规矩吧，三日后再来见驾，省得君前失仪，失了体统！"

宇无过连忙躬身道："臣遵旨！"

万历皇帝拂了拂袖子，漫步走开去，帷幔一分，身影已然消失，只余他的歌声渐行渐远："堪笑这没见识街市匹夫……声音多厮称，字样不寻俗，听我一个个细数。粜米的唤子良，卖肉的呼仲甫……开张卖饭的呼君宝，磨面登罗底叫德夫，何足云乎？"

第五十四章

土　豪

一

叶小天一大早便送哞妮去陪老娘，日上三竿时分才去了礼部。

其实叶小天当初在金陵做会同馆大使的时候，曾对大明官场礼仪恶补过一番，不过记在心里和曾经做过是两回事，因此到礼部演习一番还是有必要的。

"足下就是叶推官，哎呀哎呀，久仰久仰！"礼部主客清吏司主事陶希熙一见叶小天便满面春风地迎上来。苏循天偷笑道："他久仰什么，大人在京城很有名吗？"

李秋池不动声色地踩了踩他的脚尖，没有说话。

叶小天十分意外，他在天牢"接待"过的官可不是一个两个，从他们口中早知京官的傲气，地方上权重一方的大员，到了京城六部衙门，面对一个比他低五六品的小吏，也得赔着笑脸，任人呵斥冷遇也不敢露出怒色，没想到这位陶主事竟如此客气。

叶小天是个驴脾气，你敬我三分，我还你一丈，你对我不客气，我就是一头犟驴子。如今人家客气，他马上也换了一副笑模样，拱手迎上，道："下官见过主事大人！"

这位主事是六品官，和戴同知一个级别，叶小天现在还是推官身份，七品官，和他差着两级，是以要先行见礼。叶小天腰刚弯下去，就被陶主事搀起来了，陶主事哈哈笑道："叶大人，不要客气！你以一介狱卒之身离开京城，不过数年，连连高升，现在马上就要成为一方土司，你可是京城里的一个传奇了呀，较之古来拜将封侯者还要令人艳羡，哈哈哈……"

陶主事说着，便亲热地攀住了叶小天的手臂，道："来来来，咱们这就去主客司，你不用担心，面君之礼说难也难，说不难也不难，陶某好生给你讲解一下，稍加练习就能纯熟了。"

叶小天道："是！有劳陶大人。对了，不知这礼部侍郎，可还是林大人哪？"

陶主事惊讶地道："怎么？叶大人认得林大人？"

叶小天微微一笑，略显神秘地道："这个……咳！算是有段香火情吧！"

陶主事肃然起敬，连忙道："原来如此，大人可是想先去拜会林大人？"

叶小天拱手道："有劳陶兄！"

"不必客气！"陶主事笑容可掬地道，"走，我领你去！"

二人一路说笑，那陶主事毫无京官架子，对他十分礼遇，待二人来到侍郎的签押房，已经十分熟稔了。陶主事让叶小天稍候，自己上前与门房小童低语了几句，那小童好奇地看看叶小天，便转身进了屋。

叶小天并非临时起意要见林侍郎，而是有意重续旧谊。常言道，朝中有人好做官，贵州但凡数得上名号的大土司，在朝里其实都有关系，他们来往未必有多密切，但逢年过节一份厚礼是少不了的。

不要小瞧这份关系，关键时刻就能起大作用。比如说播州杨家和水东宋家常起纠纷，还打过几场不成规模的恶仗，但他们双方在朝中都有关系，即便有些风声传到皇帝耳中，只要站出一位大臣，轻描淡写地说一句，"不过是该地民风剽悍，村民聚众斗殴罢了，寻常事耳！就是他们自己的土司都不放在心上，陛下心怀天下，何必过问这一地一隅一撮小民的纠葛呢"，便大事化小，小事化无了。

叶小天现在也有心培养自己在朝中的关系，要说是利益代言人还远远谈不上，不过只要对他有些好感，适当的时候肯为他说句好话，就是一个良好的开始。

而他在京城别无门路，唯一认识的就是林侍郎，林侍郎年纪不大，现在才四十多岁，还有更进一步的机会，值得进行感情投资。所以，今天学不学面君之礼还在其次，首要之事是跟林侍郎搭上线。

那小厮不一会儿就匆匆出来了，神态较方才客气了许多："我家侍郎有请叶大人！"叶小天整了整衣冠，向陶主事点点头，便随那小厮走进去。

林侍郎正站在案后挥毫泼墨，叶小天刚一转过屏风，林侍郎就搁下笔，微笑着抬起头来。案上铺着偌大一张宣纸，上边点墨也无，林侍郎根本就不是在写书法，而是要迎接叶小天。

两人品阶差得实在太远，不要说出迎，就是起立相迎，对林侍郎来说都有些跌份，可真要论到实际权力，这位即将成为土司的推官大人可是连他也要眼红三分的，所以他才煞费苦心地选择了这种方式，既不自降身份，又能对叶小天显示出礼遇。

叶小天是在专门关押贪官污吏的天牢里混过的，这些门道自然清楚，目光往纸面上一落，立刻就明白了林侍郎的意思。

叶小天向前三步，就欲拜倒。只是他的动作并不快，已经从案后绕过来的林侍郎又主动抢上三步，因而叶小天的双臂正好被林侍郎架住："免礼，免礼，哈哈，林推官，你我葫县一别，好像也没多长时间呀，想不到你步步高升，顺达如此，我看用不了几年,本官要向你参拜啦!"

林侍郎开着玩笑搀起叶小天,道:"坐吧!"

林侍郎回身到了上首落座,叶小天这才坐下,笑道:"葫县一别,下官对大人甚是想念。今日有机会回京,面谒大人,心中实在欢喜。"

不管这话是出自真心还是假意,林侍郎听了还是高兴的。林侍郎现在正处于事业的上升期,也需要形成自己的派系,而今叶小天已今非昔比,大可结交一番,引为奥援,是以听叶小天有亲近之意,林侍郎十分高兴。

陶主事站在门外无所事事,便倚着红漆廊柱想起了心事。李玄成交代给他的任务,说起来确实并不困难,而得到的回报却是成为主客司郎中,这个险,值得冒哇!

不要看主客司郎中是五品官,他是正六品,只差着三级,可这是京城,就是往上爬一级,都难如登天,每出现一个空缺,你不晓得前边有多少人盯着,而且人人都有后台、有背景。

再者说,虽只高了三级,那权力和待遇可大不相同了,郎中上边就是侍郎,只要能站到部中这个位置,就有资格建立自己的班底,不只他可以选择某位重臣投靠,重臣们也会在他们这一级的官员中物色党羽,安知来日他不能成为侍郎、尚书?

接近叶小天,让他相信自己……

想着李玄成交代的任务,陶主事的眼睛微微眯了起来,眼神深沉得可怕。

…………

签押房内,宾主尽欢。

想跟人家攀交情,有些话有些事就得点到为止,若是赖着不走,没完没了的,惹人心生憎恶,那就起反效果了,是以叶小天在一句风趣的话逗得林侍郎哈哈大笑的当口,便趁机起身道:"侍郎大人公务繁忙,下官就不多打扰了,这就告辞。"

林侍郎笑容满面地道:"好!你去吧!"

叶小天走出两步,忽又站住,仿佛想起了什么,轻轻一拍额头,回身道:"大人虽正当壮年,可还是应该多多保重身体呀。下官这儿有对玩物,送与大人,闲暇盘玩,有益身体。"

叶小天说着从袖中摸出一对核桃,在手中一盘,当当地发出清脆悦耳的金玉之声。林侍郎一瞧这对核桃呈朱红色,晶莹剔透,便知盘玩多年,虽不值太多银钱,却也是个稀罕物件,便笑吟吟地接过来。

那对核桃入手颇沉,清凉沁骨,触之光润如玉,果然是盘玩出来的上等文玩。叶小天又向林侍郎拱一拱手,这才告退。

林侍郎揉着核桃回到案后坐下,目光一垂,忽然觉得有些不对,急忙把那对核桃凑近了看,登时大吃一惊,这哪里是盘玩出来的核桃,分明是真正的红玉雕刻而成的呀！

常言道："玉石挂红，价值连城！"这对红玉核桃何止是挂红，根本就是艳若鸡冠，油脂光泽，细腻温润至极。

这一对玉核桃……

林侍郎掂了掂那对核桃，迅速估出了它的价值：在达官贵人云集、寸土寸金的西城，可购五进院落的豪宅一幢，同时买美婢俏童百人，另还可在京郊购良田千亩。

林侍郎顿时倒抽了一口冷气，这位未来的土司老爷，出手也忒豪绰了！想到刚才叶小天盘核桃时叮当作响，他又是一惊，虽说红玉最硬，可是力道稍有不妥，也会碰掉那雕刻极其逼真的纹路，他居然当成真正的核桃盘玩……

林侍郎攥着这对核桃，小心翼翼地不敢转动一下，这要是掉到地上，哪怕只跌掉一个碴，可就是一个如花似玉、百媚千娇的二八女郎不见了踪影，心疼啊！

林侍郎赶紧回身从身后的书架上翻出一只盒子，那盒子里本来盛着一方名砚，林侍郎一手攥着核桃，另一只手打开匣子，把里边的名贵砚台往桌上一倒，马上扯过那张宣纸，把一对核桃裹得严严实实，塞进匣子，这才如释重负地坐下来。

"这个叶小天，真是有心了……"林侍郎抚着匣盖，微微笑了起来。

第五十五章

面　君

一

叶小天在礼部三天，认真学习觐见天子的礼仪，说是三天，其实每天只学习一个半时辰，其他时间自由支配。

也因此，这三天叶小天做了许多事，走亲访友、拜会邻居是必不可少的，到处撒钱也是必不可少的。这大概是国人的一个习惯了，在他乡一住经年，回到故乡的人大多这么做。

他们可能真的混得很好，也可能只是打肿脸充胖子，但是都抱着"衣锦还乡"的念头，不想让亲朋故友看轻了自己。叶小天在这方面自然不会吝啬，所以俨然成了散财童子！

在礼部的学习其实也不容易，因为礼部要教给他的不只是面君之礼。正值年关，皇帝要大宴群臣，像叶小天这样新晋的地方土司，而且部属来自深山，有"归附"的政治意义，出席国宴是必然的。

所以举凡接受敕封、参加国宴、见到其他朝廷重臣，应该是什么礼节，如何谈吐、称呼，陶主事都事无巨细，悉心教导，亏得叶小天脑瓜灵活，领会极快。

三天下来，叶小天想着要在京城经营人脉，陶主事又有意接近他，因而两人成了关系极密切的朋友。

严世维这两天一直没来叶家，因为他来了也没用，叶家根本没有工夫招待他，叶小天只要在家，就带着大包小裹走亲访友，其间还和父亲、兄长一起去祭扫了祖坟。

第三天严世维终于来了，叶小安急忙向叶小天引荐："二弟，这是大哥的好友，严世维严兄，在京城，对为兄一向照顾！"

叶小天看了眼严世维，拱拱手道："严兄，何处高就啊？"

叶小安吞吞吐吐地道："啊！严兄……严兄是个商贾，不过生意做得极大！"

叶小安也知道，自己兄弟现在是大官，而商贾是贱业，虽说大商贾富可敌国，早就可以出入王侯府邸被待如上宾，真正的社会地位并不受太祖定下的等级制度限制，可严世维显然还没达到那一层次，因而深恐二弟一听他是商人便生鄙视，令严世维难堪，所以说得吞吞吐吐。

叶小天自然明白兄长的心意，一瞧他这副模样，就知道他在担心什么，不由得暗笑。叶小天当然不会让自己大哥为难，他客气地对严世维道："多谢严兄对家兄的照料！"

严世维听叶小安说过叶小天的身份，这时也就扮足了商贾模样，诚惶诚恐地对叶小天道："推官老爷……不不不，土司老爷，您言重了，言重了，我和小安……啊，不！我和……小人和贵府大老爷性情相投，不是不是，承蒙贵府大老爷抬爱……"

严世维不但扮得像，语无伦次地说着话，还硬生生地憋出一脑门的汗，叶小天不禁莞尔道："你不要慌，一贫一贱，交情乃见。你是大商贾，我那兄长只是天牢一狱卒，高攀了你，可没见你嫌弃，如今我叶家侥幸发达，又岂有嫌弃旧友的道理？"

严世维满脸堆笑，连声道："是是是，大人您说的是。"

叶小天道："马上我就要进宫见驾，现在实在无法招待严兄，失礼得很。等我从宫中回来，再设宴款待严兄！"

严世维连连摆手："哎哟！可不敢当！可不敢当！大人您忙，您忙！"

叶小天和父母说了一声，又向严世维客气地打过招呼这才出门，车马早在门前等候，叶小天登车便往皇宫行去。

叶小安等兄弟走了，把严世维拉到院子里，小声埋怨道："我兄弟今天要面君见驾，我不是跟你说了明天来吗，这么匆忙的时候，怎么好替你引见。"

严世维搓着手讪笑道："我这不是听说你兄弟做了大官，心里紧张，怕算错日子嘛，三天之后，还是第三天，实在拿不准了。没事没事，我明儿再来拜访就是。对了，反正无事，要不咱们现在出去转转？"

叶小安想起那位初音姑娘，还有那位尚未谋面，听说也是身怀名器的雨辰姑娘，顿时心痒痒的，忙道："好，咱们出去走走！"

他知道娘子对这位严大哥没有好脸，是以也不与家人打招呼，便拉着严世维走了出去。严世维偷偷瞟他一眼，道："虽然听你说过了，可是亲眼看到你二弟，和你长得一模一样，却是那么大的官，真有些不敢相信呢。"

叶小安笑道："别说你，我也是这样呢，每天早上起来，我都害怕。"

严世维吃惊地问道："你怕什么？"

叶小安道："怕我二弟回来，还当了土司老爷的事是一场梦呗！"

严世维笑起来："怎么可能，你们叶家，现在是真的发达了！以后还要多多仰仗贤弟你呀！"

叶小安道："应该的，应该的，当初我只是一个小小狱卒，严大哥没嫌弃过我，现如今我们叶家发达了,自然也不会忘了严大哥,你放心,你去铜仁做买卖的事,包在我身上,有我二弟照应,你一定站得住脚!"

严世维连声称谢,故作玩笑地道:"你二弟不肯帮我也没关系,有贤弟你就成了。反正你家这位土司老爷和你生得一模一样,真需要请你二弟帮忙的时候,你换上他的衣服陪我走一趟,外人谁能认得出来?"

叶小安想起,有一次上头送来一名犯官,因为抓得急,人送来时官服还没脱,在把官服上缴之前,他们几个狱卒就轮流穿着那袭官服过了次干瘾,这时听严世维说得有趣,不禁跃跃欲试起来。

严世维点到为止,并未深说,来日方长,许多种子,要一颗颗悄悄埋下去,然后等着它一粒粒地发芽……

·※·※·※·

叶小天下了车,他身后的几辆大车业已停了下来,那上边都是他送给天子的礼物:波斯、大食的精美玻璃器皿、鹿茸麝香、牛黄狗宝、西域的香料、青海的番葵,等等。

叶小天整理了衣衫,扭头看了眼李秋池,只见李秋池站在那儿脸色涨红,望着金碧辉煌的宫殿建筑群两眼发直。

也许每日入宫见驾的大臣们早就对皇宫见惯不怪、毫无感觉,可第一次见到它,谁不心生震撼。

叶小天长长吸了口气,手往李秋池肩上轻轻一拍,待李秋池渐渐恢复了平静,这才迈开大步,向前走去……

礼物被太监们接收了,李秋池和侍卫被挡在了宫门外,只有叶小天一人被一个小太监引着进了皇宫,重重宫阙,道道门户,叶小天已经走得腿软,这才见那小太监在一座宫殿前停下。

这里是御书房,皇帝日常批阅奏章的地方,叶小天在这里一等就是一个时辰,站得脚后跟生疼。叶小天不时地变换着左右脚的重心,以减轻身体的不适,他偷偷瞟了瞟引路的小太监和门口的侍卫,却见他们恭谨而立,仿佛石刻的一般,整整一个时辰,居然一动没动。

叶小天见了不由得暗自感慨,什么本事都是练出来的呀,在宫里做个奴才,也得有人所不能的本事。

终于,又候了一刻钟后,里边出来一个大太监,目光往阶下一扫,将拂尘一扬,高声道:"宣,铜仁府推官叶小天见驾!"

叶小天顿时精神一振,二十四拜都拜过了,能不能给子孙后代挣个金饭碗,就看这最后一哆嗦了!万历,我来也!

第五十六章

我要上春晚

一

万历皇帝有些好奇地看着走进来的这个年轻人，这个人的岁数与他相当，比他略瘦些，眉目很是周正。叶小天身着七品推官服，大步走进殿堂，与天子目光一碰，明显一愣。

"大胆！竟敢直视君上！"万历身边一个容颜清秀的太监低斥一声，那年轻推官如梦初醒，轻轻啊了一声，赶紧抢上两步，撩袍跪倒，重重一顿首，撅着屁股伏在那儿不动了。

万历皇帝扭头看看自己的伴当太监，一脸诧异，伴当太监也是一脸莫名其妙，引着叶小天进来的那个小太监紧张地往叶小天身边凑了凑，低声道："说话呀！叩头哇！你别不动啊！"

叶小天恍然大悟，急忙拜了三拜，挺起身子，用铿锵有力的声音道："臣，铜仁府推官叶小天见驾！"

三跪九叩礼明朝时候还没有，那是清朝时候增设的礼节，明朝时候高级官员见皇帝只是行揖礼而已；一般的官员见皇帝也只是三拜或四拜；只有在重要场合，才会严肃些，需要行五拜三叩头礼。

而且，拜之前你得先向皇帝自报身份，然后再行礼，叶小天是干净利落地先行了礼，再向皇帝报名，这且不说，他还直起了腰瞅着皇帝说话，整个都弄拧了。

"不对！不对！你先唱名，再行礼！"旁边那小太监已经急得满头大汗，伴当太监忍不住扑哧一声笑了出来，万历皇帝也有些忍俊不禁，嘴角抽了抽，忍着笑，道："免了，平身吧！"

"是！谢陛下！"叶小天如释重负地从地上爬起来，臊眉耷眼地冲皇上解释，"臣其实是记熟了礼节的，只是臣第一次拜见天子，是以有些失措，还请陛下恕罪。呃……陛下龙威莫测，小臣战战兢兢……"

叶小天之前失仪，万历皇帝也看出来了，这小子是头一回见皇帝吓得，所以心中不免有些小小虚荣，并未生气。待见叶小天起身，居然像唠家常似的跟他解释，就觉得有些好笑了。

这时叶小天又自作聪明地拍了句马屁，皇帝便再也忍不住，哈哈大笑起来。宫里头拍马屁的高手很多，能混到天子身边做大太监的哪个不是拍马屁高手？人家拍得那叫不着痕迹，叫你听了身心舒泰，却感觉不到他是在奉迎你，而这个叶小天的手段实在是太拙劣了些，让万历皇帝听了便无法端起皇帝架子了。

金碧辉煌的皇宫大内在初见它的人眼中，仿佛天上宫阙，可对自幼居于其中的万历皇帝来说，宫廷固然壮丽辉煌，却欠缺自然的风采，因而显得平淡无奇，即使雕梁画栋之上刻满了栩栩如生的飞禽走兽。

在他年轻的生命中，有趣的事实在不多，只有看戏时能找到一些快乐，此时见到这个明明有点笨拙，偏还卖弄小聪明的叶小天，也算是给他枯燥的生活提供了一点乐趣。

万历皇帝龙颜大悦，笑吟吟地吩咐道："赐座！"

伴当太监有些惊讶，以叶小天这样的品级，是没有君前赐座的尊荣的，看来皇上对这个土包子土司印象不赖呀。伴当太监一面想着，一面吩咐人搬了把锦墩过来，和气地向叶小天打了个手势。他们是天子的家犬，天子看在眼里的人，他们自然也会表示出善意。

叶小天暗暗松了口气，知道这至关重要的第一关在自己的装憨弄傻中已经算是通过了。方才他虽抬起头，直愣愣地看着万历，却并未真的打量这位年轻的天子，而是在努力演自己的戏，这时才悄悄瞟了万历皇帝一眼。

这位年轻的天子穿着一身明黄色的便袍，头戴纯阳巾，虽然体形微胖，却透着一股子清雅飘逸的味道。"你本流官，缘何会得到山中野民推崇呢？朕甚是好奇呀！"万历道。

这个问题叶小天倒不担心，就连贵州当地的山外居民对山中百姓都有种种不切实际的谣传，何况远在京城、深居大内的天子呢？

如此一来，叶小天自然可以放心发挥，于是他便拣那迎合圣意的话，添油加醋地编排了一番。万历皇帝心中，那些避世隐居山中的生苗本就和桃花源中描述的避世之民差不多，不谙世事，对内纯朴，对外却不甚讲道理……

万历皇帝饶有兴致地听了半响，又道："贵州地方，由土司们分别据地守土，为国治民。山中百姓出山，势必要分割他们的领地，贵州地方的土司们愿意吗？"

叶小天有些不服气地道："臣以为，普天之下，莫非王土，率土之滨，莫非王臣！区区夜郎之地，何能例外？只是黔地山高路险，管治不便，所以天子委之于地方，可这并不代表黔地可独断独行，不受天子管辖呀！"

年轻的万历皇帝听了这话大悦，这叶小天不愧是从京城走出去的人哪，看看这觉悟，就是比地方上那些传承了千百年的土司高哇！把他封为土司，那就是往那些听调不听宣的土司群里扔进了一根搅屎棍，好事！

不过……

如果叶小天只会说些冠冕堂皇的漂亮话，万历皇帝就得考虑考虑这个祖坟冒了青烟的幸运家伙，究竟有没有本事驾驭他的部落，并且在群雄并举之地扎下根来了。

若任命他为土司，只会给帝国添乱，那皇帝还是宁愿维持现状。幸好叶小天正气凛然一番之后，马上就切入了实际。

"臣不敢欺瞒陛下，山中部落出山时，也曾与山外部落有过纠纷，好在山外土司意见不一。有些土司大人是赞成接纳山中部落的，山外地广人稀，许多部落占据了大量土地，也不过是任由野草疯长、岁岁枯荣，如今拿出一块来安置山民，并不觉得心疼。有些土司虽然不同意，但山民剽悍，又有一部分土司支持，所以他们也无可奈何。因而，臣有把握，不生动荡。"

这番话听着一点问题都没有，但细细分析，却全是问题。山中部落出山时曾与山外部落有过纠纷？这纠纷究竟有多大？山外土司意见不一，这句话更是大有玄机。

是山外土司们利益不统一，还是山中部落对其中一些土司进行了拉拢？这其中有大把的想象空间。臣有把握不生动荡，这个动荡和方才的纠纷相映成趣，究竟什么才算是动荡呢？

他奏对的人可是皇帝，这个不生动荡的承诺显然是说不会给皇帝给朝廷找麻烦，如果只把麻烦限制在铜仁一地甚或贵州一地，那么哪怕是把人脑子打成狗脑子，这位万历皇帝显然也是乐见其成的。

叶小天先展露了自己粗鄙的一面，又稍露了狡黠的一面，毕竟他也清楚，皇帝不希望他野心勃勃，可也不希望他愚蠢无能，否则他何以入皇帝的法眼？

"哦？"皇帝咀嚼着他这番话，越回味越觉得意味深长。皇帝没有说话，叶小天便也不再多言，只是低头盯着自己的脚尖，仿佛正在金砖上寻找蚂蚁。

万历沉吟良久，这才向叶小天微微一笑，道："过了大年，朕才会升殿上朝呢，你的家就在京里吧，你就留在京城过大年吧。初二晚上，到宫里来，陪朕看戏！"

皇家过年，最大的娱乐活动就是看戏，而有幸被邀请入宫看戏，那就是莫大的光荣，哪怕进了宫连皇上的面都看不清，只在台角站着陪看一会儿，出去一说也是身价倍增。

皇帝御口钦点的人极少，每年安排哪些人进宫侍驾，大多由皇帝身边的亲信大太监们负责，所以每逢春节，京官便使尽浑身解数，只求能进皇家梨园露一小脸。

参加皇室"春晚"哪！这等一票难求的情况下，叶小天居然顺利拿到了一张！

第五十七章

刷存在

一

看着娘和大嫂在小小的厨房里忙得团团转,叶小天忍不住道:"娘,今儿大年三十,你蒸那么多馒头干什么?这都第五屉了,不是说二十六才蒸馒头吗?"

"去去去,出去,你懂什么。咱们家二十六那天蒸的馒头太少,这不你回来了,咱家也宽裕了,得补上,讨个吉利!"叶窦氏挓挲着两只沾满面的手,一边解释一边把叶小天轰出了厨房。

二十四,扫房子;二十五,糊窗户;二十六,蒸馒头。到了年底,家家户户都这样,叶家今年尤其热闹。平时房子小,最怕人扎堆,可到了年节,家里要是空荡荡的,谁心里也不好受,自然是越热闹越好。

拴柱里屋外屋地乱跑,口袋里揣着二叔买给他的糖,时不时还要跑去供桌上偷偷抓一把灶糖,其实大人都看在眼里,只是佯装没看到而已,于是自以为得逞的拴柱便美滋滋地跑开了。

老百姓家过年,皇帝家也过年。皇宫里平时分餐、分宿,皇帝是绝对的孤家寡人,不过大年三十他就得和后妃们一块进膳了。

次日皇帝要祭天坛,要接受百官朝贺,要参加各种喜庆仪式,当天晚上还得和皇子皇孙们一起进膳。

等到大年初二晚,跟着老爹奔波了两天的叶小天总算有了充足的理由解脱,早早就跑到宫门外等着参加"春晚"了。这两天哪是拜年哪,根本就是陪叶老爷子显摆。

儿子这么有出息,当爹的是说不出的高兴,正好趁着拜年的机会,炫耀一下,就连十几年没有联系的远亲旧友他都想走一走,就为告诉人家一声,他儿子做官了,做了一个好大好大的官,连皇上都见到了!

叶小天赶到宫门外,发现竟然有许多大臣已经先于他赶到了,令他颇感意外。其实皇帝看戏,只有重要大臣才有安排好的座位,其他人都是共坐条凳,座位并不固定。

所以有经验的官都早早赶来排队，看戏还在其次，主要是为了靠皇帝近点，露脸的机会多些。叶小天一身推官袍服，站在尽着朱紫的大员堆里显得特别扎眼。

等到时辰差不多了，就有太监出来引领众官员入宫。他们到了皇家戏园子便抢了座位坐好。戏园子里披红挂彩，灯火如昼，前边设有一座戏台子。此时皇帝还没来，大家便与相熟的朋友私语聊天。

叶小天没有认识的人，独自干坐了小半个时辰，才见三四十个小太监急急奔入梨园，园子里马上安静下来，大家都清楚，这是皇帝快到了。紧接着皇帝的座位处便屏风锦障、明黄桌围、椅披帷帐地一一铺陈起来。

很快御驾真正赶来，近身内侍、锦衣侍卫，簇拥着皇帝登上主看台，宫娥上前奉茶的奉茶、打手巾的打手巾，好一通忙乱。叶小天翘首瞧了瞧，见主看台上只有皇帝却没有皇后，心中便想："帝后之间恐怕不甚和谐呀！"

这种场合，其实皇帝应该把皇后带来，与众皇亲国戚、勋卿大臣们观戏共乐，可万历皇帝对这位皇后娘娘却没有什么感情。

当今皇后姓王，原本是万历皇帝的母亲李氏宫中的一个宫娥。万历皇帝十六岁那年，一时动了性，把她给临幸了，那时她才十三岁。万历皇帝只是临时起意拿她疏解一下欲望，对她并无情意，事了之后连件信物也没给她。

谁料这宫女争气得很，就这么金风玉露一相逢，便珠胎暗结了。过了几个月渐渐显怀，被李太后看见，问出了缘由。李太后也是宫娥出身，对王氏自然心生同情，而且她正想抱孙子呢，所以马上把儿子找了来。

万历一开始还不肯认账，逼得李太后把《内起居注》调来，一查，上边清清楚楚地记载着他临幸王氏宫女的时间和地点，万历实在无法否认了，这才认下了王氏，封她为恭妃。

过了几个月，很争气的王氏生产了，给他生下了一个皇长子，由此恭妃便一步登天，成了母仪天下的皇后娘娘。可是这对夫妻的感情实在一般，外臣们对此也有所耳闻，是以见只有皇帝出现并不惊讶。

皇帝一到，便开锣唱戏了，皇帝兴致勃勃地看着戏，根本就没有理会叶小天的意思，叶小天这才意识到自己之前的自我感觉实在是太过于良好了。

由于上一次入宫给皇帝留下了好印象，随后又奉上了他精心准备的礼物，所以他以为这次见面皇帝会表现出很器重他的态度，是以精心做了一番准备，准备了一套说辞。

谁料到了这里才发现，皇帝根本没把他放在心上。他坐的位置离皇帝太远，举目望去，满堂朱紫，随便拎出一个官来，官职之高都能把他压得死死的，叶小天不禁心生绝望，这要如何给皇帝留下一个深刻印象呢？

李玄成作为当今皇帝的舅父，坐的位置距天子很近，在他左右坐的都是皇亲国戚，李玄成与身边的人随意地聊着天，偶尔扫一眼叶小天，眼神甚是阴鸷。

旁边伸过来一只手，为李玄成半空的杯子缓缓斟满，李玄成微微侧目，与斟酒人目光一碰，不着痕迹地交换了一个眼色。

斟酒人是徐伯夷，他已被李玄成调到司礼监。虽然，在司礼监，他还只是个给大太监端茶递水的杂役，但是，他胸有才学，一旦入了哪个大太监的眼，立即就能飞黄腾达。

两人心照不宣地碰了碰眼色，徐伯夷便悄然退下了。戏台上咿咿呀呀一番唱，万历皇帝听得很高兴，待一段戏唱完，便朗声道："今日朕与众卿同乐，各位爱卿有何才学不妨都当场展示一下，助助酒兴。"

众大臣交头接耳一番后，便有人起身拱揖道："陛下，臣观今日盛况，心有所感，想到了几句诗，愿呈于……"

万历皇帝兴致索然地摆了摆手，道："哎！应制诗就算了，诗词字画，挥毫泼墨的事今儿都不要，要助酒兴，还得轻快随意些才好，不知哪位爱卿擅长歌舞，当众展示一番如何？"

万历皇帝这一问，园子里那么多人，竟鸦雀无声。其实不少大臣闲暇时候也会哼哼小曲唱唱戏，可是在他们心里，这种玩意自娱自乐尚可，却不登大雅之堂。只有诗词书画这等风雅之物，拿出来才显得出格调呀，堂堂朝廷命官，咿咿呀呀地当众唱曲，如何使得！

万历见自己一句话落了地，竟然没有人接，不禁有些挂不住了。这时一位白发白须的文官轻咳一声，仗着自己岁数大，辈分尊，又站起来火上浇油："陛下贵重，不可轻狂！"

万历皇帝勃然大怒，用力一拍御案，喝道："一派胡言！以诗词歌赋娱乐于酒，和歌舞戏曲娱乐于海，有什么不同吗，朕的道德君子们，嗯？"

这句话说得重了，把那老文官噎得愣了一下。

其实万历天子本不是会为了这么一点小事就大发雷霆的人，但是唱戏这事曾经给他留下一段惨痛的记忆，那是张居正和冯保还在任的时候，万历皇帝有一次喝了点酒，就让一个小太监唱戏给他开心一下。

那小太监不会唱，万历就说他是抗旨不遵，仗着酒意，用剑割了他的一绺头发，说是以代首级。宫里大事小情，就没有张居正不知道的，这事自然也迅速传进了他的耳朵。

小皇帝不学好，这哪儿行，责任感甚强的张大首辅马上进宫，到太后面前奏了他一本。最终，小皇帝被唤去长跪半天，声泪俱下地检讨了一番这才过关。

如今张居正已经死了，冯保被发配去了南京，慈圣太后也靠边站了，万历已经亲政，不再是当初那个小皇帝了。他只是想让节日气氛更浓烈一点，不承想，官员们竟然如此上纲上线，顿时勾起了他心中那屈辱的一幕。

压抑得深，反弹也就强烈，"如今张居正已不在人世，你们还想挟制我这个天子吗？"想到这里，万历皇帝的眼珠子都有点红了。他气咻咻地冷笑道："朕欲与众卿同乐，就是昏君，就是轻狂了，是吗？"

一见皇帝愤怒若斯，众大臣心中都有些战战兢兢。叶小天一瞧大喜，机会终于来了啊！他此番回京，是为了争取合法的土司职位，一旦土司之位到手，他回去就可以大展身手了！

到时候，很难说一点风声都不会传到皇帝耳中，这时候皇帝对他的观感好坏，将在很大程度上决定着皇帝将来对他的态度，他又岂会把今天这个机会只当成炫耀的资本。

叶小天马上离席而起，向前迅速冲出两步，高声叫道："臣平日里好唱唱曲，今日陛下与众大臣共庆新岁，臣愿唱上一段，博陛下与诸位大人一个乐呵！"

第五十八章

让骂声来得更猛烈些吧

一

有人解围,万历皇帝自然高兴,打眼一看,觉得此人有点眼熟,便招手道:"近前说话!"

叶小天到了近前,万历皇帝突然想起了他,微笑道:"呵呵,你是……"

叶小天马上一个长揖:"臣铜仁府推官,叶小天!"

万历啊了一声道:"不错!叶推官,你既会唱曲,那就上台去,唱一段给大家听听。"

叶小天躬身道:"臣,领旨!"

叶小天转身绕到台后,三两把便扯掉官袍,急火火地对那戏班班主道:"快着,快着,给我扮上!"

那班主本以为他打算上台清唱,一听他还要扮装,不禁讪讪地道:"这位大人,你……你打算扮谁,得先跟小人说一声啊!"

叶小天一拍额头,道:"糊涂了,糊涂了,扮谁?我唱哪一出好呢?"

叶小天在戏棚里转悠了两圈,突然眼神一亮,道:"有了,就扮他!陈子高!"

那班主肚子里装的都是戏,自然知道他说的是哪一出,当下不敢怠慢,立刻把戏班里最有本事的一班人都聚拢过来,给叶小天梳髻的梳髻,勾脸的勾脸,换戏装的换戏装,七手八脚地打扮起来。

前边刚听了一折戏,此刻正换了一个小丑在台上表演杂耍,万历皇帝兴致勃勃地坐了一阵,还不见叶小天出台,不免有些奇怪。他微一侧首,身边的伴当太监马上凑过去,谄媚地小声道:"那叶小天为陛下唱曲,卖力得很呢。奴婢使人去看过了,他正在后台扮装呢。嘻嘻,这人,为了哄陛下开心,还真下功夫!"

能做天子伴当的,那眼力见岂能差了,万历皇帝只一侧目,他马上就明白万历心中所想。万历皇帝听他这么说,不禁微微一笑,沉下心思,耐心地等着。

又过片刻，台角有人打了个手势，那杂耍艺人见了，马上来了个收手势，停了手上的玩意，跪在台上给万历皇爷磕了个头，便退下去了。万历皇帝知道叶小天就要出场，他不知叶小天要扮什么，心中好奇，不禁微微倾了倾身子。

方才叶小天一说他愿为天子唱曲，众文官脸上便满是鄙夷、不屑、嘲讽的表情，可此刻真轮到叶小天出场，他们也禁不住好奇，停了议论，纷纷向台上望去，那阵势，竟是比名角出场还要轰动。

台侧一阵梆子声响，一个丽人姗姗上场……

咦？叶小天还找了戏子给他搭戏？定睛再一看，这人腰身虽窈窕，可哪里是女人啊，分明就是一位素袍书生，自然就是叶小天所扮了。

那素袍书生虽着男装，眉眼五官却是照着女性特点描过了的，再加上淡淡敷粉，薄涂胭脂，一张脸艳似桃花。

只见他走了几步，娉婷站定，云袖一甩，便是一段娇声沥沥的道白："昨日里有个相士，说我龙颜凤颈，是个女人定配君王。嗳，当初爷娘若生我做个女儿，凭着我几分才色，说什么'峨眉不肯让人'，也做得'狐媚偏能惑主'。饶他是铁汉，也教软瘫他半边哩。可惜错做了男儿也呵。"

我的个神哪！

叶小天一开口，全场官员、功臣、国戚、太监、外宾，集体恶寒，冷飕飕地起了一身鸡皮疙瘩，明知道他是一个男人，偏偏眉眼风情这般妖娆，声音更是娇声沥沥，实在是要人命啊！

还别说，有位外国大使倒是两眼放光，频频点头，显得非常欣赏，他是暹罗（泰国）大使！

叶小天扮的人物叫陈子高，这出戏叫《裙衩婿》，又叫《男王后》，依据部分史实加工虚构而成，讲的是一个叫陈子高的男人，肤白貌美，如美妇人，被陈文帝深深爱慕，最后居然以男儿身，成为王后的故事。

这个故事是几十年前一个叫王骥德的文人所写，书一问世便勾起了无数人的猎奇心理，纷纷传阅。此书的名气虽不及据说是当代名士王世贞披了马甲所写的《金瓶梅》，却也是轰动一时。

在场的许多官员，私底下都是把这本书翻烂了的，叶小天此时当着皇帝的面唱出来，把他们惊得目瞪口呆。

众官员不自觉地在台下交头接耳起来，议论声越来越大，万历皇帝看在眼中，暗暗冷笑，忽而重重地一拍御案，大赞道："好！"

皇亲国戚、功臣外宾们的立场和文官们是不同的，他们马上也纷纷跟着叫起好来。今日被请来的还有一些武将，他们大多数即便有文化也有限，对叶小天这段唱听得眉飞色舞，只是压着嗓子一直不敢吭声，如今皇帝带头叫好，武将们马上扯开大嗓门喝起彩来。这样一来文官们更加气愤。

方才劝天子不可轻狂的那个白胡子老头怒气冲冲地站起来，大声道："天子之居，堂堂皇皇。淫词浪曲，不登大雅！这个人竟敢对天子大不敬，唱出此等淫秽下流的曲子来，臣请陛下严惩、制裁，以儆效尤！"

这老头是翰林院的一位老御史，清流的代表，威望极高，他一发话，登时站起一批人，其中三法司口的官员最多，因为大家基本上算是同一系统嘛。

众大臣你一言我一语，把叶小天喷了个狗血淋头。他们本来就是靠笔杆子吃饭的，言语如刀，字句犀利，在他们的编排、数落、痛斥之下，叶小天简直是恶贯满盈，拉到菜市口活剐了都难赎罪。

李玄成见此情景，不由得有些愕然："什么情况？叶小天这是要作死？是不是不用我施展手段，他就要完蛋了？不对……不对……"

想起他和叶小天几度交手，叶小天都绝地反击，倒把他弄得灰头土脸的往事，李玄成马上否定了这一幻想，他不相信叶小天愚蠢若斯。

叶小天此时已经唱完了。他站在台上，笑眯眯地看着众文官气急败坏的模样，心中很高兴。

"骂呀，骂呀，骂得更大声些！不知廉耻？太不给力了，你直接说我臭不要脸嘛，说得再狠些。

"那老头干吗的，好像是二品？这可是顶尖的官了，好得很，你继续蹦跶，别停嘴，继续骂！

"嚯！这位……这位怎么气得脸红脖子粗的，我杀了你亲爹还是刨了你祖坟，这也太夸张了吧？"

演戏的变成了看戏的，叶小天扮着戏装，站在台上看得津津有味。最早跳出来的那位老翰林眼见皇帝微微冷笑，就是不接话茬，便转身把炮火对准了叶小天。

老翰林戟指一点，大喝道："奸佞！媚君谄上，祸乱朝纲，把你千刀万剐也难赎罪过！"

叶小天眨眨眼，奇怪地道："这位老大人在说什么，下官怎么听不懂啊？下官奉旨上台，唱段曲给大家乐呵一下，怎么还把您老人家给气着了呀？"

老翰林浑身哆嗦，厉喝道："住嘴！你方才唱的是什么？陈子高是什么人，以男儿之身，色侍君上，简直岂有此理！污言秽语，淫词浪曲，不堪入目，不堪入耳啊！"

叶小天眨眨眼，忽然一提丹田气，曼声吟道："惟草木之零落兮，恐美人之迟暮……众女嫉余之蛾眉兮，谣诼谓余以善淫……闺中既以邃远兮，哲王又不寤……吾令丰隆乘云兮，求宓妃之所在……望瑶台之偃蹇兮，见有娀之佚女……"

喧嚣的现场顿时一片寂静，叶小天吟的是《离骚》，屈原先生的大作，雅不雅？登不登得大雅之堂？只是众人都不明白他何以突然吟咏楚辞，是以都有些愕然。

李玄成神色一紧，暗想："就知道他还有后手，这就来了！不过……他什么意思？"

叶小天吟完后向台下一揖，肃然道："请教老大人，'蛾眉'指何人？"

老翰林怔了怔，道："自然是指屈原自己！"

叶小天讶然道："这首词说的不是一位深闺女子遭群美所嫉，失去丈夫宠爱吗？怎么会指他自己，难道……啊！"

叶小天陡然色变，没再说什么，但他那一惊一乍的模样，把他的意思表达得明明白白。

那老翰林实在是年纪大了，脑子转得没他快，竟未明白他是在下套，大声呵斥道："混账东西，你以为屈原和楚王有什么不明不白的关系吗？真是不学无术！古人常以男女之情比喻君臣之义，用夫妻关系比喻君臣关系，懂吗？"

"'结微情以陈词兮，矫以遗夫美人'，《思美人》曰'思美人兮，揽涕而竚眙'，这些都是用男女之间的爱情婚姻，来象征君臣际遇的状况。臣下得到君主赏识，就像女子得到男人的宠爱。

"如曹植的《闺情》'春思安可忘忧戚与君并……'，李商隐的'为问翠钗钗上凤，不知香颈为谁回'，李白的'却下水晶帘，玲珑望秋月'，白居易的'红颜未老恩先断，斜倚熏笼坐到明'，等等，都是以女子自比，冀得明君相知，得君行道……"

老先生太好为人师了，滔滔不绝如长江之水。

啪啪啪！

叶小天不紧不慢地鼓起掌来，慢条斯理地反问道："屈原、曹植、李商隐、李白、白居易，他们都可以用女子自喻，表达对君主的忠诚，下官就不可以了？老大人，你这不是只许州官放火，不许百姓点灯吗？"

万历皇帝当着这么多臣子的面，实在不好放声大笑，只见他低着头，憋着笑，肩膀一耸一耸的，实在有些忍不住了。老翰林张口结舌半晌，才愤愤地道："这……诸位先贤的诗词何等高雅，你……你方才所唱的是什么东西！"

叶小天委屈地道："可是陛下方才说了不许吟诗作赋啊！再说了，下官本来就不学无术啊，阳春白雪的东西玩不来啊，就只会下里巴人啊，可下官要表达的确实是忠君的一颗红心啊……"

众文官被叶小天啊得额头青筋一蹦一蹦的，那老翰林讷讷半晌，才道："可……"

可你之所言，也太粗鄙，你……"

叶小天声音朗朗地道："春秋时期，有个人叫老莱子，他七十岁的时候，父母还健在。老莱子觉得时日无多，闷闷不乐，就穿上孩童的衣裳，在父母面前蹦蹦跳跳，哄他们开心。

"要说呢，老莱子当时已有三代子孙，成了老太公，这般举动确实可笑、粗鄙，让他的儿孙们感觉不舒服，但百善孝为先，他这么做是为了哄父母开心，所以被传颂至今！

"忠孝不能两全时，当以忠为先，可见忠还在孝之上，那么老莱子做得的事，下官为何就做不得呢？皇上平日里日理万机，操劳国事，难以放松身心，今日难得有此雅兴，因而下官为博君上一乐，也顾不得别人舒服不舒服了。"

"什么？老莱子为了哄爹娘欢喜，顾不得儿孙们舒不舒服，你为博君上一乐，顾不得老夫舒不舒服？那老夫成了什么？"脑筋一直跟不上叶小天跳跃思维的老翰林，偏偏现在跟上了。

被叶小天一羞一气，老翰林眼前一黑，登时晕了过去。万历皇帝再也忍不住，哈哈大笑起来，今天这出戏，实在是精彩，这个年，他过得比以往任何一年都要快活！

可是那些七手八脚扶住老翰林的文官却不干了，对叶小天的辱骂斥责愈加严厉。叶小天站在台上甘之若饴，脸上含笑，心中冷笑："骂吧！继续骂！骂得越狠越好！将来有人进我谗言时，皇帝必会记起今日一幕，认定是你们容不得我，至少可为我挡去五六成的灾祸！骂吧！就让你们的骂声来得更猛烈些吧！"

第五十九章

讨　封

一

万历皇帝啪的一声在御案上拍了一掌，喝道："够了！今日朕与众卿同乐，叶卿上台唱首曲，不过是奉朕的旨意，给这庆祝新岁的节日增添些喜庆气氛罢了，就算曲子选得不甚妥当又有什么打紧，众卿居庙堂之高，竟效贩夫走卒之流！"

万历给这件事定了调子，百官一时也不好再吵下去，因为这事说起来确实不严重，他们原本是想借题发挥，谁料叶小天自有说辞，挤兑得他们无从反驳。如今这种情况下继续不依不饶就有点无理取闹了，弄不好还会有御史追究他们君前失仪之罪。

而功臣和国戚派系的人则是一副事不关己的模样；武官们不用说了，和叶小天一般粗俗，臭味相投；外国使节们则是一副看好戏的模样。是以喧哗声便渐渐平息下来。

万历皇帝看向叶小天，原本阴沉的脸色一变，满面春风地道："叶卿唱功了得，忠心亦可嘉，朕心甚慰，来人啊，赐缠头！"

"缠头？什么东西？"叶小天心中一紧，这位皇帝不会是女人睡腻了，看我眉清目秀，有"翻江倒海之姿"，对我起了什么歹意吧？男儿大丈夫岂能雌伏于男人胯下，以色相娱人呢，我宁可沿街讨饭去，也绝不做兔儿相公！

叶小天正欲表明心迹，就见一个小太监用一个黄绫铺底的托盘托了一匹缎子走上台来。万历皇帝笑吟吟地道："正值新岁，普天同庆，朕赐你绸缎一匹。你对朕表了忠心，也该对令堂表一表孝心，这缠头拿回去给令堂做套衣裳吧。"

叶小天一听这话，才放了心。其实缠头之资并非专指恩客对青楼女子的赏赐，"缠头"这个词最初从梨园中来。

达官贵人们在梨园看戏，看得高兴了便会赏赐，而绸缎在古代是硬通货，是可以直接当钱用的，当时不会有太多人随身揣带沉重的银钱，便以绸缎作为赏赐。受到赏赐的人把人家赐下的绸缎缠在身上、头上，既是夸耀自己的人气，也是在变相向恩主道谢，故而赏赐落了个缠头的称呼。

叶小天松了口气，连忙向皇帝再度施礼谢恩，万历皇帝眼见那些平日里让他常常吃瘪的官员今日受了气，心中甚是爽快，又道："来人哪，去淑妃宫里取几个馒头，一并赐予叶卿。"

叶小天心想："馒头？原来皇帝家过年也是可劲地蒸馒头啊，这是吃不了啦，拿来做人情吗？你这皇帝也忒小气了些。"

叶小天这回还真猜了个八九不离十，过年的时候宫里头的确也要蒸馒头，为了讨吉利，嫔妃们都是较着劲地蒸，每个宫里都至少蒸上十几锅馒头，有点过剩。

不过，万历皇帝这赏赐虽然从价值本身上算固然有些小气了，却也是一种难得的殊荣。皇帝赏赐的绸缎拿回去，谁舍得把它剪裁了？肯定要高高供起，就是皇帝赐的馒头，也得摆香案供起来，每日恭恭敬敬上三炷香，谢主隆恩。

万历皇帝已经赏赐过不少馒头给官员了，方才气晕的那位老翰林前两日做了首青词献给万历皇帝，就得到三个御赐的馒头，如今正供在他家正房里享受香火供奉呢。

不过，叶小天此番进京主要任务有两项：一是顺利取得土司身份；二是从皇帝那里尽量争取政治资源。什么是政治资源？家天下，君主制的情况下，一切能拿来狐假虎威的东西都是资源。

王命旗牌、尚方宝剑一类的东西他是不奢望的，但一匹绸缎、几个馒头，又感觉实在太轻了些。那馒头能不能放住且不说，就算能放住，他也不能逮着个人就从怀里掏出一个发了霉的馒头，告诉人家这是皇帝所赐呀。

至于绸缎，皇帝可是说了，要他拿回去给老娘做身衣裳，他自己穿就是抗旨，给老娘穿，难道走到哪儿都背着老娘？

叶小天眼珠一转，忽地拜倒在地，一副感激涕零的表情道："谢陛下隆恩！臣出身卑微，今蒙陛下如此厚爱，纵粉身碎骨，亦难报答万一也！

"今陛下先赏缠头，再赐馒头，臣本不敢再得寸进尺，实因面谒天颜的机会不多，此番进京机会难得，是以厚颜想向陛下再讨一赏，时刻陪伴在身，以沐浴圣恩，还乞陛下恩准。"

万历皇帝一听不禁有些紧张起来。这位皇爷着实有点小家子气，他不舍财！让他大把银子地赏赐，他是真不舍得。

不过叶小天前两天给他进贡的礼物可谓非常贵重，今儿话又说得客气，还给他出了一口恶气，实在不好意思拒绝。万历皇帝想了想，疑惑地道："呃……不知叶卿想讨些什么赏呢？"

叶小天顿首道："臣起于微末，今已及冠，犹未有字，想请陛下赐臣一个表字，臣从今往后，每每思及自己的表字是陛下所赐，便如父母之恩记在心头！"

万历皇帝一听，不由得松了口气，只要不是跟他要钱就好，赐个字嘛，这还不简单。万历皇帝摸着微髭的下巴，沉吟片刻，便道："小天，晓天，拂晓之天，嗯，朕赐你'沐晨'，你看如何？"

万历皇帝这是自诩为太阳了，拂晓的时候，沐浴的晨光可不就是阳光？臣子沐浴君恩，这君恩就是阳光，皇帝自然就是太阳了。

叶小天大喜，马上顿首道："叶沐晨叩谢陛下！"

万历皇帝脸上露出轻松的笑容，轻轻点点头，心想："此人不贪，很好打发呀！"

叶小天也是由衷地欢喜，皇帝高居九重宫阙之内，不通世故，很好忽悠哇！

皇帝要是赐点别的，他只能供在家里，来了客人显摆显摆，除此之外别无他用，但一个表字就不同了，但凡见了地位高于他的人，他是一定要介绍自己的表字的，到时顺口提一句这是陛下亲口所赐，那影响自然就不一样了。地方大员们哪知道这表字的详细由来，哪知道此人和皇帝的关系究竟有多密切，但凡稍有揣摩上意的心思，就得根据这个表字掂量掂量眼前这人的分量，由此，必会帮助叶小天解决许多不必要的麻烦。

叶小天是打定主意，此番得了土司的合法身份，回到贵州后大干一场，所以现在千方百计为自己创造有利条件。

万历皇帝哪知他心中打算，只道这厮公然讨表字是再度拍马屁，虽然谄媚得有些肉麻，但比起那些道貌岸然的大员们却可爱了几分。

万历皇帝对叶小天谈不上有多喜欢，但是为了和大臣们怄气，便刻意地表现出对叶小天的青睐，是以微笑道："爱卿平身！三日后宫中放大焰火，爱卿可入宫观赏！"

叶小天大喜，再度叩首："谢陛下！"

众文官齐齐鄙夷兼嫉妒之："马屁精！"

鄙视完了再齐齐乜向万历："真昏君也！"

李玄成一旁看着，暗暗冷笑。他就知道叶小天上台扮小丑，必然早已预备了后手应付百官，如今看来果不其然。李玄成暗想："且让你再猖狂一时吧，待我使出绝杀之计，看你还如何应对！"

李玄成哂然一笑，站起身，悄然离开了席位。

·※·※·※·

叶小天回到家，果不其然，老爹老娘一听说那绸缎和馒头是皇帝所赐，马上跪下来诚惶诚恐地磕了三个头，然后把绸缎和馒头隆重地供了起来。

叶窦氏担心孙儿嘴馋，还再三叮嘱："拴柱哇，饿了和奶奶说，案上供的馒头，你可千万别动！要是啃一口，奶奶揍得你屁股开花！"

叶老爹站在一旁，望馒兴叹："陛下这馒头赐晚了呀，如今都过了大年了，亲戚朋友该走动的也都走动过了，怎么叫他们来看看才好……"

叶家欢天喜地的当口，司礼监"手巾"徐伯夷像只地老鼠似的悄然钻进了国舅府。

手巾比火者高了一级，火者是最低一级的宦官，干的是烧炕、洒扫等杂务，手巾嘛，顾名思义，是给大太监们打手巾板、端痰盂、倒马桶的角色。

李玄成一见徐手巾，马上自袖中摸出一个纸包递过去："这是炼丹时炼出的一种药物，无色无味，不伤人命，却能令人如患重疾。"

徐伯夷顺手接过，李玄成又道："宫中已经准备妥当？"

徐伯夷颔首道："是！国舅这边可也准备妥当了？"

李玄成冷冷一笑，道："这叶小天就算是孙猴子下凡，这一计，我也能把他那性命革了！"

第六十章

小气天子

一

过年放鞭炮、焰火，这也是从古时候就传下来的习俗，皇家自然也保留了这一传统。

不过，民间放鞭炮、焰火有固定的日期：腊八放一次，大年三十放一次，正月初一放一次，破五再放一次。而宫里，从腊月二十四开始，一直到正月十七，每天都要放，白天放鞭炮，晚上放焰火。

不过宫里放鞭炮、焰火，是有固定地点的，即乾清宫正殿前的那片广场，其他地方任何时间都不可以，违者重罪。

宫里有这般规定，一则是怕鞭炮声惊吓到已经怀有身孕的嫔妃，二则是怕宫中走水烧毁宫殿，酿成重大事故，只集中于一地，便于看护防范。

万历皇帝说的三日之后，正是破五这天，这一天一大早，乾清宫的鞭炮声就已震耳欲聋，当日晚上的大焰火规模也将仅次于大年三十和正月十五。

这一天，依旧是皇帝与百官同乐的日子，至于嫔妃，得等到正月十五，才可以聚集到乾清宫前赏焰火。

叶小天是新年期间第二次入宫见驾，所以不用像上次那样身着官服那么正式，于是他很招摇地又把自己的海龙银针穿上了。

其他大臣乃至皇亲国戚都有固定的俸禄，家产未必微薄，可是在皇帝面前总要有所顾忌，所以穿得不寒酸，却也并不奢华，像叶小天这么奢侈豪绰的，那是蝎子拉屎独一份。

不过叶小天此番进京，给自己的定位就是"土豪"，而且是一个很土的土豪，这般打扮正合乎他的身份。

此番入宫，叶小天本以为他的打扮会招来更多的鄙视，甚至那天意犹未尽的文官们一见他就会群起而攻之。所以他事先还和李秋池模拟了受到围攻的场面，做足了准备，斗志满满地准备再把文官们狠狠得罪一回。

可是他到了宫里才发现，皇亲国戚、功臣勋贵乃至武将、外宾来的都很多，文官却寥寥无几，除了几位大学士就只有小猫三两只。

后宫里面，淑妃侍候年轻的皇帝穿着袍子，伴当太监跪在地上给他整理着袍裾，细声细气地道："皇爷，郑尚书刚刚派了人送消息入宫，说是吃坏了肚子，不能入宫观焰火，向皇爷告罪！"

万历皇帝张着双臂站在那儿，微微冷笑道："哦？吃坏了肚子，呵呵，这是第几个因身体不适不能来观焰火的大臣啦？"

伴当太监微微露出为难神色，小声答道："奴婢……奴婢记不太清了，好像……好像是……第九个吧？"

万历皇帝讥笑一声，道："滑头！这是第二十九个！"

伴当太监连忙跪倒叩头，道："奴婢有罪，奴婢这算术学得不好……"

万历皇帝嘿嘿一笑，轻轻抬起脚，伴踢了一下，伴当太监就势一滚，佝偻着身子，猫似的打了个滚，逗得淑妃掩口一笑。

万历皇帝冷哼道："你这老货，心里清楚着呢，别跟朕装蒜。哼，这群文官，和朕真是相看两生厌哪！他们不来，这是在抗议朕厚待叶沐晨呢，随他们去吧，朝堂上，朕受他们的气也是受够了！国事上有时候不得不向他们妥协，如今这是朕的私事，他们也要指手画脚，非得叫朕按他们的主意办！还拿朕当小孩子吗？爱来不来，随他们吧！"

万历皇帝说着，衣袍已整理妥当，他甩了甩袖子，举步向外便走，同时悠然吩咐道："走啦！没有那些面目可憎、时时来朕耳边聒噪的乌鸦吵闹不休，朕更快活些！"

还侧躺在地上扮懒猫的伴当太监连忙一骨碌爬起来，屁颠屁颠地追了上去。他侍候的这位皇爷什么脾气秉性他最清楚不过，大臣们想他怎么干，他偏不那么干，天生一副驴脾气。

不过，轻重缓急还是分得清的，在国事上他是不会处处与大臣们唱反调的，有了怨气不满，也只是用借助不影响大局的小事来发泄，这位皇帝心里头明白着呢。

此番观焰火，位置设在乾清宫中，受邀的文武百官、皇亲国戚乃至外宾使节都有固定的位置。叶小天被引到他的位置后，就没挪过窝，因为他谁也不认识，和高高在上的那位皇帝一样，都是"孤家寡人"。

万历皇帝赶到后，大殿前先是上演了几出火戏杂耍一类的把戏，不过殿上并无人观看，杂耍只为制造一下热闹气氛。

这边演了几出杂耍后，御膳房的小太监们便端着托盘，将一碗碗热气腾腾的夜宵端了上来。今天宫里没给大家准备盛宴，大臣们也不差那口饭食，都是在家里吃饱了才来的，不过毕竟正值新岁年节，再加上放焰火的时间比较晚，夜宵还是要准备的。

叶小天旁边座位上的一位官员笑道："陛下赐饺子了，不知里边包牌子没有。我听说大年三十宫里的饺子，就有放了牌子的，娘娘们有那运气好的，吃到过一尊金佛呢。"

更远些位置的一位官员讥笑一声道："你就别想好事了。就算饺子里放了牌子，怕是彩头也不大，咱们这位皇帝有多小气你又不是不知道，娘娘们吃饺子得到的彩头大，那是因为甭管她们得了什么宝贝仍旧是皇家的，反正也出不了宫。陛下舍得给咱们宝贝？"

两个官员嘻嘻哈哈地调侃着，叶小天心想："除了几位大学士不得不来，其他文官显然是以不来观焰火跟陛下赌气呢，能来的都算是倾向陛下一边的了，他们尚且如此调侃，看来大臣们跟这位皇帝的关系真是拧巴得厉害呀。"

他倒没有在意饺子里边有什么宝贝，他家里包饺子，里边也要放东西的，一般是放一枚铜钱，谁吃到了，就意味着谁要交好运。

记得他离开京城那年的大年三十，两只放了铜钱的饺子就都被他吃到了，头一只时他没注意，一口咬下去差点把大牙崩掉，也不知他后来的连番奇遇是不是从那时起就有了征兆。

一只红漆的小碗送到了叶小天的面前，热气腾腾的，叶小天低头看了看，五只饺子。叶小天想尝尝这宫里的饺子味道如何，便夹起一只，小心翼翼地小口吃了起来。

饺子是素馅的，用剁碎的蘑菇等蔬菜调配而成，味道还不错，可是就跟宫廷音乐一样，讲究的是中正和平，不肥不腻、不咸不淡，不难吃却也谈不上如何美味。

咔，吃到第三只饺子时，叶小天轻轻一口咬下去，被硌到了。虽说对这位小气天子的赏赐不抱希望，但叶小天还是有些小激动，连忙把饺子扒开，见里边露出了小竹牌的一角，竹牌上刻了什么却看不清楚。

叶小天赶紧把那小竹牌从饺子里抽出来，借着灯光仔细地看，只见上边写了两个字——筷子！

叶小天大失所望，不过想到就算拿个屁回去，只要是皇帝放的，爹娘都能乐上老半天，便向不远处的一个小太监招招手，等那小太监走近了，叶小天便把牌子递过去，道："有劳公公，我中奖了！"

那小太监接过牌子验看了一下，便小声问道："这位大人是？"

叶小天道："铜仁府推官，叶小……哦，叶沐晨！"

那小太监随即直起腰来，大声唱道："贺！铜仁府推官叶沐晨中了头彩，御赐筷子一双！"

两边的文官本来还有些眼红地瞪着叶小天，一听是双筷子便吃吃冷笑起来，其中一人揶揄道："拿回去还得弄张香案供起来，也不知这双筷子值不值那一日三炷香钱！"

叶小天笑吟吟地答道："不劳足下费心，我家有钱，就算点上两盏长明灯，我也烧得起油。"那俩官员被他噎得翻了翻白眼，冷哼一声扭过头去。

之后，陆续有小太监唱"彩头"。就见万历皇帝笑眯眯地吃完了自己盘中的饺子，那筷子、盘子、碗、醋碟、手巾，就被小太监擦干净，一一送到了中奖官员的面前。

吃罢饺子，杯盘一撤，万历皇帝就笑吟吟地道："众爱卿，与朕一起到丹墀之上，共赏焰火！"

众大臣、国戚、外宾等纷纷起身，太监簇拥天子在前，众达官贵人随行于后，一起向殿外丹墀走去。

躲在蟠龙柱后的徐伯夷悄悄探了探头，向陪在万历皇帝身边的李玄成递了个眼色，轻轻一点头，李玄成见了，唇角不禁露出一丝阴冷的笑意，他知道，大事成矣！

第六十一章

绝户计第一环

一

徐伯夷和李玄成对了一下眼神,知道李玄成那边业已得手,不禁心花怒放。他转过身,兴冲冲地向右侧的西暖阁走去,一把推开三交六椀菱花的大门,恰好看见一位职阶很高的大太监走过来。

徐伯夷只觉此人有些面熟,却还叫不出名字来,但他人机灵,想也不想,就顺势跪在地上,对那大太监叩头道:"小的给公公拜年,祝公公新春吉祥!"

那大太监一看他的袍服就知道他是个杂役宦官,便笑眯眯地从袖中摸出一串大钱往他面前一丢,道:"起来吧,皇爷正观火呢,你机灵着点,可别出了漏子。"

徐伯夷赶紧把钱捡起来,又向大太监叩了个头,起身时,见那大太监已经走开,这才松了口气。

乾清宫门前是一座大露台,两侧各有一只巨大的石制乌龟和仙鹤,取龟鹤延年之意,象征江山社稷万代相传。不过那龟的头是龙头,因为这只石龟并不是普通的乌龟,而是龙之子"霸下"。

同时,在露台两侧还各有一座石台,石台之上各设有一座鎏金铜亭,称为"江山社稷亭",宫里的人称其为金亭子,象征着江山社稷都掌握在皇帝的手中。

在皇帝召集进宫观赏焰火的达官贵人当中,论起品级叶小天是最低的,所以他站在最外侧,左手边恰好挨着一座金亭子。叶小天就靠在金亭子边上等着观赏焰火。

大殿前已经摆好几十棵花树,各种各样的花炮就绑在花树的枝杈上。放焰火又叫放愿花,当花树上的花炮齐放时,观赏焰火的人是会暗暗许下愿望的。

同时,在数十棵花树的最前方还有一张神案,神案上供着一头"神猪",这种神猪都是提前三年就由宫里选定的,一旦选定,司苑局就会派专人对神猪进行饲养,用的全是精饲料,等到要宰杀时,神猪都被养得其肥无比,肚皮拖地,至少七八百斤。

此时,那头用来还愿的神猪已经被宰杀完毕,褪了毛供在神案上,只见猪口大开，嘴巴里含着一颗大绣球，四脚扎着红绸，后背上插了一口刀，瞧起来煞是威武。

一个大太监走到万历皇帝面前，低声请示了几句，转身一摆手，几十个小太监便拿着香头跑过去，点燃了火药捻，掉头就跑。

那火药捻挺长，从地上一直连到花树上。火线刺刺地燃烧着，突然之间观看焰火的人眼前一亮，原本黑暗的空地上千树万树焰火盛开，噼啪爆响着把一团团焰火送上了天空。

这些皇家特别订制的焰火有人形，有花形，还有动物形状，色彩绚丽。火花噼里啪啦，从各个方向蹦开，在半空中交错爆炸，绚烂多姿，令人目不暇接。

叶小天仰头看着夜空，饶是他对焰火没多大兴趣，眼见如此美丽的画面，也不禁为之震撼："这还真他娘的过瘾哪，等我娶莹莹和凝儿过门的时候，我也要大放焰火，一定要比这小气皇帝还舍得花钱……"

叶小天正仰头看着焰火，暗自打着主意，忽地感觉旁边一阵骚动，叶小天扭头一看，就见众官员已经不再看焰火，而是纷纷向丹墀正中的位置跑去，那儿本该站着皇帝，但皇帝已经不见了。

叶小天大为惊讶，急忙拔腿向那儿跑去，众官员国戚不分谁高谁低、谁贵谁贱，都在往人堆里挤，叶小天见状也不怠慢，想也不想便往里冲。他着急呀，虽说现在被敕封为土司几乎是板上钉钉的事了，可皇帝还没下旨呢，万一皇帝英年早逝，嗝屁朝梁，他怎么办？

叶小天穿的是海龙银针的极品袍子，而那些官员们大多穿的是丝绸衣裳，皮袍和丝绸一摩擦，噼噼啪啪地直起静电，电得那些达官贵人纷纷闪避，叶小天顺利挤了进去。

叶小天冲到里边一看，发现万历皇帝双目紧闭，脸色铁青，正被他的伴当太监抱在膝上，那太监带着哭音慌张大叫："皇爷！皇爷！您醒醒，您可不要吓奴婢呀！"

叶小天吞了口唾沫，紧张地问道："陛下这是怎么了？"

旁边一个白胡子老头回答道："不晓得，陛下正仰头看着焰火，忽然一阵天旋地转，就昏过去了，幸亏被人扶住，否则一路滚下丹墀，定要伤了龙体。"

那老头说着扭过头来，与叶小天目光一碰，两人同时一怔。原来这老头正是上回被他气昏过去的那位老翰林。许多文官今天都称病没来，不过这位老翰林因年岁太高，仕途上已经没什么发展，只热衷于虚名，所以还是来了。

老头一见是叶小天问话，马上冷哼一声，扭过头去。叶小天撇撇嘴，也扭过头去，身子一动，摩擦起电，老翰林跟被蜂子蜇了似的哎哟一声，而叶小天两手都笼在皮裘之内，却是浑若无事。

"快！快叫御医！"有个大太监慌张地叫起来，同时招呼众官员让开，以便小太监们进来抬皇帝。叶小天抬头看去，恰好看见分向左右闪开道路的皇亲国戚中有一张熟悉的面孔微微一闪。

叶小天顿时一怔："李玄成？"

因为叶小天对京中大员不熟悉，看了也认不出谁是谁，所以一直没有认真打量坐在上首陪伴君王的那些大员，加上李玄成一直刻意躲着他，因而直到此刻才看到李玄成。

见李玄成有所回避的样子，叶小天心中不禁生起一抹奇怪的感觉，不过现场一片混乱，小太监们又冲进来抬皇帝，叶小天被其他人挤着退开，一时只顾提防脚下，免得一脚踏空，所以并未多想。

皇帝突发怪疾，这焰火自然是观赏不下去了，众大臣呆呆地站在乾清宫前等候皇帝的消息。叶小天穿着上好的皮袍，御寒效果极好，站在凛冽的寒风中夷然不惧，其他官员一则衣袍不及他的御寒效果好，二来大多岁数比他要大，不及他身体强壮，所以不一会儿就冻得瑟瑟发抖，只好跺脚取暖。

众人等了好半天，才有一个大太监匆匆赶来，说陛下已经苏醒，先前是因心中憋闷，失神昏倒，如今已然没有大碍，叫众官员安心。随即便安排小宦官引领大家出宫。

皇帝究竟是否无恙，是否已经苏醒，大家心里也没有谱，只是人家已经这么说了，他们也只得离开皇宫。

叶小天出了宫门乘上自己的车子，赶回客栈，洗漱烫脚上了榻，已经把被窝暖得香喷喷、热乎乎的哚妮轻轻揽着他，给他暖着身子，柔声问道："小天哥，宫里的焰火好看吗？"

叶小天抚摸着她翘挺圆润的屁股，答非所问地叹了口气，道："但愿皇帝老爷安然无恙吧，否则咱们这次京城之行，恐怕就不那么顺利了呀。"

· ※ · ※ · ※ ·

皇帝猝然晕倒，其安危关系到叶小天此番京城之行是否顺利，叶小天对此自然非常关注，第二天一早就让李秋池出去打听消息，谁料李秋池出去转悠了一上午，也没有打听到任何消息。

民间百姓只知道皇帝与百官昨夜在乾清宫赏焰火，君臣同乐，异常和谐，除此之外一无所知。皇室从来都不愿意让百姓知道太多的事情，因为一件小事常常也会被他们传得沸反盈天。

而官员们同样不会把这件事说出去，"君不密则丧其国，臣不密则失其身"一向是他们的座右铭。虽说文官最擅长运用的武器之一就是舆论，但他们眼中的舆论并不包括市井流言，而是发自士大夫群体的声音。

所以，已经有官员开始写奏章，有的把皇帝突然晕厥解释为朝有奸佞，上天示警，这分明是剑指叶小天了，不过这种小心眼且没有远见的借题发挥实在不登大雅之堂，也只有被叶小天气晕过的那位老翰林才想得出来，难怪他很早就入了翰林院，却一辈子没什么大出息，胸中格局实在不大。

更多的官员则是利用此事借题发挥，请天子尊祖宗重社稷，早立太子以定国本。这就要说到国本之争了，因为皇长子的母亲是宫娥出身，万历皇帝素来不喜，淑妃郑氏有子后，万历皇帝就想立淑妃之子为皇太子。但淑妃之子是皇三子，既非嫡也非长，如此一来便遭到坚持传统的百官的强烈反对。百官与皇帝叫起板来，双方各执己见。这场"国本"之争从万历十年就开始了，断断续续、时战时和，一直持续到现在还是没个结论。

如今皇帝在"破五节"这一天离奇晕倒，给这些坚持传统的官员们提供了一个很好的理由，他们中便有人旧事重提，打算重掀"国本之战"。不过眼下，他们写好奏本，只能三五知交传看，联合署名，暂时是无法递到宫里的。

叶小天听李秋池汇报全无消息，不禁没了主意。他是昨晚的当事人之一，自然知道昨夜观焰火绝非如外界传说的那样和谐欢乐，可他在京里实在没什么人脉，能向何人打听？

思来想去，能打听的人只有两个，其中一个就是林侍郎，但林侍郎是什么身份，那已经是帝国核心权力圈子里的一员，跑去见他只是打听打听皇帝的身体状况？太大材小用了，他再败家也不能把人情关系这么用。

另一个就是礼部主客清吏司主事陶希熙。陶主事虽然不是朝廷重臣，可他是京官，自有他的消息来源，宫里的消息未必瞒得住他，自己在礼部学礼时和这位陶主事相处得相当不错，之后还曾相互宴请过两次。想到这里，叶小天立即吩咐人备车，要去陶主事那里打听消息。

此时，淑妃宫中戒备森严，五步一岗，十步一哨，就算太监和宫娥出入都要受到严格盘查，逐一登记。首辅申时行和李太后坐在殿内，一脸忧色，气氛压抑至极。

事实上自从昨晚被送回后宫，万历皇帝就没有醒过，御医给皇帝看病谨慎至极，轻易不敢下结论，是以至今莫衷一是，拿不出一个准确的诊断。如此情形，怎不令太后和首辅担心？

这时，国舅李玄成匆匆走进殿内，对李太后道："姐姐，皇帝情形如何了？"

申时行眉头微微一皱，李太后见状，解释道："哀家明白事关重大，不宜张扬。但是玄成自幼学道，于旁门小法略有所长，哀家也是病急乱投医，想那御医束手无策，玄成又是国舅，不是外人，这才想让他来试试。"

申时行释然道："太后所言也在理，那就请国舅为陛下看看吧！"

太后转而对李玄成道："三弟，陛下昨日回宫后迄今未醒，御医束手无策。陛下病得太过蹊跷，你自幼学道，精通一些江湖奇术，说不定会有办法，所以让你来看看。"

李玄成吃惊地道："陛下还未醒吗？姐姐快带我去！"

李太后引着李玄成进了寝宫，淑妃娘娘正坐在榻边暗暗垂泪，一见太后和国舅进来，赶紧拭拭眼泪起身迎上去。太后也没空跟她客气，只对李玄成道："三弟，你快看看，皇帝究竟是怎么了。"

李玄成向淑妃娘娘点点头，赶过去坐到榻前，装模作样地望闻一番，又拿过万历皇帝的手腕，假意号脉。

太后和淑妃满面殷切地望着他。李玄成为皇帝切了脉，又掐指演算一番，忽地一脸吃惊、愤怒地道："太后，淑妃娘娘，陛下并非生病，也非中毒，这是中了魔术妖法呀！"

第六十二章

绝户计第二环

一

　　李太后听李玄成这么一说不禁大吃一惊，她对于自己胞弟的话，当然是深信不疑的。李太后当即愤怒地喝道："竟然是魇术？何人如此大胆，竟敢谋害皇帝！"
　　淑妃吓得脸色苍白，战战兢兢地问道："国舅，陛下……还有救吗？"
　　李玄成安慰道："太后，淑妃娘娘，你们不必担心。陛下乃天之子，有真龙之气护体，既降于人世，世间瘴疫草木之毒乃至人间百病当然是不可避免的，但是对于这种左道旁门的术法却有抵御的奇力，故而不会有性命之忧。待我施法一救，陛下马上就可康健如昔。"
　　李玄成说完，便叫人去准备香案、黄纸、桃木剑和朱砂等施法之物，太监宫娥们马上忙碌起来。申时行听说皇帝是中了魇偶术，不禁倏然变色。
　　儒家子弟不大相信鬼神之说，但是嘴上说不信，其实在面对一些奇奇怪怪无法解释的事情时，还是有些半信半疑的，何况这番话是由皇帝的舅父亲口说出，他如何还能怀疑。听说皇帝性命无碍，申时行先是松了一口气，但随即就陷入了更大的恐慌之中：自古以来，以魇偶术诅咒君主的例子着实不少，一旦暴露，莫不掀起一片腥风血雨。
　　李玄成自幼学道，求的是长生术，擅长于炼丹，虽然对于符箓、道法等并不精通，但是做做样子唬唬外行还是绰绰有余的。他打散了头发，手持桃木剑，脚踏七星，在寝宫中装模作样地做了一番法，最后将符箓烧成灰放进一碗清水中，叫淑妃服侍皇帝服下。
　　李玄成在那碗水中放了解毒的药物，万历皇帝服下这碗水，不一会儿便悠悠醒来。万历皇帝所中的丹毒，效用类似于强效安眠药，并无其他副作用，所以此时他除了头脑一时还有些昏沉，并无其他不适。
　　李太后见状方才松了口气。淑妃则激动得涕泗横流。不怪淑妃表现得比太后似乎还要激动，皇家特殊的生育、教养方式，使得父母与子女、子女们之间，自一出生就聚少离多，亲情方面较民间家庭淡漠得很。

一些做母亲的千方百计为自己儿子争皇位，大多也不是因为有多疼爱儿子，而是为了自己将来的身份地位打算。如此一来，夫妻之情反比这母子之情更加深厚。

以淑妃而言，她正当妙龄，一旦皇帝仙去，不但她年纪轻轻就要守寡，而且母子俩很难保证今后的地位，就是这份依赖心也使得她比皇帝的生母更在意皇帝的死活。

万历皇帝扶着昏沉沉的头，听李玄成把有人用魔术诅咒他的事情一说，脸色顿时阴沉得可怕："查！马上给我查！朕倒要看看，是谁吃了熊心豹子胆，竟欲加害朕！"

万历皇帝霍地立起，咬牙切齿地吩咐，满堂太监、宫娥一见龙颜大怒，如割麦子般齐刷刷跪倒，伏地顿首！

李太后惊魂稍定，也是脸色铁青，厉声喝道："还跪着做什么，一群没用的奴才！马上去搜，就是把这皇宫翻个底朝天，也得把那魔偶给哀家找出来！"

李太后懿旨一下，整个皇宫立即狼奔豕突，乱作了一团粥⋯⋯

· ※ · ※ · ※ ·

陶主事听说叶小天来访，不禁有些愕然，因为他正要去见叶小天，伺机完成李玄成交代的任务，却不想叶小天竟主动找上门来。旁边一个管家模样的人微微一笑，道："他主动找上门来可不正好，倒省了你我另寻借口约他出来！"

那管家道："他既来了，咱们的计划就得提前了，等我安排一下，咱们便去迎他！"

那管家走到门口，唤过一个自己带来的随从悄声吩咐几句，那随从立即飞也似的向外奔去，那管家这才回到厅中，对陶主事道："走吧！就按我方才所说去做，不要露出马脚，是非成败，可就在此一举了！"

陶主事低头看看自己已经扮好的装束，轻呼一口气，带着这位貌似管家，但是言辞语气明显不是他府中下人的人迎出门去。

皇帝突发重疾且迄今未醒的事，陶主事的确知道，做了这么多年的京官，这点人脉他还是有的，不过他并未把这件事和他要做的事联系起来，因为李玄成并未把完整的计划说给他听。

李玄成交给他的任务是："接近叶小天，与他成为腻友，赢取他的信任！"陶主事一直严格按照李玄成的吩咐在做。陶主事已经上了贼船，明知李玄成举动鬼鬼祟祟定有阴谋，也只能硬着头皮答应。

叶小天一见陶主事亲自出迎，赶紧举步上前，正要拱手行礼，看清陶主事身上装束，居然是一身孝服，腰系孝带，不由得一愣，愕然问道："陶兄，你这是⋯⋯"

陶主事黯然叹了口气，一脸悲戚、声音沙哑地道："为兄刚刚收到老家送来的消息，说是老父亲突发重疾，医治无效，竟尔过世了。"说着便抬起衣袖，轻轻擦了擦眼角。

其实他父亲在四年前就过世了，正是因为丁忧三年，回京后原本的实缺已经被别人顶了，这才走了李玄成的门路"重新上岗"，不过叶小天对此并不清楚，听后连忙肃然致哀，道："陶兄节哀顺变，千万保重身体。"

陶主事默默地摇了摇头，道："贤弟请厅上坐吧。"

二人进了客厅，下人奉了茶上来，陶主事便哑着嗓子道："贤弟今日登门，是有什么事吗？"

叶小天有些犹豫，人家老父亲刚刚过世，正在悲痛之际，自己还跑来打听消息，实在有些难以启齿呀。陶主事见他为难，便道："贤弟但说无妨，不必有所顾虑。"

叶小天这才有些难为情地道："这个……不瞒陶兄，小弟昨日参加宫中观焰大会时，见陛下突然龙体不适，被扶入后宫休息，观焰大会也就不了了之了。

"小弟此番进京，本是为了……咳！陶兄你是清楚的，所以对于陛下龙体是否康复，小弟甚是关切，不知陶兄对此是否清楚？小弟要知道陛下情形，才好安排行止。"

陶主事轻轻啊了一声，飞快地向垂手侍立一旁的那位"管家"看了一眼，缓缓答道："你我相交莫逆，有些事也不必瞒你，其实陛下……龙体一向虚弱，昨日大概是因为天寒风冷，陛下仰观焰火时间又久，所以突生眩晕，如今已经无恙了。"

叶小天松了口气，道："既然如此，我就放心了。咳！先前不知陶兄家里出了大事，小弟在这种当口还来打扰，实在是难为情。"

"贤弟不必介怀！"陶主事道："只是为兄此刻心中烦乱，不便招待贤弟……"

叶小天忙起身道："小弟明白，小弟这就告辞了。"

"实在对不住！"陶主事没精打采地起身，并未挽留他，而是怏怏地把叶小天送到府邸门口。叶小天回身道："陶兄止步！"

陶主事停住脚步，对叶小天道："今日一别……"说到这里，陶主事忽地一阵哽咽，热泪簌簌而下，道："为兄马上就要返乡丁忧了，这一别不知何日才有机会与贤弟相聚……"

叶小天看他难过，一时也不知该说些什么话来安慰。他之前刻意接触陶主事，也是希望在京城多结一份善缘，说不定来日用得上。如今见陶主事真情流露，真把他当成了朋友，心中不禁有些惭愧。

如今正值新春，京城各衙门还没撕去封条开衙办公，不过丁忧是孝道的体现，不要说是陶主事这种级别的官员，就算是一二品的大员，听说父母过世，立即返乡奔丧也是合乎礼制的，根本不需要朝廷允许，只留书一封说明情况即可。

所以衙门未开并不能阻止陶主事返乡，看陶主事这模样是马上就要走了，这一去就是守制三年，而叶小天又远在贵州做土司，今生再见的机会确实渺茫。

叶小天是个重承诺的人，什么"今后你我自会相见"一类的客套话对真正的朋友是说不出口的，只能不断地安慰："陶兄不要悲伤，保重身体，保重身体呀！"

陶主事唏嘘一阵，伸手从腰间解下一方佩玉，摩挲一番，对叶小天道："贤弟不日就将成为一方土司，为国戍边，镇守一方，为兄就把这方玉赠给贤弟吧！

"古语有言，'有匪君子，如切如磋，如琢如磨'，愿贤弟谨记君子之德，不忘本心！这方玉虽然不算珍贵，但它陪伴我已多年，聊作为兄的期望与祝福，盼见玉如唔哇！"

叶小天深为感动，连忙双手接过。礼尚往来，人家有所赠，自然应该有所还。只是叶小天匆匆来陶府拜见，身上值钱的玩意不多，陶主事虽说这方玉不值钱，可看起来也不是个廉价的玩意。

叶小天心思一转，便挂好佩玉，把腰间的彝刀摘了下来。这口彝刀削铁如泥，刀鞘上还镶有宝石，陪伴他已有些年头了。此番进京，他为了强调自己的"土司属性"，除了入宫时要摘下，其他时候常把这口刀带在身上。

叶小天摘下佩刀，双手捧起，郑重地对陶主事道："这口宝刀亦陪伴小弟多年，如今赠予兄长，兄长见此刀，便如小弟当面了！"

陶主事忙也郑重地双手接过，心中狂喜："事谐矣！"

第六十三章

快刀加颈

一

宫里面，太监宫娥们里里外外地翻，当真把整个皇宫给翻了个个儿，可是正所谓一人藏物千人难寻，仓促之间，一件小小的布偶或草偶，哪是那么容易找到的。

听说没有找到东西，李太后心中甚是恼怒，她见胞弟还坐在一旁，便抱着万一的希望对李玄成道："三弟，你可有办法帮皇帝找到那只魇偶吗？"

李玄成原本不想牵涉太多，省得被人疑心到自己头上，但是徐伯夷把那只布偶放在了一个不易被人发现的地方，他若不指点一番，叫皇帝找到那只布偶，恐怕魇咒的说法皇帝还是半信半疑。

想到这里，李玄成便把眉头微微一皱，故作迟疑地道："臣弟的道行有限，恐怕未必能够算到那只魇偶的所在，臣弟勉为其难，且试试吧！"

李玄成故作神秘地掐指默算一阵，开口道："陛下发作之际，正在乾清宫前的丹墀之上，这魇偶术虽然神秘，却不能距离目标太远，否则岂非千里之外就能伤人了！既然要在近处，那么不出我所料的话，那只魇偶应该就在乾清宫！"

万历皇帝此时头脑已经完全清醒过来，不复方才般震惊与暴怒，听了李玄成的话，他并未大发雷霆，只是深深地望了一眼这位年轻的舅父，说道："那么就有劳国舅走一遭，一定要为朕找出罪证！"

李玄成颔首道："自当为陛下效命！"

李玄成赶到乾清宫，一群太监听闻消息都围了上来，眼巴巴地看着他。乾清宫内，还有小太监扶着梯子爬上龙柱，检视着藻井与房梁，至于地上的饰物和家具本来就不多，如今已经被全部翻检过了。

至于地面，扫上一眼就行了，根本不用检查，因为那金砖都是偌大的一块，铺得严丝合缝，根本没可能撬开一块金砖，在夯实如铁的地面上挖一个洞，藏点东西进去，再把金砖铺好，且整个过程不被人发现。

李玄成开口问道:"殿里都搜过了吗?"

一个大太监回答道:"回国舅爷,殿里已经搜过了,如今正在搜殿顶,至于殿外……这石栏、石阶、石龟、石鹤,还有金亭子,也都查过了,并没有什么发现。"

李玄成四下看了看,肯定地道:"本国舅只能算出一个大致方向,无法算得太过清楚。不过,依本国舅推算,那魇偶若是在,就必然在这殿前石阶之上!"

李玄成走到石龟面前,弯腰看了看,那只石龟昂颈抬头,身下的缝隙很有限,而且被打扫得干干净净,不可能藏有东西。李玄成又绕着石鹤转了一圈,长腿独立的仙鹤更是一目了然,无法藏什么东西。

李玄成向左右的金亭子指了指,吩咐道:"那里边都搜过了?"

大太监答道:"是,已经使人查过了。"

李玄成道:"这殿前如果说有什么地方能藏东西,那就只有这两处了,你们重新搜一下!"

那大太监虽无奈,却也只能遵照指示吩咐人赶到两侧的金亭子旁,打开四边的雕栏窗门,跷着脚向内探望。

李玄成见状,喝道:"这样草草检视怎么行,你们派个人进去仔细地搜,不可放过一处地方。"

那大太监听了,马上派了两个年纪小身材也小的小宦官,踩着年长太监的肩膀爬上石台,钻进了金亭子。两个小太监钻进亭子不过片刻,其中一个金亭子里便传出一声喜悦的惊呼:"找到了!我找到了!"

接着,就见一个小太监举着一只布偶欢喜地从金亭子里爬了出来……

…………

万历皇帝握紧手中那只写着他的生辰八字,头顶插了一根银针的布偶,阴沉着脸一言不发。李太后气得浑身哆嗦,愤恨地说道:"好大胆!竟敢谋害君上,哀家要诛他的九族!"

万历皇帝阴沉着脸,把手中布偶转动了两圈,对李玄成道:"国舅,这只布偶,是在金亭子之中发现的?"

李玄成颔首道:"是!小太监钻进去后,起初四下搜索并无发现,后来偶然抬头,发现在内壁顶上,悬挂着这只布偶,将它摘下来时还发现,它是被人粘在上面的。"

万历皇帝把那布偶凑近嗅了嗅,皱眉道:"这是什么东西,怎么有股子鱼腥味?"

李玄成道:"臣已经叫人看过了,那是干掉的鱼胶!"

鱼胶是海八珍之一,本是一道极美味的菜肴,煮熟的时候极具黏性。万历皇帝想了想,忽地若有所思,道:"朕想起来了,昨晚在殿上传赐百官的菜肴之中,似乎就有一道是鱼胶?"

李玄成点了点头，道："是！臣还吃过呢！臣以为，应该是有人把鱼胶抹在布偶上，趁人不备，偷偷打开金亭子，将布偶反手粘在了亭壁内侧。当时众人都在观看焰火，动作快些，是无人能发现的，也恰因如此，不钻进亭子，是找不到它的。"

万历皇帝点点头，微微眯起了眼睛，道："朕本来就觉得奇怪，如果是有宫娥太监意图谋害朕，为何要冒险在乾清宫下手，有些说不通。如今看来，意图对朕不利的应该是外臣了！"

淑妃怒不可遏地道："普天之下莫非王臣，意图弑君就是死罪！那些外臣平日里上殿下殿，不可能胡乱走动，也就是昨晚，陛下召他们入宫观赏焰火才有机会。陛下，当时是谁站在藏有布偶的那座金亭子边？"

万历皇帝被她一语惊醒，马上传唤昨夜乾清宫的当值太监进来问话，那太监捧着记录册子，战战兢兢地答道："奴婢查了记载，昨夜……昨夜站在金亭子旁边的，是铜仁府推官叶小天。"

· ※ · ※ · ※ ·

"这个人叫叶小天，是铜仁府进京述职的一个推官，现在住在刑部前街的三宝客栈。你们要做的，就是阻止他回到客栈，明白吗？"一个三角眼的汉子把手中的银钱扔给前面几个泼皮，冷冷地吩咐道。

几个泼皮连连点头："七爷放心，咱们就是靠这行当吃饭的，不就是拖延他回客栈嘛，容易。"

"他出来了，你们去吧，记着，要是这桩买卖干不好，回来打断你们的腿！"三角眼撂下一句狠话便扬长而去。几个泼皮互相递个眼色，眼看叶小天从陶主事府上出来，便迅速撤进了小巷。他们这些人对京城的大街小巷再熟悉不过，一看就知道叶小天要经过哪些地方。

京城乃天下至尊的居处，强龙到了这儿也得盘着，猛虎到了这儿也得卧着，地方官员甭管在地方上如何跋扈，进了京城大都无比低调，轻易不敢招惹是非。

京城里的泼皮胆子本来就很大，坑蒙拐骗、敲诈勒索，无恶不作，大约从百十年前开始，风气变得愈加败坏，便有一些泼皮无赖开始专门敲诈外地人了。

这外地人中，尤以进京跑官或者述职的官员最为谨小慎微，也最好敲诈，只要随便制造点事端，这些外地官员就大多会抱着息事宁人的态度用金钱解决，如此一来这些泼皮也就愈发嚣张了。

也曾有巡街御史疾恶如仇，严厉打击过这种行为，不过这种事是禁之不绝的，打一次，顶多消停三两个月，然后便故态复萌。而且这些人大错不犯，真要抓起来也关不了几天，这也愈发助长了他们的气焰。

今日收了银子替人办事的这些泼皮，就是北京城里一帮擅长"枉诈"的惯犯。他们抄小路赶到前方路口后，其中一个泼皮便和头儿商量道："大哥，咱们今儿准备怎么弄啊，'放鸽'怕是不成，'死钓'也不妥当，只有'活钓'和'横钓'了，用哪一招好？"

这小子说的都是他们行内的黑话，放鸽就是找女人色诱，只要你上当，两人睡在床上，马上就有人冲进门来说他是那女人的丈夫，告你拐带妇人。你不想经官？成啊，拿钱平事吧，这就叫"放鸽钓"。

"死吊"是找一具病死或者饿死之人的尸体，更毒的是直接找个乞丐弄死，趁着天黑往你家门前一吊，不怕你不拿钱，不但得拿钱，还得拿出挺丰厚的一笔钱。

真要不信邪，那你就保佑自己一定会碰到一个断案如神的清官大老爷吧，要知道，敢这么干的人，跟衙门里的皂隶、胥吏等都有勾结，就算最后证明你没罪，也能折腾得你扒层皮。

至于"活吊"，方法就更多了，比如说找个眉目清秀、口齿伶俐且负案在身的同伙，扮出一副落魄的可怜相，央求你收留他，只要管口饭，就是不给工钱都行，只要你动了怜悯之心或者贪图劳力便宜，而把他收留了，那么捕快随后就会出现，一个窝藏逃犯的罪名，就能把你折磨得欲仙欲死。

"横钓"嘛，不讲究什么技术含量，碰瓷、故意制造纠纷等等都可以，你若嫌麻烦，那就拿钱摆平，不过这样捞的钱却也最少。

然而他们今天唯一的任务就是阻挠叶小天回到客栈，而不是从他身上讹诈钱财，这样的话，显然"横钓"就是最恰当的手段了。

果然，那位大哥摸着下巴想了想，吩咐道："就用'横钓'吧，老王，你准备一下，一会儿我弄惊他的马，撞你一下。小四，你赶紧去把洛捕头喊来，叫他准备收人！"两个被点名的手下连忙答应一声，各自准备去了。

宫里面，万历皇帝阴沉着脸默坐良久，就见锦衣卫指挥使宇无过脚步匆匆地走到他面前单膝跪倒，顿首听命。万历皇帝一字一句地吩咐道："你去，立即把叶小天抓起来，审出幕后黑手！"

第六十四章

点　睛

一

叶小天策马行走于长街之上,街上行人十分稠密,纵不得马,叶小天只能缓辔而行,正行走间,旁边忽然走来一个短褐大汉,肩上扛一条扁担,扁担头上还绕了几圈绳子,一看就是个挑夫。

那挑夫东张西望、晃晃悠悠地到了叶小天身侧,忽有两个醉汉踉跄而来,那挑夫见状赶紧一跳,身子一侧给他们让开了道路,可他忘了自己肩上还扛着扁担,身子一侧,那扁担正好抽在马眼上。

那马痛得嘶鸣一声,便向前奔去,骑在马上的叶小天吃了一惊,急忙用力勒马缰绳,大叫道:"快闪开,马惊了!"

"哎哟!"前边一个担着菜挑子的老汉躲闪不及,一屁股坐在地上。叶小天用力勒住了马缰,急忙翻身下马迎上前去,问道:"老丈,你没事吧?"

"你不要走!你不要走!"那老汉也不管撒了一地的萝卜、菘菜,只管扯住叶小天的衣袖,大呼道,"撞人啦!纵马撞人啦!大家快来看看哪!"

叶小天一见这情形,就知道碰上了无赖汉,心中十分不悦,不过如今身份不同,不好发作,便道:"老丈不必叫嚷,你若无恙,我向你赔个不是。你若受了伤,在下带你看病,绝不会一走了之的。"

那老汉一听大骂起来:"放屁!老子差你那几文钱?你这是羞臊老夫,京城长街之上,你敢纵马行凶?不管你是什么人,总要还我一个公道!来人哪!快来人哪!有人纵马行凶啊,究竟有没有人管哪?"

老汉正叫着,便有一个捕快咋咋呼呼地赶了过来:"什么事?什么事?都让让,让让!"

叶小天笑了,他可是土生土长的京城人氏,又在天牢当过牢头,对这做捕快的同行究竟是个什么德行他再了解不过,眼前这情形一瞅就明白了,有人要"横钓",这个捕快就是他们在官府里的"接应人"。

那捕快到了叶小天面前,眉挑眼斜地道:"你,干什么的?就是你纵马伤人哪?"

叶小天抬手制止了部下的蠢动,平静地道:"本人是贵州铜仁府推官,进京述职的。方才这马被一个挑夫的扁担伤了眼睛,一时控制不住,不慎撞倒这老汉,并非有意纵马。"

那捕快嗤笑道:"是有意还是无意,你说了不算!总之,人是被你伤了,你看怎么办哪?"

叶小天素知这些京城捕快目高于顶,不大把外地官放在眼中,更不要说自己这位铜仁府推官了,估计这位捕快老爷压根就不知道铜仁在哪儿。叶小天道:"若是伤了人,自应赔偿医药费,就请这位捕头给断一下吧,本官还有事在身,不便久留。"

那捕快笑了:"吆喝,还挺傲呀!我说这位推官老爷,这儿是京城,不是你那一亩三分地,有什么架子,你都给我收起来!"说着,问那坐在地上大呼小叫的老汉,道,"你怎么样啊?"

那老汉苦着脸道:"我不行了,我的腿摔断了,路也走不了,这菜也都踩烂了。"

那捕快道:"得嘞,这位推官老爷,今儿你算是摊上事了。您是官,小的可处治不了这桩案子,请您往顺天府走一趟吧。"

叶小天眉头一皱,他本想拿点钱了事,却没想到这些人的胃口这么大,用经官来吓唬自己,看来是想大大地勒索一笔呀。叶小天沉住气道:"你们究竟要多少,给个价吧。"

那捕快脸色一变,扬起量天尺道:"什么叫我给个价,我说这位推官老爷,你这是诬指本捕快与这百姓合伙诈你钱财吗?要这么说,我更不能放过你了,什么都别说了,请您往顺天府去,请我们推官老爷给您断一断吧,小的可做不了主!"

叶小天至此不免有些怀疑起自己的判断来,莫非这卖菜百姓并非"枉诈"团伙的,这个适时赶到的捕快也真是凑巧赶来,并非他们在衙门里的接应人?叶小天有心小事化了,奈何那老汉不依不饶,也不肯接他的银钱,旁边那捕快还不断催促。叶小天无奈,只好跟着他们往顺天府赶去。

· ※ · ※ · ※ ·

叶小天这边被人拦住,那边陶主事便换了一身衣裳,带着那个"管家"急急赶往三宝客栈。李秋池是认识这位陶主事的,一听他来,不禁大为惊讶,自家东翁去见他,怎么他却赶来客栈了?

李秋池带着苏循天急忙把陶主事请进客栈,随即便道:"陶大人,我家东翁一早便往贵府拜访了,怎么大人你却赶来客栈,莫非大人和我家东翁不曾遇见?"

陶主事一脸紧张地向苏循天看看,李秋池会意道:"无妨,这是我家东翁心腹弟兄,无须避讳,大人有话请讲!"

陶主事深深吸一口气,回头对那"管家"道:"把信物给我!"

那管家听了,自怀中抽出一口宝刀,双手递于陶主事。如今正值隆冬,他们穿的都是宽大的冬袍,怀中藏一口刀非常容易。

李秋池和苏循天一见那口刀,顿时吃了一惊,这口刀是当初叶小天带华云飞、毛问智追入大山寻找遥遥下落时,从对头那儿得来的一件战利品,因为它削铁如泥,是口宝刀,从此便成了叶小天的随身佩刀。

李秋池和苏循天见这口刀是叶小天的随身之物,马上就知道叶小天遇上了大麻烦,不禁紧张地问道:"陶大人,这是……"

陶主事肃然道:"本官与你家东翁虽相识日短,却情投意合,相交莫逆。李先生应该也是知道的。"

李秋池忙道:"是!学生明白,否则东翁也不会往贵府拜访了。还请大人明示,我家东翁究竟怎么了?"

陶主事挣扎了一下,才顿足道:"食君之禄,本不该……咳!可是我相信叶贤弟是冤枉的,受他之托,还是对你们说了吧!"

苏循天听他吞吞吐吐,急得不行,赶紧道:"这位大人,那你就快说呀,我家大人究竟怎么啦?"

陶主事沉声道:"不瞒你们说,昨夜陛下召文武百官入宫观赏焰火,其间,突发重疾,今日方才被救醒,查找病因,却是中了魇偶之术!如今查来查去,查到了叶贤弟身上,陛下已经命锦衣卫把他抓起来了。"

"什么?"李秋池一听大吃一惊,皇帝昨夜突然发疾,这事他是知道的,叶小天今儿去陶府,就是为了此事。可接下来的事他就不知道了,更万万没想到这件事竟然牵连到自家东翁身上。

以魇偶术咒杀天子,这是什么罪?汉武帝是何等英明,可小人弄奸,诬告太子使巫蛊之术害皇帝,最后,汉武帝亦不顾父子之情,把太子给杀了。一念及此,李秋池不禁手脚冰凉。

陶主事唉声叹气一番,又道:"叶贤弟被抓走前,将此刀交于我,让我以此刀为信物,传几句话给你们。"

苏循天赶紧问道:"我家大人怎么说?"

陶主事道:"叶贤弟说他是冤枉的,但此番被抓,是否能够昭雪冤屈,实难预料。他叫我告诉你们,速去接了他的家人,暂且避出京城,如果他能洗脱罪名,自会与你们相聚。如果他不幸……还请你们妥善安置他的家人,他在九泉之下,也会感激你们……"

陶主事说到这里，声音一阵哽咽，他拾起衣袖擦了擦眼泪，对李秋池道："本官身份敏感，不能久留，这就告辞了，你等好自为之吧！"

李秋池听了陶主事的话，一时间心乱如麻，只能强打精神对陶主事道："有劳大人！"

陶主事出了客栈，纵马赶出一段路后，扭头看了眼那客栈，心有余悸地道："幸好不曾露出马脚！"

旁边那"管家"阴沉沉地一笑，道："只要他们接了叶小天的家人逃走，叶小天就将百口莫辩，如果他们有胆子劫狱，那就更妙了，呵呵呵！陶大人，这件事你办得好，如今你要做的，就是把嘴巴闭紧，不然……后果你是知道的！"

陶主事连忙道："是是是，我明白，请回复国舅，下官知道该怎么做！"他现在是真的知道了，在他成功骗到叶小天的随身之物后，李玄成派来的这个心腹就把计划向他和盘托出了。陶主事一听他们居然干出这样的事情，当真吓得亡魂皆冒。

可那"管家"说了，如果他此时收手，"管家"会代替他去客栈传讯，事情成了，没有他半点功劳，如果事败，他会被咬成同伙，无论如何也脱身不得。思来想去，陶主事别无选择，只得横下心来答应了。如今想想计划至此可谓天衣无缝，但凡叶小天的部属此刻有任何异动，到了天子面前就是无从辩解的罪状，他又暗自庆幸自己选对了路。

李秋池和苏循天把陶主事"主仆"送出客栈甫一返回，苏循天便着急道："大人真是个招灾惹祸的灾星，怎么又陷进这样的塌天大案里去了，怎么办，现在可怎么办？"

第六十五章

临 危

一

李秋池虽说足智多谋，可他以前哪经历过这种事情，他只是个讼师呀。李秋池忧心忡忡地道："先请哆妮姑娘来，不！我去！你立即召集众人，收拾行装准备离开！"

苏循天去召集全部人马，李秋池则赶到哆妮的居处，轻轻叩了叩房门。今天哆妮没有去叶家，叶小天自从到了京城，还不曾带她出去游玩过，昨儿就和爹娘说好，今天要带哆妮去庙会。

哆妮打扮得漂漂亮亮的，正在房间里绣着荷包打发时间，忽地听见敲门声，只道是叶小天回来了，于是笑逐颜开地跑去开门，一见李秋池沉着脸色站在门口，不由得一愣。

李秋池道："哆妮姑娘，东翁出事了，快请至庭中，容学生一一禀明。"

这里是哆妮的居处，他一个男人不方便进去，他把哆妮引到厅中，把陶主事送来的消息一说，又把叶小天的那口佩刀给她看，哆妮顿觉五雷轰顶。

泪光迅速蒙上了她的眼睛，哆妮颤声问道："李先生，小天哥不可能谋害陛下呀，他进京是来求封的。"

李秋池满脸阴翳，沉重地道："我知道，可是这种事，即便英明如汉武，也是宁杀错，毋放过。自古宫中一旦发生巫蛊、魇偶之类的邪术害主之事，向来是腥风血雨，人头滚滚，恐怕……"

哆妮娇躯一颤，道："那怎么办？"

这时苏循天急匆匆地走来，道："哆妮姑娘，李先生，人已经召齐了。"

李秋池道："陶主事传来东翁的吩咐，叫我们带了他的家人，暂且离开京城躲避，如果他能平安脱险，自会与我们相聚，如果不幸……也不至于叫人一锅端了。"

苏循天着急道："来不及详细商量了，恐怕锦衣卫片刻即到，咱们还是去接了老爷子、老夫人一家人，边出城边谈吧。"

哚妮红着眼睛站了起来，道："我不走！我要留下陪小天哥！"

苏循天着急道："哚妮姑娘，你留下来无济于事呀，咱们还是先行离开吧！"

哚妮道："方才李先生说，但凡涉入这样的案子，大多凶多吉少。我们要是走了，就再无一人肯帮小天哥了，他岂不是死定了？我要留下，生，一起生；死，一起死！"

苏循天的额头上已经急出汗来，他跺了跺脚，对李秋池道："先生再劝劝哚妮姑娘，我先带几个人去接大人家人出来，咱们往哪儿走，南城外会合吗？"

李秋池对哚妮道："姑娘留在城中又有何益，不如……"

哚妮抓过叶小天的那口佩刀，毅然道："我知道我留在这儿也帮不了他什么，可我是不会弃他而去的。你们应该知道，他是什么身份！"

李秋池和苏循天面面相觑，一时还未领会过来。

哚妮一字一句地道："他是我的主人，是我的男人，他生，我生，他死，我死，无论生死，绝不分开！"

李秋池和苏循天被哚妮的一番话给镇住了，两人望着哚妮坚毅果决的神情，半晌说不出话来。

这时，侍卫首领才从他们的对话中明白发生了什么事。他是从山中抽调的神殿武士，对尊者最是忠心耿耿，一听这话，不由得担忧道："哚妮姑娘，李先生，尊……大人出了什么事？"

哚妮对他匆匆解说两句，那统领勃然变色，道："竟有此事？大人被关在哪里，我们干脆去劫了大人出来，返回山里去吧！"

哚妮双眼一亮，喜道："对呀，说不定这是小天哥唯一的生路了，李先生？"

苏循天骇然道："你们疯了！京城里面，容得你们劫狱？再说此去贵州千里迢迢，一旦做出这种事来，沿途不知要有多少张天罗地网罩下来，咱们逃得掉？"

哚妮道："逃不掉是命，逃得掉是福，总比咱们什么都不做要好！再说，天子脚下又怎么了？千军万马逃不掉，可以三三两两分开来走，天下那么大，就是皇帝也堵不住所有的路！"

苏循天可不像这个山里妹子一样冒失，他说服不了哚妮，便焦急地看向李秋池。作为叶小天的师爷，这位李先生渐渐不似当初一样受人排斥，在叶小天的阵营里，他已经有很大的发言权了。

苏循天道："李先生，你怎么说？"

哚妮也看向李秋池，道："先生，你是读书人，打打杀杀的事，我来！请先生带了小天哥的家人先离开京城吧，我去救小天哥，若是救不出，一起死就是了！"

"慢着，慢着！你们让我好好想想……"李秋池抚着额头，让他二人安静下来。

事发仓促，而且一考虑到叶小天已经被抓走，大批缇骑顷刻就至，李秋池也不禁乱了方寸，所以没有细思整件事情的经过。如今在苏循天和哚妮各执己见的争吵中，李秋池的思路反而渐渐缕清了。

李秋池沉吟半晌，喃喃自语道："不对！不对呀……"

苏循天问道："什么不对？"

李秋池道："东翁此来京城，绝对没有对天子不利的想法，这个……你我都是清楚的。那么想谋害皇帝的人，为何会牵累到东翁？他在京城里不属于任何一边，没道理会牵连到他这个不相干的外人哪，除非……不是误伤，而是有意陷害！"

哚妮和苏循天互相看看，脱口问道："你说有人陷害小天哥？"

李秋池根本不是在答复他们，而是在理着自己的思路向下推，他继续沉思着分析道："如果是有意陷害，那么仅凭一只魇偶恐怕不成吧？"

哚妮急切地道："先生是说？"

李秋池冷冷一笑，道："恐怕，叫我们自乱阵脚，就是其中一环！这一招李某当讼师时也用过，只要我们一乱，不管是逃还是做出更大胆的事来，都会坐实了东翁的罪名，那时他才是百口莫辩了！"

苏循天想了想，矍然一惊，道："有道理！可……咱们怎么办才好？冒险留在这儿？大人的家人怎么办，大人可是吩咐咱们，务必把他的家人转移出城啊。"

李秋池同样怕死，他恨不得插上翅膀，立即飞出这是非之地，但他已真的折服于叶小天，当初在铜仁府，叶小天被困大悲寺的时候，他本有机会独自逃难，最终还是骂骂咧咧地自投罗网了。如今是九死一生的局面，他却更不想逃了。李秋池本就是一个赌性甚重的狠角色，他反复思量半晌，终于横下了一条心。

他咬着牙，恶狠狠地道："东翁大难临头，想要保全家人，那是人之常情！可你我都是依附东翁而生的，行事做法，必须得以维护东翁为第一要务！我们不能走，谁也不能走，不能有任何蠢动，如此，东翁尚有一线生机，只要我们一动，不管是逃走还是劫狱，东翁必死无疑！所以，不能动！谁都不能动！马上把行装都放回去，布置一如先前！"

至此，李秋池也没有疑心陶主事就是陷害叶小天的人之一，只是认为叶小天被抓之际惦念家人，所以托付陶主事传信，不过他的这番分析，倒是正合乎万历皇帝的心理。

哪怕万历皇帝想不出叶小天这么做的动机，对他是凶手有所疑虑，只要叶小天的家人和部属逃之夭夭，他也只能认为这是畏罪潜逃！他是受害者，你不可能指望他像局外人一样冷静客观。

苏循天吃惊地道："可大人吩咐……你要抗命不成？"

李秋池慢慢抬起头，眸色泛红："将在外，君命有所不受！"

· ※ · ※ · ※ ·

三宝客栈外斜对面的一条胡同内，李玄成派来的人翘首看着，半晌不见李秋池等人仓皇出逃，不禁心生疑窦："不是说已经向他们'示警'了吗，怎么他们毫无动静？逃哇！你们倒是快逃哇！"

那人正焦灼的时候，忽听远处人喊马嘶，他扭头一看，见大队缇骑蜂拥而至，街上行人纷纷躲避，不禁狠狠地跺了跺脚，悄然遁入小巷之中。

叶小天被带到了顺天府。这样一件小案子，其实一个班头就能解决了，但叶小天是铜仁府推官，而且近日曾两度受召入宫，所以那顺天府推官陈新跃就得亲自处理了。

在顺天府做官的人，哪有不时刻关注朝廷政局动态的，叶小天即将被敕封为土司，且两度受召入宫，这个名字便马上印进了顺天府众大员的脑海，一听叶小天纵马伤了路人，陈推官马上停了手头的案子，亲自赶来过问。

那扮老汉的泼皮本就有敲诈勒索的案底在身，陈推官又令人验伤证实其并未骨折，故马上把脸一沉，判了他一个蓄意勒索，令人打了十板子撵出府去了。陈推官陪叶小天吃了会儿茶，聊了会儿天，这才客客气气地把他送出府门。

叶小天在顺天府里耽搁的时间并不长，可这一去一返，耽误的时间就久了，回到刑部大街前，看看天色已经不早，情知今日是无法带哚妮去逛庙会了，叶小天便折向自己的家奔去。

叶小天轻车简从，并未惊动邻居，到了自家门前翻身下马，一进院门便扬声道："娘，今儿好生晦气，被个无赖敲诈，结果庙会也没去成……"

叶小天说着便推开了房门，目光往堂屋里一落，顿时一怔，一脚门里一脚门外地定在那里。原来堂屋里端坐一人，身着大红织金通袖罗的飞鱼服，头戴一顶碟状乌纱笠，手中正稳稳地托着一盏茶。

看到叶小天进来，那人用茶盖轻轻抹着水面上的茶叶，笑微微地道："叶大人，本官可候你多时了！"话音未落，两排身着飞鱼服、手持绣春刀的锦衣卫，便从两厢房中一涌而出……

第六十六章

意 外

一

叶小天目光微微一缩，骇然道："你是……"

那飞鱼锦袍人放下茶杯，缓缓站起说道："锦衣卫指挥使——宇无过！"

叶小天道："锦衣卫？锦衣卫找上本官，意欲何为？"

宇无过哂然一笑，弹了弹指甲，悠然道："寻常的案子，自然不用锦衣卫出马。能让锦衣卫出手，而且需要本指挥使亲自出面，你说会是什么样的案子？"

叶小天的神色一紧。一见锦衣卫出面，他就感觉不妙。锦衣卫的确不插手寻常案子，但凡插手的，都是关乎社稷安危的大案，尤其是谋反大案！可叶小天无论怎么想，都想不出这种罪名会和自己扯上关系。

宇无过道："把他带走！"

叶小天的侍卫发现不妙，纷纷拔刀冲了上来，众锦卫衣一见立马拔刀相向。叶小天马上制止部下，喝道："把刀放下，不许抵抗！"众侍卫面面相觑，犹豫不决，叶小天厉声喝道："还不放下？"

眼见尊者真动了怒，那些侍卫才不情不愿地放下了手中刀。宇无过微微一笑，道："算你识相，统统带走！"立即就有两个锦衣卫收刀扑上来，抹双肩拢二臂，将叶小天牢牢捆起，叶小天身边的七八个侍卫也一并被捆了起来。

众锦卫押着叶小天出了房间，才见左右两户邻居家的墙上冒出无数人头，手中皆持劲弩，方才叶小天的部下如果反抗，恐怕早被人自背后射成了刺猬。

叶小天被反绑双手，推出房门，他不安地向宇无过问道："宇大人，我的家人呢？"

宇无过头也没回，只把手向空中一扬，淡淡地道："他们在天牢等你！"

……

乾清宫内，宇无过垂首向天子禀报："叶小天束手就擒，现已被押入天牢待审。

他的家人乃至客栈中的部属俱被拿下，关入了大牢！"

万历皇帝屈指轻叩御案，沉吟道："你去抓人时，他家人与部属可有什么异动？"

宇无过禀道："臣去的是叶小天的家，当时叶母正在院中喂鸡。臣听她自语说，那只老母鸡每天都下蛋，实在舍不得杀，如果跟着儿子搬去贵州，要送给亲戚家。

"叶父当时正睡午觉，至于他的兄、嫂和孩子，去亲戚家串门去了，臣也派人抓了来。客栈那边也未见有什么异动，臣的手下特意查过，有的在吃酒，有的在聊天，行装都散放在屋里，连包裹都未打……"

申时行受过安家不少孝敬，所以先前曾大力支持叶小天受封土司，如今莫名其妙地搞出一桩魇偶案，申时行也是心惊肉跳，生怕牵连到自己，可他思来想去，都想不出叶小天有理由这么做。

此时听宇无过一说，申时行马上道："陛下，依臣看来，叶小天实无理由对圣上不利。再者说，圣上的生辰八字叶小天如何得知？且事发之后，他居然还因纵马惊了路人而被逮去顺应府，家人和随从也没有丝毫戒备，从这种种迹象来看，恐怕他是冤枉的。"

李玄成道："首辅大人此言差矣！这叶小天一向厮混于南蛮之地，那儿有些山中异士，最擅长蛊术与巫法，很难说叶小天与他们没有什么勾连。至于他和他的家人、随从毫无异状，未必不是疑兵之计，又或者自认手段高超，不会被人疑心到他的头上！"

申时行反问道："那么动机呢？叶小天能否成为土司，系于陛下一念之间。而陛下屡次召他入宫，恩宠备至，一个世袭土司眼看是没跑了，他有什么理由行刺陛下！"

李玄成道："动机？那要看宇大人怎么审了，本国舅也不好妄加猜测。只是魇偶一事，叶小天的嫌疑最大，岂能轻易开脱！"

申时行不悦地道："没有充足的理由，凶手就不可能是他！如果一个受归附山民拥戴的人进京面圣，却被糊里糊涂地砍了头，贵州地方大大小小百余位土司会怎么想？"

"首辅大人这是用山民压陛下了？呵呵，难怪人家说，首辅大人首鼠两端……"

"好啦，两位爱卿不必争吵。"

万历皇帝轻咳一声，道："此番多亏国舅，朕才化险为夷，国舅救驾有功，朕随后自有嘉奖。然而外戚不宜干涉国政，接下来的事，国舅就不必参与了。"

申时行已经气得脸色铁青，李玄成也知道自己话说重了，惹得首辅大怒，皇帝这是在责备自己，连忙离座谢罪道："是！臣僭越，臣有罪，还祈陛下宽宥！"

李玄成向万历谢了罪，这才欠身告辞，他退到门口转身之际，听见后面传来万历皇帝的声音："宇无过，你好好查一查这叶小天谋害朕的目的以及有哪些同党，如果不招，大刑伺候！"

李玄成听了，一抹得意的笑容倏然划过唇角……

·※·※·※·

宇无过回到诏狱的时候，天已经全黑了。两个小校打着灯笼，引着宇无过直接去了大牢。

叶小天正坐在潮湿的稻草堆上苦思冥想，因为直到现在，他仍不知自己究竟为何入罪。忽听牢门一响，叶小天从栅栏中间望过去，见两盏红灯，映着一个锦袍人，身上如龙般的刺绣飞鱼闪闪发光，正是宇无过。

叶小天立即扑了过去，双手抓着栅栏，大声叫道："宇指挥，我的家人呢？为什么看不到他们？"

宇无过踱近了，慢条斯理地道："本官只说他们在天牢等你，可没说你们会关在一起，你是钦命要犯，现在不可能让你们见面；你昔日曾是天牢狱卒，难道不懂这规矩吗？"

叶小天料想也是这个原因，家人没有和他一起被关在诏狱，其实他反而心安些，因为诏狱不同于一般的大牢，关在这里往往九死一生。

叶小天不再纠缠此事，转而又道："你说我弑君犯上，我究竟犯了什么罪？"

宇无过目光一凝，冷冷地道："你不知道自己犯了什么罪？"

叶小天大声道："我不知道！"

宇无过冷冷地看着他，凝注良久，这才缓缓答道："昨日，陛下与百官赏焰火，有人用魇偶术，令陛下昏迷。今日陛下被救醒，这才知道是中了术法。宫中大肆搜检，结果在金亭子里边，发现了写有陛下生辰八字的魇偶一枚。叶小天，昨夜观赏焰火时，最靠近金亭子的人，就是你吧！"

叶小天这才知道究竟发生了什么事，他呆了半晌，才大声叫道："不是我！我没有干过！我有什么理由谋害陛下？我是冤枉的！我是冤枉的！"

宇无过淡淡地道："不用喊了！当时靠近金亭子，有机会藏魇偶于其内的，只有你！你在南疆多年，有大把机会从山中异士手中学得巫蛊之术，此案中，你的嫌疑最大！如果本官查不到其他线索，这件事你绝难脱罪！"

"老苟！老苟！苟飞翔！"宇无过唤了两声，不耐烦地提高了声音，不一会儿，一个虾米般佝偻着腰，唇上留了两撇鼠须的狱卒提着灯笼，颠颠地从远处跑来，谄媚如狗地道："指挥老爷，您叫我。"

宇无过不悦地道："这是重犯，你这老狗，不在旁边看着，溜那么远做什么？"

苟飞翔点头哈腰地道:"指挥老爷问话,小的哪敢旁听。"

宇无过哼了一声,道:"这个人是陛下关注的重要钦犯,你给我好好守着,有一点差池,剥了你的皮!"

苟飞翔赶紧点头如啄米:"是是是,小的就守在这儿,就是有尿也憋着,绝不离开半步。"

宇无过转身走去,声音越来越远:"今日天色已晚,你好好想一想吧。明日一早本官就来提审你,若你坚持不招,最好考虑一下我锦衣卫诏狱的'十八般武艺',就算你是铁打的金刚,也定受不了!"

叶小天抓着栏杆,慢慢滑下去,跪坐在地上:"有人用魇偶术咒杀皇帝?世上真有这般奇异的术法?可是,怎么就算到了我的头上,是巧合,还是……"

忽然间,叶小天脑海中电光石火般一闪,突然浮现出一张面孔——李玄成!昨日在皇帝晕厥的现场,刻意躲避他目光的李玄成!现在叶小天终于明白李玄成当时为什么要躲避他了,几乎不用考虑,他就认定了真凶!

李玄成这是要借皇帝的刀置他于死地呀!叶小天根本想不通,李玄成为什么要这么做,就因为他追求莹莹未遂而迁恨至此?至于这么大的仇?

叶小天认定李玄成就是陷害他的幕后黑手,一时却想不出揭露真相的办法,正自愁肠百结,忽地牢房铁门又是当啷啷一阵响,三个裹了黑色"一口钟"斗篷的人走了进来。那斗篷是连着风帽的,三个人低着头,因而看不清模样。

宇无过走后,老苟果然搬了一张条凳过来,守在叶小天牢房外,他正搓着脚丫子,忽闻动静,马上站了起来,吆喝道:"你们是干什么的,来人止步!"

这儿是诏狱,不可能有私自闯进来的人,所以苟飞翔也不担心,他把腰刀挪了挪位置,举步迎了上去,大声道:"你们是干什么的,这里关的是钦命要犯,不得靠近!"

一个黑衣人举起一块牌子,杵到了他的鼻子底下,老苟缩头看了看,迟疑地道:"这……这是……"他伸手要摸,却见那黑衣人已经收回牌子,以一副厌恶的语气道:"滚开!"

叶小天在牢中看着,以为那狱卒老苟要发作,谁料他却讪讪地收了手,乖乖地退到了一边。另外两个黑衣人始终没有止步,第三个黑衣人和老苟交涉的时候,他们已经迈着匀速的步伐来到叶小天的牢房前面站定。

叶小天缓缓站起,抓紧手腕之间的铁镣,警惕地问道:"你们是什么人?"

中间那个黑衣人缓缓抬起头,向叶小天粲然一笑,灯光下,只见一口耀眼的牙齿。叶小天骇然一震,失声叫道:"怎么是你?"

第六十七章

陷　死

一

王海滨笑嘻嘻地向天牢狱头打了声招呼，一头钻进了诏狱。他是锦衣百户，不过是闲职的那种。功臣勋戚子弟，很多一出生就有爵位或官职在身，而京中的功臣勋戚子弟，则大多在锦衣卫挂职，最不济也能挂个百户，不过通常不会参与事务，只是按时领一份俸禄。

王海滨就是一位闲职的锦衣百户，据说祖上曾经是一位伯爷，到如今自然是没落了，不过作为长子，他好歹还有一个世袭的锦衣百户身份，比起老王家的其他子孙要强上许多。

只不过，锦衣百户的固定俸禄实在有限得很，所以这位王百户时不时地就到锦衣卫处帮忙，哪怕是听总旗甚至小旗的差遣，就为了捞些额外的收入。

是以这天牢的守卫早就熟悉他了，只道今日又是哪位总旗官或小旗官找他帮忙，所以也不拦阻。

王海滨晃晃悠悠地进了天牢，佯作无事地东游西逛一番，如今正是太平盛世，皇帝也非朱洪武那样眼里揉不得一粒沙子的君王，所以这诏狱里空空荡荡，没几个囚犯。

王海滨逛到东侧牢房，刚到甬道口，就被两个狱卒给拦住了。虽说王海滨是闲职官，可毕竟级别摆在那儿，因而两个狱卒挺客气，对他道："哎哟，王百户，真是对不住，今儿这东牢可不能进！"

东牢里边，一声声鬼哭狼嚎的惨叫声回荡着飘进了王海滨的耳朵："啊！老苟！苟飞翔啊，我日你亲娘！我日你八辈祖宗！你个驴日狗操的畜生，等爷爷出去，一定要你的……狗命……"

苟飞翔虽然看着猥琐，却是极心狠手辣的一个人物。

王海滨笑道："这诏狱里很久没这么热闹了，是老苟动的刑？"

一个狱卒道："是呢,这可是重犯!"

他左右看看,压低声音道："生了一颗泼天的胆子,敢对陛下……"

他做了个手势,不过没有什么明显的意义,大概只是加强他的语气,接着又道："这牢里,也就是苟头儿精通祖上传下来的'十八般武艺',所以指挥使大人就把这个钦犯交给他夹磨了。"

这时,那原本中气十足的叫骂声渐渐变得嘶哑无力了："苟……苟飞翔,你这个不得好死的杂种……狗杂种……你这千刀万剐该下地狱的老畜生……"

声音渐渐寂然,然后传出苟飞翔的一声吆喝："把他泼醒!"王百户听在耳中,朝那两个狱卒笑嘻嘻地点点头,道："得嘞,老苟正忙着,我就不打扰了,两位兄弟,回见了。"

一个时辰之后,王百户便出现在同福客栈内,一个商贾打扮的人坐在客栈大堂一角,面前一碟猪头肉、一碟炒黄豆,还有一壶烧酒,正自斟自饮着。王百户走过去,一屁股在他对面坐了下来,抄起两粒炒豆丢进嘴里嘎嘣地嚼着,又拿过一个空杯给自己斟了一杯,一饮而尽。

对面那个商贾抬起头,飞快地扫了一眼大堂,若无其事地道："查到了?"

王百户从桌侧伸出一只手去,对面那人微微一扬手,一锭沉甸甸的银元宝便落到了王百户的掌心,王百户迅速一缩手,手再放到桌上时,那锭银子已经不见了。

王百户又斟了一杯酒,低头举杯,道："很惨!惨不忍睹。动刑的是老苟,这个老货,别看他貌相猥琐,动起刑来却是锦衣卫里的第一把好手,比阎罗殿里的小鬼还狠,我看……那人撑不了多久。"

对面的商贾轻轻点点头,拈了一粒豆子入嘴,王百户有些好奇地看了他一眼,忍不住问道："你跟那人,是恩是仇?"

对面那人没有答话,只是从凳子上拿起狗皮帽子往头上一扣,从王百户身边走了过去。

王百户撇撇嘴,把那碟猪头肉全都划拉到自己面前,反客为主地吃将起来……

· ※ · ※ · ※ ·

乾清宫西暖阁内,宇无过躬着身,对万历皇帝轻声禀报着。

"你说,他抵死不招,嗯?"万历皇帝没有抬头,只管低头批阅着奏章。这是司礼监刚送来的一批急件,送奏章进来的徐伯夷正垂手站在案旁,等着皇帝批复完,再立即转回司礼监。

宇无过道："是!自始至终,他一直大呼冤枉,臣等把刑都用遍了,叶犯浑身烂肉,已不成人形,却依旧没有别的供词。臣现在已不敢用刑,不然……只怕他撑不住了,微臣无能!"

徐伯夷听在耳中,眼底掠过一丝快意的喜悦。

万历皇帝提笔蘸了蘸朱砂,冷哼道:"无能!这点点事都办不好,真是叫朕太失望了!"

宇无过扑通一声跪到地上,顿首不语。

万历皇帝朱笔一停,想了想道:"朕初履大宝,天下归心,此事不宜张扬,就由你们锦衣卫送他上路吧。对贵州地方,就说他暴病身亡,给他们一个台阶就是了,谅也无人敢来质问朕!"

宇无过顿首道:"是!那……他的家人……"

万历皇帝朱笔在一份奏章上狠狠地画了一个圈,沉声道:"籍没,发为官奴!"

宇无过顿首,叩拜,缓缓退了出去。

一摞奏章批罢,徐伯夷捧着奏章退了出去,到了殿外一转身,就见天空湛蓝、白雪堆满宫墙之下,视线所及,一片明媚。徐伯夷长长地吸了口气,他从未觉得,日子是如此美好!

·※·※·※·

李玄成哈哈大笑,只是笑着笑着,忽然觉得自己的声音有点尖细,这才不情愿地收住笑声。派去收买王百户的人给他送回了一个好消息,令他心情大好,紧接着徐伯夷又送来一条更好的消息,此刻国舅心中当真快意无比。

徐伯夷赔笑道:"恭喜国舅爷,贺喜国舅爷,叶小天授首,得遂国舅爷所愿。"

李玄成睨了他一眼,笑吟吟地道:"我知道,你心里也开心得很。呵呵,不用担心,本国舅答应了你,就一定会擢拔你,不过司礼监,本国舅插不了手,回头我跟太后说说,先把你调去太后宫中管事,立下些功劳,再调转司礼监就方便多了。"

徐伯夷听了连忙跪地谢恩,一迭声地道:"多谢国舅爷,伯夷今后,唯国舅爷之命是从!"

李玄成哈哈地笑了两声,忽又一敛笑容,对徐伯夷道:"你说叶小天的家人已尽数发为官奴?"

徐伯夷忙道:"是!籍没其家,从此生生世世,都是贱奴!"

李玄成轻轻点了点头,幽幽地道:"我知道了!"

……

礼部主客清吏司主事陶希熙兴冲冲地赶到国舅府,被管事引入大厅,一眼看见李玄成,赶紧上前施礼:"下官陶希熙,见过国舅爷!"

陶主事现在一身轻松,这几天他一直提心吊胆,反复琢磨一旦锦衣卫找他问话,该如何否认，对答的词也不知斟酌了多少遍。

不想，锦衣卫把侦讯的重点只放在叶小天一人身上，而叶小天自被捕也不曾与他留在客栈的部属会面，根本不知道他曾去过客栈，叶小天的那些部属又认定他是叶小天的朋友，即便受到拷问，也不会招出他来。

到了今日，叶小天一命呜呼，这案子算是结了，陶主事的心才终于放了下来。国舅突然召见，他只道是国舅爷要论功行赏了，自然是满心欢喜。

李玄成见他欢喜的样子，不禁笑道："莫要高兴得太早，本国舅就算是当朝首辅，也不能随意安排官职。答应你的事，本国舅一定会做，不过要等机缘。"

陶主事有些失望，但又恐惹得国舅不悦，只好连声称谢，道："是是是，下官不急，不急。"

李玄成端起茶来呷了一口，道："叶小天死了，叶家的人被籍没，全部发为官奴，你知道吗？"

陶主事消息没有李玄成灵通，对此还真的不知道，他呆了一下，答道："下官尚不知此事。"

李玄成微微一笑，道："不知道没关系，旨意应该很快就下来了。本国舅这幢宅子，是太后去年刚刚赐下来的，宅子很大，就是仆佣少了点，有点不敷使用，需要增加人手哇……"

李玄成说着，别有深意地看了陶主事一眼，陶主事会意地道："国舅爷是说……"

李玄成淡淡地道："教坊司是归你礼部管着的，等这批官奴发付到教坊司，拨些人到本国舅府上侍候吧。"

陶主事暗想："国舅爷这是在向我要叶小天的家眷哪，我说国舅爷高高在上，为何与远在贵州的叶小天结仇，别是国舅爷看上了人家的女眷吧？难道那叶小天的女人美艳无双，被国舅爷看中了？"

李玄成瞟了他一眼，打断了他的胡思乱想。李玄成道："别的人，都可以不要，但叶小天有一个孪生兄长，名叫叶小安，与他生得一模一样，这个人，一定要拨到我的府上来！"

陶主事直听得目瞪口呆："难道国舅爷喜欢的是男人？"

李玄成自然不知陶主事心中的龌龊念头，他的目的很明确：叶小天已经死了，但是还有一个和叶小天生得一模一样的人，他要把这个人弄进他的府邸，为奴为婢，还要把他阉了，日日折磨，方才快意！

第六十八章

得意忘形

一

乐户制度始于北魏时期，并非明朝时期所创。将犯罪者的妻女家人贬为乐户，是一种惩罚手段。

教坊司隶属于礼部，主管礼乐，那些犯罪者的妻女被贬入教坊司后，教坊司会择那年轻貌美的加以训练，她们便是乐妓了。名门闺秀抛头露面以歌舞娱人，这是令祖宗蒙羞的行为，是极大的惩罚。

教坊司的主要任务是培养歌舞姬，当然，这种地方较之其他地方更易发生一些男女间事，但要说日日接客，对罪犯女眷极尽蹂躏，那就是民间以讹传讹的谣言了。

教坊司是官署，并不对百姓开放，主要应付官方的交际往来。

到了明朝，朱元璋立下规矩，官员严禁狎妓，如此一来，官员纵然狎妓，也不会跑到这种官办的教坊去。不过发为官奴的人，却未见得都有资格做乐妓，身姿不够曼妙、歌喉不够婉转、容颜不够秀丽的，你想做也没资格。

所以对官奴的安置，主要分为以下几种：一是容颜体态合乎标准的女子，留为乐妓、舞伎、歌姬；逊色一筹但年龄合适的做丫鬟侍女；至于貌丑、体肥、年纪大了的，就只能做些粗活。至于男子，则一律为奴仆了。

另外还有一种处置，就是发往国戚家中为奴，这可比在教坊司中当乐户好多了，一则国戚家对官宦出身的人优容些；二则，一旦讨主人欢心，虽然还是奴籍，却能做个管事什么的，生活得还算舒服。

官员犯案，除非是十恶不赦的大案，否则是不会受到籍没抄家、贬家眷为官奴的惩罚的，而无论哪个朝代，敢于犯下十恶不赦大罪的终究是极少数，所以教坊司已经很久没有新人进入了。

今日发来教坊司大队人马，说是犯官家属。教坊司设有大使、副使、和声郎等官职，大使自然是全权负责人事管理的官员了。

如今的教坊司大使叫庞博瀚。庞大使是个太监，大概是因为教坊司里女人太多，而且莺莺燕燕大多丽色照人，所以朝廷规定，大使一职由阉人担任，避免监守自盗。

庞大使自上任以来，从未处理过这种事，他得翻翻以前的条例规定，才能知道该如何调度和安排。不过这事不急，他首先需要了解的是：

犯罪的是什么人？有多大的背景来头？东山再起的可能有多大？还有没有同党在朝为官？

这些事情他必须先行了解清楚，有需要结个善缘的，就尽量表示一下善意。

庞大使人事上归宫里的钟鼓司管，业务上归礼部管。他换下官服，穿上一身太监袍服，正要入宫去探探这姓叶的一家人的底细，礼部主客清吏司主事陶希熙就登门了。

一瞧庞大使换了太监袍服，陶主管问道："怎么，庞大使要入宫？"

陶主事一见是顶头上司，连忙上前施礼，道："原来是主事大人，下官正要入宫，办点杂事，不知大人驾临，有何吩咐？"

庞大使人事上不归礼部管，所以虽为下属，对陶主事却不必过于卑躬屈膝。陶主事微微一笑，道："庞大使入宫，怕是要去打听这姓叶的犯官的来路吧？"

庞大使神色一动，忙道："大人莫非知道，还请赐教啊！"

庞大使说着，龇牙一笑道："大人您也知道，我们这些在教坊司里听事当差的人不容易，有时候你就是规规矩矩地做事，也难保不会在不知不觉间便得罪了人，难哪！"

陶主事呵呵一笑，道："这家人，没什么背景来路，也不可能有东山再起的机会，他们犯的可是十不赦中的第一大罪！"

庞大使听了十分震撼。十恶大罪，分别指向君权、父权、神权和夫权，故而列为不赦之重罪。其中第一大罪就是谋反。这等大罪，应该会在京城掀起轩然大波，可他竟一无所知。

陶主事忽然意识到自己失言，忙咳嗽一声道："你心里清楚就行了，这件事朝廷不想宣扬，如果散布出去……"

庞大使连忙道："是是是，多谢大人点拨，下官明白！"

陶主事点了点头，又道："今日拨来的人中，你拨一部分到三国舅府上，太后娘娘去年赐了国舅一幢宅子，府中的使唤人少了些。"

庞大使是内廷的太监，对太后在意的人和事那是绝对在乎的，一听陶主事这么说，马上答应下来，道："是！下官这就去办，定当挑选些聪明伶俐、模样可人的。"

陶主事颔首道："嗯！其中有个叫叶小安的，是国舅爷指名要的！"

庞大使怔了一怔，却不敢询问其中缘由，只道："是！下官明白！"

· ※ · ※ · ※ ·

晶莹剔透的白玉杯中酒液碧绿清亮，散发出清幽的香气，李玄成举杯一饮而尽。这已不是第一杯，李玄成白玉般明净光滑的腮上早已泛起淡淡的红晕，他眨了眨眼睛，眼似晨星，亮闪闪的，带着笑意。

鹤年堂秘制的金茵酒是李玄成的最爱，喝着最爱的美酒，看着跪在眼前一脸惶恐的叶小安，李玄成只觉人生之惬意，莫过于此。

一再让他吃瘪的叶小天死了。他花了笔钱，叫王百户去诏狱里看过，叶小天被处死的时候，已浑身烂肉，仅能从那身体轮廓和残存的粘在模糊的血肉上的布条，勉强分辨出这是一个人。

不能亲眼看到那一幕，实在遗憾，但是仅听手下转达王百户的描述，李玄成就激动得浑身发抖。现在看着与叶小天长得一模一样的叶小安畏畏缩缩地跪在面前，李玄成就像看到了叶小天向他低头臣服。

"该怎么摆布他才好呢？"李玄成摸着光溜溜的下巴，认真地思索了一阵，微微一笑，道，"叶小安，你知道我是谁吗？"

叶小安吓得一哆嗦，战战兢兢地道："知……知道，您……您是国舅爷。"

李玄成启齿一笑，又问："你知道我为什么把你要到我的府里吗？"

叶小安结结巴巴地道："庞……庞大使老爷说……说小民运气好，恰好国舅府上缺人，叫小民到了国舅府上好好做事，侍候好国舅爷。"

李玄成笑眯眯地道："没错，庞大使说的是对的，我和你二弟叶小天，交情可是深得很呢，现在他不在了，我一定会替他好好照顾你的，哈哈，哈哈，哈哈哈……"

李玄成疯狂地笑了起来，叶小安脸上带着一抹想要谄媚，却又不知所措的表情，诚惶诚恐地看着他。

李玄成狂笑着，笑得眼泪都要下来了，才咳嗽着停下，伏案喘息半晌，复又乜着叶小安，道："与你一起发配本府为奴的，还有谁？"

叶小安道："我……我爹、娘、娘子、孩子，还……还有我兄弟的一个妾室……"

李玄成怔了怔，怎么把老叶家一大家子人都打发过来了？转念一想就知道定是陶主事去传了话，那庞大使也不知他究竟用意如何，揣摩着讨好又怕有所遗漏，所以干脆把叶氏一大家子都送了来。

"也好……"李玄成复又斟满一杯，转动着酒杯，盯着那碧绿的酒液暗想，"只折磨一个叶小安，如何消得了我心头之恨。叶小天那妾室，我要许给府上最丑、最老的家仆，叶小天的爹娘我也要日日折磨，叫他九泉之下不得安生，至于这叶小安……"

李玄成看了看一脸惶惑不安的叶小安："谁叫你与叶小天长得一模一样呢，你就做他的替身，永远在我身边为奴为婢吧！"

　　想到这里，李玄成又是一杯酒猛地下肚，醺醺然道："好！既然你们一家都到了我的府上，我就一定会替叶小天这位老朋友好好照顾你们的。你下去吧，这两天莫进饮食，清一清肠胃，我会请最好的小刀师傅来帮你动刀，免得伤了你的性命。"

　　叶小安惊讶地道："国……国舅爷，小的没有病呀，要动什么刀？"

　　李玄成刚刚斟满一杯酒，这时举杯乜着他道："留在内宅侍候，不阉了你怎么成？太后赐给我的宦官不足十人，不敷使用啊！"

　　宦官是皇帝及其家族成员才能役使的，比如皇帝、亲王、公主等等，外戚无此特权，不过李玄成素来受太后宠爱，役使太后赐下的宦官便不算僭越了。在此基础上，李玄成便是增加一个两个，府里人不说，外人又如何知道。

　　再说此时的李玄成，心智已经与正常人大相径庭，便是没有太后赐下宦官伺候的前提，他也会想尽办法折磨"叶小天"而不计后果的。

　　叶小安大惊失色，哭喊道："国舅爷，我不想当太监！我不想当个没卵子的男人哪！求国舅爷开恩，国舅爷不是与小民的兄弟有旧吗？还请国舅爷高抬贵手哇！"

　　一句"没卵子的男人"刺激了李玄成，李玄成腾地一下站了起来，把手中的白玉杯往地上狠狠一掼，啪的一声，玉杯炸碎。叶小安吓得急忙一抱头，生怕那碎片溅到脸上。

　　李玄成轻蔑地看着他，道："一母所生，孪生兄弟，你比你那兄弟，实在是差得太远了！不错，我与你二弟有旧，可惜，不是有旧谊，而是有旧恨！"

　　李玄成一步步向叶小安逼近，连连冷笑着弯下腰来，一把抓住叶小安的衣领。叶小安仰起头，可怜巴巴地看着他。

　　李玄成咬牙切齿地道："本国舅身为国戚，有太后宠爱，向来予取予求，谁曾拂逆？唯有你那二弟，不把本国舅放在眼里，还设计坑害于我，坏我声名！你可知道？

　　"本国舅自幼向道，一心修行，不理世务，故虽为外戚，便是文武百官对我也一向敬重！唯独在你兄弟那里，本国舅连连受辱，这是生平从未有之事，你可知道？

　　"本国舅本已看淡红尘，唯独对莹莹姑娘一见钟情，谁料却被你二弟横刀夺爱，你可知道？若非你二弟在葫县为官，本国舅岂会千里迢迢远赴那里，若不是去了那里，又岂会身染怪疾，以致……"

　　李玄成越说越气，用力向前一搡，把体若筛糠的叶小安用力推倒在地。叶小安惊惧地指着李玄成，颤声道："原来，你与我二弟有仇！难道……难道我家遭此大劫……"

　　李玄成仰天狂笑："哈哈哈哈……你不蠢嘛！"

他又弯下腰,一把抓住叶小安的衣领,把他揪到面前,冷笑道:"若非我是皇帝的舅父,岂能轻易给皇帝下药?也亏得本国舅自幼炼丹,发现了这种致人昏睡的奇药!

"银针测之不出,试毒太监吃上两口也只会觉得有点倦意,又岂会疑心到有毒。你那兄弟,真是愚不可及,他以为有点小聪明就能对付我吗?哼!本国舅略施小计,就叫他死无葬身之地啦。哈!哈哈……"

李玄成英俊的面孔扭曲着,狂笑起来。叶小安浑身哆嗦地道:"原来如此!原来如此……"他说着说着,颤抖的身子忽然安静下来,惊惧愤怒的眼神也消失不见,脸上露出淡淡的讥诮之色。

李玄成狂笑着低下头,想看看叶小安绝望、悲戚的表情,可他一低头,见到的却是一只越来越大的拳头迎面飞来。砰的一声,李玄成的脑袋猛地震荡了一下,他呆呆地看着叶小安,两行殷红的鼻血缓缓流下。

扑通一声,李玄成仰面倒下了。

"叶小安"从地上爬起来,屈指一弹,一只小虫便没入了李玄成的身体。"叶小安"拍拍身上的尘土,喃喃自语道:"真他娘的,没理你也能说出理,好像全是别人负了你似的,这等心胸,也配做男人!"

第六十九章

腹黑天子

一

乾清宫内,叶小天和宇无过并肩站立,万历随意地翻着一卷书,随口问道:"只是因为和你的私仇?这仇缘何而起呀?"

叶小天早已组织好语言,马上回禀道:"回陛下,臣任葫县典史时曾遭人弹劾,暂时离任,居于南京驿馆待参,在那期间结交了一班朋友。当时正值江南大雨,洪水泛滥,有灾民流入城中,那班朋友便想办法募款购粮赈济灾民,臣曾帮他们出过些主意……"

万历皇帝颜色稍霁,颔首道:"你以待参之身,自身尚且难保,还能如此忧国忧民,朕甚嘉许!"

叶小天顿首道:"谢陛下!臣的那班朋友,多是南京官宦子弟,而另有一班贵戚子弟,与之素来不和,当时那班贵戚虽也商量募款赈灾,却纯为了与臣这班朋友争风,其间双方发生了些不甚愉快的事情。

"而国舅爷……当时正在南京,就住在中山王府,与那班贵戚交情深厚,于是,国舅爷帮着贵戚,臣帮着那些官宦子弟,结果最后募款筹粮上面,我们胜出,令国舅爷大失颜面,所以就此与臣结下了过节。"

万历皇帝淡淡一笑,贵戚集团与文官集团本就格格不入,他们的子弟当然也是泾渭分明,叶小天虽只寥寥数语,万历皇帝却已想见当时是个什么局面。

叶小天又道:"之后,国舅爷担任钦差,前往葫县公干,偏袒县丞徐伯夷,欲治臣之罪。不料徐伯夷事败,暴露了他贪赃枉法的罪行,弃官逃之夭夭了。国舅爷颜面扫地,又把这桩罪过算到了微臣头上。臣此番赴京见驾,国舅爷记起旧恨,这才……"

万历皇帝轻轻摇了摇头,道:"好一个国舅!就为了这等小恩怨,就敢冒天下之大讳,以朕为刀,他的胆子真是太大了!亏得他自幼学道,自诩恬淡,人皆赞之有君子之风,不想竟是一个睚眦必报的小人!"

叶小天斟酌道:"臣以为,有些人,只是习惯了严以待人,宽于律己。别人没有发现他对自己如何要求时,会以为他对自己也是这般严苛。其实真金还须火炼,日久才见人心!"

万历皇帝突然想起了张居正。他身为皇帝,曾让两个宫娥为他歌舞一曲,却被张居正严词呵责,滔滔不绝地讲了两个时辰为君之道,可是张居正自己呢,却是无美不欢;张居正要求别人廉洁奉公,却利用权力,安排他的儿子中进士。

万历皇帝登时大起共鸣之意,但他并没有表现出来。大殿上一时静默,叶小天和宇无过垂首静候天子训示,但万历皇帝坐在御案后却半晌没有声音,似乎……在等待什么。

过了许久,一个内宫太监蹑手蹑脚地进了乾清宫,逡巡着不敢靠近。万历皇帝淡淡地吩咐道:"过来吧!"

那太监如释重负,立即踮着脚尖小跑上前,往御案前一跪,轻声道:"奴婢叩见皇爷。"

万历皇帝把奏章放下,问道:"什么事?"

那太监急忙道:"太后有请陛下!"

万历皇帝呵呵一笑,对叶小天道:"你做得很好,且回去吧,待朕临朝之际,你的敕封便会下来!"

叶小天一听急忙拜倒,叩谢皇恩。

万历皇帝举步离开御案,对宇无过道:"你在这儿听旨,朕还有吩咐!"

随着脚步声渐去渐远,万历皇帝的声音从门口传来:"摆驾慈宁宫!"

叶小天刚走出皇宫,候在宫门口的李秋池和苏循天便立即快步迎了上来,叶小天不等他们询问,便微微一笑,道:"没事了,咱们回去再说!"

叶小天上了车,车轮吱吱嘎嘎地碾着积雪向刑部大街行去。叶小天把海龙银针的皮裘裹紧了些,靠在座位上,长长地吁了口气,发生在锦衣卫诏狱中的那一幕又浮现在眼前……

中间那个黑衣人缓缓抬起头,向他微微一笑,露出一口洁白的牙齿。

风帽遮住了他的小半边脸,灯光映在他鼻子往下的部分,但叶小天还是一眼就认出,这是当今天子。叶小天脱口惊呼道:"怎么是你?"一句话出口,叶小天便知失仪,连忙拜见天子,"罪臣叶小天,见过陛下!"

"呵呵……"万历皇帝浅浅一笑,"你承认自己有罪了?"

叶小天一惊,急忙否认:"不是!臣冤枉,臣只是……"

万历皇帝声音中带着笑意,道:"你说你有罪,朕不见得认为你有罪。你说你无罪，朕也不见得就认为你无罪！有罪无罪，朕有眼睛，会自己看！朕想不出，你有什么理由要谋害朕……"

万历皇帝摘下了风帽，负着双手，在栅栏外面悠然地踱起了步子。不远处的老苟已经趴伏于地，骇得体若筛糠，头都不敢抬了。

万历皇帝道："如果说，贵州那边有些不安分的土司意图对朕不利，可他们能给你什么呢？无论许你多少好处，也不及朕许你一个世袭的土司，你土司之位尚未到手，凭什么为他们卖命？难道朕跟你有仇？"

万历皇帝摇头一笑，又道："如果说，有人野心勃勃，意欲问鼎天下，许你一方诸侯之位，可这等虚无缥缈的许诺，值不值得你放弃唾手可得的好处姑且不论……杀了朕，换一个皇帝，只怕还不如朕在皇位上对你有利呢。"

叶小天心想："皇朝体制，早已有了缜密的制度。不要说刺杀一个皇帝，就是生擒一个皇帝，也根本不可能撼动国朝根本。外姓人如果想问鼎江山，唯有真刀真枪一城一地地去抢，这倒不假。但……为什么说换一个皇帝，还不如他在位上？难道是因为这个皇帝与大臣们不和？"

叶小天到京有一段日子了，当然风闻了万历皇帝与群臣之间的种种矛盾与冲突。

万历皇帝转身面向叶小天，道："问题不是出在贵州方面，那就是出在朝廷里，可你与朝臣素无往来，又怎会与他们有勾连？这件事的背后究竟藏着怎样的秘密，朕很好奇。"

叶小天又惊又喜，惊的是这个皇帝实在聪明绝顶，要知道，自幼长于宫廷，由妇人宦官抚养长大的皇子们，大多囿于环境，无法重复他们开国先祖的英明神武。

叶小天也正是因为相信万历天子只是豢养于深宫的一位龙子，很容易欺骗，所以才扮土豪装土包子，投其所好，顺其所想，却不想这位年轻的天子竟然城府深不可测，真不愧是张居正苦心调教出来的弟子，说不定自己的伪装早被这位睿智天子看破，一直当戏看呢。

喜的是，从万历皇帝的话语来看，他并不相信自己意图弑君，这看似最险的一劫竟因为这位聪明天子，而成了一个笑话。叶小天立即拜倒叩谢："陛下圣明，陛下圣明！"

万历皇帝道："可是，这人究竟是谁，究竟有何打算，朕始终想不出。不过，他的目标不是朕，而是你，应该是确定无疑的。也许，你死了，朕才能找出幕后黑手！"

叶小天又吃一惊，失声道："陛下……"

万历皇帝在栅栏前站定，微笑着道："朕闲来无事时，最喜欢看戏，还曾亲手写过几个本子，叫人演给朕看呢。你的戏演得不错，不如就陪朕唱上一出，如何？"

想到这里，叶小天长长地吁了口气，果然不如万历天子所料，幕后黑手的目的不是皇帝，而是想借皇帝的刀来杀他！

可是，真相已经大白，严惩李玄成就是了，皇帝为何按兵不动？就算有皇帝生母为胞弟求情，不好严惩，但……抢在太后求情之前下旨惩办，不也好过太后求情之后？皇帝究竟有什么打算？

乾清宫内，太后低声下气地道："皇儿，念在你舅父只是一时糊涂，就饶过了他吧。"

万历皇帝面沉似水，一言不发。

太后道："皇儿，玄成是国舅，他的利益与你的利益是一体的，一荣俱荣，一损俱损，他怎么可能伤害你！如果真有人想伤害你，他还会不惜一切保护你呢。他的所作所为固然不对，可终究不是对你怀有恶念哪！"

万历皇帝冷漠地道："所以，舅父就可以给朕下药？就可以利用朕，来解决他的私仇？"

太后道："你舅父确实犯了错，他的行为，与那些诋言媚君、设计中伤构陷政敌的大臣们无甚区别，朝廷有朝廷的体制规矩，母后也不是想要你赦免了他，只要你留他一命……"

说到这里，太后的泪花便在眼中荡漾起来。

说起来，这位太后可是一位集聪明、美丽于一身的奇女子。她本是一个匠人的女儿，父亲李伟是个木匠。太后自幼在陈家做丫鬟，后来陈家姑娘嫁给了裕王，太后便也陪嫁到了裕王府。

她因为年轻貌美，被裕王看中收了房，结果竟给裕王生了个儿子，等裕王做了皇帝，她也就母凭子贵，成了贵妃。由于陈后一直无子，她的儿子便继承了皇位，她也升格成了太后。

这位太后内事不决问双林（冯保），外事不决问太岳（张居正），三人成了铁三角，牢牢把持着朝政。万历这个小皇帝当年对母亲可谓是畏之如虎，却不想她今日反要低声下气地求他，太后思及往日，岂能不为之神伤。

万历看见母亲目中含泪，心中也是一软，但他随即就硬起心肠，强迫自己强硬下去："母后，舅父犯下这样的大罪，儿臣若不严惩，何以服众？今日放过舅父，安知来日没有人效仿舅父？纵然儿不会因此丧命，难道就该做一个任人摆布的傀儡皇帝？"

万历把"任人摆布的傀儡皇帝"这句话咬得特别重，太后本就聪明绝顶，听到这里终于明白了皇帝的心思。

昔日，太后独掌朝纲，内有冯保，外有张居正，对皇帝也是想立就立，想废就废。毕竟她有两个儿子，有得选择。不过，太后独揽大权并没有别的心思，她只是担心主少国疑，江山不稳，可儿子显然不这么想啊。

如今张居正已经倒了，可是他的派系实在是太庞大了，皇帝清算了两年多，依旧没有清洗完毕；宫里面冯保倒了，可是太后系的大太监却还是太多，司礼监提督、掌印、秉笔、随堂四大太监，有三个是她的心腹。皇上这是要收权哪！

然而，太后能拒绝吗？她本就没有攫夺皇权的野心，即便有，自从张居正和冯保倒台，她也孤掌难鸣了。如今皇儿以胞弟的性命相要挟，她能拒绝？去年父亲过世时，可是千叮咛万嘱咐，叫她照顾好幼弟。

太后想到这里，拾起衣袖，轻轻拭去腮边的泪水，对万历皇帝道："儿啊，你已长大成人，母后也可以放心了。只要你能饶过你舅父一命，母后愿从此青灯古佛为他赎罪，再不过问世事了！"

万历皇帝拢在龙袍之下的拳头一下子攥紧了："后党，自此不复矣！"

第七十章

三座大山

一

万历走出慈宁宫的时候,一身轻松。人人都以为高高在上的九五至尊拥有整个天下,予取予求,无所不能,有谁知道,一个皇帝,背负了多少,又有多少牵绊!

山有多高,阴影就有多大,皇帝的身边,阴谋、龌龊、肮脏、罪恶,远比平民百姓身边多。万历的身上原本压着三座大山,左肩是张居正,右肩是冯保,头顶是他的母亲。此事发生之前,左肩那座山已灰飞烟灭,右肩那座山已迁去金陵养老,就只剩下头顶这座山了。

其实卸去两肩的大山后,万历皇帝已经轻松了许多,太后也不再像以往一样,每天天不亮就赶到他的寝宫督促他起床,犯一点小错就让他长跪检讨。

但是他心中的压力却始终不曾削减,囿于孝道,他不能对母后有所违逆;内廷的"四大天王"中,有三个是唯母后之命是从的,令他如芒在背。现在,终于彻底地解脱了。

万历抬头看向星空,闪闪发亮的星辰似乎也在天上向他眨眼笑,仿佛他一伸手就摘得到。万历笑了,很愉快地说道:"回乾清宫。告诉淑妃一声,今晚朕宿在她那里。"

国舅府里,饭菜摆在桌上,菜汁已经冷却凝固起来,桌上灯也没点,只有窗外透进的清冷的微光,李玄成始终未动一筷,他静静地坐在那里,仿佛一座石雕。

李玄成百思不得其解,如此缜密的计划、如此天衣无缝的安排,叶小天的人为什么就不反不逃,皇帝为什么会相信他?

他更是没有想到,骗局早就开始了,而叶小天偏偏有个该死的与他长得一模一样的兄长,他竟错把冯京作马凉,当着叶小天的面说出了全盘计划。现在矢口否认?皇帝会相信他?

李玄成好不甘心,可是他知道,自己又败了,败得一塌涂地。门开了,夜风裹着雪花扑进屋子，李玄成依旧没有动，只是沉声喝道："不用劝了，我不吃！"

门口的人没有说话，一步步走过来，影子拖曳得长长的，渐渐把桌子笼罩在阴影之中。李玄成看到那人影头上的碟状乌纱笠，不由得悚然一惊。

那人走到李玄成身边，慢悠悠地绕到对面坐下，清冷的光映出他的半边脸庞，李玄成一下子就认出了他：锦衣卫指挥使宇无过。

李玄成心头顿时掠过一丝寒意，锦衣卫只忠于皇帝一人，是为皇帝看家护院的狗，是谓天子亲军，这个时候，锦衣卫指挥使不告而入，意味着什么？

李玄成怔怔地看着宇无过，心中还存有一丝侥幸："我是皇帝的舅父，我的姐姐是皇帝的生身母亲，我根本就没有弑君的意思，皇帝不会把我怎么样的，太后不会坐视不理的！"

自幼学道，自诩性情淡泊的李玄成突然发现，原来他也是个凡夫俗子，原来在他心里，其实有那么多的放不下，情放不下，恨放不下，名放不下，生死更是难以勘破。

他学道是为了求长生，而现在皇帝手下最大的爪牙已经出现在他的眼前，磨刀霍霍……

李玄成强作镇定，道："皇帝……想怎么处置我？"

他本以为自己很镇定，可这句话出口时，喉咙里就像塞满了沙子，声音嘶哑得要命。宇无过轻轻叹了口气，手往腰间一探，一口绣春刀便连鞘摘了下来，宇无过把它轻轻往桌上一放。

嚓的一声轻响，在李玄成心中却不亚于一声惊雷，震得他的身子猛地一颤："皇帝……皇帝要我死？"

李玄成的声音异常空洞，他已经再也难以维持那副清冷不俗的外表了。

宇无过没有说话，只是摘下灯罩，自怀中摸出一样东西，嚓嚓地打了几下，点着蜡烛，又把灯罩扣了上去，明亮的光立即洒满了房间。

灯光一亮，他的狼狈就无所遁形了，他猛地站起来向外冲去："我要见太后，我要见太后……"

"太后从此潜心向佛，不问世事，你见不到了！"宇无过的一句话，就像一枚钉子，把李玄成狠狠地钉在了地上，李玄成慢慢转过身，绝望地看着宇无过，就像看着勾魂的死神！

宇无过看着差不多了，便又慢吞吞地探手入怀，取出了一份名单，仔细地打开，铺在桌上，向李玄成那方轻轻一推。李玄成颤声道："这是什么？"

宇无过微笑着道："这是一份名单！按照国舅的所作所为，虽为天子至亲长辈，国舅也是难逃国法制裁的，不过……陛下孝诚仁厚，唯恐太后为你伤心，故有意赦免你的死罪。所以……"

宇无过指了指那张纸，道："只要国舅承认与这份名单上的人交结朋党，勾连内侍，干涉立储，扰乱朝政，陛下就会开恩，赦免你的死罪，而且……不会拘你坐监！"

"交结朋党，勾连内侍，干涉立储，扰乱朝政……"李玄成默默地念着皇帝为他精心选择的罪名，忽地恍然大悟：皇帝是要利用此事大做文章，把后党和当下反对易储的中坚力量一网打尽哪！

"国本之争"已经持续好几年了，万历皇帝看不上母亲出身低贱的皇长子朱常洛，想立三皇子为太子，而百官却坚持立长立嫡，君臣之间打得不可开交。

不过双方很有默契，似乎知道这是一场持久战，但凡军政上出点什么大事，又或者双方元气大伤需要歇歇，他们就不约而同地把这个话题搁在一边，该休养休养，该处理军政大事就共同商议军政大事，直到一方忍不住再度抛出这个话题，双方便继续对喷口水。现在看来，万历皇帝是想利用此事，把文官中那些反对易储的急先锋一并铲除。

李玄成很怕皇帝追究他下药，借天子之手对付仇敌的大罪，可是当他明白在万历皇帝心中根本没把他当回事，只是利用他来达成自己的目的时，他又觉得无比屈辱：难道……我的价值就仅止于此？

他迈着沉重的脚步走回去，慢慢拿起那张密密麻麻写满了名字和职衔的名单定睛一看，果然不错，工部侍郎马骧腾、兵部主事沈剑煜、户科给事中李政爱、吏部员外郎李夏阳、御史肖彬峰、刑部主事吕亦清……这些人都是鼓噪立嫡立长的急先锋。

李玄成心中一阵凄凉，悲伤地闭上了眼睛，两行热泪滚滚而下……

丙戌年，刚过十五，未出正月，皇帝临朝，监察御史李博贤上书弹劾国舅李玄成交结朋党、勾连内侍，意图干涉立储，从而谋取更大好处。

李玄成对所指罪名供认不讳，当即伏殿谢罪。之后，又亲口招认一众同党。工部侍郎马骧腾贬为州判，兵部主事沈剑煜罢官，户科给事中李政爱、吏部员外郎李夏阳等一干人等流放……

此外，内廷也彻底大换血，原在东宫听差的太监纷纷上位，后党如清风落叶一般被扫荡出局，司礼监三位大太监被发配至南京种菜，二十四监过半的掌事太监换了人。

皇帝仁孝，看在母亲面上，免予追究李玄成结党营私之罪，李玄成被削去爵位，抄其家财。李玄成自请落发，前往湖北武当山入道修行，皇帝挽留不得，只好照准。

天下道观中，武当山与大明朝廷的关系最为密切，李玄成往武当山学道，其中大有深意，只是能看出这一点的，也只有朝中少数大臣了。

李玄成一袭青袍，在十余名锦衣卫的"护送"下离开了京城，他驻马回望，心中默默自语："徐伯夷，你好自为之吧。此去武当，我再也没有机会回来了，希望你这条漏网之鱼，能为我报仇雪恨！"

"国舅爷，时辰不早了，咱们上路吧！"一个锦衣卫忍不住上前催促起来。李玄成瞟了他一眼，没有说话，只是一拨马头……

忽然，他看到一支庞大的车队从城门里出来，一看见那支车队，李玄成便立即目光深陷，拔不出来了。

那是叶小天的车队，他已被万历皇帝敕封为土司，如今正风风光光返回贵州。看着坐在车头，顾盼间神采飞扬的叶小天，李玄成心中一时酸甜苦辣，五味杂陈……

国舅府的东西都被抄没入宫了，其中不少珍贵的东西都是皇室所赐，如今算是物归原主了。

徐伯夷前不久刚进司礼监，而且身份只是一个杂役，这么卑微的身份，李玄成当然不必通过太后，而是随便托付一个大太监给办的，万历皇帝因此未把他看成后党中人，见他识文断字，恰巧内廷大量职位出缺，就委了他一个内官监典薄的职位。

徐太监新官上任，工作热情极度高涨，为了在皇帝面前表现自己，他把国舅府充入宫中的宝物做了一份详细的名册呈于御前。

万历皇帝是个小抠，对于钱，天生有种很特别的热情，他把册簿拿过来仔细看了一遍，目光忽然定在了其中一行字上："五尺高白玉美人一尊！五尺高的白玉，质地如何呀？"

徐太监听皇帝跟他说话，心中非常高兴，连忙欠身答道："回陛下，奴婢不曾见过这尊宝物，不过听奉循官说，这块美玉通体洁白，毫无瑕疵，可谓价值连城！"

万历皇帝喃喃自语道："这李玄成从何处收了这样一尊宝玉？哼！他既收了人家如此贵重的贿赂，定然是仗着皇亲的身份许了人家许多好处，朕没有冤枉他！"

万历皇帝心情无比愉快，想到那块高有五尺的无瑕美玉，不禁心痒难搔，便站起身道："走，带朕去瞧一瞧这方美玉究竟如何？"

第七十一章

顽强的小强

一

内官监奉御太监杨楠摇着钥匙,哼着小曲懒洋洋地从藏宝阁里出来,锁了门户一转身,忽见万历皇帝在几个大太监的簇拥下走过来,不禁吓了一跳,赶紧往路边一避,就势跪下了。

他以为皇帝只是路过,所以没敢上前见礼。一个大太监看到了他,对万历皇帝耳语了几句。杨楠跪在地上,就见龙袍一角飘然到了他的面前停住了。

"你是藏宝阁奉御?打开藏宝阁,朕要看看!"

"奴婢遵旨!"杨楠赶紧叩了个头,颠颠地爬起来,跑上前开门。锁头刚一拿下来,旁边的徐伯夷就抢上一步,把门推开,弓着身子对万历皇帝殷勤地道:"陛下,请!"

杨楠听说皇帝要看看从国舅府抄没的那尊白玉美人,便赶紧侧着身子引路。这藏宝阁里大大小小奇形怪状的宝物甚多,所以那博古架的形状也是千奇百怪,以便存放这些宝物。

万历皇帝转过三排博古架,就见面前那排博古架中有一个房门大小的格子架,里边杵着一件东西,上面蒙了一大块黑布。

杨楠生怕徐伯夷又抢在他前面向皇帝献殷勤,马上一个箭步冲过去,刷的一下扯下了黑布,对万历皇帝欠身道:"陛下,这就是自国舅府上抄没的那尊白玉美人了。"

"哎呀!好玉!好玉哇!"

杨楠抢着上前扯黑布时,徐伯夷在一旁微微冷笑。谁在皇帝面前不献殷勤?但是没有旁的本事,只会献殷勤是没有用的。他抖擞精神,等杨楠把黑布一扯,马上冲上前去大赞一声,这才仔细看那白玉。

"好!好哇!陛下您看,白玉之分,有羊脂白、梨花白、雪花白、鱼骨白、象牙白、鸡骨白、糙米白、灰白、青灰白等,其中以羊脂白为最上等,而这块美玉,八成以上的部分都是羊脂白呀！"

亏得徐伯夷见识广泛，只匆匆一打量，就可以卖弄学识了："陛下您瞧，这美玉质地细腻、油脂光泽，精光内蕴、温润如脂，深得白玉极品之'白、透、细、润'之要义，乃玉中极品呀！"

杨太监守了半辈子藏宝，只知道要储放小心，还真不懂这些道理，一时间直听得目瞪口呆。那些大太监虽然大多是从内书房里出来的，识文断字，学识甚至不比进士们差，但他们都是被内书房有目的地培养起来的，这方面的知识比较匮乏。

徐伯夷得意地看向万历皇帝，以为会赢得天子的一声赞赏，谁料一眼望去，却见天子望着面前的白玉美人，目光痴然，似乎根本没听到他说什么。

一个大太监撇了撇嘴，向他摆了摆手。徐伯夷讪讪地退到一边。皇帝依旧目不转睛，他缓缓走上前去，伸出手，似乎想抚摸那雕像的面庞，但指尖差着寸许，终究没有抚摸上去，似乎是怕弄脏了她雪润剔透的容颜。

"好！好哇……"万历贪婪的目光一寸寸地从那尊玉像上移过，那是一个极尽妍态的美人，她一手轻抚着肩头，长发在握，似乎刚刚沐浴出水，发丝上还缀着晶莹的水珠似的。

白皙的额头，弯弯的双眉，娇波流慧，仿佛正顾盼着她的情郎，粉鼻如琼瑶一般，唇似玫瑰含雪，颊上还有一双鲜明的酒靥，宜喜宜嗔的神情使得整个模样更显俏媚灵动，就似她正冲你大发娇嗔地撒着娇。浅浅的几道纹路，便勾勒出了一袭飘逸的长衣，她的腰间浅浅系了一条带子，腰肢又娇又软，仿佛晚风前的一株细柳。

万历皇帝越看越爱，只觉这美人满面堆着俏，雪团团一身娇，细细打量，竟是周身上下无处不媚，可她的脸蛋又是如此娇羞无邪、纯真稚美，真是叫人一见便又怜又爱。

万历皇帝长长地吁了口气，赞叹道："国舅的雕功实在了得，这方美玉正该如此雕刻才不算糟蹋了。只是……"

万历皇帝终究还是把手伸到了那玉像的脸上，他凝视着她那双熠熠有神的眼睛，温柔地抚摸着她完美无瑕的脸蛋，痴迷地道："可惜呀，此女只应天上有，终究不过是国舅臆想出来的罢了……"

徐伯夷顺着万历的目光看去，顿时呆住了。这尊玉像的模样好熟悉！他仔细地想了想，终于想起了她的身份！这不是红枫湖夏家的大小姐吗？当初在贵阳，叶小天曾和果基格龙"轰轰烈烈"地决斗，就是为了她呀！

徐伯夷终于明白李玄成为何对叶小天恨之入骨了，原来两人之间的仇恨，竟是因这个女人而起。徐伯夷看到万历皇帝痴迷惋惜的脸色，心中突地一动，他马上意识到：复仇的机会来了！

徐伯夷立即躬身上前，一脸谦卑地道："陛下，奴婢认得这位女子，她不是国舅臆想出来的，而是实有其人。"

"什么？"万历皇帝两眼放光，狂喜道："此话当真？你认得她吗，她是何方人氏，姓甚名谁？你快说！"

徐伯夷一张嘴，差点把他如何知道此女来历的缘由推到李玄成身上，话都到了嘴边，又硬生生地咽了回去。

徐伯夷咽了口唾沫，垂首道："回陛下，奴婢……奴婢本是贵州人氏，当初被地方豪绅欺压，一时气愤糊涂，便入了盗伙，后来被官兵缉拿，净身入宫……"

万历皇帝哪有心思听他讲述来历，他是怎么进的宫万历皇帝才懒得管。万历皇帝迫不及待地打断了徐伯夷的话，道："不要说这些没用的，快说她是什么人，姓甚名谁，何方人氏？"

徐伯夷顿了一顿，答道："回陛下，这个女子名叫夏莹莹，乃贵阳红枫湖人氏，她的父亲乃当地夏氏土司。"

"贵阳红枫湖，夏莹莹！"万历皇帝喃喃地重复了一遍，放光的双眼突地黯淡了下去，一副患得患失的模样道，"国舅应该是两年前去贵州公干时见过这位姑娘吧，这雕像应该就是在那之后所刻，如今此女想必已嫁作人妇……"

说到这里，万宅男心中好不难过，他的女神哪，为何相见太晚……

徐伯夷垂着头，唇角诡谲地翘了起来："回陛下，据奴婢所知，红枫湖夏家男丁甚多，唯独少生女子，这一辈夏家有近百个男丁，却只这么一个女子，是以被全家呵护如掌上明珠，为她择选夫婿更是千挑万选。两年前这位姑娘年方二八，如今尚未及二九，对豪门女子来说，还是宜嫁之龄，所以……未必嫁了呢。"

"是这样吗？"万历皇帝黯淡的目光复又明亮起来，他欢喜地看着那尊抚发嫣然、俏丽无双的玉美人，一颗心滚烫滚烫的……

…………

叶小天并不知道虽然李玄成已完蛋，宫里却还有一只顽强的小强对他耿耿于怀，更不清楚这只小强已经给皇帝上了一剂眼药。叶小天一路南下，归心似箭，可脚程却不快，因为他的母亲病了。

老太太只是个平民百姓，哪经历过这样的场面，全家被抓进天牢，说是犯了天大的罪过要满门抄斩，把老太太吓得不行。虽然事情很快就转了向，可老太太还是提着一颗心，直到被放出大牢，儿子也被敕封为土司才放心。

这样一惊一喜，加上天气寒冷，老太太竟然着了风寒，头两日她还硬撑着不肯给儿子添麻烦，叶小天也是粗心了些，居然没有发现，等到第三天才被哚妮发现告诉了他。

一开始老太太还坚持说病得不重，不耽误赶路，叶小天也就当了真，给老娘换了最好的车子，铺上最柔软的褥子，放慢了速度继续走，可是老太太这风寒之症时好时坏，始终不见消停。

叶小天眼见如此，便与李秋池和苏循天商量："我也知铜仁那边不能久离，可如今我娘生了病，再走下去，我怕老太太年事已高，禁受不起。咱们得停下来，先请当地名医把我娘治好了再走。"

这种事情，李秋池自然不好反对，便颔首道："东翁说的是，哪怕有天大的事，也不能耽误了老夫人的身体，必须停下来好好诊治一番才是。咱们就在前边的信阳城停下吧，还有二三十里路就到了。"

苏循天听了，也道："不错，信阳乃三省通衢，人烟阜盛，想必当地的名医也是极多的。另外，我姐姐、姐夫就住在那儿，许久不见，我也正好前往探望。"

叶小天一愣，一时没反应过来，说道："你姐姐、姐夫？他们是……啊！你说的难道是花大人和雅夫人？他们竟然住在信阳？咱们来时经过那儿了，怎么未听你提起？"

苏循天不好意思地道："铜仁多事，大人不宜远离，接旨赴京又不能耽搁，我就没提。如今大人要停下来为老夫人诊病，属下才好一说，我想，姐姐、姐夫应该知道当地有何名医，请他们帮忙，也省了我们四处寻访。"

叶小天责备道："老上司在此，你怎能不说，我若过其门而不入，那就太失礼了！"

苏循天揉着鼻子苦笑，心想："大人哪，您的心还真大，你以为我姐夫愿意见你吗，要不是你要在信阳停下，我才不告诉你呢。"

第七十二章

诱　惑

一

"花兄，前贤创之，后人不能守之，此乃邑中绅士之过也。你我身为信阳士绅，位居四民之首，这种情况可不能坐视不理呀！"

"于兄说得极是，如今刚过新年，屠户们便罢市，致使集上无肉可卖，对此我等绝不能坐视。明日花某愿与于兄一道，前往府衙去见老大人，共商大计，以期解决这场纷争。"

义正词严地与花晴风谈话的人叫于安，乃本地一个士绅。得到花晴风准确的答复后，于安欣然道："花兄如此体恤民情，乃地方之幸！你我身为士绅，官民间之桥梁，这个时候是该出面了。那就这样说定了，于某不多打扰，还有几位同僚需要联络。"

"于兄请！"

"花兄留步，不必相送。"于安向花晴风拱了拱手，在花家管事的陪同下急匆匆地离去。花晴风站在廊下，目送他的身影转过照壁，才返身回到厅中。

花晴风现在优游林下，安逸得很，平日里陪陪娇妻美妾，逗逗孩子，再不然就去游山玩水。作为地方士绅，他对地方事务极为上心，举凡工商、水利、社学等事务，他都积极参与。

今天这桩事是源于当地官府炮制了一项新的税名要给屠户们加税，屠户们觉得税赋太重，拒绝加税，以致集体罢市，导致市上无肉可买。眼见事态愈加严重，众士绅们这才决定出面斡旋调停。

花晴风回到厅中坐下，向那侍茶的小丫鬟问道："二夫人呢？"

丫鬟答道："二夫人正带着小少爷在后花园放焰火呢。"

花晴风听了不禁笑出声，他这宝贝儿子还不大，长得粉团团的甚是可爱。大年夜时，见家里人放焰火，裹得严严实实的小家伙瞪着一双圆溜溜的眼睛看得极其出神。

他不敢碰焰火，却喜欢看，结果现在都出了正月，他还时不时缠着娘亲给他放焰火。不过，小孩子喜欢的也就是手中持拿的那种棒状小焰火，不值几个钱，要不然凭花家的收入还真禁不起这份花销。

花晴风是冠带闲住，还有复出的机会，但是在复出之前，他的收入非常有限。明朝不比宋朝，官员待遇本就不高，致仕官员的待遇就更低了，如果没有特赐，官员致仕后是没有俸禄的，即便有特赐也只是半禄。

直到近百年前，朝廷才改了规矩，致仕的官员可以得到"月廪"和"岁夫"，就是每月可以从衙门领一份口粮，每年官府会派一些仆隶到他们家里帮着打扫一下。

花晴风是以六品官身份致仕的，每个月可以领两石米，相当于一两银子，这当然不够维持他官身的体面。岳父家是做丝绸生意的，苏雅有心让丈夫跟着做点丝绸生意，有父亲扶持，怎么也不至于赔了。

可花晴风担心经商有失他的官员身份，所以执意不肯。好在他是官员，无须交税，因而有些当地百姓便把自家土地"投献"到他的名下，给他一定的报酬，也就是靠着这块收入，他才能勉强维持家用。

花晴风的这个儿子得来不易，自然极为珍爱。如今他的妾室紫羽又有了身孕，不过已经有了一个儿子，他也就不那么急切了。他的全部心神依旧放在长子身上，一日不见就跟掉了魂似的。

花晴风端起茶，正想润一润喉咙便去后花园看看，这时送于安出去的那位管事急匆匆地赶了进来，一见花晴风便道："老爷，舅老爷来啦！"

花晴风闻言大喜，道："你说循天到信阳来了？哎呀，你这老杀材，循天又不是外人，难道还要我去迎接他不成，你倒是把他请进来呀！"说着，花晴风已经高兴地站了起来。

那管事道："老爷您有所不知，还有一位官老爷和舅老爷一起来了呢，那位官老爷姓叶，据他说是老爷您的旧下属，他还带了好多人来！"

啪嚓！已经得了"恐叶症"的花晴风一听姓叶的旧下属，顿时茫然若失，手上一颤，一只茶杯失手跌得粉碎："姓叶？叶小天？他……他来信阳做什么？"

那管事答道："回老爷，叶大人说他是进京面君的，如今要回返贵州，经过此地，特来拜访老爷。"

"哦？哦哦！"花晴风突然清醒过来，心中自嘲，"叶小天又不是什么洪水猛兽，当初的一段过节早已揭过，如今全无利害，怕他怎的。"花晴风定一定神，便道："快！快快有请！"花晴风致仕时是叶小天的上司，所以就算叶小天现在职位高于他，也不需要他迎至府门，何况他还不知道叶小天竟然窜天猴一般，在这两年时光里打拼成了一方土司。

不过，虽然不用迎出府门，可也不能托大坐在厅中等着，于是花晴风便到照壁前面相候，片刻工夫，就见叶小天、苏循天、李秋池等一大票人走了进来。花晴风一眼望去，看见叶小天的模样，心头顿时扑通一下。

可目光再一转，便呆住了："怎么有两个叶小天？"

· ※ · ※ · ※ ·

花晴风的家前后共有三进院落，听着不小，其实并不大，只是麻雀虽小五脏俱全罢了。叶小天一行人浩浩荡荡的足有两百口人，花家可住不下，不过叶小天也没打算住在人家家里，来见花晴风的时候就叫人去寻住处了。

这边花晴风听说叶家老爷子和老夫人也来了，连忙上前见礼。叶窦氏因为正有恙在身，所以没有下车，与花晴风匆匆见过一面后，就由哚妮陪着前往定好的客栈了。

花晴风听苏循天阐明情况后，连忙打发自己府上的家仆驱车去接本城医术高明的一位郎中，前往客栈为叶母诊治。

叶小天担心母亲病情，本想稍坐片刻就告辞。但苏循天是花晴风的内弟，同时又是叶小天的属下，他不想让这两个人心里一直存着芥蒂，这个机会难得，怎么也得让他二人一起吃杯水酒才好，所以苏循天极力挽留。

见叶小天盛情难却，推辞不得，一旁不自在的叶小安主动请缨，提出由他回去陪伴母亲。如此，叶小天便答应苏循天暂且留下。

花家只有一个厨娘，置办不了丰盛的酒席，苏循天常与姐姐通信，知道姐夫家里的境况并不好，便取了自己的私房钱，叫管事去酒楼订了一桌上好的酒席。等饭菜送到，花晴风便陪叶小天吃酒，由苏循天和李秋池敬陪末座。

叶家一行人实在太多，信阳虽是南北要冲，繁华富庶，可终究比不了京城，这里没有任何一家客栈能容纳得下这么多人，无奈之下，叶小天的随员分别入住了四家客栈，叶父、叶母和兄嫂等人自然住在最好的一家。

叶家人入住的这家客栈叫"贤隐客栈"，信阳不远处有一座贤隐山，大概这客栈的名字就是由此而来，不过抛开这个来由不说，这个名字也风雅得很。

花晴风帮叶家寻到的那位名医到客栈给叶老夫人看了病，依据她现在的情况给她开了几服药，还说了几道滋补的食物给叶大嫂和哚妮两妯娌。两人记下，随即便去操办了。叶小安陪坐在一旁，等母亲睡下，便独自来到前堂大厅。

叶小安叫了四道下酒菜、一壶酒，闷着头自斟自饮起来。想起方才在花府的拙劣表现，叶小安甚是难为情，脸上发烫，恨不得找个地缝钻进去，才好解窘。

他和叶小天生得一模一样，他还是兄长，可是现在两兄弟之间实在是天壤之别了。叶小天引见他认识花晴风时，他听说人家曾任一方知县，竟然下意识地想要上前下跪，幸亏叶小天眼疾手快把他拉住，否则这个脸就丢大了。

人家花老爷同他说话时，文绉绉地寒暄了几句，他也半懂不懂，不知该如何答对，只能讪讪而笑。坐在厅里时更是拘束，想主动插话却想不出话由，人家怕冷落了他跟他交谈，他又答对不当，可人家若不跟他说话，他又觉得特别失落。

越是和弟弟相比，他就越觉得他们之间已是云泥之别。小时候弟弟常跑去天牢听那些犯官讲故事、跟他们学习读书识字，为什么我就不去呢？如果当初我不顶弟弟的班，而是去为杨霖送信，那遭逢奇遇，现如今贵为一方土司的人上人就该是我了吧？

"哎……谁叫我窝囊呢，同伞不同柄，同人不同命，一切都是我自己的选择呀！"叶小安自怨自艾着，想起当时妻子和父亲对他有些嗔怪的眼神，就觉得无地自容。

不知不觉间，一壶酒已被他饮下大半。这时一只大手忽然重重地搭在了他的肩上，一个爽朗的大嗓门响了起来："哈哈，老弟你可真惬意，一个人在这吃酒都不喊我一声？"

叶小安醉眼蒙眬地抬起头，见是严世维走到了身边。严世维要去铜仁做生意，正好叶小安也要举家迁往铜仁，他便搭了叶家的顺风车。

一路上，严世维和叶小安的交流比叶小安两兄弟间都多，倒不是叶小天有意疏远兄长，而是家长里短的事终究不可能天天说，而一旦离开这些话题，两个人确实无话可说。

叶小安有些醉了，傻笑道："哦！是严……大哥呀，坐！快坐，咱们一起吃酒！小二，再上一壶好酒。"

严世维在对面坐下，笑道："小安兄弟，咱们哥俩不是外人，我说句掏心窝子的话你可别在意。刚才在花府，老弟你可是给你兄弟丢了大脸哪。"

叶小安被他一句话，说得面红耳赤。

严世维连忙又道："老弟，你别不好意思。咱本就是升斗小民出身，从没跟这些官老爷打过交道，言谈举止能配得上吗？不过，以后可不同了，你兄弟是土司，土司的兄弟是可以封为土舍的，那可是土司治下仅次于土司的大官。"

叶小安两眼一亮，道："当真？"

严世维道："那还有假！你以后一样有大出息，起码普通的员外、官员，都比不了你。所以呢，有些事你是得好好学学了，要不然连你的手下人都暗中笑话你，那怎么成？你呀，平时多注意你兄弟怎么走路，怎么谈吐，神情举止用心揣摩，还怕不能胜任一方土舍？"

叶小安深以为然，诚恳地道："多谢严大哥指教，你说得对，我也感觉，现在和二弟真是差得太远了，我得好好跟他学学才成！我就不信了，二弟能做到的，我就做不到！"

严世维跷起大拇指赞道："有志气！来，咱们喝酒，干！"

第七十三章

男人与酒

一

曹刘煮酒论英雄,关公温酒斩华雄,李白斗酒诗百篇,武二酒醉景阳冈……酒可乱性,亦可纵情,更可增血勇。

喜了要喝酒,悲了要喝酒,闷了要喝酒,愁了还是要喝酒。即便一开始只是简单应酬,当一坛子好酒见了底的时候,叶小天和花晴风也像是一对多年的知交好友般无话不谈了。

"你的际遇,我比不了!但是,我没败给你!"花晴风口齿不清地顿了顿酒杯,唾沫星子都喷到了叶小天的脸上,这样失仪的事,在他清醒的时候是绝对干不出来的。

叶小天苦笑着抹了把脸,点头道:"是呀,是呀,大人您……"

"你不用跟我虚情假意地客套!"花晴风很激动,又喷了叶小天一脸唾沫星子,"我不是不甘心,我致仕之后,跳出局外,这才反复思量。我是认真思考过的!"

花晴风用力捶着桌子,瞪着血红的眼睛看着叶小天,似乎只要叶小天出言反驳,他就要扑上去掐叶小天的脖子。苏循天哭笑不得地道:"姐夫,你喝醉了,你……"

"一边去!亏得姐夫那么疼你,你个吃里爬外的东西!"花晴风一骂,苏循天就讪讪地不吭声了。

花晴风捶着胸口对叶小天道:"我想不通啊,别人背叛我也就算了,我内弟为什么要背叛我?还有什么人比我更值得他追随、值得他信任?我想不通,我想了好久都想不通……"

叶小天赶紧捧起杯来说道:"想不通就不要想了,来,咱们喝酒。"

花晴风把眼一瞪,提起一口丹田气,大声道:"后来,我终于想通了!"

叶小天满面惊喜地道:"是吗?哎呀,那可真好……"

花晴风打了个酒嗝,把杯中酒一饮而尽,喘了口粗气道:"我想通了,是我无法叫人信任哪！你可以暴戾乖张，也可以仁义四海，你可以睿智无双，也可以徒具匹夫之勇，这些不影响别人追随你，但是你不敢任事，没有担当，就绝不会有人追随你！"

叶小天赶紧道："大人此言，如醍醐灌顶，令小天茅塞顿开……"

花晴风乜着他，冷哼道："你小子，少跟我装模作样，你不就是以为我喝多了，拿我当醉汉哄吗？我没喝多，我这都是心里话。我没有败给任何人，不管是孟庆唯、齐木、徐伯夷、王宁、你，抑或是其他什么人，我是败给了我自己！"

叶小天小心翼翼地道："小天如今已是土官，与老大人再无冲突。不知大人可有复出的念头？大人您正当壮年，若肯复出，希望您依旧能到贵州，我们摒弃前嫌，再共事一场！"

花晴风直勾勾地瞪了他半晌，端起空杯，向天一举，大呼道："月为灯，地为凳，清风下酒，大醉无归！"

扑通！花晴风一头扑在案上，醉得不省人事了。

· ※ · ※ · ※ ·

酒，到处都是酒。酒多到什么程度？外来的客人口渴了，想喝口水，结果发现杯里是酒，碗里是酒，瓢里是酒，缸里是酒，就连那蜿蜒曲折的石槽子里流动的都是酒。

糯米酒的香气，弥漫了整座肥鹅岭。

这里正在举办石阡长官司长官曹土司的大婚之礼。

曹土司，名凝，字瑞希。其实曹土司的地盘不小，整座石阡府都在他的治下，但是正如春秋时期一些公爵的领土和国力未必及得上一些伯爵一样，曹长官论官职只与铜仁张家下属的提溪长官司长官同级。

但这又有什么关系，这片土地的统治法则就是：谁的拳头硬，谁就是王者。虽然曹土司的职级不高，却可以与张胖子平起平坐。

曹土司大婚，各地贺客云集，最远的来自云、缅等地。由于远近不一，贺客只能陆续赶来，所以婚礼持续时间极长，整天鞭炮声不断，笙箫锣鼓喧天，至今已经持续了一个月零七天，还在举行当中。

迄今为止，仅净猪肉，曹家就用了三万斤，更不要说牛羊以及鸡鸭鱼鹅了，酒池如林，不外如是。

作为一方诸侯，掌握着当地百姓生杀大权的土司，曹凝自幼有个习惯：出门不骑马、不乘车，而是骑人。他在府里，特意养了几十个胖大有力的妇人，专门充作他的坐骑。

长官司的司署建在半山腰上，府邸的范围也着实大了些，曹凝步行送石阡杨家土司杨羡敏离开，回来时懒得走路，便骑上了一个坐骑。好在他精瘦如猴，身子灵巧，上下自如，并不会叫人太吃力。

司署坐南朝北，院墙由砖砌成，一座外宽内窄的八字形龙门下边的石阶被磨得光亮如玉，有深深的凹痕，房顶的瓦当上有好多地方都有蒿草，显示出这座庄园历史的久远。

一个胖大的妇人，脖子上骑着曹土司，迈步进了龙门。曹土司自幼骑人，技术极其熟练，哪怕那胖大妇人迈过门槛，也是稳稳地坐在上面，纹丝不动。

穿过天井，就是钱粮房、马厩、听差房，接着便是一座高约两米、宽有七八丈的石墩砌的台子，上边建的房子就是司署。绕过司署，又是一处庭院，有左右厢房和正面的会客厅，再往后去是演武厅，继续往后，便是曹凝与家眷所居的眷属大院了。

各种喜对横幅挂满了内宅的堂屋，绫罗绸缎、木刻、奇石、瓷器等质地高贵的礼品摆满了司署的亭榭楼台。这是一座古色古香的四合院，正厅飞檐画栋，十分宏伟，一楼一底，楼板钉了两层，中间夹以木花木屑，用以隔音，楼上走动，楼下是听不到声音的。

正厅门前有一对石狮，院子里铺着青石板，石坎、石基、护栏皆有雕饰花纹，护墙上设置了垛口望台，向着山下的南面院墙上还建有五层碉楼，每层皆有三角形箭口，严密得仿佛一座军事堡垒。

到了门前，那胖大妇人蹲下，双手撑地。曹凝从她身上下来，迈步进了大门。里边立即迎出一个人来，笑吟吟地道："听说杨土司来了，怎么这么快就走了？"

曹凝撇了撇嘴，道："他跟自己兄弟闹纠纷，哪有时间在我这里耽搁，送了贺礼来，小坐片刻，连喜酒都没喝就回去了。哼，身为土司，连自己的部下都镇压不了，也忒没用。"

说话这人比起精瘦猴似的曹凝可算是身材伟岸了，他伴着曹凝一起往堂屋里走，压低声音笑道："看来，瑞希兄很不耻于杨羡敏的为人哪，这么说……你是打算跟杨羡达合作了？"

曹凝狡黠地一笑，目光向左右一扫，嘿嘿两声道："杨羡敏是名正言顺的土司，杨家的一切他都认为是属于他的，他怎么肯与我合作算计他自己的家产呢？"

来人跷起大拇指，道："瑞希兄高明！"曹凝仰头大笑起来。

走在曹凝旁边的，正是从播州赶来的赵文远。杨应龙听他详细讲述过叶小天的一些事迹，并通过这些事迹仔细分析了叶小天的性格为人。

之后，杨应龙和他制订了一项计划，说是计划，其实只是为赵文远指出了一个方向。世事瞬息万变，杨应龙才不会蠢到把计划全盘托出。

叶小天在铜仁气候已成，而且那里有一个深知播州底细，却又背叛了天王，转投叶小天怀抱的于珺婷，所以不宜布局于此，经过考量，他们把地点选在了与铜仁毗邻的石阡。

石阡有实力的大土司人家中，第一个当然就是曹家，第二个是童家，第三个是展家，第四个就是杨家了。其中，童家的地盘位于西面，最靠近播州，杨应龙一旦起事，就会以泰山压卵之势率先吞并之，所以没必要打他的主意。

至于剩下的三家，对展家定下的策略是拉拢，其余两家则要以驱虎吞狼之计挑拨他们争斗。杨家两兄弟对播州本家正房一向戒备，现在又在闹纠纷，正是晓以颜色的好目标，于是，赵文远就像一只夜猫子似的，来到了肥鹅岭曹家。

第七十四章

阴　谋

一

曹凝的婚礼已经持续了一个多月,他入洞房当然不会等这么漫长的婚礼完全结束,作为新郎官,他在婚礼的第一天晚上就洞房了。进了堂屋,新娘子叫人给他们上了茶,便避回内间去了。

这位新娘子不是土司人家的女儿,但她的家族控制着石阡府七成以上的水路交通资源,而水路是石阡府同外界交通的唯一渠道,所以与这个家族联姻对曹家的助益是极大的。

赵文远进了堂屋坐定,便对曹凝道:"小弟在瑞希兄府上已经叨扰了一段时间,打算明日就往展家去走一走,曹兄这边就按咱们议定的办吧,如果有什么事情小弟会及时与曹兄联系,你看如何?"

曹凝点了点头,瘦削的脸庞上露出一丝笑纹,道:"我对石阡杨家早就看不顺眼了,既然有播州杨天王的支持,那还有什么好说的。赵贤弟尽管放心,这边婚礼一结束,我就着手安排!"

"甚好!"赵文远微笑着端起了茶杯。曹凝说的话,他毫不怀疑。这个小瘦子貌不惊人,却是个罕见的狠角色。他的野心比豺狼更凶残,他的胃口比貔貅更贪婪,给他一点助力,他绝对可以成为搅乱石阡的关键人物。

曹凝有位堂兄,拥有三旗之地。前几年他的堂兄病逝,由于侄儿年幼,三旗便由掌印夫人控制,曹凝就想把这个嫂子纳为自己的妾室,从而占有堂兄名下的领地与子民。

可他这个嫂子坚决不从,一见他便破口大骂。曹凝因此怀恨在心,用腰带把嫂子活活勒死,再叫手下趁夜把尸体驮至江畔,弃尸于江中,来了个死不见尸。

不久,他那小侄子也离奇暴毙,曹凝就把堂兄的领地和子民纳入了自己辖下。其实他堂兄那一房还另有继承人,可是面对如此凶残贪婪的曹土司,谁敢提出异议?

还有一次，曹凝辖下两个山寨的吏目之间发生了纠纷，曹凝借其中一位寨主找他告状的机会，立即出面，但他并没有调停，而是直接把理亏一方的吏目斩首，霸占了他的寨子。

如此一来，曹土司治下的各村、寨、堡、镇，变成了整个贵州最和谐的地方。哪怕两寨百姓间稍起纠纷，双方寨主也会立即出面平息，唯恐事情闹大，他们那位过度热情负责的土司大人会跑来做"裁判"。

曹凝一有机会，就想方设法地兼并吞没自己治下的小头人、小吏目甚至曹氏宗族其他人的土地和财产，但是对于其他土司，他却只能虎视眈眈而不能有所行动，因为他没有与"天下"为敌的能力和胆量。在自己的地盘上小打小闹，顶多招来别人的鄙夷，一旦试图吞并其他土司，情形可就大不一样了：首先，被他攻击的土司不会坐以待毙，必然结盟自保，战争规模将不可避免地扩大；其次，处于土司群食物链最顶端的那些大土司不会容忍他如此"标新立异"，只要对破坏规矩、破坏传统的他稍加施压，他就承受不住；再次，如果动静闹得再大一点，朝廷是个什么态度，也很难说。

如果朝廷觉得这是一个泥淖，陷进来就很难拔足出去，那么朝廷会乐得看他们狗咬狗；如果朝廷觉得有利可图，那就更糟糕了，朝廷会出兵"调停"，没准第二个葫县就会出现。所以他不敢冒险。但是这时候，赵文远出现了。

赵文远告诉他，石阡杨家是受曹长官管辖的，现在杨家内讧，曹长官出面"调停"合情合理。如果他能与杨氏兄弟中的一方结盟，以受邀请的名义出面，就更是理由充足。同时，作为石阡杨氏的宗房，播州杨氏也会站出来支持他，这样的话，情理、法理、道理、名分，他都占了。与此同时，杨家还会和展家结亲，将展家拉进他们的阵营。

曹凝本就是个野心勃勃的人，如今有了杨天王的支持，有了这么多的理由，他哪里还用犹豫，马上接受了赵文远的提议。曹家这边商议已定，赵文远次日一早就离开了曹家，直奔展家堡去了。

"展伯雄那老鬼一向利欲熏心，前番就曾想过要与果基家联姻，以谋取水银山一隅之利益。如今杨天王许以二夫人的宝座，还怕他不肯答应吗？嘿嘿……"

赵文远想到叶小天从京城回来，兴冲冲地要以土司身份去向展家求亲，结果却愕然发现他的女人已经被展氏家主许配给杨天王做二夫人，不禁窃笑起来。

叶小天那么驴性的一个人，一定会狂怒到无以复加吧？可是他现在有能力和杨天王抗衡吗？仇恨，会变成他攫取权力的动力，他会不断地攫取权力，拥有更大的力量，直至有条件向高高在上的杨天王发起挑战。

杨氏两兄弟间的争端，会给叶小天提供一个极好的机会。他如今已经成为铜仁府最有实力的土司，为了维系铜仁众土司对他的支持，他不可能再攫取铜仁的土地，利用杨氏兄弟内乱的契机向西发展扩张,是唯一的选择。

而孤掌难鸣的杨羡敏想必也会乐于得到他的帮助,这样一来,他就要和曹凝对着干了。曹凝这边有杨天王支持,叶小天那边有安老爷子支持,这两个人有得一战。

有两大天王在背后站台,事态完全可以被控制在石阡和铜仁两地,不致引起更大的动荡,也能消弭来自朝廷的关注,避免引起朝廷直接干预。

最终的胜利者,当然是叶小天,这是杨天王定下的策略。人们会以为是叶小天赢了声名狼藉的曹凝,会以为站在叶小天背后的安老爷子赢了日渐嚣张的杨天王,怎会想到杨天王本就"许败不许胜",背后还有一个更加险恶的计划?

赵文远越想越开心,同时也为杨天王的深谋远虑而暗暗惊心。

·※·※·※·

于家海和于扑满是一对天生的阴谋家。可惜于家先是被大哥压制着,只能夹着尾巴做人,好不容易熬到大哥归了天,那个小侄女珺婷又是个狐狸精转世,照样压制得他们抬不起头。

苦苦隐忍,十年一剑,终于叫他们得逞了,不料人算不如天算,凭空又跑出一个叶小天,在生苗奇兵的帮助下,他们的阴谋就如雪狮子见水,迅速消融在阳光之下。

本以为就此穷途末路,谁料想柳暗花明。叶小天还是慧眼识英雄的,把他们两个派给了悍勇有余、智商不足的格咪佬做副手。这两兄弟在格家寨卖力打拼,赢得格咪佬和全寨百姓的信任与支持后,便开始游说格咪佬开疆拓土。

格咪佬最终还是被他们说服了,拨了近千名壮士给他们,去开拓水银山以南的那片无人谷。这片峡谷没有名字,于家海便给它起了个,即老骥,取老骥伏枥、志在千里的意思。

老骥谷原本是无主之地,也没人把它当回事,可是格家寨的人占了这片山谷,就引起了周边部落的警惕。不过,果基家现在和格家寨穿一条裤子,派人问了问就没动静了。于珺婷和叶小天更加亲密,见了面根本连裤子也不穿的,所以于家寨也派人问了问,没下文了。

至于张家,首先他们不挨着水银山,中间还隔着一个于家寨呢,另一方面格家寨驻足于无人谷,目标显然是石阡府,张雨桐巴不得把"精力旺盛"的格家寨引向邻府,是以也是装聋作哑。

离水银山最近的两个部落是展家和杨家。杨家两兄弟对格家寨的动作当然有所警惕,但是两兄弟现在冲突很激烈,根本无暇他顾,是以也只是派人去表示了一下"关切"。

于家两兄弟现在是一穷二白,身无长物,还怕个什么。他们在老骥谷割草为榻,伐木为屋，利用那里险峻的地势建了个山寨。不是不适宜耕种嘛，那我们就狩猎，手下这一千人可全都是狩猎好手，每天只需派出三分之一，将天上飞的、地上跑的、水里游的、地里长的一通搜罗，就足以保证这一千人的饮食。

当然，这不是长久之计，这么个吃法周围山里的飞禽走兽早晚会被吃光。山谷里土地贫瘠，不适合种植庄稼，但是种菜、种草药、养山羊还是可以的。于是，一千本就亦民亦兵的壮士组成了农垦兵团，建山寨，种草药，养山羊、雉鸡、肥猪，忙得不可开交。等到他们终于站稳了脚跟，打造出一座屹于险地的要塞式堡垒后，于家两兄弟便跃跃欲试地盯上了水银山。

但是，他们和展家、果基家、于家不同，人家往祖上论，多多少少和水银山都有点关系，唯独他们没有，这样一来未免出师无名。不过，对于阴谋家而言这是问题吗？没有理由可以创造理由，对于家两兄弟来说，这都不是事！

第七十五章

君归来兮

一

叶老太太得的是风寒，病情不重，拖了这许多天，本也就快好了。在信阳停下来每日服药歇养，又有两个儿媳妇陪着聊天解闷，没过几日便痊愈了。

叶小天见母亲的病已经好了，便去向花晴风辞行，铜仁那边他走时才刚刚稳定，还有诸多事务需要料理，他是真的放心不下。不料到了花府竟然扑了个空，花家管事告诉他，自家老爷赴诗社之会去了。

在叶小天正犹豫是再等等还是直接去当地士绅文人举办的诗会上打扰一下时，苏循天已大包大揽地道："大人，咱们尽管上路吧，姐夫那里不用担心，我已经和姐姐打过招呼了。"

叶小天想了想道："如此也好。老管家，叶某急于返回铜仁，不便久留，尊主人回来请跟他说一声，就说叶某来过了。"

叶小天顿了一顿又道："还有，请转告尊主人，就说……花大人春秋正盛，就此颐养天年，可惜了。如有机会，还是复出的好，叶某很希望与老大人再续前缘，一同共事！"

叶小天说完便与苏循天、李秋池一起离开了。花晴风躲在侧厢房里，窥着叶小天一行人离开，不禁长长地吁了口气。

自从那夜酒醉后，他一直寻找各种理由回避叶小天。那天晚上他醉了，但是神志很清醒，只是因为酒力，性格变得张扬起来，把平时想说而不敢说的话都肆无忌惮地说了出来，等到酒醒忆起自己酒醉时的表现，就不免有些无地自容。如今见叶小天离开，他热辣辣的面庞才好看了些。

"复出，复出嘛……"花晴风沉吟起来，他是告病致仕的，在官员的后补梯队里面属于优先考虑的类型。而且在信阳期间，他还结识了一位诗社的老前辈，这位老前辈是一位致仕养老的朝官，曾经担任过吏部侍郎，当今首辅申时行当年还曾受过这位老前辈的提拔。

因岁数大了而辞官的一般官吏，称为乡老、庶老，因年迈而辞职的卿大夫，称为国老。这位老前辈就是一位国老级的人物，而且他对花晴风很有好感，借由他的门路，花晴风想复出并不难。

但是……要不要复出呢？

花晴风深深地思索起来。

·※·※·※·

于家校场之上，一个青袍老者手持弯刀，与一个身穿蜀锦圆领窄袖短袍、腰系革带、足蹬小靴的少年正在对打。

两柄寒光闪闪的弯刀，我来你往，你进我退，宛如飞雪旋舞。很明显，这两个人的刀法已至极高境界。

两人交手这么久，兵刃却几乎没有发生碰撞，并非双方有意相让，而是因为他们对掌中刀的控制已经游刃有余。双方的眼力极好，对方一出刀，便能立即做出判断，进而攻其弱处，对方也会立即变招，如此才有这般效果。

这样子打起来，虽然看着不够惊险，但是双方所耗的心神，更十倍于刀刀见肉的打法，眼力、应变速度、反应能力缺一不可。

唰唰唰！

青袍老者手中刀忽地变轻灵为威猛，大开大阖，连劈三下，荡开对方锦衣少年的攻势，哈哈大笑道："不打了不打了，土司方才已让了我三次，老夫可实在没脸再打下去了。"

那锦衣少年停住了手中刀，笑吟吟的，因为激烈打斗，脸泛桃红。哪里是个少年了，唇若凝朱，目秀神清，分明就是男装打扮的于珺婷。

于珺婷望空一抛，那刀划过一道弧线，铿的一声，正贯入校场旁边兵器架上竖放的刀鞘之内。

于珺婷对刚刚与她试招的文傲道："老师只是年岁大了，不以筋骨为能，动作难免迟缓了些，否则弟子怎是您的对手！"

虽然文傲现在是她的幕僚，但在演武场上，于珺婷依旧尊称他为老师，甚是礼敬。文傲摇头笑道："老啦，我这身子骨确实不比当年，不过就算是全盛时期，也顶多与土司打个平手，土司大人实是老夫生平仅见的学武奇才。"

于珺婷浅笑道："世上哪有什么奇才。弟子只是自幼便身陷危困之中，是以肯比别人更加吃苦地练习罢了。"

叶小天离开后，于珺婷的心情一直不错，在内部，于家海和于扑满两兄弟已经离开,她没有了掣肘和羁绊；在外面,她又联合众土司,把张家的气焰死死压住。可以说,没有叶小天,她现在就是铜仁第一人。

可如此舒心的日子并未持续太久,这不,她刚刚心情甚悦地走到校场边,于海龙就赶上来,向她报告了一个既让她开心又让她不开心的消息："土司,叶推官回来了,明日就到铜仁。"

于珺婷微微一怔,笑容顿时消失。其实乍一听说叶小天回来,她由衷地感到欢喜,那是从骨子里散发出来的欢喜,一刹那间便似有一股热流涌遍全身,让她有种战栗的感觉。哪怕她不愿意承认,占有了她清白之身的叶小天也同时掳获了她的芳心。

然而,她和叶小天分属于不同的势力,有各自不同的利益诉求,这两股势力既合作,又相互防范与竞争。无论如何,她不愿因对叶小天的感情而出让于家的利益。这就使得她的心情异常矛盾起来,对叶小天既想念又抗拒,既依赖又回避。

见于珺婷心思有些恍惚,文傲忍不住问道："土司担心叶小天回来后,会对我们于家不利吗？"

于珺婷幽幽一叹,没有说话。

于海龙大声道："我看土司是……呃……那个齐国人升天了。"

于珺婷没好气地瞪了他一眼,道："是杞人忧天！"

于海龙憨笑道："对对对,是齐人有天！土司,我觉得,叶小天那边,你完全不用担心！"

于珺婷顿生警觉,道："你要干什么？没有我的允许,你绝对不可以打叶小天的主意！我听说此人当初在贵阳,曾一招击败果基格龙,而且他还是蛊教教主,一身蛊术出神入化,一旦招惹了他,我们于家将后患无穷！"

于珺婷以为于海龙要对叶小天不利,马上慎重地警告起来。出于公心也好,私心也罢,总之她是真的紧张。

于海龙对土司紧张的神态感到有些奇怪,土司大人的胆子一向很大,跟杨应龙那样的人物谈交易不啻与虎谋皮,可她依旧夷然不惧,如今怎么会如此畏惧叶小天？

文傲若有深意地看了于珺婷一眼,但很快就收回了目光。于海龙道："呃？我没说要刺杀叶小天哪,我是说,土司大人想要的是铜仁府第一土司的宝座,而那叶小天,志不在铜仁,和土司大人不冲突哇！"

于珺婷愣了一下,道："你说他的志向不在铜仁？有何依据？"

于海龙道："这还要什么依据？他们在山里困了一千多年,现在想出来,可山外的土地早就被别人占光了,怎么办？他们在提溪抢了一块地,张家忍了,可要是他们想把整个提溪都抢去,张家跟不跟他拼命？

"所以啊,他们唯一的办法,就是以水银山为根本,向四下扩张,东家抢一块,西家抢一块，这样一来，哪家损失的土地都有限，哪家都狠不下心来跟他们玩命，他们才能站住脚！"

于珺婷诧异地看了他一眼，道："头人一向以武勇闻名，不想竟也有这般头脑。"

于海龙哈哈笑道："不是属下聪明，而是那叶小天做得太明显。水银山之南那个鸟不拉屎的山谷，他让格家寨派了近千名勇士去干什么？这还用问吗，他们当然是想往石阡府扩张。"

于海龙是个粗汉子，看问题不会想得太复杂，反而一眼就看出了本质。于珺婷却还不太认同，微微眯起眼睛道："难道他驻兵于水银山之南，不是为了占领水银山吗？"

于海龙道："水银山出矿不假，可后边扯着多少麻烦？再说格家寨现在买粮食、买农具、买了好多好多东西，像是缺钱吗？他们陈兵于水银山之南，绝不会是为了区区一座水银山！"

一向睿智的于珺婷这一遭还真是关心则乱，因为太在乎，所以只担心两人之间发生冲突，如今听于海龙这么一说，于珺婷不禁颦起了眉毛："是这样吗？是我小看了他的志向，还是我的格局太小？我守着碗里那口吃的生怕他来抢，结果人家盯上的却是我背后的那座粮仓？"

"看来，等他回来，我得找个机会，探探他的底！"想到这里，于珺婷莫名地开心起来……

第七十六章

马首欲东

一

"身体的重量要均匀地落在双脚上，身体微微前倾。好，肘要内旋，虎口推弓，稳一些。瞄准，放！"

笃！

一枝羽箭准确地射中靶子，箭手高兴地扭过头，看向他的教习师傅华云飞。华云飞摇摇头道："不能这样，箭离弦后，要由腕、肘、肩再到全身，依次放松，不然很快就会感觉疲惫，若别人能射十箭的话，你六箭手就酸了。"

"是，师傅！"那个学生握着弓，恭敬地向华云飞施礼。

华云飞点点头，道："继续练！"便向下一个学生走去。

华云飞很喜欢现在的生活。他原本是个山中猎户，虽有一身超凡脱俗的箭术，却并没有什么社会地位。没有谁不希望自己出人头地，现在他的学生是读书人，也许其中没有多少人能考中秀才、举人，但是出去之后，在官府可以是胥吏，在店铺可以是掌柜，都算是很有前程的人，而这些人对他都很尊重，敬称他为先生。武会里出去的人，将来也都可以在豪门大户里谋得一席之地，又或者在船运、车运行业里成为一个个大哥级的人物。

如果说，这些学生现在对他而言还只是名誉上的提高、心灵上的满足，那么当这些人一批批走出去，铺满整个铜仁乃至贵州的时候，他这个先生所拥有的能量将不可限量。

所以，华云飞很珍惜这份差使，教授弟子非常用心，也因此赢得了学子们的敬重。但是今天，华云飞似乎有点心不在焉，时不时地就扭头瞅一瞅，似乎在等待着什么……

文校里，几个学生偷偷溜到了房山墙处，这里是个死角，旁边就是院墙，院墙和房山墙夹成了一个三角形的空间，躲在这儿，如果远处有人走来，一定瞒不过他们的眼睛，会被他们率先发现。

"好啦！没人，快点，快生火！"

墙根下丢着几块砖头，砖头上有乌黑的火痕，显然已经不是第一次被人用来生火。他们很快就用那些砖头搭了一个小灶，一个学生从怀里掏出一块薄铁皮，鬼鬼祟祟地扭头瞅瞅后把薄铁皮铺到了砖灶上。

随意捡来的柴棍落叶被堆到了灶下，几个学生献宝似的从袖子里摸出五六只麻雀，这是他们偷偷用箩筐扣到的，已经被他们给闷死了，他们迅速拔毛，用小刀片开膛破肚，也不清洗就丢在了铁片上，肉香味很快就散发出来了。

"好哇，你们这些臭小子，俺就说上课的时候咋一个个魂不守舍的，原来是挂念着逮家雀呀！"

众学子闻声色变："毛学监！是毛学监？咦？人呢？"

负责把风的学生急忙道："没人哪！我看着呢！"

"俺在这儿呢，你们这些臭小子！"

众学生一抬头，就见毛问智趴在房顶上，正冲他们吹胡子瞪眼。

"学监在房上！"一个学生惊呼起来。

另一个胆大的学生叫道："甭怕，学监没那么快下来，快走！快走！"

临走他们还没忘了把那滚烫的麻雀肉捡起来。毛问智趴在房顶上嘿嘿地笑："这帮小兔崽子，有这么好的机会，不好好学习怎么成，我得加强巡弋，再有上课不用心的，就得打他们的手掌心了。哼哼……"

毛问智说着站起来，正要小心翼翼地走回去，忽然站住了，他手搭凉棚往远处一望："谁这么大排场？出个门牛气哄哄的，哎哟，大哥！肯定是大哥回来了！"

毛问智忽地醒过味来，拔腿就跑。那房脊是斜的，上边还有薄薄的一层雪，毛问智这一跑，忽地脚下一滑，一屁股坐在了瓦面上，向房檐下出溜过去。

"救命！救命啊！快救命啊……"学生们闻声纷纷聚拢过来，就见毛学监双手抓着屋檐悬吊于空中，叫得无比凄惨……

· ※·※·※·

叶小天这一行人本就不少，前来迎接的人又多，张雨桐、戴同知、御龙以及铜仁府士绅等悉数到场，以致拥塞了整条街道。

但是有一个最该来的人却没有来，只是派了她的大头人于海龙代她前来。从公的方面来说，于家现在还要大力借助叶小天的势力，说是合作，实则是以叶小天为主导。从私的角度来说……

"这小妮子，趁机显摆你与众不同是吧？好像整个铜仁府就你不把我放在眼里似的。公公婆婆来了你都不出面迎接,等见了面,看我不打得你屁股开花!"叶小天一边暗想,一边笑吟吟地同众人答对着,待将张雨桐、戴同知、罗大亨等官绅一一引见完毕,弄得他爹娘和哥哥嫂子头昏脑涨之际,叶小天目光一转,忽然看到了李经历。

李向荣自那次从推拿房追着戴同知"裸奔"到知府衙门之后,便不大露面了,叶小天事务繁忙,也没多少时间去开导他,如今一见,叶小天甚是高兴,但一看他的站位,又觉得有些奇怪。

今日前来迎接的人,有官有绅,还有只有土官职务没有命官职务的当地豪强,相同身份的人自成阵营,虽然各阵营并不整齐,看不出明显的界限,但是以叶小天的眼力还是能看得出来的。

而此刻,李向荣既不在朝官队列里,也不在土官队列和当地士绅队列里,而是正挤在叶家一群人里,和遥遥、耶佬等叶府的人混作一团。

"啊!李经历,请上前来。爹、娘、大哥、大嫂,这位是本府经历官李大人。李大人,这是……"

叶小天一边介绍,一边用奇怪的眼神看着李向荣。李向荣看出了他的疑惑,微微一笑,谦卑地道:"弟子已信奉蛊教,拜在耶佬前辈门下!"

耶佬站在一旁得意扬扬。一个长老的话语权固然是由他的地位确定的,可地位的一个重要组成部分就是弟子的多寡。他和引勾佬都是长老中的后进,继承的是他们师傅的衣钵,原本扩大弟子群体的唯一指望是受其管辖的部落新生儿的出生。

现在他们来到了山外世界,引勾佬在提溪一带可是发展了不少新弟子,耶佬看在眼里,心中岂能不急。现在他在铜仁也打开局面了,心中如何能不得意!李向荣就是他新收的弟子之一,甚受重用。

叶小天睨了戴同知一眼。戴同知撇了撇嘴角,一副不以为然的模样,不过他眼角透出的紧张却避不过叶小天的眼睛。

李向荣在原有的势力体系中是绝对没有能力与戴同知抗衡的,但是加入蛊教,他来日有何发展就不好说了,戴同知不能不予以警惕。

叶小天收回思绪,把李向荣正式引介给他的家人,一行人说说笑笑地正要继续往前走,忽听远处一声大吼:"大哥!啊哈哈哈……大哥,你终于回来了呀!"

叶小天一听声音就知道是毛问智,叶小天抬头看去,就见毛问智穿着一件棉袍子,棉袍子不知怎的刮破了,露出里边白花花的棉絮,随着毛问智的奔跑,棉絮在风中飞舞。

叶小天顿时大窘,这个老毛,就不能有一次是比较正常地出来见人吗?

"大哥,哈哈哈!俺大老远一打量,就知道是大哥你回来了,咱们家老爷子、老太太也接回来了吗?哎哟!"

毛问智气喘吁吁地跑到他们面前，没注意地上一块石板翘起一角，被石板一绊，扑通一声来了个五体投地大礼，正趴在叶老爹和叶大娘脚下。

　　叶大娘弯下腰去扶他，很慈祥地道："这孩子，都过完年了，行这么大的礼做啥，你这性子也忒实诚。"

　　叶大娘说着，居然神奇地从怀里摸出一个红包递了过去："你就是我儿的那个结义兄弟吧？哟！长得还真老成！看着比我家小天大上了十多岁呢。"

　　哚妮忍不住扑哧一声笑了出来，紧跟着早已忍俊不禁的众人哄堂大笑，笑声充斥了整个街头。

第七十七章

午夜相候

一

叶小天刚刚回来，又是带着他的家人同来，所以前来迎接的人并未多做打扰，待把叶小天一家人送到东山，约定明日为叶小天接风，便纷纷散去了。

叶小天一手挽着父亲，一手挽着母亲，兴冲冲地道："爹、娘，看到了吧，那就是咱们家的宅子，走，看看去！大哥、大嫂，咱们一起走！"

"哎呀！这么大的宅子！这么华丽……比咱们刑部胡同最有钱的常员外家的宅子还大许多呢。"叶窦氏惊叹连连。

叶大嫂欣羡地道："门前还有旗杆，还有拴马桩。看这青砖铺的，还有照壁呢！二叔，你这宅子，着实华丽。"

叶小天笑道："这幢宅子不算什么，咱们家在葫县还有一幢更大的宅子，有这幢宅子四倍大小，我合计着，大哥先熟悉一下贵州这边，等习惯了，就把葫县那幢宅子送给大哥。那儿靠近驿道，经商方便。"

叶大嫂喜出望外，连声道："谢谢二叔，谢谢二叔！哎！咱们家亏得出了你这么个能人，人常说，一人得道，鸡犬升天，咱们可是沾了你的光，借了你的福了。"

叶大嫂欢喜地擦了擦眼角，扭头看见自己丈夫微微红着脸憨笑，不禁用胳膊肘拐了拐他，嗔怪道："二叔说了，要送你一幢大宅子呢，你也不吭个声。"

叶小安难为情地挠了挠后脑勺，讪讪地道："自己亲兄弟，说那么见外的话干啥。"

叶大嫂瞪起眼睛，正要训他几句，叶小天已经笑道："大哥说得对，咱们一家人，不用那么客套。"

这时若晓生已经大开门户，桃四娘率领阖府奴仆丫鬟恭列两侧，见他们进了门，齐刷刷地施礼道："见过老太爷、老夫人，见过大爷、大娘、小少爷！"

叶小娘子走上来，向叶老汉、叶窦氏等人施了一礼，弯下腰，笑眯眯地对刚刚费劲地爬过门槛的小栓柱道："小少爷，前边还有好多道门槛呢，来，奴家抱着你吧。"

叶小娘子生得俊俏，笑容又可亲，虎头虎脑的栓柱又是个不怕生的，仔细看她两眼，便乖乖地张开了双臂，让叶小娘子抱了起来。

此时华云飞业已赶了回来，陪在叶小天身边。叶小天对爹娘笑道："这位是桃四娘，与我云飞兄弟已经有了婚约。抱着栓柱的那位小娘子马上就要嫁给老毛了。我打算尽快给他们把婚事办了，到时候她们就要相夫教子去了，咱们家里这管事，还得另选一个，爹娘有那看着顺眼的，记得跟儿子说一声。"

这一说，桃四娘和叶小娘子都红了脸，其他的家仆下人却是个个挺起胸膛，精神抖擞，只希望入了老太爷、老夫人的法眼，能一步登天，做个管事。有两个机灵的丫鬟早已抢步上来，接替叶小天，搀住了叶老爹和叶大娘。

叶老爹和叶大娘常干家务活，身子骨没那么差，现在被人搀着，倒有些不自在，连路都有些不会走了。

一家人由叶小天带着房前院后地把整个庄园看了一遍，这才分别入住，沐浴更衣，准备参加晚上的家宴。

叶小安和叶大嫂住在一处独门独院的院落，院子里花草树木、游鱼假山错落而置，幽静雅致。

叶大嫂穿花蝴蝶一般里里外外走了一遍，眉开眼笑地回到堂屋，看见丈夫正蹲在廊下，看着栓柱满院子疯跑。

叶大嫂埋怨道："看你，事不会做，话也不会说，笨口拙舌的。"

叶小安正笑吟吟地看着儿子玩耍，听妻子这么一说，顿时有些不悦："我又怎么了？"

叶大嫂道："你还问我？文不成，武不就，现在有个好兄弟提携你，你连句话也不会说？瞧你畏畏缩缩的样子，你没注意到家里下人都在看你？"

叶小安道："他们看我，是因为我跟自己兄弟长得一模一样。"

叶大嫂抢白道："是！长得一模一样，可是一个一举一动贵不可言，另一个别别扭扭全是小家子气！"

叶小安恼了，吼道："你有完没完？那是我的亲兄弟，他给我，我就拿着，难道还得低声下气跟他道谢讨好？我叶小安干不出那么丢人的事！"

叶小安一甩袖子，气愤地进了屋。叶大嫂一副恨铁不成钢的样子，冲着他的背影怒道："说你两句，你还摆起脸子了，仗着你兄弟有本事，胆子大了呗！叶小安！"

栓柱跑过来，怯怯地道："娘，你又跟阿爹生气了呀。"

叶大嫂低头看见儿子，怒气不翼而飞，她欢喜地摸了摸儿子的脑袋，道："栓柱呀,你爹没出息,你可别学他。咱可是叶家长房呢,看你叔父多有出息,你好好学着,长大了也要像你二叔一样有本事才好。"

叶小安在堂屋里听见了,更加气恼,愤愤然地进了卧室,猛地拉过一床被子,蒙在了头上……

·※·※·※·

夜色深深,书房门外只有一盏气死风灯挂在廊下,在晚风中轻轻地摇曳着。远处一盏红灯冉冉而来,渐渐到了廊下,前边掌着灯笼的是若晓生,后边是一个青衫玉立的书生。若晓生躬身退下,那书生轻轻一点头,也不打招呼,便伸手推开了房门。

房中,叶小天正捧着一杯香茗出神。

家宴之后,陪父母和兄长聊了一会儿天,叶小天便到了书房,先后与华云飞、耶佬、大亨等人聊了聊,了解了一下铜仁近来的情况,就连毛问智的话他也没有疏忽。虽说这位仁兄有些不着调,但是他反映的情况只要用心琢磨,一样能琢磨出些有价值的东西。

另外,对李经历的话更是关注。看来李经历对戴同知扣到他头上的那顶绿帽子一直耿耿于怀,为了复仇他是铁了心要抱盅教这条大腿了,所以对叶小天是知无不言、言无不尽。他掌握的消息当然是最全面的,叶小天需要时间把这些信息全部消化。

脚步声响起,非常微弱。不过房门一开,牵引房中空气,那灯火微微的摇曳,早就告诉叶小天进来了人。叶小天微闭着眼睛,轻哼一声道:"白天不舍得露面,现在来做什么?"

于珺婷站在屏风边,歪着头看他,见他装模作样的,心中甚是不爽,冷哼道:"非得铜仁上下一体迎接,让你摆足了谱是不是?"

叶小天睁开眼睛,把茶杯往桌上一顿,环顾左右道:"这屋里好像没别人哪,某人可别忘了许下的誓言,神鬼不可欺呀。"

于珺婷用她那双美丽的大眼睛"凶狠"地瞪了叶小天一眼,"这个坏人,刚一回来就欺侮我!"不过,想归想,对于对天盟下的誓言,于珺婷还真不敢轻易违背。

她换了一副讨好的笑模样,凑过去绕到叶小天背后,为他松肩。叶小天舒服地瘫在椅子上,闭着眼睛道:"你不露面,是想让那些土司觉得,铜仁唯有你,有胆量、有能力跟我分庭抗礼吧。"

"没有啦!"于珺婷芳心一跳,赶紧甜甜地解释,"人家是想,那时若去了,定要穿男装的,那怎么好意思去见令尊、令堂嘛。要见他们,一定要挑个黄道吉日,好好打扮一番哪。"

叶小天一把攥住了她柔软的小手,那小手捏在肩上软绵绵的,这个丫头,做女奴真是越来越敷衍了。

叶小天手一扯，于珺婷就哎哟一声跌入了他的怀中。叶小天揽着她的纤腰，另一只手狠狠地握住了她丰盈的胸："当真？别以为我不知道我不在铜仁这段时间你搞的那些小动作。你可别太过火，要是太过分了，我是不会因为是你就手下留情的。"

于珺婷被他揉得娇喘吁吁，两颊飞红，叶小天的动作有些粗暴，让她微生痛意，但也因此身子像燃烧起来似的迅速变得滚烫。于珺婷媚眼如丝地睇着叶小天，呢声道："老爷饶命，疼……"

这一声"疼"是用鼻音哼出来的，再加上那眸中一抹柔媚，一下子撩动了叶小天的心火，叶小天咬牙切齿地道："你这个小妖精！"

哗啦！嚓！案上的东西被拂到了地上，茶杯摔得粉碎，于珺婷哎哟一声，被叶小天按得伏在桌子上，小腹被桌沿一硌，臀部高高地翘了起来。

"你干什么，放开我，混蛋！"于珺婷羞骂，但是她那双可以扭断人脖子的手臂此时却像撑不住了似的，身子一下子就软了下去。

第七十八章

心花怒放

"金针刺破桃花蕊,不敢高声暗皱眉。"

书房里静悄悄的,只有那张原本极结实的书案,发出细微的吱嘎声。许久许久,云收雨歇,叶小天却不许于珺婷整理,霸道地把她揽在怀里,楚腰在握,掌中怜爱。

于珺婷像只猫似的偎在他怀里,细细喘息良久,恨恨地打了一下他在衣内犹自抚弄的魔掌,娇嗔道:"你这坏人,每次私底下见了我,不是脱衣就是穿衣,你还能干点别的吗?"

叶小天在她身后吃吃地闷笑:"那你还主动送上门来?"

于珺婷大羞,扭了扭小蛮腰,嗔道:"你还取笑我!"

本是故作娇羞,可这句话出口,不知触动了什么情绪,一种莫名的委屈忽地涌上心头,突然间便泪流满面,忍不住低声啜泣起来。

叶小天见了,不由得大起怜意,他把脸颊贴在于珺婷柔顺的发丝上轻轻摩挲着,低声道:"何由一相见,灭烛解罗衣……"

于珺婷听了这句诗,忽然便软在了他的怀里,"妾在春陵东,君居汉江岛。一日望花光,往来成白道。一为云雨别,此地生秋草。秋草秋蛾飞,相思愁落晖。何由一相见,灭烛解罗衣……"

于珺婷痴痴地思索良久,忍不住回身捧住叶小天的脸,在他唇上轻轻印了一记,柔柔地道:"不许骗我,你赴京这段日子,真的想过我吗?"

叶小天也凑过去,在她唇上轻轻吻了一记,柔声道:"怎么会不想?尤其是回来的时候,一进了城,我便想,可以见到婷婷了。谁料一眼望去,胖的、瘦的、高的、矮的,全是胡子拉碴的,哪有那位玉面朱唇、明眸善睐的美少女?"

于珺婷扑哧一声笑,颊上犹有泪光。叶小天捏了捏她光滑的下巴,道:"我便又想,婷婷一定是因为我爹娘来了铜仁,心里有些发慌,不知该以何身份面对他们,所以才躲了起来。

"这一路舟车劳顿,我又不是铁打的人,身子也是乏了,可是用过家宴,见过几位朋友之后,我却不曾睡下,你道我在这里做什么?还不是在等着婷婷来。"

于珺婷只在幼年时期被她的爹娘叫过"婷婷",此后一场瘟疫袭来,爹娘染病西去,她小小年纪便成了土司,再不曾有人这么唤过她。如今她被叶小天左一句"婷婷"右一句"婷婷",叫得心都要化了。

"不行不行,再这样下去,我就要'弃械投降'了,我是于家土司,可不能被他收了。"于珺婷心中警铃大作,她强迫自己硬起那颗已经柔软的心,但是面对叶小天时,眼神却更加柔情款款,"也不知你用这样的话哄过多少姑娘,可不管你说的是真还是假,人家……人家就是开心……"

于珺婷垂下头,轻轻地道:"我本以为自己这辈子都不会喜欢一个人,只想着壮大我于家的势力,谁知偏偏遇上了你。

"反正,人家已经是你的人了,便是再要强,也没想过要高你一头。便助你成为铜仁第一人好了,只是到了那时,你莫委屈了人家才好。"于珺婷说着,轻轻抬起眼睛,幽幽地向叶小天一瞥,那缠绵的情意、灼热的眼神,当真是百炼钢也能被她化成绕指柔。

叶小天轻轻地笑了起来:"你呀!"

叶小天在于珺婷的鼻头上轻轻地刮了一下,由于方才的激烈运动,她的两颊热热的,鼻尖上还有细腻的汗水。

叶小天笑吟吟地道:"我刚刚就说过了,这段日子你在铜仁做过些什么,我都一清二楚,此时还要试探我的心意吗?"

叶小天脸上的笑容渐渐敛去,神情严肃起来:"铜仁第一人,永远不会是我!张家和于家比起来,我当然更信任于家,所以你想做什么,我不会阻止。但是,你只能做曹操!"

于珺婷愣了一下,期期艾艾地道:"做……曹操?你在说什么,我……我听不懂。"

"你懂,你当然懂!"叶小天的目光中有着些戏谑,他把双手绕到于珺婷的身后,在她的臀上轻轻地拍了一记,道,"你的狐狸尾巴呀,被我揪着呢,就不要装模作样了。我本来不想在这种时候谈起,但你不放心,那咱们便开诚布公吧!婷婷,你想做铜仁第一土司,我不会挡你的路,但是,你只能做曹操,这是我的承诺,也是我的要求。你答应吗?"

于珺婷当然明白叶小天的意思,当年曹操挟天子以令诸侯,但是直到死,他也没有称帝,那个傀儡皇帝始终顶着皇帝的名号。

叶小天这是想让张家保留知府的官职，也就是铜仁第一家的名分，而把实权分给于家，他是要职、权分离，搞平衡？又或者，不希望她取而代之，以免引起其他地方土司对他的敌意？或许两者兼而有之吧！

叶小天无意与她相争，看来他的志向果然更加高远，而不是局限于铜仁一地，这令于珺婷大大地松了一口气。

但是眼下铜仁第一家的名头明明唾手可得，可叶小天却不许她夺过来，做到实至名归，她当真是有些心有不甘。于珺婷不禁撒娇道："给张家保留一个名分，又有什么意义，徒使张家不甘，多生事端，不如彻底易位，叫张家死了这份心，人家也好更专心地做你的'贤内助'嘛。"

叶小天微笑着摇头："不——可——以！"

语气很轻松，笑容也很轻松，于珺婷却能从中感觉到叶小天的坚持。

"这个混蛋哪……"于珺婷暗暗叹息了一声，忽地心头一动。她一直拧着腰说话，实在有些吃力，这时干脆转过身来，大大方方地跨骑在叶小天的腿上，盯着他的眼睛，认真地道："你说的，我可以做曹操！"

叶小天托着她的小蛮腰，叹息道："当然是真的，无论如何，你总是我的女人，我不希望你我成为敌人！"

于珺婷笑了，笑得很妩媚，就像一只成功偷走了鸡崽的小狐狸。叶小天顿生不妙之感，但是……说错什么了吗？没有哇！

于珺婷乖巧地点头："成！我听你的！我做曹操！那我儿子就是曹丕了，对不对？"

叶小天张大嘴巴，说不出话来。

于珺婷用纤纤笋指点着他的嘴唇，得意地笑着说道："男子汉大丈夫，一言既出，驷马难追，不许反悔哟！"

"不反悔就不反悔，'小曹丕'现在还不见影呢，等他长大成人，篡汉称帝，那还早得很，到那时，铜仁易不易主，说不定我已经不在乎了。"叶小天虽这样想着，可还是觉得不舒服，忍不住妒意深深地道，"曹丕？你要跟谁生曹丕？"

于珺婷媚笑："跟你喽，我的卞夫人。不过呢……"

于珺婷傲娇地扬起了下巴："你要是不肯卖力气，我也不介意去找别人。反正，我要生儿子，一定要尽快生儿子！"

叶小天双腿一弹，于珺婷轻盈的身子就被弹了起来，复又被他摁在了桌上，于珺婷只道他要"兽性大发"，欲怕又想地正准备再受一枪，却听见清清脆脆啪的一声响，顿觉臀尖上麻辣辣的。

"这个混蛋，当真禽兽不如！"

禽兽不如的叶小天终于幻化成了禽兽，到底是年轻人，又一番抵死缠绵后，叶小天和于珺婷不顾形象地挤坐在椅中，袍隙间隐露一条雪白光滑的大腿。

叶小天道："有件事，需要你帮我费费心。"

"嗯？"明明出力的是叶小天，可是于珺婷好像比他还要累，她身子似乎要散了架似的腻在叶小天身上，懒洋洋的，话也不愿说，只是扬起湿润的眸子，向他递了个询问的意思。

叶小天道："我的家人现在都到了铜仁。我想给我哥安排点事做。"

于珺婷在他胸口懒洋洋地画着圈，道："这还不简单？你想让他做什么？如果做土官，你任命他为土舍就行了；如果做命官，职务高了不容易，一般的官，你打声招呼，还怕没人替你去办？"

叶小天摇头道："不妥。我哥……现在有些沮丧。若是换了我也是如此吧。自己兄弟有了大出息，当然会替他高兴，可是自己的一切都是拜他所赐，一个男人，难免会觉得抬不起头来。"

于珺婷换了个姿势，往他胸前软绵绵地一靠，道："那你想怎么样呢？"

"帮他找些事做，让他觉得，不靠我，他也能把事做好。"

于珺婷道："那做官肯定不成了，不然，无论你出不出面，别人都会认为你在旁照应。要帮他，还不能让他知道是你在帮他，好麻烦……"

叶小天道："你就帮帮你大伯子嘛，你那么老奸巨猾，一定有办法。"

于珺婷听得心花怒放："好的！"

第七十九章

不约而同

一

　　一轮明月低低地挂在清冷的夜空中，又大又圆，似乎一伸手就能摘得到。夜晚的水银山失去了白日的忙碌与喧嚣，静静地矗立在夜色中，俯瞰着苍茫大地。
　　两个人影扛着铁镐悄悄地爬上了水银山，山上有纵横交错的无数矿洞，夜晚看山的只有两个人，他们已经沉沉睡去。悄然潜来的两人跳进一处矿洞，在里边刨挖起来。
　　大约两刻钟的时间之后，两人挖好了一个坑洞，把一件东西小心地埋在里面，又悄悄爬出矿洞，沿着山脊向南侧跑去，那边正是老骥谷的方向。
　　老骥谷里，于家海的卧房里，两兄弟正津津有味地吃着狍肉火锅。于扑满吃了两口，赞道："不错！看着这肉没有肥膘，还怕它太柴，不想竟然如此细嫩。"
　　于家海道："这是大亨少爷的商队从北方带回来的，亏得是冬天，才能放得住。他送了两只给格哚佬，格哚佬分了一只给咱们。"
　　于扑满笑道："这个老格，还挺够意思。"
　　于家海道："听说这狍子奔跑极快，极难追赶，不过它天生好奇，看见什么都会停下来瞧一瞧，琢磨个道理出来。便是猎人一箭射去，侥幸被它逃过了，猎人也不用去追，因为用不了多久它就会自己跑回来，看看究竟发生了什么事，所以又叫傻狍子。"
　　于扑满忍不住又笑起来，道："好奇害死狍哇！这等禽兽，倒也罕见。"
　　笑了一阵，于扑满端起一杯烫得热热的酒喝了，咂巴咂巴味道，对于家海道："你派人过去了？"
　　于家海点了点头，目中闪过一抹凶狠，道："叶大人已经从京城回来了，格哚佬派人送狍子来时说的，他已派人去铜仁见叶大人。咱们精心准备这么久，岂能功亏一篑，得抢先下手，免得被叶大人阻止。"

于扑满点点头，沉声道："成！该你做的你先做好，接下来就看我的啦！没有开疆拓土，何来不世之功！没有不世之功，咱们两个被赶出家门的老家伙，如何建立自己的基业！"

午夜，繁星点点。

于扑满推开房门，从于家海的房间里出来。夜晚的老骥谷里静悄悄的，风不大，却依旧十分寒冷。于扑满紧了紧老羊皮袄，迈着稳重的步子向自己的住处走去。

翌日一早，水银山继续开工挖矿了。对于水银山的归属，各方一直争执不休。不过它近几十年来一直处于杨家的控制之下，目前则正式属于杨家土司杨羡达了。

杨羡敏作为次子，原也清楚土司之位不会属于他，所以只想多捞一些财富。但是杨羡达作为土司，岂肯把家族中最富庶的地方让给这个同父异母的弟弟？

在杨羡达接受敕命，正式成为土司之后，他不顾继母颜面，将水银山悍然夺在自己手中，兄弟二人的争斗因此变得骤然激烈起来。

为了防止二弟派人闹事，杨羡达组织了一支百余人的护矿队，分成四队，每日巡弋于山头四处。这时一支护矿队正在山头巡逻，忽然看见十几个穿着兽皮，提着猎弓、猎叉的汉子沿着山脊跑过来。

护矿队的一个头目马上大声喝道："站住！你们是干什么的，前边是我们杨家的地盘了，不得擅入。"

那十几个猎户打扮的人停住脚步，远远地对他大声叫道："我们有两个兄弟追着一头云豹上了山，你们看到了吗？"

"啥？云豹？你们开什么玩笑，我们什么都没看见！去去去，别来捣乱！"

护矿队的人听得莫名其妙，其中一人大声嘲笑道："我说你们还没睡醒吧？要是一只小猫小狗上了山，我们或许看不到，一只云豹再加两个大活人，我们能让他们上山？"

猎户们凑在一块窃窃私语一番，公推一人走过来，满面狐疑地道："你们别胡扯！我们明明看到那两个兄弟追着云豹奔这边来了，除了这座山头，他们还能去哪儿，我们要上山找一找！"

护矿队的人把刀一横，喝道："放屁！这是我们杨家的矿山，你们想搜就搜？"

那人怒道："不让搜？你莫不是心虚了吧，是不是我们兄弟就在山上？"

一见双方发生争吵，其他猎户便跑了过来，其中一人气咻咻地道："云豹的皮可值不少钱，大哥，别是他们见财起意，害了咱们弟兄，抢了那头云豹吧？"

"不错！大有可能！咱们上山搜！"

"你们敢，你们格家寨还反了天了，到我们杨家来撒野！"

双方一言不合，大打出手。巡逻到此的这支护矿队不过二十人上下，人数上并不占多少优势。不过他们这里一动手，山上警哨立即敲起了铜锣，其他几路援兵迅速赶了来。

那些猎户寡不敌众，被打得落荒而逃，护矿队的人骂骂咧咧地追赶了一路，眼看他们兔子一般逃得不见踪影，这才悻悻地返回山上。

各部落之间动辄就会有冲突，小打小闹的事情早已成了家常便饭，所以护矿队的壮丁回到山上后，并未把这当回事，直到吃午饭的时候，他们才终于意识到这一次不同了。

漫山遍野的老骥谷勇士沿着山脊及两侧山腰向水银山猛扑过来，山上再次敲起了铜锣，但这次敲锣已无济于事。当护矿队的人丢下饭碗，爬上山坡，看见沸沸扬扬的老骥谷人马，他们立即做出了最明智最正确也最迅速的反应：掉头就跑。

· ※ · ※ · ※ ·

"现在就去夺回水银山？"杨羡敏听说曹瑞希赶来自己的山寨，本来很高兴，可是当他兴冲冲地迎出山寨，见曹瑞希带了大票人马赶来，他就有点发蒙，再一听他说明来意，就更蒙了。

当初杨羡敏有果基家做靠山，大哥杨羡达则有展家做后台，两兄弟正好分庭抗礼。后来果基家要和展家联姻，就等于抛弃了杨羡敏，虽然联姻没有成功，可是杨羡敏和果基家的关系却也不复从前了。

这种情况下，为了能有外力的支持，以便抗衡长兄，杨羡敏硬着头皮投靠了曹瑞希。

曹瑞希此人心狠手辣，而且太过贪婪，不只贪婪，吃相也很难看，所以大家对他一向敬而远之，杨羡敏也是在走投无路的情况下，才不得不投靠他。

贵州八大金刚里面，石阡府就占了三家：曹家、童家和展家。越是封闭的地方，地方势力的控制力就越强。贵州地区极为闭塞，朝廷对其的影响甚弱，而且石阡府内外交通全凭水路，这就使得本就闭塞的贵州地区更加封闭了。

因此，才出现了石阡一地既有三大金刚的局面。不过随着时代的发展，别的地方已经不再仰赖鸡犬之声相闻、老死不相往来的纯小农经济，你这里依旧闭塞落后，经济实力必然渐渐衰弱。

其实现在实力不在这三家之下甚至小有超过的家族也并非没有，但这个排名延续了数百年，除非哪一家彻底没落，否则别人是很难取代的。

这种情况，就如现在的田家实际上已经不配立于四大天王之列，但是田家凭着雄厚的历史底蕴，却依旧能名列其中。另外，铜仁府的于家和张家大致也是这个样子。

然而，曹瑞希并不满足于曹家现有的地位，他想爬得更高。如今有了播州杨家的支持，他的野心进一步膨胀起来。赵文远离开之后，他用了几天时间接待完最后一批贺客，便集结人马，亲自赶到了杨羡敏的领地。

"既有本土司出兵助你，便是马上夺回水银山，又有何不可？我不但要助你夺回水银山，还会帮你罢黜杨羡达的土司之位！"曹瑞希进了杨羡敏的山寨，在厅中坐下，立即又抛出一颗"炸弹"，"杨羡达谋夺胞弟财产，不配为一方土司。身为石阡司长官，曹某理应为你主持公道！夺回水银山之后，我会召集童家、展家，以及你杨家众土司，合议罢黜杨羡达的土司之位。"

杨羡敏又被镇住了，讷讷地道："然……然后呢？"

曹瑞希道："然后，自然是由杨羡达的儿子来接任土司之位。他的儿子年方六岁，又是你扶起来的，到时候杨家的话事人还不是你？"

曹瑞希说到这里若有所悟，乜了杨羡敏一眼，道："你不会是想取而代之吧？"

杨羡敏脸一红，讪讪地道："我……我怎会如此胡思乱想！"

曹瑞希嘿嘿一笑，凑近了阴恻恻地道："男儿大丈夫，理应有所追求。你便这么想，又有何不可？不过，土司之位硬夺是不可以的，如果先干掉杨羡达，扶他的儿子为土司，过些时日，你再把这小孩子……"

曹瑞希并掌如刀，狠狠向下一切，狞笑道："只要手脚干净些，旁人纵然怀疑，却也没有证据。那时你大哥这一房已经绝了，兄终弟及，你不做土司，谁来做土司？"

杨羡敏脸上红光一闪，随即忐忑地道："瑞希兄，这……可行吗？"

曹瑞希往椅背上一靠，得意扬扬地笑道："杨贤弟，我也不怕叫你知道，播州杨家早就看你大哥不顺眼了，他们很支持我这么做。另外，展家很快就要和播州杨家成为姻亲，你想，整个石阡府，还有人能阻止我们吗？"

杨羡敏大吃一惊，失声道："瑞希兄所言当真？"

曹瑞希道："半字不假！"接着向他透露了更多的消息。

杨羡敏听罢胆气大壮，拍案道："我早受够了他的腌臜气！今有宗房支持、展家为盟、曹兄鼎力相助，还有什么好怕的！瑞希兄稍候片刻，兄弟这就去点齐兵马，咱们夺回水银山！"

第八十章

随机应变

一

自从杨羡达横下一条心，不再理会继母的干涉，强行夺取水银山，杨羡敏就和长兄彻底撕破了脸。这些日子，他的窝囊气也是受够了，如今经曹瑞希一番打气鼓劲，杨羡敏的心中就似泼了油的干柴溅上了一点火星，立即燃起了熊熊烈火。

杨羡敏立即集结本部人马，要去占领水银山。杨羡敏的部下听说要去攻打水银山，同土司老爷正面对抗，囿于名分大义，不免有些畏怯。但是一听土舍大人说石阡司长官曹大老爷亲自带兵助阵，而且展家和播州杨家都支持他们，顿时士气大振。杨羡敏一见军心如此，更是兴奋，马上与曹家兵马合兵一道，气势汹汹直奔水银山而来。

再说杨羡达这边，那百十个护矿队的壮丁撒开双腿，使出吃奶的劲逃回杨家堡。杨羡达一听他们汇报说老骥谷的人夺了他的水银山，怒不可遏，立即命人敲响阁楼中的大铜钟，召集全寨壮勇，杀奔水银山。

"瑞希兄，咱们现在兵强马壮，何不直接奔他的老巢？"

"哈哈！你呀，原本还畏畏缩缩，怎么现在比我还要急切？你杨家经营杨家堡，也有近四百年了吧，那座城堡太牢固了，硬攻伤亡必大，何如引他出来一战？"

"瑞希兄高见，是我鲁莽了。对！咱们先占了水银山！水银山的矿产收入，占了他收入的五分之一，他一定不会坐视的！"

曹瑞希道："不错！咱们趁其不备，先占了水银山，再倚山势坚守，让他来攻，耗其实力，到时候……"

曹瑞希正得意扬扬地说着，忽地一勒坐骑，面现疑惑之色。杨羡敏见状忙也勒住坐骑，惊讶地向前面看去。前方一名探马挥鞭如雨，飞快地奔到他们面前，大声禀报道："土舍老爷，土司……土司的人马就在前面！"

曹瑞希大吃一惊："莫非杨羡达早已有备？"

杨羡敏又惊又怒，道："他一定早就安排了眼线，盯着我的举动！布阵！速速布阵，原地防御！"

随着杨羡敏和曹瑞希的一声令下，两人的人马迅速摆出了一个宜守宜攻的阵势。

前方杨羡达手持三股托天叉，一马当先率领大军正急急奔向水银山，忽见远处烟尘滚滚，人马逶迤如龙，不由得大吃一惊，立即命令大军停止前进，只使探马上前窥视。

那探马飞也似的赶去，仿佛蜻蜓点水般匆匆一瞥，就已经看见对方队伍中醒目的"杨"字大旗，同时也注意到对方正扎营以对。至于曹土司的旗帜，因为曹家兵马是客兵，在后半段，所以并未看到。

那探马飞快地赶回，对杨羡达大声禀报道："土司老爷，前面是土舍老爷的人马，他们正布下阵势，似乎要阻止咱们前进！"

"好哇！这个吃里爬外的狗东西！"杨羡达脾气火爆，一听禀报顿时气得七窍生烟，"自家人再怎么争执，那也是自家人的事情，这个混账东西竟然买通外人，来抢自家人的财产！"

杨羡达想都不想，就认定老骥谷的人是收了杨羡敏的好处，替他夺水银山来了。老骥谷出兵夺水银山，杨羡敏出兵阻截他的援兵，配合得真是天衣无缝呀！

一时间，怒从心头起，恶向胆边生，杨羡达把三股托天叉朝天一举，恶狠狠地咆哮道："儿郎们，我那吃里爬外的兄弟，串通了外人，夺咱杨家的矿山！跟我杀过去，打垮他们，夺回咱们的家产！杀！杀呀！"

"他来了，曹兄？"

曹瑞希一声冷笑："怕他怎的，明知曹某人在此，他还敢这般冲撞过来，也忒目中无人了，咱们就给他一点颜色看看，迎上去！"

杨羡敏胆气一壮，哐啷一声拔出佩剑，大喝道："儿郎们，迎上去！"

杨土舍的兵立即向着对面猛冲过去。曹瑞希招手唤过一名心腹，叫他去后半段，将本部兵马前移，以便随时参战。

对面，杨羡达身先士卒地冲上来，口中呼喝连连，把六十多斤重的全钢的三股托天叉舞得风车一般，扫得六七个冲在前面的敌兵骨断筋折。杨羡达像一把尖刀似的切进了敌阵。

水银山上，已经插上了老骥谷的大旗，旗上一匹黑马，扬蹄奋鬃，栩栩如生。老骥谷的勇士们已经彻底占领了水银山。当时正在矿洞中干活，甚至还不知道外界发生了什么就成了俘虏的矿工都被他们集中了起来，这些人都是免费的劳力，他们才不会轻易放走。

于扑满手挂一口鬼头大刀，站在那面迎风猎猎的大旗之下，瞪着一双牛眼望着空荡荡的山下发呆:"奇怪,为什么不来呢?我都等了这么久,为什么他们就是不来呢?难道……水银山,他们就这么放弃了?"

于扑满越想越纳闷,忍不住挠了挠头,扭头唤人:"小六子,小六子,你赶紧回谷一趟,把四爷给我叫来,这他娘的太邪性,我脑子不够用啊……"

·※·※·※·

叶小天次日参加了铜仁官绅为他举办的接风宴,再次日便领着全家看了看铜仁风景。当叶小天正带着全家人乘船荡漾于锦江之上时,忽见远处一艘小船划开江水,箭一般射了过来,叶小天定睛一看,见站在船头的那个青衫文士是李秋池,便知必定有事,遂马上嘱咐哚妮陪好爹娘,自己到下层甲板上等着。片刻之后李秋池便登上了画舫。

"于家海和于扑满占了水银山?"叶小天怔愕地站在甲板上。在铜仁他不可能再占有更多土地了,否则必会成为铜仁公敌,他本就想以大万山为中心点,向四下扩张,石阡府自然也是他的目标,但是他眼下最重要的事却是要让格哚佬部站住脚。

去年格哚佬部才出山,至少也要过了今年秋天,才能确定格哚佬部这个习惯了生活在深山老林的部落能否真的适应山外的生活。即便能,也需养精蓄锐,同时也给山外部落一个熟悉他们的过程。

所以,叶小天本打算至少三年后才开始进一步扩张,怎么……现在就开始了?

李秋池紧张地道:"东翁,你看这该怎么办?杨羡达已经放言,要向贵州布政使司告状,向朝廷告状,要请安、宋、田、杨四大土司出面裁断。"

叶小天微微眯起眼睛,轻拍船舷,看着丝绸般荡漾开来的江面水纹,沉思良久后缓缓问道:"以你之见,该当如何?"

李秋池果断地道:"东翁扩张之心,学生明白,但现在还不是时候。于氏兄弟自作主张,破坏了东翁的稳妥计划,可谓成事不足,败事有余!学生以为,当杀之以谢天下!"

"哦?"叶小天扭过头,看向李秋池,"杀了他们?"

李秋池面不改色,重重一点头,道:"对!杀了他们!严军法,明号令,同时达到迷惑敌人的效果。"

叶小天笑了笑,转身望向两岸青山,沉默有顷,道:"我一向很敬佩枭雄,因为很多他们能做的事,我永远都做不了,我不是做枭雄的料!"

李秋池急道:"东翁,事关全局,不是东翁一己好恶可以左右的!"

叶小天摇摇头,道:"水银山那边送回的消息说,杨羡敏有曹瑞希相助?而且还有播州杨土司的支持?"

李秋池道："是！于氏兄弟占了水银山，杨家却迟迟没有反应，于家海心生疑窦，派人打探，才知道杨羡达挥军来攻，半路上遇到了杨羡敏。

"两兄弟互相猜忌，当即大打出手，谁料杨羡敏一方居然有曹瑞希带来的曹家军，杨羡达不敌，退守杨家堡。杨羡敏和曹瑞希因有杨羡达牵制，也放弃了奇袭水银山的计划。"

叶小天负着手沿着船舷踱了一阵，说道："曹瑞希虽性贪而残暴，但是其后若没人撑腰，他是不会贸然掺和他人家事的。所以，曹瑞希直接出面干预，背后有播州杨家支持，应该不假！"

李秋池看着叶小天，等着他说下去。

叶小天道："播州杨家既然敢怂恿曹瑞希出头，支持杨羡敏夺权，应该已做了一些准备，所以杨羡达向贵州布政使司告状、向朝廷告状，乃至请四大天王出面裁断，就算不会被播州杨家一手遮天地拦住，怕也不会那么顺利。"

李秋池听到这里，依旧不得要领，不禁蹙着眉道："那么，东翁的意思是……"

叶小天微微一笑，道："如果找不到人出面主持公道，又或者没有人在他生死存亡之际出面干涉，那么杨羡达一定进退维谷，绝望之极。所以……"

叶小天徐徐转向李秋池，笑吟吟地道："机缘到了的时候，计划……是可以改变的！"

第八十一章

以退为进

一

水银山上，杨羡达派来的大管事钱大有正和于氏兄弟严正交涉着。

有杨羡敏那个喂不熟的白眼狼盯着，还有曹瑞希这条恶虎为伴，纵然水银山被占，杨羡达也是不敢出兵的，一旦被曹瑞希和杨羡敏抄了后路，他怕是要把血本都输光了，故而只能严正抗议。

于扑满叉着腰，一脸横肉都绷了起来，嗓门比谁都大："简直是放屁！你说这水银山是你的，它就是你的啦？嗯？我还说它是我们家的呢！再说了，我们在这儿丢了两个人，这事你怎么说！"

钱大管事强压怒火，忍气吞声地道："于三爷，您这么说可就不对了。您说我们藏了你们的人，有什么证据？可您占了我们的水银山，这可是无法否认的。"

于扑满粗声大气地道："证据？你要证据是吧，老子正在找证据！你最好请老天爷保佑，别让我找到。要不然……"

于扑满刚说到这儿，一个壮丁就跑到他面前，大声禀报道："三爷，我们失踪的那两个人找到了，从矿坑里找到的，人都已经死了。我们还找到一头剥了皮的豹子，你看……"

那壮丁用手一指，于扑满扭头看去，就见几个壮丁抬了两具血肉模糊的尸体出来。钱大有吃了一惊，肩头一动，正要赶过去看个究竟，却被于扑满一把揪住衣领。

"现在你看到啦，为了区区一张豹子皮，你们竟敢杀害两条人命！钱管事，你们最好立即交出凶手！否则老子跟你们没完！"

钱大有被他喷了一脸唾沫星子，他愤愤地抹了把脸，道："于三爷，这两具尸体究竟是怎么回事，恐怕您心里比谁都清楚！不管怎么说，你们占了我们的水银山，走遍天下也没这个道理……"

两人说话的间隙其中一具尸体忽然睁开了眼睛，往这边睃了一眼，又赶紧闭上了。钱大有愤愤地辩解着，忽见矿洞里又走出两个人来，他目光一扫，鼻子差点没气歪了。

那是两名壮丁，两个身材魁梧的大汉，居然煞有介事地抬着一个剥了皮的动物。看那体型大小，顶多是只较大一点的猫。古有狸猫换太子，今有狸猫充云豹？

钱大有指着那只被剥了皮的动物，对于扑满怒吼道："于三爷，这就是你说的那只云豹？"

于扑满扭头看了看，心里也不禁暗自嘀咕："这些山里人真他娘的笨，我说找只小兽来剥了皮，他们还真就找了只小兽！你找头驴子、山羊也靠点谱啊。"

于扑满扭过头来，用比钱大有更响亮的声音道："对！这就是那头……刚断了奶的云豹！三爷我想养只豹子玩，手下人这才去为我抓豹子，结果却让你们给剥了皮，还把人给宰了，这笔账怎么算？"

钱大有被他一番浑话气得七荤八素，可形势比人强，他只得顺着于扑满的话往下说，毕竟，就算死了两个人也没有占了人家一座山的道理。

钱大有道："三爷，这只猫……豹子，真假姑且不论，你们老骥谷有没有死人也另说着，单说眼下你们占了我杨家的矿山，这就有点说不过去了吧？"

山坡上，一个风尘仆仆的青衣汉子牵着马缰站在于家海身边，于家海手里正展开着一封书信，信纸在风中轻轻地抖瑟着。看罢书信，于家海轻轻皱起了眉头，他慢慢团起信纸，背着手，缓缓踱步沉吟起来。

那青衣汉子道："叶长官说，请四爷一定照此办理，不日他将亲自赶来，如果三爷在他赶来之前不能解决此事，那就务必不要让事态进一步激化，等他赶到再做处理！"

"解决！怎么不能解决！"于家海豪迈地道，"你尽管回禀大人，就说此事包在我于家海身上，一定把事情解决得妥妥当当，请大人放心！"

那青衣汉子道："既如此，属下就照此回禀啦！告辞！"他向于家海抱了抱拳，扳鞍上马，扬鞭向山下赶去。

另一边，钱大有已经决定让一步了，对方不是纠缠于杀了他们的人、抢了他们的东西嘛，承认了便是，顶多赔他们些钱财，大不了再搭两条人命，只要他们答应退出水银山，什么都好商量。

一见钱大有让步，于家海忽地动了动眉毛，一脸凝重地道："在我们格家寨有一份很古老的羊皮地图，上面所绘制的正是格家寨先祖曾经生活过的地方。

"但是谁也不清楚，它究竟在哪里。直到我们出了山，才意外发现，似乎水银山的样子和那张地图上所画的是一模一样的……"

钱大有听到一半就觉得不妙了，他早知对方如此大动干戈，绝不可能只是为了两个所谓的失踪猎人，现在看来他的预判是准确的，人家根本就是在图谋水银山哪！

于家海正色道："我们只是想寻回祖山而已。你放心，如果最后证实这座山并不是我们格家寨的祖山，我们立即就走，决不侵占分毫！"

钱大有颤抖着嘴唇问道："那……你们要怎么证明呢？"

于扑满还没说话，不远处就又有人喊上了："三爷，三爷，你快来呀，地底下挖出东西啦！"

于扑满赶紧跑过去，钱大有心生不祥之感，急忙也追过去，这次倒是没人阻拦他。

矿洞里，老骥谷的一个壮丁跪在地上，旁边扔着一把镐头，他正用双手清理着地上的泥土。不一会儿，几件古物便相继"出土"了。一串狼牙项链，已经散了；一把刀鞘都已锈蚀的佩刀，刀鞘已经粘在刀刃上；还有几件兽骨制成的器物。

于扑满除去锈烂的鞘皮，指着刀上的纹刻激动地大叫起来："看哪！看哪！这纹路，与格家寨旗帜上的图案一模一样，这就是祖山！祖山，我们找到了！"

钱大有目瞪口呆地看着于扑满，一万头草泥马在他心头呼啸而过："无耻！真是无耻呀！原来一个人可以不要脸到如此地步，真是难以想象！"

于扑满装模作样地欢呼了几声，又瞪起眼睛，对钱大有道："你看到了？现在从山上挖出了属于我们格家寨的东西，从这些东西锈蚀的程度看，起码埋了有一千年了！

所以……这座水银山就是我们格家寨的祖山！被你们杨家挖掘了这么多年，也不知挖走了我们多少宝贝。不过呢，三爷我大人大量，就不跟你们计较了。"

钱大有差点没背过气去，他呼哧呼哧地喘着粗气，脸红如鸡冠，正要跟眼前这个无赖据理力争，就见于家海大步流星地走了过来："哈哈，我三哥跟你开玩笑罢了，杨管事，请不要介怀。"

于扑满听了满心诧异，这么不要脸的招数，不是你教给我的吗，怎么现在又拆穿我？他扭过头去，疑惑地对于家海道："我说老四，你……"

于家海笑吟吟地打断了他的话："底下人偶起争执，在所难免。我等身为统领，理应约束部众，平息事端，劝说族人与邻友好和睦相处。我三哥只是因为死了两个人，一时气不过，才与你为难。

"不过，你们杨家有人见财起意，害了我们老骥谷两个猎户，这事还是要给我们一个交代的。那两个猎户一死，撇下孤儿寡母的如何生活？我们不能不给他们一个交代呀！"

钱大有一听他这语气，就知道他有意归还水银山，顿时喜出望外，忙道："多谢四爷，四爷说的这话在理！这件事小人一定如实禀报给我家土司，给贵寨一个交代。

那这水银山……"

于家海大手一挥，豪气干云地道："既然你已代表杨土司答应彻查害死我寨猎户一事，那么，我们立刻就撤兵，这水银山，还给你们。"

于扑满急了，说道："我说老四，你究竟是怎么个意思。这水银山……"

于家海扭头向他递了个眼色，于扑满愤愤地闭上了嘴巴。他的头脑不及老四，多年配合下来，已经习惯了由老四动脑，他来动手，所以虽然想不通，还是暂且忍下。

钱大有没想到此事能解决得如此顺利，当真心花怒放，马上一迭声地答应下来。于家海说到做到，立即集结人马，迅速退出了水银山，被俘的那些矿工也都交还给了钱管事。

钱管事站在山头，看着于家兄弟带着人撤离，一时竟有种做梦的感觉。不管是派他来的杨羡达还是他自己，都未曾料想到事情能得到如此解决。

刚一离开山头，于扑满就忍不住对于家海道："我说老四，这究竟是怎么回事，咱们准备了那么久，就这么放弃了？"

于家海笑吟吟地道："本来是不该放弃的，可谁能料到曹家会联手杨羡敏图谋杨羡达呢。既然有人出了手，我们又何必在其中搅和呢？"

于扑满不解道："曹家怎么啦，咱们怕他们不成？再说了，曹家帮的是杨羡敏，而水银山现在属于杨羡达，咱们正该浑水摸鱼才对呀！"

于家海摇头道："你看曹家和杨羡敏现在有何举动吗？没有！有曹家和杨羡敏的牵制，杨羡达不敢对咱们动武。有杨羡达在，曹家和杨羡敏也无法对咱们出手。

"可曹家和杨羡敏想要的东西也包括水银山。一旦他们发现奈何不了杨羡达，反而帮了咱们的忙，他们就会打起维护祖产的名义，先来对付咱们。

"同样的道理，杨羡达也会这么做。这块骨头叼在谁嘴里，谁就会受到攻击。咱们现在丢下骨头走掉了，他们怎么办？只能抢，必须抢，一定要抢！"

于扑满瞪起眼睛道："这道理我自然明白，可咱们走了，下次再想回来，可就连块遮羞布都没有了，只能扮强盗硬抢了！"

于家海瞟了他一眼，微笑着道："为什么要硬抢？叶大人可不这么想。"

于扑满吃惊地道："他已经知道了？原来是他下的令……难怪！那么，他想怎么做？"

于家海沉默片刻，叹了口气道："老四呀，咱们败给他，真是一点不冤！这小子，可比咱们两个老家伙阴险多了！"

第八十二章

剑指石阡

一

老骥谷的人走了，走得干净利落。曹瑞希和杨羡敏傻了，一时进退维谷。他们本是为了水银山而来，意图占领水银山，迫使杨羡达来战，根本没有想到会凭空冒出个老骥谷来。

老骥谷明明已经占领了水银山，却如此痛快地撤走，曹瑞希和杨羡敏就算再蠢也知道其中有鬼，可是他们能怎么办？就此罢战拍拍屁股走人？

这是不可能的，从曹瑞希出面帮助杨羡敏兵发水银山开始，杨家两兄弟就等于正式宣战了，如果曹瑞希返回自己的地盘，杨羡达马上就会来攻打杨羡敏。

蹲守杨家寨？且不说曹瑞希带了两千多号人，人吃马喂的，杨羡敏家当再厚也承担不起，就算他供应得起，曹瑞希也不可能常驻于此，他也有自己的事务需要料理。

所以，打成了他们唯一的选择。明知道老骥谷很可能会在他们两败俱伤的时候卷土重来，他们也只能硬起头皮打，因为没有别的选择。

叶小天在第三天就匆匆赶到了老骥谷，格哚佬也陪着一同赶了来。叶小天虽已先行派人嘱咐了于家海，但终究还是不放心，担心于家海阳奉阴违。

老骥谷的寨墙建得极其牢固结实，仿佛是一座兵塞，当初建这寨墙就是作军事之用，因而在这上面下足了功夫。相较之下，寨子里的房屋就简陋多了。

叶小天此时正坐在于扑满住处的那间堂屋里，李秋池、于家海、于扑满和格哚佬环坐在周围，大家围着泥炉一边取暖一边聊天，炉上坐了一壶水，还没有烧开。

"大人，咱们已经占领了水银山，就这么放弃了，我不甘心哪。"刚刚坐定，于扑满就向叶小天发起了牢骚。

叶小天对于扑满倒是比对于家海还要喜欢些，因为此人虽有野心却没有谋略，是个绝好的打手。叶小天笑了笑，看看周围几人，道："于三爷，你看，这炉上坐了一壶水，还没有烧开。"

于扑满看看炉子，茫然道："是呀！怎么啦？"

叶小天道："我来问你，如果这间屋子里没有柴了，已经塞进炉子的柴并不足以把这壶水烧开，三爷以为该怎么办呢？"

于扑满道："那有什么，叫人出门去砍柴呀，再不然我到老四房里去拿点。"

叶小天笑吟吟地道："如果四爷房中也没了柴，而且这里四处都是峭壁大石，根本没有柴，需要去很远的地方砍柴，等不及他们回来火就灭了呢？"

于扑满道："这……这个……"于扑满的一对大眼珠子四处张望着，众人见他盯住了一张桌子，不禁失声笑了。

叶小天提起那只水壶，将水壶微微倾斜，水开始浇在地上。叶小天道："一壶水烧不开，咱先烧半壶成不成？等这半壶水烧开了，咱们先喝着，这段时间也该够人砍柴回来的了，到时再接着烧，岂非两不耽误？"

于扑满似乎明白了什么，缓缓问道："大人是说……"

叶小天的脸色严肃起来，道："我并非要你们事必请示，但这件事并非他人来攻，需要马上做出决定，而是我们去动别人，为什么不向我禀报？"

于家两兄弟脸色涨红起来，垂下头没说话。

叶小天又道："我希望，以后你们再也不要做出如此轻率的决定！这一次若非曹瑞希插手，我们就被动了。你以为你们炮制出来的那些证据站得住脚吗？

"我刚刚得到朝廷敕封，就开始抢夺其他土司的地盘，这不是打朝廷的脸吗？咱们刚刚出山，立足未稳，就迫不及待地开始制造事端，岂非要成为天下公敌？"

叶小天的声音愈发严厉，于扑满还好些，梗着脖子悻悻然地，依旧一副不服气的模样，于家海却是越想越后怕，额头冷汗都沁了出来。

于家海讪讪地道："大人，是属下的错。我们两兄弟……太过急功近利了。那咱们现在……"

叶小天道："现在杨羡敏有曹家帮忙，杨羡达孤立无援，必定屈居下风。土司地位都不稳当的时候，一座水银山又算得了什么？他会主动把水银山送给咱们以期祸水东引，又或……与咱们结盟！"

叶小天抬起头来，环顾众人一眼，微笑道："人家送的，咱们拿了，还能有什么问题？"

于扑满翻了翻白眼，不以为然地道："结果不还是一样吗？"

叶小天道："结果一样，名义不同。届时土司们也将无话可说，至于我们……"

叶小天望向极远处，悠然道："咱们手里有金矿、银矿，区区一座水银山对咱们来说很重要吗？这只是咱们插手石阡的一个契机罢了，这道门一旦打开，他们就再也没有理由不带咱们一起玩了！"

· ※ · ※ · ※ ·

展凝儿拿着筷子，眼巴巴地瞅着小厨房的方向，可怜兮兮地道："雯姐，好了没有？"

"好啦好啦，看把你急的。"田妙雯系着一件蓝布碎花的小围裙，纤细的小蛮腰款款地动着，从厨房里走出来，她一边摘下头上系着的蓝布帕，一边在展凝儿对面坐下来。

丫鬟把田妙雯做好的饭菜一道道地端了上来。一道鱼白和河鲜蒸出来的鸡蛋羹，一道糯米枣泥和十多种果料馅做成的月牙形点心，一道鲜脆可口的鸡髓笋，一碟酒酿鸭子……

每道菜的食材都不是特别稀罕，但经过田妙雯的妙手烹调，色、香、味俱佳。早就尝过田妙雯亲手烹制的菜肴的展凝儿还没有动筷子，口水就已经快要流下来了。

"雯姐辛苦，嘻嘻，来！你先吃一块！"展凝儿挟了一块鸡髓笋放进田妙雯面前的碟子里，便觉尽到了礼数，紧接着挟了一大块酒酿鸭子塞进自己嘴巴，大口吃起来。

田妙雯并不忙着吃东西，而是笑吟吟地看着她道："小心些，别噎着了，你呀，一个女儿家，偏去学什么武艺，还不如学做羹汤呢，将来与姑婆也更和睦些。"

展凝儿一气儿挟了好几道菜塞进嘴巴，两颊鼓鼓的，听了田妙雯这句话，她翻翻白眼道："我展凝儿嫁了人，还需侍候姑婆、下厨做羹汤吗？"

田妙雯眸波微微一转，笑吟吟地道："说得也是，我看铜仁那位叶大人，可是不舍得让你下厨房的。"

"他？哼！那个死没良心的，离我这么近，从来不说过来看看我，我肯不肯要他还两说呢。"展凝儿皱了皱鼻子，向田妙雯扮了个鬼脸。

田妙雯一直关注着叶小天的消息，听说叶小天得到敕封，并已开始返程，她就抢先一步来展家拜访。展凝儿对她的到来自然极为欢迎，并不知道这位金兰姐妹另有目的。田妙雯在展家这几日，倒是凭着她高超的厨艺，让展凝儿享尽了口福。

田妙雯道："你呀，就不要跟我嘴硬了，你的心思我还不明白？我听说，朝廷已经敕封他为大万山长官司长官，按照行程，他现在应该已经回到铜仁。"

展凝儿欣喜道："他回来了？"随即便发觉自己有点失态，不禁俏脸一红，道："回来就回来呗，他不来看我，我才懒得去理他，来，咱们吃酒。"

展凝儿毫无心机，根本没有奇怪为何在她的地盘上，田妙雯反而比她消息更加灵通。她拿起酒壶，为田妙雯斟了一杯殷红如血的葡萄酒。田妙雯端杯在手，嗅着美酒的香气，悠然道："如果我所料不差的话，叶小天应该很快就会来看你了。"

展凝儿立即上当，刚刚扮出来的不在意马上被她抛到了九霄云外，她欢喜地追问道："你怎么知道？他说过要来石阡了？"

田妙雯笑道："那……倒是没有。"

展凝儿登时泄气，田妙雯又道："不过，他为什么一直不来石阡呢？一方面，是因为他公务繁忙，另一方面，也是因为他的七品推官对你们展家来说，还不够分量吧？"

展凝儿嘟了嘟嘴，道："我又不在乎他是什么官，当初我认识他的时候，他连推官都不是。"

田妙雯莞尔道："他是男人呀，你可以不在乎，他不能不在乎。但是现在不同了，他已是一方土司，许你这位展家大小姐以土司夫人也不算委屈了你，你说他会不会来呀？"

展凝儿登时两眼放光，喜道："对呀！我怎么没想到！"

看她欢喜得都快要坐不住了，田妙雯不禁打趣道："你刚刚不是还说不在乎他了吗，可我怎么看你人还坐在这儿，魂儿已经飞去铜仁了呢。"

展凝儿脸一红，娇嗔道："姐姐净胡说，我才没有呢。"她嘴巴硬着，心思却已飞到了铜仁："你个臭家伙，这回真的会来铜仁吗？"

忽然间，葫县初识被他戏弄、雷神禁地同生共死……那一幕幕的喜怒哀乐，一一闪现在她的眼前，心里满满的都是无尽的思念了。

这时候，赵文远正站在展家堡大门外，有人持了他的拜帖快步向堡内走去……

第八十三章

展家有女

一

对于曹家插手杨氏兄弟之争，展伯雄一直警惕地关注着。从他的本愿来说，他也希望杨氏内乱，以便从中渔利。但是曹家插手之后，展伯雄就不希望杨氏继续乱下去了。

曹瑞希此人野心勃勃，做事不择手段、没底线，如果让他左右了杨家，近在咫尺的展家又将面临什么样的下场？

这一日，展伯雄正和几个心腹商议。众人对曹家的举动都深怀戒心，但就此与杨羡达站在一起又缺乏足够的勇气，正商议间，一个武士走入大厅，来到展伯雄身边，对他耳语了几句。

展伯雄微微有些惊讶："播州杨家？"

他接过拜帖看了看，抬头道："各位，此事容后再议，先散了吧，我要见一位客人！"

手下众土舍、头人纷纷散去，独留展伯雄站在大厅中，负着手徐徐踱步，猜测着播州杨家派人来的用意。

播州杨家与展家的实力不可相较，展伯雄平素有心巴结，却苦于没有机缘，今天杨应龙竟主动派人登门，不免令展伯雄浮想联翩。

赵文远被迎进了客厅，双方寒暄一番后，展伯雄就迫不及待地进入了正题："咳！赵土舍，不知杨大人遣你前来，究竟有什么事吩咐展某呢？"

赵文远呵呵一笑，连忙道："展土司太客气啦，您与杨大人同属土司，各据一方，哪敢对你展大人有何吩咐。事情是这样的……"

赵文远微微直起了腰，道："展家有女，名曰凝儿，慧黠伶俐，贤淑温良，我家土司大人甚是心仪，特遣赵某前来说媒。我家土司大人希望能够迎娶凝儿姑娘为妻，两家永结秦晋之好。"

展伯雄听完竟呆住了，他推想了赵文远此来的种种缘由，就是没想过是为了结亲。和杨天王结为亲家？一念至此，展伯雄几乎要仰天大笑三声。

杨应龙已经有妻子了，这一点展伯雄知道。可土司不同于普通人，算是小一号的皇帝，做他的侧室，不丢人。

展家本来和安家是姻亲，但那次联姻是安家下嫁女儿，意义是截然不同的。安家偌大一个家族，下嫁一个女儿给展家的一个土舍，并没有太大的意义，只是传递出笼络之意。

而展家之女嫁给杨天王本人，做杨氏大土司之夫人，成为播州海龙屯的二号女主人，这其中蕴含的政治意义就太大了，放眼整个石阡，以后还有谁敢小觑展家！不过凝儿……

展伯雄的眉头忽然一紧，那丫头脾气暴躁，整天只知道舞枪弄棒，既不会女红，也做不得羹汤，杨天王也不知从哪儿听说她温良贤淑来着，可别嫁过去后令杨天王不满意。而且，凝儿终究是侄女，比亲生女儿差了一层，如果是嫁个女儿过去，自己岂不摇身一变，成了杨天王的正牌岳父大人？

展伯雄忙道："多谢杨天王青睐，杨天王乃人中龙凤，若能与天王结亲，实是展家的荣幸。只是我那侄女貌相固然不差，可'妇功'方面……咳！她父亲死得早，母亲又过于宠爱，我这做伯父的也不好多管，所以在这方面……"

展伯雄倾了倾身子，试探地道："展某有六女，适婚未嫁者尚有两人，姿容之美丝毫不逊于凝儿，不知杨天王……"

赵文远听了心头一声冷笑，若非为了刺激叶小天，促使他更加热衷于权力，不择手段地扩张势力，把山中生苗尽快带出山来，杨天王会来展家说亲？当然，在此目的之外，杨天王是否也有借此报复于珺婷转投叶小天怀抱的念头，那就不得而知了。

赵文远微微一笑，道："其实，在水西的时候，天王是见过凝儿姑娘的。"

赵文远就只说了这么一句，言外之意便不言而喻：什么温良贤淑，那就是一句客套话，你别当真！杨天王就是看上展凝儿了！

展伯雄脸上一热，道："展某明白了。赵土舍远道而来，着实辛苦了，请在我府上做几天客，歇息一下。展某这边要和凝儿的母亲商议一下，要定亲，也有许多事情要准备呀，哈哈……"

赵文远微笑起身，拱手道："好！婚事既然议定，那杨、展两家就是姻亲了。此后，便是在杨土司面前展大人也是至亲长辈，赵某只是天王的一个家臣，展土司大可不必如此客气，令赵某惶恐！"

·❊·❊·❊·

　　室外春寒料峭，室内温暖宜人。田妙雯一袭轻衣，折腰而坐，纤纤的腰肢间用银白色的腰带扎成一个蝴蝶结，修长的颈子优雅地扬着，仿佛一只美丽的白天鹅。

　　桌面上，摆着一只晶莹剔透的青花瓶，旁边还摆着一把银剪刀和几枝从花房撷来，还带着露水的花枝。田妙雯修修剪剪后，面前瓷瓶中便渐渐现出雅趣天生的婆娑花影来。

　　插花人好手纤纤，究竟是那妙手插就的瓶中花更美丽，还是案旁弱不胜衣的美少女更胜一筹，一时也分不清了，大概算是人与花心各自香吧。

　　障子门忽然重重地拉开了，展凝儿一身劲装，手中提着一口宝剑大步走了过来。

　　砰！宝剑重重地顿在了案上，紧接着展凝儿愤愤坐下，用力一捶桌子，尚未固定的优美花枝顿时散乱。

　　田妙雯也不懊恼，只是扬起细细长长的眉梢，好奇地瞟了她一眼。展凝儿是个藏不住话的人，没等田妙雯开口，自己就招供了："我伯父要我嫁人！"

　　"嫁人？恭喜呀，想不到我这次来，还能吃你的喜酒！"田妙雯先是一怔，随即眉眼中就溢满了笑意。展凝儿白了她一眼，没好气地道："我伯父要我嫁给杨应龙！"

　　田妙雯笑容一僵："杨应龙？"

　　田妙雯脱口问道："是杨应龙来向你家求亲的？"

　　展凝儿愤愤地道："是呀！那个专好人妇的不要脸的家伙，吃错药了吗，怎么就突然跑到我家求亲来了。我大伯简直是疯了心，前次要把我嫁到凉月谷去，跟我说果基格龙是铜仁第一勇士，现在又要把我嫁到海龙屯去，对我说杨应龙是贵州第一豪杰！哈！接下来不知道他是不是要把我嫁给皇帝，因为他是天下第一人呀！"

　　田妙雯没有理会展凝儿的揶揄，而是急急思索着杨应龙的用意。但杨应龙的目的实在太过隐晦，纵然是狡智如狐的田妙雯，思虑一番，也不得要领。

　　未得要领，也便不好确定自己的立场，见展凝儿懊恼气愤的样子，田妙雯问道："现在怎么样了，你伯父不会已经答应了吧？"

　　展凝儿愤愤地道："他会不答应吗？能抱上杨应龙的大腿，叫他把自己女儿送去，只怕他也求之不得！"

　　这句话出口，她忽然醒觉自己作为晚辈，不好如此评说长辈，便又说道："我娘一向没主意，大伯跟她一说，她就同意了，你说我现在该怎么办？"

　　田妙雯眸波一转，反问道："你现在想怎么办？"

　　"我？"展凝儿想了想，欣喜道，"我离家出走好不好？我躲到你家去，他们找不到我，婚事也就吹了。"

田妙雯道："好！只是你伯父作为一族之长，已经答应了人家，如果你离家出走，婚事告吹，杨家必然怨怪你大伯。你大伯到时会不会难为你母亲？"

　　展凝儿呆了一下，如果因为她而令展家受到强大的播州杨家的压迫，就算她大伯不出面，展氏家族的人也会因此迁怒于她母亲，生性软弱、身体又不好的娘亲对那冷言冷语、白眼嘲讽怕肯定是承受不住的。

　　想到这里，展凝儿又蔫了，没精打采地道："那……你说我该怎么办？对了——"展凝儿忽又精神起来，一把抓住田妙雯的袖子，道："你的主意一向多，快帮我想个办法！"

　　田妙雯无奈地道："人家是来娶亲，又不是来抢亲，况且你大伯和你娘亲都答应了，我还能有什么办法？不过呢……"

　　展凝儿目光炯炯，问道："不过什么？"

　　田妙雯悠然道："你天天都要骂上几声才舒服的那个死没良心的，不该想想办法吗？"

第八十四章

六大长老

一

论实力，杨羡达作为土司比弟弟杨羡敏略胜一筹，但是杨羡敏有了曹家的帮助，杨羡达就完全不是对手了。

杨羡达有杨家经营数百年的城堡，里边又有收上来的租子可以食用，守三年或许有些夸张，但是坚持两年绝对没有问题。可是，他能一直固守不出吗？

眼看就要开春了，地要耕，畜生要放牧，猎手要进山狩猎，妇孺要去采野果、挖野菜，杨家堡还有大量的山货、皮毛要运出去交易……

这一切都不能耽搁，所以尽管曹瑞希和杨羡敏没有大张旗鼓地攻打杨家堡，只是隔三岔五地派出些士兵骚扰，恫吓堡中百姓，杨羡达还是沉不住气了。

这天，在杨羡敏的巡逻队刚刚离开不过一盏茶的工夫之后，十几骑快马护着一个青袍书生冲到了杨家堡下。双方互报身份之后，城上顺下一只箩筐，把那青袍书生接了上去。

青袍书生是李秋池，他是代表老骥谷来找杨羡达，商议关于两个猎户死于矿洞的赔偿事宜的。杨羡达一听他的来意，眼泪差点流下来。

老骥谷把水银山还给了他，但是在老骥谷的人离开之后，曹瑞希和杨羡敏却又悍然出兵霸占了。杨羡达三次率兵攻打，都只是徒耗兵力，发觉对方的意图之后，他只能闭门不出，高挂免战牌。

如今水银山未取回，反而欠了老骥谷的债，在这等内外交困的情况下还被人上门逼债，杨羡达岂能不百感交集！

李秋池看到杨羡达难看的脸色，微微一笑，道："杨土司是为眼下的困境担心吗？依李某看来，此事不难解决呀。常言道，一个好汉三个帮，杨羡敏有帮手，杨土司就不能找帮手吗？"

杨羡达一听脸色更难看了，果基家原本与杨羡敏交好，后来虽因果基家要和展家联姻，杨羡敏和他们翻了脸，却也不至于变成他这边的朋友。

杨羡达和展家关系最为密切，但展家那条老狐狸有他自己的打算，让他出头跟曹瑞希做对，展伯雄未必有那个胆子。杨羡达已经不止一次派人前去求援，展伯雄就是按兵不动，他能怎么办？

杨羡达的大管事钱大有听了李秋池这句话，心头一动，当下也顾不得规矩，抢上一步问道："以李先生看来，我杨家堡可求助于何人呢？"

李秋池欣赏地看了他一眼，微笑道："杨羡敏以下犯上，以弟侵兄，勾结外人，图谋不轨，就是我格家寨也是看不过眼的。格老寨主常说，似杨羡敏此等人，不得好死才是道理。你我两家近在咫尺，若能做个睦邻，邻居有了事，以格老寨主仗义四海的性格，想必是不会坐视的。"

有这等好事？之前老骥谷占领水银山时的那副嘴脸，比起曹瑞希也不遑稍让，钱大有哪肯相信他如此冠冕堂皇的鬼话，不过李秋池既然这么说……

钱大有急急思索着，对李秋池道："格老寨主侠义心肠，在下久仰了。不过，动用格家寨子弟为我杨家堡张目，非一人之事，我杨家堡岂能没有表示，不然格老寨主在族人面前怕也不好交代。不知我杨家堡以何条件，可以请贵寨慨施援手？"

李秋池轻摇折扇，春寒料峭中和叶小天一样噤瑟："钱管事这么说就不对了，如果为了好处，我格家寨是不会为他人出动一兵一卒的！"

杨羡达这时也醒过味来，他现在走投无路，全堡被困，外有强敌，内部的一些人也开始对他的一筹莫展心生不满，眼看这土司之位也将不保，既有机会，岂有不赶紧抓住的道理。

杨羡达便道："李先生此言差矣，皇帝尚且不差饿兵，杨某欲求助于贵寨，岂能不有所表示。这样吧，杨某与贵寨寨主歃血为盟，今后共进共退，贵寨若遇危难，我杨家堡必不计利害，全力襄助，如何？"

李秋池嘴角慢慢翘起，挤出一个干巴巴的笑容，道："李某是做不得主的，方才只是给杨土司一个建议。呵呵，来，咱们还是先议一议关于我寨猎户猝死的赔偿事宜吧。"

钱大有轻轻踢了一下杨羡达的后脚跟，杨羡达咬了咬牙，又道："不如这样，只要贵寨肯出兵助我，杨某每日偿付纹银三百两，你看如何？"

李秋池皮笑肉不笑地道："杨土司太大方了，奈何李某当真做不了主。不如这样吧，关于杨土司的提议，待李某回去后，禀与寨主决断。"

钱大有沉不住气了，插嘴说道："不如李先生说说，贵寨如何才肯帮助我们对付杨羡敏和曹瑞希吧。"

李秋池假模假样地推辞道："钱管事，李某的的确确是做不了主的，这一次来，确确实实是为了处理我寨猎户死于水银山的赔偿事宜。"

李秋池咬着话音，把"水银山"三个字特意说得重了些。杨羡达终于明白过来，原来人家要的是水银山。给人家一筐鱼，人家是不要的，人家看上的是那能养鱼的塘。

杨羡达犹豫起来，他不舍得，可是仔细想想，如果土司之位不保，水银山与他又有什么关系？何况水银山现在已经落入杨羡敏之手，如果格家寨不肯帮忙，他能夺回水银山吗？

想到这里，杨羡达下定决心，道："如果贵寨肯出兵助我解围，杨某愿以水银山作为酬谢。"

李秋池折扇一收，爽快地答道："一言为定！李某这就去回复格老寨主，两位大人一旦立下契约，本寨立即出兵！"

· ※ · ※ · ※ ·

深山，瀑如飞练，雾气袅袅，在神殿上空映出一道彩虹。六大长老坐在宽敞、庄严的议事大厅内，气氛非常压抑。

过了许久，格彩佬才淡淡地瞟了众人一眼，道："怎么都不说话，难道我们就任由他这么胡闹下去？"

格德瓦轻轻咳嗽一声，道："我们这位尊者，是因为格峁佬、格格沃这两个人野心勃勃，图谋尊者之位，才仓促产生的，原本并非本教弟子，可神威不容置疑，各山、各寨、各峒弟子当时都在，我们只能承认他就是蛊神指定的使者。如今，他的身份已经确定，我们又能如何？"

格彩佬生气地顿了顿拐杖，道："可是，我们本来是依照尊者必须入红尘历练的教规放他出山的，结果他现在正在做什么？再这样下去，我们蛊教将名存实亡了。"

众长老以眼色互相示意，悄悄交流着看法，却都没有说话，只有格彩佬依旧气咻咻地说着："他要说留后，迫于当时形势，我们答应了，给了他二十年的历练之期！

"他要调格哚佬部出山以策安全，我们也答应了。现在呢？他居然向朝廷请了个世袭长官司长官的职位，而且正在策划调动更多的部落出山，我看他根本是志在红尘，无意归山！这个孽障！继续这么下去，我教基业都要被他毁了！"

格彩佬连"孽障"都骂了出来，显见是气愤到了极点，但她也只能在这里出言不逊，在教徒们面前，她是绝对不敢的。蛊神和尊者的无上威严是他们一手树立的，说这种大不敬的话等于是搬起石头砸自己的脚。

格欧佬一直沉默不言，这时才清了清嗓子，对格彩佬道："那么，依你之见，我们现在应该怎么办？"

格彩佬沉默了，有些话她也不想说，可她不说，别的长老更不会说。她已年过八旬，没几年活头了，不忍心为之付出一生的蛊教基业毁于一旦，沉默有顷，终于咬着牙说了出来："我等六人全部出山，会齐耶佬、引勾佬，要求尊者立即辞去长官司长官之位，尽快归山！"

六人中年纪最轻的格波佬忍不住问道："咱们这位年轻的尊者桀骜不驯，如果他置我等的要求于不顾呢？"

格彩佬苍老的眸中掠过一丝杀气，一字一顿地道："先礼后兵！"

其他五位长老顿时骚动起来，格德瓦低声提醒道："格彩佬，这么做，一个不慎，就要令我教分裂呀！"

格彩佬横了横心，道："宁可分裂，老身也不能坐视它覆亡！况且，八老议事，本就是首任尊者订下的规矩，我们并不算逾矩！"

格益佬提醒道："格彩佬，你不要忘了，八老议事，是只有在前任尊者归天，现任尊者尚未选出，又或者现任尊者生病、外出等不能视事，又有大事急需尊者决断的情况下，才可以动用的特权哪！"

格彩佬冷笑道："要让他生病，似乎也不难吧？"众长老不约而同地低下头去，有些事是忌讳，即便他们心有所思，也是绝对不敢说出来的，而格彩佬……这老婆子显然是什么都不在乎了。

第八十五章

我之所向

一

"干得好!"叶小天嘉许地拍了拍李秋池的肩膀,转身对格咪佬道:"如果军民一心,杨羡达至少再守一年是没问题的,但曹瑞希的坚壁清野之策虽不彻底,却也令他撑不下去了。咱们趁热打铁,马上和他们签订契约!"

格咪佬也是眉开眼笑,道:"好!我马上拟一个契约,明日就潜进杨家堡,与他当面立约!"

于扑满迫不及待地道:"大人,那我们两兄弟呢?"

叶小天笑道:"你们两位,自然是整顿兵马,准备重新夺回水银山啦!此战,你们一定要胜,而且要大胜,打出咱们格家寨的威风来!老寨主,你再拨些人马给三爷和四爷,务必保证一战功成!"

格咪佬点头答应,格家寨和老骥谷便紧锣密鼓地准备起来。翌日,格咪佬悄然潜往杨家堡。

杨羡敏对杨家堡采取的是密集骚扰战术,这样耗费的力气不大,又能起到作用。围个水泄不通是办不到的,他也不可能在杨家堡外长期驻扎兵马。正因如此,格咪佬只率极少人,在他们巡逻间隙通过,进入杨家堡,还是办得到的。

格咪佬见到杨羡达,双方歃血为盟,立下契约,签字画押之后,便把叶小天定下的反攻计划说给杨羡达听。杨羡达是个粗鲁汉子,智计谋略很一般,听了叶小天的完美计划,心花怒放,当即一口答应下来。

双方约定次日巳时三刻,由格家寨攻打水银山,吸引曹瑞希和杨羡敏主力;午时三刻杨羡达出兵,集中全部兵力截断曹瑞希和杨羡敏的退路,双方夹攻,生擒或斩杀曹瑞希和杨羡敏,毕全功于一役!

一切都商议妥当后,格咪佬便悄然离开了杨家堡。此时格家寨挑选出来的两千名丁壮已赶到了老骥谷,原本空荡荡的老骥谷骤添生力军,顿时显得满满当当,但是从堡外却看不出什么异样。

第三天,一只沙漏摆在叶小天面前,细沙均匀地落下,眼看刻度就要到巳时三刻。叶小天霍地站了起来,大步走出门去。

格家寨和老骥谷合计三千丁壮,人人披甲持戈,执盾握刀,肃立于山坡之上,杀气冲宵。

于家海和于扑满穿着私下里淘弄来的明军制式盔甲,挂着鬼头大刀立于阵列之前,格哚佬、李秋池、苏循天等人本就候在门口,这时都随在了叶小天身后。

叶小天一出来,全军霍地一个立正,发出一声整齐的爆破音。叶小天面对着一双双战意凛凛的眼睛,满意地点点头,大喝道:"升战旗!"

一面三角形的火红色战旗升到了高高的旗杆上,战旗上绣着一只凶狠的黑豹。叶小天徐徐转身,面向水银山的方向,向触目可及的水银山山头一指,大声道:"勇士们,我之所向,为我拿下!"

刀、盾重重地敲在一起,仿佛战鼓声响起,士卒们狂热地吼叫起来:"为尊者而战!"

于扑满把鬼头大刀往空中一举,大吼道:"给我杀!"

三千装备了皮甲、藤甲,手持锋利武器的战士疯狂地吼叫着,跟着于扑满向前扑去。于扑满和于家海本来冲在前面,只片刻工夫斗志昂扬的士兵便纷纷超越了他们,潮水般扑向水银山。

大战,开始了……

·※·※·※·

党延明沿着根本不算是路的丛林小径气喘吁吁地钻了出来,遥闻远处有阵阵厮杀呐喊声,举目一看,就见水银山上密密匝匝的人影,仿佛一块爬满了蚂蚁的馒头。

党延明拭了把额头上的汗水,自言自语地道:"不出姑娘所料,真的打起来了。"

党延明是田妙雯的心腹,展凝儿可以使唤的人很多,可关键时刻能派上用场的却不多,只有她父亲留给她的贴身侍卫九高和九当而已。

展伯雄也知道九高和九当是凝儿的心腹,和播州杨家联姻是他最为看重的一件事,他唯恐出了纰漏,因而不但派了大批高手看住展凝儿,还特意找了个理由把九高和九当调开了。展凝儿没办法,只好向田妙雯求助,于是,田妙雯就把党延明派了出来。

展凝儿并不知道叶小天已经到了提溪,但田妙雯知道。自从被永乐大帝夺去两州八府的统治权,田家为了复起,功夫下得最多的就是它的情报机构,而田家的情报机构，现在由田妙雯负责。

但田妙雯并没有把叶小天已经赶到提溪的事告诉展凝儿，以展凝儿鲁莽的性格，万一听说叶小天已赶到提溪，全然忘了利害，强行闯出展家堡去见他怎么办？所以，展凝儿一直以为党延明会去铜仁报信。

穿过难行的密林，前方的道路就好走多了。虽然这儿山势陡峭，怪石嶙峋，但是很少生有植被，以党延明矫健的身手，要爬上山去非常轻松。

"站住！"前方怪石丛中，突然冒出几颗人头，手中的弓已经张开，箭镞在阳光下闪烁着森寒的光芒。

这几个猎户身上都披了与周围石色相近的布，往地上一伏很难被发现。纵是党延明这等身手敏捷、耳聪目明的高手，也只比他们跃起早一刹那发现了他们。

党延明身旁不远处就有一块蟾蜍似的怪石，只要一个"斜插柳"就能跃到石后，但党延明没有动，他垂着双手纹丝不动，生怕引起这些猎户的误会给他一箭。

党延明冷静地道："不要动手！在下不是敌人！我是奉展家姑娘的命，求见叶土司的，还请各位好兄弟帮忙引见引见。"

那几个猎户都是山寨里的狩猎高手，是被叶小天派出来做斥候的。你能算计人家，人家也就能算计你。虽说曹瑞希和杨羡敏应该还不知道老骥谷和杨羡达联手，但不可不防。

几个猎户一听来人这么说，箭镞便朝了地。两个猎户站起身，收了弓箭向他走过来，还特意给后边的猎户让开了空当。后边的猎户依旧警惕地看着他，一副稍有不对就要立即发难的样子。

党延明依旧一动不动，顺从地让两个猎户用牛筋把他捆了起来。直到党延明完全就缚，其他猎户才撤去戒备。两个猎户持刀押他上山，其他猎户依旧隐藏了起来。

"你说展土司要把凝儿嫁给杨应龙？"叶小天听党延明说清来由，竟尔生出一种荒诞的感觉：展伯雄这个大伯父，为了凝儿的婚事真是操碎了心，前番要把凝儿嫁给果基格龙，现在又要把她嫁给杨应龙。就像一个穷疯了的爹，到处拿女儿做敲门砖，想攀一个大户女婿，如果不是靠着展家数百年的积累，就凭他这样的当家人，也配在八大金刚之列！

党延明很仔细地观察着叶小天，作为田妙雯亲手调教出来的出色斥候，他不会放弃任何搜集情报的机会。

党延明见叶小天了解他的来意后十分冷静，既没有像个不知天高地厚的暴发户一样叫嚣你看我女人一眼，我杀你全家老少，也没有立即愤愤然，要往展家理论公道，心中对他便高看了几分。

叶小天思索片刻，问道："展、杨两家已经定亲了吗？"

党延明听他这么问，心中对他的评价又高了几分，这才是一个成熟、稳重的领袖应该具备的素质，越是遇到大事越不能慌，发脾气、摞狠话，干些不理智的事情，莫如用最稳妥的方式解决问题。

他问展、杨两家是否已经定亲，是因为已经定亲和没有定亲的应对之策是截然不同的，所以他要先问清这一点，才好决定该如何做。

党延明道："是！赵文远已经带了展姑娘的庚帖返回杨家了。"

交换庚帖是双方基本同意定亲后，要进行的一个步骤，相当于"六礼"中的"问名"。男方接到写有女方生辰八字的庚帖后，要把男方的生辰八字也写上，压在神龛的香炉下面。如果三天之内诸事顺利，六畜平安，甚至连一只碗、一双筷子都没有破损，即为不冲不破之吉兆，算是神祖认可，婚事就能继续了。否则要立即退还庚帖，婚事告吹。

但是大户人家要寻个门当户对又合心称意的不容易，因而对于小小不言的不吉之兆，通常会含糊过去，或者找个术士做法破解。对播州杨家来说，这样一场政治联姻更不可能因此作罢，所以，这婚事的确算是订下了。

叶小天听到这里，吸了口冷气，感到问题棘手了。如果双方未定亲，他可以采取的手段还多一些，既已定亲，难道他还能从杨应龙手中抢亲不成？

叶小天终于沉不住气了，眉头深深地锁了起来。在他心思百转，一计未出之际，格哚佬忽然急急走进大厅，对他说道："尊……大人，六大长老出山，现已到了山下！"

第八十六章

八老逼宫

一

叶小天暗吃一惊:"莫非蛊教出了什么事?"但这念头只在心中一闪,便被他否定了。蛊教能出什么事,在山中,它是独一无二、至高无上的,没有任何人可以威胁到它。

即便是当初有杨应龙暗中支持的格峒佬,目的也只是攫取蛊教权力,根本不敢妄想动摇蛊教。除非是天灾,比如天塌地陷、火山爆发……

这当然也是不可能的,如果真发生天灾,叶小天在这里不可能感觉不到那天地发威的动静。那么……叶小天迅速想到了自己。

他是蛊教教主,更重要的是,他在蛊教这潭死水旁掘了一条渠,引入了活水,而这最终必将改变蛊教。

他是有意识地这么去做的,虽然他的本心是好的,但是从本质上来说,他所做的一切,确实会"摧毁"蛊教。那些老家伙显然已经意识到了这一点。

叶小天不能确定那些长老是否已经知道这是他有意识的行为,但他们显然已经看出他的做法非常危险,六大长老一起出山,显然是要来阻止他。他能怎么办?把苦心和盘托出?那些老人会相信他破而后立的说法吗?

哎!老天爷别是看我轻而易举就得了个世袭土司的身份,觉得我的人生太顺利了?这边杨应龙横刀夺爱,那边六大长老又来扯我后腿,"横财"果然不是好消受的。

叶小天暗暗叫着苦,对党延明道:"有劳足下了,叶某现有要事需要处理,请足下先去歇息吧。"

李秋池对党延明做出一个邀请的姿势。作为田妙雯的绝对心腹,党延明其实是清楚叶小天的真正身份的,一听六大长老这个称呼,他就知道必定是指蛊教长老,而非某个寨子里位尊辈高的长辈。

他虽好奇,想看看六大长老出山意欲何为,却不好赖在这儿不走,只好向叶小天点点头，随着李秋池走出去。叶小天镇定了一下情绪，对格哚佬道："走，咱们下山，去迎一迎。"

六副滑竿，抬着六个满面皱纹的老人，后边还跟着他们的徒子徒孙以及几个部落的首领，场面蔚为壮观。这六个人加起来都快有五百岁了，不抬着还真上不了山。

叶小天在半山腰迎上了他们。格彩佬一见叶小天，便用拐杖敲了敲滑竿，两个壮汉立即将滑竿轻轻放下，格彩佬便拄着拐杖走了下来。

六大长老站定，向叶小天抚胸施礼道："见过尊者！"

叶小天道："免礼！长老们辛苦了，你们已偌大年纪，怎么禁得起山路奔波，如果有什么事，只需派人来说一声，本尊回山与你们商议就是了。"

格彩佬笑道："尊者至高无上，我等身为长老，又岂敢对尊者失了礼数。此番出山确因有一桩要事必得尊者首肯，所以我们几个数十年不曾出山的老家伙就来了。"

叶小天明知来者不善，此刻也只能佯作不知，他满面春风地道："长老们着实辛苦了，此处风大，咱们还是上了山再说吧，请各位长老上滑竿。"

格彩佬等人连忙推辞，不肯在尊者面前托大，礼让了半晌，终究是拗不过叶小天。他们六人便由人抬起往山上行去，只有从格家寨赶来的引勾佬陪在叶小天身边步行。

上山后，叶小天和七位长老一起在于家海的大客厅中落座。格彩佬一双老眼微微一抬，道："老身有教中要事需与尊者商议，闲杂人等退下吧！"

格哚佬听了连忙抚胸一礼就要退下，李秋池和苏循天等人见状无可奈何，也要跟着退下。叶小天淡淡地道："这里没有闲杂人等，不必退下！"

格哚佬和李秋池等人一听又站住了。

格彩佬不悦地道："尊者……"

叶小天嘴角轻轻向下一撇，道："你既称为我尊者，那么我这个尊者，做不做得这个主？"

格彩佬微微一怔，气氛顿时变得紧张起来。苏循天眼珠子咕噜乱转，心想："看他们方才在半山腰客客气气的，原来都是做戏给别人看，这才刚进屋，就已剑拔弩张了。"

格德瓦咳嗽一声，打圆场道："既然尊者觉得他们可以留下，那就留下吧。"

格彩佬也不想节外生枝，便缓和了语气道："罢了。尊者，我等六人今日出山，会同引勾佬……"她看了一眼引勾佬，又道，"我们还通知了耶佬，想必他很快也就到了。"

叶小天沉住气，道："哦？如此说来，八大长老就到齐了，不知教中出了什么大事，需要八位长老齐聚于此？"

格彩佬肃然道:"当然是本教头一等大事。"

叶小天微微眯起眼睛,道:"不知格彩佬说的究竟是什么?"

格彩佬道:"我等八长老,恭请尊者回山!"

叶小天目光微微一闪,道:"这是众长老的意思吗?"

他的目光一扫,除了格德瓦依旧与他对视着,其他几位长老都纷纷低下头去,尊者无上权威的树立已有千年之久,在心理上他们轻易还克服不了。

尤其是引勾佬,不知不觉间,他的利益已经与叶小天完全绑在一起,此刻更是不敢面对叶小天的目光。叶小天轻轻一笑,道:"我记得,咱们约定的期限是二十年!"

格彩佬正容道:"不错!可错误的决定,不该错误地继续下去。"

叶小天眉头微微一挑,道:"错误的决定?此话怎讲?"

格彩佬道:"当初我等与尊者约定,尊者利用这二十年的时间娶妻生子,为俗世之缘留个后,期满后便割断尘缘,重归神殿,不是吗?"

叶小天道:"不错!"

格彩佬道:"但尊者现在一心历练于官场,妻子,你娶了吗?子嗣,你生了吗?倒是得了个世袭长官司的职位。请教尊者,这是不是违反了我们之间的约定?"

叶小天仰天打个哈哈,道:"格彩佬此言差矣!我做官又如何?得到世袭长官司的职位又如何?等有了子嗣,这一切自然可以传承给他,我也就可以安心回山执掌教务了。"

格德瓦忍不住道:"是吗?可尊者做了这土司,子民与领地从何而来?格喋佬部已出深山,接下来宝翁里等几个部落也要相继出山,这可是违反祖训的。"

叶小天冷笑道:"祖训?这是何人定下的祖训?"

格彩佬抗议道:"信众固守于山中,不得出山!是本教第十七任尊者代卡所定!"

叶小天不以为然地道:"如果事事皆依照祖制而行,那还选出新的尊者做什么!大家有了什么事,看看老祖宗们是怎么做的,照做不就行了!势易时移,天下在变,第十七任尊者可以订下不许出山的规矩,本尊为何就不能改变这一规矩?"

格彩佬勃然大怒,把拐杖用力一顿,大声道:"尊者,你这是强词夺理!我等八长老,现依八老议事之祖例,恭请尊者立即放弃红尘间的一切,回返神殿!"

叶小天在神殿一共也没待几天,对于神教诸多的规矩了解得实在不多。

听格彩佬一说,叶小天不禁暗暗叫苦:"原来蛊教中还有这么一条挟制尊者的规矩,糟糕至极!我当初就不该仓促出山,应该先整合蛊教内部,做到政令统一,言出法随,之后再向外扩张才是。"

叶小天急急思索着道:"八老议事?貌似耶佬还没有来呀。"

格德瓦笑道:"耶佬很快就到!我等对尊者的尊崇和忠心从不曾改变,我们这么做只是在纠正尊者的错误。尊者还是跟我们回山吧。尊者不会以为，耶佬会站在尊者一边吧？"

叶小天对此还真不敢抱什么希望。

说话间，门口忽然有些动静，众人都向门口看去，就见耶佬一袭黑袍，挂着一条藤杖，脚步沉重地走了过来，神情肃穆。

第八十七章

功亏一篑

一

叶小天一见耶佲的表情,心中咯噔一下,他一看就知道,耶佲已经知道今日要议的事情了,这说明格彩佲等人事先已经和他通过气,自己先机已失了。

耶佲走进客厅,向叶小天抚胸一礼,又向其他几位长老点点头,便走到末座安静地坐下来。叶小天见他垂首看着地面,并不四下观望,心中更是一凉。

格彩佲打个哈哈,说道:"八位长老已经到齐了。老身的意思是,鉴于尊者红尘历练时涉入太深,不利于本教,是以恭请尊者放弃俗世的一切,立即回山,不知各位长老对此有何意见?"

"同意!"

"同意!"

"……同意!"

"同……意……"

格德瓦率先表态支持,其他几位刚从山中出来的长老相继应和。耶佲和引勾佲的神色很痛苦,看样子,心中挣扎得厉害,但是他们的辈分比其他六位师长级的长老低一辈,所以挣扎半晌后,还是低沉地答应了一声。

叶小天状似老僧入定,却一直在用眼角的余光仔细观察着众人的动静。格彩佲、格德瓦、格欧佲、格益佲、格旎佲、格波佲、耶佲、引勾佲,每个人的神态变化他都不放过。

这些长老既然敢图穷匕见,妄顾尊者至高无上的地位,逼迫他返回深山,绝对不会仅靠一个表态,一定还有更厉害的撒手锏没有使出来。

所以,在没有弄清楚对方的底牌前,他必须冷静,看清楚每一个长老的神态,判断他们真正的立场,这将是他来日翻盘的关键。

格彩佲得意地看向叶小天,道:"八大长老已经一致同意,尊者还有什么话说?"

叶小天叹了口气，道："既然八大长老都要求本尊回山，那本尊回去便是。不过，格哚佬部已然出山，要回去也不能说走就走。现在寨中勇士又正在水银山与石阡府的曹瑞希和杨羡敏交战，我需要一些时间来善后。"

见叶小天已经屈服，格彩佬心中十分得意，一直有些担心的格德瓦也乐观起来，"一个毛都没长齐的小毛孩子，果然不是我们的对手，先前是我多虑了。"

格德瓦哈哈一笑，道："这不算什么，格哚佬部的旧寨不是还在吗，虽说大半年的光景下来，风吹雨淋的有些破损，可还能住人，他们回去后修补一下就是了！"

格哚佬听在耳中，好不肉痛，"说得轻松，那是修补的事吗？我们辛辛苦苦建造的新家呀！我们在山下精心开垦出来的土地，才刚刚撒下种子……"

可是面对神权的强大威压，格哚佬也不敢再说什么了。

格彩佬深沉地一笑，道："至于水银山，老身已经命人去收兵了，那些土司打打杀杀的，关我们蛊教什么事？尊者不必为此操心了，既然尊者已经同意归山，那么这就请吧！"

"什么？"叶小天霍然看向格彩佬，怒火如炽！格彩佬却夷然不惧，很淡定地迎视着他的目光。

这老妇人带了几位德高望重的大部落首领来，当然不是为了壮行色。方才她想让苏循天、格哚佬等人退出去，就是为了方便那几位大部落首领把他们控制起来，虽说在叶小天的坚持下，格哚佬等人没有离开，但留在外面的几位大部落首领还是凭着他们崇高的威望收服了山寨勇士，随即又派人去水银山收兵了。

"忍！一定要忍！此时发作，我一定会追悔莫及！"看到格彩佬目中一闪而过的杀意后，叶小天紧紧攥着拳头，强压住心头怒火，让自己表现得十分沮丧。

格彩佬虽然一副不以为意的样子，其实也在暗暗紧张。眼见叶小天目光凌厉如刀，她的手指立即屈了起来。

尊者万蛊不侵，却做不到万毒不侵，实在没办法的时候，为了蛊教，她只能用毒把叶小天变成一个永远的活死人，不言、不动，终身躺在床上。

直到看见叶小天由愤怒转为沮丧与软弱，格彩佬才暗暗松了口气。非到万不得已的地步，她也不想动用极端手段。有些场合是需要尊者出面来维系人心的，一个活的傀儡要比一个"死"掉的尊者更方便他们实施统治。

"那便依各位长老，咱们回山吧！"叶小天有些木然的声音完全掩盖了他心头的杀气。

善不从政，慈不掌兵，这个道理，他终于明白了！

他不是花晴风，也不是张胖子，他是叶小天！这笔账，他会连本带息地讨回来！

· ※ · ※ · ※ ·

杨羡达倾巢出动了。午时三刻之前,他就派出十几路探马,不时把水银山方面的动静传回来。十几路探马走马灯一般往返着。

"老骥谷准时对水银山发起攻击了。"

"杨家寨出兵了!"

"老骥谷的人快要占领水银山的时候,杨家寨的援兵赶到了。双方再度陷入激战!"

"老骥谷的人占了上风,把曹瑞希和杨羡敏的人马从山上赶了下来。"

"曹瑞希和杨羡敏正在组织反扑!"

"杨羡敏夺回了水银山!"

"老骥谷夺回了水银山!"

杨羡达的心跟着这一个个的消息,忽而上,忽而下,扑通扑通地都快要跳出病来了。苦苦挨到午时三刻,他立即一声令下,只见堡门大开,三声号角望空狂嗥,杨家堡精锐尽出,直扑水银山。

曹瑞希和杨羡敏与老骥谷在水银山激战的时候,也派探马注意着杨家堡的动静。杨家堡的探子来来去去的早就被他们注意到了。不过他们并未想到杨羡达已经以割让水银山为代价和老骥谷联手了。一直到近午时分,探马送回的消息始终是,杨家堡探马不断,却始终没有出兵的意思。

谁料就在曹瑞希和杨羡敏的人马与老骥谷的人马打得火热的时候,杨羡达偏偏出兵了。杨羡敏的探马一见杨家堡倾巢出动,不由得大骇,立即挥鞭如雨,飞也似的向水银山奔去报信,但杨羡达率领兵马也是拿出了吃奶的劲狂奔,紧紧咬着他们,不肯让他们甩下。

当那探马飞奔到水银山上报信时,杨羡敏和曹瑞希在拉锯似的争夺战中,刚刚被于家海和于扑满再一次从山头赶下来,正在半山腰处组织反扑。

老骥谷的人太能打了,如果再来个杨家堡,咱们腹背受敌,结果可想而知。曹瑞希立即决定:"撤!马上撤回杨家寨!"杨羡敏也大叫道:"收兵!马上收兵!"

…………

于扑满听到杨羡敏阵营中响起的铜锣声,不禁哈哈大笑。他抬头看了看太阳,大叫道:"兄弟们,杨家堡出兵了,咱们杀下山去,活捉曹瑞希,生擒杨羡敏!"

于扑满把大刀一举,刚要率人冲下山去,背后就响起了咣咣咣的铜锣声,于扑满勃然大怒,冲过去飞起一脚,把那敲锣的踢了个滚地葫芦:"你奶奶的,现在应该敲鼓,谁让你敲锣的?"

"是我!"一个年约四旬、身材魁伟,穿着一身生苗服饰的中年人负着双手缓缓地走过来,他脸色阴沉,两撇八字胡浓黑如钩,在他背后还紧紧地跟着一队剽悍的武士。

于扑满惊讶地看了看他,问道:"你是谁?"

格家寨派来的那两千兵士的带队统领急急赶过来,对于扑满道:"于三爷,这位是和罗大人!"

"河螺大人?"于扑满又看看那中年人,问道,"他是干吗的?"

带队统领略显尴尬地介绍道:"和罗大人是……是我们山中极强大的一个部落的族长,在神湖一带七峒二十四旗部落族长中名列第一,我们格哚佬大人也是极尊重他的。"

于扑满依旧满腹疑惑,问道:"他来干什么?为什么要鸣金收兵?"

和罗淡淡地道:"你不需要问,马上收兵!"他看了那带队统领一眼,那统领并不清楚老骥谷现在的情形,只道格哚佬也是同意的,当下不敢违拗,连忙答应一声,对那提着锣呆立的手下喝道:"没听见和罗大人的吩咐吗,赶紧鸣锣!"

于扑满急了,大吼道:"我管你他娘的是谁,眼看就要大获全胜,不能收兵!"

他刚要扑上去,就听铿铿铿几声利刃出鞘的声音,一口口锋利的长刀便架到了他的脖子上。适时赶到的于家海大喊一声:"刀下留人!"

于扑满闻声望去,急得跺脚道:"老四,此时收兵,功亏一篑呀!"

于家海紧锁着眉头,向他摇了摇头。咣咣咣的铜锣声再度响起来。那些勇士虽然杀得兴起,但上头已经下令收兵,因而也不敢违拗,纷纷撤了回来。

曹瑞希和杨羡敏刚刚逃到山下,杨羡达就率人赶到了,一见他们仓皇下山,杨羡达一声狞笑:"你们今天来了就别想走了,儿郎们,给我杀,把他们全歼于此!"

双方立即混战作一团,曹瑞希和杨羡敏只想突围出去,根本无心恋战,所以虽然人数上占优,却是甫一交手就落了下风,只能苦苦支撑。

可是打着打着,曹瑞希和杨羡敏便惊奇地发现,他们惧怕的虎狼之师并没有从山顶上扑下来。

为了防止老骥谷的人从山上冲下来打乱他们的阵脚,曹瑞希特意留了一支精锐断后,那支精锐比他们更早发现了异样,早已派人上山探查,这时送了消息回来:"老骥谷的人已经撤走,山上现在就像被狗啃过的一块骨头,干干净净!"

杨羡敏一听不禁狂喜,"快!把所有人都调过来,灭了杨羡达老子就是杨土司,哈哈哈……"

第八十八章

山中帝，笼中鸟

一

一株株笔直的云杉矗立着，蛇一般的藤萝交织其间，构成了一张绿色的网。金黄色的阳光从这网隙中穿透过去，形成一道道剑一般的光柱。

不远处，飞瀑如练，瀑声如雷，白蒙蒙的水气弥漫于清澈碧绿的神湖之上，被阳光一映，化作了一道七彩的虹。

一座巨大的、风格迥异于中原宫殿的巨大建筑，就建在飞瀑之旁，殿顶是石制的尖顶，耸立在危崖之上，殿宇外到处可见巨大的石柱。

"欣闻尊者回山，各寨各峒都欢欣鼓舞呢。但尊者身边至今无人侍奉，令弟子们深感不安，各寨各峒的首领们都表示，希望尊者接受献纳，尽快从各部落中选纳神妃，以安各部之心。"

神殿侍卫长宝翁毕恭毕敬地对叶小天说着，不时偷瞄叶小天一眼，他不确定叶小天究竟听懂了没有，因为他那磕磕绊绊的汉话发音还不太准确。他的汉话是在叶小天成为尊者后，利用这几年的时间现学的。

想了想，宝翁又低声解释了一句："长老们的意思是，尊者不宜厚此薄彼，最好每个部落敬献的美人里边都选一个，这样才能让各部落都感受到尊者的宠幸。"

叶小天坐在殿顶花园里由藤萝织成的一架绿色秋千上，手托着下巴，仔细想了想道："嗯！好哇，我不喜欢下巴尖尖的狐媚子，我喜欢面如满月有福相的，眼睛如月牙不笑也似笑着，瞧着极甜美的姑娘。"

宝翁赶紧认真记着。叶小天又道："年纪不要太大，我喜欢幼嫩的，超过十五岁就不要选了。皮肤呢，一定要白白嫩嫩，我不喜欢黑不溜秋的。还有，胸要大，腰要细，腿要长，屁股要结实紧绷，形状像水蜜桃似的……"

宝翁听到这里眉头一挑，讪讪地道："尊者，格彩佬大人正为您重配绝嗣汤，这个……体态是否宜于生养，对尊者您……没什么用啊。"

叶小天瞪着眼道:"我喜欢!看着养眼!"

宝翁:"是!"

叶小天道:"那就照此办理吧。"

宝翁面有难色,叶小天道:"又怎么了?"

宝翁小心地道:"尊者可否把年龄放宽到十八岁?若是稚龄少女,容颜娇美者倒是好找,可是要做到胸大臀肥,着实不易。"

叶小天恍然道:"啊!我倒是忘了,那么……就放宽到十八岁,你叫各寨去选吧。"

宝翁喜滋滋地答应一声,飞也似的去了。

苏循天好似下巴脱了臼似的张着嘴巴,叶小天从秋千上起来漫步行去,他就张着嘴巴跟在后面,叶小天回头睨了他一眼,道:"这个鬼样子干什么?"

苏循天吞了口口水,羡慕地道:"大人,我觉得……大人就是留在山中做个尊者,其实也不错。"

叶小天瞟了他一眼,道:"蹄髈好不好吃?"

苏循天道:"当然好吃。"

叶小天道:"如果让你顿顿都吃蹄髈,连续吃上一年,你还想不想吃?"

苏循天想了想,道:"不用一年,只要半个月,闻到味我就得吐了。"

叶小天又道:"如果把你关在一间小黑屋里,天天大鱼大肉,其他的什么都没有,你愿不愿意?"

苏循天苦起脸道:"那我宁可出来粗茶淡饭。"

叶小天道:"这就是了,这里的享受,都是你在外界无法想象的,乍一见,自然觉得这里是人间仙境。可是待久了你就会发现,你在外界所拥有的,这里都没有。"

苏循天先是一脸的不以为然,细思之后,却突然生出一种怅然的感觉。李秋池一直默默地伴在叶小天的另一边,这时清咳一声,道:"东翁是打算以韬晦之策对付那些长老吗?仅仅如此,恐怕没什么大用。"

叶小天赞许地看了他一眼,说道:"是呀,是我失策了。我一直以为,蛊教上下都要围着我转,我可以决定一切,却未想到,我只是一个被宠坏的孩子,大人们由着我的时候,我可以无法无天,一旦他们认真起来,我就是个屁!"

叶小天话音刚落,远处雷神禁地里突然传出一声巨大的雷鸣,轰隆隆的雷声划破天际,震得花枝也轻轻抖颤起来。苏循天忍不住笑道:"龙王爷吐口唾沫星子,那就是倾盆大雨,大人您放个屁,那也声若雷霆啊!"

叶小天狠狠地瞪了他一眼道:"信不信我阉了你!"

苏循天大惊,道:"尊者还需太监侍候吗?哎哟,那不是和皇帝一样了?"

叶小天没再理他，沉默片刻，对李秋池道："你帮我找一个人！"

李秋池目光一亮，道："谁？"

叶小天道："冬天！"

·※·※·※·

李向荣迈步走进府衙，迎面正见戴同知走来，李向荣下意识地脚下一停就想避开，可他正走在仪门内的甬道上，没有别的路可走，只好低下了头。

李向荣正想贴着墙根扮黄花鱼溜过去，面前出现了一双脚，挡住了他的去路。李向荣抬头一看，就见戴同知似笑非笑地看着他，道："李兄，久违啦！"

李向荣神情尴尬，不知该何言以对。

李向荣投到耶佬门下为弟子，明显是要抱叶小天的大腿，从而抗衡戴同知，谁料突生意外，叶小天及格咪佬部突然消失得无影无踪，叶家也搬空了，这下李向荣可傻了眼。

李向荣当初休了娘子黎氏，狠狠地羞臊了黎家一番，但他只说娘子不贞，却未指明是谁，只因戴同知势大，他若一时痛快了嘴巴，只怕自己哪天被沉了江都无处喊冤去。

等到他抱住了耶佬的大腿，胆气壮了，这才开始四处张扬，彻底搞臭了戴同知的名声，弄得戴同知声名狼藉，现在不管是亲是友，防老戴如防狼。

最令老戴懊恼的是他的一位本家堂兄，他那婆娘的身材能劈成三个黎家娘子，居然也对自己防范甚严，弄得他有口难言。

昔日的一对狐朋狗友，今日已没有半分情义了。

戴崇华又道："李兄，今日若有暇，放衙后一起去吃酒如何？"

李向荣当初凭着一腔怒火还敢对戴同知横眉立目，如今时过境迁，早已不复当日的血气之勇，想到可怕的后果，他赔笑道："这个……改日再说吧，我还有事，咳，还有事！"

戴同知道："别是忙着娶美娇娘吧？听说李兄要续弦，刚说了一门亲，是清平街上杜员外家的姑娘？哈哈，恭喜，恭喜呀！那你先忙着，成亲的时候别忘了告诉兄弟一声，我去吃杯喜酒，闹闹洞房。哈哈哈哈……"

戴同知仰天大笑着走去。李经历待在原地，手脚冰凉，想到戴同知话中的威胁之意，他真不知道自己拜堂之日，这位戴同知会干出些什么事来。

"叶土司！叶长官！你他娘的被哪个洞的妖怪收走了呀，你可害苦我了！"李经历无语凝噎，悲泪两行。

…………

通判签押房内，于珺婷蹙着眉尖，忧心忡忡地盯着面前杯中那碧绿的雀舌，雀舌正顺着水涡轻轻打着转，阵阵茶香沁人心脾，可她脸上却看不出一点愉悦的样子。

"那个混蛋，一向无法无天、无人能治，就像一只上蹿下跳的猴子，怎么就被八大长老抓回山给镇压起来了呢，他还能回来吗？如果他从此被幽禁深山，再也不能出来……"

于珺婷开始惶恐起来，铜仁这边，她的实力已经完全可以碾压张家，少了叶小天这个镇在她头上的太上皇，她想废了张雨桐自己做知府也可以，继续"挟天子以令诸侯"也可以，应该说是可以为所欲为了，可她偏偏高兴不起来。

她虽放弃了和杨应龙的联盟，却并不担心杨应龙报复，杨应龙是一代枭雄，即便心中不舒服，也不会做没有意义的事。如果来日有必要，双方依旧可以合作，而且凭她现在的本钱，投靠安、宋任何一家，对方都一定欢迎，有了这样强大的靠山，足以应付来自杨家的压力。

但……她就是不开心，心里慌慌的，这种感觉，只在她的父母过世，她刚刚继承土司之位时有过，这么多年来再也不曾感受过了。为什么会这样？她不愿意承认是因为叶小天，可是……

"就算蛊教八大长老是佛祖的五指山，也一定压不住你的是不是？你一定要出来，一定不可以叫我失望！不然，我打你儿子屁股的时候，你怎么看得见？"

于珺婷轻轻抚着小腹，悲伤地想着。她的小腹还很平坦，但一个小生命，已在其中悄然孕育。

第八十九章

蠢蠢欲动

一

"大人！"门外传来文师爷的声音，于珺婷立即挺直了腰杆，沮丧、忧伤与焦虑的神情一扫而空。她还是她，在别人面前，永远都那么冷静与坚强。

"大人，提溪掌印夫人送来消息。"文傲在于珺婷的公案旁站定，小声禀报道，"掌印夫人说，格家寨突然迁回了深山，现在不仅格家寨空了，原本划给格家寨的土地也失去了主人。格家寨的人已经在那片荒地上开辟了大量良田、播下了种子，掌印夫人的意思是，如果我们不占，恐怕很快就会被张家占了，所以……是否该先下手为强？"

"不可以！"于珺婷毫不思索，几乎本能地就下了决定。即便叶小天真的一去再不复返，她也不想掠夺叶小天的财产。更何况，她不相信叶小天会坐以待毙。

如果她夺了叶小天的产业，一旦叶小天重出江湖，不管她有多么充分的理由，和她之间的感情裂痕都不可能再修复，有些事，别人可以做，她不可以，自从她和叶小天有了肌肤之亲。

并非叶小天睚眦必报，而是叶小天这个人太重感情，你做对或者做错了一件事，他都可以不在乎，但他在乎你做这件事的本心是什么。

文傲微微露出诧异的神色，于珺婷急忙掩饰道："我们与叶小天本为盟友，现在他能否出山尚不可知，如果我们迫不及待地占领他的产业，岂不令众土司齿寒？再者，格家寨所占有的土地，原本多为张氏领地，张家现在对我于家耿耿于怀，只是苦于没有借口挑起战端。如此，我们将格家寨的领土据为己有，不但会得罪叶小天这个强大的敌人，而且会给张家挑衅的借口，所以还是静观其变吧！"

"好！那我这就回复……"

"不！请文先生亲自去一趟，当面提醒掌印夫人不可轻举妄动，同时……就近探察一下叶小天的消息。"

后面一句才是于珺婷的真正目的，文傲显然也清楚这一点，他深深地望了于珺婷一眼，点头答应下来。

叶小天和格家寨的奇异举动，也通过提溪张家迅速反馈到了铜仁张府。张雨寒闻讯后欣喜若狂，立即找到张雨桐，兴奋地叫道："雨桐，山中部落似乎发生了重大变故，叶小天与格家寨匆匆抛弃他们在提溪的山寨和土地，回到深山了。这可是咱们的绝好机会呀！"

张雨桐比他知道消息更早一些，此时十分镇定，他冷静地对张雨寒道："哦！堂兄以为，这是咱们的什么好机会呢？"

张雨寒手舞足蹈，口沫横飞地道："叶小天滚蛋了，咱们可以趁机拿回咱们在提溪的土地呀！格家寨、老骥谷那两座山寨建造得甚好，完全就是两座兵寨，咱们也可以占了。

"于家那边没有了叶小天的支持，咱们也可以趁机扳回一局，就凭于珺婷那个小娘们，还不乖乖雌伏在你的胯下？哈哈，铜仁，依旧还是咱们张家的天下！"

张雨桐瞪着这个愚蠢的堂兄，冷冷地道："堂兄，你不会是因为丧子之痛坏了脑子吧？"

张雨寒一愣，不悦地道："雨桐，你这是什么意思？"

张雨桐道："我的意思是，咱们张家已元气大伤，现在论实力远不及于家，全靠叶小天在头上镇着，咱们才能和于家保持平衡，我现在直担心叶小天一走，那贱女人利欲熏心，对我张家发难，你居然还要我去主动授人口实？"

张雨寒张了张嘴巴，没有说话。

张雨桐昂起头，看着房顶的承尘，咬着牙冷冷地道："我已命令提溪司，对于格家寨遗弃的寨子和领地，不管、不占、不问，谁想拿尽管拿去，我们张家现在要蛰伏！要休养生息！"

张雨桐双手高举，振声大呼道："勾践能受尝粪之辱，韩信能受胯下之辱，先贤能为之，我张雨桐有何不能为！总有一天，我之所忍，必有回报！"

· ※ · ※ · ※ ·

曹瑞希动了动眉毛，诧异地道："你说格家寨的人马全都撤回深山去了？"

杨羡敏道："是的，消息是从展家那边传出来的，据说，山中部落出山，并奉叶小天一个外人为主，引起了山中几大部落的长老们的不满，他们联袂出山，威服了格喋佬，活捉了叶小天，将整个部落又带回山里去了。"

曹瑞希仰起头，看着高高的旗杆上悬挂着的杨羡达死不瞑目的头颅，用石灰腌制过的头颅被悬挂在旗杆顶上，双眼已经被乌鸦啄空，只留下两个黑漆漆的洞，触目惊心，但曾经用更残酷的手段虐杀过很多奴隶和对手的曹瑞希却丝毫不为所动。

杨羡达很倒霉，在他以为可以全歼曹瑞希和杨羡敏，彻底确定自己的统治地位时，格家寨突然撤兵了。本来这并不致命，只要他立即退兵，缩回杨家堡，凭着坚固的城寨，他依旧可以坚持很长一段时间，到时形势未必不会因为哪一方大人物的参与而发生变化。

奈何一开始他并不知道格家寨已经退兵，等到双方混战在一起，已经很难从容撤退的时候，得知真相的他又犯了第二个错误，他把真相告诉了他手下的将领们。

每个人都有几个心腹，如此一传十，十传百，不等杨羡达下令收兵，军心已然涣散。这些土司老爷手下的兵将比起大明的卫所兵来，战斗力的确高上不只一等，但是军纪却一言难尽。

军心一散，撤退没有实现，登时演变成了溃逃，而别人可以逃，杨羡达能往哪里逃？曹瑞希和杨羡敏可以放过所有人，唯独不会放过他。

杨羡达是在逃向杨家堡的路上被杀的，当时他距杨家堡已经只有一箭之遥，城头的守军正拉着吊桥随时准备放下，只等堡主冲过去，但是，就在这时他被追上了。

杨羡达的武勇之力是很强的，但一只猛虎再强也斗不过群狼，杨羡达在群战之中被斩断了一手一脚，这时一旁观战的曹瑞希狞笑着冲过来，一脚踏上他的后背，高高扬起了手中刀。

"格哝佬，你个狗娘养的！我做鬼也不会放过你……"杨羡达抻长脖子，冲着格家寨的方向嘶声大吼，声音说不出的悲怆、愤怒！

噗！

白练过处，血光迸现，杨羡达的人头在地上滚了几滚，一双目眦欲裂的眼睛呆滞地瞪着天空。曹瑞希抢上两步，一把拎起他的人头，高高举在手中，如枭一般磔磔大笑起来。

杨家堡的城墙之上的守军，一见土司老爷被杀，当即崩溃，丢下城门各自溃散去了，根本无人继续抵抗，杨家堡就此沦陷。

死前未能踏进杨家堡的杨羡达，此时却回来了，他高高地"站"在旗杆上，"看"着他的弟弟取而代之，占有了他的一切，死不瞑目！

曹瑞希收回目光，狐疑地对杨羡敏道："展家怎么可能知道这些消息？"

杨羡敏道："这我倒是知道一些，展家大小姐与山中部落一向来往密切，知道些山中部落的秘密倒不稀奇。"

"原来是这样！"曹瑞希释然，嘿嘿笑道，"真是天助我也！如今你已成为杨家土司……"

杨羡敏赶紧道："还未得到朝廷敕封，称不得，称不得。"

曹瑞希睨了他一眼，哂然道："在我面前，不用动心机。杨天王答应了你就一定会帮忙。再说，杀死杨羡达的人是我，你放心，你这个土司，跑不了了。"

杨羡敏强抑欢喜，施礼道："天王与曹兄的关爱之情，杨某铭记于心，此后但有差遣，曹兄只管吩咐，上刀山下火海，小弟眉头都不皱一皱。"

表完了忠心，杨羡敏舔了舔嘴唇，有些贪婪地道："曹兄，格家寨退回深山去了，在老骥谷和卧牛山各遗下山寨一座，现为无主之物。另外，他们此前曾从铜仁张家夺得一片领地，现已被他们辟为良田。你看……"

曹瑞希瞟了他一眼，道："怎么，动心了？"

杨羡敏觍着脸笑道："曹兄，那两座山寨都是按照兵塞的规格建造的，任由风雨侵袭损坏，未免可惜。而且他们开辟出来的那些良田……"

曹瑞希呵呵一笑，道："那里毕竟是铜仁府的地盘，你要是捞过界的话，很容易引起两府之间的争端，杨老弟，你要三思而行哪。"

杨羡敏诒笑道："这一次曹兄慷施援手，小弟感激不尽，大恩大德，实在不知该如何报答，我想把与曹兄领地毗邻的碧波湖以及湖畔两座青山和谷间田地赠予曹兄，还望曹兄莫要推辞。"

曹瑞希闻言大悦，马上正气凛然地道："不过，此番是格家寨挑衅在先，占了你杨家的水银山，如今他们战败，由胜利者占有失败者的财产，也是应该的！我支持你！"

第九十章

蓄　垫

一

叶小天原本知道一条密道，在回到神殿后，他从那条密道部分机关的巧妙设计中受到启发，陆续又发现了几处机关，并掌握了使用方法。

随着轧轧的石门开启声，一道厚重的石门缓缓打开了，露出一道黑漆漆的台阶洞口。冬天穿着一件黑漆漆的袍子，就像从那黑色的洞口钻出来的幽灵，突兀地出现了。

他高大的身材佝偻着，一颗半秃的头先探了出来。叶小天掌着灯站在上面，先是看见一颗锃亮的肉球，随即就见冬天仰起头来，深陷的眼睛微微眯着，衬上那只鹰钩鼻子，有些阴森。

"冬长老！"冬长老卖相是不好，但面冷心热。叶小天一见冬天，不禁有些激动，冬天也露出欢喜的模样，忙整衣行礼："弟子冬天，见过……"

他还没有说完，就被叶小天一把抓住了手："冬长老，如今本尊大难临头了，只有靠冬长老护法才能突围。"

冬天怔了怔，期期地道："尊者说的是八大长老请尊者回山一事吧？弟子以为，八大长老对您的忠心是毋庸置疑的。他们只是不认同尊者出山的决定，希望尊者能留在神殿主持教务。实际上，尊者您的确违背了列代尊者的遗命……"

叶小天道："这些且不说，你只告诉我，你认为，我做得对还是不对呢？"

冬天沉默了，久久没有说话，而这就已经说明态度了。

叶小天叹了口气道："冬长老，你说第十七任尊者代卡为何做出信众不得出山的决定呢？我虽是尊者，但是对本教旧事不甚了然，冬长老可否赐教？"

冬天用有些嘶哑的声音道："其实，本教最初是没有不得出山的教规的。最早的时候，也并非所有部落都信奉蛊教。自从本教第一任尊者创建蛊教，才把故老相传的蛊术发扬光大了。

"从那以后，不管是天灾还是人祸，信奉蛊教的部落都远比其他部落更容易克服，更容易生存下去。见到信奉蛊教的好处后，更多的部落信奉了蛊教。

"但是时过境迁，中原王朝对天下的掌控在渐渐加强，自汉唐以来扎根于贵州的那些大世家渐渐演变成了世袭罔替的土司老爷，他们也不希望看到一个凌驾于他们之上的教门，左右他们的土民。

"而世间的权力、荣耀、富贵等等，又拥有叫人不容抗拒的力量，所以，有些部落开始迷失了，他们放弃了对蛊教的信仰，相继背叛了蛊教。

"为此，尊者曾经劝说他们、阻止他们，甚至不惜发生战争，但这一切依旧无法阻止他们离开。

"一开始是一两个部落，后来是更多的部落，即便是还没有离开的部落，内部也开始骚动。到了十七世尊者代卡在任的时候，他便决定，率领虔诚的信徒回返蛊教之源，退守神湖与神殿，并立下教规，从此与世隔绝，信众不得出山！"

叶小天静静地听他说完，反问道："那么，当时代卡做此决定的时候，有无教中长老反对呢？"

冬天花白的眉微微挑了挑，沉默片刻，道："也是有的。"

叶小天又问："那么，代卡率众回山后，有无部落再度脱离本教呢？"

冬天斟酌着道："也是有的，初进深山时，有些部落适应不了山中险恶的环境，再加上此前曾受到山外势力的蛊惑，所以他们叛离了。再后来便逐渐稳定下来，但是近一两百年，又有部落叛离了。"

叶小天道："那么，冬长老以为，今日的深山，还算是深山吗？我们与外界的接触，较之数百年前密切与否？山中部落的生活与千余年前几乎没有区别，而山外的世界与千余年前相比又如何？"

冬天轻轻抹了一把额头上的细汗，没有回答。

叶小天走到他面前，诚恳地道："代卡当初的选择错了吗？没有！在当时，他的选择是最好的，由此保证了我教数百年的稳定。

"但是当时反对避入深山的长老错了吗？也没有，他们对蛊教忠心耿耿，只是更赞成选择入世的路。在当时看，他们的选择是错的，但是今天，我选择和他们一样的路，还是错的吗？"

冬天的嘴唇动了动，却没发出声音。叶小天又道："曾经的深山现在已经不深了，人们很容易就可以到山里来。现在的山中部落也不再像以前一样与世隔绝了，以前只有长老级的人物才可以出山，而现在已经有越来越多的部落开始和外界接触。

"第一任尊者为何要定下继任尊者和长老们必须出山历练的规矩？因为他不希望自己的传人坐井观天，完全不了解外界的变化，最终变成一群愚昧无知的野人。

"冬长老,你也曾往红尘历练,十七任尊者代卡当初决定避世,给蛊教带来七八百年的稳定,而今这条规矩,你觉得,还能不能让蛊教继续在深山苟延残喘七八百年?"

冬天的眼角抽搐了几下,深深地低下头去。他不想说谎,但是对教义的信仰、教规的服从,已内化在他的言行中,否定先贤的话,他没有勇气说出来。

叶小天沉声道:"冬长老,堵不如疏呀!代卡在山中与山外之间建造了一道长堤,隔绝内外七八百年,现在水已越蓄越高,如果我们再不及时采取对策,这道大堤就要垮了!

"到那时,滔天巨浪会席卷一切,为了摆脱神殿的控制,为了去除千年的蒙蔽,他们会烧毁神殿、杀死长老,就像那些造反的泥腿子,摧毁前朝一般!

"冬长老,你不要觉得我是危言耸听。现在外界的发展已经越来越快,当我们的信众看到山外人的生活远比他们优渥富足,我们该如何向这些虔诚的信众解释?代卡做出了他的选择,而今我也要做出选择,我,要为山中部落找一条新路!"

冬天睁大了眼睛。叶小天又道:"冬长老,我记得,你曾告诉过我一个故老相传的故事,说西方有位圣人,曾经率领数百万被皇帝奴役的信徒长途跋涉,渡过大海,寻找到了适宜他们生存的土地。

"一路之上,天灾人祸不断考验着他们的意志,有些人动摇、背叛了,那位强大的皇帝不断派兵追杀,但这一切都无法阻止他,在他身边,也始终有众多的人毫不动摇地追随着他!我希望,能效仿这位先贤,我希望,你能和我一起,率领我们的信徒,跨过高山、分离大海,直至找到我们的生存之地!"

冬天激动地看着眼前的叶小天,恍惚间,他仿佛看到一个手持棘杖、满面胡须、眼神刚毅而睿智的老人,脑袋后边还有一个烁烁发光的圣环,他把棘杖向空中一举,大喊道:"分开吧!"于是大海就轰然一声,从中分开了……

冬天晃了晃脑袋,消除了自己脑海中荒唐的想象,对叶小天道:"尊者,弟子……弟子愿为尊者效命。只是,弟子还没有成为神殿长老,而这神殿中所有的神殿武士,又都在八大长老控制之下,弟子能做什么呢?"

叶小天一听有门,心中暗喜,赶紧上前一步道:"方法我还没有想到,所以我才找你来,希望你能给我提供一些帮助。首先我要知道,有谁能帮助我。"

冬天一边努力地想一边说道:"嗯……我想,格哚佬应该会站在尊者一边的,他们整个部落对于迁回深山都很不满,牢骚怨言不断,耶佬和引勾佬对此也很是懊恼……"

叶小天打断他的话道:"这些人我知道,但仅靠他们是不够的!我需要更多的帮手!"

冬天讪讪地道:"更多……尊者您甫一继位就离开了神殿,山中部落虽多,可是和尊者都没有什么来往,很多部落首领连尊者的面都还记不熟,只怕……"

叶小天皱了皱眉,道:"难道就没有其他人了?我需要的帮手不一定是已经忠于我的人,还可以是所有对那六位老长老不满的人!一个势力只要存在十年之上,就必然山头林立,派系众多。我教传承已有千年,又辖制着这么多的部落,就始终是铁板一块,没有敌对者?"

冬天恍然大悟道:"这样啊!弟子明白了,这样的人倒是有,而且有不少,其中有和前任尊者争位失败的前神殿长老,有与神殿长老矛盾较深被贬谪放逐的部落长老和族长……"

叶小天闻言大喜,这样的人一定能为他所用,而且这些人当年能参与尊者之位的竞争,能挑衅神殿长老,肯定是拥有极大势力且不太安分的主,这些人一旦掌握在手,将成为他"革命"的资本呀!

叶小天脱口问道:"我不曾听说本教有牢房啊,这些人在什么地方?"

第九十一章

三个皮匠

一

　　冬天回答道："按照本教传统，这些'罪'人全家都会被发配金沙谷的。"
　　叶小天听得一呆，脸上顿时出现一抹古怪的神情。金沙谷是他就任尊者之位后，除了神殿唯一去视察过的地方。在神殿中有许多金光灿烂的器皿，它们大多出自金沙谷。
　　叶小天努力回想着他在金沙谷中所见到的一切，终日雾气缭绕，难见天日。谷中的人一个个衣衫褴褛，他们住在洞穴中，每日挖矿、淘沙，过着暗无天日的生活。
　　叶小天实在无法想象，那谷中所见的人中有哪一个像是某位长老或者某个部落的首领。那里的男人、女人、孩子……一个个蓬头垢面，简直比乞丐更乞丐。
　　叶小天忽地想起了在天牢玄字房当差时，听牢里的犯官讲古说起过一些帝王心术，比如说一些帝王在大限将至时，会把他认为忠诚可靠、能力卓越，可以成为继任皇帝股肱之臣的大臣贬官甚至下狱。
　　而新皇帝登基的第一件事，就是赦免这些大臣，让他们官复原职，从而为他们的君臣关系创造一个良好的开始。听说金沙谷里那些矿工家族、那些地底洞穴人居然有这么大的来头，叶小天几乎要以为这是前任尊者特意为他留下的班底了。
　　叶小天顿时兴奋起来，真是山重水复疑无路，柳暗花明又一村哪，也许这些人就是他拨乱反正的那股中坚力量。只是，要如何把他们利用起来呢？
　　每一个臣子都说自己忠于皇帝，每一个人都会高呼普天之下莫非王臣，可是权奸当道时，忠心就是个用来忽悠老百姓的狗屁；那所谓的"王臣"只要横下一条心，也随时可以用见不得光的手段送他的"王"归西。
　　叶小天不能没有防人之心，八大长老经营神殿多年，谁知道神殿内有多少他们的耳目？如果不是因为宰了他善后工作实在太麻烦，他相信那几位长老会毫不犹豫让他去死的。

所以他要做什么必须慎之又慎，要做好充分的准备，要么不动手，动手就要迅若雷霆，一旦给那些长老喘息之机，他必死无疑。

想到这里，叶小天点了点头道："本教出山的人几乎都回来了。不过，长老们似乎忘了，我们在铜仁还有一处文校、一处武会，那里的学生大部分都是山中子弟，冬长老，你向长老们进言，把那些孩子也调回来吧。"

冬天愕然道："把他们调回来？尊者，那可都是你的心血呀，那是您在山外布下的火种，怎么可以……"

叶小天淡淡地道："薪已被搬回了山，火种还留在山外做什么呢？"

冬天神情一凛，怵然道："弟子明白了！"

·※·※·※·

叶系势力已经完全撤回山中，包括哚妮和遥遥也被带回了山中。叶小天回到山中便算是历练结束，该如何处理她们就有些棘手了，因为尊者不允许有家人。

亏得哚妮尚未有孕，长老们为她切过脉后，知道她不曾怀有子嗣，这才放心。她父亲是一族之长，威望极高，所以最终把她列为神妃之一。

华云飞和毛问智成了漏网之鱼，长老们并没有把他们带回山，或者说根本没把他们放在眼里。长老们原本想用他们羁绊叶小天，如今叶小天已回山，他们就无关紧要了。

华云飞和毛问智获悉叶小天被带回神殿后，马上便去安慰他的家人，本来华云飞还担心叶小天的家人会特别恐慌，尤其是叶母，弄不好又要受到惊吓大病一场。

不料他们到了叶府，却发现叶老爹夫妇和叶小安夫妇的情绪挺平静，只是愤愤不满地向他们发发牢骚，丝毫不担心叶小天的安危。

一开始华云飞还有些奇怪，聊了一阵才发现，叶家人不担心，竟然是因为他们根本不了解山民，不了解他们的生活方式，不了解他们的性情脾气，也不了解他们的权力架构。

一直生活在京城的这一家人，心目中最权威的只有至高无上的皇帝和官府，得罪皇帝在他们看来不亚于天塌地陷，所以当初才惶恐到无以复加的地步。至于说山民……你是说那些愚昧无知的山野匹夫吗？

从京城来的叶氏一家人，骨子里还是有那么点身处天子脚下的优越感的，对于山民，他们的意识里根本没有一个准确的概念，唯一的感觉就是愚昧落后。

在叶老爹一家人的理解中，山里的部落就是一个个村子，而叶小天就是他们的总村长。村民们只是不希望村长出山做官,这根本就是一种另类的"家庭纠纷"嘛,能有多大后果?

所以,尽管叶家人也担心叶小天,却只是担心他在山里吃得好不好,住得好不好,牵挂他什么时候才能说服那些"老脑筋"的野人,却根本不担心他会有生命危险。

华云飞意识到他们是这样一种心态后,大大地松了一口气,他赶紧踩了踩毛问智的脚,阻止这个大嘴巴继续说下去。毛问智正口沫横飞地向叶家人吹嘘他大哥在山里是如何了不起的大人物,被华云飞踩了一脚,马上机警地闭上了嘴巴。

华云飞道:"伯父不必担心,大哥不会有事的,只是山里人太过闭塞,不愿与外界接触,相信大哥一定有办法说服他们,我们会尽快联系到大哥。"

叶老爹道:"那倒是,我家小天的那张嘴呀,就算是死人都能让他说活喽。老是圈在山里能有什么出息,我听说他们一走,连庄稼地都荒废了,怪可惜的,还是早点出来吧。我们一家在这儿人地两生,就劳烦两位贤侄了。"

毛问智咧开大嘴道:"老伯你就把心放回肚子里去吧,贤侄俺一定会把大哥找回来的。"

"小侄告辞!"华云飞又踩了他一脚,打断了他的胡咧咧,拱手向叶老爹一家人告辞。二人出了叶府,走下东山,在水如玉带、美轮美奂的锦江畔停下来。

毛问智道:"你说咱大哥那么精明一个人,他家里人咋就这么好糊弄呢,三言两语就把他们给忽悠了。可光忽悠老的不成啊,咱们得把大哥救出来,你还记得进山的道吧?要不咱们去把人给偷出来?"

华云飞摇头道:"今时不同往日,你想偷,未必偷得到。何况,即便偷得出来,接下来怎么办?除非一走了之,否则他们还会找过来的。"

毛问智想了想,突地双眼一亮,喜道:"有办法了!咱们用叶小安换了大哥成不成?他们两个长得一模一样,一定瞒得过去,这法子好吧?"

华云飞冷冷地瞟了他一眼,道:"你觉得,为救叶家的小儿子,而牺牲叶家的大儿子,叶家会同意吗?"

毛问智呆了一下。华云飞又道:"就算叶小安答应,可他毫不熟悉山中事务,甚至不认识山里的任何人,能瞒得过那些蛊教长老?即便能瞒得过,大哥舍得他大哥替他受困于山中?而且尊者被请回了山中,山外却还有一个叶推官,你以为那些长老不会生出疑心?"

毛问智挠了挠头,讷讷地道:"照你这么说,大哥岂不是永远都出不来了?"

华云飞微微眯起眼睛,望着光影斑斓的锦江水,轻轻地道:"要想出山,而且一劳永逸,不生后患,只有一个法子!那就是……把拦路虎彻底打死!"

毛问智道："你这法子靠谱吗？强龙还不斗地头蛇呢，那可是人家的老巢，能办得到吗？"

华云飞道："怎么就不可能？大哥这一路闯过来，哪一次不是强龙过江，硬生生地斗垮地头蛇？在葫县，他整倒了齐木、花知县、孟州市丞、徐县丞、王主簿；在铜仁，他整倒了张家，控制了于家，硬生生在提溪开辟了一块属于他的领地。

"到金陵待罪，不过区区几个月的时间，他就逼走了李玄成，戏弄了吏、刑、礼三部尚书，就是偶尔去了一趟大万山司，还让洪东知县损失惨重，我就不信缩在深山几十年的那几个老家伙会是大哥的对手。"

毛问智兴奋地道："对呀！哚妮姑娘也回山了呢，她老子可是一族之长，手上有人，自己的女婿，格哚佬能不护着点，他一定能救大哥出来的。"

华云飞叹了口气道："格哚佬虽然掌握着一定的力量，却不足以同神殿长老们抗衡。大哥现在被他们控制了起来，恐怕也是束手无策，这一次要救他，也许只有靠我们了！"

毛问智瞪起牛眼道："俺刚说去抢他出来，你又不同意，那咱们还能咋办？"

华云飞蹙起眉头道："一时半晌我也想不到好办法，不过三个臭皮匠，顶个诸葛亮，只要我们用心，总会有办法的。"

毛问智翻了个白眼，道："我们明明只有两个人，哪来的三个？"

这时身后忽然有人道："我就是第三个！"

华云飞和毛问智闻声立马转身，就见白嫩嫩圆润润一个胖子：罗大亨来了。

第九十二章

求　计

一

　　天下山水半黔中，黔中独美于铜仁，铜仁之雅趣集于锦江。锦江极美，仿佛仙境，远处青山如黛，眼前碧波荡漾，粼粼水波泛着银光，载起几叶扁舟，逍遥于碧水之上，如诗如画。

　　毛问智和罗大亨脱了鞋袜，把脚浸在清澈的湖水中，针似的鱼儿游过来，欢快地游荡在他们的脚底，痒得二人不时缩一下脚。

　　华云飞坐在二人中间，看看左边这个夯货，再看看右边那个呆萌，很无奈地对他们道："你们想出办法了吗？"

　　罗大亨双手托着肥肥的下巴，像两片南瓜叶芽托着一颗圆滚滚的南瓜，他憨态可掬地摇了摇头，叹了口气。毛问智却突然惊喜地叫了一声，双脚一抬，挂着一节碧绿的水草扬出了水面："我有办法了！"

　　华云飞和罗大亨一起瞪大眼睛看向他。毛问智兴奋地道："格哚佬是一寨之主哇，咱大哥是他女婿，他能不救？不如咱们去找格哚佬，说服他发兵神殿，把长老们一股脑抓起来，到时，咱大哥再以尊者身份出来发号施令，纵然长老们还有党羽，还能反了天去不成？"

　　华云飞皱了皱眉道："这么简单的法子，你以为我们想不到吗？既然我们都能想到，那些长老又岂会想不到？他们对格哚佬一定防范得很。"

　　罗大亨托着肉乎乎的圆脸蛋，唉声叹气地道："书到用时方恨少哇，我现在终于发现，以前读过的书全是狗屁，没有一点用处，所以我后来选择不读书是对的！"

　　华云飞瞪着眼道："你想了半天，就得出这么一个狗屁不通的结论？"

　　罗大亨道："不然不然，你莫着急。我是想不出办法，不过如果我们和大哥易势而处，你说大哥有没有办法救我们？"

　　华云飞道："那是自然！我还没见有大哥解决不了的事！"

罗大亨道："既然如此，我们不妨换位想一想，如果我们是大哥，在这种情况下该如何破局呢？"

毛问智摊手道："这种事大哥也没遇到过呀，我们如何借鉴？"

罗大亨道："一个人会用什么样的法子解决问题，通常都是有迹可循的。我们不妨想想大哥以前遇到难题都是如何解决的，说不定可以想到办法！"

华云飞眼前一亮，道："大亨说的有道理。咱们好好想想……"

罗大亨歪着头想了一阵，掰着胖乎乎的手指头道："大哥第一次遇到凶险是在靖州杨家，当时他去帮遥遥的爹送一封如何分配家产的遗书，发现杨夫人嗜财如命，而且她的堂兄就在当地做官，大哥担心说出真相会被'谋财害命'，所以随机应变，编了一个杨夫人最有可能相信的谎话，从而顺利逃走。"

毛问智听得眉飞色舞，拊掌赞道："不错，这事俺也听大哥说过，大哥真是急智！如果换了俺，当时肯定蒙圈。从这一点来看，大哥实有急变之智，所以才能化险为夷。"

华云飞木着一张脸，淡淡地道："然而……这件事对我们来说，并没有什么用！"

罗大亨又皱起他的包子脸道："说得也是，急智这东西不是说有就有的，如果我们也有急智，又何必坐在这儿发愁！"

毛问智道："那咱们继续想嘛。嗯……大哥带着水舞姑娘和遥遥逃出靖州后，那杨夫人变了卦，又派人追杀，大哥知道他们一定会往北追，所以就改走了他们不可能想到的方向——西行，这个算是……"

罗大亨道："出人意料！"

毛问智欢喜地道："可借鉴吗？"

罗大亨果断地摇头，下巴一阵晃荡："想不出来！"

毛问智道："继续，继续。后来水舞姑娘被人贩子给骗了，大哥就假装买女人，把那人贩子诓走，卖给了一个老光棍，哈哈哈，这法真损，也真是妙！"

华云飞道："利用双方均不知情，从而设计诡诈，从而驱狼斗虎，救出自己想救的人，渔翁得利……"

罗大亨激动地道："此计可用否？"

华云飞道："想不出！"

罗大亨道："那么，水舞姑娘被土老财软禁，想强娶为妾，大哥冒充官差寻找反贼家眷，使那财主心生疑虑，生恐惹祸上身，所以主动把水舞姑娘送走，此计可用否？"

毛问智叹道："恐怕咱们大哥就是成了钦犯，那些长老也是不在乎的。"

罗大亨道："那么，大哥在葫县被杨三瘦等人追及，堵住去路，情急之下他主动激怒展姑娘，再引展姑娘去追他，利用杨、展双方不及辩白的情况引他们争斗，从而安然脱身，可用否？"

毛问智伸出一双大毛手，也学他的样子托住了脸颊，幽幽地道："我们能去激怒谁呢？就算激怒了于家、张家或者石阡杨家，他们肯跑进深山去讨伐神殿吗？"

华云飞道："这些情形都不合适。我觉得，大哥如今的情形，恰如他刚到葫县时，那时他虽是典史，却举目皆敌，他巧妙利用各方矛盾，最终脱颖而出，我们或可从中找出办法。"

罗大亨直起了腰，喜道："有道理呀！大哥当时斗的人是谁，又是怎么赢的？"

毛问智抢着道："大哥一到葫县，就跟孟州市丞杠上了。孟州市丞呢，当时比县太爷还威风，而且他背后有齐木这个地方豪强撑腰。大哥跟他对着干，先是想办法让自己名声大振，让葫县上下都知道有自己这么一个官。杀官终究麻烦，加上当时孟州市丞又不觉得大哥有多厉害，所以就忍下了。"

罗大亨道："接着呢，大哥把寨主之子高涯、李伯皓拉过来和我一块开车马行，从而把高、李两寨的势力拉过来，成了他的帮手。"

华云飞道："花知县对孟州市丞是敢怒而不敢言，王主簿则是事不关己，高高挂起。大哥利用他们各自想要的东西，把他们两个人都拉过来，变成了自己的帮手！"

罗大亨道："随后，大哥又和罗巡检家亲近，最终抓到孟州市丞犯罪的铁证，借助军队把孟州市丞和齐木一网打尽！"

华云飞道："但孟州市丞和齐木虽然进了大牢，却派人去贵阳走动，买通高官，试图脱困。这种情况下，大哥果断地把我和他们关在了同一牢房，并且用枷锁铐住了他们，使我顺利击杀二贼。"

罗大亨肥胖的双手用力一拍，惊散了水中绕着他的脚丫转圈的一丛游鱼："合纵连横，离间分化，这是纵横家的路子！以正合，以奇胜，一举鼎定，这是兵家之道！绝了！"

毛问智被他们一唱一和，说得一愣一愣的，这时瞪着一双牛眼问道："此计可用否？"

华云飞和罗大亨异口同声地道："可用！"

·※·※·※·

学生们被陆续集中到校场上，眼见学监华云飞站在台上神色肃穆，学子们交头接耳，议论纷纷。虽说这位学监平日里不苟言笑，但是一向很温和，今天这么严肃，别是哪个学生坏了校规，做了很大的错事吧？

远处课堂内依旧书声琅琅，很快学生们就发现，被集中到此听训的全都是山中子弟。

这些第一批被送到学校的孩子都是族长、部落长老或者其他有身份地位的人家的子弟，比起普通的山里孩子，天生就多一份政治敏感，再加上学校启蒙教育的影响，因而马上就意识到，他们被集中至此，恐怕与刚刚传开的那桩消息有关。

果然，待人员到齐后，华云飞肃然开口了："各位学子，校长把你们从深山中带出来，远离父母和家园，让你们在这里读书、识字、习武，是希望把你们都培养成有用之才。

"也许有人会说，我爹当初也没上什么文校，现在不还是一族之长？没错！可是族长与族长，也有高低上下之分，有的族长受人尊敬，有的族长受人鄙视，有的族长允文允武，有的族长文不成武不就，但逢大事，就只能跟在别的族长身后充当一个摇旗呐喊的小喽啰！是不是这样？"

学生们先前有些不以为然的神情渐渐消失了，仔细想想，还真是这样，同样是一族之长，一个智者、一个武艺超群的领袖，他所带领的族群，远比一个无能的领袖所带领的要兴旺、强大。这一点他们这些"官二代"是最有感触的。

华云飞神色黯然，沉痛地道："确实有一些人天赋异禀，可大多数人还是要靠先生教导才能成大器，你们的校长希望你们都能成大器，所以才为你们开设了文校。

"可是现在，神殿长老们不喜欢校长出山，不喜欢你们出山，校长已经被长老们软硬兼施，强迫回到了山中。而你们……也到了该回去的时候了。"

华云飞仰起脸，悲怆地道："学业未成，功亏一篑，悲乎！"

校场看台下顿时一片哗然。

"肃静！都他娘的嚷嚷什么！"武会的演武场上，毛问智厉声大吼，"你们自己说，住在山外舒不舒坦？吃的饭菜是不是比山里的香？你们穿的衣服，是不是比山里的粗布衣裳好看？

"为什么要你们回山，哈？这还用问吗？有个姓孟的先生说，会动心眼的人管着别人，傻了吧唧只会卖傻力气的，就得被人管。你们要是都开了眼界、长了见识，对那些长老还能言听计从吗？明白了没？这些老不死的，头顶生疮、脚底流脓，坏透了呀！"

武会的孩子比文校的孩子头脑简单，更容易被煽动，演武场上顿时骂声一片。毛问智把双手一摊，道："冲俺嚷嚷没啥鸟用！你们会长被弄回山里去了，没人主持、没人给钱，咱这武会是开不成了！俺原还指望你们将来有了出息，俺这当师傅的也能沾点光，现在……哈！你们回山继续当野人去吧，散了散了，老子不干了！"

毛问智拍拍屁股，丢下群情汹汹的一群学生，扬长而去！

第九十三章

让雷神收兵

一

华云飞等人从叶小天以前对付孟州市丞的谋略中所悟到的第一点就是分化，于是他们假借八大长老的名义，把弟子们从学校里赶了出去。

已经见识过软红十丈，还能受得了那绿水青山吗？这可不是去郊游踏青，而是要经年累月地生活在那里，而且他们还是一群朝气蓬勃的孩子。他们生活在繁华世界的希望被强行扼杀了，而他们对神殿又尚未形成足够的敬畏，心中的怨愤之重可想而知。

当初响应尊者号召，从自己家族中选择子弟出山学习，山中各大家族选择的当然是自己最看重、最宠爱的子孙。把这么多孩子放回山去，他们将产生的影响有多大可想而知，最要命的是，他们可以直接影响统治阶层的那些人。

八大长老当初号令山民回山时，并非把他们遗忘了，而是刻意避开了他们。因为长老们也知道外界对从小生活在山寨里的这些孩子有多大的吸引力，他们打算等尊者回山，一切稳定下来后，再把这些孩子召回来。

等到叶小天的指示辗转送到铜仁的时候，华云飞和毛问智已经抢先一步，将那数百个孩子、数百颗火种提前撒向了大山。

格哚佬近来的日子很不好过，联系关系亲近的几大部落出山，是由他出面接洽的，其他几大部落的首领在去过格哚佬的新寨之后，也欣然接受了尊者的这一号召，许多搬迁的准备已经做了大半，现在前功尽弃，他们岂能没有怨言？

而格哚佬部的百姓更是怨声载道。连续搬迁很伤元气，而且回到山里后，他们才发现，曾经住得很习惯的低矮的草棚木屋，如今看来是那么简陋艰苦。

当他们拿起猎弓，脱下鞋子，为了节省衣服继续赤裸着半身去山中狩猎的时候，想到他们以前随时可以用猎物同山下村镇中的百姓换来他们想要的一切，而现在只能等到每月赶集的日子，才能长途跋涉，去山外一趟，想到他们辛勤耕耘、已经长出翠绿秧苗的肥沃田地被弃为荒地或沦为他人所有，这些已经有了土地意识的猎户山民简直痛苦得吃不下睡不着。

而这一切的埋怨、牢骚全都压在了格哚佬一人肩上，它们像是一块块沉重的砖，在格哚佬的肩头渐渐砌成一座山。

仅仅如此的话，他还可以用自己是在毫不犹豫地执行神殿的命令来安慰自己，可是神殿又在他本已脆弱不堪的心上捅了一刀。

神殿通知他，说已经重新为格哚佬部划定了一块地方，限七天之内举族搬迁过去，此外还为格哚佬部指定了两位弟子做族中巫师。

作为距神殿最近的七大护法部落之一，他们是直接受神殿管辖的，并不需要驻寨巫师，现在为他指定两位驻寨巫师，用神权限制他的统治权，这既是不信任的表现，同时也代表着格哚佬部地位的降低。

格哚佬迷茫了，他头一次对神殿的命令产生了疑问："遭到所有部落百姓反对的事情，真的会是蛊神的意志吗？"

·※·※·※·

神殿花园内，叶小天和苏循天、李秋池三人慢慢地踱着步子。神殿毫无疑问是一个建筑奇迹，恢宏壮观，美轮美奂，但是叶小天觉得它更适合用来游赏。如果住在里面，那空旷的大殿，那只放了一张大床，却高有三丈、阔有五丈的巨大卧室，都只会给人压抑、冰冷的感觉。

只有这神殿花园还有那么几分鲜活气，让他觉得自己不是一具行尸走肉，所以一天里大部分的时间他是待在这里的，在这里卫士和仆人们不用随时侍候在旁，他感觉最自在。

李秋池道："云飞和老毛总算聪明一回，不等东翁下令，他们就把文校、武会的学生全都遣返了回来，我听说这些孩子回到山里后，向家中长辈大发牢骚。一开始长辈们还不以为然，可听他们说久了，就都觉得让孩子出山长见识是件好事。长老们现在对此很是头痛呢。"

苏循天道："格哚佬的部落里也是这样，我看格哚佬那老头也有些抗不住了。真是的，他那么听神殿的话干什么，大哥你可是他的姑爷，哪有胳膊肘往外拐的，他这是自作自受。"

叶小天笑了笑道："如果我们能主动去做点什么，那么他们做出改变的时间也就会来得更早！"

李秋池目光微微一闪，道："大人是说……赦免金沙谷中的那些囚犯？"

叶小天道："不错！如果我们现在把他们放掉，八大长老一定会顾此失彼。这些人当初可没有尊者的认可和支持,现如今有了我的支持,再加上他们本来就拥有的力量,呵呵……"

李秋池蹙眉道:"但是,以什么理由赦免他们呢?他们一旦脱困,肯定会给八大长老找许多麻烦,但是如果没有一个充分的理由,他们根本无法得到赦免,长老们现在不愿意东翁接触下边的信众,法旨不出神殿,能怎么办?"

叶小天听到这里,也不禁皱起了眉头,叹口气道:"是呀,现在就是机会难寻哪。我本想利用各部落敬献神妃的机会接触他们的首领,谁料这敬献一事被长老们一手包办了,我根本没机会同部落首领接触交谈。"

李秋池道:"东翁想到什么主意没有?"

叶小天摇头道:"还没有。"

李秋池想了想道:"皇帝走出皇宫与臣民见面,通常是在国战大捷、盛大节日,诸如祭天、祈神等等的时候,作为尊者,有这样的机会吗?"

叶小天道:"少!很少哇!或许几年才有一次这样的机会。除非出现一桩神迹,而且是所有部落都能迅速知道,长老们瞒都瞒不住的重大神迹。"

"神迹……神迹呀……"

李秋池苦恼起来,苦笑道:"早知今日,东翁该把六龙山七玄观里那位装神弄鬼的长风道人收服,如果他在,帮东翁制造一桩神迹,应该可以办得到。"

叶小天顿时意动,摸着下巴道:"嗯……要不要通知云飞他们,去找找那个神棍的下落?只要付给他足够的好处,相信他会来的。"

这时,远处那雷神禁地又轰隆隆地传来一阵殷雷声,苏循天忍不住道:"这雷神禁地也真邪门,居然天天打雷,如果老天帮忙,突然停了雷声,那大人就可以趁机宣布是神迹了。"

叶小天没有理会他这句话,只是轻轻摇了摇头,继续思索是否可以找到长风道人,让他帮忙"变戏法"。倒是李秋池听了苏循天这句话,双目一亮,道:"停住雷声?说不定真的可以办到!"

叶小天惊讶地看了他一眼,道:"李先生,你不是开玩笑吧,我可是亲眼见过它的威力的,雷神禁地里的山头被雷劈得到处都是焦土,打雷根本不是人力能够阻止的。"

李秋池道:"大人一向博闻广识,竟然不知道这天雷虽然不能完全被人力左右,但是只要方法得当,很多时候也是能够改变的?"

叶小天马上道:"请先生详细解说一下!"

李秋池站定身子,把手中折扇哗的一下打开,亮出"夜郎第一状"的金字招牌,得意扬扬地道:"想当初,学生初出道,便接手了一桩离奇的杀人案,正是因为破了这桩案子，学生才声名鹊起，名冠黔中啊，哈哈哈……"

苏循天没好气地打断了他的笑声，道："别炫耀你那些陈芝麻烂谷子了，快说，如何让雷神收兵？"

第九十四章

雷公柱

一

　　李秋池刚想在东翁面前吹嘘吹嘘自己的本领,就被苏循天打断了,李秋池恨恨地瞪了苏循天一眼,这才对叶小天道:"不知东翁可曾听说过'雷公柱'?"

　　叶小天听了有些茫然,对于建造方面的事,他实在是一窍不通。叶小天问道:"雷公柱?那是干什么用的,莫非是用以祭祀雷神之物?"说到这里,叶小天已经露出不以为然的神色。

　　李秋池看到叶小天的神色,知道他对雷公柱一无所知,不禁微微一笑,说道:"恐怕东翁有所误会,这雷公柱并不是用来祭祀神明的,人们之所以用雷公柱来称呼它,只是因为这种东西可以避雷。"

　　叶小天听得耸然动容:"能避雷?什么东西竟有如此奇效?"

　　李秋池道:"在一些高大华美的屋舍建筑上大都设有正吻、脊兽一类的东西,东翁想必是见过的吧?"

　　正吻又称大吻,有龙、凤、朱雀、孔雀、小兽等各种形状,通常建在屋舍最高处,屋舍上有了脊兽、正吻,便增添了许多雅趣,这类东西叶小天自然是见过的。

　　叶小天点了点头,李秋池道:"还有楼阁、亭子、佛塔等建筑物,它们通常建在高处或山顶,而这些楼阁的顶上大多有个长长的尖,这个尖和那殿宇屋舍顶上的鸱吻,其实都叫雷公柱。"

　　叶小天还是没有听明白,便道:"我现在越发糊涂了,还请先生说仔细些,这种东西如何避雷?"

　　李秋池道:"其中道理嘛,学生倒也不十分了然,只是学生当年曾经办过一桩案子,当时就是有人故意破坏了方丈禅房屋顶上的雷公柱,从而害死了方丈,学生在调查此案时,才知道那东西有引雷之效。"

　　说到这里,李秋池便眉飞色舞起来,道:"那座山极高,寺庙依山而建,大雄宝殿在前面，禅院在后面，方丈禅房就在后院的最高处，极易遭受雷击。后来这位方丈果然因雷击而死，世人只道是场天灾，嘿嘿，却又如何能瞒过学生这双慧眼！"

李秋池把折扇一展，得意扬扬地继续道："学生向负责修缮为雷霆所毁禅房的工匠询问时得知，那方丈禅房的雷公柱已然损毁。

"从那雷公柱损毁的痕迹来看，似乎是年久失修所致。可学生却不会轻易放过任何一个疑点，学生寻访寺中僧侣得知，继任方丈的人正是当初负责建造庙宇的那个和尚，因此更生疑窦。学生……"

李秋池正想把他如何断案如神的经历详详细细地说与叶小天知道，却见叶小天和苏循天都露出不耐烦的神色，只好意犹未尽地住口，暗叹知音难觅，他幽怨地瞟了不解风情的叶小天一眼，继续道："那殿宇顶上的鸱吻和这亭阁顶上的宝珠尖顶，并非只是装饰，它们下边是有东西一直连到地下的。"

叶小天道："连到地下是为了什么？"

李秋池道："导引雷电！屋顶的正吻里边设有一根雷公柱，一旦房子被天雷击中，雷电就会通过这根雷公柱，把雷电之力引向与雷公柱相连的太平梁、角梁、檐柱等，直至地下深处，从而将天雷消弭于无形。

"用以建造雷公柱的那些构件，用的都不是普通的木料，而是楠木、格木（铁力木）等，工匠说，这些木料易于导电，那工匠还说，其实铜铁等五金之物比这些特殊的木料更容易导引雷电。

"只是但凡建造得起殿宇庙堂、华宅广厦的，都会选择昂贵的木料，再者，经过处理的木料比铜铁更耐受风雨侵蚀，所以只有极少的建筑以铜铁为雷公柱。

"除非雷霆之力太过强大，雷公柱来不及导引，又或者那建造屋舍的工匠对雷公柱一知半解，见人家屋顶上有正吻，他便也建个正吻，人家亭子是尖尖的，他便也造一个尖，却不知内里玄机，或用料不对或徒具其表，也就起不到雷公柱的作用了。"

叶小天听到这里，便明白了李秋池的意思，欣然道："这东西当真有效吗？你的意思是咱们在雷神禁地设下雷公柱，用以导引雷电、宣泄电力，雷电之力弱了，自然不会频频发生雷击，是吗？"

苏循天欣喜地说："妙哉！这见鬼的雷神禁地怕是已有上千年没完了地轰隆隆了，要是突然停了，哪怕变成几天打一次雷，那些山蛮子也一定会感到奇怪。"

叶小天拳掌相交，啪的一声响，沉声道："这个法子值得一试，你们马上想办法联系大亨！他奶奶的，当初老子能引水上山，今日就能引雷入地！"

苏循天道："大亨少爷？大亨少爷……不太靠谱吧，这事他干得了吗？"

叶小天还没说话，李秋池已抢先说道："若是不靠谱，他的生意能做得那么红火？这位大少爷一定行！"

叶小天转身看向雷神禁地的方向，一连串的殷雷声正从那个方向隐隐传来。叶小天一字一句地道："雷公柱，一定要树起来！"

·※·※·※·

"陈掌柜，师傅都请来了吗？"罗大亨捏着胖乎乎的下巴问陈掌柜，他那白白胖胖的宝贝儿子正抱着他的大腿，屁股坐在他的脚面上，揪着他的衣服努力往上爬。但……他也只能做出一个往上爬的动作，那双藕段似的小胳膊，还根本没有力量攀爬上去。

陈掌柜欠身答道："遵东家吩咐，陈某已经把方圆三百里内的建造名家都给重金请来了。其中一位师傅还曾主持过一座王府的建造。东翁放心，这些人全都身怀绝技，没有一个平庸之辈。"

罗大亨点头道："好！饮食、住宿，一应事务，你那边都要给他们最好的，但有一桩，我要的东西绝不能耽搁了，一定得尽快给我想出来、造出来！"

陈掌柜答应一声退了出去。罗大亨弯下腰，把他的宝贝儿子抱起来，拍拍他嫩滑的小屁股，顺势托在了自己的臂弯里，对华云飞道："云飞，你那边准备得怎么样了？"

华云飞道："放心，我往山中走了三趟，已经找到一条隐秘险僻的山路，可以在不惊动山中部落的情况下悄然潜入，直抵雷神禁地。另外，武会的教习师傅愿与我一同入山，我觉得兵在精而不在多，况且为了避免消息泄露，也该更加谨慎，还是不要另外雇武师了吧！"

罗大亨道："嗯！咱们进山，本就不是打仗去的，真要和山中部落打仗，咱们这点人马即便再多个三五倍，依旧不够塞人牙缝的。不过，大哥传信说那蛊神禁地里有许多稀奇古怪的东西，必须得防备。老毛，你那边怎么样了？"

毛问智道："硫黄够咱们撒遍整个禁地了，还有各种药水、药膏、驱虫药粉，就是街上卖大力丸的给开的方子，俺也备了一份，万一有效呢。再就是，俺会把金刚和福娃儿也带上，这两个畜生本就是山中野兽，对山中危险再警觉不过，有它们在，有什么危险咱都能早早发现。"

毛问智似乎长了一颗永远长不大的心，所以在叶家，除了遥遥之外，经常逗弄、喂养巨猿和熊猫的就是毛问智。如今遥遥不在，只有他才能和那两个活宝熟练沟通。

洪百川迎了刚从贵阳回来的王宁一起走进门来，一对老友把臂而行，谈笑风生。王宁笑道："这长风道人还真是一个人才，到贵阳没多久，便比在铜仁时候还要风光，这个人现在虽是一步闲棋，但早晚必有大用。"

"嗯？"王宁说到这里，忽然感觉有些奇怪。他大哥洪百川的公开身份是商贾，他大哥的独生子罗大亨也是个生意人，而且生意做得比他老子更成功，父子两代都是商贾人家，家里有些生意人出入也就不算什么了。

可是商人迎来送往的主要场合是店铺而不是家里，即便家中偶尔会有生意场上的好友往来，却也不该把府邸做了生意场，眼前各色人等进进出出，也太热闹了，而且瞧他们那装扮，卖大力丸的、走方郎中、铁匠、篾匠，这都是什么呀，整个府邸简直成了一个大杂货铺了。

随后，王宁就看到了罗大亨，他正同几个人说着什么，一副胸有成竹的样子。

王宁茫然地问道："大哥，你怎么把生意做到家里来了？"

洪大善人听了这话顿时有些意兴索然，他看了看远处那位镇定自若、决断如流的儿子，忽然觉得儿子越来越有出息了，不像以前那么浑，那么不着调，老婆娶了，儿子也有了，生意比自己做得还大，自己这个爹，对儿子而言似乎已没什么用处了。

洪大善人幽幽地叹息一声，苦笑道："把生意做进家里来的人不是我，而是我儿子。他不但把生意做进了家里，接下来还要把生意做进山里呢！"

王宁尚不知就里，惊叹道："做进山里？山里人的钱很好赚吗？"

洪百川道："当然好赚！这单生意只要做成了，咱们贵州那根最大的搅屎棍就要重新出世了！"

第九十五章

雷神之救

一

一进入雷神禁地，罗大亨等人就松了口气，他们知道，在这里头是根本不可能见到山民的，不必再像之前一样鬼鬼祟祟，唯恐泄露行踪。

华云飞提醒道："大哥说过，这山中有一群可以将人吞噬得只剩白骨的怪虫子，还出了大个子这样的巨猿，难保没有其他什么怪异的毒虫野兽，我们不可大意！"

罗大亨不以为然地笑道："要说这头巨猿确也稀罕，要说虫子多了能把人啃成骨头，这我也信，就是蚂蚁多了也能把人啃成骨头，不过，咱们又不是死的，难道还能躺在那儿任它们啃吗？何况咱们还有这么多武师保护！"

罗大亨朝那些持枪提刀的武师指了指，那些武校的教习先生立即挺了挺胸脯。还别说，一身劲装的他们看起来还真是雄赳赳气昂昂的。罗大亨问道："云飞，你先前来勘察过这儿的地形，依你看，我们该如何行进？"

华云飞道："此处山谷中不辨方向，极易迷路，我曾行不多远便设一个记号，根据刻痕……"

他一面说一面往前走，很快便找到一处印记，他欣喜地道："就是这里了，找到它，我就知道接下来该怎么走了。老毛，叫你兄弟前头开路吧，以免遇到什么凶狠的野兽。"

毛问智冲着那只大熊猫比画了一阵，还没等那只大熊猫弄明白他的意思，旁边的金刚巨猿已呼啸一声当先冲去。虽然它并不喜欢这个家，因为它在这谷中实在是太寂寞了，但是今日有缘回家转转，它还是很高兴的。

罗大亨赶紧道："跟上！跟上！大个子，你慢点……"

远处，一片丛林掩映下，两个黑衣人远远地看着他们，身影在丛林中矫健地移动着，始终紧跟他们，丝毫不曾被落下，这两人正是洪百川和王宁。

洪百川这个当爹的，对他那宝贝儿子的心态可是微妙得很，儿子没出息时，他时常被气得七荤八素，动辄就把儿子骂个狗血喷头，眼看儿子出息了，什么事都不用他管了，洪大善人欣慰自豪之余，又不免有些失落："答应了孩子他娘，要照顾大亨一辈子的，可现在儿子根本不用靠我了……"这让以儿子保护神自居的洪老爷子情何以堪？

如今大亨亲自带人进山造雷公柱，洪老爷子可算觉得自己有点用处了："这胖小子，走个路都满头大汗，一点武功都不会，这要是遇到危险，还不是要靠老子我出手救？"这样一想，洪老爷子心里登时舒坦了许多。

大个子在一座山头下停住了，先前毛问智模仿着轰隆隆的声音比画时，它就明白什么意思了。这雷神禁地对别人包括一些高明的猎人来说是一座迷魂谷，但是对出生于此的大个子来说，却是闭着眼睛也不会迷路的。

华云飞仰望着山巅，道："就是这里了！"

咔！轰隆隆……又是一道晴天霹雳在山顶响起，就连他们脚下的地面都在微微颤动，罗大亨眼见天威如此，脸上不禁微微失色。

华云飞道："我曾在此仔细观察过，这雷轰下来，至少得半个时辰，但雷电之力泻尽后，会有一个时辰左右的停歇期。"

罗大亨点点头，对众人吩咐道："按咱们先前的计划，立即上山，都小心着些，一见不妙，立即散开！"

众人答应一声，便往山上走去。

他们制作了一根极长的铁柱，不过为了易于拖运，铁柱是分成几截的，竖立前需要重新组装起来，另外，他们又在铁柱外面包裹了木材、棉花、布匹等物，以防还不等铁柱竖起来就引来雷电，把大家轰个烟消云散。

饶是如此，他们还是做了小木轮车子，用长长的绳子远远地拖着载着铁柱的小车上山，这样万一之前的方法不奏效，铁柱引来了雷电，他们也不至于没有时间逃开。

当他们爬到半山腰时，雷击正好停止，华云飞等人马上加快了步伐。罗大亨至此已经爬不动了，不过他准备十分充足，居然带来了一副滑竿，罗大亨上了滑竿，由四个人抬着，跟着华云飞等人上了山。

这座山上没有树木，洪老爷子他们只能利用岩石远远地跟着，好在罗大亨目标明显，也不怕跟丢了。

洪百川一边盯着儿子上山，一边对王宁道："如今这局面，我发现还真离不了叶小天这根搅屎棍，何况他是生苗首领，能起的作用就更大了，他出山，对我们的计划有利无害。"

王宁道："不错！问题只在于……这个叶小天可不要被杨应龙收服才好，否则杨应龙如虎添翼，就算朝廷依旧有能力消灭他，所消耗的力量也要大大超出我们的估计，那就得不偿失了。"

洪百川微微一笑，道："不会！我在铜仁这些日子，没干别的，就是盯着这个叶小天了，依我对他的了解我判断，他和杨应龙绝不会走到一路，他们根本就不是一路人。"王宁对洪百川素来信服，他既这么说，王宁自然再无异议。

苗人自古敬畏雷神，而此山又是雷神谷中最高处，即便有苗人误入此山，也是恐惧万分，只想着尽快出去，而绝不敢登上这雷神的居所，而今这里终于迎来了第一批客人。

罗大亨等人到了山顶，迅速勘察地形，选择了距顶端还有一段距离的一处平坡作为他们竖立雷公柱的所在。这山上尽是石头，唯有这个地方有泥土，比较容易挖掘。他们轮番上阵，不惜气力地打洞，才忙到一半，山上便又开始了雷击，众人立即丢下所有工具逃之夭夭，等到雷击结束再返回。

在第三次雷击暂停阶段，他们已经挖出了一个约两丈深的洞，下边已经触及岩石。这个深度，足以让那雷公柱竖稳，不过为了稳妥起见，还不等雷击开始，他们就先避开了，等到这次雷击结束，中间留出的时间足够宽裕，他们才再次返回，开始树立雷公柱。

经能工巧匠精心打造的铁柱一共有十四截，第一根最粗，大半可以卡进深洞，他们去除铁柱上的包裹，利用浇铸时留出的深深的卡槽把十四截铁柱固定连接起来。十四根铁柱一节比一节细，最末端是一根长长的铁锥。

等整根铁柱装配完毕，竖着安进挖出的深洞，用泥土、碎石混合着固定好，罗大亨便亲手晃燃火折子，引燃第一根铁柱和第二根铁柱的连接处。那木板、布匹和棉花都是浸足了油的，立即燃烧起来。

罗大亨豪迈地道："是非成败在此一举了，兄弟们，咱们撤！"

这句场面话说完，一群人马上屁滚尿流地向山下逃去。按说当时距下次雷击还有段时间，足够他们逃到山下，但是还没等他们到山脚，山上的惊雷便提前发动了，显然那根高高的铁柱真的有引雷的效果。

罗大亨一群人躲在山脚的一处石坑里，手里捧着计时的沙漏，仰望着山上紧张地道："天雷提前发动了，应该是有效果了吧？"

毛问智挠了挠脑袋，突然道："对呀！好像真的有效果了呢，你们有没有感觉到，咱们脚下的震颤没有那么强烈了？"

…………

从雷神禁地传出的雷击声迅速减少了，当天傍晚时分，雷神禁地周围村寨的一些百姓就有些察觉，等到第二天，消息就迅速传开了。

雷神是生苗古老的信仰，它的存在比蛊教还要早几千年。雷神禁地天天打雷，这当然会对他们的生活产生影响，不过他们从一出生就经历所以也就习惯了，但已经习以为常的事情突然改变，而且关系到一位神明，这就令他们深感不安了：此事是凶？是吉？

就在各个部落惴惴不安的时候，有人率先做出了论断：此为大吉之兆，乃一桩神迹，应举行隆重的仪式，由尊者带领山民，感谢雷神赐下福祉。

做出这一论断的人是冬天，既已决心追随叶小天开创蛊教新伟业，自然不能永远躲在幕后，跳出来同八大长老叫阵需要足够的勇气，但性格单纯质朴的温暾老好人冬天轻易下不了决定，一旦做出决定，却又是九牛也拉不回的。

他的这个论断，迅速得到了格哚佬等几位族长的认可。格哚佬毋庸多言。其他几位族长都是曾受格哚佬相邀，出山见识过新格家寨的大族族长，他们本已准备接受尊者命令，迁出深山，结果中途而缀，此时他们不约而同地认可了冬天的说法。随后，更多的部落族长、长老纷纷站出来安抚民众，一致认可了冬天的这一说法。这些家族的继承人都曾出山在文校、武会中受过"洗脑"，他们回山之后，深深影响了他们的家族。

何况，趋吉避凶是人的天性，百姓们当然喜欢听到与他们相关的好消息。当八大长老结束争吵会议，尚未拿出统一意见的时候，"势"就已形成。耶佬见此情形果断找到引勾佬，两人密议了半天，最后一起找到了冬天。

自从冬天公开站出来，他们就知道冬天是站在尊者一边的，而且和尊者一定保持着密切的联系。他们现在不方便避开其他六位长老直接去见尊者，只有通过这位尊者的"代理人"了。

三人会晤，究竟谈了些什么，并没有第四人知道，但是第二天一早，引勾佬和耶佬便当众认可了冬天的论断。他们两人是神殿长老，可以代表神殿表态，至此，整个事态走向，已经完全脱离格彩佬等人的掌控。

既然以神驭民，自然也得受神掌控！

第九十六章

狗急跳墙

一

"一定是他搞的鬼，一定是！"空旷的神殿大厅中，格彩佬的声音显得格外冷厉。这位年过八旬的老妇人，平时看来就像一个慈祥和蔼的老奶奶，但她毕竟是四十岁就成为神殿长老，手握权杖在神坛上坐了四十多年的一个统治者。

格欧佬蹙眉道："不会吧，或许只是凑巧，咱们这神殿建在此处已有千余年，而建殿之前，这雷神禁地的天雷声就已不知响了几千几万年，此乃天威，任何凡人在那天雷之下都要变成齑粉，他叶小天何德何能，能改变天象？"

格波佬缓缓地道："其中有何诀窍，我等自然是不知道的，但是，你相信水能往高处流吗？他就办到过，他把谷底的水引上了山脊。让天雷停止，我觉得也未必就不可能。"

格德瓦道："那不一样，那是他用了水车，水车能把水引上堤岸，只要方法得宜，自然能够将水层层升高，直至山顶。但这可是天雷，挨着就死，碰着就亡，他怎么可能让天雷停止？"

格旎佬想了想道："你们说，我们不想让他与人见面，想让他待在神殿里做一个安分守己的尊者，结果刚刚把他禁足，响了千余年的雷声就停了，会不会真是神明……在帮助他呀？"

格德瓦冷笑道："不可能！就算真有神明……"

说到这里，格德瓦老脸一红，身为一个靠神权统驭数十万山民的蛊教长老，说出这样的话来，他自己也觉得不好意思，便咳嗽一声道："他叶小天何德何能，可得神明庇佑？我看，事情一定是他搞出来的，而且用了不可告人的办法！绝非神明显灵！"

一直不说话的格益佬缓缓说道："如果他用了法子，就一定不是神明的意志吗？你又怎么知道，那不是神明提示他想到的办法，所以才令天雷停止？"

格彩佬怒气冲冲地道："格益佬，你这是什么意思？"

格益佬慢慢垂下了眼皮，淡淡地道："没什么意思，我只是觉得，如果说尊者试图带领信众出山是违背了前辈尊者的命令，是大逆不道，那么我们幽禁尊者，试图以尊者为傀儡，就更是十恶不赦了。"

格德瓦脸上的皱纹变得更浓密了："格益佬，莫非你想向尊者屈服？"

格益佬沉默良久，缓缓地道："这势，若是神明所造，则不容违逆；若是尊者所为，其势已成，也不是我们所能阻止的。我们与其在这儿争论，不如好好想想如何阻止他趁机发难吧！"

格益佬说完，便转身走了出去。

高大的厅门轻轻地关上，发出的声响在这静谧的厅堂上听来却不亚于一声闷雷，震得众人半晌作声不得。耶佬和引勾佬显然已经归顺了尊者，现在格益佬又抱着两不相帮的中立态度，长老派只剩下五个人了。

格彩佬和格德瓦互相递了个探询的眼神，正想说点什么，就见神殿侍卫长宝翁悄然出现在门口："诸位长老，又有四峒峒主、五寨寨主赶来神殿，求见尊者。"

自从吉兆的消息传开，前来请求尊者举办盛大法事祭祀雷神的部落首领就络绎不绝，八大长老不胜其扰，却又不能赶他们离开，只能找借口阻止他们晋见，暂且把他们安顿在附近，不承想今天一下子来了九个。

格旋佬马上道："你们先商议，我去见见几位峒主、寨主，安抚一番！"

格旋佬说完就溜之大吉了。叶小天把八大长老的至亲眷属都接出了山，安排住在自己府邸周围，还煞费苦心地为他们安排了事情做。他们在红尘里刚刚打了一个滚就被叫回了山，人是回来了可心已经野了，这几位长老可没少受他们的埋怨。

格旋佬离开了，高大的厅门又是一声响，依旧轻微，依旧震得人心神不宁。格彩佬看看大殿，八大长老只余一半了，剩下的这一半中只有格德瓦态度明确，格欧佬和格波佬的态度很模糊，他们或许不会背叛，但真正的大计却是绝不可以和他们商量的。

格彩佬顿感无力，她慢慢退了两步，拄着拐杖缓缓坐在椅子上。尽管她身材瘦小，但是平时坐在那高背的椅子上，依旧有种极尊贵的神态，而此时，她却显得那么渺小。

自格昴佬和格格沃死后，格彩佬就是八大长老中地位最尊、权柄最重的长老，格德瓦次之，而现在她坐在那里，却显得那般无助。这一幕格欧佬和格波佬看在眼里，不免生出些悲凉之感。

· ※ · ※ · ※ ·

"尊者,您点的饭菜,还有酒。"几名侍女把金杯银盏摆了一桌子,又为叶小天斟好了葡萄酒。叶小天在长长的餐桌旁坐下,挥挥手道:"都退下吧,需要的时候我会叫你们!"

"是!"侍女们向他施了一礼,款款退下。她们一走,叶小天就拿起筷子,把那一道道美味佳肴搅得乱七八糟,然后坐回椅子上,从怀中摸出一袋牛肉干,又从花瓶中倒出一碗水,享用了起来。

叶小天的膳堂仿佛皇宫一般恢宏,那张餐桌也无比巨大,叶小天每天都点上大量的菜肴。如果万历皇帝点上这样一桌正餐,恐怕就要受到言官弹劾,但是在这里却不会有任何人会对叶小天的这一举动提出异议。

叶小天并非为了挥霍,他之所以点这么多的菜,是为了让人看不出他究竟有没有吃,因为这么多的菜,就是每样吃上一口人都会撑。神殿在长老们的控制之下,他可不敢冒险,谁知道那菜里有没有毒,小心驶得万年船。

格彩佬最终还是没有当着她并非绝对信任的格欧佬和格波佬的面说出她最深的担心和打算,直到二人离开,大殿上只剩下她和格德瓦两人,格彩佬才长长叹息一声,道:"也许,我们从一开始就错了,如果当初让格崈佬做尊者,情形应该不会比现在更遭吧!"

格德瓦皱了皱眉道:"那倒不见得,杨氏土司权势滔天,如果真让他成功扶格崈佬上位,恐怕我教将陷入万劫不复之地。"

格彩佬愤愤地道:"现在也差不多了!若他登高一呼,你觉得那些族长是听你我的还是听他的?到时候,恐怕你我都将成为阶下囚!"

格德瓦沉默良久,道:"那么,你打算怎么办?"

格彩佬像只受困的老虎,在殿中徐徐地踱了一阵,咬着牙道:"不如把心一横,送他归西!哪怕有些骚乱,也不过是暂时的,时间久了,自会安静下来,到时谁还会记得今日之事,我神教依旧可以屹立山中不倒!"

格德瓦眼角抽搐了几下没有作声,杀死尊者这样的决定,他实在难以宣之于口。可格彩佬瞪着他,并不打马虎眼:"你怎么说?如果他重新掌权,别人或可放过,你我却是一定要完蛋的。此时犹豫不决,我们会追悔莫及!"

格德瓦心中天人交战,挣扎良久,长长地叹息一声,道:"我们如何下手?"

格彩佬心中一喜,道:"想要他死得无伤无痕,不教人看出破绽,老身还是办得到的。"

格德瓦展颜，道："不错，除了蛊，你的毒也是一绝！"

格彩佬道："事不宜迟，既已有所决断，就该马上动手，迟则生变！老身动手，你为护法，万一老身失手，你一定要及时补刀！"

格德瓦也横了心，断然道："你放心，既决意动手，我就不会留手！"

· ※ · ※ · ※ ·

叶小天在神殿的时间实在太短，他知道自己这个尊者的身份有多唬人，却不知道八大长老究竟有多大的能量。所以他只能依皇帝与大臣的关系来猜测：一个皇帝，哪怕他再英明神武，手下的大臣也都有大量的心腹党羽，这些人心中只有其主而没有天子，只要他们的主公一声令下，便是天子他们也敢反，也敢杀。

所以叶小天高估了八大长老的能力，在他看来，至少整个神殿是在八大长老严密控制之下的，要想杀掉自己，八大长老只要使个眼色，他们的那些心腹就会出手，但事实并非如此。

长老们把尊者捧上神坛，本是为了掌控他们的信众，却没有想过有一天自己会和尊者站在对立面。

结果时至今日，尊者已经被他们捧成了半神，连他们都受到了限制。杀死尊者，即便是他们的心腹，也是不敢照办的。所以紧急关头他们只能亲自动手。

格彩佬旋开手中拐杖的把手，从里边取出一只黑色的小瓶子扣在掌中，冷冷一笑，便向叶小天的膳房走去。两个白衣侍女正站在门口等着尊者传唤，忽见首席长老和第二长老同时驾到，都吃了一惊，连忙伏地施礼。

"不用多礼！"这门很厚重，隔音也很好，格彩佬不担心会被叶小天听见，"我们两位长老，有件很紧要的事需要和尊者商量，你们全都退下吧！"两个侍女不敢多问，急忙答应一声，脚步轻移，避开了去。

格彩佬扭头看了格德瓦一眼，手拢在袖中，拇指按在瓶塞上，用拐杖轻轻一点房门，迈步走了进去……

第九十七章

生死一线

一

随着瓶塞打开,一只小虫倏地跃入格彩佬手中。

她事先已在掌心涂抹了药物,那剧毒无比的小虫落入她的掌心后根本不敢反抗,蜷缩在那儿被她轻轻拢住。她年纪虽大,一双手却依旧又稳又快。

"尊者……"格彩佬唤了一声,然后就呆住了。

恢宏如殿宇的膳堂里,一张长长的食案上边摆满了金杯玉盏各色美食,但长案的尽头,那张高大的带有三个顶珠尖角,仿佛西式王冠的座椅上却空空荡荡的,根本没有人。

格德瓦随后进来,业已做好了出手的准备,眼见如此一幕,他急忙转身察看,膳堂中的陈设一目了然,不像是能藏人的样子。格德瓦不禁惊道:"尊者去了哪里?来人,快来人!"

格彩佬不理他,沉着脸走到窗前,用拐杖拨开垂幔,见不曾藏人,又往窗外探看了一眼。每层神殿举架都极高,这里是九层神殿的最高一层,相当于半座山的高度,从这里跳下去必定粉身碎骨。

远远地站在廊道尽头的两个侍女听到长老的呼喊,赶紧提着裙裾跑过来。格德瓦沉着脸道:"尊者人呢?"

两个侍女看看堂内情形,惊讶地道:"就在殿内用膳哪!尊者用膳一向不喜欢我们服侍在侧,每次都要我们候在外面。我们一直站在门口,并不曾离开!"

"你们出去!"格彩佬冷冷地说了一声。两个侍女赶紧退下,眼见大长老面寒如冰,其中一个侍女心生恐惧,退出时脚下一乱,险些绊个跟头,幸亏被另一个侍女扶住。

待二人退下,格彩佬一双老眼扫视着膳堂,沉声道:"这里边一定有秘道!"

格德瓦沮丧地道:"我也想到了,可是……神殿内秘道重重,并不是秘密,很多人都知道。可是秘道在哪儿、如何开启、通向哪里,只有尊者才知道!看来,叶小天果真是上任尊者选定的继承人,否则他不可能知道这些。"

格德瓦顿了顿,惶然道:"尊者逃走了,怎么办?"

格彩佬冷笑道:"镇定些,慌什么!这座神殿,是建在一块完整的巨岩上的,根基无比牢固。纵有通天之能,当初建造神殿的那位尊者,也不可能在石山上掏挖出一条地道一直通向山外,所以出口必然不远,而这神殿周围尽属禁地,全是我们的人,尊者逃得掉?"

格彩佬一边说,一边往外走,"盼咐宝翁,立即调神殿武士控制整座神殿乃至殿外五里之内的一切地方,如果发现尊者,立即请回神殿!"

· ※ · ※ · ※ ·

此时,神殿一楼大厅,四峒峒主、五寨寨主一共九人,正等在那里。

他们是来晋见尊者,恭请尊者率众前往雷神禁地献祭,以谢神恩、安抚雷神的。九人之中,有一人是格哚佬的拜把兄弟,只有他真正与格哚佬结盟,试图利用此事帮助尊者摆脱困境;至于其他八位首领,本就有心祭祀,再有人煽风点火,自然就极为热衷此事了。

"哈哈哈哈……各位峒主、寨主,好久不见哪!"格旎佬从侧方的一扇大门外走了进来。在九层建筑中一楼大厅最为高大,殿宇举架有普通楼房的四层那么高,笑声在大厅中的回荡效果极为明显。

九位部落首领一起向他注目望去,就见格旎佬笑吟吟地走过来,道:"各位首领,为何而来呀?"

格哚佬那拜把兄弟抚胸道:"尊敬的格旎佬大人,咆哮万年的雷神之威现在不见了,这是雷神对我们山民的善意,我们应该向雷神表示我们的尊敬。所以我们九人赶来,恭请尊者带领我们,前往雷神禁地,拜祭神明。"

格旎佬啊了一声,道:"原来如此!不巧得很,尊者正与诸位神殿长老议事,暂时无法接见你们,各位首领如果本部事务繁忙,可以先回去,等候尊者另择佳期召见,或者就在附近寨子里住下等等看,说不定尊者有了时间,会召见你们。"

格哚佬那拜把兄弟眉头一皱,道:"尊敬的格旎佬大人,尊者自从回山,一直事务繁忙,无暇接见任何一方首领。这……不太正常吧?是不是尊者身体不适,抑或有什么其他情况?"

格旎佬脸一沉,道:"你这是什么意思?"

格哚佬那拜把兄弟道:"尊者刚继位就游历天下去了,我等无缘聆听尊者教诲尚属正常,而今尊者已回到神殿主持教务,我们远道而来还是未蒙一见,对此我着实不解！"

　　这番话正中众首领下怀，他们纷纷上前申诉委屈。格旎佬刚想摆出神殿长老的架子呵斥他一番，就听轧轧轧一阵机栝声响，众人顿时住口，一起扭头看去……

　　就见大堂正前方高台上的那座镶金嵌玉的宝座前方，缓缓冒出一颗人头，那人缓缓上升，升至胸口处时，后边又冒出两颗人头，三人一起升高，直至脚底与宝座前面的地面平齐。

　　这时众人才看清楚，中间更高一层石台上的那人一袭黑衣，神情庄重，正是尊者。叶小天继任尊者时众首领曾经拜见过他，一见是他，立即拜倒在地，至于站在他身后的李秋池和苏循天，在他们眼中和一件摆设没什么区别，因而懒得多打量。

　　格旎佬一见叶小天，不禁惊愕地张大了嘴巴，一时不知该说什么才好。叶小天看了他一眼，退后一步，笑吟吟地往神座上一坐，一抖黑袍，跷起了二郎腿。

　　格旎佬心中一个激灵，赶紧抚胸施礼，结结巴巴地道："弟……弟子参见尊者。"

　　"免礼，都起来吧！"叶小天看了眼恭谨起身的九位部落首领，道，"各位首领，本尊游历天下数载，回来之后，一直忙于处理积务，所以不曾召见你们，不要见怪哈！"

　　九位首领慌忙道："不敢！不敢！"

　　叶小天正襟危坐，道："你们今日来，可是为了前往雷神禁地祭祀一事？"

　　一位首领躬身道："是！雷神长眠，雷霆顿止。长老们说，这是大吉之兆，所以我等想请尊者率领山民前往禁地拜祭。只是先前已有多位首领赶来，却无缘拜见尊者……"

　　叶小天啪地打了个响指，起身往外就走，道："走吧！"

　　格旎佬手足无措，呆呆地问道："尊者……要去哪里？"

　　紧随叶小天身后的李秋池拿折扇往他胸口一点，淡淡地道："尊者要去见见候在寨中尚未蒙一见的诸位首领，以示神恩眷顾，怎么，这位长老有意见吗？"

　　"我……没……"格旎佬吃吃地说着，就见叶小天已经施施然地走到了大厅门口，九位首领众星捧月一般随在他的身后，一个个欢天喜地的样子，情急之下，忙也追了上去。

　　叶小天本来正在膳堂里看着满桌的珍馐美味，嚼着牛肉干，喝着花瓶水，忽然秘道一开，李秋池和苏循天走了进来。

　　叶小天早就吩咐他们，有空就在城堡里到处转转。受命之后两人一身黑袍，天天到处转悠，仿佛古堡幽灵一般。

　　长老们只以为这两个人四处闲逛，是为了寻找脱困路线，或是为了吸引他人的目光，为叶小天打掩护，从未想到仅凭留意进出神殿的人以及他们的神情举止，也是能看出很多门道的。

苏循天当然没有这个本事，但讼师出身的李秋池却是察言观色的大行家。参与密会的神殿长老越来越少，格益佬刚刚不悦地离开，又有部落首领赶来晋见，这些事落在李秋池的眼中，都被他解读出许多含义。

本来，再拖久一些，八大长老内部肯定矛盾更深，赶来神殿促请的部落首领也会更多，但是真到了那一步，铁了心要和叶小天对抗的长老很可能会绝望之下铤而走险。所以，李秋池立即赶回，向叶小天禀明一切。叶小天听后马上决定：立即脱困。

当格彩佬和格德瓦气喘吁吁地出现在一楼大厅时，叶小天已经在九大部落首领的簇拥下扬长而去了……

第九十八章

微　妙

一

　　格彩佬和格德瓦赶到神殿门口，见格欧佬站在那儿，一副失魂落魄的样子，格彩佬脱口问道："尊者呢？"

　　格欧佬没有回头，只是直勾勾地看着前方，缓缓伸出手，向前颤巍巍地一指。格彩佬和格德瓦向他所指的方向看去，就见神湖之畔有数具竹筏，叶小天和九位部落首领正分别登上竹筏。

　　叶小天似乎有所感应，忽然回头向这边望了一眼。他们之间隔得不近，连五官面目都看不大清楚，但格彩佬和格德瓦却分明感受到了叶小天目光中的讥诮。

　　格德瓦怒声道："格欧佬，你为什么不拦住他，为什么？"

　　格欧佬道："有九部首领随从，怎么拦？以什么名义拦？神殿长老要造尊者的反吗？"

　　格德瓦怒视着他，道："你……"

　　格欧佬冷冷地道："格旎佬跟过去了，要拦也该是他拦，你们还是问问他为何不拦着吧。"

　　格欧佬拂袖而去，格彩佬和格德瓦望着他的背影气结，他们怒气冲冲地看向神湖之畔，等着格旎佬回来，向他兴师问罪，但是……当竹筏荡开水面向对面划去时，他们愕然发现，格旎佬居然也跟着上了竹筏……

　　格旎佬站在叶小天身后，不时地偷窥一眼叶小天的背影，心中挣扎不定。他也不知道自己究竟是怎么了，拦阻不得，就鬼使神差地跟着上了竹筏，此时不论他愿或不愿都只有一个选择，那就是硬着头皮，与叶小天同乘这一条"船"了。

　　"如今看来，雷神禁地的把戏分明就是他搞的鬼。他究竟用了什么法子？如果他有偌大神通，连天雷也可以左右，那么……这位尊者，是我们能够抗衡的吗？"格旎佬忽然又想起了他本家侄子。他终身未娶，这个侄子是他幼弟家的孩子，一向被他视如己出。当初叶小天要八大长老各选一户亲眷去铜仁护法,格旎佬想都未想就选择了他。

到山外才几个月,他这个自幼生长于深山的侄儿便大开了眼界。他对格旎佬非常孝敬,时常在山外买些布匹、食物和美酒,给他送来。

格旎佬贵为神殿八大长老之一,什么珍馐美味、绫罗绸缎得不到,到了他这个年纪,对物欲看得很淡,对感情却愈加渴求,他喜欢享受那种天伦之乐。

部落被召回山之后,他没少受他那年过四旬的侄儿埋怨,还有他那小侄孙,见到他就嘟起嘴巴,抱都不肯让他抱一下,他心里又何尝好受!

可是对他而言,有些东西已深入骨髓,当初格彩佬说尊者把大家都带出山,会毁了蛊教的根基,他想也不想就信了。原先格崩佬和格格沃在的时候,他就是个打酱油的应声虫,现在换了格彩佬和格德瓦当家,他依然如是。

"长在深谷的一根竹子,被人挖出来栽在庭院里,它就一定会枯死吗?老叔,你好好想想吧!"格旎佬想起侄儿苦口婆心的劝说,心思更加动摇起来。

苏循天站在一边也看他,见他时而仰头,时而低头,时而看看叶小天,脸色阴晴不定,终于忍不住瞪起眼睛问道:"干吗,你想把我们大人推下水吗?"

同筏的两个部落首领诧异地看过来,格旎佬吓了一跳,慌忙解释道:"说笑了,说笑了,老夫……老夫乃神殿长老,怎能把尊者推进水里呀!这位小兄弟说话忒荒唐。"

说着,格旎佬赶紧往后退了两步,生怕引起苏循天等人的误会。

距神殿给出的搬迁之期只剩一天了,但是格哚佬部的人一如既往地生活着,看不出一点要搬家的紧张忙碌感。叶小天一行一进入寨子,百姓们便立即奔走相告。

他们纷纷匍匐在路边,向他们的尊者、他们的土司,他们教权与政权的拥有者行跪拜大礼,有些在部落里比较有身份的长者,还有幸到前面,直接向叶小天问好,并亲吻他的靴尖。

格旎佬见此一幕,心中更是犯起了嘀咕:"格德瓦不是说尊者把他们带出山去,他们受了世俗物欲的诱惑,已经失去了敬畏心、虔诚心吗?为什么他们对尊者依旧发自内心地尊重,甚而……更加热爱?"

听说叶小天赶到,格哚佬立即通知正寄住在他寨子里等着晋见尊者的众部落首领一起出迎。哚妮和遥遥听说叶小天脱困,欣喜若狂,急于相见,但被格哚佬一把拦住。

格哚佬苦笑着对哚妮道:"女儿呀,尊者脱困,赶来此处,是有大事要议的。事情成了,你要和尊者长相厮守自然不难,事若不成,恐怕咱们的山寨都难以保全,这个时候你去添什么乱,这可不是儿女情长的时候哇。"

哚妮想想确实在理，只得按捺住自己的急切心情，反过来安慰嘟起嘴来的遥遥。

神殿里，格彩佬像只愤怒的女暴龙，在大厅中来来回回地走了半晌。她忽地站住，用拐杖重重地一顿巨石地面，喝道："走，我们去看看，他究竟要搞什么鬼。"

格彩佬怒气冲冲地走到殿门口，对一名侍卫喝道："去把格欧佬、格波佬给我叫来！这两个老东西，把自己的眼睛蒙上、耳朵堵住，该发生的就不会发生了吗？真是岂有此理！"

跟在她后面的格德瓦满脸苦笑，这个老婆子，比起阴险的格崇佬、油滑的格格沃来差得太远，或许自己当初就不该和她一起对抗尊者。然而时至今日后悔已来不及了，他唯一能做的，就是沿着自己选择的路，继续走下去。

格哚佬部大摆酒筵，二十多个部落首领，以及耶佬、引勾佬、冬天，还有格旎佬、格益佬都在座。叶小天坐在最上首，长老和部落首领分属教权系列和政权系列，分别坐在叶小天的右手边和左手边。依照资历深浅，格益佬应该坐在叶小天右手边首位，其次是格旎佬，再次是耶佬，然后是引勾佬，接下来才是准长老冬天。可是，此刻的排位却是冬天居首，耶佬居次，引勾佬再次，接着才是格益佬和格旎佬。冬天是追随叶小天最久的人，而且在这次长老团和尊者对立的危局中，坚定地站在了尊者一边。耶佬和引勾佬是赞成叶小天出山之策的，而且是八大长老中最先归附的两个人。耶佬常驻叶府，引勾佬留守在格家寨，他们对叶小天的出山计划帮助很大。

所以，叶小天亲自指定冬天坐了首位，耶佬次之，引勾佬再次之。格益佬和格旎佬，身份、地位、辈分虽较这三人为高，却只能屈居末席。

叶小天借此已经表明了他的态度：凡拥护我、信仰我的，都有出人头地的可能！

八大长老都还健在，却让冬天坐首位，这意味着来日八大长老中一定会有人下台。即便山里人生性纯朴，少些心机，这一点也是看得很清楚的。

但是谁也没有点破，不但没有点破，而且接受了叶小天的这一安排，这就是一种很微妙的态度了。

由这一任尊者叶小天亲手发动的一次政变，就在这样微妙的态势中缓缓拉开了序幕。

酒筵上，坐在右上首位的冬天和左上手位的格哚佬正跟叶小天笑谈着什么，突然，格彩佬带着格德瓦、格欧佬、格波佬怒气冲冲地走了过来。

所有的人都向他们看去，后又扭头看向叶小天，气氛顿时变得紧张起来。冬天有些不安地扭动了一下身子，他是晚辈，格彩佬冷厉的目光投来，令他如坐针毡。

叶小天笑吟吟地拍了拍他的肩膀，冬天感受到他手掌上的力量，迅速安静下来。叶小天大马金刀地坐在那儿，用挑衅的目光看着格彩佬等人，微笑道："各位长老来了，本尊与各位长老、各位山寨首领相聚正欢，几位长老何不入席，一同饮上几杯呢？"

　　他往长老席末端的空座处指了指，脸上的笑容含威不露，目光在格彩佬和格德瓦几人脸上一一掠过。这是他最后一次招安，也是他给长老们的最后一次机会……

　　第一次为人所乘，是警觉心不够，如果再给敌人第二次反扑的机会，那就是愚蠢了。这个错他不会再犯。欲革新，必用铁腕手段，他已磨刀霍霍，现在只看对方如何选择了！

第九十九章

只争朝夕

一

格彩佬把老脸一沉,道:"尊者,教中尚有大量事务不曾处理,尊者怎么能不顾教务,来此饮酒呢。弟子恭请尊者回神殿主持大局。"

啪!叶小天把酒碗向桌上重重一顿,不悦地道:"格彩佬,本尊离山数载,山中安然无恙,各部井然有序,教务有哪里不顺畅了?怎么本尊一回山,便有诸多教务非本尊处理不可?"

叶小天环顾左右,道:"本尊回山以来,还不曾与各部落首领会晤,致使前来拜见的诸多首领只能长时间候在这里,这……难道不是本尊应该处理的重要教务吗?格彩佬,你执意要本尊回神殿,不许本尊与诸部首领会晤,究竟是何居心?莫非你想软禁本尊,效仿曹阿瞒,来个'挟天子以令诸侯?'"

格彩佬气得脸都白了,嘴唇哆嗦着,有心抗辩,可叶小天话说得这么重,显然是在逼她翻脸,而叶小天一离神殿就似蛟龙入水,眼下明显比她占据优势,直接翻脸对她绝无好处。格彩佬忍了又忍,强自欠身,硬邦邦地道:"弟子不敢!"

叶小天不耐烦地道:"真是扫兴!格彩佬既如此关心教务,那你就回神殿吧,有什么事务,本尊授权你代为署理。"

格彩佬情知是没办法把他带回去了,脸色铁青地转身就走。格德瓦默然转身跟随其后,一言不发。

格欧佬和格波佬跟在他们后面,迟疑不决不知该如何是好。叶小天瞟了他们一眼,道:"格欧佬、格波佬,两位长老一向只重清修,于教务似乎并不插手,想来是有空闲的,何不留下小酌几杯?"

叶小天这是在公开拉拢了,格彩佬一听顿时停住了脚步,扭头看向格欧佬和格波佬。格德瓦听叶小天只提格欧佬和格波佬的名字,对他理都不理,不禁心中一凉,情知作为"反叛"的主谋之一,刚才没有就势屈服,就已彻底断了自己的退路。

格波佬看看叶小天，又扭头看看格彩佬和格德瓦，有些犹疑不定。坐在末席的格旎佬见状，情知这是自己表现的绝好机会，他立即道："两位长老，尊者相邀，还不就席，那可是大不敬了。咱们老兄弟很长时间没有一起饮酒了，何不坐下，共乐一番？"

格欧佬顺势下台阶，满脸堆笑道："格旎佬所言甚是，格波佬，咱们不妨陪尊者一起吃几杯酒吧。"

他虽做了选择，却也不肯自己下水，马上一扯格波佬，便在格旎佬下首坐了下来。他的排名比格旎佬高，但这时他只觉只要有他一席之地就已心满意足。

格波佬被格欧佬拉着，半推半就地跟着格欧佬坐了下来。格彩佬将拐杖用力一顿，恨然离去。格德瓦仰首望向天边晚霞，那晚霞绚丽如火，鲜丽如缎，可看在他的眼中，却如血一般殷红。格德瓦呵呵地笑了两声，举步走开去，再不回头望上一眼，背影异常萧瑟。

· ※ · ※ ·

神殿的一个房间内，只有桌上掌着一盏灯，那光似乎都被周围的黑暗吸走了，无法照及整个房间，所以显得异常冷凄。格彩佬躬着背，静静地坐在桌旁，灯光映着她满脸的皱纹，整张脸好似一块储放了四十年的"陈皮"。

格德瓦坐在对面的阴暗中，闭目良久，才用暗哑的声音道："交出权柄，做太上长老吧。我看他不似心狠手辣之辈，应该……会放我们一马！"

格彩佬猛一抬头，愤怒地说道："你说什么？"

格德瓦以空洞的声音道："你觉得，我们还有反败为胜的机会吗？"

格彩佬猛地站了起来，走到他面前，气咻咻地道："老身年逾八十，无儿无女，你说，老身这么做是为了什么？不是为了个人权柄，不是为了家族后人，我所做的一切，都是为了蛊教！"她一面说，一面用拐杖用力顿地。

格德瓦有气无力地道："我也不认同尊者的做法，但是……六个长老站到了他那一边，又有神迹撑持，本来就信奉蛊神的各大部落现在对尊者更是俯首帖耳，我们下毒没机会，行刺不可能，还能怎么办？"

格彩佬眯起眼睛，眼神中有凶狠的光在闪烁："也未必就没有机会，这般情况下，我们还可以行险一击！"

格德瓦追问道："如何行险一击？调人去攻打尊者？你觉得我们能调动谁？就算是我们的心腹，十之八九也不敢做出如此大逆不道的事来！"

格彩佬狡黠地道："如果……发动攻击的人并不知道尊者在其中呢？"

格德瓦皱了皱眉，道："你想怎么做？"

这时，房门叩响了，格彩佬直起腰来，喝道："进来！"

宝翁进入房间，向她抚胸施礼，恭谨地道："大长老，尊者还在格家寨里饮酒，席间尊者宣布，要在七日之后前往雷神禁地祭祀，已命格哚佬派人四处通知了。"

"知道了！"格彩佬答应了一声。她离开后，不放心叶小天，所以派了人留在寨中，普通的寨民并不清楚尊者和长老间的明争暗斗，向他们打听消息还是很容易的。

格彩佬在室中踱着步子，口中念念有词，过了半晌，突然道："其中一定有诈！"

格德瓦看着她，听她说道："他是想施缓兵之计迷惑我们，他真正行动的日期肯定在前往雷神谷之前。我们得马上行动！"

格彩佬霍地转向格德瓦，道："事不宜迟，就近调动武装夜袭格家寨，就说格家寨拒不执行神殿安排，不肯搬迁，且对神殿多有怨尤，意图造反，尊者下令纵火焚之！"

格彩佬面向格家寨的方向，狞笑道："那些攻城陷寨的士卒并不认得尊者，夜下混战，哪里辨得清谁是谁？就算他不死于火中，也得死于刀枪之下！我们三面纵火，湖中再布蛊与毒，叫他们上山无路，入地无门！"

格德瓦提醒道："尊者不畏蛊，毒一入水，效用有限，怕也伤不得他。"

格彩佬回头横了他一眼道："到那时，尊者已成孤家寡人，就算侥幸不死，难道老身就杀不得人？"

格德瓦道："附近峒寨部落，与格哚佬部并无恩怨，格哚佬部又是七大护法部落之一，贸然调动兵马攻击，他们肯从命吗？没有尊者印信，只怕我们调不动他们！"

格彩佬返身走到他面前，目光炯炯地道："所以，你要亲自去。什么理由可信，你就编什么理由，谅那堡寨首领也不敢抗命！"

格德瓦垂着眼皮思量半晌，悲凉地一笑，道："罢了，你舍得这身老骨头，我又何惜这具臭皮囊，为了神教，我就做一回有功的罪人！"

格德瓦霍地站了起来，灯光将他的身影映在墙上，仿佛一个高大狰狞的巨人！

· ※ · ※ · ※ ·

格哚佬的客厅并不算大，所以一盏灯便照得室内明亮、温暖。

叶小天在一张羊皮纸上写完赦令，便从颈上取下了那颗看起来狰狞恐怖的蛊虫项坠，旋开来。那铁铸蛊虫从下腹部断成了两半，其中大的一半就是一枚印章。

叶小天蘸了些朱砂，在纸上用力印下了尊者的符印，"收好印章，把那羊皮纸小心卷好"。

一个粗犷结实的壮汉立即双手接过。此人就是今日在神殿上引导其他八部首领向格旎佬发难的那个人。叶小天的七日之约确实是个烟雾弹，但他准备行动的时间不是比提前几天，而是从现在就开始了。

叶小天道："这件事十分重要，格寨主已经被神殿盯上了，不宜有任何异动，所以……一切就拜托你了！"

那首领激动地道："尊者放心，我会让我二弟连夜赶回去亲自主持此事，一定把事情办得妥妥当当！"

看着那位首领悄然离开，没入月色，叶小天长长地吁了口气。

忽然，叶小天觉得内房似乎有人，他不假思索地抓起桌上的佩刀，朝里走去……哚妮倚着门框，已不知在那里看了他多久，见他发现了自己，哚妮咬着嘴唇向他甜甜一笑，眼波欲流，别样迷人。

叶小天顿时心头一紧，怔了怔，小心地道："呃……你男人今儿太累，咱们能不能不弄？"

哚妮也不知为他担心了多久，本以为乍一相见，会听到他如何惊喜的甜蜜话，却不想他竟来了这么一句，登时大羞，冲上来向他大发娇嗔道："谁想弄了，一见面你就满嘴的浑话，人家弄死你！"

第一〇〇章

行尸走肉

一

这个夜晚，双方都在紧张地忙碌着，他们都清楚对方行动在即，却不确定对方具体的行动时间，正因为此，他们才更加紧张，因为危机随时可能发生，他们只有争分夺秒才能占得先机。

法卢寨和格家寨一样，都是神殿七大护法部落之一。这七个部落之所以具有护法部落的特殊身份，倒不是因为它们的规模与势力最大，而是因为它们距神殿最近，历史最为悠久。

听说神殿第二长老格德瓦赶来，法卢寨首领林侍提连忙带了寨中长老和自己的几个得力副手迎了出来，"尊敬的格德瓦长老，您怎么来啦？"

格德瓦沉着脸道："到寨子里再说！"说罢一马当先，向寨子里走去。林侍提等人见他面色凝重，忙也敛了笑容，紧紧随在他的后面。格德瓦径直来到大厅，向里走了几步，忽地一转身，沉声道："尊者有法旨颁下！"

林侍提见他一路神色冷峻，已是心中惴惴，陡然又听到"尊者法旨"四个字，更是心头大震，他下意识地屈膝跪倒，双手扶地，顿首道："恭领法旨！"

格德瓦厉声道："格家寨拒不服从神殿命令，迟迟不肯搬离原址，更因尊者夺去格家寨护法资格而怀恨在心，今竟悍然出兵包围神殿，意图对尊者不利。尊者法旨：命你立即带兵救驾。"

林侍提大吃一惊，骇然道："二长老，你说……你说格哚佬背叛尊者，还意图对尊者不利？"

格德瓦点了点头，愤怒地道："每隔几十年，总要有那么一两个胆大包天之辈以下犯上，冒犯神威！总要行雷霆手段予以诛杀，才能再得到几十年的太平，如此轮回，原也不算稀奇。

"只是格家寨以护法身份背叛神教，干出这样的事来，在我山中却是头一遭！他们借助毗邻神殿的便利，猝然偷袭，困住尊者，真是罪无可恕。不让格家寨灰飞烟灭，难消我心头之恨。"

法卢寨的一位长老按捺不住道："二长老，你是说格哚佬已经困住了尊者？"

格德瓦重重地一点头，道："不错！不过尊者听到示警，已布下十蛊诛仙大阵，将第九层神殿严密护起，虽然格哚佬的人冲不上去，可尊者也无法出来，须得退了格家寨的乱兵，才能救得尊者！"

林侍提听他这么说，哪里还敢迟疑。此时的林寨主以为二长老是要他带兵杀上神殿为尊者解围，是以二话不说，腾地一下跳将起来，对自己寨中的头领们喝道："你们还愣着干什么，立刻召集全寨丁壮，随我杀上神殿，为尊者护法！"

格德瓦见状，一丝得意的笑容自他嘴角倏然闪过。来时的路上，他一直在仔细考虑该怎么对林侍提说。思来想去，他最终还是借鉴了当初格哔佬率人包围尊者寝宫，尊者布下"千年杀"大阵自保的情节。当然，如果就这么把林侍提引到神山，还是要穿帮，但事情总要一步步来。

不过想到自己贵为蛊教的二长老，调动一个部落的兵马居然如此吃力，需要如此煞费苦心，格德瓦倒是一下子就明白了他和格哔佬的差距。

格德瓦站在议事大厅中惆怅地想着，越想越不甘心，对于权力，忽然就产生了一丝渴望。

·※·※·※·

天刚蒙蒙亮，金沙谷就开始了新一天的忙碌。

女人们很早就起床了，她们跪在灶前，小心地引着了火塞进灶去，再低下头冲着灶里吹气，直到那柴火噼噼啪啪地烧起来，这才跳起来，拍一拍那满是黑灰和沙尘的双手，也不洗，就抓起一截剥了皮的树枝，在锅里搅起来。

锅里有半锅水，水里是从昨晚就开始浸泡的糙米、坚果，以及一些并不美味极其腥膻的野兽肉干。等到那一大锅肉糜炖得差不多了，她们便把采撷来的各色野菜一股脑丢进去，最后又小心翼翼地洒点盐巴进去。

男人们这时也起床了，一个个蓬头垢面，满口黄牙。在这里，洗漱等条件是根本没有的，他们住的像狗窝，吃的像猪食，现在的他们想像一个普通人一样活着都是一种奢求。

男人们端起一碗有米有肉有菜有汤的粥，或蹲在自家的蜗居前面，转着碗沿咻溜咻溜地喝粥，或走动一下，就近到邻居房门前，两三个人蹲在一起，偶尔低语几句，都是简单的嗯啊之类，难得蹦出一句超过三个字的话来。

"开——工——啦。"

随着一声悠长的呐喊,铜锣声响了起来。这山谷两侧太高,只有接近正午时分,阳光才能照进来,所以谷中居民过的是几乎不见天日的生活,对于时间自然也无从判断,每天上工的时刻只能大概估摸着等人家召唤。

听到铜锣声时,早饭基本上吃完,他们把碗送回自己的家,向着同一个方向出发了。

他们都曾是一方部落中的首脑人物,有的甚至还是神殿中的重要人物,曾经威风得不可一世,但自从被发落于此,他们的人生就只剩下活着,了无生趣。

每天一早,他们填饱肚子,赶到矿洞,在监工和武士的督促下领取锹镐、背筐,钻进矿洞。金矿石、金矿沙被他们一锹一镐地挖出来,再用背筐一筐筐地背出来。

另有一些被发落者正像驴子一样,推着磨盘转来转去。挖矿的行尸走到推磨的行尸面前,嗯啊几声打过招呼后,就把筐里的金矿石和金矿沙倒进磨盘中间的漏斗状入孔,然后提着空筐蹒跚地走开。

矿石经过研磨变成了细沙,再被人装进推车送到河畔,这时就该女人和孩子们出场了。女人和孩子们用箩、箕去车上取了金矿沙,走进寒冷入骨的河水,弯下腰开始淘金。

妇人和孩子是没有人看守的,因为没有必要,根本不用担心他们私藏金沙,他们的命运注定要终结于此,金子对于他们没有任何意义,他们需要的是多淘金子,从而换取一匹好一点的布料、换一袋没有发霉的稻米,能多分上两块盐巴,最好再赐给他们一点药物。

今天看起来和昨天并没有什么不同,矿工们仍旧从天明劳作到天黑,拖着疲惫的身子回到他们的狗窝,再吃上一大碗猪食,然后像头猪一样呼呼大睡。其间,也许唯一的乐事就是婆娘和孩子多淘出了几粒金子,可以为他们的家里多争取一点生活必需品。

但是,这一天注定是与往常不一样的,因为他们的尊者,今天将把福音传到这十八层地狱。

怀揣尊者法旨的塔特部长老德旺,带领本族一千二百名骁勇善战的武士兵分四路,悄然赶到了金沙谷。在四路兵马悄悄埋伏下来,做好了金沙谷守军一旦抗旨,就会悍然发动攻击的准备之后,德旺本人带着八名侍卫,昂然地登上了山顶。

第一○一章

兵临城下

一

叶小天可以动用雷霆手段把反对他的长老和他们的心腹们干掉，但干掉了这些人，总要有人去取代他们的。就是在山外的世界，叶小天也不可能遥控所有的部下，必须要有得力的助手帮他，何况是在山里。

在这里，想要与某些部落取得联系，派一个身手最矫健的人走上几天几夜都未必能赶得到，如果无法管理，那些部落根本就不算是掌握在了他的手中。

而这个帮手，首先得忠诚，至少要绝对依赖他；其次他还得是大族，拥有相当的威望和能力，这是部落能够自治的先决条件，空降一个外人，全无用处。

叶小天没有时间等他开办的学校里的那些孩子长大成材，如此一来，金沙谷里的这些"矿工"，就成了他的人才储备库。

这些人被发配于此为神殿淘金，而对叶小天来说，他们才是珍贵的金沙。所以，叶小天也派人来淘金了，他要把这些人从金沙谷里淘出去，为他所用。

大工头拿着叶小天的手谕仔仔细细地看了半天，德旺见状，不耐烦地道："你翻来覆去的还有完没完，这印信是尊者的，谁敢假冒，你不要拖拖拉拉的，快执行吧。"

大工头向他龇牙一笑，道："德旺兄弟，你别着急呀。我仔细看过了，这印信的确不假，不过……"

大工头眯着眼睛看向德旺，瘦削的巴掌脸上显出一副狡黠的神态，像极了一头老狐："这些人都是神教的罪人，无缘无故的，尊者为什么要赦免他们呢？"

德旺睨着他道："怎么，你这是质疑尊者的决定？"

"不不不，好奇！只是好奇！"大工头继续龇着牙笑道："就算要赦免他们，有些事情也需要料理，他们收拾行装离开此地也需要时间，你何必这么着急呢！赦免金沙谷中所有罪犯，这可是一件大事，尊者何以有此决定，小弟实在好奇得很，德旺兄不妨跟兄弟说说。"

德旺没好气地道："尊者决定的事，轮得到你我来说三道四？不过，我倒是多少知道一些，雷神禁地的天雷不再频繁响起了，这事你知道吧？雷神安睡，赐下福祉，这是大吉之兆，所以尊者特意进行大赦以谢神恩。这种把戏，山外的皇帝最喜欢做了，咱们尊者来自山外，有样学样稀奇吗？"

"有！"大工头的笑容始终很温和，但是叫人看了却从心里感觉不舒服，仿佛你面前有一团柔软雪白的棉花，里边明明藏了一根很锋利的针，你也知道，却偏偏有人叫你握紧它。

大工头道："尊者颁下法旨，应该派遣神殿长老来传旨，再不济也该派一名神殿武士。德旺兄是塔特部的长老，既非神殿长老，也非神殿武士，说起来，你们塔特部也不是距离神殿最近的部落，为什么是由你德旺兄来传法旨，兄弟可是实在不明白了。"

自从格崩佬和格格沃死后，这大工头就换了格彩佬的人，替神殿掌控着最大的财源。大长老和尊者有些不对付，他心中有数，因而对叶小天的贸然举动自然产生了疑问。所以，哪怕叶小天传令的步骤没有丝毫问题，他也打定主意要硬找出些岔子，以拖延时间，好请示格彩佬。

德旺看起来是个很粗犷、很高大的汉子，黧黑的皮肤，挺拔的鼻梁，微微下抿的嘴唇，浓重的一字眉，给人一种很严肃很刚正的感觉，但是外表有时未必就能反映他的真正性格。

面对大工头一连串的疑问，德旺的面色一连数变，露出一副难以启齿的表情。大工头一见更加好奇了，说道："德旺兄，莫非你有什么难以启齿的话？"

德旺迟疑了一下，道："也不是不能说，只是……罢了，我就说与你听吧。"

德旺一揽大工头的脖子，走向屋子一角，到了墙角松开胳膊，对大工头道："实不相瞒，尊者之所以没有派神殿长老或神殿武士来，其实是因为……咦？二长老，您怎么来了？"

德旺说到一半忽地面露讶色，吃惊地看向大工头背后。方才他揽住大工头的脖子时，大工头就开始戒备起来，左臂微微绷起，右手按住刀柄，随时准备反击。

谁料到了墙角，德旺却放开了手，大工头的戒心便去了。见德旺一脸吃惊地望着门口，还喊出了格崩佬的称呼，大工头来不及多想，下意识地就扭过头去。

门口哪有什么二长老，只有他的几名侍卫杵在那儿，正愕然地看向这边。

"不好！"大工头暗吃一惊，纵身就要向前跃出，但是已经迟了，一只大手从背后伸过来，一把握住了他瘦削的脸颊，随即他的咽喉处便是一阵剧痛！

他的身子像被割了喉的鸡，用力地蹦跶了几下，便软绵绵地垂了下去。一见这般情景，大工头手下那些打手护卫大惊失色，纷纷拔出刀来，但是他们快，德旺带来的八名护卫因为早有准备，比他们动作更快，还不等他们拔刀，就蓦然发难了。

一片刀光剑影之后，现场迅速放倒了三个人，都是大工头一方的，剩下的护矿武士背靠背地站在一起，以刀锋外指，向外面拼命狂嗥："快来人哪，有人谋夺金山！"

德旺把大工头的尸体向前一推，伸出舌头舔了舔溅在手上的鲜血，对他们狞笑道："这是尊者法旨，你们竟敢抗命，难道想死不成？老子实话告诉你们，大长老觊觎尊者之位，意图谋反，已经被尊者处死了，你们还不放下兵器投降，是想为谁而死呢？"

持械反抗的护矿武士和外面闻声闯进来的武士听到这番话，看到大工头那具令人怵目的尸体，惊怔得不知所措。

德旺大吼一声："尔等还不弃械投降！"随着他的一声大喝，房间里陆续传出了叮叮当当兵刃落地的声音。

呜——

苍凉的号角声响起，传入深深的矿坑里面。外面，四路伏兵正扑向金沙谷，依次接收建在峡谷上方的堡寨、角楼，命令原来的护矿队放下武器并集中看管。

矿坑里不见天日，那些矿工并不知道现在是什么时间，听到收工的号角声，本能地以为天色已经黑了，不过他们隐约觉得今天似乎过得太快。

他们整理好工具，提起筐篓，迈着呆滞的步子向矿坑外走去。当他们走出矿坑的时候，顿时被眼前的一幕惊呆了，他们本以为看到的会是护矿武士，然后在他们的监督下上缴工具，可是此时出现在他们眼前的分明是一群蓬头垢面、衣衫褴褛的妇人和孩子，他们一个个笑着、叫着，纷纷寻找着自己的丈夫、父亲，欢呼着扑上来，泪流满面。

"他们疯了吗？"刚刚走出矿坑的矿工们继惊愕的表情之后再度露出了恐慌的表情。

· ※ · ※ · ※ ·

格德瓦是掐着时间赶往法卢寨的，等林侍提集合人马，跟着他赶到神殿附近时，恰好是午夜时分。

"停下！"格德瓦突然挥手下令，制止了夜行的人马。林侍提凑过来道："二长老，出了什么情况？"

格德瓦道："敌情不明，不可冒进。等我安排的探子送来消息再说。"

格德瓦路上便安排了一名随行武士先行返回做准备。说话间恰有两个人借着月色摸了过来，因为格德瓦有话在先，所以林侍提的人没有开弓放箭，而是探明身份后把他们领了过来。

格德瓦上前装模作样地与他们低语一番后，回来对林侍提道："情况有变，大长老吩咐，叫我们直接攻击格家寨。"

林侍提顿时一呆，他是来神殿"勤王"的，现在尊者被困于神殿之内，大长老不令他去解神殿之围，却去攻击格家寨是何道理？

林侍提道："二长老，这么做不妥吧？尊者现在等着我们去解围，我们却弃神殿于不顾，去攻击格家寨？"

格德瓦早已想好对策，板起脸道："你道老夫不知吗？只是经过这么长的时间，神殿第九层以外的八层已经被格哚佬完全占领，他们倚坚而守，我们如何攻得进去？

"若格家寨在我们久攻不下时出兵，自我们背后袭击，我们岂非两面受敌？与其如此，不如现在直接攻打格家寨，那是格哚佬的命根子，他敢弃而不顾？族人都死光了，他还能有什么作为！我们这叫围魏救赵，你懂不懂？"

林侍提听格德瓦这么一说，也觉得大有道理，便道："既如此，那林某便直取格家寨吧！"

"慢！"格德瓦又制止了他，阴冷的目光幽幽地投向格家寨的点点灯火处，举手试一试风向，沉声道，"派人自北面纵火，那是上风头，西面也纵火，阻其逃逸，我们从南面攻过去，不叫他们逃脱一个！"

这山中村寨的一切几乎全是木制，一旦起火，困在寨中的人是个什么下场就可想而知了。

神殿对反叛者的处治虽然一向严厉，却鲜有屠灭全族的行为，林侍提骇然道："二长老，火势一起，整个寨子都要没了。"

格德瓦狞笑道："我要的就是灭他全寨！震慑宵小！"

林侍提抗辩道："按照尊者的吩咐，我们是去攻击格家寨，引格哚佬来战，火焚格家寨，貌似并非尊者的命令。"

格德瓦冷冷地瞪着他道："格哚佬狼子野心，该部上下追随叛逆，难道不该严惩？尊者仁慈，这些事本就应该由我们来做！林侍提，你可要想清楚，你该站在哪一方！"

林侍提被格德瓦的话激得毛骨悚然，得罪了这位神殿二长老，将来的日子……想至此处，林侍提终于不再坚持，拱手道："二长老勿怪，林某知错了，林某依了二长老便是！"

第一〇二章

天机火

一

寂静的夜里，火突然就起来了，整个寨子迅速变成了一座火焰山。火焰从北、西两面迅速地向寨中延伸着、吞噬着，生路只有南面和东面。

但东面是神湖，寨中只有少量的竹筏和小船，能够载运逃离的人非常有限，寨中百姓主要的逃生口是南面，而林侍提的人马正刀出鞘、箭上弦地等在那里。

格德瓦手里也提了一把刀，他已七十有余，又不曾练过武艺，提刀在手其实起不了什么作用，他不可能亲身上阵杀敌，但是他鬼使神差地提了一把刀在手，似乎只有一刀在手才能压得住他胸中的血气、心中的杀意。

"林峒主，待杀尽格家寨中的叛逆，你就是本教第一大功臣，神殿一定会嘉奖你的！"格德瓦大声为林侍提鼓着劲，想到格家寨一旦被夷为平地，叶小天死于火中或者刀兵之下，林侍提就会成为替罪羊，被作为神教的"叛逆"剥皮抽筋，格德瓦心中略有不忍，但是这种不忍马上就被成功的喜悦冲散了。

熊熊的火光映着他的脸，显得异常狰狞。曾经，他不是这样的人，但是，人要成佛，需修十世行百善历千重劫，可要堕落成魔，却只在一念之间！

叶小天站在远处的一座山峰上，俯瞰着谷中的这座山寨。格喋佬站在他旁边，浑身发抖："畜生！畜生啊！他们居然下此毒手！"

喋妮担心地扶住格喋佬，轻唤道："阿爹，别担心，咱们的人都在这里，人在，一座寨子烧了怕什么？"

遥遥看看山下，又扭头看看格喋佬，也出声劝道："是啊，喋伯伯，我还是喜欢你们在卧牛山建的那座寨子，多气派，多威风，这儿烧就烧了，回头咱们出去，住大房子。"

叶小天听了，嘉许地摸了摸遥遥的头，遥遥吐了吐舌头，微晕着脸欠一欠腰，躲过了叶小天下一次的摸头。叶小天并未在意,自然也没有刻意再去抚摸。

遥遥是有意避开叶小天的动作的,小时候,她很喜欢被叶小天抚摸脑袋,叶小天的手暖暖的,摸在她的头上时,她就像只慵懒的猫一般惬意。

但如今年岁渐长,叶小天还是习惯性地拿她当小孩子看待,她就有些不习惯了。可叶小天偏偏还越来越喜欢做这个动作,真是让遥遥又好气又无奈。

叶小天垂下手,对格哚佬道:"格老寨主,你就别伤心了,到了今时今日,咱们走出大山已经成了必然,那些破破烂烂本就不能带走,你又何必执着呢?"

叶小天往山下那熊熊燃烧的烈火处一指,道:"这座寨子立于此处已有千余年,房梁朽了,换一根,篱笆烂了,扎一遍,祖祖辈辈下来,这座寨子还是千余年前的模样,唯一的区别大概就是,这根大梁是祖爷爷时架的,那根檩子是太爷爷时补的……"

叶小天转过身,看着山谷中黑压压的人群,他们静谧无声地站在那儿,男人揽着女人,女人抱着孩子,希冀的目光都投在他的身上。

"我不会让你们失望!我带你们出去,就会给你们新生!"叶小天在心底暗暗地发着誓。

前方一块突起的岩石上,苏循天心有余悸地道:"幸亏大人防了一手,趁夜把人撤下了山,如果留在寨子里,看这火焰的威势,恐怕一个都逃不掉。这两个老不死的,心也真够狠的,要我说昨天就该趁他们来寨子里时一刀把他们剁了,也就没有今日之危了。"

李秋池负手而立,其状极显飘逸,听了苏循天这番话,李秋池淡淡一笑,道:"所以,给你再大的机缘,你也不过是成就一地豪强,诸如齐木之辈。而东翁,却能成就一世枭雄,诸如安、宋、田、杨。"

苏循天乜了他一眼,道:"什么意思?"

李秋池道:"我的意思就是,不要抱怨别人的运气比你好,你只看到了别人的运气,却没想过,同样的运气如果给了你,你也一样干不成什么大事,你还是会看着比你成功的人,说人家只是运气比你好。"

苏循天哼了一声道:"屁话!你让我生来就当太子试试,我再没本事,未来也是皇帝!"

李秋池笑吟吟地道:"这倒是,可咱们说的不是自己打天下、创大业吗?"

李秋池道:"昨日格彩佬和格德瓦来寨子里,能不能杀?当然能,可是那样一来,师出无名,会让那些一直坚信大长老、二长老一番苦心全为神教的人更加相信他们的忠贞，从而影响东翁的声望。

"再者，除非东翁打算搞得天怒人怨，各部落全都对他离心离德，否则在反迹未显时全凭一张嘴说下的罪名杀了格彩佬和格德瓦的前提下，也绝对没有理由继续清洗其余党，彻底铲除后患。可现在则不然……"

李秋池向那火焰处努了努嘴，继续道："这把火一烧起来，原本对两位长老还心存幻想的人就会摒弃他们，原本有意包庇他们的人就会哑口无言。

"东翁释放金沙谷的流放者，是为了让他们叩头谢恩？当然不是，可要让他们起点作用，就得有位子安排给他们。凭这把火，东翁可以让一些该让位的人让位，而且没有任何人敢质疑。就算是已经就势投靠东翁的那几位长老，以后也得乖乖夹起尾巴做人，不敢再以长老身份在东翁面前指手画脚，只要东翁抓住这个机会，则教权可以顺利化入政权了。

"教权不是尊者一个人的，政权则不然；教权不可传于子嗣，政权却不然，懂了吗？这把火的学问大着呢！如果他们没有趁夜赶来放这把火，东翁没准会自己放上一把……"

李秋池还没说完，身后便传来一声轻咳，他扭头一看，见叶小天臭着脸道："我看起来有那么阴险吗？"

·※·※·※·

"这个阴险小人！"格德瓦踉踉跄跄地后退着，火势太大，热气炙人，把他的胡子都燎得蜷曲起来，发出了臭臭的焦糊味。

林侍提狼狈地跑过来，两个随从追着扑打他袍角的火苗。林侍提对格德瓦道："寨子里根本没有人，一个人都没有，这究竟是怎么回事？"

格德瓦咬牙切齿地道："这个小人，太阴险、太恶毒了！他设下圈套，故意引我中计……"

林侍提狐疑地道："你说格哚佬？不会吧，那老家伙什么时候变得这么聪明了？"

"我……"格德瓦有苦难言，只得重重一跺脚，道，"顾不及那么多了，寨中既是空的，他们必有伏兵于外，我们快退！"

林侍提道："退路必也被挡住了，与其狼狈而逃，我等不如冲向神殿。神殿有诛仙大阵保护，格哚佬冲不进去，只要我们能坚持三天，其他部落必可闻讯赶来，将他们一网打尽！"

格德瓦有苦难言，事情若真如林侍提所言那就好了，问题是神殿里只有格彩佬那个死老婆子，大家冲去神殿又有什么用。

格德瓦脑筋急转，正待再想一个理由，劝这一根筋的林峒主护他逃走，就听丛林中呐喊声起，有人用苗语大声鼓噪着："格彩佬、格德瓦背叛神教，意图谋害尊者，尊者有令，见者诛之！"

口号声一起，黑漆漆的丛林中顿时亮起无数火把，更有许多堆放在空旷坑沟里的柴火堆瞬间燃起冲宵烈焰，显然是事先浇了油的。格德瓦一见篝火顿时面如土色，人家这是早已算准了一切呀！

格德瓦忽然想起一个人来，这个人在五溪蛮极为有名。五溪蛮神勇，又有蛮荒丛林瘴云疫雾可以利用，在这个人面前依旧不堪一击，这个人叫诸葛孔明。

叶小天能窥准时机离开神殿，能算准他会夜袭格家寨，能算出他会用火攻，继而一一设下对策，这等人物，只怕唯有那传说中的诸葛孔明差可比拟了吧？

一念及此，格德瓦的斗志登时崩溃了。自从叶小天脱困，并获得六大长老支持，格德瓦就已绝望了，之后调动法卢部的人马夜袭格家寨，不过是垂死挣扎罢了。

林侍提听到丛林中传出的阵阵呼喝，不禁倏然变色，他急急地奔到格德瓦面前，又惊又怒地道："二长老，外面的呼喊声是怎么回事？尊者究竟在哪里，他是不是真的受困于神殿？"

格德瓦悲笑一声，举起了手中刀，此时他终于明白自己为什么会提起一口刀了。一堆堆篝火，打散了他的最后一丝斗志。

格德瓦不理林侍提，横刀于颈，望天大呼："我错了吗？我真的错了吗？蛊神在上，如果……是我的不敬冒犯了您，如果……这就是您降下的惩罚，那么，格德瓦便以死谢罪吧！"

噗！

格德瓦当场横刀自刎。林侍提见状呆若木鸡，眼见格德瓦畏罪自尽，临终前还说出这样的话来，他怎能不明白自己是被格德瓦利用了，外边的伏兵真的是奉尊者令谕而来。

丛林中，叶小天缓步而行，望着路边空地上燃起的一堆堆篝火，对李秋池不厌其烦地解释道："你看到了吧？我哪知道他们会今夜来袭，我还打算放火呢！你看到篝火了吗？它们是在寨子里面吗？我本打算做做样子的，本尊一番苦心，有你说的那么不堪吗？"

第一〇三章

真正的加冕

一

"小天哥,你现在是神殿真正的主人了!"哚妮眼中闪烁着晶莹的泪花,欢喜地对叶小天说。

在获悉格德瓦自尽,林侍提投降后,格彩佬把她准备用来杀死叶小天的那枚剧毒之虫吞进了自己的肚子。她自尽了,尽管叶小天已经第一时间来告诉她,念她老迈年高,会免去对她的处罚。

但,心高气傲如她,岂能接受这样的现实,岂能接受被免去长老之职,在族人的白眼和鄙夷中苟活。或许,死亡对她而言,是最好的选择。

整个神殿的人员已全部更换,宝翁等人虽然对神殿忠心耿耿,且会服从神殿的新主人,但叶小天出于安全考虑,还是更换了一批格家寨的人。此时,站在神殿第九层,威严如帝王的叶小天,真正大权在握,再无人能掣肘了。

叶小天站在高高的拱顶窗台旁,从侧面悄悄窥视着下面,他不敢露面,下面人山人海,他一露面,势必引起膜拜者的骚动。

叶小天扭过头,对哚妮招招手,笑道:"来!你看看。"

哚妮连忙摇头:"那可不成,信众正向尊者顶礼膜拜呢,人家哪能和尊者站在一起,接受他们膜拜?"

叶小天笑道:"站在一起算什么,咱们还恩恩爱爱腻在一起呢,有本事他们也来看看哪!"

哚妮被叶小天的荤话逗得俏脸又红了起来,俏媚得仿佛一枚成熟的石榴。她依旧一身精灵般俏美的山苗打扮,可是容颜风姿却已稍具媚意,毕竟已是经过雨露灌溉身心成熟的小妇人了。

此时阳光正从窗口斜照进来,映在她的身上,把她的皮肤映得仿佛透明一般,那身衣衫就像翠羽霓裳似的,那种明丽不可方物的感觉,让与她做久了夫妻的叶小天见了也不禁怦然心动。

这大殿很安静,没有叶小天的允许绝不会再有一个黑巫婆似的人拄着拐杖走进来,叶小天心中浮起一个阴暗的念头。

他转身走过去,在哚妮不明所以的时候,一把揽住了她的纤腰。哚妮讶然地仰起脸,叶小天的嘴巴就霸道地吻了上去,只是一瞬间,哚妮的雀舌就被掠夺了。

哚妮几乎完全没有抵抗之力,只是被动地抵抗了几下,就被彻底征服,她轻吟一声,双臂柔柔地缠上他的脖子,踮起了脚尖……

一番舌尖的撩拨后,哚妮渐渐觉得胸口发烫,身体软软地偎在了叶小天的胸口,她这才发觉,她一边被吻着,一边被轻轻地推着,竟已靠到了窗前,只要一探头就能看到神殿广场上密密麻麻的人群。

然后哚妮的削肩被轻轻一扳,就变成了背对叶小天,面朝拱顶石窗。

"啊!不成!"被叶小天轻轻一推一压,哚妮身子便向下一伏,臀部后翘,双手下意识地撑在了窗台上,然后就觉裙子被撩了起来。哚妮顿时大窘,用力挣脱叶小天,红着脸逃开了。

"不成,我做不来!"眼见叶小天意犹不甘地迫近,哚妮双手合十求饶,"小天哥,好哥哥,你饶了哚妮吧,大白天的,下边又有那么多人看着,人家真的做不来……"

眼见哚妮窘得满脸通红,叶小天有些失望,但也只得作罢,说道:"逗逗你的,紧张什么。"

这时,神殿之下忽然一阵号啕大哭,先是一个人,接着是一群人,哭得声嘶力竭、悲怆入骨,嗓门尤其大。叶小天皱了皱眉,没好气地自语道:"好端端的这是谁在号丧?"

叶小天一开始还以为是格彩佬或格德瓦的俗家亲人,不禁暗自佩服他们的胆大。尊者在山民心中比皇帝在臣民之中还要神圣,你见过哪个钦定的反贼被斩,家眷还敢跑去哭宫的?

叶小天走到窗前,从侧面向外探看了一眼,见好多好多人跪在神殿前,这可不像是某一户人家的亲眷。他们一边面向神殿磕着头,一边号啕大哭,边哭边高喊着:"尊者是我等再生父母,我等愿为尊者鞍前马后、报效至死……"

叶小天恍然道:"我知道了,是流放于金沙谷的那批人到了,谢恩就谢恩,这劲儿哭的,好像我驾崩了似的。"

哚妮扑哧一声笑了,赶紧又掩住嘴巴,偷偷瞟一眼叶小天,见他并未理睬自己的窃笑,不禁有些幽怨:"小天哥嘴上说不怪,其实心里还是怪人家不肯顺从他。可……伏在窗台上被那么多人看着,真是羞死人了。人家一个女孩,比不得你们男人,可以那么不要脸皮……"

想到这里,哚妮眼珠忽地灵动地一转,闪过一抹狡黠之意。她踮着脚尖像只猫似的走过去,袅袅娜娜地走到叶小天身边,红唇轻启,娇滴滴地唤道:"小天哥……"

叶小天正看着广场上正在号啕大哭的矿工们,未等他回答,哚妮已经红着脸蹲下去,叶小天只觉肥大的黑袍被人一掀,仿若一只俏媚动人的小猫钻了进去。

"啊!"叶小天的身子猛地一僵,原本轻轻搭在窗台上的双手用力扣紧了。无意识的一个动作,让他正式出现在了窗口,神殿广场上的信众看见尊者响应他们的叩拜,顿时疯狂起来。

叶小天抿着唇,脸上慢慢挤出一丝生硬的笑容,他一寸一寸、缓缓地举起一只手臂,那只有些僵硬的手臂忽然抽筋似的抽搐了几下。广场上的信众一见,以为是尊者向他们招手,欢呼声更是山呼海啸一般响了起来……

· ※ · ※ · ※ ·

七天之后,祭祀雷神仪式如期举行了。许多远道而来的部落首领在启程时还不知道尊者与大长老、二长老已势同水火,等赶来后,发现尊者还是那个尊者,大长老和二长老已经换了人。

现在的神殿第一长老是冬天,从后备长老一步登天成为首席长老,对此其他人没有任何质疑,就凭他在尊者被幽禁时果断地站在尊者一边,同他的传承师格德瓦决裂,以及之后内外联络,为尊者的反击立下大功,这份忠心、这份功劳,便无人与之匹敌。

第二长老是耶佬,耶佬和引勾佬无论地位、身份、资历,还是在扶持、保护尊者过程中所起的作用,其实都差不多,但耶佬追随叶小天时间更久,而且一直住在叶府,所谓"潜邸旧臣",其意义大抵如此。

如此一来,引勾佬就做了第三长老,无论如何,这三个人都算是大大地前进了一步,要知道耶佬和引勾佬原本在八大长老中可是末位长老。叶小天的这个"新内阁"构成不仅年轻化,更易接受新鲜事物,而且绝对地拥戴他。

金沙谷中被释放的那些部落首领、部落长老以及神殿中有职司的高阶人员全都官复原职了。当初取代他们的人就算如今对叶小天没有反意,也绝不会是叶小天积极、坚定的支持者。叶小天经历格彩佬、格德瓦的这次逆袭之后,已不敢轻视任何隐患,一经发现,必要果断采取手段解决。但他采用的手段还是比较温和的,他没有把这些人弄去当矿工,仅仅是夺去了他们的权力。

如此一来,这些人中即便有些凶顽不驯之辈,也下不了决心以死反抗,而且有他们这些潜在的威胁在,也能最大限度地保证那些重新夺回地位和权力的老臣子绝对依赖叶小天，毕竟那些人也不是什么善类，一时的感恩戴德，不能保证他们永远忠诚。

当初罗大亨、华云飞和毛问智在锦江边思索拯救叶小天的办法时曾经说过，一个人的处事思路是有规律可循的。叶小天借助这次危机，把亲格崈佬派、格彩佬派这些旧派系的势力一网打尽，全部清洗了，但还留着他们的有用之身，用以钳制他从金沙谷中捞出来的那些人。这一点和他当初放张雨桐一马，利用张家牵制于家，利用于家钳制张家，形非而神似，其实是一个道理。

也只有采用这个办法，他才可以以最快的速度平息内部的动荡，因为他还有一件大事要做，他的凝儿快被别人娶走做新娘了，绿帽加冕在即，他没工夫在山里头穷耽搁呀！

第一〇四章

雷神之锤

一

雷神禁地里,那座千百年来饱受雷霆摧残的神山脚下,众人屏息肃立,神态凛然。这还是山民们第一次主动走进这里,而且是这么多人。谷中的一切都让他们觉得无比神秘,但凡发现一点与外界不同的地方,他们都会小心翼翼并产生许多奇妙的联想。

如此一来,倒是省去了叶小天的许多唇舌解释。到山脚下时,叶小天留下了所有人,令他们候在山下,自己一个人举步向山顶走去,对此众部落首领们并无异议。

千百年来,他们祖祖辈辈所受的教导,一直就是神为他们指定了在人间的看护者——尊者,自然只有此人才有资格最近距离地接近神祇。

所有人都站在山脚下,用无比虔诚的目光仰望着他们尊者那挺拔、神圣的身影,一步步地登上山峰,一步步地踏入云巅,仿佛升仙……咻的一下不见了。

各部落首领、长老们焦急地等待着,忽然,咔嚓一声,闪电如龙,刺破云层,紧接着震耳欲聋的天雷声再度响起,所有信众像割倒的麦子似的一起匍匐在地,激动地叫道:"尊者见到雷神了!"

轰隆隆……

信众们跪在地上,激动得浑身发抖,一些对叶小天尚有疑虑的人则不禁撑地暗想:"天雷之威一至于斯,太可怕了。尊者他不会……被天雷轰个稀巴烂,就此一命呜呼吧?"

少数知道内情的几个人则心惊胆战,暗暗替叶小天担着心。

咔嚓!轰隆隆……

雷声不停,禁地内、禁地外,无数人听着雷声,激动地想象着他们的尊者正与神祇进行着对话,而他们的尊者,伟大的神棍叶小天先生,此刻正蜷缩在罗大亨他们当初发现的那个石洞里,脸色苍白,浑身哆嗦。

"他娘的,这雷打得怎么这么吓人?"叶小天捏着走了形的剑诀,急病乱求神,战战兢兢地向太上老君祈祷起来。

虽然他早已耳闻此间情形,可是不置身其中,是无法感受到近距离接触天雷的超级惊怵的,想泰山崩于前而不变色,谈何容易!

有了那根"雷公柱",雷电宣泄的速度快多了。旱天雷打了半晌,连半山腰的流云似乎都被天雷震散了,雷电的力量终于宣泄一空,雷击终止了。

叶小天抓紧时间,连滚带爬地逃出山洞,急急忙忙下山,临走还不忘带上早就命人藏在此处的一件道具。

眼看就要看见山下的人群,叶小天立即放慢了脚步,等他施施然地赶到山下时,他的气息已经平稳,脸上血色也已恢复正常,而他手中的一件东西,顿时吸引了所有人的目光。

叶小天的手中提着一只锤子。在东西方的神话体系中都有雷神,他们都有一口神器——锤。叶小天此时手中拿的就是一只锤子,这只锤子打造得非常有质感,古朴的式样,繁复的花纹,乌沉沉泛着金属光泽……

作为一个合格的神棍,叶小天怎么会叫人失望呢,万众瞩目之下,他高高地举起了那只锤子,高声喝道:"此锤,乃雷神所赐!"

虽然已经有所预料,但是亲耳听到尊者做出如此解释,所有的信众还是无比震撼,几乎不约而同地,再度匍匐在地,敬畏地向那只看起来就不是凡物的神锤叩首。

叶小天缓缓收回高举的锤子,双手托着,神态极其恭敬,虽然真实原因只是那只锤子太过沉重,凭他的腕力无法举得太久。

叶小天道:"大万山是我们的家园,也是我们的庇护之地!可我们不能永远躲在大山里与世隔绝!孩子长大后就该走出去,闯荡一番事业,光宗耀祖。

"神就是我们的父母,我们的父母希望我们能有出息!于是,本尊秉承神意,带领你们出山。立足提溪,就是我们走出大山的第一步,但是,格彩佬和格德瓦怀有异心,阻止了这一切,把走出去的人调回了山!

"你们知道吗?我们刚刚撤走,我们辛苦建造的家园就被强盗占领了;我们开辟的良田,刚刚撒下种子,也被强盗占领了。"

众首领听得怒发冲冠,格哚佬等人更是目眦欲裂。叶小天蓦地转身,面朝山外,将那只沉重的铁锤用力向前方一举,大喝道:"为了我们的家园,为了不辜负神恩,把我们被人夺走的一切,夺回来!我以雷神之锤起誓,试图阻挡我们的,统统碾成齑粉!"

"杀!杀!杀!"各部首领、长老们爬了起来,举起他们的武器乃至拐杖,亢奋如狂地吼叫起来。

叶小天单手擎着雷神之锤，遥指山外，英姿勃发，一动不动！一动不动！还是一动不动……

李秋池隐隐感觉有些不对，悄悄凑近了些，低声道："东翁？"

叶小天脸皮抽搐了几下，有些痛苦地道："大亨做事也太不着调了，弄个空心的不成吗？弄得这么重，你快接一下，我岔气了……"

·※·※·※·

卧牛山上的格家寨现在已经属于杨家了，不过杨家派在卧牛山上的人并不多。在这个时代，宁可守着破家，不离故土一步是大多数人的心态。

何况，格家寨的生活条件对那些从深山出来的生苗来说，已是极大改善，而对杨家寨这些早已居住在山外世界的人来说，却并没有多么大的吸引力。

所以，杨家就在格家寨象征性地驻扎一群人，以宣示杨家的主权。

驻扎在格家寨的土民壮丁一共只有一百人左右，格家寨目前还没有什么产出，山下田地里的禾苗正在茁壮生长，还未到收获季节，他们的粮食都是杨羡敏从本部运来的。

这些壮丁平日里无所事事，三个饱一个倒，过得倒也逍遥。这一日，日上三竿时，王留川才懒洋洋地起床，昨夜赌钱睡得太晚，直到这时才醒。

王留川睁开眼睛，见两个同伴还四仰八叉地袒胸大睡，王留川笑骂一声，踢开一人伸过来的大腿，爬起来趿上鞋子，一边懒洋洋地系着裤腰带，一边往外走。

王留川踢开门，打着哈欠走出去，因为刺眼的阳光先闭了眼睛，然后习惯性地向门旁不远处的一棵大树下走去，人走到树下，眼睛也睁开了。

"哈！真有勤快的呀！"王留川撒着尿，忽然看见前边正有人架着大锅煮饭，不禁龇牙笑了，但他随即就觉出有些不对劲，这人……好像不是自己兄弟呀。寨子里总共那么多人，本就同属一族，平时又常在一起赌钱，可能有些人的大名他叫不出来，却没有一个不认识的。

王留川惊诧地看看那人，再扭头看看寨中，人来人往，个个眼生，王留川看看他们的模样，再看看他们的服色，忽然一阵寒意直上心头，身子一哆嗦，就尿了裤子。

一队执戈巡弋的士兵走到他面前，其中一个小头目模样的人讥诮地对他笑道："你们还真能睡呀，我还以为回来就要打一场恶仗，谁想杨家寨就派来这么一群玩意，喊！"

王留川提着裤子仓皇退了两步，结结巴巴地道："你……你们是什么人？"

那队巡弋的士兵没有答话，而是神情一肃，不约而同地扶着兵器单膝跪了下去："参见土司老爷！"

王留川慌了，手足无措地道："你……你们这是干什么？"

他忽有所觉，急忙转身，就见一个着青衫的清秀青年人，负着双手悠然走来，周围有十几个长老、首领模样的人簇拥着他。王留川没见过这个人，却听过他的大名，他马上就意识到了这个人是谁。

王留川又是一个哆嗦，手一松，裤子一滑，便对叶小天来了一个"君子坦蛋蛋"。